순수의 시대

세계문학전집
208

Edith Wharton : The Age of Innocence

순수의 시대

이디스 워턴 장편소설

손영미 옮김

문학동네

일러두기

1. 번역 대본으로는 *The Age of Innocence: A Norton Critical Edition*(Edith Wharton, W. W. Norton & Company, Inc., 2003)를 사용했다.
2. 주석은 모두 옮긴이주이다.
3. 원서의 프랑스어 및 기타 언어 부분은 이탤릭체로 처리했고 강조 부분은 고딕체로 처리했다.

차례 ▌

제1부

1

1870년대 초 어느 1월 저녁, 크리스티네 닐손*이 뉴욕 음악당**에서 열린 〈파우스트〉 공연에서 노래를 부르고 있었다.

'40번가 위쪽' 저멀리에 유럽 대도시의 오페라하우스 못지않게 화려하고 고급스러운 가극장***이 생긴다는 소문이 돌았지만, 사교계 인사들은 여전히 해마다 겨울이면 붉은 벨벳과 금색 프레임은 바랬어도 화기애애한 이 음악당의 박스석에 모이는 걸 좋아했다. 보수적인 이들은 당시 뉴욕에서 두려움과 매혹의 대상이 된 '신입들'이 작고 불편하다는

---

* 스웨덴 출신 소프라노. 샤를 프랑수아 구노의 오페라 〈파우스트〉의 주인공 마르그리트 역으로 명성을 떨쳤다.
** 4500석 규모로 당시 세계 최대의 오페라하우스.
*** 1883년 브로드웨이 39번가에 개장한 메트로폴리탄오페라하우스.

이유로 드나들지 않기 때문에 이곳을 좋아했고, 감상적인 축들은 그동안 쌓인 이런저런 추억 때문에, 그리고 음악 애호가들은 음악당에서 제일 중요한 요소인 음향이 훌륭하다는 이유로 이곳을 찾았다.

그날은 닐손 부인이 그해 겨울 처음으로 음악당 무대에 서는 날이었고, 신문에는 그들이 '특별히 멋진 관객들'이라고 표현하는 사람들이 그녀의 노래를 듣기 위해 미끄러운 눈길을 개인용 사륜마차, 널찍한 가족용 마차, 아니면 조금 소박하지만 편리한 '브라운 쿠페*'를 타고 달려왔다는 기사가 실렸다. 브라운 쿠페로 오는 것도 자기 마차로 오는 것 못지않게 품위 있는 일이었다. 떠날 때에도 추운 날씨와 술 때문에 빨개진 마부의 코가 반짝하고 나타날 때까지 음악당 앞에서 무작정 기다리는 것보다 즐비하게 늘어선 브라운 쿠페를 얼른 집어타고 집에 가는 편이 (이를테면 민주적이기도 하고) 훨씬 이득이었다. 거물급 마차 대여업자 하나가 대단히 노련한 직감으로 미국인들은 공연장에 올 때보다 떠날 때 훨씬 더 서두른다는 사실을 알아챈 것이다.

뉴런드 아처는 정원 장면의 막이 오른 순간 클럽 박스석 뒤편으로 들어섰다. 일곱시에 어머니, 여동생과 함께 저녁을 먹은 다음, 아처 부인이 흡연을 허락한 유일한 공간인 윤이 나는 검은색 호두나무 책장과 피니얼 장식이 달린 의자로 꾸민 고딕식 서재에서 여유롭게 시가도 피웠으니 좀더 일찍 올 수도 있었다. 하지만 뉴욕은 대도시였고, 대도시에서 오페라에 일찍 나타나는 건 '유행에 어긋나는' 일이었다. 그리고 뉴런드 아처가 살고 있는 뉴욕에서 무엇이 '유행'인지 아닌지는 수천

———————————

* 2인승 사륜 유개 마차.

년 전 조상들의 운명을 지배했던 두렵고 불가사의한 미신만큼이나 중요했다.

늦게 온 데는 개인적인 이유도 있었다. 딜레탕트인 아처에게는 앞으로 누리게 될 즐거움을 미리 상상하는 편이 그 즐거움을 직접 누리는 것보다 더 미묘한 기쁨을 주었기에 시가를 피우며 일부러 출발을 늦추었던 것이다. 그 즐거움이 섬세한 것일 때는 더더욱 그랬는데, 아처가 좋아하는 즐거움이란 대개 그런 종류였다. 이날은 특히 더 귀하고 강렬한 순간이 그를 기다리고 있었고, 그가 도착 시간을 프리마돈나의 무대 감독과 맞춰두었다 해도 그토록 절묘한 순간에 음악당에 들어설 수는 없었을 것이다. 닐슨이 이제 막 이슬처럼 영롱한 목소리로, "그는 나를 사랑한다―사랑하지 않는다―사랑한다!" 노래하며 데이지 꽃잎을 흩뿌리고 있었다.

그녀는 물론 '그는 나를 사랑한다He loves me'가 아니라 '마마M'ama'라고 노래했다. 당시 음악계에서는 스웨덴 가수들이 프랑스 오페라를 부를 때 영어권 청중의 이해를 돕기 위해 독일어 가사를 이탈리아어로 번역해 부르는 게 절대 불변의 원칙이었다. 뉴런드 아처에게는 이 역시 그의 삶을 빚어온 다른 모든 관습, 예컨대 가르마를 탈 때는 자기 이니셜이 청색 칠보로 새겨진 은제 빗 두 개를 쓴다든지 사교계 모임에 나갈 때는 단춧구멍에 꽃(가급적 치자꽃)을 꽂는다든지 하는 관습과 마찬가지로 극히 자연스럽게 느껴졌다.

"마마…… 논 마마……" 프리마돈나는 노래했고, 마침내 꽃잎이 다 떨어진 데이지를 입술에 대고 커다란 눈으로 작달막하고 까무잡잡한 파우스트-카폴*의 영악한 얼굴을 올려다보며 "마마!" 하고 열정적으로 사랑의 찬가를 마무리했다. 꼭 끼는 자주색 벨벳 더블릿을 입고 깃털 달린 모자 차림의 카풀은 자신의 순진한 희생자만큼 순결하고 진솔해 보이려고 애쓰고 있었다.

클럽 박스석 벽에 기대서 있던 뉴런드 아처는 무대로부터 눈을 돌려 객석 건너편을 바라보았다. 그의 정면에 맨슨 밍곳 노부인의 박스석이 있었는데, 노부인은 몸이 너무 비대해진 뒤로는 오페라하우스에 걸음 하지 않았지만 상류층 인사들이 많이 모이는 공연 때는 그 집안의 젊은 세대들이 늘 참석했다. 오늘밤에는 부인의 며느리 러벌 밍곳 부인과 딸 웰런드 부인이 박스석 앞줄에 앉았고, 새틴 드레스로 치장한 이들 뒤에는 흰옷 차림의 젊은 아가씨가 열띤 눈길로 무대 위의 연인을 뚫어지게 바라보고 있었다. 닐슨 부인의 "마마!"가 조용한 관중석 위로 울려퍼지자(데이지 노래가 나올 때는 다들 입을 다물었다) 홍조가 이마를 지나 곱게 땋은 금발의 머리 뿌리까지 번졌고, 청순한 가슴선이 한 송이 치자꽃으로 조신하게 고정시킨 튈 터커**와 만나는 부분까지 연분홍빛으로 물들었다. 그녀는 무릎에 놓인 커다란 은방울꽃 다발을 내려다보았고, 뉴런드 아처는 그녀가 흰 장갑을 낀 손으로 꽃을 살며시 어루만지는 모습을 지켜보았다. 그러고는 흡족한 한숨을 내쉬며 다시 무대 쪽으로 시선을 돌렸다.

무대는 파리나 빈의 오페라하우스를 잘 아는 아처 같은 이들도 정말 아름답다고 인정할 정도로 호화롭게 장식되어 있었다. 무대 앞부분은

---

* 빅토르 카풀. 파우스트 역을 맡은 오페라 가수.
** 여성 복식에서 목둘레를 따라 슈미즈나 깃에 다는 가장자리 장식으로 대개 성기고 얇은 천을 쓴다. 튈은 얇은 명주 망사.

각광이 설치된 곳까지 진녹색 천으로 덮여 있고, 가운데 부분에는 크로케 후프로 틀을 지은 푹신한 이끼 더미에 꽂힌, 분홍 장미와 빨간 장미가 달린 오렌지나무 모양의 관목들이 대칭을 이루며 서 있었다. 장미나무 아래 이끼에는 교회 여신도들이 멋쟁이 목사에게 만들어 바쳤을 법한 꽃 모양 펜닦개처럼 생긴, 장미보다 훨씬 큰 팬지꽃들이 꽂혀 있고, 여기저기 장미 가지에 접붙인 데이지는 루서 버뱅크*가 나중에 개발할 엄청난 꽃들을 예고라도 하듯 화려하게 피어 있었다.

이 마법의 정원 중앙에서 닐손 부인은 흰 캐시미어 드레스에 연청색 비단 띠를 두른 푸른 장식 치마에 레티큘을 매달고, 모슬린 슈미제트** 위로 굵게 땋은 금발 머리채를 양쪽으로 드리운 채 눈을 내리깔고 카풀의 열렬한 구애에 귀기울이고 있었다. 그러다가도 카풀이 의미심장한 말이나 눈길로 무대 오른편에 비스듬히 튀어나온 아담한 벽돌집 창문을 가리킬 때면 그녀는 천진난만한 표정을 지었다.

'정말 귀엽네!' 뉴런드 아처는 다시 은방울꽃을 든 아가씨에게 시선을 보내며 생각에 잠겼다. '메이는 이게 다 무슨 뜻인지 짐작도 못할 거야.' 공연에 푹 빠진 메이의 앳된 얼굴을 보며 아처는 그녀가 자기 여자라는 사실에 마음이 흡족했다. 그리고 그 감정에는 그녀의 한없이 깊은 순수함에 대한 애정어린 경의와 남성으로서 자신이 해온 경험에 대한 자부심이 섞여 있었다. '우리는『파우스트』를 읽을 거야…… 이탈리아 호숫가에서……' 아처는 약간 몽롱한 상태에서 메이와의 신혼여행 때 일어날 일들과 남자로서의 특권을 발휘해 신부에게 소개해줄 위대한

---

* 식물육종 실험으로 유명한 미국 원예가.
** 깊게 파인 드레스를 입을 때 받쳐 입는, 목과 가슴 부위를 덮는 여성용 장식.

문학작품들을 번갈아 그려보았다. 메이 웰런드는 바로 그날 오후에 자기도 '괜찮다'는 의향을 밝혔는데(뉴욕 사교계 아가씨들은 청혼을 받아들일 때 이렇게 말했다), 아처는 벌써 약혼반지, 약혼 키스, 〈로엔그린〉의 행진곡*을 다 건너뛰고, 그녀와 옛 유럽의 매력적인 풍경 속에 나란히 서 있는 장면을 그려본 터였다.

그는 미래의 뉴런드 아처 부인이 숙맥이기를 결코 바라지 않았다. 그는 메이가 (남편의 지도를 통해) '젊은 세대 부인' 중 인기 있는 그 누구와 견주어도 빠지지 않는 사교술과 재치를 갖추기를 바랐다. 이 무리의 여성들에게는 남성에게 경외심을 불러일으키는 한편 그것을 장난스레 꺾는 일이 관습으로 공인되었다. 아처가 자신의 자만심을 저 밑바닥까지 들여다보았다면(간혹 근접할 때도 있었다) 자기 부인 역시 이 년 동안 그의 마음을 뒤흔들었던 그 유부녀 못지않게 영악하면서도 애교 만점인 사람이기를 바라고 있다는 사실을 간파했을 것이다. 물론 그 불행한 여인의 삶을 망칠 뻔했고 아처가 계획했던 일을 한 해 겨울 내내 어그러뜨린 그녀의 바람기는 빼고 말이다.

그는 이러한 불과 얼음의 기적이 어떻게 생겨날 수 있는지, 그리고 이 험한 세상에서 어떻게 지속될 수 있는지 한 번도 생각해본 적이 없었다. 그는 그런 상념을 즐기긴 했지만 깊이 파고들지는 않았다. 머리를 말끔히 손질하고, 흰 조끼를 입고, 단춧구멍에 꽃을 꽂은 모습으로 클럽 박스석에 들어와 아처와 격의 없는 인사를 나누고, 오페라글라스를 쳐들어 이 사회체제가 만들어낸 숙녀들을 관찰하는 신사들 모두가

---

* 바그너의 오페라 〈로엔그린〉 3막에 나오는 유명한 결혼행진곡.

자기와 똑같은 견해를 갖고 있음을 알기 때문이다. 뉴런드 아처는 자신이 오늘밤 여기 모인 뉴욕 상류층의 보통 남자들보다 지식이나 예술 면에서 훨씬 더 뛰어난 안목을 지니고 있다고 생각했다. 자신은 여기 있는 그 어떤 남자보다도 많은 책을 읽었고, 더 깊이 생각했으며, 세상 구경도 많이 한 터였다. 이들은 한 사람씩 떼어놓고 보면 모자란 면이 드러났지만, 한데 모아놓으면 '뉴욕'을 대표하는 존재였고, 아처는 남성 간의 연대라는 관습에 따라 도덕이라 불리는 모든 문제와 관련해서는 늘 그들의 입장을 받아들였다. 그런 문제에서 자기만의 입장을 내세웠다간 성가신 일을 겪을 수 있고, 무례하게 보일 수도 있다는 걸 그는 본능적으로 느꼈다.

"아, 이럴 수가!" 오페라글라스로 무대 쪽을 보고 있던 로런스 레퍼츠가 갑자기 시선을 돌리며 외쳤다. '격식' 문제에 있어 뉴욕 최고의 권위자인 그는 이 복잡하고 매혹적인 주제를 연구하는 데 누구보다도 많은 시간을 바쳤다. 하지만 연구만으로 그렇게 완벽하고 적확한 안목을 갖출 수는 없었다. 누구라도 그의 벗어진 이마의 윤곽, 아름다운 금빛 콧수염이 이루는 곡선에서부터 늘씬하고 단아한 몸 끝의 길쭉한 에나멜가죽 구두를 보면, 그렇게 좋은 옷을 그토록 편안하게 입고, 그렇게 키가 큰데도 그토록 느긋하고 우아하게 처신할 수 있는 사람은 '격식'에 대한 감각을 타고났을 거라는 생각이 들 것이었다. 그를 존경하는 한 젊은이는 "정장을 입을 때 언제 검은색 타이를 매고 언제 매지 말아야 할지 정확하게 아는 사람은 래리 레퍼츠뿐이다"라고 말했다. 무도회용 구두와 에나멜가죽 '옥스퍼드화'의 차이에 대해서도 그의 권위는 절대적이었다.

"이럴 수가!" 레퍼츠는 조용히 실러턴 잭슨에게 오페라글라스를 넘겨주었다.

레퍼츠의 시선을 따라가던 뉴런드 아처는 그게 다 밍곳 부인의 박스석에 들어온 새로운 인물 때문임을 알고 놀랐다. 메이 웰런드보다 살짝 작고 날씬하며, 곱슬한 갈색 머리를 얇은 다이아몬드 머리띠로 관자놀이 옆에 고정시킨 젊은 여성이 박스석으로 들어왔다. 그 머리띠는 '조제핀* 스타일'을 연상시켰는데, 그런 느낌은 고전양식의 커다란 버클이 달린 허리띠로 가슴 바로 아래를 과장되게 졸라맨 진청색 벨벳 드레스 때문에 더 뚜렷해졌다. 이 독특한 드레스를 입은 여성은 사람들이 지켜보고 있다는 사실을 전혀 모르는 듯, 박스석 중앙에 잠시 선 채 부인이 앉았던 자리인 앞줄 오른편에 앉는 게 적절할지에 대해 웰런드 부인과 상의했다. 이윽고 그녀는 가벼운 미소를 지으며, 왼쪽 끝에 앉은 부인의 올케 러벌 밍곳 부인 옆에 가 자리를 잡았다.

실러턴 잭슨은 로런스 레퍼츠에게 오페라글라스를 돌려주었다. 클럽 회원 모두가 그 노인의 의견을 들으려고 본능적으로 고개를 돌렸다. 레퍼츠가 '격식'의 권위자이듯 '가문' 문제에서 최고 전문가인 잭슨은 뉴욕 사교계의 친인척 관계를 훤히 꿰고 있었다. 그는 (솔리 가문을 통해 형성된) 밍곳가와 사우스캐롤라이나주 댈러스가의 관계라든가, 필라델피아 솔리 가문의 종가와 (유니버시티 플레이스의 맨슨 치버스가와 혼동해서는 안 되는) 올버니 치버스가의 관계 같은 복잡한 문제를 명쾌하게 설명할 수 있을 뿐만 아니라, 각 집안의 주요 특징도 자세히

---

* 나폴레옹 1세의 황후 조제핀 보나파르트. 장식이 많은 머리띠와 허리선이 높은 일자형 드레스인 엠파이어 드레스를 즐겨 입었다.

알고 있었다. 이를테면 (롱아일랜드의) 레퍼츠가 젊은 세대의 지독한 구두쇠 기질이라든가, 정말 별로인 상대와 결혼하는 러시워스가 사람들의 치명적인 성향, 한 세대 걸러 나타나는 올버니 치버스가의 광기 때문에 뉴욕의 치버스가 사람들은 그쪽 사촌과는 절대 통혼하지 않는 것도 알고 있었다. 다들 알다시피 메도라 맨슨 같은 안타까운 예외도 있지만…… 그러나 그녀는 어머니가 러시워스가 출신이었다.

　이런 가계도 외에도 실러턴 잭슨의 좁고 움푹한 두 관자놀이 사이, 부드러운 은발 밑에는 지난 오십 년 동안 뉴욕 사교계의 잔잔한 표면 아래 들끓던 온갖 추문과 수수께끼가 가득 들어 있었다. 엄청난 정보력에 기억력까지 정확해, 은행가 줄리어스 보퍼트의 정체가 뭔지, 결혼한 지 일 년도 안 된 어느 날 (거액의 신탁금을 가지고) 소리소문도 없이 사라진 맨슨 밍곳 노부인의 아버지, 잘생긴 밥 스파이서가 어떻게 됐는지 아는 사람은 오로지 잭슨뿐이었다. 오래된 배터리* 오페라하우스를 꽉꽉 채운 관중 앞에서 춤을 추던 아름다운 스페인 댄서가 쿠바행 배를 타고 떠난 것도 바로 그날 밤이었다. 하지만 잭슨 씨는 이러한 비밀스러운 사건들과 마찬가지로 다른 많은 비밀들도 가슴속에 단단히 가둬두었다. 사람들이 자기에게만 털어놓은 얘기를 소문내는 건 그의 예민한 명예욕이 금하는 일이었고, 비밀을 지킨다는 평판은 원하는 정보를 더 얻을 기회를 높여준다는 걸 잘 알았기 때문이다.

　바로 그러한 이유로 실러턴 잭슨이 로런스 레퍼츠에게 오페라글라스를 넘겨주는 동안 클럽 박스석 사람들은 눈에 띄게 긴장한 채 그가

---

* 1812년 영국군이 세운 요새. 1824년에 공원으로 개장했고, 이후 지붕을 덮어 오페라 등 음악 공연장으로 사용되었다.

무슨 말을 할지 기다렸다. 잭슨은 실핏줄이 비치는 늙은 눈꺼풀 아래 흐릿한 푸른 눈으로 잠시 그들을 지켜보더니 생각에 잠긴 표정으로 콧수염을 꼬며 이렇게 말했다. "밍곳 집안이 이렇게 나올 줄은 몰랐는데."

2

이 짧은 소동을 지켜보면서 뉴런드 아처는 묘한 당혹감을 느꼈다.

뉴욕 사교계 남성들의 이목이 집중된 그 박스석에 자신의 약혼녀가 어머니와 외숙모 사이에 앉아 있다는 게 신경쓰였고, 잠깐 동안은 엠파이어 드레스를 입은 여성이 누구인지 알아보지 못했던데다 그녀의 존재가 남성들 사이에서 왜 그렇게 큰 관심을 끄는지 이해할 수 없었기 때문이다. 그러다 불현듯 짚이는 게 있었고, 다음 순간 화가 치밀었다. 그래, 그 말이 맞았다. 밍곳 집안이 이렇게 나올 수는 없었다!

그런데 지금 그런 일이 일어난 것이다. 의심의 여지가 없었다. 뒤에서 수군대는 소리로 아처는 그 여성이 메이 웰런드의 사촌, 집안사람들이 늘 '가여운 엘런 올렌스카'라고 부르는 그 사촌임을 확신했다. 아처는 그녀가 며칠 전 유럽에서 갑자기 돌아왔다는 걸 알고 있었고, 웰런드 양에게서 가여운 엘런을 보러 밍곳 노부인 댁에 다녀왔다는 말을 듣고도 딱히 신경쓰지 않았다. 아처는 가족 간의 그런 유대가 마음에 들었고, 그토록 흠잡을 데 없는 집안에서 어쩌다 나오는 몇몇 문제아를 온 집안이 그렇게 감싸는 것이 참 좋아 보였다. 그에게는 째째하거나 옹졸한 구석이 전혀 없었고, 자기 약혼녀가 엉뚱한 체면치레 때문에 불운한 사촌을 박대하지 않고 (조용히 찾아가) 따뜻이 맞아주었다는 게 다행스럽게 느껴졌다. 그렇지만 집안사람들끼리 올렌스카 백작부인을 받아들이는 것과 공적인 장소, 그중에서도 하필 오페라하우스, 더군다나 뉴런드 아처가 몇 주 뒤 약혼을 발표할 아가씨가 앉아 있는 바로 그 박스석에 그녀를 데리고 나오는 것은 전혀 다른 문제였다. 그렇다, 그는 실러턴 잭슨과 같은 생각이었다. 그 역시 밍곳 집안이 이렇게까지 나올 줄은 몰랐다!

물론 아처도 그 집안의 큰어른인 밍곳 부인이 (5번 애비뉴 안에서는) 어느 남자 못지않게 대담하다는 걸 알고 있었다. 그는 이 당당하고 강인한 노부인을 늘 존경해왔다. 부인은 스태튼아일랜드 출신인 캐서린 스파이서일 뿐이며 그토록 수상쩍은 사람의 딸이라는 사실을 잊게 해줄 재산이나 지위도 없었지만, 부유한 밍곳 집안의 장남과 결혼했고, 딸들 중 둘을 '외국인'(이탈리아 후작과 영국 은행가)에게 시집보냈으며, (오후에 프록코트를 입는 것만큼이나 갈색 사암으로 집을 짓는 게 당연했던 때에) 당시에는 완전 황무지나 다름없던 센트럴파크* 옆에 연한 크림색 돌로 대저택을 지음으로써 파격적인 행보에 방점을 찍었다.

외국으로 시집간 밍곳 부인의 딸들은 전설이 되었다. 그들은 한 번도 친정에 찾아오지 않았고, 비대한 몸집에 정적인 생활 습관을 지닌 그들의 모친 역시 예리한 정신과 굳건한 의지를 지닌 사람들이 대개 그렇듯 주로 집안에만 틀어박혀 지냈다. 하지만 (파리 귀족들의 사저를 본떠 지었다는) 크림색 저택은 그녀의 담대함을 보여주는 상징이

---

* 5번 애비뉴와 센트럴파크 웨스트(59번가부터 110번가 사이)에 위치한 미국 최초의 조경 공원으로 1859년 개장했다.

되었다. 앙시앵레짐 때 가구와 루이 나폴레옹 시절 튈르리궁(당시 중년이던 밍곳 부인은 루이 나폴레옹의 궁전에서 최고의 인기를 누렸다)에서 가져온 물건들로 꾸며진 저택에서 노부인은 34번가 위쪽에 사는 것이나, 위로 밀어올려 여는 창 대신 방문처럼 여닫는 프랑스식 유리창을 단 것이 별일 아니라는 듯 여왕처럼 당당하게 생활했다.

당시 뉴욕 사람들은 미모만 있으면 얼마든지 성공할 수 있고 웬만한 결점은 다 용서받을 수 있다고 생각했는데, (실러턴 잭슨을 포함해) 모든 사람이 캐서린은 미인은 아니라고 생각했다. 심술궂은 사람들은 그녀와 이름이 같은 러시아 여제*처럼 밍곳 부인 역시 강한 의지력과 냉정함, 일종의 도도한 당돌함을 통해 성공을 거머쥐었으며, 극도로 점잖고 품위 있는 생활을 영위한 덕에 그런 행동도 다 용서되었다고 쑤군거렸다. 맨슨 밍곳은 부인이 겨우 스물여덟 되던 해 세상을 떠났고, 스파이서가 사람들에 대한 불신 때문에 재산을 '동결'해놓았다. 하지만 혼자 남은 그의 담대한 부인은 용감하게 자기 길을 갔다. 외국 사교계 인사들과 거리낌없이 사귀었으며, 딸들을 수상하기 짝이 없는 외국 귀족과 결혼시키고, 공작들이나 대사들과 친하게 지내고, 가톨릭교도와 교류하고, 오페라 가수를 집에 초대하고, 탈리오니 부인**과 절친한 사이로 지냈다. 그럼에도 (실러턴 잭슨이 자신 있게 보증하듯이) 그녀의 명성에는 티끌만한 오점도 없었고, 잭슨은 부인과 그 러시아 여제는 이 점에서만 차이가 난다고 늘 덧붙였다.

맨슨 밍곳 부인은 동결되었던 남편의 재산을 오래전에 손에 넣었고,

---

* 예카테리나 2세. 예카테리나는 캐서린의 러시아식 표기이다.
** 이탈리아 발레리나. 발끝으로 서서 추는 춤 기법을 창시했다.

지난 반세기 내내 부유하게 살았다. 하지만 궁핍했던 어린 시절에 대한 기억 때문에 아주 검소하게 생활했고, 옷이나 가구는 반드시 최상품으로 구입했지만, 식탁에서 일시적인 즐거움을 만끽하기 위해 큰돈을 쓰는 일은 없었다. 그래서 이유는 전혀 다르지만, 그 집의 음식은 아처 부인의 음식만큼이나 소박했고 와인이라고 이를 보완해줄 리 없었다. 친척들은 부인의 그런 처사가 호사스러운 생활로 이름난 밍곳 집안의 명성에 누가 될까봐 걱정했지만, 미리 해둔 음식과 김빠진 샴페인에도 불구하고 사람들은 늘 부인을 찾아왔고, (뉴욕 최고의 요리사를 고용해 집안의 명성을 되찾으려던) 아들 러벌이 제발 그러지 말라고 호소하자 부인은 껄껄 웃으며 "딸들도 시집갔고 난 소스를 먹을 수도 없는데 한 집안에 훌륭한 요리사를 둘씩이나 둘 필요 있니?"라고 대꾸했다.

이런 생각에 빠져 있던 뉴런드 아처는 다시 밍곳 부인의 박스석 쪽으로 눈길을 돌렸다. 웰런드 부인과 그 올케는 캐서린 밍곳이 온 집안 사람에게 심어준 침착한 태도로 자기들을 냉랭한 시선으로 바라보는 반원형 내 무리를 보고 있었고, 짙어진 홍조로 볼 때 메이 웰런드만이 (아처가 자기를 보고 있다는 걸 알아서 그런지는 몰라도) 이 상황의 심각성을 이해하는 모양이었다. 이 모든 소동을 유발한 여성은 박스석에 우아하게 앉아 무대 쪽을 보고 있었는데, 앞으로 몸을 숙이자 뉴욕 사람들, 특히 남의 이목을 끄는 것을 원치 않는 여성들의 기준으로는 어깨와 가슴이 너무 많이 드러났다.

뉴런드 아처에게는 '안목' 없는 처신이야말로 최악이며, 안목에 비하면 '격식'은 부차적이고 표면적인 것에 불과했다. 올렌스카 부인의 희고 진지한 얼굴은 지금 이 상황과 그녀의 불운한 처지에 잘 어울렸다.

하지만 (터커 없는) 드레스가 가녀린 어깨 아래로 흘러내린 모습은 놀랍기도 하고 심란하기도 했다. 메이 웰런드가 그렇게 안목 없는 여자의 영향을 받을까봐 걱정되었다.

뒤에서 한 젊은이가 묻는 소리가 들렸다. "그런데요, 대체 무슨 일이 있었던 거죠?" (메피스토펠레스와 마르타 장면*에서는 다들 이야기를 나누었다.)

"글쎄, 저 여자가 남편을 떠났대. 그건 다들 수긍하더라고."

"정말 형편없는 작자였나보죠?" 벌써 올렌스카 부인 쪽으로 기울고 있는 솔직한 성격의 솔리 집안 젊은이가 연이어 물었다.

"완전 최악이지. 니스에서 알고 지낸 적이 있거든." 로런스 레퍼츠가 자신 있게 대답했다. "늘 빈정대는 표정에다 얼굴은 허옇고 반쯤 취해 있는 작잔데, 잘생기긴 했지만 속눈썹이 너무 짙더라고. 글쎄, 여자들과 놀아나지 않을 때는 도자기를 모은다던데. 어떤 부류인지 알겠지. 여자든 도자기든 부르는 대로 값을 치르는 그런 작자야."

그 말에 다들 웃음을 터뜨렸고, 젊은이는 다시 물었다. "흠, 그래서 어떻게 됐는데요?"

"그래서, 저 여자가 남편 비서랑 달아났지."

"아, 그렇군요." 젊은이는 풀죽은 표정이었다.

"하지만 그것도 오래가지는 않았어. 몇 달 뒤에 베네치아에서 혼자 살고 있다는 이야기를 들었거든. 그러다가 러벌 밍곳이 가서 데려온 거지. 너무 힘들다고 했대. 그건 괜찮아. 하지만 이렇게 오페라하우스에

---

* 오페라 〈파우스트〉에서 메피스토펠레스는 마르그리트의 친구 마르타를 유혹한다.

데려와 구경거리로 만드는 건 또다른 문제지."

그러자 솔리 집안 젊은이가 용감하게 말했다. "너무 우울해서 집에 혼자 둘 수 없었나보죠."

그러자 다들 킬킬 웃었고, 청년은 얼굴이 빨개지더니 유식한 사람들이 '이중의 의미*'라고 부르는 화법으로 농담을 한 것처럼 보이려고 애썼다.

"어쨌든 웰런드 양을 데려온 건 이상해요." 누군가가 아처 쪽을 흘깃 보며 나직이 덧붙였다.

"아, 그게 다 작전의 일부지. 보나마나 할머니 지시였을 거야." 레퍼츠가 웃었다. "그 양반은 뭘 하든 철저히 하잖아."

3막이 끝나자 클럽 박스석 사람들이 술렁거렸다. 뉴런드 아처는 갑자기 뭔가 결정적인 행동을 해야 한다는 생각이 들었다. 밍곳 부인 박스석에 제일 먼저 들어가서, 기다리고 있는 세상 사람들 앞에 메이 웰런드와의 약혼을 발표하고, 사촌이 처한 어려운 상황 때문에 그녀가 겪게 될 문제들을 같이 해결해주고 싶다는 열망이 모든 신중함과 망설임을 일시에 눌러버려, 아처는 서둘러 붉은 벨벳이 깔린 통로를 지나 객석 반대편으로 걸어갔다.

그는 박스석에 들어서는 순간 웰런드 양과 눈이 마주쳤는데, 둘 다 집안 체면을 아주 중시하는 사람들인지라 대놓고 말은 못 해도 그녀도 아처의 마음을 단박에 이해한 듯했다. 그 계층 사람들은 모호한 함의와 미세한 격식으로 이루어진 세상에 살았고, 아처는 말 한 마디 나누지

---

* double entendre. 대개 두 가지 의미 중 하나는 성(性)과 연관된다.

않고도 서로를 이해했다는 사실에 어떤 설명을 주고받은 경우보다 그녀와 더 가까워진 느낌이 들었다. 그녀의 눈은 '엄마가 왜 저를 여기 데려왔는지 아시죠'라고 말했고, 그의 눈은 '그 어떤 것도 당신이 여기 오는 걸 막게 놔두지 않을 거야'라고 대답했다.

웰런드 부인이 예비 사위에게 손을 내밀며 물었다. "우리 조카 올렌스카 백작부인 알죠?" 아처는 악수는 하지 않고 목례만 했다. 숙녀를 소개받을 때는 그게 예의였다. 엘런 올렌스카 역시 옅은 색 장갑을 낀 손에 커다란 독수리 깃털 부채를 꼭 쥐고 가볍게 고개를 숙였다. 아처는 큰 체구에 사각거리는 새틴 드레스를 입은 금발머리 러벌 밍곳 부인과 인사를 나눈 뒤 약혼녀 옆에 앉아 이렇게 속삭였다. "올렌스카 부인한테 우리 약혼 얘기 했어? 모두에게 알리고 싶어. 오늘밤 무도회에서 발표하게 해줘."

웰런드 양의 얼굴이 새벽하늘처럼 붉게 물들고, 그를 바라보는 두 눈이 반짝였다. "엄마한테 말해보세요. 하지만 이미 정해진 걸 뭐하러 앞당겨요?" 그녀가 말했다. 아처가 말없이 눈으로만 대답하자 메이는 더 자신 있게 미소 지으며 덧붙였다. "사촌한테 당신이 직접 말해주세요. 제가 허락해줄게요. 엘런 언니 말로는 어릴 때 당신과 같이 놀았다던데."

메이가 의자를 뒤로 빼며 비켜주자 아처는 곧바로 모든 사람이 다 볼 수 있게 약간 과시하는 태도로 올렌스카 백작부인 옆에 가 앉았다.

"정말 그랬잖아요. 그렇죠?" 부인이 진지한 눈빛으로 아처에게 물었다. "정말 개구쟁이였는데. 문 뒤에서 나한테 입맞춘 적도 있고. 하지만 내가 정말 좋아한 건 당신 사촌 밴디 뉴런드였어요. 그애는 내가 안중에도 없었지만." 그녀는 말굽 모양의 관객석을 둘러보았다. "아, 여기 오니까 다 기억나네요. 여기 있는 사람들이 니커보커스와 판탈레트*를 입던 시절의 모습이 눈에 선해요." 그녀는 약간 외국인 같은 억양으로 이렇게 말하며 아처의 얼굴을 돌아보았다.

우호적인 표정을 짓고 있지만, 바로 이 순간, 부인을 심판하는 엄숙한 법정의 사람들을 그런 식으로 우습게 그리는 부인의 말을 듣고 아처는 충격에 휩싸였다. 부적절한 순간에 경박하게 구는 것보다 더한 악취미는 없었다. 아처는 약간 딱딱하게 대답했다. "맞아요, 아주 오랜만에 돌아오신 거죠."

"아, 수백 년 만이에요. 너무 오랜만이라 죽어서 땅에 묻힌 다음 천국에 온 기분이에요." 그녀가 말했다. 아처는 뉴욕 사교계를 그렇게 묘사한 것도 왠지 아까보다 더 무례하게 느껴졌다.

3

해마다 똑같았다.

줄리어스 보퍼트 부인은 자기 집에서 무도회**를 여는 날이면 반드시 오페라를 보러 왔다. 사실 그녀는 집안일 같은 건 전혀 신경쓸 필요

---

* 니커보커스는 남자아이가 입는 무릎까지 오는 짧은 바지, 판탈레트는 여자아이가 짧은 스커트 밑에 받쳐입는 바지.
** 윌리엄 애스터 부인이 매년 열었던 오페라 무도회를 원용한 것. 애스터가의 무도회장에 들어갈 수 있는 인원 사백 명이 뉴욕 '사교계'를 상징했다.

없이 산다는 것, 자기가 없어도 모든 걸 완벽하게 준비하는 유능한 하인들이 있다는 걸 과시하기 위해서 매년 오페라 공연이 있는 날 밤에 무도회를 열었다.

당시 뉴욕에는 보퍼트가처럼 무도회장을 갖춘 집이 드물었다(맨슨 밍곳 부인이나 헤들리 치버스 부부도 나중에야 무도회장을 지었다). 사람들이 응접실 바닥에 '아마포'를 깔고 가구들을 이층으로 옮기는 건 '촌스럽다'고 생각하기 시작한 시점에, 오직 무도회용으로 쓰는 공간이 있다는 것, 그날 하루만 쓰고 나머지 364일은 금박 의자들을 한쪽 구석에 쌓아두고 샹들리에는 천으로 덮은 채 덧창을 전부 닫아두는 공간을 소유했다는 것은 보퍼트가의 과거에 불미스러운 점이 있더라도 모두 덮어줄 수 있는 확실한 장점이었다.

사교계에 대한 자신의 생각을 격언처럼 표현하기를 좋아하는 아처 부인이 하루는 이렇게 말했다. "다들 총애하는 평민이 있기 마련이잖아요……" 함부로 쓰면 안 되는 말이었지만 상류층 사람들은 내심 고개를 끄덕였다. 하지만 정확히 말하자면 보퍼트 가문은 평민은 아니었고, 그보다 못하다고 생각하는 사람들도 있었다. 보퍼트 부인은 원래 미국 전역에서 명망 있는 집안 출신이었다. (사우스캐롤라이나 분가의) 아름다운 리자이나 댈러스로, 늘 의도는 좋지만 실제로는 난처한 일을 저지르고 마는 경솔한 메도라 맨슨이 뉴욕 사교계에 데뷔시킨 가난한 아가씨였다. (튈르리궁에 드나들던 실러턴 잭슨 말마따나) 맨슨가 및 러시워스가와 관련된 사람은 당연히 뉴욕 사교계에 들어올 '시민권droit de cité'이 있었다. 그렇지만 줄리어스 보퍼트와 결혼하면 그 권리를 잃는 것 아닌가?

보퍼트의 정체가 문제였다.* 영국인으로 알려진 그는 쾌활하고, 준수하고, 신경질적이고, 친절하고, 재치 있었다. 애초에는 맨슨 밍곳 부인의 사위인 영국 은행가의 소개장을 들고 미국에 건너왔는데, 온 지 얼마 안 되어 금방 능력을 인정받았다. 하지만 생활 습관이 방탕하고, 입이 거칠고, 집안도 불분명했다. 그러던 중 메도라 맨슨이 보퍼트와 자기 친척의 약혼을 발표하자 다들 이 역시 늘 말썽을 부리는 가여운 메도라가 저지른 또하나의 실수라고 혀를 찼다.

하지만 실수가 좋은 결실을 맺을 때도 있어서, 어쨌든 젊은 보퍼트 부인은 결혼하고 두 해가 지날 무렵 뉴욕에서 최고로 멋진 저택의 안주인이 되었다. 어떻게 그런 기적이 일어났는지는 아무도 몰랐다. 그녀는 나태하고, 소극적이었고, 신랄한 사람들이 보기에 둔하기까지 했지만, 언제나 가장 멋지게 차려입고, 진주 목걸이를 주렁주렁 걸고, 해마다 점점 더 젊고 예뻐질 뿐 아니라 머리색까지 더 눈부신 금발로 변해가며 육중한 갈색 사암으로 지은 궁전 같은 집에서 호화롭게 살았고, 보석반지 낀 새끼손가락 하나 쳐들지 않고도 사람들이 모여들게 만들었다. 알 만한 사람들은 보퍼트가 직접 하인들을 훈련시키고, 요리사에게 새 메뉴를 가르치고, 정원사에게 정찬용 식탁과 응접실에 어떤 꽃을 꽂을지 지시하고, 손님 명단을 만들고, 후식으로 낼 펀치를 만들고, 부

---

* 줄리어스 보퍼트(Julius Beaufort)는 오거스트 벨몬트(August Belmont)를 허구화한 인물일 수 있다. 둘 다 로마 황제의 이름을 갖고 있고, 보퍼트는 '아름다운 요새', 벨몬트는 '아름다운 산'을 뜻한다. 벨몬트는 로스차일드가의 사생아라는 설이 있었고, 그 집안 소유의 금융 제국에서 눈부신 성공을 거둔 인물이었다. 소설 속 보퍼트처럼 5번 애비뉴의 저택에 부그로의 누드화를 걸었고, 뉴포트에 있는 저택 정원에서 매년 활쏘기 대회를 개최했다.

인이 손님들에게 보낼 간단한 메모를 불러준다고 했다. 그 말이 맞다면 보퍼트는 아무도 모르게 그런 일들을 했을 것이다. 평소에 그는 초대받은 손님처럼 무심하게 자기 집 응접실로 걸어들어오며 "우리 집사람이 구한 글록시니아 정말 대단하지 않소? 아마 큐 가든*에서 주문했을 거요" 하는 털털하고 친절한 백만장자처럼 처신했기 때문이다.

다들 보퍼트의 성공 비결은 대담한 추진력에 있다고 생각했다. 영국을 떠날 때 근무하던 다국적 은행의 '도움'을 받았다는 소문도 있었지만, 그는 다른 소문들과 마찬가지로 그 역시 금세 불식시켜버렸다. 뉴욕 사람들은 사생활 못지않게 사업에서도 양심을 중시했지만, 그는 하는 일마다 큰 성공을 거두었고, 뉴욕 사람 모두를 자기 집 응접실로 끌어들인 덕에, 이십여 년이 흐른 지금 사교계 사람들은 맨슨 밍곳 부인 집에 간다고 말할 때와 똑같이 편안한 어조로 "보퍼트가에 간다"고 말하게 되었다. 차이가 있다면, 밍곳가에 가면 생산 연도도 알 수 없는 김 빠진 뵈브 클리코 샴페인에 다시 데운 필라델피아 크로켓이나 얻어먹을 텐데, 보퍼트가에 가면 따끈한 들오리구이와 빈티지 와인을 마실 수 있다는 기대가 담겨 있다는 점이었다.

어쨌든 보퍼트 부인은 늘 그러듯이 〈보석의 노래〉** 직전에 자기 박스석에 들어섰고, 다른 해와 똑같이 이번에도 3막이 끝나자 자리에서 일어나 그 아름다운 어깨를 오페라망토로 감싸고 사라졌다. 이는 곧 반시간 후에 무도회가 시작된다는 뜻이었다.

---

* 런던 교외에 위치한 왕립 식물원.
** 〈파우스트〉 3막에서 메피스토펠레스가 파우스트의 선물이라고 가져다준 보석들을 걸어보며 마르그리트가 부르는 노래.

보퍼트 저택은 뉴욕 사람들이 외국 손님에게 자신 있게 구경시켜주는 집이었다. 무도회가 열리는 밤에는 더욱 그랬다. 보퍼트가는 만찬에 쓸 요리를 배달시키거나 무도회용 의자를 대여하는 게 아니라, 뉴욕에서 제일 먼저 붉은 카펫을 구입해 자기 집 하인이 직접 차일 쳐진 계단에 깔게 했다. 또한 숙녀들로 하여금 이층 안주인 침실에 겉옷을 벗어두고 가스버너를 이용해 머리를 다시 마는 게 아니라, 뉴욕에서 처음으로 현관방에 옷을 걸게 했다. 사람들 말로는, 보퍼트는 자기 부인 친구들 정도면 외출할 때 *머리* 손질 해주는 하녀를 둔 걸로 알고 있다고 했다.

저택의 대담한 설계 덕분에 손님들은 (치버스가처럼) 좁은 복도를 지나 무도회장으로 들어가는 게 아니라, (청록색, 진홍색, 진노란색으로 치장한) 응접실들, 매끈한 쪽매널마루에 비친 샹들리에의 수많은 촛불들, 그리고 저쪽 끝 온실에 검은색과 금색으로 칠한 대나무 의자 위로 동백꽃과 나무고사리가 그 귀한 잎을 늘어뜨린 광경을 구경하며 당당하게 입장했다.

뉴런드 아처는 상류층의 격식에 따라 조금 늦게 도착해 실크 스타킹을 신은(이 실크 스타킹은 보퍼트가의 별난 면 중 하나였다) 하인에게 외투를 맡기고 서재로 향했다. 스페인산 가죽을 걸고 불buhl 세공과 공작석으로 장식된 가구로 꾸민 그 방에서는 남자들이 무도용 장갑을 끼며 담소를 나누었다. 잠시 후 그는 보퍼트 부인이 손님들을 맞고 있는 진홍색 응접실로 걸음을 옮겼다.

아처는 상당히 초조한 상태였다. 오페라가 끝난 뒤 그는 (상류층 청년들이 대체로 그러듯) 클럽으로 가는 대신, 맑은 밤공기를 즐기며 5번 애비뉴를 한참 걸어올라가다가 보퍼트가 쪽으로 방향을 돌렸다. 밍곳 집안사람들이 무리한 짓을 할까봐 걱정되었다. 밍곳 노부인의 지시로 올렌스카 백작부인을 오늘밤 무도회에 데리고 올 수도 있었다.

박스석의 분위기를 보자 그게 얼마나 중대한 실수인지 감이 왔다. 그 어느 때보다도 단호하게 '문제를 해결'해주겠다고 마음먹었지만, 오페라하우스에서 엘런과 몇 마디 나누고 나니 그녀를 돕고 싶다는 기사도적 열망이 줄어들었다.

아처는 (보퍼트가 여러 사람의 입줄에 오르내린 부그로의 〈사랑의 승리〉*를 보란듯이 걸어놓은) 진노랑 응접실로 들어갔다. 입구에 웰런드 부인과 메이가 서 있고, 안에서는 커플들이 벌써 미끄러지듯 춤을 추고 있었다. 샹들리에 불빛이 빙빙 돌고 있는 튈 드레스, 소박한 화관을 쓴 처녀들의 머리, 젊은 부인들의 올림머리에 꽂힌 멋진 깃털 핀과 머리장식, 반지르르하게 풀 먹인 남자들 셔츠의 앞판과 매끈한 무도용 장갑을 비추었다.

웰런드 양은 은방울꽃 다발을 들고(그녀는 늘 은방울꽃 다발만 들었다) 금방이라도 춤추러 갈 듯 문간에 서 있었는데, 약간 창백한 낯빛에 흥분으로 두 눈을 반짝이고 있었다. 그 옆에는 젊은 남녀들이 둘러서서 서로 웃고 농담하며 악수를 주고받고, 웰런드 부인은 조심스럽지만 흐뭇한 미소를 머금고 몇 발짝 떨어진 곳에 서 있었다. 웰런드 양은 자신의 약혼을 발표했고, 부인은 그런 상황에서 신부 어머니들이 으레 그러듯 약간 저어하는 표정을 지었다.

---

* 〈사랑의 승리〉는 원래 이탈리아 화가 카라바조가 그린 큐피드를 가리킨다. 본문에 언급된 부그로의 그림은 윌리엄 애스터 또는 오거스트 벨몬트가 소유했던 누드화일 수 있다.

아처는 잠시 걸음을 멈추었다. 약혼을 발표하고 싶다고 말한 건 사실이지만, 자신의 행복을 이런 식으로 알리고 싶지는 않았다. 마음속에 소중히 간직한 것일수록 섬세한 꽃 같은 내밀함을 지녀야 하는데, 이렇게 후텁지근하고 사람들로 북적대는 소란한 무도회장에서 약혼을 발표하면 그 내밀함이 사라질 수밖에 없었다. 아처의 행복은 워낙 깊어서 그 표면이 이렇게 흐려진다 해도 본질은 여전하나, 그렇더라도 표면까지도 순수할 수 있으면 좋을 것 같았다. 웰런드 양도 같은 생각이라니 그나마 다행이었다. 그녀는 애원하는 듯한 눈빛으로 그를 쳐다보았다. '이렇게 하는 게 우리의 도리이니 어쩔 수 없죠.'

그 어떤 호소도 아처의 가슴에 이보다 더 즉각적인 반응을 일으킬 수는 없었을 것이다. 하지만 자신들이 그래야 하는 이유가 어떤 드높은 이상이 아니라 가여운 엘런 올렌스카 때문이라는 게 안타까웠다. 웰런드 양을 둘러싸고 있던 사람들은 다 이해한다는 듯한 미소를 지으며 옆으로 비켜섰다. 아처는 여러 사람의 축하를 받은 뒤 메이와 무도회장 한가운데로 가 그녀의 허리를 감싸안았다.

"이제 우리는 아무 말 안 해도 돼." 그는 메이의 천진한 눈을 마주보며 미소 지었다. 그러고는 〈아름답고 푸른 도나우강〉의 부드러운 선율에 맞추어 춤을 추었다.

그녀는 아무 말도 하지 않았다. 그저 살짝 떨리는 입술로 미소를 지었고, 마치 형언할 수 없는 환영을 보듯 아련하고 진지한 눈빛이었다. "예뻐!" 아처가 그녀를 바싹 당겨 안으며 속삭였다. 비록 무도회장에 있었지만 약혼 직후의 몇 시간은 어딘지 모르게 엄숙하고 경건하게 느껴졌다. 이렇게 뽀얗고, 눈부시고, 착한 아가씨와 같이 살면 마치 다시 태어난 기분이리라!

춤이 끝나자 두 사람은 약혼한 커플답게 온실로 걸어갔다. 뉴런드는 나무고사리와 동백꽃 뒤에 앉아 메이의 장갑 낀 손에 입을 맞추었다.

"당신이 말한 대로 했어요." 메이가 말했다.

"그래. 더이상 기다릴 수가 없었어." 아처가 웃는 얼굴로 대답하고는 잠시 후 이렇게 덧붙였다. "그래도 무도회장이 아니었으면 좋았을 텐데."

"네, 맞아요." 메이는 이해한다는 표정으로 그를 마주보았다. "하지만 여기서도 단둘이 있잖아요, 안 그래요?"

"아, 그럼. 언제나 그럴 거야!" 아처가 대답했다.

틀림없이 메이는 언제나 그의 마음을 이해할 테고, 언제나 그 상황에 어울리는 말을 할 것이다. 그 사실을 깨닫자 아처는 너무 행복해서 명랑한 어조로 속삭였다. "하지만 이렇게 입맞추고 싶은데도 그럴 수 없다는 건 최악이군." 그런 다음 누가 있는지 얼른 온실 안을 둘러본 뒤 메이를 끌어안고 슬쩍 입을 맞추었다. 그러고는 이 대담한 행위를 만회하려는 듯, 온실의 덜 으슥한 곳에 있는 대나무 소파로 그녀를 데려간 뒤 옆에 앉아 그녀의 꽃다발에서 은방울꽃 한 송이를 꺾었다. 그녀는 말없이 앉아 있었고, 온 세상이 햇살에 물든 골짜기처럼 두 사람의 발 아래 펼쳐져 있었다.

이윽고 메이가 마치 꿈결에 말하는 듯한 어조로 물었다. "제 사촌 엘 런한테는 얘기했어요?"

아처는 얼른 정신을 가다듬었다. 생각해보니 그걸 깜박했다. 그 특이한 외국 여자에게 그런 말을 한다는 게 묘하게 거북해서 차마 입이 떨어지지 않았던 것이다.

"아니. 그럴 틈이 없었어." 그가 얼른 둘러댔다.

"아." 메이는 실망한 눈치였지만 상냥하게 자신의 뜻을 전했다. "그럼 얼른 알려줘요. 저도 아직 말 안 했거든요. 엘런 언니가 오해하면 안 되니까……"

"당연하지. 하지만 그래도 당신이 말하는 게 낫지 않을까?"

메이는 잠시 생각에 잠겼다. "제때 했으면 그렇겠지만, 기회를 놓쳤으니까 우리가 여기 있는 모든 사람 앞에서 발표하기 전에 오페라하우스에서 언니한테 얘기하라고 제가 당신한테 부탁했다고 설명해줘요. 안 그러면 제가 언니를 잊어버렸다고 생각할 수도 있어요. 당신도 아시겠지만, 언니도 가족인데 워낙 오래 떨어져 있다보니까, 뭐랄까, 좀 예민하달까요."

아처는 황홀한 눈길로 그녀를 바라보았다. "당신은 정말 천사 같아! 물론 내가 얘기해야지." 그는 약간 걱정스러운 눈길로 북적대는 무도회장을 둘러보았다. "그런데 아직 못 봤어. 여기 오긴 한 거야?"

"아뇨, 마지막 순간에 안 오겠다고 하더라고요."

"마지막 순간에?" 그는 그녀가 다른 대안을 생각했다는 사실에 놀라움을 감추지 못하고 메이에게 되물었다.

"네. 언니는 춤추는 걸 정말 좋아하거든요." 메이가 간단하게 설명했다. "그런데 갑자기 옷이 너무 초라해서 무도회에 못 오겠다는 거예요. 우리가 볼 때는 예쁘기만 하던데. 그래서 외숙모가 집에 데려다줬어요."

"아, 그랬군……" 아처는 다행이라고 생각하며 태연하게 말했다. 메이의 성격 중 제일 마음에 드는 게 바로 '불편한 일'을 어떻게든 철저히 무시하는 습관이었다. 두 사람은 그렇게 배워왔던 것이다.

'메이도 나처럼 부인이 안 온 진짜 이유를 잘 알고 있어. 하지만 메이한테는 어떻게든 가여운 엘런 올렌스카의 명성에 흠결이 있다는 걸 의식한다는 사실을 감춰야 해.' 아처는 상념에 잠겼다.

4

다음날부터 두 사람은 여기저기 다니며 약혼 인사를 시작했다. 뉴욕 사교계에는 그런 문제와 관련해 명확한 규칙이 존재했고, 뉴런드 아처는 그 규칙에 따라 먼저 어머니, 여동생과 함께 웰런드 부인 집을 방문했다. 그다음에는 웰런드 부인, 메이와 함께 덕망 높은 맨슨 밍곳 노부인의 축복을 받으러 찾아갔다.

아처는 평소 맨슨 밍곳 부인 집에 가는 걸 좋아했다. 유니버시티 플레이스나 5번 애비뉴 아래쪽에 있는 몇몇 저택만큼 오래된 건 아니지만 그 집 자체도 이미 기념비적인 건축물이었다. 덩굴장미무늬가 있는 카펫, 자단목 콘솔, 검은 대리석 맨틀과 둥근 아치형 벽난로, 거대한 마호가니 책장으로 음울한 조화를 이룬 저택들은 완전히 1830년대 스타일이었다. 그보다 나중에 집을 지은 밍곳 부인은 젊었을 때 쓰던 육중한 가구들을 몽땅 치운 다음, 밍곳 집안에 전해내려온 가구들과 루이 나폴레옹 시대의 날렵한 가구들을 섞어놓았다. 부인은 삶과 유행이 북쪽 자기 집으로 흘러오는 것을 차분히 지켜보기라도 하듯 일층 자기 방 창가에 앉아 있곤 했다. 자신감 못지않게 인내심도 강했기에 그런 것들이 언제 오나 초조해하는 기색도 없었다. 지금 이 동네는 대충 세운 울타리, 채석장, 단층 술집, 너저분한 채소밭의 목조 온실, 염소들이 올라서서 사방을 둘러보는 바위 같은 것들이 널려 있지만, 이것들은 얼마 안 가 모두 사라지고 자기 집만큼, 어쩌면(부인은 공정한 사람이었다) 자기 집보다 더 굉장한 저택들이 들어설 테고, 합승 마차들이 덜컹거리며 지나다니는 자갈길은 사람들이 파리에서 봤다고 하는 매끈한 아스팔트로 덮일 거라고 부인은 굳게 믿었다. 지금은 보고 싶은 이들은 다들 알아서 부인을 찾아오기 때문에(저녁 메뉴를 평소와 똑같이 내놓아도 보퍼트가 못지않게 사람들이 몰려오니까) 이렇게 뚝 떨어진 데 살아도 불편할 게 없었다.

원래 작달막했지만 활달한 성격에 발과 발목이 단아했던 밍곳 부인은 중년이 되면서 폼페이를 뒤덮은 용암처럼 붙기 시작한 엄청난 양의 살 때문에 이제 어떤 자연현상처럼 거대하고 위엄 있는 존재로 변했다. 그녀는 이 놀라운 변모 역시 삶의 다른 고난들과 마찬가지로 담담하게 받아들였고, 그 보상인지 이렇게 나이든 지금도 거울을 보면 온몸의 피부가 젊을 때와 똑같이 팽팽해서 주름이 거의 없었고, 색깔 또한 뽀얗고 발그레했다. 그리고 그 한가운데 누군가 발굴해주기를 기다리듯 조그마한 얼굴이 묻혀 있었다. 부드러운 이중턱을 따라 내려가면 여전히 눈처럼 하얀 거대한 가슴이 순백의 모슬린 천으로 덮여 있고, 그 중앙에는 오래전 세상을 떠난 밍곳 씨의 초상화가 담긴 작은 브로치가 꽂혀 있었다. 주변과 아래쪽으로는 검은 실크 드레스의 주름이 커다란 안락의자 밖까지 넘실대고, 그 위로 작고 뽀얀 두 손이 파도 위에 앉은 갈매기처럼 놓여 있었다.

오래전에 이미 엄청난 체중 때문에 계단을 오르내릴 수 없게 된 밍곳 부인은 독립적인 여성답게 응접실을 이층에 꾸미고 (뉴욕 사교계의 전통을 완전히 무시하고) 저택 일층에 자리를 잡았다. 그녀의 거실 창가에서 (늘 열려 있는 문과 끈으로 잡아맨 노란색 다마스크 칸막이 커튼 너머로) 안쪽을 바라보면 놀랍게도 소파 모양의 나지막하고 거대한 침대와 레이스 주름 장식이 나풀거리는 화장대와 금테 거울이 보였다.

손님들은 프랑스 소설에 나오는 장면들을 연상시키는 이 이국적인 공간 배치와 보통 미국인들은 꿈도 못 꿀 야릇한 건축구조에 경악하고 매혹되었다. 부도덕한 앙시앵레짐 사교계에서 정부情夫를 둔 여성들은 한 층에 여러 개의 방이 점잖지 못하게 붙어 있는 집에 사는 것으로 그려졌다. (밍곳 부인의 침실을 보고 『므슈 드 카모르』*의 정사 장면들을 떠올린) 아처는 그토록 정숙한 밍곳 부인이 불륜의 무대 같은 집에 산다는 게 흥미로웠다. 하지만 정부가 필요했으면 얼마든지 구했을 사람이라는 걸 생각하니 대단하게 느껴지기도 했다.

아처와 메이가 부인의 응접실에서 얘기하는 동안 올렌스카 백작부인이 나타나지 않아서 정말 다행이었다. 노부인 말로는 외출했다고 했다. 하지만 그렇게 햇볕이 쨍쨍하고 쇼핑객이 붐비는 시간에 추문에 휩싸인 여자가 나다니는 것 자체가 점잖지 못한 일이었다. 그래도 백작부인이 없어서 분위기가 덜 어색했고, 그녀의 불행한 과거가 두 사람의 눈부신 미래에 어떤 그늘을 드리울지도 모른다는 우려도 줄어든 느낌이었다. 방문은 예상했던 대로 아주 잘 끝났다. 밍곳 부인은 그동안 두

---

* 프랑스 작가 옥타브 퓌예의 소설. 낭만적 연애와 집안의 위신 등의 주제를 다룬다.

사람을 주의깊게 지켜봐온 친척들이 가족회의에서 면밀한 검토를 거쳐 허락한 이 약혼이 성사된 것을 아주 기쁘게 생각했고, 클로 세팅*을 한 크고 두꺼운 사파이어 약혼반지 역시 아주 마음에 들어했다.

"신식 세팅이래요. 사파이어 자체를 돋보이게 해주긴 하는데 어른들이 보기에는 좀 단순해 보일 수도 있어요." 웰런드 부인이 양해해달라는 눈길로 예비 사위를 건너다보며 설명했다.

"어른들이라니? 설마 나를 말하는 건 아니겠지? 난 뭐든지 신식이 좋아." 밍곳 부인이 한 번도 안경을 끼어본 적 없는 작고 반짝이는 눈으로 반지를 꼼꼼히 살펴본 뒤 메이에게 돌려주며 말했다. "정말 크고 멋지구나. 내가 젊을 때는 진주를 두른 카메오** 세트면 충분했어. 하지만 손이 예뻐야 반지가 돋보이지, 안 그런가?" 그녀는 작고 뾰족한 손톱에, 손목에는 나이들며 붙은 살이 상아 팔찌처럼 겹겹이 둘린 조그만 손을 흔들며 말했다. "로마에서 유명한 페리자니가 내 손을 조각했었지. 자네도 메이의 손을 조각해두게. 그 사람한테 말하면 틀림없이 해줄 걸세. 메이의 손은 큰 편이야. 현대식 운동을 해서 관절이 늘어난 거지. 하지만 피부는 하얘. 그런데 결혼식은 언제지?" 부인이 갑자기 화제를 돌리며 아처를 바라보았다.

"글쎄요……" 웰런드 부인이 머뭇거리자, 아처가 메이에게 미소를 지어 보이며 대답했다. "할머님께서 도와주신다면 최대한 빨리 하고 싶습니다."

"엄마, 둘이 서로 좀더 알아갈 시간을 줘야죠." 웰런드 부인이 신부

---

* 반지 등에 보석을 갈고리발톱으로 고정시키는 세공법.
** 바탕색과 다른 색으로 대개 사람의 옆얼굴을 양각한 장신구.

엄마답게 망설이는 기색을 보이며 끼어들자 노부인이 말했다. "서로 알아갈 시간이라니? 말도 안 되는 소리! 뉴욕 사람들은 원래 다 잘 아는데 뭘. 아처가 원하는 대로 하게 해줘. 와인도 거품이 없어지기 전에 마시는 게 좋잖아. 사순절 전에 식 올려. 나도 언제 폐렴에 걸릴지 모르고. 결혼식 피로연은 내가 열어줄 테니까."

부인의 말을 들으면서 세 사람은 기쁘기도 하고, 놀랍기도 하고, 고맙기도 했다. 방문을 마치며 다정하게 인사를 주고받는 참인데 문이 열리더니 보닛과 망토 차림의 올렌스카 백작부인이 나타났고, 뜻밖에도 줄리어스 보퍼트가 따라 들어왔다.

메이와 올렌스카 부인이 반갑게 소곤거리는 동안 밍곳 부인이 은행가에게 페리자니가 모델로 삼았던 손을 내밀었다. "하! 보퍼트, 정말 반갑네!" (부인은 희한하게 외국식으로 남자를 이름이 아니라 성으로 불렀다.)

"고맙습니다. 더 자주 찾아뵈어야 하는데." 보퍼트는 늘 그렇듯이 오만한 태도로 대답했다. "매일 너무 바빠서요. 오늘은 매디슨스퀘어*에서 올렌스카 백작부인을 만나 같이 온 거예요. 친절하게도 집까지 바래다줘도 된다고 해서."

"아, 엘런이 왔으니까 이 집도 이제 활기가 넘칠 거야." 밍곳 부인이 당당하게 말했다. "보퍼트, 어서 앉게. 저 노란 안락의자를 가져다 앉으라고. 이왕 왔으니 세상 돌아가는 얘기 좀 해주게. 무도회가 굉장했다고 들었어. 그런데 레뮤얼 스트러더스 부인을 초대했다며? 나도 그 사

---

* 브로드웨이와 매디슨 애비뉴 사이의 23번가. 19세기 중반 이 구역은 신흥 부자들의 웅장한 저택들이 늘어선 화려한 주택가였다.

람 한번 보고 싶구먼."

부인이 보퍼트와 얘기하는 사이 세 사람은 올렌스카 부인을 따라 현관으로 나왔다. 밍곳 부인은 늘 줄리어스 보퍼트를 좋게 보았고, 두 사람은 남들 앞에서 아무렇지도 않게 위세 부리는 것과 사교계 규범을 무시한다는 점에서 서로 닮은 데가 있었다. 부인은 보퍼트 부부가 레뮤얼 스트러더스 부인을 (처음으로) 초대한 이유가 뭔지 정말 궁금했다. 그녀의 남편은 생전에 구두약 회사를 운영했고, 그녀는 처음 나가본 유럽에 오랫동안 머물며 세상 공부를 하다가 작년에 귀국해서는, 소수의 사람들이 서로 긴밀하게 얽혀 있는 뉴욕 사교계라는 성채를 공략하고 있었다. "자네와 리자이나가 그이를 초대했으면 그걸로 된 거야. 우리에게는 새 피와 새 돈이 필요하니까. 얼굴도 아직 예쁘다며." 호기심 많은 부인이 물었다.

현관에 나온 웰런드 부인과 메이가 모피를 걸치는 동안, 아처는 올렌스카 백작부인이 약간의 호기심과 미소가 깃든 눈으로 자기를 보는 걸 눈치챘다.

"메이와 저에 대해 이미 알고 계시죠." 아처는 수줍게 웃으며 그 눈빛에 대답했다. "어제저녁 오페라하우스에서 부인께 약혼 얘기를 안 했다고 메이한테 혼났어요. 우리가 약혼한 소식을 제가 말씀드리기로 했는데 그렇게 소란한 데서 얘기하기는 싫었어요."

올렌스카 백작부인의 눈에 깃들었던 미소가 입술로 옮겨갔다. 그러자 대담하고 까무잡잡했던 어린 시절의 엘런 밍곳이 되살아난 듯 한층 더 젊어 보였다. "물론 알아요. 정말 기쁜 소식이에요. 사람들 많은 데서 그런 얘기를 공개하면 안 되죠." 웰런드 부인과 메이가 문간에 섰다.

백작부인이 손을 내밀었다.

"잘 가요. 나중에 한번 날 만나러 오세요." 부인은 여전히 아처를 바라보며 말했다.

5번 애비뉴를 달리는 마차 안에서 그들은 나이, 활력 등 밍곳 부인의 장점에 대해 줄곧 얘기했다. 아무도 엘런 올렌스카 얘기를 꺼내지 않았지만, 아처는 웰런드 부인의 심중을 짐작할 수 있었다. '뉴욕에 돌아온 바로 다음날, 사람들이 붐비는 시간에 줄리어스 보퍼트와 5번 애비뉴를 보란듯이 활보하다니, 말도 안 돼……' 아처는 마음속으로 이렇게 덧붙였다. '그리고 막 약혼한 남자가 결혼한 여자를 만나러 다니면 안 된다는 것쯤은 알아야 하는데. 하지만 엘런이 살던 데서는 그러기도 하나보지. 아냐, 거기 사람들은 다들 그렇게 살 거야.' 그는 평소에 다른 나라를 잘 안다고 자부했지만, 자기가 뉴욕 사람이고 자기랑 같은 부류의 아가씨와 맺어져 천만다행이라고 생각했다.

5

다음날 저녁 실러턴 잭슨 씨가 아처가에 식사하러 왔다.

아처 부인은 숫기가 없어서 사교계에 잘 드나들지는 않았지만 그 안에서 벌어지는 일은 자세히 알고 싶어했다. 부인의 오랜 친구인 실러턴 잭슨 씨는 수집가 못지않은 끈기와 박물학자 같은 과학적인 방법으로 사교계 인사들의 생활을 조사했고, 그와 함께 사는 소피 잭슨 양은 누구나 초대하고 싶어하는 오빠를 모시지 못한 사람들이 그 대신 불러주는 집에 다니면서 오빠의 정보에서 빠진 부분을 알차게 채워주는 소소한 소문을 모아왔다.

그래서 아처 부인은 궁금한 일이 생길 때마다 잭슨 씨를 초대했다. 그 집에 초대받는 사람이 극소수인데다 부인과 딸 제이니가 얘기를 아주 잘 들어주기 때문에 부인이 초대하면 잭슨 씨는 동생을 보내지 않고 본인이 직접 왔다. 그리고 날짜를 고를 수 있다면, 뉴런드 아처가 외출한 날 왔다. 청년이 불편해서가 아니라(두 사람은 클럽에서 아주 친하게 지냈다), 이 노련한 이야기꾼이 느끼기에 두 숙녀는 그냥 무조건 믿어주는데 아처는 간혹 그 증거를 따져보는 경향이 있기 때문이었다.

이 세상에서도 뭔가가 완벽할 수 있다면 잭슨은 아처가의 음식 역시 좀더 나았으면 했다. 하지만 뉴욕 사교계는 아주 오래전부터 음식, 옷, 돈에 신경쓰는 밍곳 및 맨슨 가문의 친족들과 여행, 원예, 문학을 좋아하고 저급한 쾌락은 경시하는 아처-뉴런드-밴-더-라이든 가문으로 나뉘어 있었다.

모든 게 완벽할 수는 없었다. 러벌 밍곳의 집에 가면 들오리와 민물 거북 요리, 빈티지 와인을 맛볼 수 있고, 애들린 아처의 집에 가면 알프스의 풍경과 『대리석 목양신』*에 대해 얘기할 수 있었다. 다행히 아처가의 마데이라 와인**은 희망봉을 돌아서 온 것이었다. 그래서 아처 부인이 다정하게 초대해줄 때면 진정한 절충주의자인 잭슨 씨는 동생에게 이렇게 말했다. "지난번 러벌 밍곳네 집에서 저녁 먹은 뒤로 통풍이

---

* 1860년에 출간된 너새니얼 호손의 소설.
** 포르투갈령인 아프리카 북서안의 마데이라제도에서 수입한 와인. 워턴의 외가인 뉴볼드가는 뛰어난 맛을 지닌 '뉴볼드 마데이라'를 손님들에게 대접한 것으로 유명했다.

좀 심해졌어. 이번엔 애들린네 집에 가서 먹는 것도 나쁘지 않을 것 같아."

오래전 남편을 여읜 아처 부인은 남매를 데리고 웨스트 28번가에 있는 집에 살았다. 위층은 뉴런드 혼자 쓰고, 모녀는 좁은 아래층에서 복닥거리며 살았다. 비슷한 안목과 취향을 지닌 모녀는 워디언 케이스*에 양치류를 기르고, 마크라메 레이스를 뜨고, 아마천에 털실로 수를 놓고, 독립전쟁 시대의 유약 바른 그릇을 모으고, 문예지 『굿 워즈』를 구독하고, 이탈리아의 분위기를 즐기려 위다**의 소설을 읽었다. (그중에서도 풍경 묘사가 많고 분위기도 쾌활한 농촌 소설을 읽었다. 대개는 본인들이 더 쉽게 이해할 수 있는 동기와 습관을 지닌 사교계 사람들을 다룬 작품을 좋아했고, "한 번도 신사를 그려본 적이 없는" 디킨스를 혹평했으며 새커리보다는 불워가 사교계 묘사에 뛰어나다고 생각했다.*** 그런데 불워도 요즘 들어 구식으로 여겨졌다.)

아처가 모녀는 자연 풍경을 정말 좋아했다. 건축이나 회화는 남자들, 주로 러스킨****을 읽는 유식한 남자들의 영역이라고 생각했기 때문에 가끔 외국에 나가서도 주로 경치 좋은 곳을 찾아 즐겼다. 아처 부인은 원래 뉴런드 집안 사람이라서 모녀는 마치 자매처럼 둘 다 '진짜 뉴런드'적인 외모, 즉 키 크고, 창백하고, 어깨가 약간 구부정하고, 코가 길

---

* 휴대용 유리 온실.
** 영국 출신 소설가 마리 루이즈 라메의 필명으로, 화려한 사교계를 주로 그렸다.
*** 셋 모두 영국 소설가. 찰스 디킨스는 19세기 영국 노동계층의 삶을 사실적으로 묘사하는 소설을 썼다. 새커리는 중상류층의 생활상을 그린 소설을, 불워는 역사소설 및 대중소설을 썼다.
**** 영국의 미술 및 건축 비평가.

고, 부드러운 미소에, 레이놀즈*의 색 바랜 초상화에 나오는 여성들처럼 나른하면서 귀티 나는 외모를 지니고 있었다. 아처 부인의 검은 브로케이드 드레스가 나잇살 때문에 점점 작아지고, 아처 양의 갈색이나 보라색 포플린 옷이 시간이 갈수록 처녀의 몸에 점점 더 헐렁해지지 않았다면 두 사람은 정말 꼭 닮아 보였을 것이다.

그런데 아처가 보기에, 모녀는 행동거지가 닮았어도 정신적으로는 차이가 있었다. 오랫동안 서로 의지하며 가깝게 살았기에 두 사람은 같은 어휘를 쓰고, 자기 생각을 말할 때 '엄마 생각에는'이라든가 '제이니 생각에는'으로 말을 시작하는 버릇이 있었다. 하지만 차분하고 현실적인 아처 부인이 상식이나 익숙한 쪽으로 기우는 반면, 낭만적인 충동을 억누르며 살아온 제이니는 쉽게 놀라거나 이상한 상상에 빠져들었다.

모녀는 서로를 존중하고 아들이자 오빠인 아처를 우러러보았다. 아처 또한 자신을 향한 두 사람의 깊은 경애심을 보며 죄책감과 너그러움, 그렇게 사랑받는 데서 오는 은근한 만족감을 느꼈고, 그래서 더욱 그들을 사랑했다. 아처는 유머 감각으로 가끔 자기가 한 말이 정말 옳은지 자문할 때도 있었지만, 집안 여자들이 그의 권위를 존중해주는 건 흐뭇한 일이었다.

아처는 오늘밤 잭슨 씨가 이 집 청년은 나가서 식사하기를 바란다는 걸 잘 알고 있었다. 그래도 그에게는 외출하면 안 될 이유가 있었다.

잭슨 씨는 물론 엘런 올렌스카에 대해 얘기하고 싶어할 테고, 아처 부인과 제이니는 그의 얘기를 듣고 싶어할 게 뻔했다. 세 사람 다 밍곳

---

* 명사와 귀족의 초상화를 그린 영국 화가. 워턴은 그가 그린 조카딸의 초상화 〈순수의 시대〉를 이 소설의 제목으로 사용했다.

집안 아가씨와 약혼한 사람 앞에서 부인에 대해 얘기하기가 난감할 텐데, 아처는 그들이 이 난국을 어떻게 헤쳐나갈지 궁금했다.

세 사람은 일단 레뮤얼 스트러더스 부인 얘기로 말문을 열었다.

"보퍼트 부부가 그 여자를 초대한 건 정말 유감이에요." 아처 부인이 부드럽게 말했다. "하지만 리자이나는 언제나 남편 뜻에 따르니까. 그리고 보퍼트는……"

"보퍼트는 가끔 뉘앙스를 놓칠 때가 있어요." 잭슨 씨는 청어구이를 조심스럽게 살피고, 이 집 요리사는 왜 항상 어란을 까맣게 태우는지 모르겠다는 생각을 하며 말했다. (오래전부터 같은 생각을 해온 아처는 노인의 우울하고 탐탁잖은 표정을 보며 그가 무슨 생각을 하는지 금방 알아차렸다.)

"그건 어쩔 수 없어요. 보퍼트는 원래 천박한 사람이잖아요." 아처 부인이 말했다. "제 외할아버님은 어머니한테 '어떤 일이 있어도 보퍼트를 우리집 딸들에게 소개해서는 안 된다'고 말씀하시곤 했어요. 그래도 상류층 남자들하고 친하게 지내긴 했잖아요. 영국에서도 그랬다던데. 정말 알 수 없는 일이에요……" 아처 부인은 제이니를 흘깃 보더니 입을 다물었다. 제이니도 그렇고 아처 부인도 보퍼트를 둘러싼 온갖 소문에 대해 상세히 알고 있었지만, 남들 앞에서는 결혼 안 한 딸 앞에서 할 얘기가 아니라는 태도를 취했다.

아처 부인이 다시 입을 열었다. "그런데 참, 그 스트러더스 부인 말이에요. 그 사람이 누구라고요, 실러턴?"

"아, 광산 출신, 아니 광산 옆에 있는 술집 딸이라던데요. 그러다가 밀랍인형 극단*에 들어가 미국 동부를 돌며 공연했고, 극단이 경찰에 걸려 해체된 후에는……" 이번에는 잭슨 씨가 제이니를 흘깃 보았다. 그녀의 큰 눈꺼풀 아래 두 눈이 휘둥그레졌다. 스트러더스 부인의 과거에 대해서는 아직도 불확실한 게 많았다.

잭슨 씨가 다시 말을 이었다. (아처는 그의 표정을 보고, 이 집 식구들은 집사가 쇠칼로 오이를 자르는 걸 왜 내버려두는지 모르겠다고 생각하고 있음을 눈치챘다.) "그러다가 레뮤얼 스트러더스를 만난 거죠. 광고업자가 구두약 광고에 그 여자의 머리를 그려넣었다나. 왜 그 여자 머리가 새카맣고 이집트 스타일이잖아요. 어쨌든 그러다가—결국— 그 여자랑 결혼하게 된 거죠." 잭슨 씨는 '결국'이라는 말을 한 자 한 자 힘을 주어 아주 천천히 발음하며 잔뜩 빈정거렸다.

"글쎄 뭐, 요즘 세상 돌아가는 꼴을 보면 그 정도는 아무것도 아니죠." 아처 부인이 상관없다는 듯 말했다. 모녀에게는 지금 스트러더스 부인이 문제가 아니었다. 엘런 올렌스카라는 새롭고 흥미진진한 주제에 대해 빨리 듣고 싶었던 것이다. 아처 부인이 스트러더스 부인 얘기를 꺼낸 것은 순전히 바로 그다음에, "그리고 뉴런드의 친척이 될 올렌스카 백작부인, 그 여자도 무도회에 왔던가요?" 하고 묻기 위해서였다.

부인이 아들 이름을 말할 때 어딘지 살짝 비꼬는 듯한 느낌이 있었는데, 아처도 그걸 알았고 예상도 했었다. 평소 웬만한 일에는 흥분하지 않는 아처 부인도 아들이 약혼했을 때는 정말 기뻐했다. ("더군다나 러시워스 부인과의 그 불장난 뒤에 말이야." 얼마 전 아처 부인은 제이

---

* 19세기 후반에 유행했던 밀랍인형극은 찰스 디킨스의 『골동품 상점』(1841)에서 유래한 순회공연으로, 배우들이 역사나 문학작품 속 유명한 인물들의 의상을 차려입고 밀랍인형처럼 연기하다가 태엽이 풀리듯 스르르 멈추는 방식으로 이야기를 풀어갔다.

니에게 이렇게 말했다. 그때만 해도 아처에게 이 사건은 평생 지워지지 않을 상처를 남긴 비극이었다.) 어떤 면에서 봐도 뉴욕에서 메이 웰런드만한 신붓감은 없었다. 아처는 당연히 그런 아가씨와 맺어져야 하지만, 젊은이들이 하도 철없고 천방지축이다보니―그리고 어떤 여자들은 대놓고 그런 청년들을 유혹하며 부도덕하게 구니까―부인의 외아들이 세이렌*의 섬을 무사히 지나쳐 나무랄 데 없는 가정이라는 안식처에 이르게 된 건 그야말로 기적에 가까운 일이었다.

아처는 어머니의 이런 생각을 빤히 알고 있었다. 그리고 자신의 약혼이 생각보다 일찍 발표되어 어머니가 당황했다는 것도 알고 있었다. 그가 오늘밤 외출하지 않은 것도 바로 그 때문이었다. (평소에 그는 다정하고 사려 깊은 아들이었다.) "밍곳 집안의 *단결력*은 잘 알지만, 뉴런드의 약혼이 왜 그 올렌스카라는 여자가 오고 가는 거에 영향을 받아야 하는지 이해가 안 가." 아처 부인은 제이니에게 투덜거렸다. 늘 상냥한 부인이 그렇게 짜증내는 걸 본 사람은 딸뿐이었다.

웰런드 부인 집에 갔을 때 아처 부인은 아주 점잖게 처신했지만(점잖은 걸로 치면 아처 부인을 따라올 사람이 없었다), 아처는 어머니와 동생이 혹시라도 올렌스카 부인이 들어올까봐 신경을 곤두세우고 있다는 걸 알았다(메이도 마찬가지였다). 방문을 마치고 그 집에서 나온 뒤에야 부인은 아들에게 이렇게 말했다. "오거스타 웰런드가 혼자 있을 때 찾아가서 천만다행이야."

아처 자신도 밍곳 집안이 무리수를 두고 있다고 생각하는 판에 어머

---

* 그리스신화 속 여성의 얼굴에 새의 몸을 가진 괴물로, 노랫소리로 선원을 유혹하여 바다에 뛰어들어 죽게 하거나 배가 난파되게 만든다.

니가 이렇게나 속을 끓이는 걸 보니 더욱 신경이 쓰였다. 하지만 자신에게 가장 중요한 문제를 서로에게 털어놓는 건 이 모자로서는 절대 용납할 수 없는 일이었기에 아처는 그저 이렇게 말했다. "글쎄요, 약혼을 하면 한동안 양가 사람들을 다 만나야 하잖아요. 그 단계가 빨리 끝날수록 좋죠." 그러자 부인은 시럽 바른 포도 모양 장식이 붙은 회색 벨벳 보닛의 레이스 베일 아래서 말없이 입술을 오므렸다.

아들이 볼 때 그녀의 복수—당연히 할 수 있는 복수—는 그날 저녁 잭슨 씨와 올렌스카 백작부인에 대해 얘기하는 것이었다. 사람들 앞에서 밍곳 집안과의 약혼을 발표한 아처로서는 부인이 사석에서 무슨 얘기를 하든 상관없었다. 하지만 그 얘기를 또 듣는 건 지겨울 것 같았다.

잭슨 씨는 집사가 자기만큼이나 떨떠름한 표정으로 건네준 미지근한 필릿 한 조각을 맛보더니 버섯소스는 슬쩍 냄새만 맡아보고는 안 먹겠다고 했다. 노인은 배도 고프고 심기도 불편해 보여, 아처는 그가 엘런 올렌스카 얘기로 식사를 마무리하리라 짐작했다.

잭슨 씨는 의자 등받이에 기대앉아 짙은 색 액자에 담겨 어두운 벽에 걸린 아처, 뉴런드, 밴 더 라이든 집안사람들의 초상화가 불빛에 물든 모습을 바라보았다.

"자네 조부는 정말 미식가셨지, 뉴런드!" 잭슨 씨는 전면에 하얀 기둥을 세운 시골 저택 앞에 스톡타이를 목에 매고 청색 코트 차림으로 선 통통하고 가슴이 떡 벌어진 청년의 초상화를 보며 말했다. "흠, 흠, 흠…… 이렇게 외국인하고 결혼하는 사람들을 보면 저 양반이 뭐라고 하실지 궁금하구먼!"

아처 부인이 선조의 식도락 얘기에 깔린 암시를 못 알아들은 척하자, 잭슨 씨는 신중한 어조로 말을 이었다. "그런데 그 여자, 무도회에는 안 왔더군요."

"아, 그렇군요……" 부인이 '그 정도 양심은 있어야지'라는 어조로 대꾸했다.

"보퍼트 부부가 그 여자를 모를 수도 있잖아요." 제이니가 어설프게 비꼬듯 말했다.

그러자 잭슨 씨가 마치 마음속으로 마데이라 와인을 음미하고 있던 양 나지막이 흡! 소리를 냈다. "보퍼트 부인은 모를 수 있지만 보퍼트는 알지. 아까 낮에 온 뉴욕 사람이 지켜보는 가운데 그 여자랑 5번 애비뉴를 활보하던걸."

"세상에……" 설사 외국인이라 해도 어떤 행동은 양심 때문에 차마 못할 거라고 주장하려던 아처 부인은 그게 아니라는 걸 깨닫고 한숨을 내쉬었다.

"그 여자가 낮에 둥근 모자를 쓰는지 보닛을 쓰는지 궁금하네요. 오페라하우스에 올 때는 잠옷처럼 아주 단순하고 몸에 딱 붙는 진청색 벨벳 드레스를 입었다던데." 제이니가 물었다.

"제이니!" 부인이 소리치자 얼굴이 빨개진 아처 양은 애써 넉살 좋은 표정을 지었다.

"어쨌든 그 무도회에 올 정도로 분별없는 여자는 아닌가보네요." 부인이 말을 이었다.

그 순간 아처는 장난기가 발동했다. "분별력의 문제가 아니었어요. 메이 말로는 처음에는 오려고 했는데 드레스가 별로라 안 온 거래요."

아처 부인은 그 말 뒤에 숨은 진실을 감지하고 빙긋 웃었다. "가여운 엘런," 그녀는 동정어린 말투로 덧붙였다. "메도라 맨슨이 그렇게 길렀으니 이해해야지. 사교계 데뷔 무도회에 검은 실크 드레스를 입고 나타난 아이니 말 다 했죠."*

"아, 나도 그 옷 기억나요!" 잭슨 씨가 말했다. "정말 안됐어!" 노인은 그날의 기억을 즐기면서도 그때 이미 올렌스카 부인의 앞날을 훤히 내다봤다는 어조로 이렇게 말했다.

"그 여자는 왜 엘런같이 멋없는 이름을 그냥 쓰는 거죠? 나 같으면 일레인으로 바꿨을 텐데." 제이니가 말하고는 세 사람의 눈치를 살폈다.

그러자 아처가 웃으며 물었다. "왜 하필 일레인이야?"

"글쎄, 뭐랄까, 왠지 더 폴란드 이름 같잖아." 제이니가 얼굴을 붉히며 대답했다.

"더 튀는 이름인데. 그 여자는 그러길 원치 않을 거야." 아처 부인이 냉담하게 말했다.

"왜요?" 아처가 불쑥 끼어들어 따지듯 물었다. "튀고 싶으면 튈 수도 있지, 그러면 왜 안 돼요? 그 여자가 왜 자기가 잘못한 것처럼 몰래 숨어 다녀야 해요? 불행한 결혼을 했으니 '가여운 엘런'은 맞지만, 죄인같이 숙이고 다닐 필요는 없다고 봐요."

"그게 바로 밍곳 집안의 입장인 것 같아." 잭슨 씨가 말했다.

아처는 얼굴을 붉혔다. "그쪽 말을 듣고 이러는 건 아니에요. 올렌스카 부인이 불운한 건 맞지만, 그 때문에 따돌림을 당해서는 안 되잖아요."

---

* 사교계에 처음 나오는 여성은 순결을 상징하는 하얀 드레스를 입었다.

"온갖 소문이 무성해." 잭슨 씨가 제이니를 흘깃 보며 말했다.

"아, 저도 알아요, 비서 말이죠." 아처가 맞섰다. "어머니, 걱정 마세요. 제이니도 어른이에요. 짐승 같은 남편 때문에 죄수처럼 갇혀 살던 그 여자를 비서가 탈출시켜줬다고 하던데, 그게 어때서요? 그런 상황에서는 누구든 그렇게 했을 거예요."

잭슨 씨는 고개를 돌려 침울한 표정의 집사에게 말했다. "아까 그 소스…… 조금만 가져오게." 그런 다음 한 입 먹고는 이렇게 말했다. "집을 구하고 있다던데. 정말 여기서 살 건가봐."

"남편하고 이혼할 생각이라던데요." 제이니가 용감하게 말했다.

"정말 그랬으면 좋겠어!" 아처가 소리쳤다.

그 말이 폭탄처럼 아처가 다이닝룸의 순수하고 평온한 분위기를 깨트려버렸다. 아처 부인은 '집사가 듣고 있잖니……'라는 의미로 섬세한 눈썹을 치켜올렸다. 아처 본인도 그렇게 사적인 문제를 여러 사람 앞에서 얘기하는 건 점잖지 못하다는 걸 알고 있었기에 얼른 화제를 돌려 밍곳 부인 댁에 찾아갔던 얘기를 했다.

저녁식사 후, 아주 오래전부터 그래왔듯이 잭슨 씨와 아처는 아래층에서 담배를 피웠고, 아처 부인과 제이니는 긴 치맛자락을 끌고 응접실로 올라가 밑에 녹색 비단 주머니가 놓인 자단목 작업탁자에 마주앉아 무늬가 새겨진 등피를 씌운 카르셀등 불빛 곁에서 아처의 신혼집 응접실에 놓을 '예비' 의자를 장식할 태피스트리 천 *끄트머리*에 들꽃을 수놓았다.

응접실에서 이런 의식이 진행되는 동안 아처는 고딕양식으로 꾸민 서재의 벽난로 앞 안락의자에 앉아 잭슨 씨에게 시가를 내밀었다. 노인은 커다란 의자에 몸을 묻고 (아처 부인이 아니라 그 아들이 산 고급품이니) 편안한 마음으로 시가에 불을 붙인 다음, 늙어서 살이 밭은 발목을 난로 쪽으로 쭉 뻗더니 이렇게 말했다. "자네 아까 그 비서가 남편한테서 벗어날 수 있게 도와주기만 했다고 그랬지? 글쎄, 그렇다면 일 년씩이나 계속 도와줬다는 거네. 둘이 로잔에서 같이 사는 걸 본 사람이 있어."

뉴런드의 얼굴이 붉어졌다. "같이 살았다고요? 흠, 그게 어때서요? 그 여자 인생이니 본인 마음대로 할 수 있는 거 아닌가요? 남편이 다른 여자들과 살고 싶다고 해서 부인을 그 나이에 산 채로 매장시키려 하다니, 그런 위선은 정말 신물나요."

아처는 말을 멈추고 화난 얼굴로 휙 돌아서서 시가에 불을 붙였다. "여자들도 우리처럼 자유롭게 살 권리가 있어요." 아처는 너무 짜증이 나서 그 말이 불러올 엄청난 파장은 생각할 겨를이 없었다.

실러턴 잭슨 씨는 발목을 불 쪽으로 좀더 뻗으며 빈정거리듯 휘파람을 불었다.

잠시 후 노인이 말했다. "글쎄, 올렌스키 백작도 자네랑 같은 생각인가봐. 지금까지 아내를 되찾으려고 손가락 하나 까딱하지 않았다고 하니까."

6

그날 저녁, 잭슨 씨가 돌아가고 모녀가 사라사 커튼이 드리워진 침실로 자러 간 뒤, 뉴런드 아처는 생각에 잠긴 채 자기 서재로 올라갔다.

평소와 마찬가지로 오늘도 누군가가 잊지 않고 난롯불을 지피고 등잔의 심지도 손질해놓았다. 책들이 즐비하게 꽂혀 있고, 맨틀피스에 청동과 철로 빚은 조각상 〈검객들〉과 명화의 복제본 액자들이 놓여 있는 서재는 오늘따라 유난히 편하고 아늑해 보였다.

벽난로 앞 안락의자에 푹 주저앉자 사귀기 시작할 무렵에 받은 메이 웰런드의 큰 사진이 눈에 들어왔다. 원래 있던 다른 사진들을 다 밀어내고 지금은 그 사진이 탁자를 독차지하고 있었다. 아처는 자기가 관리하게 될 젊은 영혼의 얼굴을 보며 그 솔직한 이마, 진지한 눈빛, 명랑하고 순수한 입매에 새삼 외경심을 느꼈다. 아처 자신이 속해 있고 신봉하는 체제의 무서운 산물, 아무것도 모르는 채 모든 것을 기대하는 젊은 아가씨가 메이 웰런드의 친숙한 이목구비 뒤에서 낯선 사람처럼 그를 마주보고 있었다. 그 순간 다시금 결혼은 지금까지 배워온 대로 안전한 정박지가 아니라 미지의 바다로 떠나는 항해라는 생각이 들었다.

올렌스카 백작부인의 일로 그가 오래전부터 당연하다고 생각해온 것들이 흔들리며 그의 마음속을 위태롭게 떠다녔다. "여자들도 우리처럼 자유롭게 살 권리가 있어요"라는 자신의 말은 그의 세계에서 지금까지 존재하지 않는다고 합의된 문제의 근간을 뒤흔드는 발언이었다. '점잖은' 여자들은 아무리 부당한 일을 당해도 아처가 말한 그런 자유를 요구하지 않을 터였다. 그렇기에 자기처럼 너그러운 남자들은—격렬한 논쟁에 휘말리면—기사도 정신을 발휘해 더 기꺼이 그런 자유를 허락할 터였다. 그런 관대한 발언은 실은 사회질서를 유지하고 사람들을 해묵은 관습에 옭아매는 불변의 규범을 가리는 위장에 지나지 않았다. 그런데 지금 그는 약혼자의 사촌 편에 서서, 자신의 아내가 그랬다면 종교와 국가가 내릴 수 있는 징벌을 모두 받아 마땅하다고 생각했을 행동을 옹호해주기로 공언한 셈이었다. 이 딜레마는 물론 하나의 가설에 지나지 않았다. 그는 그 비열한 폴란드 백작이 아니므로 그 사람입장에서 부인이 가진 권리들을 따져볼 필요도 없었다. 하지만 아처는예리한 사람이었기에, 이보다 훨씬 더 가볍고 하찮은 일도 자신과 메이의 관계에 영향을 줄 거라는 생각이 들었다. 자신은 '점잖은' 남자이니약혼녀에게 과거를 숨겨야 하고, 메이는 결혼 적령기의 여자로서 감출과거가 없어야 하니, 둘은 서로에 대해 아무것도 알 수가 없었다. 만약두 사람이 사소한 이유로 상대방이 싫어지거나, 서로를 오해하거나 짜증나게 한다면 어떤 일이 벌어질까? 마음속으로 (주로 금슬 좋은) 친구들의 결혼생활을 떠올려보니 앞으로 자기가 메이 웰런드와 같이 가꿔가고 싶은 열정적이고 다정한 동반자 관계와 아주 조금이라도 비슷한 경우는 단 한 집도 없었다. 그런 관계는 지금껏 메이가 절대 갖추지못하도록 훈련받은 인생 경험, 융통성, 자유로운 판단력을 갖춘 여성과결혼할 경우에만 가능했다. 그러니 아처 자신의 결혼생활 역시 주변의다른 부부들과 마찬가지로 부인의 무지와 남편의 위선으로 유지되는경제적, 사회적 이해관계의 무미건조한 결합에 지나지 않을 터였다. 그런 생각을 하니 불길한 예감으로 정신이 아찔했다. 그러고 보니 로런스레퍼츠야말로 그런 대단한 이상을 가장 완벽하게 실현한 남편이었다.'격식'의 권위자답게 레퍼츠는 부인을 완전히 자기 편의에 맞게 길들였고, 그 결과 부인은 남편이 다른 유부녀와 대놓고 바람을 피워도 아무것도 모른 채 벙긋거리면서 "로런스는 정말 너무 엄격해요"라고 말하고 다녔으며, 누군가 (출신이 불분명한 '외국인'답게) 줄리어스 보퍼트가 '딴살림'을 차렸다고 얘기하자 발끈해서 얼굴을 붉히며 시선을 돌린 적도 있었다.

아처는 자신은 래리 레퍼츠 같은 바보가 아니고, 메이 또한 가여운 거트루드 같은 숙맥이 아니라는 생각을 하면서 마음을 달랬다. 하지만 이는 사실 기준의 차이가 아니라 지능의 차이일 뿐이었다. 그들은 모두 진실을 말하거나 행동으로 옮기거나 생각하지 않고, 그저 일종의 자의적인 기호로만 표현하는 상형문자 같은 세계에 살고 있었다. 웰런드 부인이 아처가 보퍼트가의 무도회에서 약혼을 발표하도록 딸을 압박한 진짜 이유를 알면서도(부인 자신도 아처가 당연히 그래야 한다고 생각했으면서도), 진보한 문명사회 사람들 사이에서 인기를 끌기 시작한 '원시인'에 대한 책들*에서처럼 야만족 신부가 부모의 천막에서 강제로 끌려나가는 양 별로 내키지 않는 기색으로 딸의 약혼을 허락한 것이 바로 그 예였다.

그 결과, 이 정교한 신비화 체계의 중심인 아가씨는 그 특유의 솔직함과 자신감 때문에 더 알 수 없는 존재가 되어버렸다. 가여운 그녀는 감출 게 아무것도 없어서 솔직했고, 뭐가 위험한지 모르기 때문에 자신 있었다. 그리고 그 이상의 아무런 준비도 없이 갑자기 (어른들의 모호한 용어를 빌리자면) '삶의 현실' 속으로 던져졌다.

아처는 진솔하고 편안한 마음으로 메이를 사랑했다. 약혼녀의 눈부신 미모, 건강한 몸, 승마술, 우아한 태도, 게임할 때의 영리함, 그리고 자신의 지도 아래 여러 책과 사상에 수줍게 관심을 보이기 시작하는

---

* 당시 출간된 다윈의 『인간의 유래』(1871), 타일러 경의 『원시 문화』(1871), 허버트 스펜서의 『종합철학체계』(1862) 등을 말한다.

모습이 그를 기쁘게 했다(그녀는 아처와 함께 「아서왕 이야기」를 비웃을 정도로 유식해졌지만, 아직 「율리시스」나 「연꽃 먹는 사람들」의 아름다움을 이해할 정도는 아니었다*). 그녀는 솔직하고, 충실하고, 용감하고, (아처의 농담에 웃어주어서 알게 된 거지만) 유머 감각도 있는데다 세상을 순수하게 바라보는 그 영혼 깊숙한 곳에는 일깨워보면 정말 빛날 것 같은 깊은 감정도 가지고 있었다. 그런데 잠시 메이의 장점들을 살펴보니 그 모든 솔직함과 순수함이 실은 훈련의 산물일 뿐이었고, 그 생각을 하니 기운이 빠졌다. 사실 자연 상태의 인간은 솔직하지도 순수하지도 않았다. 오히려 본능적인 가식에서 비롯된 온갖 술수와 방어기제로 가득한 존재였다. 어머니, 이모, 할머니, 그리고 오래전에 세상을 떠난 선대 할머니들의 음모를 통해 너무도 교묘하게 만들어진 메이 같은 아가씨들의 이 인위적인 순수함을 생각하자 아처는 마음이 무거워졌다. 사람들은 대개 결혼하는 남자들은 그렇게 순수한 여자를 원하고, 그런 여자와 결혼할 권리를 갖고 있다고 여겼다. 신부의 그런 순수함을 눈사람처럼 깨부수는 것이 주인된 남편의 기쁨이라고 생각했기 때문이다.

이런 생각은 어딘지 진부한 데가 있었다. 결혼을 앞둔 남자들은 흔히들 이런 상념에 빠졌다. 신랑들은 자기 비하에 빠지거나 자신의 잘못을 뉘우치곤 했지만, 뉴런드 아처는 그 반대였다. 그는 (새커리의 소설에서 주인공들이 그러는 게 자주 짜증스러웠는데) 자신이 메이만큼 순수하지 않다는 게 전혀 안타깝지 않았다. 자신 역시 그녀처럼 자랐다면

---

* 모두 19세기 영국 계관시인 앨프리드 테니슨 경의 시.

둘이 결혼했을 때 그야말로 '숲속의 아이들'*에 나오는 길 잃은 남매보다 더 헤맸을 터였다. 아처는 아무리 머리를 굴려봐도 남자인 자신이 누려온 자유를 (그러니까 자신의 일시적인 쾌락이나 남자의 허영심에서 나오는 바람기와 연관된 건 제외하고) 자기 약혼녀는 어째서 누리면 안 된다는 건지 솔직히 이해가 안 갔다.

이런 시간에는 그런 의문들이 머릿속을 떠돌기 마련이었다. 그렇지만 이렇게 마음이 불편할 정도로 끈질기고 선명하게 떠오르는 것은 하필이면 이때 나타난 올렌스카 백작부인 때문이라는 생각이 들었다. 막 약혼한 이때, 순수한 생각과 밝은 희망만이 가득해야 하는 시기에, 그녀 때문에 제기된 여러 스캔들에 연루되어 건드리고 싶지 않은 온갖 시답잖은 문제로 고민하고 있었다. "망할 엘런 올렌스카!" 아처는 난롯불을 재로 덮어 끄고 옷을 벗으면서 투덜거렸다. 그녀의 삶이 아처 자신의 삶과 왜 엮여야 하는지 알 수 없었다. 하지만 메이와의 약혼 때문에 어쩔 수 없이 백작부인 편을 들게 된 것이 어쩌면 아주 큰 위험을 초래할 수도 있겠다는 생각이 어렴풋이 들었다.

며칠 후 벼락이 떨어졌다.

러벌 밍곳가에서 (하인이 세 명 추가되고, 한 코스에 두 가지 요리가 나오고, 식탁 중앙에 로마식 펀치**가 놓이는) '정식 만찬' 초대장이 날아온 것이다. 초대장 상단에는 '올렌스카 백작부인 환영 만찬'이라고

---

* 16세기경부터 여러 형태로 전해내려온 영국 민담. 아버지를 잃은 어린 남매가 그들의 재산을 노린 삼촌의 간계로 숲에 버려져 죽게 되는 이야기.
** 셔벗보다 알갱이가 굵은 빙과류로 레몬주스, 럼, 설탕 등으로 만든다.

적혀 있었다. 손님을 환대하는 미국의 전통에 따라, 뉴욕 사교계는 외국인을 왕족이나 적어도 그 왕족들이 보낸 대사처럼 대접했다.

대담하면서도 까다롭게 초대 손님을 고른 걸 보니 틀림없이 캐서린 밍곳의 솜씨였다. 아주 오래전부터 모든 사람의 파티에 참석해 어디에나 초대받는 셀프리지 메리 부부, 밍곳가와 친척지간인 보퍼트 부부, 실러턴 잭슨 씨와 (오빠가 가라면 어디든 가는) 소피 잭슨 양은 물론, 젊은 세대 중에서 가장 멋지고 평판 좋은 부부가 몇 쌍 있었고, 로런스 레퍼츠 부부, (매력적인 미망인) 레퍼츠 러시워스 부인, 해리 솔리 부부, 레지 치버스 부부, 젊은 모리스 대거넷과 (밴 더 라이든 집안 출신인) 그의 부인도 있었다. 정말 완벽한 조합이었다. 이들은 길고 긴 뉴욕의 사교 시즌 동안 싫증난 기색 없이 밤낮으로 모여 노는 몇 안 되는 핵심 그룹이었기 때문이다.

그로부터 사십팔 시간 후, 믿을 수 없는 일이 벌어졌다. 보퍼트 부부와 잭슨 씨 남매를 제외한 모든 손님이 밍곳가의 초대를 거절한 것이다. 밍곳 집안사람인 레지 치버스조차 초대를 거부했다는 사실이 충격을 더했다. 사람들은 으레 쓰는 '선약이 있어서'라는 예의상의 핑계도 없이 그냥 '초대에 응할 수 없어 안타깝다'는 말만 써 보냈다.

당시 뉴욕 사교계는 구성원도 자원도 적었기 때문에 (마차 대여업자, 집사, 요리사를 비롯해) 모두들 누가 정확히 언제 시간이 나는지 빤히 알았다. 따라서 러벌 밍곳 부인의 초대장을 받은 사람들이 올렌스카 백작부인을 만나기 싫다는 의사를 노골적으로 전한 셈이었다.

예기치 못한 사태였지만, 밍곳 집안은 평소처럼 씩씩하게 이 문제를 해결했다. 러벌 밍곳이 웰런드 부인에게 이 사태를 털어놓자, 부인은 이를 뉴런드 아처에게 알렸고, 분개한 그는 어머니에게 단호하고 열정적인 어조로 도움을 청했다. 아처 부인은 내심 내키지는 않았지만, 겉으로는 (지금까지 늘 그래왔듯이) 차일피일 미루다가 어느 날 갑자기 그때까지 망설여온 만큼 더 열성적으로 아들의 요청을 들어주기로 결심하고 회색 벨벳 보닛을 쓰며 이렇게 말했다. "루이자 밴 더 라이든 좀 만나봐야겠구나."

당시 뉴욕 사교계는 아주 작고, 밀려내려가기 쉬운 피라미드 모양이었다. 갈라진 틈새나 밑에서 딛고 올라갈 발판을 찾기가 힘들었다. 피라미드 맨 아래쪽에는 아처 부인이 '보통 사람들'이라고 부르는 집단이 굳건하게 자리잡고 있었다. 점잖지만 별로 특별할 게 없는 대다수의 집안은 (스파이서가나 레퍼츠가, 잭슨가처럼) 상류층과의 혼맥을 통해 위로 올라갔다. 아처 부인이 늘 말하듯이 사람들은 전만큼 까다롭지 않았고, 5번 애비뉴 한쪽 끝에서 늙은 캐서린 스파이서가, 다른 쪽 끝에서 줄리어스 보퍼트가 위세를 떠는 걸 보면 옛 전통이 끝날 날도 멀지 않은 듯했다.

부유하지만 그 밖에는 별 특징이 없는 이 중간층에 비해 수가 훨씬 적은 지배 그룹에는 밍곳가, 치버스가, 맨슨가가 속해 있었다. 보통 사람들 눈에는 이들이 피라미드의 꼭대기였다. 하지만 그런 집안사람들 역시 (적어도 아처 부인 세대에는) 계보학 전문가들의 눈으로 보면 그보다 훨씬 소수의 가문만이 진짜 상류층임을 알고 있었다.

아처 부인은 자녀들에게 늘 이렇게 말했다. "요즘 신문에 나오는 뉴욕 최상층에 대한 얘기는 다 엉터리야. 정말 있다 해도 밍곳이나 맨슨 집안은 아니야. 뉴런드가랑 치버스가도 마찬가지고. 우리 집안 할아버지, 증조할아버지는 그저 돈을 벌려고 식민지에 건너온 착실한 영국 상인, 네덜란드 상인 들로 돈을 많이 벌어서 미국에 정착하셨던 거야. 너희 증조할아버지 중에는 독립선언문에 서명하신 분도 있고, 워싱턴 장군 휘하에 계시던 장군으로 새러토가전투가 끝난 후 버고인 장군*의 칼을 받으신 분도 있지. 그런 건 물론 자랑스러운 일이지만 지위나 계층하고는 상관없어. 뉴욕은 예나 지금이나 상업적인 공동체고, 진정한 의미에서 귀족이라고 할 만한 집안은 이 도시에 셋 정도밖에 안 돼.”

아처 부인과 두 자녀는 뉴욕의 다른 사람들과 마찬가지로 그들이 누구인지 잘 알고 있었다. 그건 바로 유서 깊은 영국 지방귀족 출신으로 피트가 및 폭스가**와 연을 맺은 워싱턴스퀘어의 대거닛가, 그라스 백작***의 후손들과 혼맥을 맺은 래닝가, 그리고 맨해튼 최초의 네덜란드 총독****의 후손으로 독립전쟁 전에 영국 및 프랑스 귀족과 사돈을 맺은 밴 더 라이든가였다.

래닝가에 생존해 있는 자손이라고는 고령이지만 정정한 두 자매뿐이었는데, 이들은 조상들의 초상화와 치펀데일 가구*****로 꾸며진 저

---

* 1777년 새러토가전투 후 미국의 게이츠 장군에게 투항한 영국 장군.
** 영국의 유서 깊은 명문가들. 피트가의 명사로는 초대 채텀 백작 윌리엄 피트(정치가, 영국 수상), 그의 아들이자 역시 수상이었던 윌리엄 피트 등이 있다. 폭스가의 명사로는 뛰어난 정치가 겸 웅변가인 찰스 제임스 폭스가 있다.
*** 독립전쟁 당시 미국 편에 서서 싸운 프랑스 제독.
**** 맨해튼의 초대 총독 페터르 미나위트는 독일에서 태어나 네덜란드로 이주한 가문 출신인데, 네덜란드 이민자들의 대표로서 알곤킨 인디언들과의 거래를 통해 헐값에 맨해튼을 구입했다고 한다.
***** 런던의 가구제작자 토머스 치펀데일이 디자인한 가구로, 날렵하고 우아한 양식이 특징이다.

택에서 지난날을 돌아보며 쾌활하게 살고 있었다. 대거넷가는 볼티모어와 필라델피아의 최상류층과 혼맥으로 얽힌 명문가였다. 이 두 가문보다 훨씬 대단했던 밴 더 라이든가는 저녁노을 속으로 스러져가는 형국으로, 이제 헨리 밴 더 라이든 부부만이 명맥을 잇고 있었다.

헨리 밴 더 라이든 부인의 결혼 전 이름은 루이자 대거넷이었고, 콘월리스 장군* 휘하에 있다가 전쟁이 끝난 후 (세인트오스트리 공작의 다섯째 딸인) 부인 앤젤리카 트리베나와 메릴랜드에 정착한 뒤락 대령의 손녀가 그녀의 어머니였다. 대거넷가, 메릴랜드의 뒤락가, 그리고 영국 콘월에 사는 귀족 트리베나가는 늘 절친하게 지냈다. 헨리 밴 더 라이든 부부는 트리베나 집안의 현 가주인 세인트오스트리 공작이 소유한 콘월 시골의 대저택은 물론이고 글로스터셔의 세인트오스트리에도 오랫동안 묵은 적이 있었고, (공작부인은 뱃멀미 때문에 올 수 없지만) 공작 역시 언젠가 이쪽을 꼭 방문하겠다고 말하곤 했다.

헨리 밴 더 라이든 부부는 메릴랜드에 있는 자기 집 트리베나와, 네덜란드 정부가 유명한 초대 맨해튼 총독에게 하사한 스카이터클리프라는 허드슨강 연안의 대영지를 오가며 생활했다. 거기서는 헨리 밴 더 라이든 씨를 아직도 '퍼트룬'**이라고 불렀다. 매디슨 애비뉴에 있는 그들의 대저택은 거의 항상 잠겨 있었고, 두 사람은 뉴욕에 나올 때도 절친한 몇 사람만 초대했다.

"뉴런드, 너도 같이 가면 좋은데." 아처 부인이 브라운 쿠페 문 앞에

---

* 1781년 독립전쟁을 종식시킨 버지니아주 요크타운전투에서 워싱턴 장군에게 투항한 영국 장군.
** 네덜란드 통치하의 뉴네덜란드, 즉 뉴욕주 및 뉴저지주에서 장원을 소유한 대지주.

서서 말했다. "그 댁 부인께서 너를 아끼시잖니. 내가 이러는 것도 다 메이 때문이고, 우리가 같이 합심하지 않으면 사교계라는 것 자체가 없어질지도 몰라."

7

헨리 밴 더 라이든 부인은 친척 동생인 아처 부인의 이야기를 조용히 들었다.

부인은 원래 말수가 적고, 타고난 천성과 어릴 때부터 받아온 교육 때문에 어떤 문제든 확실한 의견을 밝히는 성격도 아니었지만, 자기가 좋아하는 사람들에게는 정말 친절했다. 그렇지만 이런 사실을 익히 알고 직접 겪어본 사람도, 천장이 높고 벽이 하얗게 칠해진 이 매디슨 애비뉴의 응접실에서, 얼핏 봐도 그 방문 때문에 일부러 덮개를 벗긴 연한 색의 브로케이드 안락의자에 앉아, 여전히 거즈 천으로 덮여 있는 맨틀피스 위의 금박 장식품들과 아름답고 고풍스러운 음각 액자에 담긴 게인즈버러의 〈앤젤리카 뒤락 부인의 초상〉*을 보며 부인과 면담하고 있노라면 어쩔 수 없이 한기가 들었다.

헌팅턴이 그린 (검은 벨벳과 베네치아 니들레이스로 치장한) 밴 더 라이든 부인의 초상화가 어느 아름다운 선조의 초상화와 서로 마주보

---

* 게인즈버러는 영국 화가이나 〈앤젤리카 뒤락 부인의 초상〉은 가상의 초상화. 소설 속에서 앤젤리카 부인은 밴 더 라이든 부인의 외가 쪽 증조모.

게 걸려 있었다. 부인의 초상은 '카바넬* 작품 못지않게 뛰어나다'는 평가를 받았고, 완성된 지 이십 년이 지났지만 지금도 '실물과 똑같다'는 느낌을 주었다. 그 그림 아래서 아처 부인의 이야기를 듣고 있는 밴 더 라이든 부인은 젊은 시절의 자신과 쌍둥이 자매라고 해도 좋을 정도로 여전히 아름답고 젊어 보였다. 그림 속 여인은 초록색 렙** 커튼 앞에 놓인 금박 안락의자에 다소곳이 앉아 있었다. 부인은 지금도 사교계 행사에 참석하거나, (남의 집에 가는 일은 없기 때문에) 자택에 사람들을 초대할 때면 벨벳 드레스와 베네치아 니들레이스를 걸쳤다. 색은 바랬지만 하얗게 세지는 않은 금발을 앞가르마를 타 올린 모양도 여전했다. 그녀의 연푸른색 눈 사이를 가르는 반듯한 코는 초상화가 그려진 당시와 비교하면 콧구멍 주변에만 주름이 살짝 졌을 뿐이었다. 뉴런드의 눈에 부인은 빙하에 갇혀 오래도록 혈색을 잃지 않는 시체들처럼, 숨막히게 모범적인 생활 속에서 섬뜩할 정도로 완벽하게 미모를 유지하고 있는 사람으로 보였다.

다른 식구들과 마찬가지로 아처도 밴 더 라이든 부인을 좋아하고 존경했지만, 외가의 나이 지긋한 이모들, 말도 안 들어보고 거절부터 하는 사나운 독신 여자들의 험상궂은 표정보다 그녀의 상냥하고 부드러우며 유순한 태도가 더 어렵게 느껴졌다.

밴 더 라이든 부인은 늘 거절도 승낙도 아니지만 일단 도와줄 것 같은 표정으로 진득하게 얘기를 듣다가 얇은 입술에 살짝 미소를 띠며, "일단 남편하고 상의해볼게" 했다.

_____

* 알렉상드르 카바넬. 〈비너스의 탄생〉을 그린 프랑스 화가.
** 골지게 짠 천.

그런데 밴 더 라이든 부부는 서로 너무도 비슷했기 때문에 아처는 사십 년 동안 늘 그렇게 금슬 좋게 살면서 동질화된 사람들이 '상의'같이 이론의 여지가 많은 일을 할 만큼 서로 분리될 수 있다는 게 신기하다고 생각했다. 하지만 두 사람 모두 이토록 신기한 비밀회의를 거치지 않고는 어떤 결정도 내리지 않았기 때문에, 아처 모자는 상황을 다 설명한 다음 예의 그 말이 나오기를 하릴없이 기다렸다.

그런데 평소에는 예기치 않은 행동을 하지 않는 밴 더 라이든 부인이 오늘은 놀랍게도 긴 손을 뻗어 종 울리는 줄을 잡아당겼다.

"헨리한테 이 이야기를 해야 할 것 같아."

하인이 나타나자 부인이 침착하게 말했다. "밴 더 라이든 씨한테 신문 다 봤으면 좀 내려오시라고 전해줘."

부인은 '신문을 본다'는 말을 마치 장관 부인이 '지금 각료회의를 하고 계시다'고 말하는 듯한 어조로 했다. 오만해서가 아니라 평생 익혀 온 습관과 친지들의 태도 때문에 남편의 사소한 행동까지도 말할 수 없이 중요하다고 여기게 된 것이다.

그렇게 바로 조치하는 걸 보면 부인도 아처 부인과 똑같이 이 상황을 화급하다고 생각하는 듯했다. 하지만 벌써 어떤 약조를 한 것처럼 비칠까봐 아주 상냥한 얼굴로 이렇게 말했다. "그이는 원래 자네 만나는 걸 좋아하잖아, 애들린. 뉴런드 약혼도 직접 축하해주고 싶을 거고."

이윽고 쌍여닫이문이 엄숙히 열리더니 그 사이로 헨리 밴 더 라이든 씨가 들어왔다. 큰 키에 호리호리한 몸매, 프록코트, 색 바랜 금발, 자기 부인처럼 반듯한 콧날, 그리고 부인의 연청색 눈동자가 그렇듯 연회색 눈동자에 상냥함이 응고되어 있는 듯 보였다.

밴 더 라이든 씨는 친척다운 상냥한 어조로 아처 부인에게 인사를 건네고 뉴런드에게는 아내와 똑같은 말로 약혼을 축하해주더니, 재위 중인 왕처럼 브로케이드 안락의자에 기대앉았다.

"지금 막 〈타임스〉를 다 읽고 왔어." 노인은 긴 손가락들을 한데 모으며 말했다. "시내에 나오면 오전에 너무 바빠서 신문은 오찬 후에 읽는 게 더 편해."

"아, 좋은 생각이세요. 실제로 에그몬트 삼촌은 조간신문은 저녁식사 후에 읽는 게 정신건강에 좋다고 하셨어요." 아처 부인이 맞장구를 쳤다.

"맞아. 아버님도 서두르는 걸 싫어하셨지. 그런데 요즘 사람들은 다들 정신없이 사는 것 같아." 밴 더 라이든 씨는 아처가 볼 때 그들 부부를 완벽하게 반영하는, 거즈 천으로 뒤덮인 큰 방을 밝은 표정으로 천천히 둘러보며 차분하게 말했다.

"그런데 여보, 신문은 정말 다 읽은 거예요?" 부인이 물었다.

"그럼, 그럼……" 밴 더 라이든 씨가 걱정 말라는 듯 대답했다.

"그럼 애들린 얘기 좀 들어보세요."

"아, 실은 뉴런드 일이에요." 아처 부인이 빙긋 웃고는 러벌 밍곳이 당한 끔찍한 모욕에 대해 다시 한번 설명했다.

그러고는 이렇게 말을 맺었다. "오거스타 웰런드와 메리 밍곳도 뉴런드의 약혼 때문에라도 두 분께 이 일을 꼭 알려드려야 한다고 말하더라고요."

"아―" 밴 더 라이든 씨는 숨을 깊이 들이마셨다.

침묵이 흐르는 가운데 흰 벽난로 맨틀에 놓인 커다란 금박 시계의 초침 소리가 조포用砲 소리처럼 크게 들렸다. 아처는 호리호리하고 허옇게 늙은 부부를 보며 경외심을 느꼈다. 지금 왕족처럼 경직된 모습으로 나란히 앉아 있는 두 사람은 사실 스카이터클리프에 있는 완벽한 잔디밭에서 잡초나 뽑고 저녁이면 둘이 앉아 페이션스*를 하면서 한갓지고 소박하게 살고 싶을 텐데, 운명이 이들의 손에 쥐여준 역할, 아주 오래전부터 내려오는 권위를 대변하는 역할만을 수행하고 있었다.

이윽고 밴 더 라이든 씨가 말문을 뗐다.

"이 모든 게 정말 로런스 레퍼츠가 의도적으로 개입해서 일어난 일이라고 생각하는 거냐?" 그가 뉴런드를 바라보며 물었다.

"네, 확실합니다. 부인 앞에서 이런 말씀을 드리는 건 죄송하지만, 래리가 최근에 자기 동네의 우체국장 부인인지 뭐 그런 여자와 몹쓸 연애를 하고 나더니 평소보다 더 그러는 것 같아요. 그는 가여운 거트루드 레퍼츠가 뭔가 의심하는 눈치거나 문제가 생길 것 같으면 자기가 얼마나 도덕적인지 보여주기 위해 이런 식으로 법석을 떨고, 자기 부인에게 소개하고 싶지 않은 사람들을 주변에서 초대하기라도 하면 정말 난리 난 것처럼 소리소리 지르거든요. 지금 레퍼츠는 올렌스카 부인을 피뢰침으로 이용하고 있는 거예요. 전에도 이런 짓 하는 걸 여러 번 봤습니다."

"부부가 또!" 밴 더 라이든 부인이 말했다.

"부부가 정말!" 아처 부인이 맞장구를 쳤다. "로런스 레퍼츠가 사람들

---

* 혼자서 또는 둘이서 하는 카드 게임.

의 사회적 지위에 대해서 이러쿵저러쿵하는 꼴을 보면 에그몬트 삼촌이 뭐라고 하실까요? 이게 오늘날 뉴욕 사교계의 현실이에요."

"아직 그렇게까지 되지는 않았을 거야." 밴 더 라이든 씨가 결연한 어조로 말했다.

"두 분께서 좀더 자주 사교계에 나오시면 얼마나 좋을까요!" 아처 부인이 탄식했다.

하지만 다음 순간 아차 싶었다. 밴 더 라이든 부부는 사교계 출입이 드물다는 비난에 병적으로 예민했기 때문이다. 그들은 유행의 심판자 또는 대법관이었고, 본인들도 그걸 알고 있었다. 두 사람 다 그 운명에 순응했지만, 천성이 수줍음이 많고 은둔적이라서 그 역할에 맞지 않았다. 그래서 되도록 스카이터클리프의 한적한 전원에서 지냈고, 뉴욕 시내에 들어와도 건강을 핑계로 초대를 모두 거절했다.

뉴런드가 어머니의 말에 힘을 실어주었다. "뉴욕 사교계 사람들은 두 분이 무엇을 대표하시는지 잘 알고 있어요. 밍곳 부인이 이번에 올렌스카 백작부인이 당한 모욕을 두 분께 알려드리는 게 좋겠다고 생각한 것도 바로 그 때문이죠."

밴 더 라이든 부인이 남편을 바라보자, 그 역시 부인을 마주보았다.

이윽고 밴 더 라이든 씨가 입을 열었다. "그건 나도 용납 못 해. 명문가 출신의 누군가가 어떤 일을 당했을 때 그 집안사람들이 합심해서 밀어주면 제삼자는 더이상 할말 없는 거야."

"제 생각도 그래요." 밴 더 라이든 부인이 마치 새로운 걸 생각해낸 듯한 어조로 말했다.

밴 더 라이든 씨가 말을 이었다. "상황이 이렇게까지 된 줄은 몰랐어." 그러더니 자기 부인을 바라보았다. "올렌스카 백작부인은 메도라 맨슨의 첫 남편을 통해 이미 우리와 친척뻘이지. 뉴런드가 결혼하면 당연히 우리와 친척이 되기도 하고." 그러다가 아처를 향해 물었다. "오늘 아침 〈타임스〉 읽었나?"

"네, 그럼요." 매일 아침 커피 마실 때 대여섯 개의 신문을 읽어치우는 아처가 대답했다.

노부부는 다시 눈길을 마주치더니 색 바랜 눈으로 한동안 진지한 대화를 나누었고, 얼마 후 부인의 얼굴에 연한 미소가 번졌다. 남편의 뜻을 짐작하고 그에 동의한 눈치였다.

밴 더 라이든 씨가 아처 부인에게 말했다. "가서 러벌 밍곳 부인한테 전해주게. 이 사람이 파티에 갈 정도로 기운을 차리면 그날 저녁식사에 로런스 레퍼츠 대신 가겠다고 말이야." 그는 아처 부인이 그 숨은 뜻을 간파하기를 기다렸다가 말을 이었다. "그런데 보다시피 그렇지가 못하잖아." 아처 부인이 안타깝다는 얼굴로 공감을 표했다. "그런데 뉴런드가 오늘 아침 신문을 읽었다고 했지. 그러면 이 사람 친척인 세인트오스트리 공작이 다음주에 '러시아호'로 뉴욕에 온다는 기사를 읽었을 거야. 여름에 있을 인터내셔널 컵 레이스에 이번에 새로 건조한 귀네비어호를 출전시키고, 트리베나에서 들오리 사냥도 좀 하려고 오거든." 노인은 잠시 쉬었다가 더 친절한 어조로 말을 이었다. "그 양반을 메릴랜드로 모시고 가기 전에 우리집에 몇 사람 초대해서 간단하게 저녁을 대접하고 그뒤에 환영회를 열 생각이야. 그날 올렌스카 백작부인이 와준다면 우리 둘 다 좋을 것 같아." 노인은 자리에서 일어나 긴 몸을 굽혀 아처 부인에게 격식을 차려 인사하더니 이렇게 덧붙였다. "내가 대신 말하는 거지만, 이 사람이 곧 바람 쐬러 나갈 텐데 그때 초대장에 우리 명함을 넣어서—그래, 당연히 우리 명함을 넣어야지—직접 전달할 거야."

아처 부인은 그 말이 기다리게 하면 안 되는, 17핸드*의 밤색 말들이 끄는 마차가 문간에 대기하고 있다는 뜻임을 알아차리고 서둘러 고맙다는 인사를 했다. 밴 더 라이든 부인이 마치 아하수에로에게 간청한 것을 얻어낸 에스더** 같은 미소를 아처 부인을 향해 짓고, 그녀의 남편은 굳이 사례할 것 없다는 의미로 손을 쳐들어 보였다.

"나한테 고마워할 것 없어, 애들린. 전혀. 뉴욕에서 그런 일이 벌어지면 안 되잖아. 내 힘이 닿는 한 절대로 그런 일 없게 할 거야." 그는 관대한 제왕 같은 어조로 이렇게 말하며 아처 모자를 문 쪽으로 안내했다.

두 시간 후, 밴 더 라이든 부인이 계절에 상관없이 바람 쐬러 갈 때 타는 거대한 둥근 덮개 마차가 밍곳 노부인 집 앞에 서더니 큰 사각 봉투를 전하고 갔다는 사실이 시내 전역에 알려졌다. 그리고 바로 그날 저녁 오페라하우스에서 실러턴 잭슨 씨는 그 큰 사각 봉투 안에 밴 더 라이든 부부가 다음주에 친척인 세인트오스트리 공작을 위해 여는 정찬에 올렌스카 백작부인을 초대하는 카드가 들어 있었다고 전했다.

클럽 박스석 안에 있던 젊은이 몇 명은 이 말을 듣더니 웃음 띤 얼굴로 로런스 레퍼츠를 곁눈질했다. 레퍼츠는 박스석 앞쪽에 느긋하게 앉아 기다란 금빛 콧수염을 잡아당기며, 소프라노가 노래를 멈춘 순간 권

---

* 말의 키를 재는 단위로, 1핸드는 4인치(약 10센티미터)에 해당한다.
** 구약성경 「에스더」에 따르면 페르시아 왕비 에스더는 유대인을 박해하려는 아하수에로왕을 설득해 그 계획을 철회시켰다.

위 있는 어조로 이렇게 말했다. "〈몽유병 여인〉을 제대로 부를 수 있는 사람은 역시 파티*뿐이야."

8

뉴욕 사교계에서는 다들 올렌스카 백작부인이 '예전의 미모를 잃었다'고 생각했다.

뉴런드 아처가 어렸을 때, 당시 아홉 살 내지 열 살이던 그녀는 보는 사람마다 "초상화를 그려야 한다"고 말할 정도로 눈부시게 예쁜 모습으로 뉴욕에 처음 나타났다. 그녀의 부모는 딸을 데리고 유럽 여러 나라를 떠돌다가 세상을 떠났고, 엘런은 역시 여기저기 떠돌던 고모 메도라 맨슨에게 맡겨졌다. 메도라 맨슨은 '정착하려고' 뉴욕으로 돌아왔다.

그동안 여러 번 과부가 된 가여운 메도라는 (매번 점점 더 싼 집을 구해) 새 남편이나 입양한 아이를 데리고 뉴욕으로 돌아왔지만, 몇 달 못 가서 그 남편과 헤어지거나 아이와 싸웠고, 그럴 때마다 헐값에 집을 처분하고 다시 길을 떠났다. 어머니는 러시워스 가문이고, 불행한 몇 번의 결혼 중 마지막 전남편이 정신병력이 있는 치버스 가문 출신이었기에 뉴욕 사람들은 그녀가 이상한 짓을 해도 너그럽게 봐주었다. 하지만 심한 방랑벽에도 불구하고 인기 있던 부부의 어린 딸이 고아가 되어 메도라를 따라 돌아왔을 때는 그렇게 예쁜 아이가 그런 사람 손

---

* 아델리나 파티. 이탈리아 소프라노로, 1861년 벨리니의 오페라 〈몽유병 여인〉으로 데뷔했다.

에 커야 한다는 걸 다들 안타깝게 생각했다.

부모를 잃었으니 검은 옷을 입어야 할 아이가 볕에 탄 붉은 뺨과 심한 곱슬머리 때문에 제 처지에 안 어울리게 쾌활해 보이긴 했지만, 다들 어린 엘런 밍곳에게 잘해주려고 했다. 미국 사회에 내려오는 불변의 애도 전통을 깬 것은 엉뚱한 메도라의 또다른 실수였다. 뉴욕에 돌아온 날, 가족들은 자기 사촌오빠 상을 당한 그녀가 올케들보다 7인치나 짧은 크레이프천 베일을 쓰고, 진홍색 메리노 울 옷에 호박 구슬 목걸이를 둘러 집시 고아 같은 어린 엘런을 데리고 배에서 내리는 걸 보고 경악을 금치 못했다.

하지만 뉴욕 사교계 사람들은 메도라에게 체념한 지 오래였기 때문에 몇몇 노부인만이 소녀의 화려한 옷차림에 고개를 저었을 뿐, 다른 친척들은 그 진한 피부색과 활기에 매료되었다. 활달하고 붙임성 좋은 어린 엘런은 대답하기 곤란한 질문을 던지고, 애어른 같은 말을 하고, 스페인 숄 춤을 추거나 기타를 치며 나폴리 연가를 부르는 등 특이한 재주를 선보이기도 했다. 고모 메도라(원래대로라면 솔리 치버스 부인이지만, 교황의 허가를 얻어 첫 남편의 성을 다시 쓰면서 스스로를 맨슨 후작부인이라고 불렀다—그래야 이탈리아에 갔을 때 만초니라고 바꿔 말할 수 있었다)*는 조카를 체계적으로 가르치지는 못했지만 많은 돈을 들여 뉴욕 사람들은 듣도 보도 못한 '모델 소묘'를 시키기도 하

---

* '맨슨'이라는 성을 취해야 이탈리아에 갔을 때 발음이 비슷한 이탈리아 성씨인 '만초니' 후작부인으로 행세할 수 있었다. '치버스'는 이탈리아어에 비슷한 성씨가 없기 때문이다. 메도라는 소설 〈약혼자〉(1827)로 명성을 떨친 당시 이탈리아의 낭만주의 작가 알레산드로 만초니를 염두에 두었을 수도 있다.

고, 전문 연주자들과 피아노 오중주를 하게 해줬다.

하지만 이렇게 키운 아이가 잘될 리 없었다. 몇 년 후 가여운 치버스가 마침내 정신병원에서 숨을 거두었을 때, (이상한 상복을 입고 나타난) 그의 미망인은 또다시 뉴욕 생활을 접고 조카와 함께 유럽으로 떠났다. 이때 엘런은 또렷한 눈매에, 마르고 늘씬한 아가씨로 성장해 있었다. 그후 몇 년 동안 두 사람 다 종적이 묘연하더니 엘런이 튈르리궁 무도회에서 만난, 엄청나게 돈 많고 유명한 폴란드 귀족과 결혼했다는 얘기가 들렸다. 그는 파리, 니스, 피렌체에 궁전 같은 저택을 갖고 있고, 카우스*에 요트가 있으며, 트란실바니아에 드넓은 사냥터를 소유하고 있었다. 그녀는 그야말로 갑자기 뉴욕을 떠났었다. 그러다가 몇 년 후 메도라가 세번째 남편을 사별한 뒤 풀이 죽고 가난해진 모습으로 뉴욕에 돌아와 전보다 더 작은 집을 구하려 했다. 사람들은 돈 많은 조카딸이 이럴 때 왜 안 도와주나 궁금해했지만, 나중에 보니 엘런의 결혼도 불행하게 끝나서 그녀 역시 친척들 곁에서 과거를 잊고 쉬기 위해 고향으로 돌아온다고 했다.

일주일 후, 그 중요한 파티가 열린 저녁, 올렌스카 백작부인이 밴 더 라이든 댁 응접실로 들어오는 모습을 보는 순간 이런 기억들이 아처의 뇌리를 스쳐갔다. 정말 대단한 행사였기에 아처는 그녀가 오늘 어떻게 처신할지 은근히 걱정되었다. 부인은 약간 늦게 도착했는데, 한쪽만 장갑을 낀 채 손목에 팔찌를 채우는 중이었지만 서두르거나 당황하는 기색 없이 뉴욕 최상류층 사람들이 모인 응접실로 의연히 걸어들어왔다.

---

* 영국 와이트섬의 메디나강 하구에 있는 도시로, 해마다 요트 경기가 열린다.

그녀는 잠시 응접실 한가운데 서서 진지한 입매와 미소 띤 눈으로 방안을 둘러보았는데, 바로 그 순간 뉴런드 아처는 부인이 예전의 미모를 잃었다는 사람들의 평은 틀렸다는 생각이 들었다. 그녀가 전만큼 눈부시지 않은 건 사실이었다. 붉은 뺨은 창백해지고, 야위었으며, 서른에 가까운 실제 나이보다 더 들어 보였다. 하지만, 전혀 극적인 데가 없는데도 그녀에게는 미인만이 갖는 어떤 신비로운 권위가 있었다. 당당하게 고개를 쳐든 모습과 눈의 움직임을 보면서 아처는 그녀가 고도로 훈련된 존재, 자신의 힘을 익히 알고 있는 여성이라는 느낌을 받았다. 그러면서도 백작부인은 거기 모인 다른 여성들보다 더 자연스럽게 처신했고, (나중에 제이니한테 들은 바로는) 다들 그녀가 더 '멋지게' 입고 오지 않아서 실망했다. 뉴욕 사람들이 가장 중시하는 게 '멋'이기 때문이다. 아처가 볼 때는 엘런이 어릴 때의 활기를 잃고, 동작이며 목소리, 어조가 무척이나 차분해서 그런 것 같았다. 뉴욕 사람들은 그런 과거를 가진 여성이라면 훨씬 더 요란할 거라고 생각했다.

그날 만찬은 정말 대단했다. 밴 더 라이든 부부와 식사하는 것 자체만으로도 엄청난 일인데, 그들의 친척인 공작까지 모시고 식사하는 건 그야말로 종교의식 못지않게 엄숙한 일이었다. 아처는 뉴욕 토박이만이 보통 공작과 밴 더 라이든 집안과 연관된 공작 간의 미묘한 차이를 알 수 있다는 사실이 특별하다고 생각했다. 뉴욕 사교계는 어쩌다 방문하는 귀족들은 심상하게, 아니 (스트러더스 집안만 빼고는) 상대에 대한 불신이 깔린 *도도한 태*도로 대했지만, 이런 배경을 가진 귀족들의 경우는 『디브렛』*에 실린 순위만으로는 설명하기 힘든 특별한 대우를 해주었다. 아처가 전통적인 뉴욕 사교계를 비웃으면서도 다른 한편 그렇게 소중히 여기는 것은 바로 이런 미묘한 차이를 알아보는 그 안목 때문이었다.

밴 더 라이든 부부는 이날 행사가 얼마나 중요한지 보여주기 위해 그야말로 최선을 다했다. 뒤락가의 세브르, 트리베나가의 조지 2세, (동인도회사가 수입한) 밴 더 라이든가의 '로스토프트'나, 대거넷가의 화려한 크라운 더비가 다 나와 있었고,** 밴 더 라이든 부인은 그 어느 때보다 카바넬의 초상화에 담긴 미인처럼 보였다. 할머니가 물려주신 작은 진주와 에메랄드로 치장한 아처 부인 역시 이자베***의 그림에 나오는 여인 같았다. 그날 참석한 여성들은 모두 최고로 화려한 보석들로 꾸미고 있었지만, 대부분 묵직해 보이는 구식 세팅으로 되어 있어 이 저택이나 행사의 성격을 잘 드러냈다. 끈질긴 설득 끝에 참석한 래닝 양은 실제로 모친에게서 물려받은 카메오 장신구와 금색 스페인 숄로 치장했다.

그날 참석자 중 젊은 여성은 올렌스카 백작부인뿐이었다. 그런데 다이아몬드 목걸이와 긴 타조 털로 꾸민 노부인들의 매끈하고 통통한 얼굴이 묘하게도 그녀보다 더 미숙해 보였다. 아처는 엘런이 무슨 일을 겪었기에 그런 눈빛을 띠게 되었을지를 생각해보고는 흠칫했다.

밴 더 라이든 부인의 오른편에 앉은 세인트오스트리 공작이 당연하게도 그날 모임의 주빈이었다. 그런데 올렌스카 백작부인이 사람들이

기대했던 것보다 평범하게 입었다면, 공작은 아예 눈에 띄지도 않을 정도였다. 점잖은 사람이라 (최근에 방문했던 다른 공작과 달리) 사냥 재킷 차림으로 정찬에 나타나지는 않았지만, 입고 온 야회복이 너무 낡고 헐렁한데다 본인이 (구부정하게 앉는다든가, 긴 수염을 셔츠 앞자락에 펼치고 있다든가 하는 식으로) 그냥 평상복을 입은 것처럼 처신했기 때문에 누가 봐도 잘 갖춰 입었다는 느낌이 없었다. 공작은 작은 키에 어깨가 굽고 피부는 햇볕에 그을리고, 코가 뭉뚝하고, 눈이 작으며, 상냥하게 미소 짓는 사람이었지만, 워낙 말수가 적은데다 어쩌다 한 번 말을 해도 목소리가 너무 낮아서 다들 기대를 갖고 귀를 기울여봐도 바로 옆사람들밖에는 알아듣지 못했다.

저녁식사가 끝난 뒤, 남자들이 다시 여자들과 합류하자 공작은 곧바로 올렌스카 백작부인에게 가더니 한쪽 구석에 앉아 열심히 대화를 나누었다. 두 사람 다 공작이 러벌 밍곳 부인이나 헤들리 치버스 부인에게 가장 먼저 인사해야 한다는 사실을 까맣게 잊은 듯했다. 올렌스카 백작부인은 그전에 이미 워싱턴스퀘어의 어번 대거닛 씨와 얘기를 나눈 참이었다. 붙임성은 있지만 자기 건강을 지나치게 염려하는 대거닛 씨는 백작부인을 만나기 위해 1월에서 4월까지는 절대 저녁식사 초대에 응하지 않는다는 자신의 철칙을 깨고 오늘 와주었다. 그녀는 공작과 이십 분 넘게 대화를 나누더니 자리에서 일어나 혼자서 그 넓은 응접실을 가로질러 뉴런드 아처 옆에 가 앉았다.

뉴욕 사교계 여인들은 응접실에서 다른 사람과 대화하기 위해 먼저 얘기하던 남성을 두고 자리에서 일어나지 않았다. 자기와 대화하고 싶어하는 남성이 차례가 되어 다가올 때까지 인형처럼 가만히 앉아 기다리는 게 예의였기 때문이다. 하지만 백작부인은 그런 규칙을 깼다는 사실조차 모르는 듯 아주 편안한 얼굴로 아처가 앉아 있는 소파 한쪽에 자리를 잡더니 상냥한 눈길로 그를 바라보았다.

"메이 얘기 좀 해주세요." 그녀가 말했다.

아처는 그 질문에는 대답하지 않고 물었다. "전에 공작님을 뵌 적이 있어요?"

"아, 그럼요. 해마다 겨울에 니스에서 만나곤 했죠. 도박을 정말 좋아하셔서 우리집에 자주 오셨어요." 그녀는 '저분은 들꽃을 좋아해요'라고 말하듯 아무렇지도 않게 말했다. 그러고는 잠시 후 솔직하게 덧붙였다. "저렇게 아둔한 사람은 생전 처음 봤어요."

그 말이 너무 재미있어서 아처는 앞서 들은 얘기가 준 충격을 잊어버렸다. 밴 더 라이든과 친척지간인 공작을 아둔하다고 생각하고, 감히 그 생각을 말하는 여성을 만난 건 정말 가슴 설레는 일이었다. 아처는 그녀에게 이것저것 물어보고, 아까 그 말이 시사하는 그녀의 과거에 대해 더 듣고 싶은 마음이 굴뚝같았다. 하지만 안 좋은 기억을 떠올리게 할까봐 걱정되어 다른 할말을 고민하는 사이 그녀가 다시 메이 얘기를 꺼냈다.

"메이는 정말 예뻐요. 뉴욕에서 그렇게 예쁘고 영리한 아가씨는 다시없을 거예요. 그애 많이 사랑하시죠?"

뉴런드 아처는 얼굴을 붉히며 웃었다. "남자로서 사랑할 수 있는 극한까지 사랑합니다."

그녀는 아처의 말에 담긴 의미를 하나도 놓치고 싶지 않다는 듯 진지한 표정으로 귀를 기울였다. "그럼 사랑에 한계가 있다고 생각하세요?"

"사랑에요? 있을 수도 있지만 저는 아직 그 한계를 느껴본 적이 없네요!"

그녀는 정말 공감한다는 표정으로 물었다. "아, 진정한 사랑이군요?"

"가장 낭만적인 사랑이죠!"

"정말 멋지네요! 그럼 중매가 아니라 둘이 그냥 좋아서 그렇게 된 거죠?"

아처는 놀란 얼굴로 그녀를 보더니 빙긋 웃으며 대답했다. "우리 나라에는 중매결혼이 없다는 걸 잊은 거예요?"

백작부인의 얼굴이 붉어졌고, 아처는 무심코 던진 그 말이 후회스러웠다.

"네, 잊었어요. 제가 가끔 이런 실수를 해도 이해해주셔야 해요. 제가 살던 데서는 나쁘던 것도 여기서는 다 좋다는 걸 잊어버리곤 해요." 그녀는 독수리 깃털로 만든 빈식式 부채를 내려다보았다. 입술이 떨리고 있었다.

아처는 자기도 모르게 말했다. "정말 미안해요. 하지만 여기 사람들은 다 부인 편이에요."

"네, 저도 알아요. 어딜 가든 그게 느껴져요. 그래서 고향으로 돌아온 거고요. 전부 다 잊고 밍곳이나 웰런드 가문 사람들, 당신이나 당신 어머니, 그리고 오늘 여기 온 저 좋은 분들처럼 다시 한번 완전히 미국 사람이 되고 싶어요. 아, 메이가 왔네요. 얼른 가보세요." 부인은 가만히 앉아 이렇게 말하더니 문 쪽에서 아처의 얼굴로 시선을 돌렸다.

저녁식사를 마친 손님들로 응접실이 붐비기 시작했다. 올렌스카 부인의 눈길을 따라가보니 메이 웰런드가 어머니와 같이 들어오고 있었다. 흰색과 은색으로 된 드레스를 입고 머리에 은색 화관을 쓴 늘씬한 메이는 사냥을 마치고 돌아오는 디아나 여신처럼 보였다.

아처가 입을 열었다. "아, 경쟁자가 너무 많아요. 벌써 사람들에게 둘러싸여 있잖아요. 공작님을 소개받고 있네요."

"그럼 저랑 조금 더 있어주세요." 부인은 깃털 부채로 아처의 무릎을 누르며 조용히 속삭였다. 아주 살짝 눌렀지만 아처에게는 애무처럼 짜릿하게 느껴졌다.

"네, 그럴게요." 아처는 자신이 무슨 말을 하는지도 모르는 채로 이렇게 속삭였다. 그런데 바로 그 순간 밴 더 라이든 씨와 어번 대거넷 씨가 다가왔다. 백작부인은 진지한 미소를 띠며 그들을 맞이했고, 아처는 밴 더 라이든 씨의 조심하라는 듯한 눈길을 느끼며 노인에게 자리를 양보했다.

올렌스카 부인은 작별을 고하듯 손을 내밀었다.

"그럼 내일 다섯시 이후에…… 기다리고 있을게요." 그녀는 이렇게 말하더니 대거넷 씨가 앉을 수 있도록 몸을 돌렸다.

"그럼 내일……" 그런 약속을 한 적도 없고, 아까 얘기하는 동안 엘런이 자기를 다시 만나고 싶다는 뜻을 내비친 적도 없는데 아처는 자기도 모르게 그렇게 말했다.

자리를 뜨던 아처는 큰 키에 멋지게 차려입은 로런스 레퍼츠가 아내를 소개하러 오는 모습을 보았다. 거트루드 레퍼츠가 아무것도 모르는 표정으로 밝게 미소 지으며, 백작부인에게 "우리 어릴 때 같은 무용교습소에 다녔잖아요"라고 말하는 소리도 들렸다. 올렌스카 백작부인에게 인사하려고 레퍼츠 부인 뒤에 줄을 선 사람들을 보니 러벌 밍곳 부인의 초대를 끝내 거절했던 부부들이 여럿 눈에 띄었다. 아처 부인의 말마따나, 밴 더 라이든 부부는 필요하면 정말 확실하게 뭔가를 보여주었다. 문제는 그러는 경우가 아주 드물다는 것이었다.

누가 팔을 건드려서 보니 검은 벨벳과 집안 대대로 내려오는 다이아몬드로 화려하게 치장한 밴 더 라이든 부인이 그를 바라보고 있었다. "뉴런드, 올렌스카 부인과 그렇게 친절하게 얘기 나눠줘서 고마워. 나도 헨리한테 꼭 도와줘야 한다고 말했어."

아처는 애매한 미소를 띠며 부인을 바라보았다. 그러자 부인은 아처의 수줍은 성격을 이해한다는 듯 이렇게 덧붙였다. "메이가 저렇게 예뻐 보인 적이 없어. 공작님도 오늘 여기서 메이가 제일 예쁘다고 하시더라."

9

올렌스카 백작부인은 '다섯시 이후'에 오라고 했다. 아처는 다섯시 반에 거대한 등나무가 가느다란 철제 발코니를 휘감고, 벽면의 스투코가 벗어진 그녀 집의 초인종을 눌렀다. 웨스트 23번가에 있는 그 집은 떠돌이 메도라 고모가 조카에게 빌려준 것이었다.

상류층 여성이 살기에는 좀 이상한 동네였다. 그 집 바로 옆에는 작은 양장점 주인, 새 박제사, '글쟁이들'이 살고 있었다. 너저분한 골목 아래쪽, 포장된 보도 끝에는 낡은 목조 건물이 하나 있었는데, 아처가 가끔 만나는 윈셋이라는 작가 겸 기자가 자기 집이라고 가리켰던 적이 있었다. 윈셋은 사람들을 집으로 초대하지는 않았지만 밤 산책 도중 그 집을 가리키며 거기 산다고 알려주었다. 아처는 가볍게 몸서리를 치며 속으로 다른 나라 수도에도 이렇게 초라한 집들이 있을까 의아해했었다.

올렌스카 부인의 집도 창틀에 페인트칠만 좀 했을 뿐 겉으로 보기에 그 집보다 나을 게 없었다. 집의 소박한 전면을 보니 그 폴란드 백작이 그녀의 꿈뿐 아니라 재산까지도 앗아간 모양이었다.

그날 아처는 별로 즐겁지 않은 하루를 보냈다. 그는 웰런드가에서 점심을 먹고 메이와 공원에 산책하러 갈 생각이었다. 단둘이 걸으며 전날 밤 파티에서 메이가 얼마나 눈부셨는지, 그래서 자신이 얼마나 흐뭇했는지 얘기한 다음 결혼을 더 서두르자고 조르고 싶었다. 하지만 웰런드 부인은 친척들을 아직 반도 안 만났다는 사실을 강조하더니, 결혼을 서두르고 싶다는 아처의 말을 듣고는 나무라듯이 눈썹을 치켜올리며 탄식했다. "모든 걸 열두 다스씩 만들어야 하는데…… 직접 수를 놓아서 말일세……"

세 사람은 우르르 가족 마차를 타고 이 집 저 집 찾아다녔고, 그날의 방문 일정이 끝나자 아처는 메이 모녀가 마치 교묘하게 친 덫으로 잡은 짐승처럼 자신을 자랑하고 다녔다는 느낌이 들었다. 지금껏 읽어온 인류학 책들 때문에 단순하고 소박한 가족애를 곡해하는 것일 수도 있지만, 웰런드가 사람들이 내년 가을까지는 결혼을 허락하지 않을 것 같고, 그때까지 어떻게 살지를 그려보니 마음이 울적해졌다.

메이네 집을 나오는데 웰런드 부인이 소리쳤다. "내일은 치버스가와 댈러스가를 방문할 거야." 그 말을 듣고 생각해보니 부인은 지금 양가 친척들을 알파벳순으로 방문하고 있고, 그렇다면 아직 계획한 방문의 사분의 일도 끝나지 않은 셈이었다.

그는 메이에게 오후에 자기를 만나러 와달라고 한 올렌스카 백작부인의 요청, 아니 명령에 대해 얘기할 생각이었다. 하지만 어쩌다 잠깐 단둘이 있게 되면 그보다 급히 얘기할 게 많았고, 그 문제를 얘기한다는 것 자체가 좀 이상한 것 같았다. 메이는 그가 부인에게 잘해주기를 진심으로 바라는 듯했고, 그래서 약혼도 서둘러 발표한 것이 아니었던가? 백작부인이 나타나지 않았으면, 자기는 지금 완전히 자유로운 남자는 아니어도 적어도 돌이킬 수 없게 누군가와 맺어진 입장은 아니었을 거라고 생각하니 기분이 묘했다. 하지만 메이가 그러기를 원했고, 어떻게 보면 그럼으로써 당분간 다른 책무는 없는 셈이니, 원한다면 메이에게 얘기하지 않고 그녀의 사촌을 찾아가도 될 것 같았다.

올렌스카 부인의 집 문 앞에 섰을 때 아처를 사로잡은 강렬한 감정은 호기심이었다. 그녀가 자기를 만나러 오라고 말하던 어조 탓에 혼란스러웠다. 올렌스카 부인이 보기보다 복잡한 사람이라는 느낌이 들었다.

까무잡잡한 외국인 하녀가 문을 열어주었는데, 밝은색 스카프 아래 묵직한 가슴이 보였다. 어딘지 모르게 시칠리아섬 출신 같았다. 그녀는 흰 이를 드러내며 밝게 웃더니 뭘 물어도 못 알아듣는다는 듯 고개를 저으며 좁은 복도를 지나 벽난로가 지펴진, 천장이 낮은 응접실로 그를 안내했다. 방안에는 아무도 없었고, 하녀는 나가더니 꽤 오랫동안 돌아오지 않았다. 주인을 모시러 간 건지, 아처가 온 진짜 이유를 모르고 시계태엽을 감아주러 왔다고 여긴 건지 알 길이 없었다. 시계는 딱 하나였는데 고장이 났는지 멈춰 있었다. 아처는 남유럽 사람들이 몸짓으로 소통한다는 걸 알고 있었지만, 하녀의 어깻짓과 미소가 무슨 뜻인지 전혀 알아들을 수 없어 당혹스러웠다. 이윽고 그녀가 램프를 들고 나타났을 때, 아처는 기다리는 동안 단테와 페트라르카의 시구를 조합해 만든 질문을 던졌다. 그러자 하녀가 대답했다. "라 시뇨라 에 푸오리, 마 베라 수비토." 대략 알아듣기로, "백작부인은 외출중이신데 곧 오실 거예요"라는 뜻 같았다.

백작부인을 기다리는 동안 아처는 램프 불빛으로 물든 방안을 살펴보았다. 지금까지 본 그 어느 방과도 다른 모습이었는데 어둑하면서도 빛바랜 듯한 매력을 지니고 있었다. 부인이 귀국할 때 가재도구를 몇 점 갖고 왔다는 얘기는 들었는데—부인은 그것들을 난파선의 잔해라고 불렀다—검은빛 목재로 만든 작고 날렵한 탁자들, 맨틀피스 위에 놓인 작고 섬세한 그리스 청동상, 오래된 액자에 담긴 이탈리아풍 그림들 뒤로 변색된 벽지를 가리기 위해 못으로 박아둔 붉은 다마스크 천이 바로 그것들 같았다.

뉴런드 아처는 이탈리아 예술에 조예가 있음을 자랑스러워했다. 소년기에는 러스킨에 심취했고, 존 애딩턴 시먼즈, 버넌 리의 『유포리온』, P. G. 해머턴의 수필들, 월터 페이터의 놀라운 신작 『르네상스』 등 그 분야의 책은 빠짐없이 읽은 터였다. 그는 보티첼리에 대해 모르는 게 없었고, 프라 안젤리코에 대해서는 약간 무시하는 태도를 보이곤 했다. 하지만 지금 이 방에 있는 그림들을 보니 정말 당혹스러웠다. 이탈리아를 여행할 때 익히 보았던 (그래서 이해할 수 있었던) 그림들과 전혀 달랐기 때문이다. 어쩌면 아무도 자기를 기다리지 않는 주인 없는 낯선 집에 와 있다는 묘한 상황 때문에 그림을 제대로 이해하지 못하는 것일 수도 있었다. 메이에게 백작부인이 한 말을 알려주지 않은 게 후회스러웠다. 그녀가 사촌을 보러 불쑥 들를까봐 살짝 불안했다. 만약 메이가 우연히 왔다가 아처를 보면 다저녁때 부인의 응접실에서 혼자 기다릴 정도로 친밀한 사이라고 오해할 수도 있었다.

하지만 이왕 왔으니 기다리는 게 좋을 듯해 아처는 의자에 푹 기대앉아 난롯불 쪽으로 발을 뻗었다.

부인이 그런 식으로 자기를 초대해놓고 깜빡한 건 이상했지만, 아처는 짜증보다는 호기심이 일었다. 지금까지 본 어떤 방과도 다른 이 응접실 때문에 어느새 모험심에 사로잡힌 것이었다. 붉은 다마스크 천이나 '이탈리아 화파'의 그림들이 걸린 응접실은 전에도 본 적 있지만, 마당에 깔린 팜파스그래스와 로저스*의 싸구려 조각상들이 황량한 풍경을 연출하는 메도라 맨슨의 초라한 셋집을 몇 가지 소품을 활용해 이처럼 낭만적인 장면과 감정을 연상시키는 아늑하고 '이국적인' 곳으로 바꾸어놓은 솜씨는 정말 대단했다. 아처는 의자와 탁자 들의 특이한 배치, 의자 옆 작은 탁자에 놓인 가느다란 꽃병에 딱 두 송이만 꽂힌 (다들 아무리 못해도 열두 송이씩은 사는) 자크미노 장미**, 보통 사람들이 손수건에 뿌릴 법한 향수 냄새가 아니라 어딘지 모르게 아라비아의 시장이 떠오르는 냄새, 즉 터키 커피, 용연향, 마른 장미 향기가 섞인 듯한

---

* 미국 조각가. 그의 작품은 대량생산되어 여기서는 저급한 취향을 보여주는 예로 사용되었다.
** 프랑스 자작 장 자크미노의 이름을 딴 붉은 장미.

냄새가 방안에 희미하게 감돌아서 그 비결을 알아내려고 애썼다.

그러다 문득 메이가 신혼집 응접실을 어떻게 꾸밀지 궁금해졌다. 아처는 진즉부터 '아낌없이' 혼수를 해주는 웰런드 씨가 이스트 39번가에 새로 지어진 집을 점찍어두었다는 걸 알고 있었다. 중심가에서 좀 떨어져 있고, 젊은 건축가들이 식어버린 초콜릿소스처럼 뉴욕을 뒤덮은 갈색 사암에 대한 반발로 쓰기 시작한 차가운 느낌의 연한 녹황색 돌로 지어졌지만 배관 설비가 완벽했다. 아처는 집 문제는 미뤄두고 일단 여행이나 다니고 싶었다. 그런데 웰런드가에서는 유럽에 오래 머무는 건 괜찮지만 (심지어 이집트에서 겨울을 나도 되지만) 신혼여행에서 돌아와 살 집은 반드시 있어야 한다고 주장했다. 아처는 자신의 운명이 이미 정해졌다는 느낌이 들었다. 남은 일생 동안 그는 매일 저녁 그 녹황색 계단의 철제 난간을 지나 폼페이식 현관을 통과한 다음 노란 니스를 바른 징두리판벽을 댄 거실로 들어가게 될 것이다. 하지만 그 이상은 상상이 안 갔다. 이층 응접실 앞에 퇴창이 있다는 건 알지만, 메이가 그곳을 어떻게 꾸밀지 알 수 없었다. 그녀는 자주색 새틴과 노란색 장식 술, 모조 상감 탁자, 모던 마이센 자기가 그득한 금박 장식의 유리 수납장으로 꾸며진 친정집 응접실을 좋아하는 눈치였고, 자기 집을 그와 다르게 꾸미고 싶어할 것 같지 않았다. 그나마 다행인 것은 서재만은 아처가 마음대로 꾸미게 놔둘 거라는 점이었다. 그는 물론 '단순한' 이스트레이크 가구*와 유리문이 안 달린 소박한 신식 책장을 들여놓을 셈이었다.

---

* 찰스 이스트레이크가 1872년에 펴내 큰 인기를 끈 『실내장식 가이드』에 소개된 양식의 가구들.

이윽고 묵직한 가슴을 지닌 아까 그 하녀가 들어와 커튼을 치고 벽난로에 장작을 더 넣더니 위로하는 듯한 어조로 "베라, 베라"*라고 했다. 그녀가 나가자 아처는 자리에서 일어나 방안을 거닐었다. 더 기다리는 게 맞는지, 정말 난감했다. 올렌스카 부인의 말을 오해했을 수도 있었다. 부인은 그를 초대할 생각이 없었는지도 몰랐다.

조용한 거리에 말발굽소리가 울리고 마차 한 대가 집 앞에 멈춰 서더니 문이 열렸다. 아처는 커튼을 조금 걷고 저물기 시작한 창밖을 내다보았다. 가로등 불빛 아래 줄리어스 보퍼트가 타고 다니는 흰 점이 박힌 큰 밤색 말이 모는 탄탄한 영국식 브루엄 마차가 서 있고, 그가 먼저 내려 올렌스카 백작부인이 마차에서 내리는 걸 도와주고 있었다.

보퍼트가 모자를 쥐고 선 채 뭔가를 물었는데, 그녀가 거절하는 것 같았다. 악수를 나눈 뒤 그는 마차에 뛰어올랐고 부인은 계단을 올라왔다.

방에 들어온 부인은 아처를 보고도 놀라지 않는 기색이었다. 부인은 평소에도 그다지 놀라는 법이 없었다.

"이 이상한 집 어때요?" 그녀가 물었다. "나한테는 천국 같은 곳인데."

그러면서 부인은 작은 벨벳 보닛을 벗어 긴 망토랑 대충 던져놓고는 생각에 잠긴 눈으로 아처를 바라보았다.

"정말 멋지게 꾸며놨네요." 그는 판에 박힌 말이라는 걸 알았지만, 간단하면서도 인상적인 말로 자기 마음을 전달하고 싶다는 강한 욕망 때

---

* 이탈리아어로 '금방 오실 거예요'라는 뜻.

문에 진부한 표현밖에 할 수 없었다.

"아, 정말 작고 초라한 집이에요. 친척들은 다들 이 집을 싫어해요. 그래도 어쨌든 밴 더 라이든 씨 저택보다는 덜 우중충하잖아요."

아처는 그야말로 감전된 듯한 충격을 받았다. 밴 더 라이든가의 웅장한 저택을 감히 우중충하다고 말할 수 있는 반항아는 거의 없었기 때문이다. 그 집에 초대받는 특권을 누린 이들은 추위에 떨었으면서도 나중에는 '멋지다'고 표현했는데, 그런 경험을 백작부인이 정확히 표현해주니 속이 시원했다.

"집을 정말 아늑하게 꾸며놨네요." 아처가 다시 말했다.

"저는 작은 집이 좋아요. 하지만 정말 좋은 건 여기, 그러니까 우리 나라, 우리 도시에 살 수 있다는 것, 그리고 이 집에 혼자 있을 수 있다는 사실이겠죠." 너무 조용히 말하는 바람에 마지막 부분은 잘 들리지도 않았다. 그래도 어색한 분위기를 깨기 위해 아처는 이렇게 대꾸했다.

"혼자 있는 게 그렇게 좋아요?"

"네. 친구들이 외롭지 않게만 해준다면 혼자 사는 게 좋아요." 부인은 벽난로 옆에 앉더니 "나스타시아가 금방 차를 내올 거예요"라고 말한 뒤, 아처가 아까 앉았던 안락의자를 가리키며 덧붙였다. "벌써 어디 앉을지 정한 것 같군요."

부인은 깍지 낀 손을 뒷머리에 두르고 의자에 등을 기댄 채 난롯불을 내려다보았다.

"저는 이맘때가 제일 좋아요. 안 그래요?"

아처는 체면상 이렇게 대답했다. "저랑 약속한 걸 잊은 줄 알았어요. 보퍼트가 정말 매력적이었나봐요."

부인은 재미있다는 표정이었다. "아, 오래 기다렸나봐요? 보퍼트 씨가 집을 여러 채 보여줬거든요. 다들 이 집에 계속 살면 안 된다고 해서요." 부인은 보퍼트와 아처 둘 다 잊어버린 듯한 표정으로 덧붙였다. "학생이나 예술가들이 사는 동네에 거주하는 걸 이토록 싫어하는 도시는 처음 봐요. 어디서 살든 무슨 상관이죠? 이 동네도 괜찮다고 들었는데."

"상류층에게 인기 있는 동네가 아닌 거죠."

"상류층에게 인기 있는 동네라! 여기 사람들한테는 그게 그렇게 중요한가요? 각자 취향이 있는 건데. 제가 너무 독립적으로 살았나봐요. 어쨌든 저도 여기 사람들과 똑같이 친구들의 사랑을 받으며 안전하게 살고 싶어요."

아처는 그녀가 어젯밤 자기가 알아야 할 것들을 가르쳐달라고 했을 때처럼 마음이 뭉클해졌다.

"다들 그렇게 해주고 싶어해요. 뉴욕은 정말 안전한 곳이에요." 아처는 약간 비꼬는 투로 덧붙였다.

"맞아요. 정말 그렇죠?" 부인은 아처의 비꼬는 투를 알아채지 못하고 이렇게 소리쳤다. "여기서 살면 착하게 굴고 숙제를 다 마친 대가로 가족 휴가에 따라온 듯한 느낌이 들어요."

좋은 뜻으로 한 말이었지만 아처는 그 비유가 별로 마음에 들지 않았다. 자신은 뉴욕에 대해 경박한 농담을 해도 다른 사람이 그러는 건 싫었다. 부인은 뉴욕 사교계라는 엄청나게 강력한 기관차가 그녀를 거의 깔아뭉갤 뻔했다는 걸 전혀 모르는 눈치였다. 사교계의 잡다한 인사들을 그러모아 간신히 성사된 러벌 밍곳의 파티를 보고, 자기가 얼마나 가까스로 파멸을 피해갔는지 깨달았어야 했다. 부인은 자신이 얼마나 아슬아슬하게 그 위험을 피해갔는지 모르거나, 밴 더 라이든가 파티의 성공에 취해 그 위험을 까맣게 잊어버린 것 같았다. 아처 생각에는 전자일 듯했다. 부인은 뉴욕 사교계 인사들의 미묘한 위상 차이를 아예 모르는 듯했고, 그런 생각이 들자 마음이 초조해졌다.

"어젯밤에는 뉴욕 사교계가 당신 앞에 총출동했던데, 밴 더 라이든 부부는 뭘 해도 아주 확실하게 하죠?" 아처가 말했다.

"맞아요. 정말 친절한 분들이세요! 참 멋진 파티였고요. 다들 그분들을 존경하는 눈치였어요."

래닝 양 집에서 열린 티파티라면 또 모를까, 어젯밤 행사의 맥락에는 맞지 않는 발언이었다.

"밴 더 라이든 부부는 뉴욕 사교계에서 가장 영향력이 큰 분들이에요. 안타깝게도 부인의 건강 때문에 손님을 초대하는 일이 드물지만." 아처는 거만한 투로 말했다.

그녀는 뒷머리에 대고 있던 손깍지를 풀더니 생각에 잠긴 얼굴로 그를 바라보았다.

"어쩌면 그게 이유 아닐까요?"

"이유라뇨?"

"영향력이 큰 이유요. 그렇게 모습을 잘 드러내지 않는 게요."

아처는 얼굴을 약간 붉히고 그녀를 바라보았다. 그는 곧 그 말에 담긴 날카로운 통찰을 알아차렸다. 부인은 한 방에 밴 더 라이든 부부를 쓰러뜨린 것이었다. 그는 껄껄 웃음으로써 그들을 희생물로 바쳤다.

나스타시아가 차와 손잡이 없는 일본 다기와 뚜껑 덮인 작은 그릇을 가져와 낮은 탁자에 내려놓았다.

"저한테 이런 것들을 설명해줘요. 제가 알아야 할 것들을 다 말해주세요." 올렌스카 부인이 몸을 기울여 아처에게 찻잔을 건네며 말을 이었다.

"가르침을 주는 쪽은 당신이에요. 너무 오래 봐서 이제 보이지도 않는 것들을 볼 수 있도록 내 눈을 열어주거든요."

부인이 팔찌에 달린 작은 금색 담뱃갑을 떼더니 아처에게 내밀고 자기도 한 개비 꺼냈다. 벽난로에 보니 담배에 불붙일 때 쓰는 긴 심지들이 있었다.

"아, 그럼 서로 도와주면 되겠네요. 하지만 제가 배울 게 훨씬 많아요. 앞으로 어떻게 하면 좋을지 가르쳐주세요."

아처는 '보퍼트와 마차 타고 돌아다니는 모습을 사람들한테 보이지 마세요'라고 얘기하고 싶은 마음이 굴뚝같았지만, 그 방의 분위기, 그러니까 부인의 분위기에 빠진 나머지 아무 말도 하지 않았다. 그녀에게 그런 충고를 하는 것은 사마르칸트에서 장미유를 사려는 사람에게 뉴욕의 겨울을 나려면 방한용 방수 덧신을 준비하라고 말하는 거나 진배없었다. 이 순간 뉴욕은 사마르칸트보다 멀어 보였고, 부인은 아처로 하여금 평생 살아온 고향을 객관적으로 보게 함으로써 서로 돕자는 약속을 먼저 지키고 있는 셈이었다. 이렇게 보니, 망원경을 거꾸로 들여다본 것처럼 뉴욕이 당황스러우리만큼 작고 멀어 보였다. 사마르칸트에서 보면 분명 그렇게 보일 것이었다.

벽난로 속 장작에서 휙 불길이 일자 부인은 몸을 앞으로 숙이고 가느다란 손을 뻗어 재를 다독였다. 그러자 둥근 손톱 주변에 희미한 후광이 어렸다. 빛을 받자 땋은 머리에서 삐져나온 갈색 고수머리가 붉게 물들고 창백한 얼굴이 더 하얘 보였다.

"당신에게는 어떻게 하면 좋을지 알려줄 사람이 많잖아요." 아처는 어쩐지 그들이 부럽다는 생각을 하며 이렇게 말했다.

"아, 우리 고모들이랑 할머니 말이죠?" 부인은 그 사실을 객관적으로 검토하는 표정이었다. "그분들은 제가 혼자 나와 사는 걸 정말 싫어하세요. 특히 할머니가 그래요. 제가 그 집에 들어와 살기를 바라셨거든요. 하지만 저는 자유롭게 살고 싶어요." 아처는 그 대단한 캐서린 밍곳 부인에 대해 그렇게 가볍게 얘기하는 게 신기하게 느껴졌다. 그리고 외롭더라도 자유롭게 살고 싶다는 생각을 하게 만든 상황을 상상하니 가슴이 뭉클했다. 하지만 보퍼트가 영 신경쓰였다.

"그 마음 알 것 같아요. 그래도 가족들이 충고도 해주고, 차이도 설명해주고, 갈 길을 제시해줄 거예요." 그가 말했다.

그녀는 가느다란 눈썹을 치켜올렸다. "뉴욕이 그렇게 복잡한 미궁인가요? 저는 그냥 5번 애비뉴처럼 쭉 뻗은 곳인 줄 알았는데. 교차로들엔 다 번호가 매겨져 있고요!" 하지만 아처가 별로 찬성하지 않는다는 표정을 짓자, 그녀는 온 얼굴을 매혹적으로 물들이는 드물게 짓는 미소를 띠며 덧붙였다. "바로 그것 때문에 여기를 그토록 좋아하는 건데! 그렇게 단순하고 모든 것에 확실하게 이름이 붙어 있어서!"

아처는 좋은 기회다 싶어 이렇게 대답했다. "모든 것에 이름이 붙어 있는지는 몰라도 모든 사람이 그렇지는 않아요."

"그럴 수도 있죠. 제가 너무 단순하게 생각하는 건지도 모르겠어요. 그럴 때는 바로 얘기해주세요." 불 쪽을 바라보던 부인이 아처에게로 얼굴을 돌렸다. "정말 제 말을 알아듣고 이것저것 설명해줄 수 있는 사람은 보퍼트 씨와 당신, 딱 둘뿐이에요."

아처는 보퍼트와 자기 이름이 나란히 나오자 순간적으로 움찔했지만, 곧바로 부인의 마음을 간파하고는 이해와 공감, 연민에 휩싸였다. 오랫동안 사악한 사람들 사이에서 살다보니 아직도 그쪽 공기에서 숨쉬기가 더 편한 모양이었다. 하지만 부인이 아처도 그녀를 이해한다고 했으니, 앞으로 그가 할 일은 보퍼트의 정체와 그가 대표하는 가치들을 그녀가 깨닫고 보퍼트를 혐오하게끔 만드는 것이었다.

그는 부드럽게 대답했다. "그 마음 이해해요. 하지만 처음에는 가족들의 손을 놓으면 안 돼요. 밍곳 할머니, 웰런드 부인, 밴 더 라이든 부인 같은 연세 드신 분들 말이에요. 그분들은 당신을 좋아하고, 대단하다고 생각하고, 또 돕고 싶어해요."

그러자 부인은 한숨을 쉬며 고개를 저었다. "아, 알아요, 저도 알죠! 하지만 듣기 싫은 말이 들려오지 않을 때 그런 거죠. 웰런드 고모가 바로 그렇게 말했어요…… 아처 씨, 뉴욕에서는 아무도 진실을 알고 싶어하지 않나봐요? 정말 외로운 건 주변에 있는 이 많은 친절한 사람들이 모두 제가 뭔가 위장하기를 바란다는 거예요!" 부인은 두 손에 얼굴을 묻고 가냘픈 어깨를 들먹이며 울기 시작했다.

"올렌스카 부인! 아, 울지 말아요, 엘런!" 아처는 벌떡 일어나 그녀에게로 몸을 숙이며 외쳤다. 그러고는 그녀의 한쪽 손을 잡고 아이를 달래듯 어루만지며 위로의 말을 속삭였다. 그런데 다음 순간 부인이 얼른 손을 빼더니 눈물 젖은 속눈썹을 들어 그를 쳐다보았다.

"여기 사람들은 울지도 않나요? 천국 같은 곳이니 울 일도 없겠네요." 부인은 웃으면서 흐트러진 머리를 가다듬고 차를 따랐다. 아처의 뇌리에 그녀를 두 번이나 엘런이라고 불렀는데, 그녀가 눈치채지 못했다는 사실이 아로새겨졌다. 거꾸로 들여다본 망원경 저쪽 끝에 뉴욕에 있는 흰옷 차림의 메이가 희미하게 보였다.

갑자기 나스타시아가 얼굴을 들이밀고 현란한 이탈리아어로 뭔가를 알렸다.

그러자 올렌스카 부인은 다시 머리를 매만지면서 재빨리 "자, 자"*라고 말했다. 이윽고 세인트오스트리 공작이 치렁치렁한 모피를 걸치고 커다란 검은 가발을 쓰고 빨간 깃털 장식을 단 여성을 안내하며 응접실로 들어섰다.

"백작부인, 내 오랜 친구 스트러더스 부인을 모시고 왔어요. 어젯밤 파티에 초대받지 못했는데 당신을 만나고 싶어해서요."

공작이 두 사람을 향해 미소 짓자, 올렌스카 부인은 어서 오라고 인사하며 이 기묘한 커플 쪽으로 다가갔다. 그녀는 이 두 사람이 함께 어울리는 게 얼마나 이상한 일인지, 미리 말도 없이 친구를 데려온 게 얼마나 무례한 일인지 전혀 모르는 듯했고, 아처가 보기에는 (공정하게 판단하면) 공작 역시 그런 것 같았다.

"아, 정말 만나고 싶었어요." 스트러더스 부인이 대담한 깃털과 요란한 가발에 어울리는 낭랑한 목소리로 소리쳤다. "젊고 재미있고 매력적인 젊은이는 누구든 다 만나고 싶거든요. 공작님 말씀으로는 부인도 음악을 좋아한다던데, 공작님, 그렇게 말씀하셨죠? 부인도 피아노를 친다면서요. 내일 저녁 우리집에 사라사테**의 연주를 들으러 올래요? 일

---

* 이탈리아어로 '벌써'라는 뜻.

요일 저녁마다 우리집에서 음악회를 열거든요. 뉴욕 사람들은 그날 뭘 해야 좋을지 모르니까 '와서 즐겁게 노시오' 하고 이런 행사를 여는 거죠. 공작님 말씀이 사라사테 정도면 당신도 올 거라고 하셨어요. 부인이 아는 사람들도 많이 올 거예요."

올렌스카 부인의 얼굴이 기쁨으로 환해졌다. "정말 고맙습니다! 공작님께서 저를 챙겨주시다니, 정말 고맙습니다!" 부인이 티테이블 쪽으로 의자를 밀자 스트러더스 부인이 기분좋게 앉았다. "물론 가야죠."

"좋아요. 이 친구분도 같이 오고." 스트러더스 부인이 아처에게 손을 내밀었다. "이름은 기억 안 나지만 분명히 만난 적 있을 거예요. 뉴욕, 파리, 런던, 어딜 가든 나는 온갖 사람을 만나거든요. 혹시 외교관 아니에요? 외교관들은 다 우리집에 놀러오는데. 당신도 음악 좋아해요? 공작님, 이 청년도 꼭 데리고 오세요."

공작은 수북한 수염 사이로 "물론이지"라고 대답했다. 아처는 무심하고 눈치 없는 어른들 사이에 낀 숫기 없는 어린 학생처럼, 뻣뻣하게 굳은 몸을 억지로 숙여 인사를 하고 밖으로 나왔다.

부인과의 만남이 이렇게 *끝난* 것이 아쉽지는 않았다. 다만 두 사람이 좀더 일찍 왔으면 불필요한 감정 낭비는 없었을 것 같았다. 추운 밤거리로 나오자 뉴욕이 다시 광활해 보이고 메이 웰런드가 이 도시에서 가장 매력적인 여성으로 느껴졌다. 아처는 꽃집으로 가 매일 그랬듯이 메이 앞으로 은방울꽃 상자를 주문했다. 오늘 아침에는 머릿속이 복잡해서 꽃 보내는 걸 깜박했던 것이다.

** 스페인 태생의 바이올리니스트. 1859년부터 사십 년간 세계를 돌아다니며 연주했다.

명함에 몇 자 적은 후 봉투를 기다리는 동안 아처는 온갖 화초로 가득한 꽃집 안을 둘러보았다. 그러다 어느 순간 노란 장미가 눈에 띄었다. 그렇게 햇살처럼 진한 노란색 장미는 처음이었다. 그래서 은방울꽃 대신 그 장미를 보낼까 하는 생각이 갑자기 들었지만, 그 꽃은 메이와 어울리지 않았다. 이 눈부시게 아름다운 장미들은 어딘지 모르게 너무 화려하고 강렬한 데가 있었다. 아처는 돌연 거부감을 느끼며, 자기도 모르는 사이에 점원에게 그 장미들을 새 상자에 담게 한 뒤 또다른 봉투에 올렌스카 백작부인의 이름을 쓴 명함을 집어넣었다. 하지만 꽃집을 나가기 직전 명함을 빼고 봉투만 상자 위에 얹어놓았다.

"바로 배달되는 거죠?" 아처는 장미를 가리키며 물었다.

점원은 그렇다고 했다.

10

다음날 오찬 후 아처는 메이를 설득해 공원으로 산책을 나갔다. 뉴욕의 전통적인 성공회 가정들이 그렇듯, 메이는 매주 일요일 오후 부모와 함께 교회에 나갔다. 하지만 그날 아침에는, 손으로 수놓아야 하는 혼수들을 다 준비하려면 약혼 기간을 늘려야 한다는 웰런드 부인의 말에 찬성해준 대가로 딸이 예배에 빠지는 걸 허락해주었다.

그야말로 완벽한 날씨였다. 몰*을 따라 양쪽에 늘어선 헐벗은 나무들

---

* 센트럴파크 내 산책로.

은 청금석으로 지은 천장 같은 하늘 아래 미세한 수정 조각처럼 반짝이는 눈 위로 가지를 내밀어 둥근 아치를 이루고 있었다. 날씨 덕분에 메이는 얼굴이 더욱 환해 보였고, 서리 내린 젊은 단풍나무처럼 눈부시게 빛났다. 아처는 그녀를 돌아보는 사람들의 눈길에 자부심을 느꼈고, 그런 여자를 가졌다는 단순한 기쁨 덕에 다른 복잡한 감정들은 다 잊어버렸다.

"아침마다 은방울꽃 향기를 맡으며 깨어나니까 정말 기분좋아요!" 메이가 말했다.

"어제는 늦게 갔지. 아침에 시간이 없어서……"

"그래도 정기배송 주문이 아니라 당신이 잊지 않고 꼬박꼬박 보내주는 꽃이라서 훨씬 더 좋아요. 피아노 선생님처럼 이 꽃도 매일 정확히 제시간에 오더라고요. 레퍼츠 부부가 약혼했을 때 거트루드한테도 매일 그렇게 똑같은 시간에 꽃이 왔다던데."

"아, 그랬겠지!" 아처가 그녀의 명민함에 놀라며 밝게 웃었다. 그는 곁눈질로 메이의 과일 같은 볼을 보고 아주 넉넉하고 안전하다는 느낌이 들어서 이렇게 덧붙였다. "어제 당신한테 은방울꽃을 보내러 갔는데 아주 멋진 노란색 장미가 있길래 올렌스카 부인한테 보냈어. 괜찮지?"

"아, 정말 고마워요! 언니는 그런 거 아주 좋아하거든요. 그런데 왜 그 말은 안 했을까? 오늘 우리랑 같이 점심 먹었는데, 보퍼트 씨가 아주 예쁜 양란을 보냈고, 헨리 밴 더 라이든 씨가 스카이터클리프에서 온 카네이션을 한 바구니 보냈다고 했거든요. 꽃 받고 깜짝 놀란 눈치던데. 유럽 사람들은 꽃을 안 보내나요? 정말 멋진 관습이라고 좋아하더라고요."

"글쎄, 보퍼트가 보낸 꽃들이 워낙 화려했나보지." 아처가 짜증난 어조로 중얼거렸다. 생각해보니 봉투에 명함을 안 넣었고, 메이한테 그 얘기를 한 것도 아차 싶었다. '어제 올렌스카 부인 집에 갔었어'라고도 말하고 싶었지만 망설여졌다. 올렌스카 부인이 얘기하지 않았다면 지금 그 말을 하는 게 이상해 보일 수도 있었다. 하지만 그 말을 안 하면 어제 일이 아처 자신이 싫어하는 비밀스러운 사건이 되어버릴 수도 있었다. 그는 그 문제를 잊기 위해 앞으로 메이와 할 일들, 그녀와의 미래, 약혼 기간을 연장하자는 웰런드 부인의 고집에 대해 이야기하기 시작했다.

"그게 길다고요! 이저벨 치버스랑 레지는 이 년, 그레이스와 솔리는 일 년 반이나 있다가 결혼했는데요.* 지금 이대로도 좋지 않아요?"

결혼하지 않은 여자들이 늘 하는 질문이었지만, 아처는 메이의 그 말이 유난히 유치하게 들렸다. 그리고 그걸 유치하다고 느낀 자신이 부끄러웠다. 메이는 그저 어른들이 하는 말을 따라했을 뿐일 터였다. 그렇지만 그녀는 곧 스물두 살 생일을 앞두고 있었다. 아처는 '점잖은' 여자들은 대체 몇 살이 되어야 독자적으로 행동하게 되는지 궁금했다.

'평생 못 그러겠지. 우리가 그렇게 놓아두질 않겠지.' 그는 이런 생각을 하며 본인이 실러턴 잭슨 씨에게 퍼부었던 말을 떠올렸다. "여자들도 우리처럼 자유롭게 살 권리가 있어요······"

그렇다면 이 젊은 여인의 눈을 가린 안대를 벗기고 세상을 똑바로

---

* 당시에는 관습적으로 약혼 기간을 일 년 이상으로 잡았는데, 이는 신부될 여성이 임신하지 않았으며 양측 모두 결혼을 서둘러야 할 하등의 이유가 없음을 내보이기 위함이었다.

볼 수 있게 하는 게 그의 임무였다. 하지만 그녀를 그런 사람으로 길러낸 수많은 여성 역시 평생 안대를 벗지 못한 채 세상을 떠나지 않았던가? 아처는 과학책에서 읽은 몇 가지 새로운 개념과 자주 인용되는 켄터키 동굴의 물고기 예시를 생각하며 몸을 떨었다. 평생 아무것도 볼 일이 없어서 눈이 완전히 퇴화해버린 물고기 얘기였다. 메이 웰런드에게 눈을 뜨라고 해도, 그녀가 그 눈으로 아무것도 보지 못한다면 어쩔 것인가?

"지금보다 훨씬 좋을 수도 있잖아. 둘이 더 가까워질 수 있고, 같이 여행도 다니고."

메이의 얼굴이 환해졌다. "그러면 참 좋겠네요." 그녀는 여행을 좋아했다. 하지만 웰런드 부인은 두 사람이 왜 그렇게 별나게 구는지 이해하지 못할 것이었다.

"다른 사람들과 '다르게' 하는 것 자체가 의미 있는 건데!" 아처가 고집을 부렸다.

"뉴런드! 당신은 어쩜 그렇게 특이하죠?" 메이가 탄복했다.

아처는 가슴이 철렁했다. 자신은 이런 상황에 놓인 청년들이 으레 하는 말을 했고, 메이는 그를 특이하다고 한 데서 알 수 있듯이 본능과 전통이 시키는 말을 그대로 되풀이하고 있었다.

"특이하다고! 우리는 같은 종이에서 잘라낸 인형들처럼 다 똑같은데, 뭘. 벽에 찍은 스텐실 패턴처럼 똑같다고. 우리는 좀 다르게 살 수 없을까, 메이?"

토론에 들뜬 아처는 걸음을 멈추고 그녀를 마주보았다. 그녀는 완전히 감복한 듯 빛나는 얼굴로 그를 우러러보았다.

"이런…… 도망이라도 칠까요?" 그녀가 웃었다.

"당신이 그래준다면……"

"뉴런드, 절 정말 사랑하는군요! 아, 행복해!"

"그렇다면, 왜 더 행복해지면 안 되지?"

"하지만 소설에 나오는 사람들처럼 행동할 수는 없잖아요, 안 그래요?"

"왜 안 돼? 왜? 왜?"

메이는 아처의 집요함에 약간 지친 기색이었다. 그럴 수 없다는 걸 잘 아는데 이유를 대라는 건 성가신 일이었다. "당신과 논쟁할 만큼 내가 영리하지는 않지만, 그런 일은 뭐랄까, 좀 천박하지 않아요?" 이 모든 논의에 종지부를 찍어줄 단어가 생각나서 정말 다행이었다.

"그럼 당신은 천박해지는 게 그렇게 싫어?"

메이는 이 말에 깜짝 놀란 표정이었다. "물론이죠. 당신도 그럴 테고요." 그녀는 약간 짜증스러운 어조로 대답했다.

아처는 단장으로 구두를 탁탁 치며 말없이 서 있었다. 메이는 논의에 종지부를 찍을 가장 확실한 방법을 찾은 것이었다. 이윽고 그녀가 명랑하게 말했다. "아, 엘런 언니한테 제 반지 보여줬다는 얘기 했던가요? 이렇게 예쁜 세팅은 처음 봤다면서, 뤼 드 라 페*에 가도 그런 반지는 없다고 했어요. 당신이 예술적 감각이 뛰어난 남자라서 정말 좋아요!"

---

* 오페라하우스, 유명 식당과 상점이 즐비한 거리로, 1870년대 부유한 외국인들이 즐겨 찾던 당대 파리 유행의 중심지.

이튿날, 아처가 서재에서 시무룩하게 담배를 피우며 저녁식사를 기다리는데 제이니가 들어왔다. 뉴욕의 부유층 청년들이 다들 그러듯 아처도 법률사무소에서 한가롭게 일했는데, 그날은 클럽에 들르지 않고 곧바로 귀가한 터였다. 기운도 없고, 기분도 우울하고, 매일 같은 시간에 같은 일을 한다는 게 너무 싫어서 마음이 착잡했다.

유리창 너머로 실크해트를 쓴 낯익은 사람들이 어울리고 있는 모습을 보니 "똑같아, 다 똑같아!" 하는 소리가 자기도 모르게 듣기 싫은 노래처럼 머릿속을 가득 채웠다. 그렇게 매일 그 시간에 클럽에 들르는 게 싫어서 집으로 와버렸다. 안에서 사람들이 무슨 얘기를 하는지, 그 문제에 대해 각자 어떤 입장을 표명하는지 알 것 같았다. 그들은 물론 공작 얘기를 하고 있으리라. (보퍼트가 선물했다는 의견이 지배적인) 승마용 흑마 두 마리가 끄는 카나리아처럼 노란 마차를 타고 5번 애비뉴에 나타난 금발 여인에 대해서도 이미 충분히 얘기했으리라. 뉴욕에 '그런 여인들'(다들 그렇게 불렀다)은 많지 않았고, 자기 소유의 마차를 타고 다니는 여인은 더 적었기에, 사교계 인사들이 많이 나다니는 시간에 패니 링 양이 5번 애비뉴에 나타난 사건은 커다란 물의를 일으켰다. 바로 그 전날 그녀의 마차가 러벌 밍곳의 마차를 지나쳤는데, 밍곳 부인은 곧바로 팔꿈치 옆에 있는 작은 종을 울려 마차꾼에게 집으로 가라고 지시했다. "밴 더 라이든 부인이 그런 일을 당했으면 어땠을까?" 사람들은 몸서리치며 서로 이렇게 물었다. 바로 그 순간 아처는 로런스 레퍼츠가 사교계의 몰락에 대해 일장연설을 늘어놓는 광경을 상상했다.

아처는 제이니가 들어오자 짜증스럽게 고개를 들었다가 그녀를 못

본 척하며 얼른 읽고 있던 책으로(최근에 나온 스윈번의 『샤틀라르』였다) 눈길을 돌렸다. 제이니는 책상에 수북이 쌓인 책들을 흘깃 보더니 『콩트 드롤라티크』*를 골라 거기 실린 옛 프랑스어를 훑어보다가 한숨을 내쉬며 눈살을 찌푸렸다. "정말 어려운 책들이네!"

"그런데 왜?" 아처는 카산드라**처럼 주변을 서성이는 동생에게 물었다.

"어머니가 화가 많이 나셨어."

"화나셨다고? 누구한테? 대체 왜?"

"소피 잭슨 양이 막 다녀갔는데, 실러턴 잭슨 씨가 저녁식사 후에 들른다고 전해달랬대. 자기가 다 얘기해줄 테니 아무 말 말라고 했다면서 별말은 안 하고 갔어. 지금 그 양반이 루이자 밴 더 라이든 부인을 만나고 있다던데."

"그게 무슨 말이야? 처음부터 다시 얘기해봐. 네 말을 이해하려면 전지전능한 신이라도 돼야겠는데."

"그런 불경한 농담할 때가 아니야, 뉴런드…… 어머니는 오빠가 교회에 안 나가는 것도 정말 아쉬워하셔서……"

아처는 끙 소리를 내며 다시 책으로 눈길을 돌렸다.

"뉴런드! 잘 들어. 올렌스카 부인이 어젯밤 레뮤얼 스트러더스 부인 집 파티에 갔대. 공작님이랑 보퍼트 씨와 같이 갔다더라고."

제이니의 말 끝부분을 듣자 괜히 화가 치밀어올랐고, 그걸 억누르기 위해 아처는 픽 웃었다. "그래서, 그게 어떻단 말이야? 거기 간다는 거

---

* 오노레 드 발자크가 1832~1837년에 출간한 시리즈 '재미있는 이야기'.
** 그리스신화 속 예언자.

알고 있었어."

그러자 제이니의 얼굴이 하얗게 질리고 눈이 휘둥그레졌다. "간다는 걸 알고 있었다고? 그런데 말리지 않고 내버려뒀단 말이야? 충고도 안 해주고?"

"말려? 충고를 해?" 아처는 다시 웃었다. "난 올렌스카 백작부인과 약혼한 게 아니잖아!" 아처 자신이 듣기에도 황당한 말이었다.

"그 집안 사위가 될 거잖아."

"아, 집안, 집안!" 아처가 빈정거렸다.

"뉴런드, 오빠는 집안이 중요하지 않아?"

"전혀."

"우리 친척 루이자 밴 더 라이든 부인이 뭐라고 할지 걱정도 안 돼?"

"그렇게 케케묵은 사고방식을 가진 분이라면 뭐라든 상관없어."

"어머니는 케케묵은 사고방식을 가진 분이 아니야." 미혼인 여동생이 입술을 앙다물며 말했다.

아처는 이렇게 소리치고 싶었다. '아니, 그런 분 맞아. 밴 더 라이든 부부도 마찬가지고. 우리도 그래. 다들 현실과는 아주 동떨어져 살고 있지.' 하지만 제이니의 길고 유순한 얼굴이 울 것처럼 일그러진 모습을 보자 쓸데없이 동생을 괴롭힌 게 부끄러워졌다.

"망할 올렌스카 부인! 제이니, 제발 정신 차려. 난 그 여자의 보호자가 아니잖아."

"그래. 하지만 오빠가 웰런드 집안사람들에게 약혼 발표를 앞당겨달라고 부탁하는 바람에 우리 모두 그 여자를 도와주게 됐잖아. 안 그랬으면 우리 친척인 루이자 부인이 공작님 환영회에 그 여자를 초대하지도 않았을 거고."

"맞아. 그런데 그 여자를 초대한 게 뭐가 문제야? 그날 거기서 제일 예뻤는데. 그 여자 덕분에 밴 더 라이든 집 파티가 평소보다 그나마 덜 우중충했잖아."

"밴 더 라이든 씨는 오빠 때문에 그 여자를 초대한 거잖아. 그래서 루이자 부인도 설득한 거고. 그런데 지금 그 두 분 모두 너무 화가 나서 내일 바로 스카이터클리프로 돌아가겠대. 뉴런드, 빨리 아래층에 내려가봐. 오빠는 지금 어머니가 어떤 심정인지 잘 모르는 것 같아."

응접실에서 수를 놓던 아처 부인은 아들을 보더니 걱정스러운 얼굴로 물었다. "제이니한테서 얘기 들었니?"

"네, 그런데 뭐가 그렇게 문제인지 잘 모르겠어요." 아처는 어머니처럼 애써 차분한 어조로 대답했다.

"우리 친척 밴 더 라이든 부부를 속상하게 한 게 별문제가 아니라고?"

"올렌스카 백작부인이 그분들이 보기에 천한 사람 집 파티에 간 게 그렇게 심각한 문제라고 생각한다면요."

"그분들이 보기에라니……!"

"그러면 실제로 천한 사람이라고 해두죠. 하지만 다들 무료해 죽겠는 일요일 저녁에 좋은 음악을 들려주고 사람들을 즐겁게 해주는 사람이잖아요."

"좋은 음악이라고? 내가 듣기로는 어떤 여자가 탁자 위에 올라가서 파리에서 유행하는 노래를 불렀다더라. 다들 담배도 피우고 샴페인도 마셨다던데."

"그런 일은 다른 데서도 일어나요. 그런다고 세상이 망해요?"

"그러면 넌 지금 그 여자처럼 프랑스식으로 주일을 보내도 된다는 거냐?"

"우리가 런던에 있을 때는 영국식으로 주일을 보내는 것도 싫다고 하셨잖아요."

"뉴욕은 파리도 아니고 런던도 아니야."

"맞아요. 절대 아니죠!" 아처가 신음하듯 말했다.

"네 말은 뉴욕 사교계가 런던이나 파리만큼 멋지지 않다는 거냐? 그럴 수도 있지. 하지만 우리는 여기 살고 있고, 누구든 뉴욕에 오면 여기 방식을 따라야 해. 엘런 올렌스카는 특히 그렇지. 그 여자는 그런 멋진 사교계 생활로부터 벗어나고 싶어서 돌아온 거잖아."

뉴런드가 잠자코 있자 아처 부인이 다시 입을 열었다. "저녁 먹기 전에 보닛을 쓰고 너랑 같이 루이자 부인한테 잠깐 다녀오고 싶은데." 아처는 얼굴을 찌푸렸다. "네가 지금 한 말을 그분께 설명해주면 좋겠다. 외국 사교계 사람들은 우리랑 달라서…… 거기 사람들은 우리만큼 까다롭지 않으니, 그런 일에 대해 우리가 어떻게 생각하는지 올렌스카 부인은 잘 모를 수도 있다고 말이지." 그러더니 어린애처럼 영악한 표정으로 덧붙였다. "그러는 게 올렌스카 부인한테 좋을 거야."

"어머니, 저는 우리가 이 일과 무슨 관련이 있는지 잘 모르겠어요. 공작님이 올렌스카 부인을 스트러더스 부인 집 파티에 데리고 갔어요. 아니 사실은 스트러더스 부인과 함께 그 여자를 방문했어요. 그날 제가 거기 있었거든요. 밴 더 라이든 부부가 누군가와 싸우고 싶다면 진짜 범인은 지금 자기네 지붕 밑에 있다고요."

"싸운다고? 뉴런드, 밴 더 라이든 씨가 누구랑 싸운다는 얘기 들어봤니? 게다가 공작님은 그 집 손님이셔. 외국분이기도 하고. 외국인들은 신분 차이를 잘 모르잖아. 그걸 어떻게 알겠어? 그런데 올렌스카 부인은 뉴욕 사람이니까 여기 사교계 사람들의 감정을 존중했어야지."

"좋아요. 그 사람들이 희생자를 원하면 올렌스카 부인을 내줄 용의 있어요." 화가 난 아처가 이렇게 외쳤다. "올렌스카 부인이 저지른 잘못을 저나 어머니가 대신 갚을 수는 없잖아요."

"아, 너는 역시 밍곳 집안 입장만 생각하는구나." 아처 부인이 화가 날 때면 쓰는 예민한 어조로 말했다.

침울한 얼굴의 집사가 응접실 문에 달린 칸막이 커튼을 젖히더니 "헨리 밴 더 라이든 씨가 오셨습니다" 하고 알렸다.

아처 부인은 당황한 나머지 바늘을 떨어뜨리고는 떨리는 손으로 의자를 뒤로 밀었다.

"램프 하나 더 가져오게." 부인은 물러나는 집사에게 지시했다. 제이니는 몸을 숙여 어머니의 모자를 똑바로 씌워주었다.

밴 더 라이든 씨가 문간에 나타나자 뉴런드 아처가 얼른 일어나 그를 맞으러 다가갔다.

"방금 그 댁 얘기를 하는 중이었어요." 아처가 말했다.

밴 더 라이든 씨는 그 말에 당황하는 눈치였다. 그는 장갑을 벗고 숙녀들과 악수를 나눈 다음, 조심스럽게 실크해트를 매만졌다. 제이니가 안락의자를 앞으로 미는 사이 아처가 덧붙였다. "올렌스카 부인에 대해서도 얘기하고 있었어요."

아처 부인의 얼굴이 하얗게 질렸다.

"아, 매력적인 사람이지. 방금 만나고 오는 길이야." 노인은 평온을 되찾은 얼굴로 말하고는 안락의자에 앉더니, 옛날식으로 모자와 장갑을 자기 옆 마룻바닥에 놓고 다시 말을 이었다. "그 사람 꽃 꽂는 솜씨가 대단해. 스카이터클리프에서 가져온 카네이션을 좀 보냈었는데, 정말 깜짝 놀랐어. 우리집 수석 정원사처럼 한 아름씩 꽂은 게 아니라, 자세히 설명하기는 어려운데…… 여기저기 몇 송이씩 나눠서 꽂았더라고. 지난번에 공작님이 '응접실을 얼마나 멋지게 꾸며놓았는지 한번 가서 봐'라고 했는데, 그 말이 맞았어. 동네가 그렇게 형편없지 않으면 루이자도 데려가고 싶은데."

평소 통 말이 없는 밴 더 라이든 씨가 이렇게 많은 말을 하자 다들 할말을 잊었다. 아처 부인은 아까 당황해서 떨어뜨렸던 자수를 집어들었고, 뉴런드는 난롯가에 기대선 채 벌새 깃털로 된 가리개를 매만졌다. 새로 가져온 램프가 놀란 입을 다물지 못하는 제이니의 얼굴을 훤히 비춰주었다.

밴 더 라이든 씨는 큼직한 퍼트룬 인장 반지를 낀 창백한 손으로 회색 바지를 입은 긴 다리를 쓰다듬으며 말을 이었다. "실은 내가 보낸 꽃을 받고 그 부인이 아주 예쁜 카드를 써 보냈길래 고맙다는 인사를 하러 들렀던 거야. 그리고 이건 순전히 우리끼리 하는 얘기지만, 공작님이 이런저런 파티에 데리고 가더라도 무조건 따라가지는 말라는 말을 해주러 갔지. 혹시 얘기 들었는지 모르겠지만……"

아처 부인이 이해한다는 듯 웃어 보였다. "공작님이 그 부인을 이런 저런 파티에 데리고 가셨어요?"

"영국 귀족들의 습성 잘 알잖아. 다들 똑같아. 루이자와 나는 그분을 참 좋아하지만, 유럽의 궁정 생활에 익숙한 사람들한테 우리 작은 공화국의 소소한 차이를 일일이 존중해달라고 바라면 안 되지. 공작님은 자기가 원하는 데는 어디든 가시니까." 밴 더 라이든 씨는 말을 멈추었지만 다들 아무 말이 없었다. "그래, 어젯밤에 공작님이 레뮤얼 스트러더스 부인 집에 그 부인을 데리고 간 모양이더라고. 조금 아까 실러턴 잭슨이 우리집에 와서 다 떠벌리고 갔어. 루이자는 걱정이 많이 되는 눈치고. 그래서 나는 내가 올렌스카 백작부인을 직접 만나서, 물론 아주 우회적인 방식으로, 우리 뉴욕 사람들은 그런 일에 대해 어떻게 생각하는지 설명해주는 게 제일 간단한 방법이라고 생각했지. 우리집 정찬에 왔을 때 부인이 조언을 해주면 좋겠다는 뜻을 비쳤기 때문에 그렇게 해도 괜찮을 것 같다는 생각이 들었어…… 그런 얘기를 해주니까 정말 고마워하는 눈치더군."

밴 더 라이든 씨는 저급한 열망이 남아 있는 사람이라면 자만심으로 보일 법한 표정으로 방안을 둘러보았다. 하지만 그의 경우에는 그냥 부드러운 친절함으로 보였고, 아처 부인의 얼굴에도 비슷한 표정이 어려 있었다.

"두 분은 늘 어쩌면 그렇게 친절하실까! 뉴런드는 메이 때문에 그쪽 집안과 곧 가족이 되니 오늘 일을 특히 고맙게 생각할 거예요."

그러면서 잘하라는 눈길로 아들을 바라보았다. 아처가 말했다. "정말 고맙습니다. 하지만 제 생각에는 올렌스카 부인이 마음에 드셨을 것 같은데요."

밴 더 라이든 씨는 아주 부드러운 표정으로 그를 바라보았다. "뉴런드, 나는 마음에 안 드는 사람은 절대 집에 초대하지 않네. 아까 실러턴 잭슨한테도 그렇게 말했지." 그러더니 시계를 흘깃 보며 일어서서 덧붙였다. "루이자가 기다리겠군. 공작님을 오페라에 모시고 가는 날이라 저녁을 일찍 먹기로 했거든."

손님의 등뒤로 문간에 걸린 칸막이 커튼이 엄숙히 닫힌 후에도 다들 말이 없었다.

"세상에, 정말 낭만적이다!" 마침내 제이니가 이렇게 소리쳤다. 왜 그런 말을 하는지 알 수 없었지만, 늘 그렇듯이 어머니와 아처는 알려고 하지 않았다.

아처 부인이 그렇게 될 리 없음을 안다는 듯, 한숨을 내쉬며 고개를 저었다. "모든 게 잘돼야 할 텐데. 뉴런드, 오늘 저녁은 나가지 말고 집에 있다가 실러턴 잭슨 씨가 오거든 꼭 만나보렴. 나는 그 사람한테 뭐라고 해야 할지 도저히 모르겠구나."

"어머니! 그분 안 올 거예요." 아처가 웃으며 어머니의 찌푸린 얼굴에 입을 맞추었다.

11

그로부터 약 이 주 후, 아처는 '레터블레어, 램슨 앤드 로' 법률사무소의 개인 사무실에 멍하니 앉아 있다가 대표의 호출을 받았다.

아주 오래전부터 뉴욕 상류층의 법률문제를 처리해온 노신사 레터블레어 씨는 고민에 싸인 표정으로 마호가니 책상 저편에 앉아 있었다. 짧게 깎은 흰 콧수염을 쓰다듬고 튀어나온 이마 위로 헝클어진 흰머리를 뒤로 넘기는 그의 모습을 보면서, 아처는 대표가 딱히 병명을 알 수 없는 환자 때문에 짜증난 주치의 같아 보인다고 생각했다.

"자네……" 대표는 아처를 늘 '자네'라고 불렀다. "스킵워스 씨나 레드우드 씨한테는 얘기하고 싶지 않은 사건이 있어서 상의 좀 하려고 불렀네." 대표가 말하는 두 신사는 이 법률사무소의 수석변호사들이었다. 뉴욕의 유서 깊은 법률사무소들이 대개 그렇듯이 회사명으로 거명되던 변호사들은 오래전에 세상을 떠났고, 레터블레어 씨 역시 정확하게 말하면 초대 대표의 손자였다.

그는 이마를 찌푸리며 의자에 등을 기댔다. "집안일이라서……" 그가 말을 이었다.

아처가 고개를 들었다.

"밍곳 집안 말일세." 레터블레어 씨가 상황을 설명해주겠다는 뜻으로 빙긋 웃으며 고개를 까딱했다. "어제 맨슨 밍곳 부인이 불러서 가보니, 손녀인 올렌스카 백작부인이 남편을 상대로 이혼소송을 제기하고 싶어한다는 거야. 그러면서 서류를 몇 장 주더라고." 그는 말을 멈추고 책상을 톡톡 쳤다. "자네가 그 집 아가씨와 약혼을 한 만큼 더 진행하기 전에 자네와 상의를 해야 할 것 같았어. 같이 이 사건을 검토해보자는 거지."

아처는 관자놀이에서 피가 뛰는 것을 느꼈다. 그 집에 찾아간 이후 올렌스카 백작부인을 본 건 딱 한 번뿐이고, 오페라하우스의 밍곳 집안 박스석에서였다. 그동안 그녀는 아처의 마음속에서 좀더 희미한 존재로 변했고, 메이 웰런드가 원래의 자리를 되찾으면서 전만큼 자주 생각나지도 않았다. 제이니가 무심코 던진 말 빼고는 그녀의 이혼이 거론되는 걸 들은 적이 없어서 근거 없는 소문이려니 하고 일축해버렸다. 아처는 이론적으로 자기 어머니만큼이나 이혼에 대해 부정적이었다. 그래서 자신을 이 사건에 끌어들이려는(분명 캐서린 밍곳 부인의 부탁이 있었겠지만) 레터블레어 씨의 말에 짜증이 났다. 밍곳 집안에도 그런 일을 처리할 남자는 여럿 있고, 자기는 아직 그 집안 사위도 아니니 말이다.

아처는 대표의 다음 말을 기다렸다. 레터블레어 씨는 책상 서랍을 열더니 봉투 하나를 내밀었다. "이 서류들 한번 훑어보게……"

아처는 이마를 찌푸렸다. "죄송하지만 대표님, 제 처가 될 집안의 일이라서 오히려 스킵워스 씨나 레드우드 씨와 상의하시는 게 좋을 것 같습니다."

레터블레어 씨는 놀라기도 하고 살짝 불쾌한 듯했다. 후배 변호사가 이 같은 기회를 거절하는 일은 흔치 않았다.

대표는 고개를 숙였다. "그래, 더 조심스러울 수도 있겠지. 하지만 민감한 사건이니만큼 자네가 맡아주면 좋겠어. 실은 내 의견이 아니라 맨슨 밍곳 부인과 그 아드님이 부탁하셨다네. 러벌 밍곳 씨와 웰런드 씨도 만났는데 그분들도 다 자네를 지목했어."

아처는 화가 치밀었다. 지난 이 주 동안 그는 이 일 저 일에 다소 무기력하게 떠밀려다녔고, 메이의 아름다운 얼굴과 밝은 성격을 생각하며 밍곳 집안의 집요한 요구들을 잊어보려 했다. 그런데 밍곳 노부인이 이런 요구를 했다니 그 집안사람들은 예비 사위한테 이런 일까지 시킬 권리가 있다고 여기는 것 같았다. 아처는 짜증이 났다.

"백작부인의 숙부들이 처리할 일이에요." 아처가 말했다.

"이미 그랬다네. 그 집 식구들이 검토해봤지. 그 양반들은 모두 백작부인의 뜻에 반대해. 하지만 부인은 확고해. 법률적 판단을 원한다네."

아처는 아무 말도 하지 않았다. 아직 서류도 열어보지 않은 상태였다.

"재혼하려는 건가요?"

"그런 것 같아. 본인은 아니라고 하지만."

"그렇다면……"

"일단 그 서류들부터 봐주겠나? 사건 내용을 같이 검토하고 나서 내 의견을 말해주지."

아처는 내키지 않지만 서류 봉투를 들고 찜찜한 마음으로 대표실을 나왔다. 지난번 만남 이후 그는 거의 무의식적으로 올렌스카 부인이라는 무거운 짐을 덜어내려고 애썼다. 벽난로 불빛 앞에서 단둘이 대화하며 잠시 친밀감을 느꼈지만, 세인트오스트리 공작과 레뮤얼 스트러더스 부인이 들어오고 백작부인이 그들을 반갑게 맞이함으로써 그 감정은 적시에 깨졌다. 그로부터 이틀 후 아처는 그녀가 밴 더 라이든 부부의 호감을 되찾는 희극에 일조했고, 힘이 막강한 노인네한테서 꽃 한 바구니 받았다고 그렇게 효과적인 방식으로 감사를 표할 정도의 여자라면 자기처럼 별 볼 일 없는 젊은이의 사적인 위로나 사회적 도움은 필요 없을 거라는 신랄한 생각이 들었다. 사태를 그런 식으로 생각하니 자신의 처지가 명확해졌고, 잊고 있던 가정적 덕목들이 예기치 않게 더 소중하게 다가왔다. 메이 웰런드라면 아무리 큰 위기가 닥쳐도 자신의 개인적인 고민을 그렇게 떠벌리고 다니거나 낯선 남자들에게 속내를 털어놓는 짓은 안 할 것 같았다. 그다음주에는 메이가 그 어느 때보다 예쁘고 훌륭해 보였다. 심지어 약혼 기간을 길게 갖자는 그녀의 부탁에

져주기도 했다. 빨리 식을 올리자는 그의 요구를 한 방에 꺾어놓는 이유를 들고 나왔기 때문이다.

"메이, 당신이 아주 어릴 때부터 정말 중요한 순간에는 부모님께서 늘 당신 청을 들어주셨잖아." 아처가 졸라대자 메이는 티 없이 맑은 얼굴로 대답했다. "맞아요. 그래서 결혼 전 제게 마지막으로 하시는 부탁을 거절하기가 어려운 거예요."

그게 바로 오래전부터 내려온 뉴욕 사람들의 사고방식이었다. 아처는 메이가 평생 그런 대답을 해주기를 소망했다. 늘 뉴욕의 공기를 마시며 살아온 사람은 그보다 탁한 공기를 마시면 가슴이 답답해질 때가 있었다.

아처가 사무실로 돌아와 예의 그 서류들을 읽어보니 별 내용은 없었다. 하지만 읽다보니 왠지 숨이 막히고 목이 조여드는 느낌이 들어서 금방이라도 캑캑 기침이 나올 것 같았다. 봉투 안에 든 서류는 주로 올렌스키 백작의 변호사들과 백작부인이 자신의 재산문제를 처리하기 위해 의뢰한 프랑스 법률사무소 사람들이 주고받은 편지였다.* 그 밖에 백작이 부인에게 쓴 짧은 편지도 한 통 들어 있었다. 그 편지를 읽은 뒤 아처는 벌떡 일어나 서류들을 다시 봉투에 집어넣고 대표실로 들어갔다.

"편지들 여기 있습니다. 대표님이 원하시면 제가 부인을 만나보죠."

---

* 당시 프랑스에서는 이혼이 법으로 금지되었고, 남편은 아내의 거주지를 지정할 수 있는 법적 권리를 지녔다. 따라서 남편의 동의 없이 집을 나오고, 돌아오라는 요구를 무시한 올렌스카 백작부인은 지참금을 되찾을 권리를 상실한 상태다.

아처는 어색한 어조로 말했다. ·

"고맙네, 정말 고마워. 시간 되면 오늘 저녁에 같이 식사하고 이 문제를 좀더 논의해보세. 내일 부인을 만날 생각이면 말이지."

뉴런드 아처는 그날 오후에도 곧장 집으로 갔다. 겨울 저녁 공기는 투명하게 맑고, 청신한 초승달이 지붕 위에 걸려 있었다. 아처는 그저 깨끗한 달빛으로 영혼의 폐를 가득 채운 채 누구와도 얘기하지 않고 있다가 저녁식사 후 레터블레어 씨와 단둘이 앉아 이 문제를 논의하고 싶었다. 그에게는 선택의 여지가 없었다. 다른 사람들이 그녀의 비밀을 엿보기 전에 자신이 직접 올렌스카 부인을 만나야 했다. 그녀가 너무 안쓰러운 나머지 무관심과 짜증이 다 사라진 느낌이었다. 그녀는 이제 가여운 연민의 대상으로 그의 앞에 서 있었고, 그녀가 운명에 맞서 싸우다가 더 상처 입기 전에 어떻게든 구해내는 게 그의 임무였다.

아처는 백작부인이 전해준 웰런드 부인의 부탁을 떠올렸다. '불편한' 얘기는 들리지 않게 해달라는 말이었다. 그런 태도 때문에 뉴욕의 공기가 이토록 맑은 건가 하는 생각이 들어 움찔했다. 인간의 사악함에 대한 본능적인 혐오와 인간의 나약함에 대한 본능적인 연민을 조화시키려는 스스로의 노력에 당혹감을 느끼면서, 아처는 '우리는 모두 결국 바리새인*에 불과한가?' 싶었다.

아처는 난생처음으로 자신의 원칙들이 얼마나 단순했는지 깨달았다. 그는 사람들에게 위험을 감수하는 청년으로 통했다. 어리석고도 가여운 솔리 러시워스 부인과의 비밀스러운 연애는 그에게 가슴 설레는

---

* '위선자'를 비유적으로 이르는 말.

모험을 즐기는 남자라는 인상을 더해줄 만한 대단한 비밀은 아니었다. 하지만 러시워스 부인은 어리숙하고, 허영심 많고, 천성적으로 숨기는 게 많으며, 그가 지닌 매력이나 성격보다는 연애의 은밀함과 위험을 더 즐기는 '그런 유의 여자'였다. 그 사실을 깨달은 순간에는 가슴이 무너지는 느낌이었지만, 지금 생각해보면 그것이야말로 그 사건을 통해 배운 값진 교훈이었다. 그녀와의 연애는, 간단히 말하면, 그 또래 청년이면 다들 겪었고, 별다른 양심의 가책 없이 되돌아볼 수 있고, 그들이 사랑하고 존중하는 부류의 여자와 즐기고 동정하는 여자들 사이에는 근본적인 차이가 있다는 사실을 다시 한번 확인시켜준 사건이었다. 어머니, 고모와 이모, 그리고 여러 나이든 여자 친척들은 청년들에게 이 차이를 끊임없이 주입시켰고, 아처 부인과 마찬가지로 '그런 일이 벌어지면' 그건 청년들이 너무 순진해서 악랄한 여자들의 꾐에 넘어간 거라고 생각했다. 아처 주변의 나이든 여성들은 모두 분별없이 사랑에 빠지는 여자는 틀림없이 경솔하고 교활한 사람이며, 그 상대 남성은 순진해서 여자의 손아귀에서 벗어나지 못하는 거라고 여겼다. 그럴 때 유일한 해결책은 청년이 얼른 참한 여자와 결혼해서 그녀의 보살핌에 몸을 맡기도록 달래는 것이었다.

아처가 생각하기에 복잡하고도 오래된 유럽 사회에서는 사랑의 문제가 이렇게 단순하고 명확하지 않을 듯했다. 부유하고 여유로운 귀족 계층에서는 더 다양한 연애 사건들이 벌어졌을 것이다. 천성적으로 예민하고 고고한 여성이 너무 어려운 상황, 무력한 처지, 외로움 때문에 관습적인 기준으로는 결코 용서받을 수 없는 관계에 휘말리는 경우도 있었을 것이다.

집에 돌아온 아처는 백작부인에게 내일 몇시에 가면 만날 수 있는지 알려달라는 메시지를 인편으로 보냈다. 배달 간 소년이 가져온 답장을 보니, 내일 아침에 스카이터클리프에 가서 밴 더 라이든 부부와 일요일을 보낼 예정이지만, 그날 저녁식사 후에는 시간이 된다고 쓰여 있었다. 편지는 날짜나 주소도 없이 별로 깨끗하지 않은 반쪽짜리 종이에 쓰여 있었지만 서체는 힘차고 자유로웠다. 그는 부인이 스카이터클리프의 장엄한 고독 속에서 주말을 보낸다는 게 재미있게 느껴졌지만, 곧이어 그곳에서 그녀는 '불편한' 것에는 절대 눈길을 주지 않는 사람들의 냉혹함을 가장 확실히 느끼게 될 거라는 생각이 들었다.

아처는 일곱시 정각에 레터블레어 씨 집에 도착했다. 저녁 먹고 바로 떠날 핑계가 있어서 다행이었다. 낮에 대표가 준 편지들을 읽고 나름대로 생각을 정리한 터라 상사와 그 문제에 대해 자세히 논의하고 싶지 않았다. 레터블레어 씨는 아내와 사별해 혼자 살았다. 두 사람은 누렇게 변색된 〈채텀의 죽음〉과 〈나폴레옹의 대관식〉의 복제화*가 걸린 어둡고 허름한 방에서 천천히 푸짐한 저녁식사를 했다. 찬장에는 세로로 홈이 파인 셰러턴양식의 칼 보관함들 사이로 오브리옹 레드와인과 (의뢰인이 선물한) 오래된 래닝 포트와인 병이 놓여 있었다. 그 포트와인은 샌프란시스코로 갔다가 수상쩍은 상황에서 불명예스럽게 세상을 떠난 파락호 톰 래닝이 죽기 한두 해 전에 처분한 것인데, 그 집안 사람들 입장에서는 그렇게 죽은 것보다 이 술을 판 것이 훨씬 더 수치

---

* 각각 존 싱글턴 코플리와 자크 루이 다비드의 작품.

스러운 일이었다.

부드러운 굴 수프 다음에 청어와 오이 요리, 그다음으로 옥수수 프리터를 곁들인 어린 칠면조 구이, 건포도 젤리와 셀러리 마요네즈를 얹은 들오리 요리가 나왔다. 샌드위치와 홍차로 점심을 때운 레터블레어 씨는 요리 하나하나의 맛을 깊이 음미하며 천천히 식사했고, 손님도 그러기를 바라는 눈치였다. 마침내 식사가 끝나고 식탁보까지 걷히자 시가를 꺼내 문 레터블레어 씨는 포도주 병을 서쪽으로 밀어놓고 의자에 등을 푹 기대더니 난롯불에 기분좋게 등을 쪼이며 말했다. "온 집안이 이 이혼을 반대한다네. 내가 봐도 그게 맞아."

아처는 즉각 반대 입장을 취했다. "하지만 대체 왜요? 이런 경우에는……"

"글쎄, 그래 봤자 나올 게 없지 않나? 그 여자는 여기, 남편은 저기 있고, 둘 사이에 대서양이 버티고 있는데. 이혼해도 그 사람이 자진해서 넘겨준 돈 말고는 단 한 푼도 더 줄 일은 없을 걸세. 그쪽의 빌어먹을 이교도식 혼인법으로는 어림도 없지. 유럽인치고는 올렌스키가 잘해준 편이야. 땡전 한 푼 안 주고 쫓아낼 수도 있었거든."

아처 역시 상황을 잘 알기에 아무 말도 하지 않았다.

레터블레어 씨가 말을 이었다. "그런데 백작부인은 돈에는 관심이 없는 것 같아. 그렇다면 그 집 사람들 말대로 그냥 이대로 두면 될 텐데, 대체 왜 그러는 거지?"

아처 역시 한 시간 전에 레터블레어 씨와 똑같은 생각을 하면서 부인을 만나러 갔다. 하지만 이 이기적이고, 배부르게 먹고, 남의 일에 완전히 무관심한 노인의 입으로 그 얘기를 들으니 갑자기 불편한 얘기는 어떻게든 피하려는 바리새인의 목소리로 들렸다.

"그건 백작부인이 결정할 일이죠."

"흠…… 그 여자가 이혼소송을 제기하면 어떤 일이 벌어질지 생각해봤나?"

"남편이 편지에서 위협한 내용을 말씀하시는 건가요? 그게 얼마나 현실성이 있어요? 그자가 홧김에 그냥 하는 소리겠죠."

"그렇지. 하지만 그자가 작심하고 맞고소를 하면 언짢은 얘기가 많이 나올걸."

"언짢은 얘기라니요……!" 발끈한 아처가 소리쳤다.

레터블레어 씨는 의아한 듯 눈썹을 치켜올렸다. 자기 생각을 설명해봤자 아무 소용 없다는 걸 깨달은 아처는 알았다는 듯 고개를 숙였고, 노인은 "어떤 경우든 간에 이혼은 언짢은 거야"라고 말했다.

"안 그런가?" 레터블레어 씨는 잠시 기다리다가 아처가 대답이 없자 이렇게 물었다.

"물론 그렇죠." 아처가 대답했다.

"좋아, 그러면 밍곳 집안도 그렇고 나 또한 자네한테 기대를 걸고 있으니, 부인한테 잘 얘기해서 이혼소송은 없던 일로 해봐."

아처는 잠시 망설이다가 대답했다. "올렌스카 부인을 만나보고 나서 말씀드릴게요."

"아처, 그게 무슨 말인가? 불미스러운 이혼소송에 휘말린 집안으로 장가가도 좋다는 건가?"

"그건 이 문제와 아무 상관 없습니다."

레터블레어 씨는 포트와인 잔을 내려놓고 신중하면서도 걱정스러운 눈길로 젊은 후배를 건너다보았다.

아처는 까딱하다가는 이 사건을 다른 사람에게 빼앗길 것만 같았고, 이유는 알 수 없지만 그렇게 두기는 싫었다. 한번 맡은 이상 그럴 수는 없었다. 그러니 밍곳 집안의 법적 입장을 대변하는 이 융통성 없는 노인을 안심시킬 필요가 있었다.

"대표님께 보고드린 다음에 결정하고 싶습니다. 그러니까 올렌스카 부인의 입장을 들어보고 나서 제 의견을 말씀드리는 게 맞을 것 같아요."

레터블레어 씨는 뉴욕의 전통 중에서도 가장 좋은 것이라 할 만한, 지나칠 정도의 신중함을 지닌 이 청년이 마음에 들어서 흐뭇한 표정으로 고개를 끄덕였다. 아처는 시계를 흘깃 보더니 약속이 있다며 작별인사를 했다.

12

아처 또래의 청년들은 비웃었지만, 뉴욕 사교계 사람들은 옛 관습대로 일곱시에 저녁을 먹고 남의 집을 방문하는 일이 흔했다. 아처가 웨이벌리 플레이스에서 5번 애비뉴로 걸으면서 보니 (그날 공작을 위한 정찬을 베푸는) 레지 치버스의 집 앞에 마차가 몇 대 서 있고, 두꺼운 코트와 머플러로 무장한 노신사가 갈색 사암으로 된 어느 저택의 계단을 올라 가스등이 켜진 현관으로 들어가는 모습이 보일 뿐, 거리가 한산했다. 워싱턴스퀘어를 건너가는데 노신사 뒤락 씨가 친척인 대거넷가를 방문하는 모습이 보였고, 웨스트 10번가 모퉁이를 돌 때는 법률사무소 동료인 스킵워스 씨가 래닝 양 집 쪽으로 걸어가는 모습을 보았다. 5번 애비뉴를 따라 더 올라가니 자기 집 현관의 환한 불빛을 배경으로 보퍼트의 검은 실루엣이 보였다. 그는 계단을 내려와 전용 브루엄 마차에 올라타더니 어딘지 모르지만 비밀스러운 목적지로 출발했다. 오페라 공연도, 파티도 없는 저녁이니 보퍼트는 틀림없이 밀회를 위해 나왔을 것이다. 아처는 그가 아마 렉싱턴 애비뉴 너머 동네에 있는, 얼마 전 리본 달린 커튼과 화분들로 새로 꾸민 그 집에 가는 길일 거라고 생각했다. 새로 칠한 그 집 문 앞에는 패니 링 양의 노란색 마차가 자주 눈에 띄었다.

아처 부인의 세계를 이루는 작고 미끄러운 피라미드 너머에는 지도에도 거의 나와 있지 않은 세계, 즉 화가, 음악가, '글쟁이들'의 세계가 있었다. 사방에 흩어져 있는 이 부류들은 사회의 일부가 되려는 욕망이 거의 없는 것 같았다. 이들은 겉으로는 이상해 보이지만 대부분 아주 점잖은 편이고, 그들끼리만 어울리는 경향이 있었다. 메도라 맨슨이 부유하던 시절에 '문학 살롱'을 연 적이 있는데, 작가들이 거의 안 와서 곧 없어지고 말았다.

다른 사람들도 비슷한 시도를 했었다. 말 많고 극성스러운 어머니와 그녀를 본받아 주책맞은 세 딸이 사는 블렌커가에 가면 에드윈 부스나 파티, 윌리엄 윈터, 조지 리그놀드라는 신인 셰익스피어 배우,* 그리고

---

* 에드윈 부스는 미국의 유명한 비극배우. 아델리나 파티는 이탈리아 태생의 전설적인 콜로라투라소프라노. 윌리엄 윈터는 당시 가장 영향력 있던 연극 평론가. 조지 리그놀드는 1875년 뉴욕의 부스극장에서 상연된 셰익스피어의 〈헨리 5세〉와 〈맥베스〉에 출연한 영국 배우.

잡지 편집자와 음악이나 문학 평론가 들을 만날 수 있었다.

아처 부인과 그 친지들은 이런 사람들에 대해 다소 소극적인 입장을 취했다. 그들은 특이하고, 어디로 튈지 모르고, 그 생활이나 사고방식을 보면 보통 사람들이 이해할 수 없는 면이 있었기 때문이다. 아처가 사람들은 문학과 예술을 깊이 존중했고, 아처 부인은 자녀들에게 늘 워싱턴 어빙, 피츠그린 핼렉, 「죄인 요정」의 작가 같은 사람들* 덕에 사회가 훨씬 더 교양 있고 즐거워졌다고 말하곤 했다. 부인이 볼 때 그 세대 유명 작가들은 '신사'였다. 누군지는 모르지만 그다음 세대 작가들 역시 신사다운 정신을 지녔겠지만 출신, 행색, 머리 모양, 연극이나 오페라와의 밀접한 연관 등을 볼 때 전통적인 뉴욕 사교계 인사들과는 전혀 다른 집단이었다.

부인은 이렇게 말하곤 했다. "내가 어릴 때는 배터리가와 커널가 사이에 사는 사람들을 다 알았어. 그리고 우리가 아는 사람들만 마차를 갖고 있었지. 그때는 각자의 사회적 위치가 명확했어. 그런데 지금은 알 수가 없어. 별로 알고 싶지도 않지만."

도덕적 편견이 없고 결혼으로 일거에 신분 상승을 이룬 사람답게 세세한 차이에 무관심한 캐서린 밍곳 부인만이 이 간극을 메울 수 있었을 텐데, 그녀는 책 한 자 읽지 않고, 그림도 안 보고, 오로지 음악만 들었다. 노래를 들으면 튈르리궁에서 인기를 누릴 때 본 이탈리아 극단**의 갈

---

* 워싱턴 어빙은 미국 전기작가이자 소설가로, 워턴의 친정 가문과 교유했다. 피츠그린 핼렉은 미국 시인, 은행가. 「죄인 요정」의 작가는 미국 시인 조지프 로드먼 드레이크.

** 코메디아 델라르테 전통의 폭력적이고 선정적인 연극을 공연한 극단. 프랑스 정부가 인가하고 주로 고상한 내용을 공연한 코메디 프랑세즈의 경쟁 상대였다.

라 공연이 떠오르기 때문이었다. 밍곳 부인만큼이나 대담한 보퍼트라면 이 두 집단 사이의 가교 역할을 할 수도 있겠지만, 그의 장려한 저택과 실크 스타킹을 신은 하인들은 격의 없는 친교에 방해가 될 뿐이었다. 그 역시 밍곳 부인 못지않게 무지한데다, '글쟁이들'을 돈 받고 부자들을 즐겁게 해주는 조달업자 정도로 여겼고, 그의 견해에 영향을 줄 만큼 부유한 사람은 아무도 그 생각에 이견을 제시하지 않았다.

뉴런드 아처는 아주 오래전부터 이런 상황을 알고 있었고 자기가 사는 세상의 일부로 치부했다. 그는 화가, 시인, 소설가, 과학자, 심지어 훌륭한 배우들까지도 공작 못지않게 대접받는 사회가 있다는 걸 알았고, 응접실에 모인 사람들이 메리메(『미지의 여인에게 쓴 편지』는 그가 가장 아끼는 책 중 하나였다), 새커리, 브라우닝, 윌리엄 모리스에 대해* 담소를 즐기는 곳에 살면 어떨지 상상해보곤 했다. 하지만 그런 일은 뉴욕에서는 상상할 수 없었고, 그런 생각을 하는 것 자체가 마음을 불편하게 했다. 아처는 센추리 클럽**이나 여기저기 생겨나고 있는 작은 음악 및 연극 클럽에서 '글쟁이', 음악가, 화가 들을 많이 만났다. 그럴 때마다 그들과 즐겁게 어울렸지만, 블렌커가에서는 지루하기만 했다. 거기서는 주책맞고 극성스러운 여자들이 그들을 진귀한 포획물처럼 서로 돌려 가졌다. 네드 윈셋과 아주 멋진 대화를 나눈 뒤에도 아처는 자신의 세계도 작지만 그의 세계 역시 작다는 느낌을 받았고, 이

* 『미지의 여인에게 쓴 편지』는 프랑스 소설가 메리메가 1831년부터 죽을 때까지 다 캥 양에게 보낸 편지. 로버트 브라우닝은 영국 시인. 윌리엄 모리스는 영국 디자이너이자 시인, 사회이론가.
** 1847년 시인 윌리엄 브라이언트와 화가 애셔 듀랜드가 설립한 뉴욕 최고의 문화 클럽. 센추리는 창립 멤버가 백 명이라서 붙여진 이름.

두 세계를 확장시키려면 양쪽이 자연스럽게 어울릴 수 있는 장소가 필요하다는 생각이 들었다.

아처는 올렌스카 백작부인이 생활하고, 고통받고—아마도—오묘한 기쁨들을 맛본 사회를 상상해보다가 이런 생각에 이르렀다. 그녀가 할머니 밍곳 부인과 웰런드가 사람들이 '글쟁이들'이 사는 '보헤미안' 구역에 살지 말라고 하더라는 말을 전할 때 속으로 얼마나 가소로워했을까 싶었다. 밍곳 집안이 싫어한 것은 그 동네가 위험해서가 아니라 가난하기 때문이었는데, 부인은 그 저의를 모르고 가족들이 문학을 저급하다고 생각하는 줄 알았을 것이다.

그녀는 그것에 대해 아무런 두려움이 없었고, 그 집 (일반적으로 책과는 '전혀 어울리지 않는' 곳으로 간주되는) 응접실 여기저기 놓인 책들은 주로 소설이긴 했으나 폴 부르제, 위스망스, 공쿠르형제* 같은 새로운 이름들이 아처의 흥미를 돋우었다. 이런 생각을 하며 그녀의 집 쪽으로 걸어가는 동안, 아처는 그녀가 기묘한 방식으로 자신의 가치 체계를 뒤집어놓고 있으며, 지금 그녀가 처한 곤경을 해결하려면 이제껏 그가 알던 것과는 전혀 다른 방향에서 생각해야 한다는 것을 다시금 의식했다.

나스타시아가 아리송한 미소를 지으며 문을 열어주었다. 현관 벤치에 검은담비 털로 안감을 댄 코트와 흰 실크 머플러, 무광 실크로 된 오페라해트가 접혀 있었는데, 안감에 금실로 수놓은 J. B.라는 이니셜이

---

* 부르제는 프랑스 소설가, 비평가로 워턴의 친구였다. 위스망스는 프랑스 소설가. 에드몽과 쥘 공쿠르는 『프랑스의 18세기 예술』 등을 쓴 작가들.

보였다. 이 비싼 물건들은 보나마나 줄리어스 보퍼트의 것이었다.

아처는 화가 났다. 너무 화가 나서 명함에 몇 자 적어놓고 가버릴까 하는 생각마저 들었다. 그런데 올렌스카 부인에게 메시지를 보낼 때 너무 조심하느라고 둘이서만 만나고 싶다는 말을 빠뜨린 것이 기억났다. 그러니 부인이 다른 손님들을 맞아들였다면 그건 순전히 아처의 잘못이었다. 그래서 보퍼트가 스스로 자신이 방해된다는 걸 느끼고 먼저 자리를 뜨게 만들겠다고 작정하고 안으로 들어갔다.

그 은행가는 맨틀피스에 기대서 있었다. 오래된 자수 천이 덮인 선반에는 밀랍으로 된 교회용 양초가 꽂힌 금동 촛대가 놓여 있었다. 그는 벽난로에 어깨를 대고 에나멜 구두를 신은 한쪽 발에 체중을 실은 채 가슴을 내밀고 서 있었다. 아처가 들어선 순간 보퍼트는 웃음 띤 눈으로 벽난로 오른쪽 소파에 앉은 부인을 내려다보고 있었다. 올렌스카 부인 뒤편 탁자에는 꽃이 한가득 놓여 있었다. 부인은 보퍼트 저택의 온실에서 온 양란과 진달래를 배경으로 한 손에 머리를 기대고 앉아 있었는데, 소매가 넓어서 팔꿈치까지 드러나 있었다.

저녁에 손님을 맞이하는 숙녀들은 대개 '약식 야회복'을 입었다. 살짝 벌어진 목 부분을 레이스가 채우고, 주름 장식이 달린 소매는 딱 맞아서 에트루리아풍 팔찌나 벨벳 끈이 보일 정도로만 손목을 드러내는, 안에 고래수염을 넣어 몸에 딱 맞게 만든 실크 갑옷이었다. 그런데 올렌스카 부인은 그런 전통을 무시하고 목 부분과 앞자락에 매끈한 검은 털이 달린 붉은 벨벳 옷을 입고 있었다. 지난번 파리에 갔을 때 본 카롤뤼스 뒤랑이라는 신예 화가의 초상화가 생각났다. 이렇게 목 부분에 털이 달리고 몸에 꽉 끼는 대담한 옷차림의 여성들을 그린 그의 작품은 당시 살롱에서 돌풍을 불러일으켰다. 저녁에 후텁지근한 응접실에서 털옷을 입는다는 것, 게다가 목은 털로 감싸고 팔은 드러내놓는다는 건 어딘지 모르게 위험하고 도발적인 데가 있었다. 하지만 확실히 매력적이긴 했다.

"맙소사…… 스카이터클리프에 사흘씩이나 가 있겠다니!" 아처가 들어섰을 때 보퍼트는 비꼬는 어조로 이렇게 말하는 참이었다. "모피옷 전부 가져가고 보온병도 챙겨 가도록 해요."

"왜요? 그 집이 그렇게 추운가요?" 부인은 그렇게 물으며 아처에게 왼손을 내밀었는데 그 손짓이 왠지 아처가 입맞추기를 기대하는 듯 보였다.

"아뇨, 그 집 안주인이 그렇죠." 보퍼트가 아처에게 건성으로 고개를 까닥이며 대답했다.

"제가 볼 때는 정말 친절하시던데. 부인께서 직접 초대장을 가져오셨어요. 할머니도 꼭 가야 된다고 하셨고요."

"할머니께서는 물론 그러시겠죠. 하지만 부인을 위해서 제가 다음 주 일요일에 캄파니니, 스칼키, 그리고 재미있는 사람들을 초대해 델모니코*에서 조촐하게 굴 요리 만찬을 열 생각인데, 부인이 빠지시면 정말 안타까울 겁니다."

부인은 어쩌면 좋을지 모르겠다는 표정으로 보퍼트와 아처를 번갈아 바라보았다.

---

* 1831년에 델모니코가 연 식당으로, 뉴욕 사교계 인사들이 즐겨 드나들고 무도회를 열던 장소. 캄파니니는 이탈리아의 오페라 가수. 스칼키는 이탈리아의 콘트랄토로, 1883년 메트로폴리탄오페라하우스에서 공연한 〈파우스트〉에 출연했다.

"아…… 정말 가고 싶네요! 지난번 스트러더스 부인 댁에서 말고는 여기 온 후로 예술가를 한 사람도 못 만났거든요."

"어떤 예술가 말씀이시죠? 아주 훌륭한 화가를 한두 명 아는데 원하신다면 제가 데려올 수 있습니다." 아처가 대담하게 물었다.

"화가라니? 뉴욕에 화가가 있다고?" 자기가 그림을 안 샀으니 뉴욕에 화가가 있을 리 없다는 투로 보퍼트가 말했다. 올렌스카 부인은 진지한 미소를 띠고 아처에게 대답했다. "그러면 참 좋겠네요. 하지만 제가 정말 만나고 싶은 건 연극계 예술가들, 가수, 배우, 음악가, 그런 사람들이에요. 제 남편 집에는 그런 사람들이 늘 드나들었는데."

그녀는 나쁜 일은 조금도 없었고, 오히려 결혼생활의 즐거움을 잃어 아쉽다는 듯한 어조로 '제 남편'이라고 말했다. 아처는 부인이 자신의 위신을 걸고 과거로부터 벗어나려고 하는 바로 이 시점에 그 시절을 그토록 가볍게 얘기할 수 있는 게 경박함 때문인지 가식 때문인지 알 수 없어 당혹스러운 얼굴로 그녀를 바라보았다.

부인이 두 사람을 보며 말했다. "*예기치 않았던 일이 더 즐거울 수도 있어요. 같은 사람들을 매일 만나는 건 실수라고 봐요.*"

"어쨌든 지겨운 건 사실이죠. 뉴욕은 지겨움*으*로 죽어가고 있어요." 보퍼트가 투덜거렸다. "그래서 당신을 위해 재미있는 일을 만들어내면 이렇게 제 뜻을 저버리잖아요. 다시 한번 생각해봐요! 일요일이 마지막 기회예요. 캄파니니는 다음주에 볼티모어와 필라델피아 공연이 있거든요. 델모니코에 별실도 예약해놨고, 스타인웨이 피아노도 갖다놨으니 그 사람들이 밤새도록 부인을 위해 노래해줄 텐데."

"정말 환상적이네요! 그럼 다시 한번 생각해보고 내일 아침에 편지

드려도 될까요?"

부인은 상냥하게 말했지만 어딘지 모르게 이만 가라는 뜻이 담겨 있었다. 보퍼트도 눈치챘지만 그렇게 쫓겨나본 적이 없는지라 눈살을 찌푸린 채 부인을 바라보고 서 있었다.

"지금 대답해주면 안 되겠소?"

"이렇게 늦은 시간에 결정하기에는 너무 중요한 문제예요."

"지금이 늦은 시간이라고요?"

부인은 차분하게 그를 바라보았다. "네. 아처 씨와 잠깐 상의할 문제도 있고요."

"아." 보퍼트가 대답했다. 부인의 어조에는 호소하는 느낌이 전혀 없었다. 보퍼트는 어깨를 으쓱하더니 평정을 되찾고 그녀의 손을 잡아 능숙한 몸짓으로 입맞추었다. 그러고는 문간에 서서 말했다. "뉴런드, 부인이 거기 안 가시게 설득할 수 있으면 자네도 물론 그 만찬에 초대하지." 그러더니 거들먹거리는 태도로 뚜벅뚜벅 걸어나갔다.

잠깐 동안 아처는 레터블레어 씨가 부인에게 자신이 찾아갈 거라고 통고한 걸로 생각했다. 하지만 그 일과 아무 상관 없는 부인의 말을 듣고는 생각이 바뀌었다.

"그럼 화가들을 아는 거예요? 예술가들과 어울리기도 하고 그러는 거예요?" 부인이 흥미진진한 표정으로 물었다.

"아, 그런 건 아닙니다. 뉴욕에는 그런 *집단*이라고 할 만한 게 아예 존재하지 않습니다. 오히려 여기저기 흩어져 있는 변방이라고 해야겠죠."

"하지만 그런 것들을 좋아하시는 거죠?"

"아주 좋아합니다. 파리나 런던에 가면 전시회들을 꼭 챙겨 보고, 경향을 파악하려고 애쓰는 편이죠."

그녀는 긴 옷자락 밖으로 살짝 삐져나온 작은 새틴 부츠의 코를 내려다보았다.

"저도 아주 많이 좋아했어요. 생활이 그런 것들로 가득차 있었죠. 하지만 이제 안 그러려고 애쓰고 있어요."

"안 그러려고 애쓴다고요?"

"네. 과거의 삶을 다 벗어버리고 여기 사람들처럼 되고 싶어요."

아처는 얼굴을 붉혔다. "당신은 절대 다른 사람들처럼 되지 않을 거예요." 그가 말했다.

부인은 반듯한 눈썹을 조금 치켜올렸다. "아, 그런 말씀 마세요. 저는 다른 사람들과 다른 게 정말 싫어요!"

그녀의 얼굴이 비극배우의 가면처럼 어두워졌다. 부인은 몸을 앞으로 숙이더니 가느다란 손으로 무릎을 감싸안고 그로부터 눈길을 돌려 멀리 어둠 속을 바라보았다.

"그 모든 것으로부터 벗어나고 싶어요." 그녀가 고집스럽게 말했다.

아처는 잠시 기다리다가 목을 가다듬고 대답했다. "압니다. 레터블레어 씨한테 들었어요."

"그래요?"

"그래서 온 거예요. 그분이 가서 만나보라고 하셨거든요. 제가 거기서 근무하니까."

부인은 약간 놀라는 기색이더니 갑자기 눈빛이 환해졌다. "그럼 당신이 이 일을 처리해줄 수 있다는 거예요? 레터블레어 씨 대신 당신하고 얘기해도 된다는 거죠? 아, 그러면 훨씬 낫네요!"

그녀의 어조에 가슴이 뭉클했다. 뿌듯하기도 하고 자신감도 생기는 느낌이었다. 부인이 그와 상의할 문제가 있다고 말한 건 그저 보퍼트를 먼저 보내기 위한 구실이었음을 깨달았다. 그러고 나니 보퍼트를 물리쳤다는 데 일종의 승리감이 들었다.

"그 얘기를 하러 온 겁니다." 아처가 다시 한번 말했다.

부인은 여전히 소파 등받이에 얹은 팔에 머리를 기대고 말없이 앉아 있었다. 진홍빛 드레스 때문인지 얼굴이 평소보다 더 창백하고 기운 없어 보였다. 아처는 갑자기 부인이 가엾고 안쓰럽게 여겨졌다.

'이제 현실적인 문제들을 얘기할 때야.' 아처는 어머니와 그 연배 어른들이 거의 본능적으로 불편한 상황을 회피한다고 자주 비난했었는데, 자신도 지금 똑같은 태도를 취하고 있다는 생각이 들었다. 아처는 지금껏 특이한 상황에 처해본 적이 거의 없었다! 그런 상황에서 등장하는 어휘 자체가 낯설었고, 소설이나 연극에나 나오는 말 같았다. 앞으로 다가올 일들을 생각하니 소년처럼 어색하고 당혹스러웠다.

잠시 후, 부인이 예기치 않게 강한 어조로 말했다. "저는 자유롭게 살고 싶어요. 과거는 완전히 지워버리고 싶다고요."

"무슨 말씀인지 압니다."

그녀의 얼굴이 달아올랐다. "그럼 도와주실 거죠?"

"먼저……" 아처가 말을 더듬었다. "상황을 좀더 알아야 할 것 같아요."

부인은 놀라는 눈치였다. "제 남편…… 그와 살 때의 제 상황에 대해 알고 계세요?"

아처는 고개를 끄덕였다.

"아…… 그렇다면…… 뭘 더 알고 싶은 거죠? 이 나라에서는 그런 일도 용납이 되나요? 저는 신교도고…… 우리 교회에서는 이런 경우에 이혼을 막지 않아요."

"물론 그렇죠."

두 사람은 다시 침묵했다. 아처는 올렌스키 백작의 편지가 두 사람 사이에서 추악하게 웃고 있다는 느낌이 들었다. 반 장밖에 안 되는 그 편지는 레터블레어 씨와 얘기할 때 말했듯이 악랄한 건달의 모호한 위협만을 담고 있었다. 하지만 그 뒤에 얼마만큼의 진실이 있을까? 올렌스키 백작의 부인만이 그 답을 알고 있었다.

마침내 아처가 입을 열었다. "부인이 레터블레어 씨에게 준 서류를 다 훑어보았습니다."

"정말 끔찍한 내용이죠?"

"그렇더군요."

부인은 자세를 살짝 고쳐 앉더니 손을 들어 두 눈을 가렸다.

아처가 말을 이었다. "아시겠지만, 남편분이 이 소송에 작정하고 맞선다면, 위협한 것처럼……"

"그러면요?"

"부인에게 언짢은…… 듣기 싫은 말도 나올 수 있습니다. 그런 말을 공개적으로 해서 사람들의 입에 오르내리고, 근거가 없더라도 부인에게 해가 될 수도 있는……"

"근거가 없더라도……?"

"제 말은, 실제로 없던 일이라도 소문이 날 수 있다는 거죠."

부인은 오랫동안 말이 없었다. 그동안 아처는 손에 가려 그늘이 진 그녀의 얼굴 대신 다른 쪽 손, 즉 무릎을 감싸고 있는 손의 모양과 네번째와 다섯번째 손가락에 낀 세 개의 반지를 마음속에 정확히 새겼다. 그중에 결혼반지는 보이지 않았다.

"그 사람이 그런 주장을 한다고 해도, 여기 있는 제가 해를 입을까요?"

아처는 금방이라도 '가여운 사람…… 이 세상 어디보다도 여기 뉴욕에서 가장 큰 해를 입을 수 있죠!'라고 외치고 싶었지만, 그냥 자기가 듣기에도 딱 레터블레어 씨 같은 어조로 이렇게 말했다. "부인이 살아온 곳에 비하면 뉴욕은 아주 작은 곳이에요. 게다가 겉으로는 그렇게 안 보일지 모르지만…… 꽤 고리타분한 몇 사람이 지배하는 사회죠."

부인이 아무 말 없자 아처는 다시 말을 이었다. "그중에서도 결혼과 이혼에 대해서는 특히 케케묵은 생각들을 갖고 있고요. 법은 이혼을 인정하지만, 사회 관습은 그렇지 않아요."

"어떤 경우에도요?"

"글쎄요…… 여자 쪽이 아무리 부당한 대우를 받았고 흠결이 없더라도, 조금이라도 안 좋은 면이 있거나 어떤 특이한 행동을 해서 안 좋게 보일 만한 상황에 처해 있다면……"

부인은 고개를 푹 떨구었다. 발끈 화를 내거나 아니라고 소리라도 치기를 간절히 바랐지만, 그녀는 아무 말도 하지 않았다.

작은 여행용 시계가 부인의 팔꿈치 옆에서 째깍거렸고, 벽난로에서 장작이 부러지며 불꽃이 화르륵 솟아올랐다. 무거운 정적에 싸인 방 전체가 아처와 함께 잠자코 그녀의 말을 기다리고 있는 듯했다.

마침내 부인이 입을 열었다. "그래요, 제 친척들도 그렇게 말해요."

아처는 움찔했다. "그분들이 그러시는 것도……"

"아, 우리 친척들이라고 해야 되겠네요." 부인이 말을 정정하자 아처의 얼굴이 붉어졌다. "곧 제 친척이 되실 거니까." 부인이 부드럽게 말했다.

"그렇게 될 테죠."

"그러면 당신도 그분들과 같은 생각인가요?"

이 말을 들은 아처는 자리에서 일어나 방안을 이리저리 거닐다가 공허한 눈으로 오래된 붉은색 다마스크 천 위에 걸린 그림들을 응시했다. 그러고는 머뭇거리다가 부인 옆으로 다시 돌아왔다. '남편분께서 암시하는 게 사실이거나, 그걸 반박할 확실한 근거가 없다면, 저도 그분들 말씀에 따라야 한다고 생각합니다'라고 말할 수는 없었다.

아처가 말하려는 순간 부인이 입을 열었다. "솔직히……"

아처는 벽난로 불을 내려다보았다. "그렇다면 솔직히 그렇게 심한 추문에 휩싸일 수 있는데, 아니 휩싸일 게 뻔한데, 그 대가로 부인이 무엇을 얻을 수 있을까요?"

"하지만 제 자유…… 제 자유는 아무것도 아닌가요?"

그 순간 백작이 편지에서 말한 내용이 사실이고, 부인은 그 불륜 상대와 결혼할 속셈이라는 생각이 아처의 뇌리를 스쳤다. 부인이 정말 그럴 생각이라면, 미국법은 거기에 완전히 배치된다는 말을 어떻게 하겠는가? 그런 의심이 들자 부인에 대해 갑자기 불쾌감과 짜증이 치밀었다. "하지만 지금도 완전히 자유롭지 않나요? 누가 손댈 수 있겠어요? 레터블레어 씨 말로는 돈 문제도 해결됐다고 하던데……" 아처가 말했다.

"아, 맞아요." 부인이 무심하게 대답했다.

"아, 그렇다면, 엄청나게 불쾌하고 고통스러운 과정을 감내할 필요가 있을까요? 악랄한 신문 기사들을 생각해보세요! 정말 아둔하고 편협하고 부당하지만, 사회를 바꿔놓을 수는 없잖아요."

"그렇죠." 부인이 순순히 수긍했다. 그런데 그 어조가 너무도 가냘프고 쓸쓸해서 아처는 모진 생각을 했던 것이 문득 후회되었다.

"이런 경우, 개인은 대개 집단을 위해서라는 명목으로 희생되고 말죠. 사람들은 가정을 지키는 관습, 자녀들이 있는 경우 그들을 보호하는 관습에 매달리기 마련이거든요." 아처는 그녀의 침묵이 드러낸 추악한 진실을 어떻게든 덮고 싶다는 강렬한 욕망에 머릿속에 떠오르는 진부한 표현들을 주워섬기며 두서없이 말을 늘어놓았다. 이 의혹을 밝힐 한 마디를 부인이 할 수도 없고 하지도 않을 거라는 생각에, 그는 자기가 그녀의 비밀을 파고들려 한다는 인상을 주지 않기만 바랐다. 치유해줄 수 없는 상처를 건드리느니 차라리 신중한 뉴욕인들이 으레 그러듯 별 뜻 없는 얘기나 하는 게 나았다.

아처는 말을 이었다. "제 임무는 부인으로 하여금 당신을 가장 아끼는 분들, 즉 밍곳가, 웰런드가, 밴 더 라이든가 등 부인의 친구나 친척들과 같은 시각으로 이 사건을 보게 해드리는 겁니다. 그분들이 이런 문제를 어떻게 보는지를 솔직하게 알려드리지 않는 건 부당한 일 아닐까요?" 아처는 그 무서운 침묵을 어떻게든 덮어버리려는 생각에 고집스럽게, 아니 거의 호소하듯 말했다.

이윽고 부인이 천천히 대답했다. "맞아요, 그건 부당한 일이죠."

난롯불은 다 타서 재가 되었고, 램프 역시 살펴달라고 호소라도 하듯 꾸룩거리는 소리를 냈다. 올렌스카 부인이 일어서더니 심지를 돋우고 다시 난롯가로 돌아왔다. 하지만 의자에 앉지는 않았다.

그렇게 서 있는 걸 보니 두 사람 사이에 더이상 오갈 말이 없는 듯해 아처도 곧 자리에서 일어났다.

"좋아요, 그럼 당신이 원하는 대로 할게요." 부인이 불쑥 말했다. 아처는 이마에 피가 몰리는 느낌이었다. 부인이 그렇게 갑자기 소송을 포기하자 아처는 너무 놀란 나머지 어색하게 그녀의 두 손을 맞잡았다.

"저는…… 저는 정말 당신을 돕고 싶어요." 그가 말했다.

"정말 도움이 돼요. 잘 가요, 사촌."

아처는 허리를 굽혀 그녀의 두 손에 입을 맞추었다. 손은 차갑고 혈색이 없었다. 이윽고 부인이 손을 뺐다. 아처는 문 쪽으로 가서 현관의 침침한 가스등 아래 코트와 모자를 찾아 입고 겨울의 밤거리로 나섰다. 마음속에서 말할 수 없는 감정들이 뒤늦게 끓어오르고 있었다.

13

그날 밤 월랙극장*은 만원이었다.

〈방랑자〉 공연이었는데 주인공은 디온 부시코, 두 연인 역은 해리 몬터규와 에이다 디아스가 맡았다. 이 뛰어난 영국 극단이 최고의 인기를

---

* 배우 레스터 월랙이 운영한 스타극장을 가리킨다. 〈방랑자〉는 디온 부시코가 쓴 희극으로, 1874년에 스타극장에서 초연되었다.

누릴 때였고, 〈방랑자〉를 공연하는 날은 늘 매진 사태를 기록했다. 꼭 대기층 관람석 관객들은 열광적인 반응을 보였고, 일층 앞자리와 박스석 관객들 역시 다소 진부한 감정과 선정적인 상황에 미소를 지으며 그들 못지않게 공연을 즐겼다.

그중에서도 한 장면은 일층부터 전 층의 관객들을 매료시켰다. 해리 몬터규가 너무 슬픈 나머지 디아스 양과 몇 마디 말도 나누지 못하고 이별을 고한 뒤 그녀에게 작별인사를 하고 돌아서는 순간이었다. 여배우는 유행하는 고리 매듭이나 장식 없이 늘씬한 몸매를 감싸며 발끝까지 길게 흘러내리는 회색 캐시미어 드레스를 입은 채 벽난로 옆에 서서 난롯불을 내려다보고 있었는데, 목에 두른 가느다란 검은색 벨벳 리본이 그녀의 등뒤로 늘어져 있었다.

연인이 돌아서자 그녀는 벽난로 선반에 팔을 얹고 두 손에 얼굴을 묻었다. 방을 나가려던 몬터규는 문간에서 걸음을 멈추고 그녀를 돌아보았다. 그러고는 다시 돌아와 벨벳 리본의 한쪽 끝을 들어올려 입을 맞춘 다음 밖으로 나간다. 그동안 디아스 양은 아무 소리도 듣지 못하고 자세를 바꾸지도 않는다. 그리고 이 침묵의 이별 장면에서 막이 내려온다.

뉴런드 아처는 매번 바로 이 장면 때문에 〈방랑자〉를 보러 왔다. 몬터규와 에이다 디아스의 이별 장면은 파리에서 크루와제트와 브레상, 런던에서 매지 로버트슨과 켄달이 공연한 어떤 장면과 비교해도 뒤지지 않는다는 느낌이었다. 그 절제된 감정, 말없는 슬픔은 극적으로 감정을 분출한 그 어떤 명장면보다 감동적이었다.

그날 밤은—왜 그런지 모르지만—일주일 내지 열흘 전쯤 올렌스카 부인과 단둘이 얘기를 나누고 헤어지던 순간이 생각나 이 장면이 특히 애절하게 느껴졌다.

두 배우와 자기들 두 사람의 용모만큼이나 상황도 달랐다. 뉴런드 아처는 낭만적인 인상인 젊은 영국 배우와는 전혀 다르게 생겼고, 큰 키에 붉은 머리, 커다란 체구를 가진 디아스 양의 못생기고 창백하지만 매력적인 얼굴 역시 엘런 올렌스카의 생기 넘치는 얼굴과는 완전 딴판이었다. 아처와 올렌스카 부인은 가슴 찢어지는 침묵 속에 헤어진 연인이 아니었다. 두 사람은 의뢰인과 변호사로 대화를 마치고 헤어졌을 뿐이다. 그 대화로 변호사는 의뢰인의 상황이 아주 안 좋다는 느낌을 받았지만. 그렇다면 어떤 점이 비슷해서 아처는 그날 밤을 되돌아보며 그렇게 가슴 설렜던 걸까? 그건 아마도 매일 겪는 일상을 벗어나 비극적이고도 감동적인 일이 일어날 수 있음을 느끼게 하는 올렌스카 부인의 신비로운 능력 때문인 듯했다. 그런 인상을 줄 만한 말을 한 적은 없지만, 그녀의 신비롭고 이국적인 과거 때문이든, 타고나길 극적이고 열정적인 그녀의 특이한 내면 때문이든 간에, 그러한 능력은 분명 그녀의 일부였다. 평소 아처는 사건을 부르는 성향을 타고나는 사람들이 있고, 그런 성향에 비하면 우연이나 상황은 사람의 운명을 결정하는 데 별 영향을 주지 않는다고 생각했다. 올렌스카 부인을 처음 만났을 때부터 이러한 성향을 감지할 수 있었다. 조용하고 거의 수동적이기까지 한 이 여성은 본인이 아무리 조심하고 그걸 피하려고 애를 써도, 어떤 일이 일어날 수밖에 없는 사람 같았다. 흥미로운 사실은 극적인 일들이 자주 일어나는 환경에서 살아온 터라 그런 일들을 자초하는 그녀의 성향이 눈에 띄지 않았다는 점이다. 그녀가 이상하리만치 어떤 상황에서도 놀라지 않는다는 사실 자체가 그동안 파란만장한 삶을 살아왔음을 보여 주었다. 그녀가 당연하게 받아들이는 일들을 보면 그동안 어떤 상황에 맞서왔는지 알 수 있었다.

그날 밤 아처는 올렌스키 백작의 말이 근거 없는 모함은 아니라는 확신이 들었다. 올렌스카 부인의 과거에 '비서'로 등장하는 미지의 인물은 그녀를 탈출시켜준 대가로 분명히 뭔가를 받았을 것이다. 그녀는 당시 견디기 힘든 상황, 말할 수도 없고 믿기도 어려운 상황에 처해 있었다. 젊고, 겁에 질리고, 절망에 빠진 자기를 구해준 사람에게 고마움을 느끼는 건 당연한 일이었으리라. 안타까운 점은 법과 일반 사람들의 눈으로 볼 때 그 고마움을 갚고자 한 일이 그녀를 악랄한 남편과 비슷한 사람으로 만들었다는 것이었다. 아처는 부인으로 하여금 바로 이 사실, 그리고 그녀가 믿고 의지하려는 악의 없고 친절한 뉴욕 사람들이야말로 그런 행동을 절대로 용납하지 않을 거라는 사실을 이해하게 만들 의무가 있었고, 그날 밤 그 의무를 실행에 옮겼다.

그녀에게 이 사실을 이해시키고, 순순히 그것을 받아들이는 모습을 지켜보는 건 정말 괴로운 일이었다. 아처는 부인이 침묵으로 과거의 잘못을 고백함으로써 스스로를 그의 처분에 맡기려는 듯 보여 안쓰러우면서도 애잔한 느낌이 들었고, 질투와 연민이 뒤섞인 모호한 감정 때문에 그녀에게 끌렸다. 그녀가 냉철한 레터블레어 씨나 체면에 연연하는 친정 식구들이 아니라 아처 자신에게 그 비밀을 털어놓아 다행이었다. 그는 곧바로 레터블레어 씨와 밍곳가 사람들에게 올렌스카 부인이 소송해봐야 무용하다는 걸 깨닫고 이혼을 포기했다는 사실을 보고했다. 그러자 그들은 모두 '불편한 일'을 피하게 된 걸 알고 안도의 한숨을 내쉬며 딴 데로 관심을 돌렸다.

"뉴런드가 해낼 줄 알았어." 웰런드 부인이 예비 사위에 대해 자랑스럽게 말했다. 그를 불러 단둘이 대화를 나눈 밍곳 노부인은 이 일을 깔끔하게 처리한 걸 축하하더니, 짜증난 어조로 덧붙였다. "바보 같은 애지! 그게 얼마나 말도 안 되는 소린지 그렇게 말했건만. 유부녀에 백작부인으로 행세할 수 있는데 왜 늙은 엘런 밍곳으로 살려고 해!"

이런 일들을 생각하니 올렌스카 부인과 지난번 나눈 이야기가 너무 생생히 기억나서 두 배우의 이별 장면을 끝으로 막이 내리는 순간 아처는 눈물이 그렁그렁한 상태로 자리에서 일어섰다.

그런데 일어서면서 뒤를 돌아보니 자기가 여태 생각하던 그 여성이 보퍼트 부부, 로런스 레퍼츠 부부, 그리고 다른 한두 사람과 같이 박스석에 앉아 있었다. 그날 밤 이후 아처는 한 번도 그녀와 얘기를 나눈 적이 없었고, 사람들 앞에서 같이 있는 것도 피해왔다. 그런데 다음 순간 두 사람의 눈길이 마주쳤고, 마침 보퍼트 부인이 그를 알아보고 박스석으로 오라고 가볍게 손짓을 했다. 갈 수밖에 없는 상황이었다.

보퍼트와 레퍼츠가 길을 비켜주었다. 아처는 평소 대화를 나누는 것보다 예뻐 보이는 데 더 관심이 있는 보퍼트 부인과 한두 마디 나눈 다음 올렌스카 부인 뒤에 앉았다. 박스석 안에 같이 있던 실러턴 잭슨 씨는 보퍼트 부인에게 지난 일요일 레뮤얼 스트러더스 부인 집에서 열린 연회에 대해 소곤거리고 있었다(그날 참석한 사람들은 춤도 추었다는 소문이 있었다). 보퍼트 부인은 완벽한 미소를 머금고, 일층 특별석에서 볼 때 옆모습이 가장 아름다워 보이는 각도로 고개를 숙인 채 그의 이야기에 귀를 기울였다. 올렌스카 부인은 그 틈을 타 아처 쪽으로 몸을 돌리고 조용히 속삭였다.

"내일 아침에 저 남자가 여자한테 노란 장미 다발을 보낼 거라고 생각하세요?" 무대 쪽을 보며 부인이 물었다.

아처의 얼굴이 붉어졌다. 너무 놀라 심장이 쿵쾅거렸다. 그는 올렌스카 부인 집을 두 번밖에 방문하지 않았고, 두 번 다 명함 없이 노란 장미 상자를 보냈다. 부인이 한 번도 꽃 얘기를 꺼내지 않아서 꽃을 보낸 사람이 자기라는 걸 까맣게 모르는 줄 알았다. 그런데 그녀가 갑자기 꽃 받은 얘기를 하고, 그것을 무대 위에서 벌어진 애절한 작별과 연결 지으니 마음이 들떠올랐다.

"저도 그 생각을 하고 있었어요…… 저 장면을 마음속에 간직하기 위해 극장을 나가려던 참이었는데." 그가 말했다.

놀랍게도 그녀의 얼굴이 서서히 아주 짙은 홍조로 물들었다. 그녀는 실크 장갑을 낀 손에 든 진줏빛 오페라글라스를 내려다보더니 잠시 후 입을 열었다. "메이가 없을 때는 뭘 하세요?"

"일에 집중하죠." 아처는 그 질문에 약간 곤혹스러움을 느끼며 대답했다.

해마다 그랬듯 웰런드 가족은 지난주에 세인트오거스틴*으로 떠났다. 그들은 웰런드 씨의 기관지가 약하다고 생각했기 때문에 매년 겨울의 절반을 그곳에서 보냈다. 온유하고 과묵한 웰런드 씨는 자기 의견은 없었지만 습관은 많았다. 그리고 이 습관들은 누구도 거스를 수 없었다. 그중 하나가 바로 부인과 딸을 데리고 매년 남부로 여행을 떠나는

---

* 플로리다 북동부의 휴양도시.

것이었다. 웰런드 씨는 늘 가족과 같이 있어야 마음이 편했다. 부인이 알려주지 않으면 머리빗도, 편지 봉투에 붙일 우표도 찾을 수 없었다.

온 가족이 서로 사랑하고, 웰런드 씨가 그 사랑의 가장 중요한 대상 이었기에, 부인과 메이는 그를 세인트오거스틴에 혼자 보낸다는 건 생 각조차 해본 적이 없었다. 변호사인 두 아들은 겨울에는 뉴욕을 떠날 수 없었지만, 부활절에는 반드시 내려갔다가 아버지와 함께 돌아왔다.

아처 입장에서는 메이가 아버지를 꼭 따라가야 하는지 의문을 제기 할 여지가 없었다. 밍곳가의 주치의가 유명한 것은 순전히 웰런드 씨의 폐렴 때문이었는데, 그런 증상이 실제로 나타난 적이 없기 때문에 세인 트오거스틴에서 휴가를 보내야 한다는 그의 처방은 절대 바뀌지 않았 다. 밍곳가는 원래 플로리다에서 휴가를 보내고 돌아와서 메이의 약혼 을 발표할 생각이었지만, 예정보다 일찍 알렸다고 해서 웰런드 씨의 계 획을 바꿀 이유는 없었다. 아처는 웰런드 가족을 따라가서 몇 주 동안 메이와 함께 햇살과 뱃놀이를 즐기고 싶었지만, 그 역시 습관과 전통을 무시할 수 없었다. 회사에서 하는 일이 아주 힘든 건 아니었지만 만약 한겨울에 휴가를 신청하면 밍곳 집안 전체가 그를 경박한 사람으로 볼 게 뻔했다. 결국 아처는 체념이야말로 결혼생활의 가장 중요한 요소임 을 자각하고 그렇게 메이와의 작별을 받아들였다.

그는 올렌스카 부인이 살짝 눈을 내리깐 채 그를 지켜보고 있다는 걸 의식했다. "당신이 원하는 대로, 당신이 권한 대로 했어요." 그녀가 불쑥 말했다.

"아, 다행입니다." 부인이 이런 순간에 그 문제를 꺼낸 게 난처해서 아처는 얼른 대답했다.

"당신 생각이 옳았어요." 그녀가 약간 숨찬 목소리로 말을 이었다. "하지만 삶이란 게 때로는 어렵고…… 당혹스러워요……"

"알아요."

"생각해보니까 정말 당신 생각이 옳았고, 그래서 감사드리고 싶었어요." 박스석 문이 열리고 보퍼트의 굵은 목소리가 들려오자 부인은 얼른 오페라글라스를 눈에 갖다대며 말을 맺었다.

아처는 자리에서 일어나 박스석을 나온 다음 극장 밖으로 나왔다.

바로 그 전날 메이로부터 자기 집 식구들이 없는 동안 '엘런에게 잘 해주라'는 편지가 왔는데, 평소의 솔직한 어조가 그대로 담겨 있었다. "언니는 당신을 정말 좋아하고 존경해요. 그리고 당신도 알다시피 내색은 안 하지만 아직도 무척 외롭고 불행한 상태예요. 제 생각에 할머니나 러벌 밍곳 삼촌은 언니를 잘 모르는 것 같아요. 그분들은 언니가 실제보다 훨씬 더 세속적이고 사교계를 좋아하는 줄 알거든요. 우리 집안 사람들은 아니라고 하지만 제가 볼 때 언니는 뉴욕 사교계가 재미없다고 생각하는 것 같아요. 멋진 음악, 전시회, 화가나 작가, 그리고 당신이 좋아하는 머리 좋은 사람들과의 교유처럼, 뉴욕에는 없는 것들을 누리며 살아온 사람이잖아요. 할머니는 언니가 여기저기 정찬에 초대받고 옷만 잘 입으면 된다고 생각하시는데, 제가 볼 때 언니가 정말 좋아하는 것들에 대해 같이 얘기할 수 있는 사람은 뉴욕에 당신밖에 없는 것 같아요."

지혜로운 메이…… 편지를 읽으니 그녀가 더욱 사랑스럽게 느껴졌다! 하지만 그녀의 부탁을 들어주기는 힘들었다. 일단 너무 바빴고, 메이와 약혼한 처지에 올렌스카 부인과 너무 친하게 지내는 것도 곤란했다. 부인은 순진한 메이가 생각하는 것보다 훨씬 더 자신을 잘 지킬 수 있는 사람 같았다. 일단 보퍼트가 그녀를 숭배하고, 밴 더 라이든 씨는 수호신처럼 그녀를 지키고 있으며, (로런스 레퍼츠를 비롯해) 여러 사람이 적당한 거리에서 기회를 엿보고 있었다. 하지만 부인을 보거나 얘기를 나눌 때마다 아처는 메이의 순진한 걱정이 어쩌면 신탁처럼 정확하다는 생각이 들었다. 엘런 올렌스카는 정말 외롭고 불행했다.

14

로비로 나오자 네드 윈셋이 보였다. 그는 제이니가 '머리 좋은 사람들'이라고 부르는 아처의 지인 중 클럽이나 식당에서 주고받는 피상적인 대화보다 조금 더 깊은 얘기를 나눌 수 있는 유일한 사람이었다.

아까 아처는 객석 건너편에서 낡은 상의를 입은 네드의 둥그스름한 어깨를 보았고, 그 친구가 어느 순간 보퍼트의 박스석을 쳐다보는 걸 알아챘다. 악수를 나눈 후 네드가 길모퉁이에 있는 작은 독일 식당에서 흑맥주나 한잔하자고 했다. 아처는 평소 거기서 나누던 종류의 얘기를 할 기분이 아니었기에 집에 가서 할 일이 있다고 둘러댔다. 그러자 윈셋이 말했다. "아, 실은 나도 그래. 나도 부지런한 도제*가 될 거야."

얼마쯤 걷다가 윈셋이 입을 열었다. "아처, 내가 정말 알고 싶은 건 그 멋진 박스석에 앉아 있던 갈색 머리 미인의 이름이야. 보퍼트 부부

---

* 윌리엄 호가스의 동판화 시리즈 〈근면과 나태〉에 등장하는 인물. 부지런한 도제는 런던 시장이 되지만 나태한 도제는 살인자가 되어 교수형을 당한다.

와 같이 있지 않았나? 자네 친구 레퍼츠가 그 여자한테 완전히 반한 것 같던데."

그 말을 듣자 아처는 왠지 기분이 언짢았다. 네드 윈셋이 대체 왜 엘런 올렌스카의 이름을 궁금해할까? 그리고 무엇보다, 왜 그는 그녀의 이름을 레퍼츠와 연관 지어 얘기하는 걸까? 윈셋은 평소 그런 궁금증을 내보이는 사람이 아니었다. 그러다 문득 그가 기자라는 사실이 떠올랐다.

"설마 인터뷰하려고 그러는 건 아니지?" 아처가 웃으며 물었다.

"글쎄…… 취재는 아니고 그냥 개인적으로 궁금해서." 윈셋이 말했다. "실은 우리 동네 사는 여자거든, 그런 미인이 그런 데 산다는 게 이상하긴 하지만. 우리 아들한테 아주 잘해준 적이 있어. 고양이를 쫓아가다가 그 집 앞에서 넘어지는 바람에 많이 다쳤는데, 그 여자가 모자도 안 쓴 채로 아이를 안고 왔대. 상처에 아주 정성스럽게 붕대를 감아줬더라고. 집사람은 그 상냥함과 미모에 매료된 나머지 이름도 못 물어봤대."

아처는 기쁨으로 가슴이 부풀었다. 특별할 것도 없는 얘기였다. 어떤 여자든 이웃 아이에게 그 정도 친절은 베풀었을 것이다. 하지만 모자도 안 쓰고 다친 아이를 안고 뛰어온 것, 이름 물어볼 정신도 없게 윈셋 부인을 매료시킨 것은 정말 엘런다웠다.

"밍곳 노부인의 손녀인 올렌스카 백작부인이야."

"세상에, 백작부인이라니!" 네드 윈셋이 휘파람을 불었다. "백작부인들이 그렇게 친절한 줄 몰랐네. 밍곳 집안사람들은 그렇지 않던데."

"기회만 주면 그 사람들도 그렇게 할 거야."

"글쎄……" 이 역시 이른바 '머리 좋은 사람들'이 사교계 사람들과 어울리지 않으려 하는 완강한 태도에 대해 둘이 자주 나눈 대화의 일부였다. 하지만 두 사람 모두 그 얘기는 아무리 해도 별 소용이 없다는 걸 알고 있었다.

네드는 말을 돌렸다. "백작부인이 어쩌다가 이런 가난한 동네에 살게 됐는지 궁금하네."

"어디 살든 아무 상관 없다고 생각하는 사람이야. 우리네 자잘한 사회적 푯대에 대해서도 마찬가지고." 아처는 자신이 그린 그녀의 모습에 은근히 자부심을 느끼며 이렇게 대답했다.

"더 큰 세상에서 살다 왔나보군." 네드가 말했다. "자, 우리 동네 다 왔네."

그러고는 구부정한 자세로 브로드웨이를 건너갔다. 아처는 그 자리에 선 채 친구를 바라보며 그의 마지막 말을 생각했다.

네드 윈셋은 간혹 예리한 통찰력을 보일 때가 있었다. 그게 그 친구의 가장 흥미로운 점이었는데, 그럴 때마다 아처는 다들 꿈을 향해 열심히 노력하는 젊은 나이에 이 친구는 왜 실패를 그토록 초연히 받아들였는지 의아했다.

윈셋에게 가족이 있다는 건 알고 있었지만 실제로 본 적은 없었다. 늘 센추리 아니면 아까 흑맥주나 한잔하러 가자고 한 식당처럼, 기자들과 연극인들이 드나드는 곳에서 만났기 때문이다. 윈셋은 부인이 몸이 안 좋다고 말하곤 했는데, 정말 아플 수도 있고 사교성이나 야회복, 또는 그 둘 다가 없다는 뜻일 수도 있었다. 윈셋 자신도 여러 사회적 관습에 아주 심한 반감을 갖고 있었다. 그 편이 더 깨끗하고 편하다는 이유로 정장을 차려입고, 돈 없는 사람들에게는 깨끗함과 편안함이야말로 가장 돈이 많이 드는 사치라는 생각을 한 번도 못 해본 아처는 윈셋이 그러는 건 진부한 '보헤미안' 기질 때문이고, 그런 사람들보다는 계제에 맞게 순순히 옷을 갈아입고, 자기 집에 하인이 몇 명 있는지 떠들어대지 않는 사교계 사람들이 훨씬 천진하고 당당해 보인다고 생각했다. 그렇지만 윈셋을 만나면 언제나 지적 자극을 받았기에 그의 마르고 덥수룩한 얼굴과 우울한 눈이 보이면 아처는 얼른 그를 데리고 긴 산책에 나섰다.

윈셋은 원래 기자가 될 생각은 없었다. 천성이 작가였지만 불행히도 문학을 경시하는 시대에 태어난 사람이었다. 그는 얇지만 빼어난 평론집 딱 한 권을 펴냈는데, 그 책은 백이십 권이 팔리고 삼십 권은 기증되었으며 나머지는 (계약서에 따라) 더 이문이 남는 책들을 찍기 위해 출판사측이 폐기해버렸다. 그후 윈셋은 문학을 포기하고 패션 화보와 옷본들 사이사이로 뉴잉글랜드의 연애소설과 무알코올 음료 광고가 실린 여성 주간지의 부편집장이 되었다.

윈셋은 『하스파이어스Hearth-fires』(그 잡지의 이름이다)에 대해 늘 즐겁게 떠들어댔지만, 그 저변에는 원하는 일을 시도했다가 실패한 젊은 이의 무력한 한이 깔려 있었다. 그의 얘기를 들을 때마다 아처는 자신의 삶을 돌아보고, 자기가 지금껏 얼마나 단순하게 살아왔는지 반성하곤 했다. 하지만 윈셋의 삶은 더 단순했고, 두 사람 다 지적 흥미와 호기심을 갖고 있었기에 대화 자체는 즐거웠지만 주고받는 이야기는 어디까지나 사색적인 딜레탕티슴의 수준을 넘지 못했다.

"우리 둘은 이 세상과 잘 안 맞는 사람들 같아." 윈셋이 이런 말을 한 적이 있었다. "나는 망했지만 딱히 대책도 없어. 가진 건 문학적 재능뿐인데 여기서는 사줄 사람이 없고, 죽을 때까지 다른 세상은 오지 않겠지. 하지만 자네는 자유롭고 돈도 있잖아. 자네라도 성공해야 하지 않겠어? 그러려면 정치에 뛰어드는 수밖에 없어."

아처는 고개를 젖히고 껄껄 웃었다. 윈셋 같은 이들과 다른 사람들, 즉 아처 같은 사람들 간의 근본적인 차이를 명확히 보여주는 말이었다. 사교계 사람이라면 누구나 미국에서 '신사는 정치에 뛰어들지 않는다'는 걸 알고 있었다. 하지만 윈셋에게 그렇게 말할 수는 없어서 아처는 모호하게 대답했다. "깨끗한 사람들이 정계에 진출했다가 어떻게 됐는지 알잖아! 그 사람들은 우리 같은 부류를 원하지 않아."

"'그 사람들'이 누군데? 자네 같은 사람들이 똘똘 뭉쳐서 '그 사람들'이 되면 되잖아?"

아처는 웃음을 멈추고 희미하게 낮보는 미소를 띠었다. 더 얘기해봤자 결론은 뻔했다. 청렴한 사람들이 뉴욕 시나 주 정치에 뛰어들었다가 얼마나 우울한 운명을 맞이했는지 다들 잘 알고 있었다. 그런 게 통하는 시대는 이미 지나갔다. 지금은 부패 정치인들과 이민자들이 판치는 세상이었고, 점잖은 사람들은 스포츠나 문화 쪽으로 관심을 돌렸다.

"문화라! 좋지, 이 나라에 문화가 있다면 말이지! 우리 조상들이 유럽에서 갖고 온 문화의 잔재가 여기저기 조금씩 남아 있지만, 그것조차 북돋아주고 서로 교류하게 해주는 사람들이 없어서 죽어가고 있잖아. 하지만 자네들은 가여운 소수자들이야. 중심도 없고, 경쟁 상대도 없고, 들어주는 사람도 없단 말이야. 마치 빈집에 걸린 '신사의 초상'* 같

---

* 헨리 제임스의 소설 제목 'The Portrait of a Lady'를 이용한 말장난.

은 형국이지. 소매를 걷어붙이고 진흙탕으로 뛰어들지 않는 한 자네들 중 누구도 성공하지 못할 거야. 그러든지, 아니면 이민을 가든지…… 아, 나도 이민만 갈 수 있다면……"

아처는 속으로 어깨를 으쓱하고 책으로 화제를 돌렸다. 윈셋은 책에 대해서는 가끔 불확실할 때도 있지만 매번 흥미로운 얘기를 들려주었다. 이민이라! 신사가 조국을 버릴 수 있다고 생각하다니! 신사는 소매를 걷어붙이고 진흙탕으로 뛰어들 수도 없지만 이민을 갈 수도 없었다. 신사는 그저 집안에 들어앉아 근신할 뿐. 하지만 윈셋 같은 사람에게 그걸 설명할 수는 없었다. 그래서 뉴욕의 문학 클럽과 외국 식당들이 얼핏 보면 만화경 같지만 결국은 5번 애비뉴의 상류층보다 수도 적고 패턴도 단조로운 작은 상자에 불과했다.

다음날 아침 아처는 노란 장미를 찾기 위해 시내를 샅샅이 뒤졌다. 그러느라 사무실에 늦게 도착했는데, 자신이 지각해도 어느 누구에게도 문제가 되지 않자 정교하게 짜인 자신의 삶이 참으로 무익하게 느껴져 불쑥 화가 치밀었다. 지금 이 순간 메이 웰런드와 세인트오거스틴의 해변을 거닐면 왜 안 되는가? 아무도 그의 직장생활을 진지하게 생각하지 않았다. 레터블레어 씨가 대표로 있는 이 회사처럼 전통적인 법률사무소들은 주로 부호들의 자산이나 '보수적인' 투자를 관리했고, 직업적 야망이 없는 부잣집 자제들이 두어 명씩 근무하고 있었다. 이들은 매일 몇 시간씩 책상 앞에 앉아 하찮은 업무를 처리하거나 그냥 신문을 읽었다. 직업을 갖는 게 좋다는 생각들은 있었지만 돈벌이는 여전히 점잖지 못한 일로 치부되었고, 그나마 법률을 다루는 직업은 사업보다는 신사적인 직업으로 간주되었다. 하지만 이 젊은이들은 그 분야에서 성공할 가능성이 별로 없었고, 본인들 역시 그럴 마음이 없었다. 그래서 그중 상당수의 머릿속에는 대충 일하는 사람들의 타성이 곰팡이처럼 퍼져가고 있었다.

아처는 자기도 그런 타성에 젖어들었나 싶어 몸이 떨렸다. 그는 물론 다른 분야에 관심이 있고 나름 조예도 깊었다. 휴가 때면 유럽을 여행했고, 메이가 말하는 '머리 좋은 사람들'을 사귀고, 그 자신이 간절한 어조로 올렌스카 부인에게 말했듯이 '경향을 파악하려고' 노력하는 편이었다. 하지만 결혼을 하면 그의 진짜 삶이 영위되는 이 좁은 영역은 과연 어떻게 될까? 자기만큼 열렬하지는 않겠지만 그와 같은 꿈을 꾸던 젊은이들이 서서히 자기 부모들처럼 평온하고 사치스러운 일상에 안주하는 것을 이미 여러 번 본 터였다.

아처는 사무실에서 인편으로 올렌스카 부인에게 편지를 보냈다. 그날 오후에 만날 수 있는지를 묻고 답장은 클럽으로 보내달라고 청했다. 그런데 클럽에 가보니 아무것도 와 있지 않았고, 그다음날도 마찬가지였다. 뜻밖의 침묵에 터무니없이 굴욕감을 느낀 아처는 다음날 아침 어느 꽃집 유리창 안에 눈부신 노란 장미들이 꽂혀 있는 걸 보고도 그냥 지나쳤다. 사흘째 되는 날 아침에야 올렌스카 백작부인에게서 답장이 왔는데, 놀랍게도 스카이터클리프에서 부친 것이었다. 밴 더 라이든 부부는 증기선으로 귀국하는 공작을 배웅하고 나서 곧바로 그곳으로 돌아갔다.

"도망쳤어요." 부인은 (아무런 인사말도 없이) 이 말부터 썼다. "극장에서 당신을 본 다음날 바로요. 이곳의 친절한 분들이 저를 맞아주셨고요. 조용한 데서 생각 좀 하고 싶었거든요. 이분들이 정말 친절하시다는 당신의 말, 맞아요. 여기 있으면 안전하다는 느낌이 들어요. 당신도 여기 계시면 좋을 텐데." 끝에는 으레 쓰는 인사말이 적혀 있고, 돌아오는 날짜에 대해서는 일언반구도 없었다.

아처는 편지의 어조에 놀랐다. 올렌스카 부인이 무엇을 피해 달아났는지, 왜 안전한 곳에 있고 싶어하는지 궁금했다. 누가 외국에서 위협을 한 건 아닐까 싶었지만, 부인의 문체를 모르는 이상 그건 너무 심한 비약일 수 있었다. 여자들은 과장하는 버릇이 있고, 더군다나 가끔 프랑스어를 번역하는 듯 말하는 걸 보면 부인은 아직 영어가 서툴렀다. 그래서 '도망쳤어요'라는 첫 문장을 프랑스어로 'Je me suis évadée……'라고 번역해보니 그저 이런저런 연회나 행사에 참석하는 게 지겨워서 떠났다는 뜻 같기도 했다. 어떤 즐거움에 쉽게 싫증을 느끼는 분방한 성격이니 그랬을 가능성이 컸다.

밴 더 라이든 부부가 또 한번, 심지어 기간도 정하지 않은 채 그녀를 데리고 갔다는 사실이 흥미로웠다. 그들은 스카이터클리프에 손님을 초대하는 일이 거의 없었고, 그런 특권을 누린 이들도 주말에나 잠시 묵고 오는 정도였다. 하지만 아처는 지난번 파리에 갔을 때 본 라비슈*의 재미있는 연극 〈페리숑 씨의 여행〉에서 주인공이 자기가 빙하에서 구해낸 젊은이를 끝까지 애지중지 아껴주던 걸 기억했다. 밴 더 라이든 부부는 빙하 못지않은 냉혹한 운명에서 올렌스카 부인을 구해냈다. 그녀에게 반할 만한 이유가 여럿 있었지만, 그 저변에는 그녀를 계속 지

---

* 유머러스한 희극으로 유명한 프랑스 극작가.

켜주고 싶다는 따뜻하고 끈기 있는 결심이 자리하고 있는 듯했다.

부인이 뉴욕에 없다는 걸 알고 나니 정말 실망스러웠다. 그런데 그때, 바로 전날 레지 치버스가 일요일에 자기 집에 놀러오라고 한 걸 거절했던 일이 생각났다. 그의 집은 허드슨 강변에 있었는데, 스카이터클리프에서 몇 마일 아래 있는 동네였다.

하지만 연안을 따라 항해하고, 빙상요트를 타고, 썰매를 달리고, 오랫동안 눈길을 걷고, 가벼운 희롱과 그보다 가벼운 장난을 일삼는 하이뱅크의 시끌벅적한 파티들은 이미 물린 지 오래였다. 그보다는 런던의 서점에 주문해 오늘 배달받은 책들을 훑어보며 집에서 조용히 일요일을 지내는 게 나을 듯했다. 그러나 다음 순간 그는 클럽의 서재에 들어가 얼른 전보를 쓴 뒤 하인에게 즉시 보내라고 지시했다. 레지 부인은 손님들이 갑자기 마음을 바꾸어도 개의치 않았고, 집이 워낙 커서 늘 남는 방이 있었다.

15

뉴런드 아처는 금요일 저녁에 치버스의 집에 도착했고, 토요일에는 하이뱅크의 주말 파티에 오면 으레 하던 갖가지 행사에 모두 참가했다.

오전에는 치버스 부인 및 건장한 친구 몇 명과 빙상요트를 실컷 탔고, 오후에는 멋지게 꾸민 마구간에 따라가서 말에 대해 아주 길고 감동적인 설명을 들었다. 차를 마신 뒤에는 난롯불이 지펴진 응접실 한구석에서, 아처의 약혼 소식을 듣고 가슴이 찢어졌다고 공언하더니 이제와서는 행복한 결혼을 앞두고 자기 이야기를 전하고 싶어 안달난 젊은 숙녀와 대화를 나누었다. 자정쯤에는 한 손님의 침대에 금붕어를 집어 넣는 일에 가담하고, 강도로 변장해 신경이 예민한 숙모의 화장실에 나타나고, 마지막에는 육아실에서 지하실까지 뛰어다니며 베개 싸움을 벌였다. 하지만 일요일 오찬 후에는 일인용 눈마차를 빌려 타고 스카이터클리프로 출발했다.

사람들은 전부터 스카이터클리프의 저택을 이탈리아식 빌라라고 칭했다. 이탈리아에 가본 적 없는 사람이나, 가본 사람들 중에서도 몇몇은 그 말을 믿었다. 밴 더 라이든 씨는 젊은 시절 그랜드 투어에서 돌아와 루이자 대거넷 양과 결혼하기 얼마 전에 이 집을 지었다. 커다란 정방형 목조 건물로, 연녹색과 흰색으로 칠해진 벽면은 은촉이음으로 되어 있고, 현관은 코린트식이었으며, 창문과 창문 사이에는 세로로 홈이 파인 장식기둥이 있었다. 집이 자리한 높은 지대부터 아래쪽으로 난간 달린 테라스들이 층층이 죽 배치되어 있고, 맨 아래 테라스는 아스팔트로 테를 두른 작은 연못에 면해 있었다. 집 좌우로는 잡초 없는 걸로 유명한 잔디밭에 (품종마다 한 그루씩) 이른바 '표본' 나무들이 서 있고, 그 아래 풀밭 가장자리에는 정교한 청동 조각상들이 늘어서 있었다. 그리고 아래쪽 움푹 들어간 곳에 1612년 이 땅을 하사받은 초대 퍼트룬이 지은 방 네 개짜리 석조 건물이 있었다.

대지를 덮은 눈과 잿빛 겨울하늘을 배경으로 이탈리아식 빌라가 음산하게 서 있었다. 저택은 여름에도 냉랭해 보였고, 아무리 튼실한 콜레우스*라도 그 썰렁한 건물 입구에서부터 30피트 이내로는 뻗어나가

---

* 꿀풀과의 관상용 식물로 추위에 약하다.

지를 못했다. 아처가 초인종을 누르자 그 소리가 마치 묘소 안에서 울리는 듯했고, 한참 만에 문을 열어준 집사 역시 죽었다 살아난 사람처럼 엄청나게 놀란 표정이었다.

다행히 아처는 친척이었기 때문에 예고 없이 찾아왔음에도 올렌스카 백작부인의 행방을 들을 수 있었다. 정확히 사십오 분 전에 밴 더 라이든 부인과 함께 오후 예배를 보러 나갔다고 했다.

집사가 말을 이었다. "밴 더 라이든 씨는 안에 계십니다. 하지만 아마 낮잠을 주무시거나, 어제 온 〈이브닝 포스트〉를 읽고 계실 겁니다. 오전에 교회에서 돌아오셨을 때 오찬 후에는 신문을 읽겠다고 하셨거든요. 원하시면 제가 서재에 가서 아처 씨를 만나실지 한번 여쭤보겠습니다만……"

아처는 고맙지만 두 숙녀분을 만나러 가겠다고 대답했다. 집사는 정말 다행이라는 표정으로 엄숙하게 문을 닫았다.

마부가 눈마차를 마구간으로 끌고 가고, 아처는 공원을 가로질러 큰 도로로 걸어나갔다. 스카이터클리프 마을까지는 1.5마일밖에 안 되지만, 밴 더 라이든 부인은 평소 걸어다니는 법이 없기 때문에 그녀의 마차를 만나려면 큰 도로로 가야 했다. 그런데 큰 도로를 가로지르는 작은 길을 걷다보니 저쪽에서 빨간 망토를 두른 가냘픈 여인의 모습이 보였다. 그 앞에는 큰 개가 달리고 있었다. 아처는 서둘러 그쪽으로 다가갔고, 올렌스카 부인이 반갑게 미소 지으며 걸음을 멈추었다.

"아, 왔군요!" 부인이 이렇게 말하며 머프에서 손을 뺐다.

빨간 망토를 입으니 과거의 엘런 밍곳처럼 밝고 명랑해 보였다. 아처는 그녀의 손을 맞잡으며 밝게 웃고는 대답했다. "무엇 때문에 도망쳤는지 알아보러 왔어요."

그녀의 얼굴이 흐려졌다. "아, 글쎄요…… 곧 알게 될 거예요."

의외의 대답이었다. "저런…… 그럼 따라잡혔단 말인가요?"

그녀는 나스타시아처럼 어깨를 가볍게 으쓱하더니 한층 밝은 어조로 말했다. "다시 걸을까요? 설교 듣고 나니 너무 추워요. 그리고 이제 당신이 지켜주러 왔으니 아무래도 상관없어요."

아처는 얼굴을 붉히며 부인의 망토 자락을 잡고 물었다. "엘런…… 무슨 일이에요? 나한테 말해줘요."

"아, 곧 말해줄게요…… 하지만 먼저 경주 한 판 해요. 발이 꽁꽁 얼었거든요." 부인은 그렇게 외치더니 망토 자락을 모아 쥐고 눈밭을 달려갔다. 개는 컹컹 짖으며 부인 곁에서 껑충거렸다. 아처는 새하얀 눈밭을 붉은 유성처럼 가로지르는 부인을 흐뭇한 눈으로 바라보며 잠시 서 있다가 그녀를 뒤쫓아갔다. 두 사람은 마침내 공원 입구의 쪽문에서 달리기를 멈추고 가쁜 숨을 몰아쉬며 웃었다.

부인이 그를 쳐다보며 빙긋 웃었다. "당신이 올 줄 알았어요!"

"제가 와주기를 바랐다는 말이군요." 아처는 이 실없는 대화에 깊은 즐거움을 느끼며 대답했다. 나무에 쌓인 눈이 하얗게 반짝이며 그 신비로운 빛으로 대기를 채웠고, 그들이 걷고 있는 눈 덮인 대지가 발밑에서 노래하는 듯했다.

"어디서 온 거예요?" 올렌스카 부인이 물었다.

아처는 그 질문에 답한 뒤 이렇게 덧붙였다. "당신 편지를 받고 온 거예요."

그녀는 잠시 가만히 있더니 약간 냉랭한 어조로 말했다. "메이가 날

돌봐주라고 한 거죠.”

“누가 부탁해서 그러는 거 아니에요.”

“그 말은…… 내가 그렇게 무력하고 나약해 보인다는 뜻인가요? 다들 내가 정말 애처로워 보이나봐요! 하지만 여기 여자들은 그렇게 안 보여요. 천국의 축복받은 영혼들처럼, 그런 필요를 전혀 못 느끼는 사람들로 보여요.”

아처는 낮은 소리로 물었다. “어떤 필요를 말하는 건가요?”

“아, 나한테 묻지 마세요! 나는 당신과 다른 언어를 쓰니까.” 그녀가 화난 어조로 쏘아붙였다.

아처는 한 대 맞은 느낌으로 그 자리에 가만히 서서 그녀를 내려다보았다.

“내가 당신과 다른 언어를 쓴다면 여기 왜 왔을까요?”

“아, 나의 친구……!” 부인은 그의 팔에 살짝 손을 얹으며 이렇게 말했다. 아처는 진지한 어조로 호소했다. “엘런, 무슨 일이 있었는지 얘기해줘요.”

그녀는 다시 한번 어깨를 으쓱했다. “천국에서 무슨 일이 일어나나요?”

아처는 아무 말도 하지 않았고, 두 사람은 말없이 몇 야드 더 걸었다. 마침내 부인이 입을 열었다. “말해줄게요…… 하지만 대체 어디서, 어디서 얘기할 수 있죠? 거대한 신학교 같은 그 저택에서는 얘기할 수 없어요. 언제나 문들이 전부 열려 있고, 하인들이 난로에 넣을 장작이나 홍차, 신문을 들고 오거든요! 미국에서는 집안에 혼자 있을 곳이 전혀 없나요? 당신들은 그렇게 조신하면서도 모든 일을 공개적으로 해요.

정말 수녀원 학교에 다시 온 기분이에요. 절대로 박수를 쳐주지 않는 끔찍하리만큼 정중한 청중 앞에 선 배우 같기도 하고."

"아, 당신은 우리 미국인들을 좋아하지 않는군요!" 아처가 말했다.

두 사람은 벽이 나지막하고 네모난 유리창들이 가운데 굴뚝 주변에 촘촘히 몰려 있는 옛 퍼트룬의 집을 지나는 참이었다. 덧문들이 열려 있고, 새로 닦은 유리창 너머로 벽난로 불빛이 보였다.

"이런…… 집이 열려 있네요!" 아처가 말했다.

부인이 걸음을 멈추었다. "아뇨, 오늘만 열려 있는 거예요. 제가 보고 싶다고 하니까 밴 더 라이든 씨가 교회 갔다가 돌아오는 길에 들어가 보라고 오전에 불을 지피게 하고 유리창 덧문을 열어놓게 하신 거예요." 그녀는 계단을 뛰어올라가 문을 밀어보았다. "아직 열려 있어요…… 운이 좋네요! 들어오세요. 여기라면 조용히 얘기할 수 있어요. 밴 더 라이든 부인은 라인벡에 이모님들을 뵈러 갔으니 앞으로 한 시간 정도는 우리를 찾지 않을 거예요."

아처는 부인을 따라 좁은 통로로 들어섰다. 아까 들은 말 때문에 가라앉았던 기분이 한껏 부풀어올랐다. 아담한 작은 집에 들어가니 벽판과 황동 장식들이 마치 두 사람을 반겨주기 위해 마법으로 빚어진 듯 난롯불을 받아 빛나고 있었다. 부엌 난로에는 아직도 장작불이 많이 남아 있고, 오래된 난로 고리에는 무쇠 냄비가 걸려 있었다. 타일 붙인 난로 양쪽에는 골풀 방석이 깔린 안락의자가 놓여 있고, 벽에 달린 선반에는 델프트* 접시들이 늘어서 있었다. 아처는 몸을 숙여 타다 남은 불

* 흰 바탕에 푸른 문양이 있는 네덜란드산 도자기를 일컫는다.

씨 위로 장작을 하나 더 넣었다.

올렌스카 부인은 망토를 벗어놓고 의자에 앉았다. 아처는 벽난로에 기대선 채 그녀를 바라보았다.

"지금은 웃고 있지만 내게 편지 쓸 때는 우울했죠?" 아처가 물었다.

"맞아요." 부인이 잠시 말을 멈추었다 다시 말했다. "하지만 당신이 여기 있을 때는 우울할 수가 없어요."

"여기 오래 있지는 못해요." 아처는 간신히 여기까지 말하고 입을 다물었다.

"알아요. 하지만 저는 아쉬운 사람이니까 잠시라도 행복하면 돼요."

그 말은 유혹처럼 그의 전신을 휩쓸었다. 아처는 그런 느낌에서 벗어나기 위해 난로 앞을 떠나 창가로 걸어간 다음, 눈밭에 선 까만 나무 둥치들을 내다보았다. 그런데 마찬가지로 자리에서 일어나 힘없이 미소를 지으며 난롯불을 들여다보는 부인의 모습이 자신과 나무들 사이로 보였다. 아처의 가슴이 두방망이질했다. 부인이 자기 때문에 달아난 것이고, 그 말을 하려고 이 비밀스러운 방에서 단둘이 얘기할 수 있을 때까지 기다린 거라면?

"엘런, 내가 정말 도움이 된다면…… 내가 와주기를 정말 바랐다면…… 뭐가 문제인지 말해줘요. 무엇 때문에 달아났는지 알려줘요."

아처는 자세를 바꾸지 않고, 그녀를 바라보지도 않은 채 이렇게 말했다. 그 일이 벌어진다면 바로 이렇게, 방 이쪽과 저쪽에 각기 선 채, 아처 자신은 여전히 창밖의 눈을 바라보는 채로 벌어질 것이다.

그녀는 한동안 아무 말이 없었다. 아처는 그녀가 조용히 다가와 가벼운 두 팔로 그의 목을 껴안는 장면을 상상했고, 그녀가 걸어오는 소리마저 들리는 듯했다. 그렇게 다가올 기적에 온 몸과 마음을 떨며 기다리고 있는데, 두꺼운 코트의 모피 깃을 세우고 집 쪽으로 다가오는 남자의 모습이 눈에 들어왔다. 줄리어스 보퍼트였다.

"아……!" 아처가 소리치며 웃음을 터뜨렸다.

올렌스카 부인이 벌떡 일어나 아처 옆에 와 서더니 자신의 손을 그의 손안으로 밀어넣었다. 하지만 창밖을 힐긋 보고는 얼굴이 하얗게 질려 뒤로 물러섰다.

"바로 이거였소?" 아처가 빈정거리듯 물었다.

"저 사람이 여기 온 줄 몰랐어요." 올렌스카 부인이 중얼거렸다. 그녀의 손이 아직 그의 손을 붙잡고 있었지만, 아처는 손을 빼며 통로로 나가 대문을 활짝 열었다.

"보퍼트 씨, 안녕하세요…… 이쪽으로 오세요! 올렌스카 부인이 기다리고 계십니다." 아처가 말했다.

다음날 아침 뉴욕으로 돌아오는 길에 아처는 스카이터클리프에서 보낸 마지막 순간들을 피곤할 정도로 생생하게 그려봤다.

보퍼트는 아처가 올렌스카 부인과 같이 있는 걸 보고 짜증난 표정이었지만, 늘 그렇듯이 고압적인 태도로 상황을 처리했다. 같이 있기 거북한 사람이 있으면 그는 상대방이 전혀 안 보이거나 아예 존재하지도 않는 것처럼 행동했고, 예민한 사람이면 그걸 느낄 수 있었다. 셋이 같이 공원을 걸어 저택으로 돌아오는 동안 아처는 묘하게도 거기 없는 사람이 된 듯해 자존심이 상했지만, 다른 한편으로는 유령처럼 눈에 띄지 않고 그를 관찰할 수 있다는 이점이 있었다.

보퍼트는 평소처럼 당당하게 그 작은 집으로 걸어들어왔지만, 미간에 세로로 진 주름은 미소로도 가릴 수 없었다. 아까 한 말로 미루어볼 때 올렌스카 부인은 보퍼트가 올 수도 있다고 생각했지만, 그가 정말 올 줄은 몰랐던 듯했다. 어쨌든 부인은 뉴욕을 떠나올 때 보퍼트에게 행선지를 알리지 않았고, 그는 그녀가 말없이 떠나서 화가 난 상태였다. 그가 여기 온 표면적인 이유는 바로 그전날 밤 아직 매물로 나오지 않은 '완벽한 작은 집'을 찾았기 때문이었다. 부인에게 정말 맞춤한 집이었고, 바로 얻지 않으면 금방 나가버릴 터였다. 그런데 그 집을 찾은 바로 그때 부인이 말없이 사라졌으니 자기가 얼마나 속 터졌겠냐고 보퍼트는 볼멘소리를 했다.

"전깃줄을 통해 대화를 나눈다는 그 새로운 물건*이 완성 단계에만 왔어도 여기까지 눈길을 걸어오지 않고도 지금쯤 뉴욕에서 클럽 난롯불에 발을 쪼이며 당신에게 이 집 얘기를 해주었을 텐데 말이죠." 보퍼트가 그렇게 투덜대는 걸 보니 농담 같지만 정말 화난 눈치였다. 올렌스카 부인은 이 말을 기화로 사람들이 실제로 이 거리에서 저 거리, (정말 꿈같은 얘기지만) 이 도시에서 저 도시로 전화를 걸게 될 환상적인 미래로 화제를 돌렸다. 세 사람은 에드거 포, 쥘 베른을 비롯해, 미래를 논하거나 지금 그런 게 가능하다고 믿으면 왠지 순진해 보일 것 같은 새로운 발명품 얘기가 나올 때면 지식인들이 으레 꺼내는 진부한 의견을 나누었다. 그렇게 전화 얘기를 하다보니 별일 없이 저택에 도착했다.

---

* 전화는 1876년 그레이엄 벨이 특허를 냈고, 뉴욕 맨해튼에서 첫 실험에 성공했다.

밴 더 라이든 부인은 아직 돌아오지 않았다. 아처는 작별을 고하고 눈마차를 가지러 마구간으로 갔고, 보퍼트는 부인을 따라 집으로 들어갔다. 밴 더 라이든 부부는 예기치 않은 방문을 꺼려했지만, 분명 저녁 먹고 가라고 보퍼트를 붙잡을 테고 아홉시 기차 시간에 맞춰 태워다줄 것이다. 하지만 그 이상은 기대하기 어려웠다. 주인 입장에서 생각해보면, 짐도 챙겨 오지 않은 신사가 남의 집에서 자고 간다는 건 상상하기 힘들었고, 보퍼트처럼 거리를 두고 지내는 사람에게 그러라고 하는 것은 더욱 꺼림칙할 터였다.

보퍼트는 이 모든 걸 알고 있었고, 예상했을 것이다. 그렇게 작은 보상을 바라며 이 먼길을 온 걸 보면 정말 다급했던 모양이었다. 그는 분명 올렌스카 부인을 쫓아다니고 있었고, 그가 예쁜 여자를 쫓아다니는 이유는 딱 하나였다. 지루하고 아이도 없는 집은 오래전에 매력을 잃었고, 지속적인 관계 외에도 그는 주변에서 늘 새로운 상대를 찾아다녔다. 올렌스카 부인은 이 사람을 피해 달아났던 것이다. 문제는 치근대는 그가 싫어서 그랬는지, 그에게 저항할 자신이 없어서 그랬는지 알 수 없다는 거였다. 물론 뭔가로부터 도망쳤다는 말 자체가 더 효과적으로 상대를 유혹할 구실일 수도 있었다.

아처는 그렇게 생각하지는 않았다. 그동안 올렌스카 부인을 많이 본 건 아니지만, 이제 그녀의 얼굴, 아니 얼굴은 아니더라도 목소리 정도는 읽을 수 있었다. 그런데 보퍼트가 갑자기 나타나자 그녀의 얼굴과 목소리 둘 다에 짜증이 섞이고 낙담한 기색마저 드러났다. 하지만 만약 부인이 정말 보퍼트를 피해 여기까지 온 거라면, 그자를 만나기 위해 일부러 뉴욕을 떠난 것보다 더 나쁘지 않은가? 그렇다면, 이제 더이상 그녀에게 관심을 가질 필요도 없었다. 그녀는 보퍼트와의 연애를 통해 돌이킬 수 없는 '부류'로 전락한 정말 천박한 여자들과 다름없어질 터였다.

아니다. 그게 사실이라면 수천 배 더 나쁜 일이었다. 보퍼트의 사람됨을 알고 그래서 그를 무시하면서도, 유럽과 미국, 양쪽의 사교계를 겪어봤고 예술가들, 배우들, 그 밖의 유명인사들과도 친분이 있고, 유럽과 미국 사람들이 가진 이런저런 편견들을 노골적으로 경멸하는 등 주변의 다른 남자들보다 나은 점들 때문에 끌렸을 수도 있었다. 보퍼트는 천박하고 무식하고 돈 자랑도 심했지만, 그의 생활방식과 타고난 영악함 덕분에 도덕적으로나 사회적으로 그보다 우월하지만 배터리와 센트럴파크 사이의 좁은 지역밖에 모르는 대다수의 남자들보다 훨씬 더 좋은 대화 상대였다. 더 큰 세상에서 살다 온 사람이면 그 차이를 간파하고 거기 반하지 않겠는가?

올렌스카 부인은 토라진 순간에 아처가 자기와 다른 언어를 쓴다고 했는데, 어떤 면에서는 맞는 말이었다. 그런데 보퍼트는 그녀가 쓰는 언어를 속속들이 이해했고 유창하게 구사했다. 그의 인생관과 어조, 태도는 올렌스키 백작의 편지에 담긴 것보다 좀 천박하긴 해도 그 근본은 같았다. 그 점이 올렌스카 부인과 친해지는 데 장애가 될 수도 있지만, 아처는 영리했기에 엘런 올렌스카 같은 여자가 과거를 떠올리게 하는 모든 것을 거부한다고는 생각지 않았다. 그녀는 자신의 과거를 전부 거부한다고 생각할지 모르지만, 자기도 모르는 사이에 전에 좋아했던 것들에 다시 매료될 수 있었다.

아처는 괴롭지만 객관적인 눈으로 보퍼트와 그의 사냥감이 처한 상황을 검토해보았다. 그녀를 깨우쳐주고 싶다는 열망이 간절했다. 가끔 보면 부인은 아처로부터 그저 깨우침을 얻고 싶어하는 것 같기도 했다.

그날 저녁 아처는 런던에서 온 소포를 풀었다. 허버트 스펜서*의 신간, 다작으로 유명한 알퐁스 도데**의 뛰어난 단편집, 여러 매체에서 흥미로운 서평을 게재한 『미들마치』*** 등 초조하게 기다려온 책들이 들어 있었다. 아처는 이 성찬을 맛보기 위해 저녁식사 초대를 세 건이나 거절했다. 하지만 애서가로서 관능적인 기쁨을 느끼며 책들을 훑어보는데도 통 머리에 들어오지 않아 이 책 저 책 들었다가 금세 던져버렸다. 그러다 문득 책들 가운데 제목이 멋있어서 주문한 『생명의 집』****이라는 얇은 시집이 눈에 띄었다. 아처는 그 책을 펴 읽다가 어느새 일찍이 어떤 책에서도 맛보지 못한 새로운 분위기에 푹 빠져들었다. 이 시들은 너무도 따스하고 풍요로웠고, 말할 수 없이 부드러워서 인간의 가장 기본적인 감정들에 새롭고도 잊을 수 없는 아름다움을 부여했다. 아처는 밤새 이 매혹적인 시편들을 읽으며 엘런 올렌스카의 얼굴을 한 어떤 여인의 환영을 좇았다. 하지만 이튿날 아침, 잠에서 깨어 길 건너 갈색 사암 저택들을 보고 레터블레어 법률사무소에 있는 자신의 책상과 그레이스교회*****에 있는 가족석을 생각하자 스카이터클리프의 공원에서 보낸 시간은 전날 밤의 환영만큼이나 비현실적으로 느껴졌다.

"이런, 오빠, 너무 핼쑥해 보이는데!" 제이니가 아침 식탁에서 커피를

---

* 영국의 철학자이자 사회과학자로 다윈의 진화론을 윤리학과 철학에 응용했다.
** 프랑스 자연주의 소설가.
*** 영국 작가 조지 엘리엇이 1871~1872년에 발표한 장편소설.
**** 영국 시인이자 화가인 단테이 게이브리얼 로세티의 연애 시집.
***** 뉴욕 브로드웨이와 10번가에 있는 교회로, 상류층이 주로 다녔다.

마시며 말했다. 아처 부인도 물었다. "얘, 뉴런드, 너 요즘 가끔 기침을 하던데, 너무 과로하는 거 아니니?" 두 사람은 그가 선배 변호사들의 가혹한 폭정하에 말할 수 없이 힘든 직장생활을 감내하고 있다고 확신했고, 아처는 그 오해를 굳이 풀어줄 필요를 느끼지 못했다.

그뒤 이삼일은 무척 느리게 지나갔다. 일상생활 자체가 소태같이 씁쓸했고, 앞으로의 삶이 무덤처럼 느껴지는 순간도 있었다. 올렌스카 백작부인이나 완벽한 작은 집에 대해서는 아무 얘기도 듣지 못했고, 클럽에서 보퍼트와 마주쳤을 때도 카드테이블을 사이에 둔 채 목례만 하고 지나쳤다. 나흘째 되던 날, 퇴근해 집에 돌아오니 드디어 편지가 와 있었다. "내일 저녁에 들르세요. 당신께 꼭 설명해드릴 게 있어요. 엘런." 그렇게만 쓰여 있었다.

저녁 먹으러 나가려던 아처는 주머니에 편지를 집어넣으면서 '당신께'라는 표현에서 묻어나는 프랑스적인 느낌에 살짝 미소 지었다. 저녁 식사 후 연극을 보러 갔다가 자정 넘어 돌아온 아처는 그제서야 올렌스카 부인의 편지를 꺼내 천천히 여러 번 되읽었다. 뭐라고 답장하면 좋을지 오랫동안 궁리를 거듭하다가, 아침이 밝아오자 여행 가방에 옷가지를 챙긴 다음 그날 오후 세인트오거스틴으로 떠나는 배에 몸을 실었다.

16

모래가 깔린 세인트오거스틴의 중앙로를 걸어 누군가 웰런드 씨 댁이라고 알려준 집을 향해 가다가, 머리칼에 햇살을 받으며 목련나무 아래 서 있는 메이 웰런드를 보자 왜 진즉 안 오고 그렇게 오래 끌었는지 의아해졌다.

이것이 진실이고, 현실이며, 아처 자신이 속한 삶이었다. 근거 없는 구속을 그토록 비웃던 자신이 남들의 눈치를 보느라 휴가를 못 내고 망설였다니!

메이는 그를 보자마자 "뉴런드…… 무슨 일 있어요?"라고 소리쳤다. 아처는 그녀가 자기의 눈빛을 보자마자 온 이유를 간파했더라면 더 '여성스러웠으리라'는 생각이 들었다. 하지만 "응, 당신을 봐야겠다는 생각이 들었어"라는 그의 대답을 듣고 그녀는 행복한 듯 얼굴을 붉혔고, 아까 놀라던 순간의 냉랭함은 사라졌다. 그 모습을 보니 어떤 일을 해도 쉽게 용서받을 수 있을 것 같고, 가족들의 너그러운 미소에 레터블레어 씨의 살짝 불쾌해하던 표정도 곧 잊힐 듯했다.

이른 시간이지만 대로에서는 격식을 갖춘 인사 외에는 할 수 있는 일이 없었다. 아처는 오로지 메이와 단둘이 앉아 그녀에 대한 사랑과 그리움을 속삭이고 싶었다. 웰런드가 사람들은 아침을 늦게 먹기 때문에 앞으로도 한 시간이나 기다려야 했고, 메이는 집안으로 들어오라고 하는 대신 시내에서 조금 벗어난 곳에 있는 오래된 오렌지 농장으로 걸어가자고 했다. 강에서 한참 배를 타다가 막 돌아온 터라 그녀는 태양이 잔물결 위로 던진 금빛 그물에 아직 감싸여 있는 듯했다. 불어오는 바람에 그녀의 머리칼이 은실처럼 반짝이며 따스한 갈색 뺨을 간질였고, 젊고 맑은 눈망울은 더욱 밝아져 투명하게 보일 정도였다. 아처 옆에서 경쾌하게 걷는 그녀의 얼굴은 대리석으로 만든 젊은 운동선수처럼 평온하고 텅 빈 표정이었다.

신경이 곤두선 아처에게는 그 모습이 푸른 하늘과 느리게 흐르는 강만큼이나 편안하게 느껴졌다. 오렌지나무 아래 벤치에 앉아 그녀를 껴안고 입을 맞추자 마치 햇살 어린 시원한 샘물을 들이켜는 느낌이 들었다. 그런데 뜻하지 않게 너무 꽉 껴안았는지 메이의 얼굴이 붉어지더니 깜짝 놀란 듯 얼른 몸을 뺐다.

"왜 그래?" 아처가 웃으며 물었다. 그녀는 놀란 눈으로 그를 쳐다보더니 "아무것도 아니에요"라고 답했다.

분위기가 다소 어색해졌고 그녀가 그의 손에서 손을 뺐다. 보퍼트가의 온실에서 살짝 입맞춘 거 말고는 아처가 그녀의 입술에 키스한 건이번이 처음이었다. 메이는 평소의 소년 같은 차분함을 잃고 당황한 기색이었다.

"하루종일 뭐하고 지내는지 얘기해줘." 아처가 땡볕을 막기 위해 모자를 앞으로 내려 눈을 가리고 깍지 낀 손으로 뒤로 젖힌 목을 받치며 물었다. 그녀가 사소하고 일상적인 얘기를 늘어놓으면, 그는 쉽게 자기만의 생각에 몰두할 수 있었다. 메이는 수영, 뱃놀이, 승마 등의 반복되는 일상과 군함이 도착할 때 소박한 동네 여관에서 가끔 열리는 무도회에 대해 얘기해주었다. 필라델피아와 볼티모어에서 온 유쾌한 사람들 몇이 여관에서 파티를 했고, 케이트 메리가 기관지염에 걸려서 셀프리지 메리 가족이 삼 주 동안 휴가를 와 있었다. 그들은 백사장에 테니스장 잔디를 깔 계획이었다. 하지만 라켓이 있는 사람은 케이트와 메이둘뿐이었고, 다른 사람들은 테니스에 대해 들어본 적도 없었다.

이런 일들 때문에 너무 바빠서 메이는 지난주에 그가 보내준 가죽

장정의 작은 시집(『포르투갈 여인이 보낸 소네트』)은 미처 읽어볼 틈이 없었다. 하지만 요즘 아처가 제일 처음 읽어준 시「그들이 겐트에서 엑스로 희소식을 전해주었네」*를 외우고 있다며, 케이트 메리는 로버트 브라우닝에 대해 들어본 적도 없다고 즐거운 표정으로 말했다.

그러더니 아침식사에 늦겠다며 벌떡 일어나 빨리 걷기 시작했다. 웰런드 가족이 그해 겨울 묵고 있는 낡은 집은 베란다의 페인트가 벗어지고, 갯질경이와 분홍색 제라늄이 제멋대로 우거져 있었다. 어디를 가든 집에서처럼 편하기를 바라는 웰런드 씨는 허접하고 불편한 남부의 호텔에 묵기 싫어했고, 부인은 결국 해마다 엄청난 비용과 극복하기 힘든 난관을 감수하며 뉴욕에서 어쩔 수 없이 따라간 하인들과 현지 흑인들을 데리고 임시변통으로 살림을 꾸려가야 했다.

"의사들 말로는 이 양반이 집에서처럼 편하게 지내야지, 안 그러면 너무 힘들어서 플로리다에 와봤자 아무 소용이 없대요." 웰런드 부인은 해마다 필라델피아나 볼티모어에서 놀러오는, 부인의 노고를 알아주는 방문객들에게 이렇게 설명했다. 놀라울 정도로 다양한 메뉴를 갖춘 아침 식탁 저쪽에서 웰런드 씨가 빙긋 웃으며 아처에게 말했다. "우리는 그야말로 야영중이라네. 문자 그대로 야영을 하고 있지. 집사람이랑 메이한테 어려운 상황에서도 견뎌내는 법을 배우라고 말하고 있어."

갑작스러운 아처의 방문에 웰런드 부부 역시 메이 못지않게 놀랐다. 아처는 지독한 감기에 걸릴 것 같아서 내려왔다고 둘러댔고, 웰런드 씨

---

* 『포르투갈 여인이 보낸 소네트』는 영국 시인 엘리자베스 브라우닝이 남편 로버트 브라우닝에 대한 열정적인 사랑을 노래한 연애 시집. 로버트 브라우닝의 「그들이 겐트에서 엑스로 희소식을 전해주었네」는 그와 대조를 이루는 일상적인 내용의 시.

에게는 그거야말로 어떤 업무를 제치고라도 내려와야 할 이유였다.

"특히 환절기에는 정말 조심해야 하지." 접시에 누런 핫케이크를 겹겹이 쌓고 그 위에 금빛 시럽을 부으며 웰런드 씨가 말했다. "내가 자네 나이 때 그렇게 건강을 챙겼으면 지금 메이는 이 황무지에서 늙은 환자와 지내는 대신 최고의 무도회에서 춤을 추고 있을 걸세."

"아, 그래도 저는 여기가 정말 좋아요. 아빠도 아시잖아요. 뉴런드만 같이 있으면 뉴욕보다 백배 천배 좋을 텐데."

"뉴런드 자네는 감기 기운이 완전히 떨어질 때까지 여기 있어야 해." 웰런드 부인이 자상한 어조로 말했다. 아처는 껄껄 웃으며 직장이 있는데 어떻게 그러냐고 대답했다.

하지만 법률사무소와 몇 번 전보를 주고받은 끝에 일주일 휴가를 얻었다. 그런데 레터블레어 씨가 그렇게 인심을 쓴 것이 어느 정도 아처가 골치 아픈 올렌스키 이혼 사건을 무난히 마무리했기 때문이라는 사실을 생각하니 좀 아이러니했다. 레터블레어 씨는 웰런드 부인에게 아처가 집안 전체에 "아주 큰 도움을 주었고" 맨슨 밍곳 노부인도 무척 흡족해하신다고 전해주었다. 어느 날 메이가 그 동네에 하나뿐인 마차를 타고 아버지와 외출하자, 웰런드 부인은 딸이 있을 때는 한 번도 하지 않던 이야기를 아처에게 꺼내놓았다.

"엘런은 우리랑 생각하는 게 전혀 다른 것 같아. 열여덟 살도 채 되기 전에 메도라 맨슨이 그애를 다시 유럽으로 데리고 갔거든. 그애가 사교계 데뷔 무도회에 검은 드레스를 입고 나타났을 때 사람들이 얼마나 놀랐는지 기억하나? 메도라가 원래 그런 사람이긴 하지만, 지금 보면 일종의 징조였지 뭔가! 못해도 열두 해 전 일이지. 그러고는 미국에 온

적이 없으니 엘런이 그렇게 유럽 사람 같아진 것도 당연해."

"하지만 유럽 사람들은 이혼을 꺼리죠. 올렌스카 백작부인은 자유를 추구하는 것이 미국적이라고 생각했던 것 같아요." 스카이터클리프를 떠나온 뒤 그녀의 이름을 입에 올린 건 이번이 처음이었고, 아처는 자기도 모르게 얼굴이 붉어졌다.

웰런드 부인은 이해한다는 듯 미소를 지었다. "외국인들은 늘 우리 미국인들을 그렇게 이상하게 그려내잖나. 그 사람들은 우리가 두시에 정찬을 먹고 이혼도 불사한다고 생각하잖아! 그래서 난 뉴욕에 온 외국인들을 극진히 대접하는 건 바보짓 같아. 그렇게 잘해줘도 자기 나라로 돌아가면 어김없이 우리에 대해 멍청한 이야기를 해대니까 말이야."

아처가 아무 말 없자 부인은 다시 말을 이었다. "하지만 엘런을 설득해서 이혼소송을 포기하게 해준 건 정말 고맙네. 할머니랑 러벌 삼촌이 아무리 말해도 끄떡도 안 했거든. 두 분 다 엘런이 마음을 바꾼 건 순전히 자네 덕이라고 편지에 쓰셨더라고. 실제로 엘런이 할머니한테 그렇게 말했대. 그애는 자네를 정말 존경해. 가여운 엘런…… 그애는 늘 제멋대로였어. 앞으로 그애가 어떻게 될지 걱정이야."

아처는 이렇게 쏘아붙이고 싶은 심정이었다. '우리가 작당해서 밀어붙이는 쪽으로 가게 되겠죠. 건실한 남자의 아내보다 보퍼트의 정부가 되길 바라신다면 온 집안이 지금 제대로 밀어붙이고 있는 겁니다.'

마음속으로 생각한 말을 실제로 입 밖에 낸다면 부인이 뭐라고 할지 궁금했다. 평생 사소한 것들을 완벽하게 관리해오면서 얻게 된 헛된 권위가 깃든, 팽팽하고 평온해 보이는 그 얼굴이 충격으로 일그러지는 모습이 그려졌다. 부인의 얼굴에는 메이가 지닌 싱그러운 미모의 자취가 여기저기 남아 있었다. 아처는 메이의 얼굴 역시 무엇으로도 무너뜨릴 수 없는 순수함을 간직한 이 통통한 중년 부인의 얼굴로 변해갈 운명인지 궁금했다.

아, 안 돼, 아처는 메이만은 그런 순수함을 갖지 않기를 바랐다! 상상력을 거부하는 정신과 경험을 배척하는 마음이 만드는 그런 순수함 말이다.

웰런드 부인이 말을 이었다. "그 끔찍한 일이 신문에 났으면 우리 남편은 충격으로 쓰러졌을 거야. 난 자세한 내막은 몰라. 엘런이 얘기를 꺼내길래 그 불쌍한 애한테 그랬지, 제발 말하지 말라고. 집에 환자가 있으니 나라도 늘 밝고 명랑한 마음을 유지해야 하니까. 하지만 웰런드 씨는 정말 속상해했어. 결론이 날 때까지 기다리는 동안 아침마다 미열이 있더라고. 그런 일도 일어날 수 있다는 걸 딸이 알까봐 두려웠던 거지. 하지만 그건 뉴런드 자네도 마찬가지였겠지. 자네가 메이를 생각해서 그렇게 했다는 거, 우리도 다 알고 있어."

"저는 늘 메이를 생각해요." 아처는 이렇게 말하며 일어섰다.

웰런드 부인과 단둘이 얘기할 기회를 이용해 결혼 날짜를 앞당겨보려 했는데, 적당한 이유가 생각나지 않았다. 그래서 문 쪽으로 달려오는 웰런드 씨와 메이의 마차가 보이자 오히려 마음이 놓였다.

결혼을 앞당기는 유일한 방법은 메이를 설득하는 것이었기에, 아처는 떠나기 전날 메이를 데리고 스페인 포교소* 유적지로 산책을 나갔다. 이국적인 정원을 거닐다보니 자연히 유럽 얘기가 나왔다. 말할 수

---

* 1565년 9월 플로리다주 세인트오거스틴에 상륙한 스페인 사람들이 세운 미국 최초의 스페인 포교소.

없이 투명한 눈빛에 신비로운 그늘을 드리우는 챙 넓은 모자를 쓴 메이는 그 어느 때보다 예뻐 보였고, 아처가 그라나다와 알람브라 얘기를 꺼내자 깊은 관심을 보였다.

"올봄에 그걸 다 볼 수도 있어. 세비야의 부활절 축제도 볼 수 있고." 아처는 결혼을 앞당기자는 말을 하기 위해 좀더 구체적인 예를 덧붙였다.

"세비야의 부활절 축제를 본다고요? 다음주가 사순절인데!" 메이가 웃었다.

"사순절에 결혼하면 안 될 이유가 뭐지?" 아처는 이렇게 물었지만, 메이의 충격받은 얼굴을 보고는 자신이 실수했음을 알아차렸다.*

"물론 정말 그러자는 뜻은 아니었어. 하지만 부활절 직후에 결혼해서 4월 말쯤 여행을 떠나면 좋겠어. 예약은 내가 사무실에서 하면 되고."

메이는 여행을 상상하며 꿈꾸는 듯한 미소를 지었지만, 상상만으로도 충분하다는 표정이었다. 현실에서는 절대 일어날 수 없는 아름다운 일을 그린 시들을 낭독해주는 아처의 목소리를 들을 때와 비슷했다.

"아, 얘기 계속해봐요. 뉴런드, 당신은 정말 묘사를 잘한다니까."

"왜 묘사에 그쳐야 해? 현실로 만들면 되잖아."

"물론 그래야죠, 내년에." 메이가 말끝을 흐렸다.

"더 빨리 현실로 만들면 좋잖아? 지금 떠나면 얼마나 좋겠어?"

메이는 고개를 숙이고 모자의 넓은 챙 밑으로 얼굴을 숨겼다.

---

* 사순절에서 부활절까지 사십 일 동안은 그리스도의 수난을 되새기며 금욕하는 기간이라 이 시기에 결혼하는 것은 적절치 못한 일로 여겨졌다.

"왜 일 년을 또 낭비해야 하지? 날 봐, 메이! 당신과 결혼하고 싶은 내 마음 정말 이해 못하겠어?"

메이는 잠시 가만히 있더니 너무도 깊은 절망이 어린 맑은 눈을 들어 그를 바라보았다. 아처는 그녀의 허리를 감고 있던 손에 힘이 풀렸다. 그런데 그녀의 눈빛이 갑자기 말할 수 없이 진지해졌다. "내가 제대로 이해하고 있는 건지 잘 모르겠어요. 혹시 나에 대한 사랑이 변할까 봐 그러는 거예요?" 메이가 말했다.

아처가 벌떡 일어섰다. "맙소사! 글쎄…… 나도 모르겠어." 그는 화난 어조로 대꾸했다.

그러자 메이도 일어섰다. 마주보고 서자 그녀는 더 성숙하고 의젓해 보였다. 대화가 예기치 못한 방향으로 흘러가자 둘 다 말을 잇지 못했다. 이윽고 그녀가 나지막이 속삭였다. "정말 그 때문이라면…… 다른 사람이 있는 거예요?"

"다른 사람이라니…… 당신과 나 사이에?" 아처는 무슨 뜻인지 몰라 스스로에게 다시 한번 물어보고 싶은 듯 그녀의 말을 천천히 되풀이했다. 메이는 그의 목소리에서 흔들리는 기색을 눈치챈 듯, 더 심각한 어조로 말을 이었다. "뉴런드, 우리 솔직히 얘기해요. 가끔 당신이 변한게 느껴졌거든요. 특히 우리 약혼을 발표한 후로요."

"메이…… 어떻게 그런 엉뚱한 생각을 해!" 아처는 정신을 차리고 외쳤다.

메이는 희미한 미소를 띠며 대꾸했다. "그게 엉뚱한 생각이라면 얘기해봐도 나쁠 것 없잖아요." 그녀는 잠시 말을 멈추더니 아주 고상한 태도로 고개를 들었다. "설사 사실이 아니더라도 얘기해볼 수는 있죠.

당신이 실수했을 수도 있으니까."

아처는 고개를 숙이고 그들의 발치 쪽 햇살 밝은 길에 드리운 나뭇잎의 검은 그림자를 내려다보았다. "누구든 실수할 수 있지. 하지만 내가 당신이 생각하는 그런 실수를 저질렀다면 이렇게 결혼을 서두르자고 사정할까?"

메이도 고개를 숙이더니 양산 끝으로 그림자를 건드리며 대꾸할 말을 찾는 듯했다. 마침내 메이가 입을 열었다. "물론이죠. 그 문제를 단번에 해결하려고 그럴 수 있죠. 결혼도 하나의 방법이니까."

아처는 차분히 정곡을 찌르는 그녀의 모습에 깜짝 놀랐지만, 메이가 무신경하다고 오해할 수도 없었다. 모자챙 아래로 메이의 창백한 옆모습이 보였고, 꽉 다문 입술 위로 콧망울이 가볍게 떨리고 있었다.

"그래서……?" 아처는 벤치에 앉아 애써 장난스럽게 얼굴을 찡그리며 그녀를 바라보았다.

메이도 도로 앉더니 말을 이었다. "부모들은 딸이 아무것도 모른다고 생각하지만 그렇지 않아요. 우리도 이런저런 말을 듣고, 주변에서 일어나는 일들을 보니까요. 우리도 감정이 있고 생각을 해요. 그리고 물론, 당신이 나를 좋아한다고 말하기 훨씬 전에 좋아하는 사람이 있었다는 것도 알고 있어요. 이 년 전에 뉴포트에서는 다들 그 얘기를 했었거든요. 어느 무도회에 갔을 때 당신들 둘이 베란다에 앉아 있는 걸 봤는데, 그 여자가 슬픈 얼굴로 들어와서 안쓰러운 생각이 들었어요. 나중에 우리가 약혼했을 때 그때 일이 기억났어요."

메이는 양산 손잡이를 쥔 손을 접었다 폈다 하며 거의 속삭이는 어조로 말했다. 아처는 그녀의 두 손을 가볍게 감싸쥐었다. 말할 수 없는 안도감에 가슴이 부풀었다.

"메이…… 그거였어? 당신이 진실을 안다면!"

그녀가 획 고개를 들었다. "그럼 제가 모르는 진실이 있는 거예요?"

아처는 여전히 그녀의 손을 쥐고 있었다. "당신이 말한 그 오래전 이야기의 진실 말이야."

"뉴런드, 저도 진실을 알고 싶고, 알아야만 해요. 누군가를 부당하게 희생시키면서 제 행복을 일구고 싶지는 않거든요. 당신도 마찬가지일 거라고 생각해요. 그런 상황에서 결혼을 하면 우리 미래가 어떻게 되겠어요?"

메이의 얼굴이 하도 비장해서 아처는 그녀의 발밑에 무릎이라도 꿇고 싶은 심정이었다. "오래전부터 이 얘기를 하고 싶었어요." 그녀가 말을 계속 이어나갔다. "두 사람이 서로를 정말 사랑한다면, 세상 사람들 말에 맞서야만 하는 경우도 있잖아요. 만약 당신이 우리가 말한 그 여자와…… 약속을 했다면…… 그 약속을 지킬 방법이 있다면…… 그 여자가 이혼을 해야 할지라도…… 뉴런드, 나 때문에 그 여자를 포기하지 마세요!"

너무도 까마득해 완전히 과거가 되어버린 솔리 러시워스 부인과의 연애를 걱정하고 있었다니 놀랍기도 했지만, 그러는 메이가 정말 너그러워 보였다. 그토록 파격적인 태도는 초인적이기까지 했고, 다른 문제들에 짓눌려 있지 않았다면 아처는 옛 애인과 결혼하라고 권하는, 웰런드가 영애의 관습에 반하는 비범한 생각에 경탄했을 것이다. 하지만 그는 방금 전 간신히 피한 절벽 때문에 아직도 아찔했고, 미처 몰랐던 처녀들의 혜안이 그저 경이로울 따름이었다.

아처는 잠시 가만히 있다가 말했다. "당신이 생각하는 약속이나 책임…… 그런 거 전혀 없어. 그런 일은…… 그렇게 단순하지 않아…… 하지만 그런 건 아무 상관 없고…… 그런 문제에 대해서는 나도 같은 생각이기 때문에, 당신의 너그러움이 정말 좋아 보여…… 나는 그런 일은…… 바보 같은 관습과 상관없이…… 경우에 따라 다르게 판단해야 한다고 생각해…… 내 말은, 여자들도 자유를 누릴 권리가……" 아처는 자기도 모르게 그쪽으로 생각이 흘러갔다는 사실에 깜짝 놀라 얼른 자리에서 일어서며 메이에게 웃어 보였다. "당신이 그렇게 많은 것을 이해하고 있으니, 거기서 한 걸음 더 나아가서 어리석은 관습에 얽매일 필요가 없다는 것도 이해해줄 수는 없을까? 우리 사이에 아무도, 어떤 것도 없다면 결혼을 미루는 것보다 앞당기는 편이 낫지 않을까?"

메이는 행복으로 얼굴을 붉히며 고개를 들었다. 아처는 그녀를 향해 몸을 굽히다 그녀의 두 눈에 기쁨의 눈물이 어린 것을 보았다. 하지만 다음 순간 메이는 성숙한 여인에서 무력하고 겁 많은 소녀로 돌아온 것 같았다. 아처는 그녀의 용기와 독창성은 어디까지나 다른 사람들의 경우에 해당되는 것이지, 메이 자신의 일에는 전혀 적용되지 않는다는 걸 깨달았다. 아까 메이는 아주 의연한 척했지만 그런 말을 꺼내는 것이 정말 어려웠던 듯 아처의 다짐을 듣자마자 마치 씩씩하게 굴던 아이가 엄마 품으로 뛰어들듯 평소의 모습으로 돌아온 게 분명했다.

아처는 더이상 그녀를 설득하고 싶지 않았다. 그는 그녀의 투명한 눈 속에서 그의 심중을 꿰뚫어본 새로운 존재가 사라져버린 것이 실망스러웠다. 메이 역시 이를 눈치챘지만 어떻게 만회해야 할지 몰랐다.

두 사람은 벤치에서 일어나 말없이 집으로 향했다.

17

"오빠가 없는 동안 곧 친척이 될 그 백작부인이 어머니를 뵈러 왔었어." 아처가 뉴욕으로 돌아온 날 저녁 제이니가 말했다.

어머니, 여동생과 같이 저녁을 먹던 그는 놀라서 고개를 들었다. 아처 부인은 아무 일도 없다는 듯 접시를 내려다보았다. 부인은 사교계에 자주 출입하지는 않지만 그래도 잊히고 싶지는 않았기에, 올렌스카 부인의 방문에 아처가 그렇게 놀라는 게 약간 속상한 눈치였다.

"흑옥 단추가 달린 검은 벨벳 폴로네즈 드레스*에 원숭이털로 된 작은 녹색 머프를 끼고 왔어. 그렇게 멋지게 입은 건 처음 봤어." 제이니가 말을 이었다. "일요일 오후 일찍 혼자서 왔는데, 다행히 응접실 벽난로에 불이 지펴져 있었어. 요즘 새로 나온 명함집을 들고 있더라. 오빠가 너무 친절하게 대해줘서 우리를 만나고 싶었대."

뉴런드가 웃었다. "올렌스카 부인은 친구들에 대해서 늘 그렇게 말해. 자기 친정 식구들 옆에 있는 게 정말 행복한 눈치더라고."

"맞아, 우리한테도 그렇게 말하더라. 여기 있는 게 고마운가봐." 아처 부인이 말했다.

"어머니 마음에 드셨어야 할 텐데."

---

* 18세기 폴란드식 드레스로 몸에 꼭 맞는 상의, 깊이 파인 목선, 사선으로 재단된 겉치마가 특징이다.

아처 부인이 입을 오므렸다. "늙은 여자를 방문해서도 상냥하게 행동하려고 애쓰긴 하더라."

"어머니는 그 여자가 보통내기가 아니라고 생각하셔." 제이니가 오빠의 얼굴에 시선을 고정한 채 말했다.

"내가 구식이라서 그래. 내가 볼 땐 메이가 최고야." 아처 부인이 말했다.

"아, 그 두 사람은 서로 달라요." 아처가 대답했다.

아처는 세인트오거스틴을 떠나올 때 웰런드 가족으로부터 밍곳 노부인께 전할 말을 잔뜩 부탁받아서, 뉴욕에 돌아온 지 하루이틀 후 그녀를 찾아갔다.

노부인은 올렌스카 백작부인이 이혼을 포기하게끔 해준 게 너무 고마워서 평소보다 반갑게 그를 맞아주었다. 그저 메이가 너무 보고 싶어서 대표의 허락도 받지 않고 세인트오거스틴으로 달려갔다고 하자, 그녀는 껄껄 웃더니 통통한 손으로 그의 무릎을 두덕거렸다.

"아, 그래서 말도 없이 회사를 빠져나가셨다? 그럼 오거스타와 웰런드는 오만상을 찌푸리며 세상의 종말이라도 온 듯 굴었겠네? 하지만 우리 메이는 안 그랬겠지?"

"그랬던 것 같아요. 그래도 제가 부탁하러 간 건 안 들어주더군요."

"그래? 무슨 부탁이었는데?"

"4월에 결혼하자는 약속을 받고 싶었어요. 또 일 년을 낭비할 필요 없잖아요?"

맨슨 밍곳 부인은 까다로운 사람 흉내를 내듯 입술을 삐죽거리더니 얄궂게 윙크를 해 보였다. "'엄마한테 여쭤보세요' 뭐 그런 식이었겠지. 아, 보나마나 뻔해. 이 밍곳 집안사람들은 다 그래! 다들 똑같이 생겨먹어서 도무지 바꿀 도리가 없어. 이 집 지을 때도 내가 캘리포니아로 이사라도 가는 것처럼 다들 난리였다네! 40번가 위로는 아무도 집을 지은 적이 없다는 거지. 맞아, 크리스토퍼 콜럼버스가 미 대륙을 발견하기 전에는 배터리가 위쪽에 집을 지은 사람도 없었지. 아무렴, 밍곳 집안에는 남과 다르게 살고 싶어하는 사람이 단 한 명도 없어. 남과 다르게 사는 걸 천연두보다 무서워한다니까. 아처, 나는 내가 천박한 스파이서가 출신인 걸 하늘에 감사한다네. 우리 애들 중에서는 엘런 하나만 나를 닮았어." 부인은 여전히 눈을 반짝이며 이렇게 말하더니 노인들이 흔히 그러듯 갑자기 엉뚱한 질문을 던졌다. "그런데 말이야, 자네는 대체 왜 우리 엘런이랑 결혼 안 했나?"

아처가 하하 웃었다. "일단, 엘런이 외국에 있었잖아요."

"그랬지. 그래서 더 아쉬워. 지금은 너무 늦었고. 그애 인생은 이제 끝났어." 그녀는 젊은이의 희망이 묻힌 무덤에 태연히 흙을 던지는 노인처럼 냉정한 어조로 말했다. 아처는 오싹한 느낌이 들어 얼른 이렇게 말했다. "밍곳 부인, 메이네 가족들을 좀 설득해주시면 안 될까요? 저는 약혼을 오래 끌기 싫어요."

캐서린 노부인은 알았다는 듯 빙긋 웃었다. "그래, 알겠네. 자네는 눈치가 빨라. 어릴 때 보면 자네가 성격이 급하더라고." 그녀가 고개를 젖히며 껄껄 웃자 턱의 주름들이 작은 파도처럼 요동쳤다. "아, 우리 엘런이 왔군!" 등뒤에서 칸막이 커튼이 열리자 노부인이 소리쳤다.

올렌스카 부인이 미소 띤 얼굴로 다가왔다. 생기와 즐거움이 넘치는 표정이었다. 부인은 할머니의 키스를 받기 위해 몸을 숙이며 명랑한 얼굴로 아처에게 손을 내밀었다.

"얘, 내가 막 아처에게 '자네는 대체 왜 우리 엘런이랑 결혼 안 했나?'라고 물어봤단다."

올렌스카 부인은 여전히 미소 띤 얼굴로 아처를 바라보았다. "그랬더니 뭐래요?"

"아, 그건 네가 직접 물어보렴! 플로리다에 가서 약혼녀를 보고 왔다는구나."

"네, 알아요." 그녀는 여전히 아처를 바라보고 있었다. "당신이 어디 갔는지 여쭤보려고 어머님 댁에 갔었어요. 편지를 보냈는데 답장이 없어서 혹시 아픈지 걱정이 됐어요."

아처는 갑자기 떠나게 돼서 그랬다며, 워낙 급하게 출발했기 때문에 세인트오거스틴에 도착하면 답장을 쓸 생각이었다고 얼버무렸다.

"그런데 물론 도착해서는 제 생각을 한 번도 안 한 거죠!" 부인은 일부러 무관심을 가장하는 듯, 여전히 웃음 띤 얼굴로 명랑하게 물었다.

'아직 내가 필요하다 해도 그걸 감추기로 작정했군.' 그녀의 태도에 속이 상한 아처는 이렇게 생각했다. 어머니를 방문해줘서 고맙다고 말하고 싶었지만 노부인의 짓궂은 시선 때문에 혀가 굳은 듯 말이 잘 안 나왔다.

"이 사람 좀 봐라. 얼른 결혼하고 싶어서 회사에 말도 안 하고 플로리다로 달려가서 약혼녀 앞에 무릎 꿇고 호소했다잖아! 정말 사랑에 빠진 연인 같지 않니? 잘생긴 밥 스파이서가 가여운 우리 어머니를 바로 그렇게 유혹한 거잖아. 그랬다가 내가 젖도 떼기 전에 싫증이 나서 어머니를 버렸지. 팔 개월만 더 기다렸으면 됐는데 말이야! 하지만 아처, 자네는 스파이서가 사람이 아니지. 그래서 자네도, 메이도 다행이야. 그 집안의 나쁜 피를 물려받은 건 가여운 엘런 뿐이고, 나머지 애들은 다 완전히 밍곳 집안사람들이지." 노부인이 경멸조로 소리쳤다.

아처는 올렌스카 부인이 할머니 옆에 앉아서도 여전히 생각에 잠긴 표정으로 자신을 응시하는 걸 알아차렸다. 부인은 명랑함이 사라진 눈빛으로 아주 부드럽게 말했다. "할머니, 우리가 설득하면 이 사람이 원하는 대로 일찍 결혼할 수 있을 거예요."

아처는 가려고 자리에서 일어섰다. 그런데 그녀와 악수를 하면서 보니 편지에 왜 답장을 안 했는지 물어보고 싶어하는 눈치였다.

"언제 만날 수 있어요?" 아처는 방문까지 따라 나온 올렌스카 부인에게 물었다.

"언제든 괜찮아요. 하지만 그 작은 집을 다시 보고 싶으면 빨리 와야 해요. 다음주에 이사가거든요."

천장이 낮은 그 응접실의 램프 불빛 아래 보낸 시간들을 떠올리자 가슴이 저려왔다. 짧은 시간이었지만 여러 기억이 가득했다.

"내일 저녁 어때요?"

부인이 고개를 끄덕였다. "내일, 좋아요. 하지만 일찍 오세요. 외출할 일이 있어요."

다음날은 일요일인데 저녁에 '외출할' 일이 있다면 틀림없이 레뮤얼 스트러더스 부인 집일 터였다. 그 말을 듣자 아처는 살짝 짜증이 났다. (밴 더 라이든 부부가 어떻게 생각하든 올렌스카 부인이 어디든 원하는 곳에 가기를 바랐기에) 그 집에 가는 일이 싫은 게 아니라 그 집에 가면 보퍼트를 만날 가능성이 컸기 때문이다. 그녀는 그 집에서 보퍼트를 만나게 되리라는 사실을 알고 있을 테고, 그럴 생각으로 가는 것일 수도 있었다.

"좋아요. 그럼 내일 저녁에." 아처는 그렇게 말했지만, 속으로는 내일 일찍 가지 않기로 마음먹었다. 늦게 도착해서 부인이 스트러더스 부인 집에 못 가게 하거나, 아니면 부인이 이미 출발한 뒤에 도착할 생각이었다. 여러 가지를 고려할 때 그게 제일 간단한 해결 방법이었다.

하지만 결국 여덟시 반에 아처는 등나무 아래 서서 그 집 초인종을 울렸다. 이상하게 좀이 쑤셔서 계획보다 반시간이나 일찍 도착해버렸다. 그러나 스트러더스 부인 집의 모임은 무도회와 다르고, 참석자들은 조금이라도 점잖아 보이려고 그러는지 대개 일찍 나타난다는 점을 떠올렸다.

그런데 올렌스카 부인 집 현관에 들어서니 모자와 외투 들이 놓여 있었다. 다른 사람들과 식사할 거였으면 왜 일찍 오라고 했을까? 나스타시아가 그 옆에 아처의 옷을 놓는 동안 더 자세히 보니 짜증보다 호기심이 일었다. 상류층 집안에서는 일찍이 보지 못한 디자인의 외투가 놓여 있었고, 쓱 봐도 줄리어스 보퍼트의 옷은 절대 아니었다. 하나는 보풀이 인 노란색의 '기성복' 얼스터코트였고, 다른 하나는 프랑스인들이 맥팔레인이라고 부르는, 케이프가 달린 몹시 낡고 빛바랜 외투였다. 몸집이 엄청나게 큰 사람의 것일 이 외투는 주인이 오랫동안 함부로 입은 표가 났고, 그 암청색 천에서는 술집에서 아주 오랜 시간을 보낸 듯 축축한 톱밥 냄새가 풍겼다.* 망토 위에는 해진 회색 스카프와 목사가 쓰는 모자 비슷한 특이한 펠트 모자가 놓여 있었다.

아처는 나스타시아를 보며 무슨 영문인지 묻듯 눈썹을 치켜올렸다. 그녀는 어쩔 수 없다는 표정으로 눈썹을 치켜올리더니 응접실을 열며 "자!"라고 했다.

올렌스카 부인은 그 안에 없었다. 그리고 뜻밖에도 다른 여자가 벽난로 옆에 서 있었다. 키가 크고 늘씬한 이 여자는 정교한 고리와 술 장식이 달리고 격자무늬, 줄무늬, 단색 띠무늬가 혼란스럽게 배열된 특이한 옷을 입고 있었다. 하얗게 세는 대신 누렇게 변색된 머리카락을 스페인풍 머리핀과 검은 레이스 스카프로 치장했고, 류머티즘에 걸린 손에는 기운 자국이 있는 손가락 없는 기다란 실크 장갑을 끼고 있었다.

그녀 옆에는 자욱한 담배 연기 속에 두 외투의 주인들이 서 있었는데, 둘 다 아침에 입은 옷을 아직 갈아입지 않은 게 분명했다. 그중 한 사람은 놀랍게도 네드 윈셋이었다. 더 나이가 많은 쪽은 모르는 사람인데, 거대한 체구로 보아 맥팔레인의 주인인 듯했다. 헝클어진 흰 머리에 여윈 사자 같은 느낌을 주는 그 남자는 꿇어앉은 대중에게 축복을 내리는 듯, 공중을 긁는 것처럼 두 팔을 내두르고 있었다.

세 사람은 벽난로 앞 양탄자 위에 서서 보통 때 올렌스카 부인이 앉는 소파에 놓인 엄청나게 큰 흑장미 다발을 보고 있었는데, 장미꽃 아래쪽에는 자주색 팬지가 둘려 있었다.

"이 계절에 이런 꽃다발을 사려면 얼마가 들었을까…… 물론 돈보다 마음이 중요하지만 말이야!" 아처가 들어섰을 때 그 여자는 한숨 섞

---

* 당시에는 취객들이 흘린 술을 흡수하기 위해 술집 바닥에 톱밥을 깔아놓았다.

인 어조로 말하고 있었다.

아처가 나타나자 세 사람은 깜짝 놀랐고, 그 여자가 앞으로 나오며 손을 내밀었다.

"아처 씨…… 거의 내 조카뻘 되던데! 나는 맨슨 후작부인이에요." 그녀가 말했다.

아처가 고개를 숙이자 여자가 말을 이었다. "엘런 집에 며칠 와 있어요. 쿠바에서 스페인 친구들과 겨울을 보내다가 돌아온 거예요. 정말 유쾌하고 지체 높은 사람들이지요. 옛 카스티야왕국의 고관대작도 있고. 당신도 그 사람들과 알고 지내면 좋을 텐데! 하지만 저와 절친한 카버 박사가 불러서 어쩔 수 없이 돌아왔어요. '사랑의 계곡' 공동체의 설립자 애거선 카버 박사를 모르세요?"

카버 박사가 사자 같은 머리를 까닥이자 여자는 이야기를 계속했다. "아, 뉴욕…… 뉴욕…… 이 도시는 정신적인 삶이 너무 빈약해! 그래도 윈셋 씨랑은 아는 사인가보네."

"아, 네, 만난 지 좀 됩니다. 하지만 카버 박사의 공동체를 통해서 알게 된 건 아니고요." 윈셋이 특유의 건조한 미소를 띠며 말했다.

후작부인은 마음에 안 든다는 듯 고개를 저었다. "그걸 어떻게 알겠어요? 영혼은 자유롭게 흐르는 법인걸."

"들어보라…… 오, 들어보라!" 카버 박사가 웅변조로 중얼거렸다.

"하지만 일단 앉아요, 아처 씨. 우리는 넷이서 맛있는 저녁을 먹었고, 엘런은 옷 갈아입으러 갔어요. 당신이 온다고 하더라고요. 곧 내려올 거예요. 우리는 이 멋진 꽃들을 구경하던 참이에요. 그애도 이걸 보면 깜짝 놀랄 거예요."

윈셋은 여전히 서 있었다. "저는 가야 할 것 같아요. 올렌스카 부인한테 이 동네를 떠나시면 우리는 정말 아쉬울 거라고 전해주세요. 이 집이 이 동네의 오아시스였는데."

"아, 하지만 그애가 당신을 버리지는 않을 거예요. 그애한테 시와 예술은 생명의 숨결이니까. 윈셋 씨는 시를 쓰죠?"

"아뇨, 하지만 가끔 읽긴 합니다." 윈셋은 세 사람에게 인사한 후 방을 빠져나갔다.

"냉소적인 영혼…… *약간 야만적이군.* 하지만 정말 재기가 넘쳐. 카버 박사님, 박사님도 저 청년이 재치 있다고 생각하세요?"

"저는 재치에는 관심 없습니다." 카버 박사가 엄한 어조로 대답했다.

"아…… 아…… 재치에는 관심 없다고요! 아처 씨, 박사님은 우리처럼 나약한 영혼들에게 너무 엄격하시답니다! 늘 정신의 세계에서만 사시니까요. 오늘밤에는 조금 있다가 블렌커 부인 댁에서 하실 강연을 마음속으로 준비하고 계세요. 카버 박사님, 블렌커 부인 댁으로 떠나시기 전에 아처 씨한테 '직접적인 접촉'*에 대한 위대한 발견을 설명해주실 시간 되세요? 아니, 그런데 벌써 아홉시가 다 됐네요. 그렇게 많은 사람이 박사님의 강연을 기다리고 있는데 여기 붙잡아두면 안 되겠죠."

카버 박사는 이런 결론에 약간 실망한 눈치였지만, 자신의 묵직한 금시계와 올렌스카 부인의 작은 여행용 시계를 비교해보더니 마지못해 육중한 몸을 일으켰다.

---

* 19세기 중반부터 20세기에 걸쳐 유행한 심령술에서 일부 영매들은 죽은 이들이 소리, 자동 기술, 오래전에 사망한 다른 영매 등을 통해 살아 있는 사람과 직접 접촉하거나 소통할 수 있다고 주장했다.

"이따가 올 거죠?" 박사가 묻자 후작부인이 미소 띤 얼굴로 대답했다. "엘런의 마차가 오면 바로 뒤따라갈게요. 강연 시작 전에 도착해야 하는데."

카버 박사는 아처를 유심히 살펴보았다. "이 젊은 신사가 내 경험에 관심이 있다면 데려오는 걸 블렌커 부인도 허락해주겠지요?"

"아, 그럴 수 있으면 블렌커 부인도 아주 기뻐할 거예요. 하지만 아처 씨는 엘런하고 할 얘기가 있을걸요."

"저런, 유감이네요. 그래도 여기 내 명함 받아둬요." 카버 박사는 아처에게 명함을 건넸고, 그는 고딕체로 쓰인 글자를 읽었다.

애거선 카버

사랑의 계곡

뉴욕주 키타스콰터미

카버 박사가 인사를 하고 나가자, 맨슨 부인은 아쉬움인지 안도감인지 모를 한숨을 쉬더니 다시 아처에게 앉으라고 손짓했다.

"엘런은 금방 내려올 거예요. 그전에 우리 둘이 조용히 얘기할 수 있어서 정말 기뻐요."

아처가 만나서 반갑다고 중얼거리자, 부인은 다시 한숨 섞인 어조로 조용히 말을 이었다. "아처 씨, 나도 다 알아요. 당신이 얼마나 애써줬는지 엘런한테 다 들었어요. 당신의 지혜로운 충고, 꿋꿋한 용기…… 너무 늦지 않아서 천만다행이에요!"

아처는 후작부인의 이야기를 들으며 상당히 곤혹스러웠다. 올렌스카 부인은 자신의 사적인 문제를 해결하는 데 아처가 어떤 역할을 했는지 온 세상에 다 떠들고 다닌단 말인가?

"올렌스카 부인이 과장한 거예요. 저는 그저 부인이 부탁하신 대로 법적인 의견을 말씀드렸을 뿐입니다."

"아, 하지만 그러면서, 그러면서 당신은 자신도 모르게 우리 현대인들이 섭리라고 부르는 그 존재의 역할을 한 거예요." 후작부인은 고개를 한쪽으로 갸웃하고 알 수 없는 표정으로 눈을 내리뜨면서 소리쳤다. "당신은 전혀 몰랐겠지만 실은 바로 그때 나한테도 대서양 저쪽에서 연락이 왔었거든요!"

그녀는 누가 들을까 염려되는 듯 어깨 너머를 흘깃 보더니 의자를 더 당기고 작은 상아 부채로 입을 가린 뒤 속삭였다. "백작이 직접…… 제정신이 아닌, 정말 바보 같은 가여운 올렌스키 백작이, 어떤 요구든 다 들어줄 테니 제발 엘런이 돌아오게 해달라고 간청했어요."

"세상에!" 아처가 소리치며 벌떡 일어섰다.

"놀랐죠? 물론 그럴 테죠. 이해해요. 가여운 스타니슬라스*는 늘 나를 가장 친한 친구라고 불렀지만, 지금 그이를 감싸는 건 아니에요. 본인도 자기 잘못을 인정하고 있어요. 그래서 나한테 대신 엘런에게 용서를 빌어달라고 한 거죠." 부인은 빈약한 가슴을 톡톡 쳤다. "백작의 편지가 여기 있어요."

"편지라고요? 올렌스카 부인도 읽었나요?" 아처는 아직도 충격이 가

---

* 스타니슬라스 올렌스키의 이름은 왕에 맞서 가톨릭교회를 지킨 폴란드의 성인 스타니슬라우스에게서 따왔다. 신교도인 부인과 달리 백작은 이혼을 금하는 가톨릭 신자임을 암시한다.

시지 않아 말을 더듬었다.

맨슨 후작부인은 고개를 저었다. "시간…… 시간…… 아직 시간이 필요해요. 우리 엘런은 원래 자존심이 강하고 고집도 세거든요. 뭐랄까, 용서를 잘 안 하는 성격이랄까?"

"하지만, 세상에, 용서하는 거랑 그 지옥으로 다시 돌아가는 건 전혀 다른 얘기죠……"

"아, 그렇죠." 후작부인은 고개를 끄덕였다. "엘런도 지옥이라고 했어요. 워낙 예민한 애지! 하지만 눈을 좀 낮춰서 물질적인 면을 생각해보면, 아처 씨, 지금 엘런이 뭘 포기한 건지 아세요? 지금 소파에 있는 저 장미들…… 저런 장미들이 몇천 평씩 피어 있는 온실과 들판, 프랑스니스의 호화로운 계단식 정원을 생각해보세요! 보석은 또 어떻고요…… 역사적으로 유명한 진주며 소비에스키 에메랄드*, 검은담비 모피…… 하지만 엘런은 그런 것들은 안중에도 없어요! 내가 늘 그랬듯이 그애도 예술과 아름다움을 좋아하고 그런 것들을 위해서 살거든요. 거기서는 그런 것들에 둘러싸여 살았어요. 그림, 최고급 가구, 음악, 멋진 대화…… 아, 당신은 미국인이니 그게 어떤 건지 짐작도 못할 거예요. 엘런은 그 모든 걸 갖고 있었고, 명사들의 사랑을 한몸에 받았어요. 그애 말로는 여기 뉴욕에서는 예쁘다는 칭찬을 별로 못 들었다던데…… 어찌 그런 일이! 거기서는 무려 아홉 번이나 그애의 초상화가 그려졌어요. 유럽 최고의 화가들이 제발 모델이 되어달라고 간청하곤 했죠. 그런 게 아무것도 아니라고요? 게다가 그애를 그토록 사랑하는

---

* 폴란드 왕 얀 3세와 관련이 있는 유명한 보석들.

남편이 깊이 반성하고 있다는데도?"

이야기가 절정에 다다른 순간 맨슨 후작부인이 지나간 일들을 되돌아보며 하도 황홀한 표정을 짓는 바람에 아처는 너무 놀라지만 않았다면 껄껄 웃을 뻔했다.

누가 아처에게 가여운 메도라 맨슨 부인의 첫인상이 악마의 전령 같을 거라고 얘기했다면 아처는 웃었을 것이다. 하지만 지금은 웃을 기분이 아니었다. 후작부인은 엘런 올렌스카 부인이 막 빠져나온 지옥에서 방금 나온 사람처럼 보였다.

"백작부인은 이 일에 대해…… 아직 모르고 있나요?" 그가 불쑥 물었다.

맨슨 부인은 자줏빛 손가락을 입에 갖다댔다. "직접적으로는 모르지만…… 짐작은 하고 있을 수도요? 그 속을 누가 알겠어요? 아처 씨, 사실 나는 당신을 만나고 싶었어요. 당신이 그렇게 확고한 입장을 취했고, 엘런에게 큰 영향을 주었다는 말을 들은 순간부터 당신이라면 믿을 수 있겠다 싶었거든요. 당신에게 얘기하면 그애가……"

"남편에게 돌아가게 해달라는 건가요? 그러느니 차라리 죽는 걸 보는 게 낫죠!" 아처가 격하게 소리쳤다.

그러자 후작부인은 별로 섭섭해하는 기색도 없이 "아" 하고 중얼거렸다. 그녀는 한동안 안락의자에 앉아 장갑 낀 손으로 상아 부채를 접었다 폈다 하더니 갑자기 고개를 들고 귀를 기울였다.

"오네요." 그녀는 재빨리 속삭였다. 그러더니 소파에 놓인 장미 꽃다발을 가리키며 물었다. "아처 씨, 당신은 저게 낫다고 생각해요? 어쨌든 결혼은 결혼이죠…… 내 조카는 아직 유부녀 신분이고……"

18

"메도라 고모, 두 분이서 무슨 일을 꾸미고 계세요?" 올렌스카 부인이 방으로 들어오면서 소리쳤다.

부인은 마치 무도회에 가는 것처럼 차려입은 모습이었다. 촛불의 불빛으로 옷감을 짠 듯 모든 것이 휘황하게 반짝였고, 방안 가득 모인 경쟁자들과 경염하는 아름다운 여인처럼, 부인은 고개를 높이 들고 있었다.

"너를 놀래줄 이 멋진 선물에 대해 얘기하고 있던 참이야." 맨슨 부인은 자리에서 일어나 장난스러운 손짓으로 장미꽃 다발을 가리켰다.

올렌스카 부인은 그 자리에 멈춰 서더니 꽃다발을 바라보았다. 안색은 변하지 않았지만 여름하늘의 번개처럼 분노의 하얀 빛이 그녀를 감싸는 듯 보였다. "아!" 부인은 아처가 한 번도 들어보지 못한 날카로운 소리로 외쳤다. "어떤 바보가 나한테 꽃다발을 보낸 거지? 대체 왜 꽃다발을 보낸 거야? 그것도 하필 오늘밤에. 난 무도회에 가는 것도 아니고, 약혼한 몸도 아닌데. 하지만 바보들은 항상 이상하게 군다니까."

그녀는 뒤돌아서더니 문을 열고 소리쳤다. "나스타시아!"

부인은 곧바로 나타난 하녀에게 아처가 알아들을 수 있도록 일부러 그러는지, 이탈리아어로 또박또박 말했다. "여기…… 이것 좀 쓰레기통에 버려!" 하지만 하녀가 그러지 말라는 눈빛으로 쳐다보자 "맞아, 꽃은 잘못이 없지. 하인한테 저쪽 세번째 집에 갖다주라고 해. 우리집에서 식사한 갈색 머리 신사 윈셋 씨 집인데, 부인이 아프다고 했어. 꽃을 보면 기분이 좋아질 수도 있잖아…… 아, 하인이 나갔다고? 그러면,

자기, 직접 좀 갖다줘. 내 망토 입고 얼른 뛰어갔다 와. 이 꽃들을 우리 집에서 당장 치워버리고 싶으니까! 하지만 내가 보냈다는 말은 절대 하면 안 돼!"

부인은 자신의 벨벳 오페라망토를 하녀에게 둘러주더니 다시 응접실로 들어와 문을 쾅 닫았다. 레이스 아래 가슴이 들썩였다. 아처는 부인이 울 줄 알았는데, 깔깔 웃더니 후작부인과 아처를 쳐다보며 갑자기 물었다. "그런데 두 분…… 이미 인사 나누셨나요?"

"그건 아처 씨한테 물어보렴. 네가 옷 입는 동안 쭉 기다리셨단다."

"알아요. 두 분이 인사 나눌 시간을 충분히 드렸죠. 머리가 영 안 올려져서요." 올렌스카 부인은 손을 쳐들어 시뇽 스타일*로 말아올린 머리를 만졌다. "그러고 보니, 카버 박사님은 출발하셨나본데, 고모도 빨리 블렌커 씨 댁으로 가야죠. 아처 씨, 저희 고모 좀 마차에 태워주세요."

올렌스카 부인은 후작부인을 따라 현관으로 나가더니 덧신과 숄, 짧은 망토를 챙겨주고 계단에서 소리쳤다. "열시까지 마차 보내는 것 잊지 마세요!" 그녀는 다시 응접실로 들어갔고, 아처가 돌아와보니 맨틀피스 옆에 서서 거울에 비친 자기 모습을 바라보고 있었다. 뉴욕 사교계 여성이 하녀를 '자기'라고 부르고 자신의 오페라망토를 입혀 심부름 보내는 건 흔치 않은 일이었다. 아처는 올림포스의 신들 같은 속도로 행동이 감정을 쫓아가는 세계에 들어와 있다는 사실에 마음 깊이 즐겁고 가슴 설레는 흥분을 느꼈다.

그가 방안으로 들어와 그녀 뒤로 다가가도 부인은 그대로 서 있었다.

---

* 머리 뒤쪽에 팔자나 둥근 모양으로 틀어올린 머리 스타일.

거울 속에서 두 사람의 눈길이 마주쳤다. 그제야 부인은 돌아서서 소파에 주저앉으며 한숨을 내쉬었다. "담배 한 대 피울 시간은 있어요."

아처는 담배 상자를 건네주고 심지에 불을 붙였다. 불꽃이 타오르며 그녀의 얼굴을 비추자, 부인은 웃는 눈으로 그를 흘깃 보며 물었다. "내가 화내는 거 보니까 어때요?"

아처는 한동안 말없이 있다가 갑자기 확신에 찬 어조로 대답했다. "고모님이 당신에 대해 하신 말씀이 무슨 뜻인지 이해가 갔어요."

"고모가 제 얘기 했을 줄 알았어요. 뭐라고 하시던가요?"

"당신이 여기 미국에서는 절대로 누릴 수 없는 즐겁고 호화롭고 특별한 생활에 길들어 있다고 하셨어요."

올렌스카 부인은 자기가 내뿜은 동그란 담배 연기를 보며 가볍게 미소 지었다.

"메도라 고모는 정말 못 말리는 낭만주의자예요. 힘들게 살았지만 그 덕에 버텼죠!"

아처는 또 한번 말없이 있다가 다시 용기를 냈다. "고모님의 낭만주의가 늘 사실과 부합하나요?"

"고모가 진실을 말하는지 묻는 거죠?" 부인은 잠시 생각해보더니 대답했다. "글쎄요. 고모가 하는 말에는 늘 진실과 허구가 섞여 있어요. 그런데 그건 왜 묻죠? 고모가 무슨 얘기를 했는데요?"

아처는 난롯불을 응시하다가 고개를 돌려 부인의 빛나는 자태를 바라보았다. 이것이 이 난롯가에서 보내는 마지막 저녁이고, 곧 그녀를 태우고 갈 마차가 올 거라고 생각하니 가슴이 저려왔다.

"그분 말씀이, 올렌스키 백작이 당신이 돌아오도록 설득해달라고 했다던데, 사실인가요?"

올렌스카 부인은 대답하지 않고, 반쯤 쳐든 손에 담배를 쥔 채 가만히 앉아 있었다. 표정도 그대로였다. 아처는 전에도 부인이 어떤 일이 일어나도 별로 놀라지 않아서 특이해 보였던 게 생각났다.

"그럼 이미 알고 있었던 거예요?" 아처가 놀라 소리쳤다.

부인은 한참을 묵묵히 앉아 있더니 담배에서 재가 떨어지자 바닥에 비벼 끄고 이렇게 대답했다. "편지가 왔다는 암시를 하셨어요. 가여운 고모! 고모의 암시는 늘 그런 식이에요……"

"남편의 부탁을 받고 이렇게 갑자기 오신 건가요?"

올렌스카 부인은 이번에도 한참 생각하다가 입을 열었다. "글쎄, 그것도 확실치 않아요. 무슨 뜻인지는 모르지만, 카버 박사로부터 '영혼의 부름'을 받았다고 하셨어요. 박사와 결혼하실 것 같기도 하고…… 가여운 고모, 고모는 늘 결혼하고 싶은 상대가 있어요. 하지만 어쩌면 고모한테 싫증난 쿠바의 스페인 친구들한테 쫓겨나서 돌아왔을 수도 있어요! 돈 받고 같이 있어주는 일을 한 것 같거든요. 사실 저도 고모가 왜 돌아왔는지 잘 몰라요."

"하지만 남편이 보낸 편지를 갖고 계신 건 사실인가요?"

올렌스카 부인은 또 한동안 말없이 생각에 잠겨 있다가 대답했다. "어쨌든 예상할 수 있는 일이잖아요."

아처는 자리에서 일어나 벽난로에 기대섰다. 갑자기 초조함이 밀려들고, 남은 시간이 얼마 없고 언제든 마차 소리가 들려올 수 있다는 생각이 들자 무슨 말을 해야 할지 막막했다.

"고모님은 당신이 돌아갈 거라고 생각하신다는 거 알고 있어요?"

그러자 올렌스카 부인이 고개를 휙 쳐들었다. 짙은 홍조가 얼굴에서 목과 어깨로 퍼져갔다. 부인이 얼굴을 붉히는 일은 드물었지만, 그럴 때마다 마치 불에 덴 듯 고통스러워 보였다.

"그보다 더한 소문들도 있었죠." 부인이 말했다.

"아, 엘런…… 미안해요. 내가 정말 나쁘고 형편없는 사람이에요!"

부인이 살짝 미소 지었다. "너무 걱정 말아요. 당신도 고민이 많잖아요. 메이 집안사람들이 말도 안 되는 고집을 부린다고 생각하는 거 아는데, 나도 같은 생각이에요. 유럽 사람들은 우리 미국인들이 약혼하고 나서 그렇게 오랫동안 결혼을 미루는 걸 이상하다고 생각해요. 그 사람들은 우리만큼 차분하지 않은가봐요." 부인은 약간 아이러니컬한 어조로 '우리'라는 말을 강조했다.

아처는 그걸 눈치챘지만 뭐라고 대응하지는 않았다. 부인이 일부러 자신의 문제를 피해 다른 쪽으로 얘기를 돌렸을 수도 있고, 자기가 조금 아까 한 말 때문에 그녀가 그토록 상처 입은 걸 보고 나니 그저 그녀가 이끄는 대로 따라갈 수밖에 없었다. 하지만 시간이 얼마 없다는 생각을 하니 너무 조급해졌고, 또다시 말의 장벽이 둘 사이를 가로막게 놔두고 싶지 않았다.

아처가 불쑥 말했다. "그래요. 메이한테 부활절 지나고 바로 결혼하자고 말하러 플로리다에 갔었어요. 그때 결혼 못할 이유가 없잖아요."

"그리고 메이는 당신을 정말 사랑하고요…… 그런데도 설득을 못했다고요? 메이는 영리하니까 그렇게 말도 안 되는 미신을 믿을 리 없다고 생각했는데."

"메이는 정말 영리해요…… 그런 미신을 믿지 않죠."

올렌스카 부인이 그를 바라보았다. "흠, 그렇다면, 정말 이해가 안 가네요."

아처는 얼굴을 붉히더니 서둘러 대답했다. "우리는 거의 처음으로 솔직하게 얘기를 나눴어요. 메이는 내가 그렇게 결혼을 서두르는 게 안 좋은 징조라고 생각하더군요."

"어떻게 그런 일이…… 안 좋은 징조라뇨?"

"내가 자기를 계속 사랑할 자신이 없어서 그런다고 생각해요. 내가…… 더 사랑하는 사람한테서 벗어나려고 자기와 당장 결혼하려 한다고요."

올렌스카 부인은 흥미롭다는 표정으로 이 말에 대해 곰곰이 생각했다. "그렇게 생각한다면…… 메이는 왜 결혼을 서두르지 않는 거죠?"

"메이는 그런 사람이 아니니까요. 그보다 훨씬 더 고결한 사람이에요. 나한테 시간을 주기 위해서…… 더욱더 결혼을 미루자고 하는 거예요."

"당신이 다른 여인을 위해 메이를 버릴 시간을 주기 위해서요?"

"내가 원하면 그렇게 하라는 거죠."

올렌스카 부인은 몸을 앞으로 숙이고 난롯불을 응시했다. 조용한 거리를 달려오는 말발굽소리가 들렸다.

"정말 고결하네요." 부인이 살짝 갈라진 소리로 말했다.

"맞아요. 하지만 말도 안 되는 소리죠."

"말도 안 된다고요? 다른 사람을 사랑하지 않으니까요?"

"나는 메이 말고 다른 사람과 결혼할 생각이 없으니까요."

"아." 부인은 다시 한동안 말없이 앉아 있었다. 그러다가 고개를 들어 아처를 쳐다보며 물었다. "그 다른 여인…… 그녀는 당신을 사랑하나요?"

"아, 다른 여인은 없어요. 메이가 생각하는 여자는 절대 아니……"

"그렇다면 대체 왜 그렇게 결혼을 서두르는 거예요?"

"마차가 온 것 같네요." 아처가 말했다.

부인은 반쯤 일어서서 휑한 눈으로 방안을 둘러보았다. 그러더니 소파에 놓인 부채와 장갑을 기계적으로 집어들었다.

"맞아요. 이제 가야겠네요."

"스트러더스 부인 집에 가는 거예요?"

"네." 부인이 미소 지으며 덧붙였다. "초대해주는 대로 가야지, 안 그러면 너무 외로울 거예요. 당신도 같이 갈래요?"

아처는 어떤 대가를 치르더라도 그녀 옆에 있고 싶었고, 그날 저녁을 같이 보내고 싶었다. 그래서 부인의 질문에 대답하지 않고, 벽난로에 기대선 채 부채와 장갑을 쥔 그녀의 손을 계속 바라보았다. 그렇게 바라보면 부인이 그것들을 내려놓기라도 할 것처럼.

"메이 짐작이 맞아요. 다른 여인이 있어요…… 하지만 메이가 생각하는 사람은 아니에요." 아처가 말했다.

엘런 올렌스카는 아무 말도 하지 않고, 움직이지도 않았다. 잠시 후 아처는 그녀 옆에 앉아 손을 잡고 부드럽게 손가락을 펴 장갑과 부채를 소파에 떨어뜨렸다.

부인은 벌떡 일어서더니 아처에게서 벗어나 벽난로 저쪽에 가 섰다. "아, 저한테 구애하지 마세요! 그런 사람들이 너무 많아요." 부인이 얼굴을 찡그리며 말했다.

아처의 안색이 변했고, 그 역시 자리에서 일어섰다. 정말 잔인한 질책이었다. "나는 당신한테 구애한 적 없어요. 앞으로도 그럴 거고요. 하지만 우리 둘 중 하나라도 그럴 수 있는 상황이었다면, 당신이 바로 내가 결혼하고 싶은 사람이에요." 그가 말했다.

"우리 둘 중 하나라도 그럴 수 있는 상황이었다면?" 부인은 깜짝 놀란 얼굴로 아처를 바라보았다. "그걸 불가능하게 만든 게 당신인데, 어떻게 그런 말을 해요?"

아처는 한줄기 눈부신 빛이 비쳐오는 암흑 속을 더듬듯 부인을 빤히 쳐다보았다.

"내가 그걸 불가능하게 만들었다고요?"

"맞아요, 당신이, 바로 당신이 그랬어요." 그녀는 금방이라도 울음을 터뜨리려는 아이처럼 떨리는 입술로 외쳤다. "이혼이 얼마나 이기적이고 나쁜 것인지 깨닫게 하고, 결혼의 신성함을 지키기 위해 자신을 희생해야 한다는 걸 알려주고…… 나 때문에 집안이 도마 위에 오르거나 추문에 휩싸이지 않게 해야 한다고 말해서, 내가 이혼을 포기하게 만든 게 당신 아닌가요? 내 집안이 당신 집안이 될 걸 알았기 때문에—나는 메이와 당신을 위해서—당신이 하라는 대로, 당신이 볼 때 내가 해야만 하는 것을 했던 거예요. 아!" 부인이 갑자기 웃음을 터뜨렸다. "당신을 위해서 그렇게 했다는 거, 감춘 적 없는데!"

부인은 다시 소파에 주저앉았다. 화려한 드레스 러플에 둘러싸인 채 앉아 있는 모습이 슬픔에 잠긴 가장무도회 손님 같았다. 아처는 벽난로 옆에 기대선 채 꼼짝 않고 부인을 응시했다.

"세상에, 나는……" 아처가 신음하듯 말했다.

"당신은?"

"아, 내가 무슨 생각으로 그랬는지 묻지 말아요!"

아처는 여전히 그녀를 응시하고 있었다. 아까와 같은 짙은 홍조가 그녀의 목과 얼굴로 번져갔다. 부인은 반듯이 앉아 점잖은 표정으로 그를 마주보았다.

"말해줘요."

"당신이 읽으라고 준 편지에 몇 가지 얘기가 있었어요……"

"내 남편이 보낸 편지 말이에요?"

"네."

"그 편지에는 내가 두려워할 내용이 전혀 없었어요. 정말 단 한 가지도! 나는 우리 집안이…… 그리고 당신과 메이가 입줄에 오르고 추문에 휩싸이는 게 두려웠을 뿐이에요."

"세상에." 아처는 신음하며 두 손에 얼굴을 묻었다.

두 사람은 절대 돌이킬 수 없는 어떤 운명의 무게를 느꼈다. 아처는 자신의 묘비에 짓눌리는 느낌이 들었고, 앞으로 살아가는 동안 그 무엇도 그의 고통을 덜어줄 수 없을 듯했다. 그는 그 자리에 가만히 선 채 여전히 두 손에 얼굴을 묻고 마음의 눈으로 칠흑 같은 어둠을 응시했다.

"어쨌든 나는 당신을 사랑했어요……" 아처가 입을 열었다.

벽난로 저쪽, 엘런이 앉아 있는 소파 쪽에서 어린애처럼 조용히 훌쩍이는 소리가 들려왔다. 아처는 깜짝 놀라 그녀에게로 다가갔다.

"엘런! 왜 그래요! 왜 우는 거예요? 아직 아무것도 확정된 건 없는데. 난 아직 미혼이고, 당신도 곧 독신이 되잖아요." 아처는 부인을 품에 안았다. 그녀의 얼굴이 젖은 꽃잎처럼 그의 입술에 닿았고, 두 사람이 느낀 부질없는 두려움은 날이 밝으면 도망치는 유령들처럼 순식간에 스러졌다. 아처는 그녀를 이렇게 껴안기만 해도 금방 해결될 문제를 멀찌감치 떨어져서 오 분씩이나 옥신각신했다는 게 놀라웠다.

부인은 아처의 입맞춤에 열렬히 응했지만, 잠시 후 몸이 굳어지더니 그를 밀어내고 자리에서 일어섰다.

"아, 가여운 나의 뉴런드. 이렇게 될 수밖에 없었겠지만, 그래도 바뀌는 건 아무것도 없어요." 그녀는 벽난로 옆에 선 채 아처를 보며 말했다.

"나한테는 인생 전체를 바꾸는 일인데."

"안 돼요, 절대 그러면 안 돼요. 그럴 수도 없고요. 당신은 메이 웰런드와 약혼한 사이고, 저는 유부녀예요."

아처는 얼굴을 붉히며 단호한 표정으로 일어섰다. "말도 안 돼! 그런 걸 생각하기에는 이미 너무 늦었어요. 우리는 다른 사람이나 우리 자신을 속일 권리가 없어요. 당신 결혼에 대해서는 말할 필요도 없고, 이런 일이 있었는데 내가 메이와 결혼할 수 있을 것 같아요?"

부인은 가녀린 팔꿈치를 맨틀피스에 얹은 채 묵묵히 서 있었다. 뒤편 거울에 그녀의 옆모습이 비쳤다. 말아올린 머리에서 머리카락 한 가닥이 빠져나와 목에 늘어져 있었다. 그녀는 수척하고 나이들어 보였다.

이윽고 부인이 입을 열었다. "메이한테는 그 질문 못할 것 같은데요?"

아처는 어깨를 씰룩했다. "그 질문 말고 다른 말을 하기에는 너무 늦었어요."

"당신은 그게 사실이라서가 아니라, 지금 이 순간 그렇게 말하는 게 제일 쉽기 때문에 그 말을 하는 거예요. 실제로는 우리가 이미 정한 것 말고는 다른 어떤 것도 할 수 없어요."

"아, 무슨 소린지 모르겠군요!"

부인이 애처로운 미소를 지었다. 웃는데도 얼굴이 펴지는 게 아니라 일그러졌다. "당신이 내 인생을 어떻게 바꿔놨는지 모르니까 그 말을 못 알아듣는 거예요. 아, 처음부터—내가 당신이 한 모든 것을 알기도 전에."

"내가 한 모든 것이라뇨?"

"그래요, 처음에 나는 사람들이 나를 피한다는 걸 전혀 몰랐어요. 나를 그렇게 형편없는 사람으로 본다는 것도 몰랐고요. 저녁식사에서 마주치는 것도 피했더라고요. 그걸 나중에야 알았어요. 그리고 당신이 어머님과 함께 밴 더 라이든 씨 부부를 찾아갔고, 한 집안이 아니라 두 집안이 나를 응원해줄 수 있도록 보퍼트가의 무도회에서 약혼을 발표하자고 한 것도 다 나중에 들었어요……"

그 말을 듣고 아처는 웃음을 터뜨렸다.

"나는 정말 어리석고 무지했어요! 어느 날 할머니가 우연히 얘기하시기 전에는 짐작도 못했거든요. 내게 뉴욕은 그냥 편하고 자유로운 곳이었어요. 고향에 돌아온 거였고요. 그래서 친척들과 지내게 된 게 너무 기뻤고, 만나는 사람들도 다 내게 잘해주고 나를 보는 게 기쁜 눈치였어요." 그녀는 계속 말했다. "하지만 처음부터 당신만큼 친절한 사람은 없다는 걸 느꼈어요. 내가 정말 어렵고 불필요하다고 생각하는 일을 왜 해야 하는지 가르쳐준 사람도 당신뿐이었고요. 아주 착한 사람들 얘기는 들어도 공감이 안 갔어요. 시험에 빠져본 적이 없는 사람들 같았죠. 하지만 당신은 알고 있었고, 이해했고, 바깥세상이 황금빛 손으로 우리를 유혹해도 그것이 요구하는 것들을 거부했어요. 당신은 배신이나 잔인함, 무관심의 대가로 행복을 얻는 건 바라지 않았죠. 나는 전에는 그걸 알지 못했는데, 지금까지 배운 그 무엇보다 좋은 교훈이었어요."

부인은 눈물을 흘리지도, 흥분하지도 않은 채 낮고 차분한 목소리로 말했다. 그녀의 한마디 한마디가 뜨거운 납처럼 아처의 가슴에 파고들었다. 그는 두 손으로 얼굴을 감싼 채 웅크리고 앉아 벽난로 앞 양탄자와 그녀의 드레스 자락 밖으로 보이는 새틴 구두의 코를 내려다보았다. 그러다 갑자기 무릎을 꿇고 그녀의 구두에 입을 맞추었다.

부인은 몸을 구부린 채 그의 어깨에 두 손을 얹고 깊은 눈길로 그를 응시했다. 아처는 그 눈길을 받으며 꼼짝도 할 수 없었다.

"아, 당신이 한 일을 무위로 돌리면 안 돼요! 난 이제 전처럼 생각할 수 없어요. 당신을 포기해야만 당신을 사랑할 수 있어요." 부인이 소리쳤다.

아처는 그녀를 껴안으려 했지만 부인은 몸을 뺐고, 두 사람은 그녀의 말이 만들어낸 거리를 사이에 두고 말없이 마주보았다. 그러다 갑자기 아처가 성난 목소리로 물었다.

"그럼 보퍼트는? 이제 나 대신 그 사람을 사랑할 건가요?"

이 말을 내뱉으면서 아처는 올렌스카 부인이 발끈해서 반박할 줄 알았다. 그러면 자기도 마음껏 화를 낼 수 있을 터였다. 그런데 부인은 좀 더 파리해진 얼굴로 두 팔을 늘어뜨린 채, 생각에 잠기면 으레 그러듯 고개를 갸웃하고 서 있었다.

"그 사람이 지금 스트러더스 부인 집에서 기다리고 있을 텐데, 어서

가지 그래요?" 아처가 빈정거렸다.

그녀는 돌아서서 종을 울렸다. 그러고는 하녀가 나타나자 이렇게 말했다. "오늘은 안 나갈 거야. 마차꾼한데 가서 후작부인을 모셔 오라고 해."

문이 닫힌 후에도 아처는 성난 눈으로 부인을 노려보았다. "왜 이런 희생을 해요? 외롭다고 했으니 난 당신이 친구들을 만나러 가는 걸 막을 권리가 없는데."

부인은 젖은 속눈썹을 내리깐 채 힘없이 웃어 보였다. "이제 외롭지 않아요. 전에는 정말 외롭고 두려웠지만, 지금은 그런 공허함과 암흑이 사라졌어요. 이제 내 마음속을 들여다보면 나는 마치 밤에도 늘 불이 켜져 있는 방에 들어가는 아이 같아요."

그 어조와 표정이 부드럽게 그녀를 감싸고 있어 감히 다가가기 어려운 상황에서, 아처는 다시 신음하듯 내뱉었다. "그게 대체 무슨 소리예요!"

"하지만 당신, 메이 말은 잘 알아듣잖아요!"

아처는 부인의 말에 얼굴을 붉히면서도 계속 그녀를 바라보았다. "메이는 나를 놔줄 생각이에요."

"그게 말이 돼요? 당신이 그애 앞에 꿇어앉아 결혼을 앞당기자고 간청한 지 사흘 만에 당신을 놔준다고요?"

"메이는 거절했어요. 그러니까 나는 떠날 권리가 있다고요."

"아, 그게 얼마나 추악한 말인지 당신이 내게 가르쳐줬어요." 부인이 말했다.

아처는 완전히 기진한 상태로 돌아섰다. 몇 시간 동안 가파른 절벽을 기어오르다가 막 정상에 올라서려는 순간 잡았던 손이 풀리며 어둠 속으로 추락하는 느낌이었다.

부인을 다시 껴안을 수 있다면 그녀의 고집을 단번에 꺾어놓을 수 있으련만, 지금 그녀의 표정과 자태에 깃든 어떤 신비로운 초연함과 그녀의 진솔함에 대해 아처 자신이 느끼는 경외감이 두 사람 사이를 가로막고 있었다. 얼마 후, 아처가 다시 입을 열었다.

"지금 말하지 않으면 나중에는 더 힘들어질 거예요. 모두에게……"

"안 돼요, 절대로 그러면 안 돼요!" 부인은 아처의 말에 겁을 먹은 듯 큰 소리로 외쳤다.

그 순간 종소리가 집안에 길게 울려퍼졌다. 마차가 집 앞에 서는 소리를 듣지 못했기에 둘은 얼어붙은 채 놀란 눈으로 서로를 바라보았다.

현관을 건너가는 나스타시아의 발소리가 들리더니 대문이 열리고, 잠시 후 그녀가 전보를 갖고 들어와 올렌스카 백작부인에게 건넸다.

"그 집 부인은 꽃을 보고 정말 기뻐했어요." 나스타시아가 앞치마를 쓸어내리며 말했다. "남편이 보낸 줄 알고 울먹이며 바보 같은 짓이라고 했어요."

부인이 빙긋 웃더니 노란 봉투를 받았다. 그러더니 쭉 뜯은 다음 램프 옆으로 걸어갔다. 문이 다시 닫히자 그녀는 아처에게 그 전보를 건네주었다.

세인트오거스틴에서 부인에게 온 전보였다. 그는 전보를 읽었다. "할머니의 전보가 주효했어요. 엄마 아빠가 부활절 직후에 아처와 결혼하래요. 뉴런드에게도 전보 보내려고요. 말할 수 없이 기뻐요. 사랑하는 동생이. 언니, 고마워요. 메이."

반시간 후, 아처가 집에 들어서자 현관 탁자에 놓인 쪽지와 편지 더미 위에 비슷한 전보가 보였다. 봉투에 든 전보는 메이 웰런드가 보낸 것이었다. 내용은 다음과 같았다. "부모님께서 부활절 다음 화요일 정오에 그레이스교회에서 결혼하래요. 신부 들러리는 여덟 명으로 할 거예요. 목사님을 만나봐요. 정말 행복해요. 메이."

아처는 그 노란색 종이를 구겨버렸다. 그렇게 하면 그 안에 담긴 내용이 사라질 것 같았다. 그러고는 떨리는 손으로 수첩을 꺼내 뒤적여봤지만 찾는 내용은 나오지 않았다. 아처는 전보를 주머니에 욱여넣고 이층으로 올라갔다.

제이니가 드레스룸 겸 침실로 쓰는 작은 방에 불이 켜져 있었다. 아처는 초조하게 방문을 두드렸다. 보라색 플란넬 잠옷을 입고 머리에 '클립을 감은' 제이니가 창백하고 근심스러운 얼굴로 문을 열었다.

"오빠, 뭔가 안 좋은 소식이야? 혹시 몰라서…… 일부러 기다리고 있었어." (제이니는 평소 그에게 온 편지를 죄다 훔쳐보았다.)

아처는 동생의 질문을 무시하고 이렇게 물었다. "제이니, 올해 부활절이 며칟날이야?"

제이니는 이 신사답지 않은 질문에 충격받은 얼굴이었다. "부활절? 오빠! 물론 4월 첫 주지. 근데 그건 왜?"

"첫번째 주?" 아처는 다시 수첩을 넘기며 빠른 속도로 날짜를 계산했다. "첫 주라고 했지?" 그러고는 고개를 젖히고 한참을 허허 웃었다.

"세상에, 대체 무슨 일이야?"

"아무것도 아냐. 그냥 내가 한 달 후에 결혼한다고."

제이니는 그의 목을 꽉 껴안고, 보라색 플란넬 잠옷 아래 가슴 쪽으로 끌어당겼다. "아, 오빠, 정말 잘됐다! 너무너무 기뻐! 그런데 오빠, 왜 그렇게 계속 웃는 거야? 조용히 해, 어머니 깨시겠어."

제2부

19

흙먼지를 일으키는 봄바람이 솔솔 부는 상쾌한 날이었다. 양가 할머니들이 색 바랜 검은담비 모피와 누렇게 변색된 흰담비 모피를 꺼내 입은 터라 제단을 둘러싼 신선한 백합 향기보다 장뇌 냄새가 더 진했다.

뉴런드 아처는 교회지기의 신호에 따라 부속실에서 나와 신랑 들러리와 함께 그레이스교회의 사제석 계단에 섰다.

그 신호는 신부와 신부 부친이 탄 브루엄 마차가 나타났다는 뜻이었지만, 그후에도 로비에서 꽤 오랫동안 여러 가지 문제에 대해 조정과 협의가 진행되었다. 로비에는 부활절 꽃처럼 차려입은 신부측 들러리들이 서성이고 있었다. 누구도 피해갈 수 없는 이 시간 동안 신랑은 이 결혼에 대한 열의의 표시로 혼자서 하객들의 시선을 감당해야 했다. 아처는 19세기 뉴욕에서의 결혼식을 인류 문명 초기의 의식처럼 만드는 결혼식의 다른 절차들과 마찬가지로 이 시간도 묵묵히 견뎌냈다. 그가 선택한 길은 모든 면이 똑같이 쉬웠다—아니, 말하기 나름이지만—똑같이 고통스러웠다. 그래서 그가 전에 들러리로서 똑같은 미로로 인도했던 신랑들과 마찬가지로, 아처도 들러리의 황망한 지시들을 경건하게 이행했다.

지금까지는 신랑이 할일을 모두 해낸 것 같았다. 흰 라일락과 은방울꽃이 어우러진 꽃다발을 여덟 명의 신부 들러리에게 시간 맞춰 보냈고, 하객 안내를 맡은 여덟 명의 친구에게 사파이어가 박힌 금 커프스 단추를 보냈으며, 신랑 들러리에게는 묘안석 넥타이핀을 보냈다. 어젯밤에는 늦게까지 남자 친구들과 전에 사귄 여자들이 보낸 선물에 답례 카드를 썼다. 주교와 목사에게 드릴 사례비 또한 들러리의 주머니에 들어 있었고, 여행 가방과 갈아입을 여행복은 결혼식 피로연이 열릴 맨슨 밍곳 부인 댁에 미리 보내둔 터였다. 신혼부부를 알려지지 않은 목적지로 싣고 갈 기차의 개인실도 예약해두었다. 갓 결혼한 신랑 신부가 첫날밤을 보낼 장소를 비밀에 부치는 것은 이 선사시대 의식에서 지켜야 하는 가장 신성한 금기 중 하나였다.

"반지는 잘 갖고 계시죠?" 들러리를 처음 서보는 터라 그 막중한 책임감에 잔뜩 긴장한 밴 더 라이든 뉴런드가 속삭였다.

아처는 그동안 자기가 들러리를 선 여러 신랑들이 그랬듯이 장갑을 끼지 않은 오른손으로 진회색 조끼의 주머니 안에 든 작은 금반지를 확인했다(반지 안쪽에는 '187X년 4월 XX일에 뉴런드가 메이에게'라고 새겨져 있었다). 그러고는 다시 자세를 바로잡고 검은 스티치가 들어간 진주색 장갑과 실크해트를 왼손에 쥔 채 교회 문을 보고 섰다.

합창석에서 들려오는 헨델의 행진곡이 모조 석재로 된 교회의 둥근 천장에 장대하게 울려퍼졌다. 그 소리를 듣자 아처는 바로 그 사제석 계단에 선 채 그 곡을 들으며 신부가 신랑을 향해 걸어오는 모습을 흐뭇하지만 별생각 없이 지켜보았던 많은 결혼식들이 기억났다.

'오페라 개막 첫날밤과 똑같구나!' 아처는 같은 박스석(아니, 교회의 가족석)에 앉은 같은 얼굴들을 내려다보며, 최후의 심판을 알리는 나팔소리가 울려퍼지는 순간에도 셸프리지 메리 부인은 여전히 보닛에다 저 높다란 타조털을 꽂고 저 자리에 앉아 있고, 보퍼트 부인 역시 같은 다이아몬드 귀걸이에 같은 미소를 띤 채 저기 저렇게 앉아 있을까 생각했다. 저세상에도 그들이 앉을 앞자리가 이미 마련되어 있을 듯했다.

그러고 나서도 앞줄에 앉은 낯익은 얼굴들을 하나하나 살펴볼 시간이 있었다. 여성들은 호기심과 흥분으로 날이 서 있었고, 남자들은 아침부터 예복을 차려입어야 한데다 결혼식 피로연에서 앞다투어 음식을 차지해야 한다는 사실 때문에 부루퉁한 표정이었다.

'피로연이 밍곳 부인 댁에서 열린다니, 좀 그렇지.' 아처는 레지 치버스가 이렇게 얘기하는 모습을 상상할 수 있었다. '하지만 러벌 밍곳이 요리는 자기 집 요리사가 해야 한다고 고집을 부렸대. 그러니 음식이 다 없어지기 전에 먹을 수만 있다면 맛은 괜찮을 거야.' 실러턴 잭슨 씨가 권위 있는 어조로 이렇게 덧붙이는 장면도 상상이 갔다. '자네도 그 얘기 들었나? 요즘 영국에서 유행하는 식으로 음식을 작은 탁자에 차린다네.'

아처는 잠시 왼쪽 가족석을 내려다보았다. 헨리 밴 더 라이든 씨의 팔을 잡고 교회에 들어온 어머니가 샹티 레이스 베일을 두르고, 할머니가 쓰던 흰담비 머프에 두 손을 넣은 채 조용히 울고 있었다.

'가여운 제이니!' 아처는 누이를 보며 생각했다. '제이니는 고개를 아무리 돌려도 앞쪽 몇 줄에 있는 사람들밖에 못 보겠군. 거의 다 촌스러운 뉴런드가와 대거넷가 사람들인데.'

양가 가족석과 하객석을 구분하는 흰 띠 바로 뒤에는 키 크고 혈색 좋은 보퍼트가 오만한 눈길로 여인들을 훑어보고 있고, 그 옆에는 은빛 친칠라 모피를 휘감고 제비꽃을 든 보퍼트 부인이 앉아 있었다. 흰 띠 저 뒤쪽에는 머리를 매끈하게 빗어 넘긴 로런스 레퍼츠가 이 결혼식을 관장하는 '격식'의 신을 경호하는 듯한 모습으로 앉아 있었다.

아처는 레퍼츠의 예리한 눈이 오늘 예식에서 얼마나 많은 흠을 잡아낼지 상상해보았다. 그러다 문득, 전에는 아처 자신도 그런 걸 중시했다는 사실이 떠올랐다. 지금까지 그의 나날을 채웠던 많은 것들이 이제 아이들 소꿉장난이나, 아무도 알아들을 수 없는 중세 신학자들의 형이상학적 논쟁처럼 느껴졌다. 바로 몇 시간 전, 결혼 선물의 '공개' 여부를 둘러싸고 치열한 언쟁이 벌어졌다. 그런데 아처로서는 다 큰 어른들이 그렇게 사소한 문제를 놓고 그토록 흥분했다는 것도 이해가 안 갔고, 격분한 웰런드 부인이 눈물바람을 하며 "그러느니 차라리 집으로 기자들을 부르겠다"며 선물 공개는 절대로 안 된다고 해서 공개하지 않는 쪽으로 결판이 난 것도 이상하게 느껴졌다. 그러나 아처 자신도 전에는 그런 문제에 대해 늘 확고하고 적극적인 의견을 갖고 있었고, 이 작은 뉴욕 사교계의 예절이나 관습과 관련된 모든 것이 말할 수 없이 중요하다고 생각했었다.

'그런데 그런 순간에도 어딘가에선 진짜 인간들이 진짜 인생을 살고 있었겠지……' 아처는 생각했다.

"저기 옵니다!" 들러리가 숨가쁘게 속삭였지만, 아처는 좀더 기다려야 한다는 걸 알고 있었다.

교회 문이 천천히 열린 것은 (교회지기 역할을 겸하느라 검은 옷을 입은) 마차 대여업자인 브라운 씨가 신부 일행을 모시기 전에 교회 안을 살펴보고 있다는 뜻이었다. 이윽고 교회 문이 살짝 닫히더니 잠시 후 장엄하게 열렸다. "가족 입장이야!" 하객들이 수런거렸다.

먼저 웰런드 부인이 장남의 팔짱을 끼고 입장했다. 그녀의 붉은 기가 도는 큰 얼굴은 진지했고, 하객들은 옆면에 연푸른색 천을 댄 그녀의 진보라색 새틴 드레스와 푸른 타조 깃털이 달린 작은 새틴 보닛이 마음에 드는 눈치였다. 하지만 그녀가 새틴 바스락거리는 소리를 내며 아처 부인 건너편에 있는 가족석에 자리를 잡기도 전에, 하객들은 다음으로 누가 들어오나 보려고 목을 쭉 뺐다. 그 전날, 맨슨 밍곳 부인이 불편한 노구를 이끌고 결혼식에 참석할 거라는 황당한 소문이 나돌았기 때문이다. 부인의 씩씩한 성격을 알기에 클럽에서는 다들 과연 그녀가 교회 통로를 걸어서 좁은 가족석에 앉을 수 있을지 온갖 추측이 난무했다. 부인이 목수를 보내 신도석 맨 앞줄의 판을 떼고 의자와 앞면 사이의 거리를 재보겠다고 고집을 부린 일은 이미 알려져 있었다. 하지만 결과는 부정적이었고, 그날 가족들은 거대한 배스 의자*에 앉아 교회 통로를 가로질러 사제석 계단 옆에 자리를 잡으면 어떨까 궁리하는

---

* 영국의 휴양도시 배스의 이름을 딴 의자로, 덮개를 씌우고 바퀴를 달아 말이 끌거나 하인이 밀도록 했다.

부인 때문에 초조한 하루를 보냈다.

밍곳 부인의 몸이 사람들 눈앞에 노골적으로 드러나게 된다는 건 생각만 해도 너무 괴로웠기 때문에, 어떤 예리한 사람이 교회 문에서 도로까지 쳐놓은 차일 쇠기둥들의 간격이 너무 좁아서 부인의 배스 의자가 지나갈 수 없다는 사실을 지적했을 때 가족들은 그 사람의 몸을 순금으로 휘감아주고 싶을 만큼 고마웠다. 부인은 이 차일을 아예 걷어낼 궁리도 해봤지만, 그렇게 하면 차일 연결부에 조금이라도 더 가까이 오려고 교회 밖에서 아우성치는 재봉사들과 신문기자들에게 신부를 그대로 노출시키는 꼴이라 아무리 용감한 캐서린 노부인일지라도 그럴 배포는 없었다. "어머, 그러면 그 사람들이 우리 애 사진을 찍어서 신문에 실을 수도 있잖아요!" 밍곳 부인의 마지막 계획을 듣고 난 웰런드 부인이 소리쳤다. 생각할 수도 없는 이 상스러운 장면을 떠올리며 온 식구가 부르르 치를 떨었고, 노부인은 대신 피로연은 자기 집에서 연다는 조건하에 그 계획을 포기할 수밖에 없었다. (워싱턴스퀘어의 소식통이 말했듯이) 교회에서 가까운 웰런드가 대신 아주 멀리 떨어진 밍곳 부인의 저택까지 하객들을 실어나르기 위한 특별 요금을 브라운 씨와 협상하는 일이 어려웠음에도 말이다.

실러턴 잭슨과 그 누이를 통해 이 모든 사실을 듣고 난 후에도 일부 호기로운 축들은 캐서린 밍곳이 교회에 나타날 수도 있다는 소신을 버리지 않았는데, 그녀 대신 며느리가 나타나자 분위기가 눈에 띄게 썰렁해졌다. 러벌 밍곳 부인은 그 연령대의 여인들이 새 옷을 입을 때마다 겪는 고생 때문에 얼굴이 붉게 상기되고 눈빛은 흐리멍덩했다. 하지만 밍곳 부인이 나타나지 않은 데서 온 실망이 가라앉자 다들 부인의 연보라색 새틴 드레스에 달린 검은 샹티 레이스와 파르마 제비꽃으로 장식한 보닛이 보라색과 푸른색으로 차려입은 웰런드 부인과 멋진 대비를 이룬다고 칭찬했다. 하지만 밍곳 씨의 팔을 잡고 뽐내듯 걸어들어온 수척한 여인은 그와 정반대의 인상을 주었다. 줄무늬 옷에 술 장식, 휘날리는 스카프로 요란하게 꾸민 이 여인이 나타나자 아처는 심장이 꽉 오그라들다가 박동을 멈추는 느낌이었다.

그는 맨슨 후작부인이 아직 워싱턴에 있는 줄 알았다. 부인과 올렌스카 백작부인은 사 주 전 뉴욕을 떠났다. 백작부인이 청산유수 같은 애거선 카버 박사의 언변으로부터 고모를 지키고 싶어 그랬다는 소문이었다. 맨슨 부인은 '사랑의 계곡'에 가입하라는 박사의 회유에 거의 넘어간 상태였다. 상황이 그렇다보니 이들이 결혼식에 참석할 가능성은 별로 없어 보였다. 아처는 잠시 이 특이한 차림의 메도라를 응시하다가 그녀 뒤에 누가 걸어오고 있는지 살펴보았다. 하지만 행렬은 거기서 끝이었다. 다른 가족들은 이미 자리에 앉아 있었고, 하객 안내를 맡은 여덟 명의 키 큰 청년들이 이동을 준비하는 철새나 곤충처럼 옆문을 통해 떼 지어 들어오고 있었다.

"뉴런드, 신부가 도착했어요!" 들러리가 속삭였다.

아처는 퍼뜩 정신이 들었다.

심장박동이 멈춘 후 꽤 오랜 시간이 흐른 듯했다. 주교, 목사, 흰옷을 입은 조수 두 명이 꽃으로 덮인 제단에 올라와 있고, 흰색과 분홍색으로 차려입은 아가씨들이 통로를 반쯤 통과한 가운데 슈포어* 교향곡의

---

* 독일의 작곡가이자 바이올리니스트, 지휘자.

첫 소절이 신부 앞에 꽃 같은 음을 흩뿌리고 있었다.

눈을 뜨자(그런데 정말 그가 생각한 대로 눈을 감고 있었던 걸까?), 심장이 다시 뛰기 시작했다. 음악, 제단 위에 놓인 백합 향기, 점점 더 가까이 다가오는 튤과 오렌지꽃으로 된 구름, 갑자기 기쁨의 눈물을 쏟는 아처 부인의 얼굴, 목사님의 나지막한 축언, 각각 여덟 명으로 이루어진 분홍색 옷차림의 신부 들러리와 검은색 옷차림의 하객 안내자들의 정연한 움직임. 원래는 너무도 친숙하지만 이제 완전히 낯설고 무의미하게 느껴지는 이 모든 광경, 소리, 감각이 그의 머릿속에서 어지럽게 뒤섞였다.

'이런, 반지를 제대로 챙겼던가?' 아처는 갑자기 당황한 나머지 신랑들이 으레 그러듯 허둥지둥 반지를 확인했다.

그리고 다음 순간, 메이가 옆에 와 섰다. 너무도 눈부신 그녀의 모습에 그는 뻣뻣하게 굳은 상태에서도 약간의 온기를 느꼈다. 아처는 자세를 바로잡고 웃음 띤 눈으로 그녀의 눈을 마주보았다.

"여러분, 오늘 우리는······" 목사가 입을 열었다.

메이의 손에 반지가 끼워지고, 주교가 축복을 하고, 신부 들러리들이 행진을 시작할 채비를 하고, 오르간이 멘델스존의 결혼행진곡을 힘차게 울릴 준비를 했다. 뉴욕의 신혼부부들은 모두 이 곡에 맞춰 행진을 시작했다.

"팔짱, 신부랑 팔짱 껴야죠!" 들러리가 초조한 어조로 속삭였다. 아처는 다시 한번 엉뚱한 생각에 빠져 있었음을 깨달았다. 왜 그처럼 딴생각에 빠지게 됐는지 의아했다. 통로의 낯선 하객들 사이로, 모자 아래 늘어진 갈색 곱슬머리가 눈에 띄었기 때문인지도 몰랐다. 조금 뒤 드러난 얼굴은 코가 긴 낯모를 여인의 것이었는데, 그녀로 인해 떠올리게 된 사람과는 너무 다른 모습이라 아처는 헛것을 보는 느낌마저 들었다.

이제 아처와 그의 부인은 멘델스존의 경쾌한 음악에 맞추어 천천히 교회 통로를 걸어가고, 활짝 열린 교회 문 밖에서 맑은 봄볕이 그들을 불렀다. 차일 끝에는 이마에 커다란 흰색 장식을 단 웰런드 부인의 밤색 말들이 가볍게 뛰며 멋진 모습을 뽐내고 있었다.

말들보다 더 큰 장식을 깃에 단 마부가 메이에게 흰 망토를 둘러주었고, 아처는 브루엄 마차에 올라 그녀 옆자리에 앉았다. 메이가 아처를 바라보며 흐뭇한 미소를 짓더니 베일 아래서 그의 손을 꼭 쥐었다.

"메이!" 아처가 그녀에게 속삭였다. 하지만 돌연 눈앞에 시꺼면 심연이 입을 벌렸고, 아처는 밝은 어조로 메이에게 이런저런 말을 늘어놓으면서도 그 심연 속으로 점점 더 깊이 빠져드는 느낌이었다. "맞아, 정말 반지를 잃어버린 줄 알았어. 불쌍한 신랑들은 결혼식 때 누구나 그런 걱정을 할 거야. 그런데 당신이 정말 오래 있다 나타났잖아! 그래서 기다리는 동안 별의별 걱정을 다 했지."

그러자 메이는 아처를 향해 돌아앉았더니 놀랍게도 5번 애비뉴 한복판에서 그의 목을 껴안고 이렇게 속삭였다. "하지만 우리 둘이 같이 있는 한 앞으로는 그 어떤 일도 일어나지 않을 거예요. 그렇죠, 뉴런드?"

모든 것이 완벽하게 준비된 덕에 피로연이 끝난 뒤 두 사람은 여유 있게 여행복으로 갈아입고, 웃고 있는 신부 들러리들과 눈물짓는 부모들이 서 있는 밍곳가의 널찍한 흰 계단을 걸어내려가 전통에 따라 쌀과 새틴 슬리퍼 세례를 받으며 브루엄 마차에 올랐다. 그러고도 반시간이 남아 둘은 역까지 마차를 타고 간 뒤, 여행깨나 한 사람들처럼 구내 서점에서 이번주 주간지를 사 들고 예약된 칸막이 객실에 앉았다. 객실에는 메이의 하녀가 이미 비둘기색 여행 망토와 런던에서 배송된 반짝이는 새 화장품 가방을 갖다놓은 터였다.

라인벡에 사는 뒤락 집안의 나이든 숙모들이 신혼부부에게 집을 빌려주었다. 그사이 본인들은 아처 부인 집에 묵으며 일주일 동안 뉴욕을 구경할 생각이었다. 아처는 결혼한 사람들이 다들 투숙하는 필라델피아나 볼티모어 호텔의 '신혼부부 특실'에 가지 않아도 된다는 게 마음에 들어서 말이 나오자마자 얼른 좋다고 했다.

메이는 시골로 신혼여행을 간다는 사실에 무척 들떠 있었고, 여덟 명의 신부 들러리가 비밀에 부쳐진 숙소의 위치를 알아내려고 열심히 머리를 굴리는 걸 보며 아이처럼 즐거워했다. 시골에 있는 집을 빌리는 것은 '아주 영국적인' 일로 여겨졌기에, 그해 뉴욕에서 거행된 결혼식 중 최고라는 평을 받은 예식 후에 그곳에 가는 건 특별한 이 결혼을 더 특별하게 만들어주었다. 하지만 그 집의 위치는 신랑 신부의 부모 외에는 누구도 알 수 없었다. 사람들이 거기가 어딘지 물을 때마다 세 사람은 입을 오므리며 이렇게 둘러댔다. "아, 우리도 못 들었어요……" 그 말은 사실이었다. 말 안 해도 이미 알고 있었기 때문이다.

그들이 객실에 자리잡은 후 기차는 푸른 숲들이 우거진 교외를 벗어나 연한 빛의 봄 풍경 속으로 달렸다. 메이와의 대화는 생각보다 쉬웠다. 그녀는 전과 똑같이 단순한 표정과 어조로 결혼식 때 있었던 이런저런 일에 대해 얘기하면서 아처의 의견을 물었고, 마치 하객 안내인 역할을 맡은 신랑측 친구와 얘기하는 신부 들러리처럼 객관적인 입장을 견지했다. 아처는 처음에는 그녀가 떨리는 마음을 감추기 위해 일부러 그렇게 남의 애기 하듯 말하는 줄 알았는데, 티 없이 맑은 눈빛을 보니 정말 아무것도 모르는 눈치였다. 남편과 처음으로 단둘이 있게 된 이 순간, 메이에게 아처는 평소와 다름없이 상냥한 친구일 뿐이었다. 그녀에게 아처는 세상에서 제일 좋아하고 가장 믿음직한 사람이었고, 약혼과 결혼이라는 이 즐거운 모험에서 가장 멋진 '사건'은 바로 그와 단둘이서 어른처럼, 아니 '유부녀'처럼 여행을 떠나는 것이었다.

세인트오거스틴의 스페인 포교소 정원에서도 느꼈지만, 그렇게 깊은 감정과 상상력의 부재가 공존할 수 있다는 것이 놀라웠다. 하지만 그때도 메이는 근심거리를 털어내자마자 바로 자기 생각을 제대로 표현하지 못하는 어린애 같은 모습으로 돌아가지 않았던가. 아처가 볼 때 그녀는 아마 평생 무슨 일이 일어날 때마다 최선을 다해 대처할 테지만, 정말 한순간이라도 과거를 돌아보고 앞날을 예측한다든가 하는 일은 결코 없을 터였다.

메이의 눈빛이 그토록 투명하고, 그녀의 얼굴이 한 개인이라기보다 하나의 유형을 나타내는 것처럼 보이는 까닭은 아마 삶에 대한 그런 무의식 때문이리라. 그녀는 마치 공공의 가치*나 그리스 여신의 모델로 선택된 사람 같았다. 깨끗한 피부 바로 밑을 흐르는 그녀의 피는 시간의 흐름에 따라 죽어가는 생명의 액체가 아니라 방부제일 수도 있다. 하지만 영원히 젊을 것처럼 청순한 얼굴 덕분에 그녀는 냉정하거나 아둔한 게 아니라 순진하고 순수해 보였다. 이런 생각에 빠져 있던 아처

---

* 자유, 애국심 등 도시, 주, 국가의 근본적인 가치를 상징하는 여인상들로 주로 부조나 환조의 형태로 제작·설치되었다.

는 갑자기 자신이 전혀 모르는 사람같이 놀란 눈으로 메이를 바라보고 있음을 깨닫고, 결혼식 피로연과 그 행사 내내 모든 걸 좌지우지하던 밍곳 노부인을 떠올렸다.

메이는 신이 나서 결혼식 이야기를 늘어놓았다. "그런데 저는 메도라 이모가 와서 정말 놀랐어요. 당신도 놀랐죠? 엘런 언니 편지에는 둘 다 몸이 안 좋아서 결혼식에 못 올 거라고 쓰여 있었거든요. 이모 말고 언니가 나왔으면 좋았을 텐데! 언니가 보내준 그 정교한 앤티크 레이스 봤어요?"

아처는 이 순간이 결국에는 올 것임을 알았지만, 그래도 막연히 힘이나 의지로 막아낼 수 있을 줄 알았다.

"그러게—글쎄—그래, 정말 예쁘더군." 아처는 멍한 눈으로 메이를 보며 대답했다. 그 이름을 들을 때마다 자신이 공들여 쌓아올린 세계가 카드로 만든 집처럼 와르르 무너질 것만 같았다.

"피곤하지 않아? 도착해서 차를 좀 마실 수 있으면 좋을 텐데. 숙모님들이 모든 걸 완벽하게 준비해놨을 거야." 아처가 메이의 손을 잡으며 말했다. 그러자 메이는 곧바로 보퍼트 부부가 선물한 볼티모어 은 다기 세트에 대해 얘기하기 시작했다. 러벌 밍곳 외삼촌이 준 은쟁반 및 접시들과 너무도 잘 '어울린다'는 것이었다.

아름다운 봄날 저녁, 두 사람은 라인벡역에서 내려 밴 더 라이든 부부가 보낸 마차가 있는 곳을 향해 승강장을 나섰다.

"아, 정말 친절하시네! 스카이터클리프에서 여기까지 마차를 보내주시다니!" 아처가 말했다. 평복을 입은 하인이 다가와 하녀가 들고 있는 여행 가방을 받았다.

"정말 송구스럽습니다만, 뒤락 양 댁에 작은 문제가 생겼습니다. 어제부터 수조가 좀 샌다고 합니다. 밴 더 라이든 씨가 오늘 아침에 그 얘기를 들으시고 '퍼트룬의 집'을 청소하라고 하녀를 기차로 보내셨습니다. 그 댁에 머물면 아주 편안하실 겁니다. 뒤락 양께서 댁의 요리사를 보내놓으셨으니 라인벡에 계시는 것과 똑같을 겁니다." 하인이 말했다.

아처가 멍하니 서 있자 하인은 한층 더 미안한 어조로 아까 한 말을 되풀이했다. "장담하지만, 거기 머무시는 거랑 완전히 똑같을 겁니다……" 그러자 메이가 어색한 침묵을 깨고 열성적인 목소리로 말했다. "라인벡과 똑같을 거라고요? '퍼트룬의 집'이요? 아마 몇백 배 나을 거예요. 안 그래요, 뉴런드? 밴 더 라이든 씨가 그런 생각을 하셨다니, 정말 자상하고 친절한 분이시네요."

하녀와 마부가 앞에 앉고, 앞좌석에 매끈한 여행 가방을 싣고 출발한 후에도 메이는 들뜬 어조로 이야기를 계속했다. "정말 기대돼요. 난 한 번도 가본 적 없는데, 당신은 그 집에 들어가봤어요? 밴 더 라이든 씨 부부는 그 집을 거의 안 보여준다던데. 그런데 엘런 언니는 한 번 들어가봤던지 아주 작고 예쁜 집이라면서, 미국에서 본 집 중에서 들어가 살면 완벽하게 행복할 거라는 생각이 드는 집은 그 집뿐이라고 했어요."

"그래, 우리는 앞으로 완벽하게 행복할 거야, 그렇지?" 아처가 명랑하게 대답하자 메이가 소년처럼 씩 웃었다. "아, 이렇게 된 거 보면 우리의 행운이 시작되나봐요. 우리 둘이 앞으로 누리게 될 놀라운 행운이."

20

"카프리 부인과 당연히 식사해야지." 아처가 말하자 아침 식탁에 놓인 거창한 브리타니아 식기* 저쪽에 앉은 메이가 초조한 나머지 이마를 찌푸리며 남편을 건너다보았다.

줄곧 비만 내리는 황야 같은 가을의 런던에서 뉴런드 아처 부부가 아는 사람은 딱 둘뿐이었다. 그런데도 외국에 갔을 때 단지 아는 사이라는 이유만으로 찾아가는 것은 '점잖지 못하다'는 옛 뉴욕 사교계의 전통에 따르느라 그들과의 만남을 끈질기게 피하고 있었다.

아처 부인과 제이니 역시 유럽 여행 동안 이 원칙을 철저히 고수하느라 다른 여행객들이 조금이라도 친한 척을 해오면 철벽 방어를 하는 바람에 호텔이나 기차역 직원들 말고는 어떤 '외국인'과도 말을 섞지 않는 기록을 세울 지경이었다. 미국인에게는 전에 알고 지냈거나 집안이 괜찮은 사람들 말고는 되레 더 냉랭하게 대했다. 그 결과, 유럽을 여행한 몇 달 동안 모녀는 치버스나 대거넷, 밍곳가 사람들을 마주칠 때 말고는 그 누구와도 말을 섞지 않고 매일 둘이서만 얘기를 나누었다. 하지만 아무리 경계해도 소용없는 경우도 있다. 보첸**에 있던 어느 날 밤, 복도 맞은편 방에 묵고 있는 두 영국 여인(제이니는 이들의 이름, 옷차림, 사회적 지위를 이미 훤히 꿰고 있었다) 중 하나가 문을 두드리더니 리니먼트 약이 혹 있느냐고 물었다. 다른 여인, 이 불청객의 언니인 카프리 부인이 갑자기 기관지염 발작을 일으켰다고 했다. 아처 부인

* 주석, 구리, 안티몬 등을 합금해 만든 내구성 좋은 식기.
** 오스트리아령이었다가 1919년 이탈리아령이 된 볼차노의 독일명.

은 원래 어디를 가든 상비약을 모두 갖고 다니는지라 다행히 기관지염에 맞는 약을 찾아줄 수 있었다.

그날 카프리 부인은 상태가 심각했고 동생인 할 양과 단둘이 여행중이었기 때문에, 아처 부인과 제이니가 아주 적절한 약들을 내주고 하녀를 보내 병이 나을 때까지 시중들게 한 일을 깊이 고마워했다.

보첸을 떠날 때 아처 모녀는 이 두 사람을 다시 만나리라고는 꿈에도 생각지 못했다. 아처 부인이 볼 때는 우연히 도와준 '외국인'이 만나자고 해서 덥석 응하는 건 너무도 '점잖지 못한' 일이었다. 하지만 카프리 부인과 할 양은 그런 생각은 해본 적도 없고, 누가 그런 말을 하더라도 통 이해가 안 됐을 터였다. 이들은 보첸에서 그토록 큰 덕을 베풀어준 '상냥한 미국인들'에게 평생 잊지 못할 은혜를 입었다고 생각했다. 그래서 아처 모녀가 유럽으로 여행을 올 때마다 기회만 있으면 모녀를 만나러 왔고, 두 사람이 미국에서 오거나 돌아갈 때 그야말로 귀신같은 솜씨로 런던에 묵는 날짜를 정확히 알아내서 반드시 만나곤 했다. 그러다보니 두 집안은 아주 친밀한 사이가 되었고, 아처 모녀가 런던에 도착해서 브라운스호텔에 들어가면 언제나 자기들과 똑같이 워디언 케이스에 양치식물을 기르고, 마크라메 레이스를 뜨고, 번슨 남작부인*의 회고록을 읽고, 런던의 저명한 목사들에 대해 나름의 견해를 지닌 다정한 두 친구가 벌써 와서 기다리고 있었다. 아처 부인의 말마따나 카프리 부인과 할 양 덕분에 런던은 '특별한 곳'이 되었고, 뉴런드가 약혼할 때쯤에는 두 집안이 정말 각별한 사이가 되었기에 이들에게 청첩장을

---

* 웨일스 출신의 수채화가 겸 작가로, 영국 주재 독일대사의 부인이었다. 그녀의 회고록들은 1868년부터 1879년까지 출간되었다.

보내는 건 '당연한 일'로 여겨졌다. 결혼식 때 카프리 부인과 할 양은 알프스산맥에서 채취해 건조시킨 꽃들을 표구해서 보냈다. 뉴런드 부부가 영국행 배에 오를 때 아처 부인이 마지막으로 한 말도 "메이랑 같이 카프리 부인을 꼭 찾아뵈어야 해"였다.

뉴런드 부부는 그럴 생각이 전혀 없었지만, 언제나 그랬듯이 이번에도 역시 카프리 부인은 귀신같은 솜씨로 두 사람의 일정을 정확히 알아내 식사에 초대했다. 메이 아처가 차와 머핀을 앞에 두고 이마를 찌푸리고 있는 것은 이 초대 때문이었다.

"뉴런드, 당신은 그분들을 아니까 아무 문제 없겠죠. 하지만 저는 일면식도 없는 사람들을 만나면 정말 거북할 것 같아요. 뭘 입어야 할지도 문제고."

뉴런드는 의자에 등을 기대며 빙긋 웃었다. 오늘 메이는 그 어느 때보다 예쁘고 완전히 달의 여신 같은 모습이었다. 영국의 습한 공기 때문인지 볼의 홍조가 더 짙어지고, 처녀답게 살짝 각진 이목구비도 한결 부드러워져 있었다. 얼음장 아래서 빛나는 등불처럼 마음속의 행복감이 번져나오는 것일 수도 있었다.

"뭘 입을지 모르겠다고? 지난주 파리에서 그렇게 많이 왔는데?"

"네, 맞아요. 그중에서 어떤 걸 입어야 할지 모르겠다는 거죠." 메이가 볼멘소리로 대답했다. "런던에서는 나가서 저녁 먹은 적이 없어서. 어떤 옷을 입어야 좋을지 감이 안 와요."

아처는 아내의 심정을 이해해보려고 애썼다. "런던 여자들도 저녁 외출 때 다른 나라 사람들하고 똑같이 입고 다니지 않나?"

"뉴런드! 런던 여자들이 오래된 무도회 드레스에 모자도 안 쓰고 오페라에 가는 걸 보고도 그런 말을 해요?"

"흠, 그럼 새 무도회 드레스는 집에서만 입나? 그래도 어쨌든 카프리 부인이랑 할 양은 그러지 않을 거야. 두 분은 우리 어머니처럼 테 없는 모자에, 아주 부드러운 숄을 두르실 것 같은데."

"맞아요. 그런데 다른 여인들이 어떤 옷을 입을지, 그게 문제죠."

"당신만큼 멋지게 입은 여자는 없을 거야." 아처는 메이가 왜 갑자기 제이니처럼 옷에 그토록 병적인 관심을 갖게 됐는지 궁금했다.

메이는 한숨을 내쉬며 의자를 뒤로 밀었다. "고맙지만, 그런 말은 별 도움이 안 돼요."

그 순간 아처의 머릿속에 기막힌 생각이 떠올랐다. "웨딩드레스 입으면 어때? 그러면 실수할 일 없겠지, 안 그래?"

"아, 그렇네요! 그 옷이 있으면 좋을 텐데! 하지만 겨울에 입으려고 저번에 파리로 수선 보냈는데 워스*가 아직 안 보냈어요."

"아, 그렇군……" 아처가 자리에서 일어섰다. "저것 봐. 안개가 걷히고 있어. 서두르면 가는 길에 내셔널갤러리에 들러서 그림을 좀 볼 수도 있겠어."

뉴런드 아처 부부는 메이가 친구들에게 보낸 편지에서 '황홀하다'고 모호하게 묘사한 세 달간의 신혼여행을 마치고 귀국하는 길이었다.

두 사람은 이탈리아의 호숫가에 가지 않았다. 지금 생각해보니 아처는 메이가 그곳에 있는 장면을 상상할 수 없었다. (파리의 양장점을 돌

---

* 찰스 프레더릭 워스. 영국 출신의 디자이너로, 파리에서 귀족 여성과 유명인이 즐겨 찾는 양장점을 운영했다.

며 한 달을 보낸 뒤) 그녀가 원한 것은 7월에는 등산, 8월에는 수영이었다. 둘은 이 계획을 충실히 실천에 옮겼다. 그래서 7월은 인터라켄과 그린델발트에서, 8월은 누군가가 예스럽고 조용하다며 추천한 노르망디 해변의 에트르타라는 작은 도시에서 보냈다. 아처는 산속에서 한두 번 "이탈리아는 저쪽이야" 하며 남쪽을 가리켰고, 메이는 용담꽃 덤불 속에 선 채 밝게 웃으며 대답했다. "내년 겨울에 당신 시간이 되면 거기 가보면 좋겠어요."

하지만 실제로 메이는 아처가 생각했던 것보다 더 여행에 관심이 없었다. (일단 옷을 다 맞추고 나서는) 산보, 승마, 수영, 새로 흥미를 갖게 된 론테니스를 즐길 기회로 여길 뿐이었다. 그리고 드디어 (아처의 옷을 맞추기 위해 보름 동안 머물) 런던으로 돌아갈 때가 되자 한시라도 빨리 배에 오르고 싶은 눈치였다.

런던에서는 극장과 상점에만 관심을 보였는데, 극장조차 파리에서 본 카페 샹탕*보다 재미없는 모양이었다. 꽃이 만발한 마로니에가 줄지어 선 샹젤리제에서 메이는 레스토랑 테라스에 앉아 '논나니들'로 이루어진 청중을 내려다보며, 아처가 점잖은 신부가 들어도 될 만한 부분만 번역해주는 노래 가사를 듣는 새로운 경험을 했던 것이다.

그사이 아처는 결혼에 대해 전부터 갖고 있던 전통적인 견해를 다시 받아들였다. 자유롭던 총각 시절에 공상해본 이론들을 실천하는 것보다 전통에 따라 다른 친구들이 부인을 대하는 방식 그대로 메이를 대하는 게 훨씬 편했기 때문이다. 자신이 자유롭지 못하다는 사실을 꿈에

---

* 콘서트가 열리는 카페.

도 모르는 아내를 해방시키려고 애쓰는 건 쓸데없는 짓이었다. 게다가 메이는 자유를 가졌다 해도 그것을 남편을 섬기는 데 바칠 사람임을 아처는 이미 오래전에 알았다. 원래 고상한 사람인지라 자신의 자유를 비굴하게 바치지는 않을 테고, (전에도 한 번 그랬지만) 아처를 위해서라고 생각되면 그 자유를 다 거둬갈 힘을 발견하는 날이 올 수도 있었다. 하지만 결혼에 대해 아주 단순하고 상식적인 개념을 가진 메이로서는 아처 쪽에서 뭔가 엄청난 잘못을 저지르지 않는 한 그런 위기가 닥칠 리 없었고, 남편에 대한 그녀의 애정을 생각하면 그런 일은 생각할 수도 없었다. 어떤 일이 일어나든 메이는 늘 충실하고, 상냥하고, 너그러울 터였다. 그러니 아처 역시 그런 남편이 되어야만 했다.

상황이 이렇다보니 아처는 자연히 예전의 사고방식으로 돌아갔다. 메이의 단순함이 옹졸함에서 나온 거라면 짜증스럽고 반감이 들었겠지만, 그녀는 얼굴은 물론 마음도 맑았기에 아처는 아내를 전부터 자신이 존중하고 지켜온 모든 전통의 수호신으로 생각했다.

그런 성격 때문에 메이는 아내로서는 참 편하고 좋았지만, 외국 여행을 같이 즐기기에는 적합하지 않았다. 하지만 뉴욕으로 돌아간 후에는 아무 문제 없을 듯했다. 예술적이고 지적인 생활은 전에도 그랬듯이 가정 밖에서 이어가면 될 테고, 집에서는 모든 게 편하고 여유로울 테니 자신이 억압받을 일은 없을 것 같았다. 아내에게 돌아가는 일이 탁 트인 곳을 활보하다가 갑갑한 방으로 들어가듯 느껴지지도 않으리라. 그리고 아이들이 태어나면 각자의 삶에서 비어 있던 구석들까지 온전히 채워질 터였다.

천천히 달리는 마차를 타고 메이페어에서 카프리 부인과 할 양이 사는 사우스켄싱턴까지 가는 긴 시간 동안 아처는 이런 생각에 잠겨 있었다. 아처 역시 할 수만 있다면 이 '지인들'의 환대를 피하고 싶었다. 아처가 사람들이 다 그렇듯이 여행중에는 동반객의 존재는 오만하게 무시한 채 그저 방관자로서 경치나 구경하고 싶었기 때문이다. 평생 딱한 번, 하버드 졸업 직후 피렌체에 갔을 때, 유럽에 사는 특이한 미국인들과 어울려 몇 주 간 즐거운 시간을 보낸 적이 있었다. 밤새도록 궁전에서 귀족 여인들과 춤추고, 낮에는 반나절을 상류층 한량이나 멋쟁이들과 도박하며 보냈다. 그런데 그런 생활은 참 즐겁기는 했지만 사육제처럼 어쩐지 비현실적으로 느껴졌다. 아주 복잡한 연애를 즐기면서 아무에게나 그 사연을 털어놓는 특이한 코즈모폴리턴 여자들, 그 여자들의 연애 상대가 되거나 그 이야기를 들어주는 멋진 청년 장교들, 머리를 염색한 초로의 재사士들은 아처가 보고 자란 사람들과 너무 달랐고, 비싸면서 고약한 냄새가 나는 온실 속 외래 화초 같아서 얼마 안 가 그 매력을 잃고 말았다. 그런 사람들에게 아내를 소개하는 건 있을 수 없는 일이었고, 신혼여행 동안 아처에게 특별한 관심을 보인 사람도 딱히 없었다.

런던에 도착한 지 얼마 안 됐을 때 길에서 세인트오스트리 공작과 마주친 적이 있는데, 공작은 한눈에 알아보고 아주 반가워하면서, "한번 찾아오게, 꼭!"이라고 말했다. 하지만 점잖은 미국인이라면 절대 그런 말을 행동으로 옮기지 않을 터였기에, 그 말은 인사치레로 끝났다. 아처 부부는 은행가와 결혼해 요크셔에서 내내 살고 있는 메이의 이모와도 만나지 않았다. 사교 시즌에 런던에 나타나면 그들처럼 잘 모르는 친척들에게 주제넘은 속물로 보일까봐 두 사람은 일부러 가을에야 영국으로 출발했다.

"이 시기에 런던은 황무지나 마찬가지니까 오늘 카프리 부인 댁에 가면 아무도 없을 거야. 그러니 그렇게까지 예쁘게 입지 않아도 돼." 아처가 마차 옆자리에 앉은 메이에게 말했다. 가장자리에 백조 솜털을 두른 하늘색 망토를 입은 그녀는 너무도 아름다워서 런던의 매연에 노출시키는 게 죄스러울 정도였다.

"우리 미국인들이 야만인처럼 입는다는 오해를 주기 싫어서요." 포카혼타스가 들으면 분개할 만큼 경멸적인 어조로 메이가 대답했다. 아처는 가장 세속의 때가 덜 묻은 미국 여성들조차 품고 있는 옷차림의 사회적 이점에 대한 종교적 숭배에 다시 한번 놀라움을 금치 못했다.

'여자들에게 옷은 갑옷 같은 거야. 미지의 것에 대한 방어와 거부의 수단이지.' 아처는 생각했다. 그러자 자기 혼자서는 남편의 눈을 즐겁게 해주기 위해 머리에 리본 하나 못 매는 메이가 진지하게 그토록 많은 옷을 고르고 주문한 이유를 이제야 알 것 같았다.

카프리 부인 댁에 도착해보니 손님이 정말 몇 명 안 됐다. 길고 썰렁한 응접실에는 부인과 동생 이외에, 숄을 두른 어떤 부인과 그 남편인 상냥한 목사, 부인의 조카라는 과묵한 청년, 청년의 가정교사라는 생기 넘치는 눈매의 작고 까무잡잡한 남자뿐이었다. 부인은 그 남자의 프랑스어 이름을 알려주었다.

참석자들의 얼굴이 흐릿하게 보이는 어둑한 응접실에서 메이는 석양에 물든 백조처럼 눈부시게 빛났다. 그녀는 그 어느 때보다도 크고 아름다워 보였고, 옷이 부스럭거리는 소리도 더 또렷이 들리는 것 같았다. 아내의 얼굴이 그처럼 발그레하고 옷을 부스럭거리는 것은 어린애처럼 심하게 수줍음을 타기 때문이었다.

'대체 무슨 얘기를 해야 하죠?' 메이는 완전히 당황한 채 애처로운 눈길로 남편을 바라보았고, 손님들은 눈부신 그녀를 보며 똑같은 불안감에 빠져 있었다. 하지만 아름다운 여인은 불안에 떠는 순간에도 남자들의 마음속에 용기를 불어넣는 법이어서, 목사와 프랑스어 이름을 지닌 가정교사는 그녀의 마음을 편하게 해주려고 열심히 노력했다.

하지만 두 사람이 아무리 애써도 분위기는 살아나지 않았다. 아처가 보기에 메이는 외국인들에게 편한 인상을 주느라고 뉴욕 사람들이나 아는 얘기를 계속하고 있었고, 그 결과 손님들은 그녀의 미모에 감탄하긴 했지만 그녀가 하는 말에 제대로 대꾸하지는 못했다. 결국 목사는 얼마 안 가 대화를 포기했다. 하지만 가정교사는 아주 멋지고 유창한 영어로 그녀에게 계속 말을 건넸다. 이윽고 숙녀들이 이층 응접실로 물러나자 다들 안도의 한숨을 내쉬었다.

목사는 포트와인을 한 잔 마시더니 모임이 있다며 서둘러 나갔고, 병색이 감도는 수줍은 조카는 자러 올라갔다. 하지만 아처와 가정교사는 와인을 마시며 대화를 이어갔다. 그러다 문득 아처는 지난번 네드 윈셋과 만난 이후 다른 사람과 이렇게 대화를 나누는 일이 처음이라는 사실을 깨달았다. 가정교사 말로는, 카프리 부인의 조카는 폐병 때문에 해로*를 자퇴하고 스위스로 떠나 온화한 기후의 레만 호숫가에서 이 년 동안 요양생활을 했다. 소년이 독서를 좋아하는 까닭에 리비에르 씨가 맡게 되어 같이 영국으로 돌아왔고, 내년 봄 제자가 옥스퍼드에 들어갈

---

* 영국 런던의 북서부에 위치한 명문 사립 중등학교.

때까지 가르칠 예정이었다. 그후에는 다른 일자리를 알아봐야 한다고 가정교사가 담담한 어조로 덧붙였다.

아처가 볼 때 그토록 여러 분야에 관심이 있고 다양한 재능을 지닌 사람이면 어디든 금방 취직할 것 같았다. 가정교사는 (메이 같으면 품위 없는 용모라고 불렀을) 볼품없는 얼굴에 마른 체형을 지닌 서른 살가량의 청년으로, 생각하는 바가 얼굴에 그대로 나타났지만 경솔하거나 천한 느낌은 전혀 없었다.

하급 외교관으로 근무하다 젊어서 세상을 떠난 그의 부친은 아들도 같은 길을 가길 원했다. 그러나 문학에 심취한 청년은 처음에는 기자, 그후에는 작가로 일하다가(성공을 거두지는 못하고), 자세한 경위는 생략하겠지만 이런저런 실험과 우여곡절 끝에 스위스에 와 있는 영국 소년들을 가르치는 가정교사가 되었다. 하지만 그전에는 파리에 오래 살면서 공쿠르 그르니에*에 드나들었고, 모파상에게서 글쓰기를 포기하라는 충고를 들었고(아처에게는 이마저도 대단히 영예로운 일로 느껴졌지만!), 메리메의 모친 집에서 그 작가와 자주 얘기를 나누곤 했다. 그는 늘 아주 가난하고 불안했고(모친과 결혼 안 한 누이를 부양해야 했기에), 작가가 되겠다는 꿈도 이루지 못했다. 사실 물질적으로 볼 때 리비에르 씨는 네드 윈셋 못지않게 힘든 상황이었다. 하지만 본인 말마따나 정신적으로는 지성을 사랑하는 사람이라면 부족함이 없는 생활을 영위했다. 그것이 바로 가여운 네드 윈셋이 죽도록 갈망하는 삶이었기에, 아처는 가난 속에서도 그토록 풍요로운 삶을 영위하는 이 진지하

---

* 그르니에(grenier)는 프랑스어로 '다락방'이라는 뜻으로, 공쿠르형제의 살롱.

고 궁핍한 청년을 보며 윈셋을 대신해 부러움을 느꼈다.

"뭔가에 얽매이지 않고 자신의 안목과 정신적 자유, 독자적인 판단력을 지킬 수 있다면 어떤 것도 아깝지 않죠, 안 그래요? 제가 기자생활을 접고 그보다 훨씬 더 단조로운 가정교사나 개인 비서 일을 택한 것도 바로 그 때문입니다. 이 일은 물론 지루할 때가 많지만, 프랑스어로 '자경自敬, quant à soi'이라고 하는 정신적 자유를 지킬 수가 있습니다. 뭔가 좋은 얘기를 들으면 다른 사람들의 의견을 존중하면서도 자신의 생각을 말할 수 있고, 그냥 말없이 듣고 속으로만 대답할 수도 있습니다. 아, 좋은 대화, 그보다 좋은 건 없죠, 안 그래요? 지성적인 분위기야말로 우리가 호흡할 가치가 있는 유일한 공기죠. 그래서 저는 외교관이나 기자로서의 삶을 포기한 것을 한 번도 후회하지 않았습니다. 두 직업은 하는 일은 다르지만 둘 다 자신을 포기하는 일이죠." 가정교사는 담배에 불을 붙이며 강렬한 눈빛으로 아처를 바라보았다. "부아예 부.*
다락방에 살더라도 삶의 얼굴을 정면으로 들여다볼 수 있으면 되는 거 아닌가요? 어쨌든 다락방 월세는 벌 수 있어야 하지만요. 그리고 제 입장에서는 개인 가정교사, 아니 그게 뭐든 '개인'이라는 말이 붙는 일을 하면서 늙어간다는 건 부쿠레슈티**에서 이등서기관으로 일하는 것만큼이나 상상력을 얼어붙게 만들어요. 그래서 가끔은 뭔가 비상한 결단을 내려야 한다는 생각도 듭니다. 그래서 말인데, 혹시 미국, 뉴욕에 제가 갈 만한 자리가 있을까요?"

아처는 깜짝 놀라 가정교사를 바라보았다. 공쿠르형제나 플로베르

---

* 프랑스어로 '(생각해)보세요'라는 뜻.
** 루마니아의 수도.

의 집을 드나들고, 정신적인 삶만이 살 가치가 있다고 생각하는 청년이 미국에 오고 싶어하다니! 아처는 리비에르 씨의 탁월함과 장점들이 바로 미국에서의 성공을 가로막을 가장 확실한 장애물이라는 사실을 어떻게 설명해야 할지 몰라 곤혹스러운 눈길로 그를 건너다보았다.

"뉴욕, 뉴욕이라…… 그런데 꼭 뉴욕이어야 하나요?" 아처는 좋은 대화만 있으면 된다고 생각하는 청년이 뉴욕에서 무슨 일로 돈을 벌 수 있을지 상상이 안 가서 이렇게 더듬거렸다.

그러자 리비에르 씨의 창백한 얼굴이 붉게 물들었다. "저…… 저는 뉴욕이 대도시니까 아무래도 지적인 활동이 더 활발하지 않나 싶어서요……" 그러더니 혹시라도 아처에게 통사정했다는 인상을 주었을까봐 걱정되는지 얼른 이렇게 덧붙였다. "사정이 이렇다보니…… 다른 사람들보다 제 자신에게 이런저런 제안을 해보게 되네요. 사실 아직은 금세 어떻게 될 것 같지는 않고……" 그러더니 자리에서 일어서며 활달한 어조로 말했다. "그런데 카프리 부인께서 제가 아처 씨와 이층으로 올라오기를 원하실 것 같습니다만."

돌아오는 마차 안에서 아처는 이 일에 대해 곰곰이 생각해보았다. 리비에르 씨와의 대화는 그의 가슴속에 새로운 활기를 불어넣어주었고, 생각 같아서는 다음날 바로 그 청년을 식사에 초대하고 싶었다. 그런데 다시 생각해보니 결혼한 남자들이 때로는 원하는 바를 곧바로 실행에 옮기지 않는 이유를 조금 알 것 같았다.

"그 가정교사 말이야, 정말 괜찮은 사람이더군. 저녁 먹고 나서 그 사람하고 책이랑 여러 가지 문제에 대해 아주 멋진 대화를 나눴어." 아처는 핸섬 마차* 안에서 이렇게 운을 뗐다.

메이는 꿈결 같은 침묵에서 깨어났다. 아처가 반년의 결혼생활을 통해 깨치게 되기까지 엄청나게 많은 의미를 부여하며 해석했던 침묵이었다.

"그 작은 프랑스인 말이죠? 사람이 어쩜 그렇게 품위가 없죠?" 메이가 냉담한 어조로 물었다. 런던에서 식사 초대를 받았는데 겨우 목사와 가정교사를 만나서 내심 실망한 눈치였다. 그녀가 실망한 것은 오만해서가 아니라 외국에서 자존심을 접고 누군가를 만났는데 그 정도 대접을 받았다는 사실에 대한 옛 뉴욕식 사고방식 때문이었다. 메이의 부모가 5번 애비뉴에서 카프리 부인 가족을 초대했다면 목사나 가정교사가 아니라 좀더 지체 높은 사람들을 초대했을 것이다.

아처는 신경이 곤두서서 그녀의 말에 발끈했다.

"품위 없다니, 대체 어디서 품위 없게 행동했다는 거지?" 그가 묻자 메이는 평소보다 훨씬 빨리 응수했다. "그거야, 자기 교실 말고는 어디서나 그렇겠죠. 그런 사람들은 사교계에 나오면 늘 어색하게 행동해요." 그러더니 상냥한 어조로 덧붙였다. "겉으로 봐서는 전혀 영리한 것 같지 않던데."

아처는 그 '영리하다'는 표현이 '품위 없다'는 말 못지않게 혐오스러웠다. 하지만 이내 아내의 말이나 행동에서 마음에 안 드는 것들을 곱씹어 생각하는 자신의 버릇이 걱정되기 시작했다. 사실 그녀의 시각은 언제나 똑같았다. 그것은 그가 보고 자란 모든 가족 친지들의 시각이기도 했고, 그는 늘 그것을 필요하지만 무시해도 좋은 것으로 여겼다. 불

---

* 말 한 필이 끄는 2인승 마차.

과 몇 달 전까지도 '점잖은' 여성이 삶에 대해 다른 시각을 가진 경우는 본 적이 없었다. 그리고 결혼은 반드시 '점잖은' 여성과 해야 했다.

"아, 그렇다면 초대 안 할게!" 아처가 웃으며 대답했다. 그러자 메이가 의아하다는 표정으로 말했다. "세상에, 카프리 부인네 가정교사를 초대한다고요?"

"글쎄, 당신이 싫다면 카프리 부인 가족이랑 다른 날 초대하면 돼. 하지만 그 사람과 이야기를 좀더 나눠보고 싶어. 그 사람 뉴욕에서 일하고 싶어하던데."

메이는 아까보다 더 놀라고 냉담해진 표정이었다. 남편이 '외국물'이 들어 타락할까봐 걱정하고 있다는 생각마저 들 정도였다.

"뉴욕에서 일을요? 무슨 일을 하려고요? 뉴욕에서는 프랑스인 가정교사를 쓰지 않는데. 그 사람은 무슨 일을 하고 싶대요?"

"주로 좋은 대화를 나누고 싶어하던데." 아처가 빈정대는 투로 쏘아붙였다. 그러자 메이는 무슨 말인지 알겠다는 듯 깔깔 웃었다. "아, 뉴런드, 어찌 그런 일이! 정말 프랑스인다운 발상 아니에요?"

어쨌든 아처는 리비에르 씨를 초대하고 싶다는 자신의 바람을 일종의 농담으로 넘겨버린 아내 덕분에 이 일이 일단락된 게 차라리 홀가분했다. 그 청년을 만나서 또 대화를 나누다보면 필시 뉴욕 얘기가 나올 것이고, 생각하면 할수록 아처가 아는 뉴욕에는 그런 사람이 설 자리가 없었다.

아처는 이제부터는 자신이 생각하는 많은 문제가 이런 식으로 해결될 거라는 예감이 들어 머릿속이 서늘해졌다. 하지만 마부에게 요금을 내고 아내의 긴 드레스 자락을 따라 집으로 들어가면서, 결혼한 뒤 첫

반년이 제일 어렵다는 말이 생각나 그나마 조금 마음이 놓였다. '이렇게 서로 부딪치며 지내다보면 각자의 모서리들이 조금씩 깎이면서 차츰 적응이 되겠지' 하는 생각이 들었지만, 아내가 이미 아처 자신이 제일 지키고 싶은 모서리들을 깎아내고 있다는 게 제일 큰 문제였다.

21

질푸른 작은 잔디밭이 반짝이는 광활한 바다 쪽으로 부드럽게 펼쳐져 있었다.

진홍색 제라늄과 콜레우스가 잔디밭을 빙 둘러 피어 있고, 바다로 가는 구불구불한 오솔길을 따라 초콜릿색 주철 화분이 띄엄띄엄 놓여 있었다. 말끔히 정돈해놓은 자갈길 위로 피튜니아와 아이비제라늄 줄기들이 늘어져 있었다.

절벽 가장자리와 (똑같이 초콜릿색이지만, 베란다의 양철 지붕은 노랑과 갈색 줄무늬로 칠해져 차양처럼 보이는) 네모난 목조 주택 사이에 관목 덤불을 배경으로 과녁 두 개가 서 있었다. 다른 쪽 잔디밭에는 과녁을 마주하고 진짜 천막이 쳐 있고, 그 주변에는 벤치와 정원 의자가 놓여 있었다. 여름 드레스를 입은 숙녀들과 실크해트에 회색 프록코트를 입은 신사들 여럿이 잔디밭에 서 있거나 벤치에 앉아 있었다. 가끔 풀 먹인 모슬린 옷을 입은 날씬한 아가씨가 활을 들고 천막에서 걸어나와 과녁을 쏘면, 구경꾼들은 대화를 멈추고 결과를 지켜보았다.

아처는 목조 주택 베란다에 서서 이 장면을 흥미롭게 지켜보았다.

매끈하게 칠한 계단 양쪽에는 밝은 노란색 받침대에 놓인 커다란 청색 도기 화분이 있고, 그 화분에는 잎이 뾰족한 녹색 식물이 자랐다. 베란다 아래쪽에는 빨간 제라늄으로 가장자리를 두른 푸른 수국 화단이 넓게 펼쳐져 있었다. 뒤쪽에는 그가 방금 걸어나온 응접실의 프랑스식 유리창 안쪽, 바람에 살랑거리는 레이스 커튼 사이로 사라사 무명 쿠션이 놓인 매끈한 쪽매마루, 작은 안락의자, 그리고 은 세공품들이 놓인 벨벳 탁자가 보였다.

뉴포트* 양궁 클럽은 늘 보퍼트 저택에서 8월 대회를 열었다. 양궁은 오랫동안 크로케 다음으로 최고의 인기를 누려왔지만 서서히 테니스에 그 자리를 내주고 있었다. 그러나 테니스는 사교계 모임에서 하기에는 너무 거칠고 우아하지 못했다. 게다가 예쁜 드레스와 아름다운 자태를 뽐내기에는 양궁만한 운동이 없었다.

아처는 낯익은 그 광경을 내려다보며 놀라움을 금치 못했다. 삶에 대한 자신의 태도는 완전히 달라졌는데, 삶은 전과 똑같은 방식으로 이어지고 있다는 게 놀라웠다. 뉴포트에 와서야 아처는 비로소 자신이 얼마나 변했는지 실감했다. 작년 겨울, 신혼여행에서 돌아와 내닫이창과 폼페이식 현관이 있는 뉴욕의 녹황색 새집에 신혼살림을 차린 후, 아처는 안도의 한숨을 내쉬며 매일 아침 사무실에 출근했다가 저녁에 퇴근하는 이전의 생활로 돌아갔다. 익숙한 일상으로 돌아오자 이전의 자신이 되살아난 느낌이었다. (처가에서 준) 메이의 브루엄 마차를 끌 멋진 회색 말을 고르는 일도 가슴 설렜고, 오래전부터 즐겨온 일이지만 새집

---

* 로드아일랜드에 있는 휴양지로, '여름 휴양지의 여왕'이라는 별명을 갖고 있다. 뉴욕과 보스턴의 사교계 인사들이 즐겨 찾았다.

에 마련한 자신의 서재를 꾸미는 작업 역시 흥미로웠다. 가족들의 우려와 반대에도 불구하고 그는 전부터 꿈꾸었던 대로 어두운 색의 양각 벽지, 이스트레이크 책장, '제대로 된' 안락의자와 탁자 들로 서재를 꾸몄다. 센추리 클럽에서 네드 윈셋을 다시 만났고, 니커보커 클럽*에서 전부터 알고 지내던 상류층 청년들과 어울렸다. 전처럼 법률사무소에서 일하고 밖에서 식사하거나 집에서 친구들을 대접하고, 가끔 오페라나 연극도 보러 다니다보니 자신이 영위하고 있는 삶이 꽤 현실적이고 필연적인 것처럼 느껴졌다.

하지만 뉴포트는 모든 의무에서 벗어나 온전히 휴가를 즐기는 곳이었다. 아처는 메이에게 메인주 해변에 있는 ('마운트 데저트'라는 이름에 잘 어울리는) 외딴섬에서 여름휴가를 보내자고 사정해봤지만 소용없었다. 마운트 데저트는 보스턴과 필라델피아에서 온 대담한 사람들이 '원주민' 오두막에서 야영을 하는 오지였는데, 그들은 말할 수 없이 아름다운 풍광을 누리며 강과 숲에서 거칠고 거의 사냥꾼 같은 생활을 한다고들 했다.

하지만 웰런드 가족은 늘 뉴포트에서 여름을 보냈고, 클리프**에 집까지 갖고 있으니, 사위인 아처는 거기 안 따라갈 핑계가 생각나지 않았다. 웰런드 부인은 약간 신랄한 어조로, 메이가 지난번 파리에서 맞춰 온 여름옷들을 입을 수 없다면 그토록 힘들게 이것저것 입어본 것이 아깝지 않느냐고 물었고, 아처는 그런 질문에 대답할 길이 없었다.

---

* 1871년에 설립된 상류층 남성들의 클럽.

** 뉴포트의 동해안에 있는 높은 절벽. 이스턴스 해변부터 베일리 해변까지 이어지며 밴더빌트, 벨몬트 등 부호들의 웅장한 저택이 들어서 있었다.

메이는 그렇게 즐겁고 편안하게 여름을 보내자는데 아처가 뚜렷한 이유도 없이 왜 주저하는지 이해할 수 없다는 눈치였다. 그녀는 당신도 총각 때는 늘 뉴포트를 좋아하지 않았느냐고 물었고, 그것은 틀림없는 사실이었기에 아처는 이제 당신과 같이 갈 수 있으니 그때보다 더 좋을 거라고 대답할 수밖에 없었다. 하지만 보퍼트 저택의 베란다에 서서 잔디밭을 오가는 화려하게 차려입은 사람들을 보니 전혀 그럴 것 같지 않아 몸서리가 쳐졌다.

하지만 그게 메이 탓은 아니었다. 신혼여행 동안 간혹 약간의 의견 차이가 생기기도 했지만, 그녀에게 편한 쪽으로 맞춰주면 금세 풀어지곤 했다. 아처는 늘 그녀가 자기를 실망시키지 않을 사람이라고 생각했고, 그런 그의 생각은 옳았다. 그가 결혼한 것은 (대부분의 젊은이가 그러듯이) 뚜렷한 목적도 없이 이 여자 저 여자와 연애 사건을 벌이다가 때 이른 환멸에 빠진 순간 아주 매력적인 메이를 만났기 때문이었다. 그녀는 평화, 안정, 동지애, 피할 수 없는 의무가 주는 안정감을 대표하는 존재였다.

아내는 아처가 기대했던 모든 걸 충족시켰기에 잘못된 선택이라고 할 수도 없었다. 뉴욕 사교계의 젊은 부인 중 제일 멋지고 인기 있는데다 성격까지 상냥하고 이해심 많은 여성의 남편이라는 건 물론 아주 흐뭇한 일이었다. 아처는 메이의 이런 장점들을 잘 알고 있었다. 결혼 직전에 느낀 일시적인 격정은 그동안 있었던 여러 연애 사건의 마지막 에피소드로 생각하기로 했다. 지금 돌이켜보면, 제정신인 상태에서 올렌스카 백작부인과 정말 결혼할 수 있다고 생각했다는 게 놀라울 뿐이었다. 아처의 기억 속에서 그녀는 사귀었던 여자 중 가장 애처롭고 애틋한 존재일 뿐이었다.

이렇게 많은 것을 추상화하고 지우다보니 마음이 공허하고 허망해졌고, 보퍼트 저택의 잔디밭에서 활기차게 오가는 사람들이 왠지 묘지에서 뛰어노는 어린애들 같다는 느낌을 받고 놀란 것도 바로 그 때문인 것 같았다.

뒤쪽에서 치맛자락 끌리는 소리가 들려 돌아보니 맨슨 후작부인이 응접실에서 걸어나오고 있었다. 늘 그렇듯이 그녀는 이런저런 끈과 장식으로 뒤덮인 드레스에, 색 바랜 망사 천으로 둘둘 휘감은 부드럽고 챙이 큰 밀짚모자를 쓰고, 그 위에 또 조각된 상아 손잡이가 달린 작은 검은색 벨벳 양산까지 받쳐 쓰고 있었다. 모자챙이 양산보다 폭이 넓어 우스꽝스러웠다.

"뉴런드, 자네와 메이가 온 건 꿈에도 몰랐어! 어제 왔다고? 아, 일—직업적 의무…… 다 알지. 남편들은 대개 주말 말고는 아내랑 여기 올 수가 없지." 후작부인은 고개를 갸웃한 채 가늘게 뜬 눈으로 아처를 바라보았다. "어차피 결혼은 기나긴 희생이지, 우리 엘런한테도 여러 차례 얘기한 거지만……"

그녀의 이름을 듣자 전에도 한 번 그랬듯이 심장이 이상하게 뒤틀리며 멈췄고, 외부 세계로 통하는 문이 쾅 닫히는 느낌이 들었다. 하지만 이 단절의 순간은 금방 지나갔는지, 메도라가 (그 와중에도 그녀에게 뭔가를 물었던지) 그의 질문에 대답하는 소리가 들렸다.

"아니, 나는 뉴포트가 아니라 포츠머스*에 있는 한적한 집에서 블렌

---

* 1638년 앤 허친슨이 세운 마을로, 오거스트 벨몬트 등 부호의 말 사육장으로 유명했다.

커 부부랑 같이 묵고 있어. 보퍼트가 오늘 아침에 그 유명한 마차를 보내서 리자이나의 가든파티에 초대해주었다네. 하지만 저녁에는 다시 시골로 돌아갈 거야. 특이한 블렌커 부부가 포츠머스에 오래된 농가를 빌려서 여러 부류의 사람들을 초대했거든……" 그러고는 갑자기 커다란 모자챙 아래서 고개를 숙이더니 살짝 얼굴을 붉히며 말했다. "이번 주에 애거선 카버 박사가 거기서 '내면의 사고' 모임을 가져. 세속적인 즐거움뿐인 이 화려한 광경과는 대조되는 행사지. 하지만 나는 늘 대조를 즐기며 살았다네! 나는 단조로운 게 제일 무서워. 우리 엘런한테도 늘 말하지만, 단조로움을 조심해야 해. 그게 바로 모든 죄악의 근원이거든. 그런데 그애는 지금 이 세상에 대한 혐오에 빠져 고독에 파묻혀 있다네. 엘런이 밍곳 할머니를 비롯해 뉴포트에 오라는 사람들 초대를 다 거절한 거 자네도 알지? 믿기 힘들겠지만, 블렌커 부부 집에도 간신히 달래서 데리고 왔다네! 요즘 그애가 사는 걸 보면 정말 병적이고 비정상적이야. 아, 아직 그럴 수 있을 때 내 말을 들었으면 오죽 좋아…… 아직 문이 열려 있을 때 말이야…… 어쨌든 이제 내려가서 저 흥미로운 시합을 봐줘야겠지? 메이도 출전한다며."

이때 큰 체구에 런던에서 맞춘 프록코트의 단추를 꽉 낄 정도로 다 채우고, 단춧구멍에 자기 정원에서 꺾어온 양란을 꽂은 보퍼트가 천막에서 나오더니 그들을 향해 잔디밭을 건너왔다. 두세 달 만에 보퍼트를 본 아처는 눈에 띄게 달라진 그의 모습에 깜짝 놀랐다. 더운 여름날, 혈색 좋은 그의 얼굴은 무겁고 퉁퉁한 느낌을 주었고, 어깨를 딱 세우고 똑바로 걷는 걸음걸이만 빼면 영락없이 너무 많이 먹고 지나치게 차려입은 노인처럼 보였다.

보퍼트에 대한 온갖 소문이 떠돌았다. 봄에 새로 구입한 증기 요트를 타고 오랫동안 서인도제도를 여행하고 왔는데, 도중에 들른 여러 곳에서 패니 링 양을 닮은 여성이 그와 같이 있었다는 말이 들렸다. 클라이드강*에서 건조된 그 증기 요트는 타일 바른 욕실을 비롯해 온갖 호화로운 시설을 갖추고 있었는데, 그 배를 만드는 데 오십만 달러나 썼다는 소문이 있었다. 돌아올 때 아내에게 사다준 진주목걸이 역시 속죄의 선물답게 아주 대단했다고 했다. 보퍼트는 웬만한 문제는 다 해결할 만한 돈을 갖고 있었지만, 5번 애비뉴는 물론 월가에서도 불안한 소문은 사그라지지 않았다. 철도에 투자했다가 손해봤다는 얘기도 있고, 패니 링 양의 동료 중에서도 가장 탐욕스러운 이에게 걸려 계속 돈을 뜯기고 있다는 말도 있었지만, 부도날 수도 있다는 말이 돌 때마다 보퍼트는 양란 온실을 확장하고, 경주마를 몇 마리씩 더 사고, 자기 집 화랑에 걸 메소니에**나 카바넬의 그림을 또 사는 등 호기를 부렸다.

그는 평소처럼 반쯤 비웃는 듯한 미소를 지으며 후작부인과 아처 쪽으로 다가왔다. "메도라, 안녕하세요! 우리 말들이 잘 달려줬나요? 사십 분이라…… 그만하면 준수하네요. 너무 빨리 달려도 피곤하실 테니까." 그는 아처와 악수를 나누고 돌아서면서 맨슨 부인 왼쪽으로 옮겨가더니 아처는 잘 알아듣지 못할 정도의 낮은 소리로 뭐라고 속삭였다.

후작부인이 외국인처럼 특이하게 어깨를 움찔하면서 "크 불레 부?"***라고 응수하자 보퍼트가 눈살을 찌푸렸다. 하지만 다음 순간 아처를 보

---

* 스코틀랜드에 있는 강으로, 조선업의 중심지에 위치해 있다.
** 프랑스 화가.
*** 프랑스어로 '뭘 원하는데요?'라는 뜻.

며 축하한다는 듯 웃어 보였다. "아무래도 메이가 우승할 것 같지?"

"그럼 올해도 우리 집안이 이기는 거네." 메도라가 말했다. 세 사람이 천막 앞에 다다르자 연보라색 모슬린과 살랑거리는 베일로 된 귀여운 옷을 입은 보퍼트 부인이 그들을 맞아주었다.

메이 웰런드가 막 천막에서 나오고 있었다. 연녹색 허리띠가 달린 흰 드레스와 담쟁이덩굴로 장식한 모자를 쓴 그녀는 약혼을 발표한 날 밤 보퍼트가의 무도회장에 들어서던 그때와 똑같이 디아나 여신처럼 초연한 표정이었다. 그사이에 그녀의 머릿속에는 아무런 생각도 지나가지 않았고, 심장에는 아무런 감정도 스쳐가지 않은 듯했다. 아처는 그녀가 생각도 있고 감정도 지닌 사람임을 알고 있음에도 어떤 경험도 그녀에게 스며들지 못한다는 사실에 다시금 놀라움을 금치 못했다.

활과 화살을 들고 나온 그녀는 풀밭에 그려진 금 앞에 서더니 활을 들어 표적을 맞추었다. 여신처럼 우아한 그 모습에 사방에서 감탄하는 소리가 들렸고, 아처는 그런 여자의 남편인 것이 자랑스러워서 평소에도 자주 그러듯이 잠시나마 자신이 행복하다고 착각하게 하는 기쁨을 만끽했다. 그녀와 겨루는 레지 치버스 부인, 메리가의 딸들, 발갛게 볼이 물든 솔리와 대거넷, 밍곳 집안의 여성들은 초조하고 사랑스러운 모습으로 그녀 뒤에 서 있었다. 연한색 모슬린 드레스와 꽃으로 장식한 모자를 쓴 이들은 갈색이나 금발 머리를 숙이고 점수표를 보고 있었는데, 멀리서 보면 은은한 빛깔의 무지개 같았다. 하나같이 젊고 예쁜 이 숙녀들은 달콤한 여름빛에 물들어 있었지만, 그중 누구도 근육을 팽팽하게 긴장시키고 기쁨에 젖어 이마를 찌푸린 채 정신을 힘의 묘기에 집중한 메이만큼 님프 같은 자연스러움을 지니지는 못했다.

"저런, 메이처럼 활을 잡은 선수는 하나도 없군." 로런스 레퍼츠가 말하자, 보퍼트가 응수했다. "맞아, 하지만 메이는 평생 저런 과녁 말고는 아무것도 못 맞출걸."

아처는 이상할 만큼 화가 치밀었다. 보퍼트가 비꼬듯 내뱉은 아내의 '조신함'에 대한 찬사는 어느 남편이든 반길 얘기였다. 천박한 사람의 입에서 자기 아내가 매력 없다는 말이 나오면 일종의 칭찬인데, 막상 그 말을 들으니 마음속에 살짝 전율이 느껴졌다. 극에 달한 '조신함'이 그저 무일 뿐이라면, 공허를 가린 커튼에 불과하다면 어찌할 것인가? 마지막으로 과녁을 명중시키고 차분하면서도 붉게 상기된 얼굴로 돌아오는 메이를 보며 아처는 자신이 아직 그 커튼을 열어본 적이 없다는 걸 깨달았다.

메이는 경쟁자들과 다른 손님들의 축하에 이 우승이 대수롭지 않다는 식으로 응했는데, 그것이야말로 그녀의 우아함을 가장 돋보이게 해주는 태도였다. 경기에서 졌더라도 지금과 똑같이 평안했을 거라는 태도로 인사를 받으니 아무도 질투할 수가 없었다. 하지만 남편과 눈이 마주치자 그의 눈에 담긴 기쁨에 그녀의 얼굴도 환해졌다.

두 사람은 기다리고 있던 웰런드 부인의 조랑말이 끄는 버들고리 마차를 타고 경기장을 벗어났다. 메이가 마차를 몰고 아처는 옆자리에 앉았다.

오후의 햇살이 아직 푸른 잔디밭과 덤불숲에 내리쬐는 동안 벨뷰 애비뉴*에는 화려하게 차려입은 신사 숙녀들을 태운 빅토리아, 도그카트,

---

* 뉴포트를 남북으로 가로지르는 도로.

란다우, 비자비 같은 온갖 마차가 양방향으로 달렸다.* 보퍼트 저택에서 열린 가든파티에 참석했다가 돌아가는 이들과, 언제나처럼 오후에 오션 드라이브**를 한 바퀴 돌고 귀가하는 사람들이었다.

"할머니 댁에 들렀다 갈까요?" 메이가 불쑥 제안했다. "제가 우승했다고 직접 말씀드리고 싶어요. 저녁 먹으려면 아직 멀었잖아요."

아처가 좋다고 하자 그녀는 내러건셋 애비뉴로 마차를 몰더니, 스프링가를 건너 그 너머에 있는 울퉁불퉁한 황야지대를 향해 달렸다. 예나 지금이나 전례에는 관심이 없고 한푼이라도 아끼고 싶어하는 밍곳 노부인은 젊은 시절, 만이 내려다보이는 이 동네의 싼 땅에 뾰족뾰족한 지붕과 대들보가 있는 여름 별장을 지었다. 키 작은 참나무 숲에 지어진 그녀의 별장 베란다 아래로 작은 섬들이 점점이 떠 있는 바다가 내려다보였다. 정문을 지나면 철제 사슴과 제라늄 덤불 사이사이에 박힌 푸른 유리구슬 사이로 구불구불한 길이 나 있고, 그 끝의 줄무늬 베란다 지붕 아래 윤이 나게 니스칠을 한 호두나무 현관문이 보였다. 안으로 들어가면 검은색과 노란색 별무늬가 있는 좁은 쪽마루 복도가 나오고, 그 복도에서 더 들어가면 천장에는 이탈리아 도채공이 그려넣은 올림포스 신들이 있고, 벽에는 두툼한 나사지를 바른 작은 사각형 방이 네 개 있었다. 노부인은 몸피가 너무 불어나자 그 방들 중 하나를 침실로 꾸미고, 낮에는 열린 문과 창문 사이에 놓인 커다란 안락의자에 앉

---

* 빅토리아는 낮고 지붕이 달린 사륜마차. 도그카트는 보통 말 한 필이 끄는 가벼운 이륜마차. 란다우는 반을 뒤로 젖힐 수 있는 지붕이 달린 사륜마차. 비자비는 두 사람이 서로 마주보고 앉게 되어 있는 마차.

** 뉴포트 남서쪽 끝을 빙 도는 화려하고 경치 좋은 도로.

아 줄곧 야자수 잎으로 만든 부채를 부쳤다. 그런데 상체가 비대한 탓에 부채의 바람이 얼굴까지는 미치지 못하고 안락의자의 팔걸이 덮개술 장식을 살짝 흔들 뿐이었다.

캐서린 노부인은 자기 덕분에 두 사람이 예정보다 빨리 결혼했다고 생각했기에, 은혜를 베푼 사람이 그 수혜자에게 대개 그러듯 아처에게 늘 잘해주었다. 부인은 그가 결혼을 서두르는 건 메이에 대한 억누를 수 없는 사랑 때문이라고 생각했다. 그래서 (돈 드는 일만 아니면) 평소 충동적인 행동을 열렬히 찬양하는 부인은 아처를 볼 때마다 공범자로서 은근하고 상냥한 눈빛을 보내고 장난스러운 암시를 던졌지만, 다행히 메이는 눈치채지 못하는 듯했다.

부인은 메이가 오늘 대회에서 타서 가슴에 꽂고 있는, 끝에 다이아몬드가 박힌 화살 브로치를 꼼꼼히 살펴보더니, 자기가 젊었을 때는 금선 세공 브로치면 충분했는데 역시 보퍼트는 모든 걸 통 크게 한다고 말했다.

"가보로 물려줘도 되겠어. 큰딸에게 물려주렴." 부인이 쿡쿡 웃으며 메이의 뽀얀 팔을 꼬집고는 그녀의 얼굴이 빨갛게 물드는 걸 지켜보았다. "저런, 저런, 내가 뭐라고 했다고 얼굴이 그렇게 빨개지니? 딸은 안 낳고, 아들만 낳겠다고? 이런, 또 빨개졌네! 아니, 이런 말도 못하니? 세상에, 우리 애들이 저 천장에 있는 신과 여신을 다 지워버리라고 할 때 난 이렇게 말하지. 어떤 일에도 놀라지 않는 분들이 계셔서 너무 다행이라고!"

아처가 껄껄 웃자 메이도 눈이 빨개지도록 따라 웃었다.

"자, 이제 그 파티 얘기 좀 자세히 해보렴. 그 정신없는 메도라한테 물어보면 제대로 말해줄 리가 없으니." 메이가 할머니 말에 깜짝 놀라며 물었다. "메도라 이모요? 포츠머스로 돌아간다고 들었는데?" 그러자 밍곳 부인이 태평하게 대답했다. "맞아. 하지만 먼저 여기 들러서 엘런을 데리고 갈 거야. 엘런—아, 엘런이 여기 와서 나랑 오늘 하루를 같이 보낸 거 몰랐구나? 여기 와서 여름을 보냈으면 좀 좋아…… 하지만 난 이미 오십 년 전에 젊은 사람들하고 싸우는 거 포기했어. 엘런, 엘런!" 부인은 베란다 너머의 잔디밭을 내다보려고 몸을 내밀며 노인 특유의 새된 소리로 엘런을 불렀다.

아무 대답이 없자 밍곳 부인은 지팡이로 매끈한 바닥을 탁탁 쳤다. 밝은색 터번을 쓴 물라토 하녀가 오더니 '엘런 양'이 해변으로 내려가는 걸 보았다고 했다. 그러자 부인이 아처를 향해 몸을 돌렸다.

"우리 착한 손녀사위가 내려가서 엘런 좀 데려오렴. 그동안 이 예쁜 숙녀한테서 파티 얘기 좀 듣고 있을게." 아처는 꿈꾸는 듯한 기분으로 자리에서 일어섰다.

지난번 만남 이후로 일 년 반 동안 아처는 그녀의 이름을 여기저기서 들었고, 그간 그녀의 삶에서 일어난 중요한 사건들도 대충은 알고 있었다. 작년 여름 그녀는 뉴포트에서 지내며 아주 많은 모임과 행사에 참석했는데, 가을이 되자 갑자기 보퍼트가 그렇게 애써서 구해준 '완벽한 집'을 세놓고 워싱턴으로 이사했다. 겨울에는 (워싱턴에 있는 미인들의 근황은 늘 들려오기에) 사교적인 면에서 부족한 행정부의 단점을 보완해주는 '멋진 외교관들의 사교계'에서 최고의 인기를 누린다는 소식을 들었다. 아처는 이런 이야기뿐 아니라, 그녀의 외모나 대화, 관점, 친구 관계에 대해 다양한 소문을 들을 때마다 마치 오래전에 세상을 떠난 사람과의 추억담을 듣듯 초연했다. 그런데 양궁 시합장에서 메도라가 갑자기 그녀의 이름을 말한 순간, 엘런 올렌스카는 다시 살아 있는 존재가 되었다. 후작부인이 혀 짧은 소리로 그 이름을 말하자 난롯불이 타던 그 작은 응접실과 텅 빈 도로를 달려 돌아오던 마차 소리가 기억났다. 전에 책에서 읽은 얘기가 떠올랐다. 토스카나 지방의 길가에 있는 동굴 속에서 아이들이 밀짚에 불을 붙이자 동굴 벽에 그려진 오래된 그림들이 보였다는……

아처는 밍곳 부인의 집이 자리한 언덕을 내려가 수양버들이 늘어선 해변 길을 걸었다. 늘어진 수양버들 가지 사이로 라임 록의 하얗게 칠한 탑과 용감한 등대지기 아이다 루이스*가 존경스러운 여생을 보내고 있다는 작은 집이 보였다. 그 뒤로는 고트섬의 평평한 모래밭과 정부 시설의 볼품없는 굴뚝들이 보였다. 만灣은 작은 참나무들이 서 있는 프루던스섬과 저녁 안개 속에 희미하게 보이는 코내니컷섬의 해변까지 금빛 햇살에 반짝이며 북쪽으로 뻗어 있었다.

수양버들 길 한쪽에 나무로 된 좁은 선착장이 있었는데, 그 끝에 탑 모양의 정자가 있었다. 그 안에 한 여인이 난간에 기댄 채 바다 쪽을 향해 서 있었다. 그 광경을 본 아처는 꿈에서 깬 듯 걸음을 멈추었다. 과거에서 온 이 환영은 꿈이고, 현실은 언덕 위 집에서 그를 기다리고 있었다. 현관 앞 타원형 뜰을 빙빙 돌고 있는 웰런드 부인의 마차, 부끄러움을 모르는 올림포스 신들의 그림 아래 앉아 뭔가 은밀한 소망을 품은 채 상기된 얼굴로 앉아 있는 메이, 벨뷰 애비뉴 끝에 있는 웰런드 별

---

* 오십 년 넘게 뉴포트항의 라임 록에 있는 등대를 지킨 여성.

장, 언제 어떤 일이 일어날지 훤히 알고 있기에 이미 디너 슈트 차림에 시계를 쥔 채 체한 사람처럼 초조한 얼굴로 응접실을 왔다갔다하고 있는 웰런드 씨는 모두 현실이었다.

'난 누구지? 사위……' 아처의 머릿속에 이런 말이 떠올랐다.

선착장 끝에 있는 여인은 돌아서지 않았다. 젊은이는 언덕을 반쯤 내려가다가 걸음을 멈추고 오랫동안 범선, 요트 진수대, 어선, 요란한 예인선에 끌려가는 검은 석탄 바지선들이 오가며 파도를 가르는 모습을 지켜보았다. 정자 안에 있는 여인도 그 광경을 지켜보는 듯했다. 애덤스 요새의 잿빛 성채 너머에 붉은 석양이 수천 개의 불꽃으로 쪼개졌고, 그 불빛이 '라임 록'과 해변 사이를 지나가는 외돛대 범선의 돛을 붉게 물들였다. 그 순간 아처는 〈방랑자〉에서 몬터규가 방안에 연인이 다시 들어온 줄도 모르는 에이다 디아스의 리본을 들어 입맞추는 장면이 떠올랐다.

'그녀는 모르고 있어. 짐작도 못할 거야. 그녀가 뒤에서 다가오면 나는 알지 않을까?' 아처는 이런 생각에 빠졌다. 그러다 갑자기 혼자 중얼거렸다. "저 범선이 라임 록의 불빛을 지나갈 때까지 안 돌아보면 그냥 돌아가자."

범선은 썰물을 타고 미끄러지듯 바다로 나가고 있었다. 라임 록을 지나간 배는 아이다 루이스의 작은 집을 가리더니 등불이 걸린 등대의 탑을 지나쳤다. 아처는 섬의 마지막 산호초와 배의 고물 사이에 펼쳐져 있는 넓은 바다가 반짝이는 광경을 지켜보았다. 정자 안의 여인은 여전히 바다 쪽을 향해 꼼짝 않고 서 있었다.

그는 돌아서서 언덕을 올라갔다.

"당신이 엘런 언니를 못 찾아서 정말 아쉬웠어요. 다시 보고 싶었는데." 어스름 내린 저녁에 마차를 타고 집으로 돌아가면서 메이가 말했다. "하지만 언니는 안 그럴 수도 있죠. 정말 많이 달라진 것 같아요."

"달라지다니?" 아처는 말이 두 귀를 쫑긋대는 모습을 지켜보며 무심한 어조로 물었다.

"친지들한테 무관심해진 것 같아요. 뉴욕과 집을 떠나서 그렇게 이상한 사람들과 지내잖아요. 블렌커 부부 집에서 지내면 얼마나 불편할지 상상도 안 가요! 언니 말로는 메도라 이모가 이상한 사람과 결혼하는 걸 막으려고 그런다는데, 어쩌면 우리가 지겨워서 그러는 걸지도 모르겠다는 생각이 가끔 들어요."

아처가 아무 말 없자 메이는 평소처럼 솔직하고 싱그러운 목소리지만 전에 없이 냉정한 어조로 덧붙였다. "사실 언니는 남편이랑 사는 게 더 행복할 수도 있는데."

아처가 웃음을 터뜨렸다. "상크타 심플리키타스!"* 그의 호통에 당황한 메이가 얼굴을 찡그리며 돌아보자 아처가 덧붙였다. "당신이 그렇게 잔인한 말 하는 거 처음 봐."

"잔인하다고요?"

"그래. 저주받은 자들이 몸부림치는 걸 지켜보는 게 천사들이 좋아하는 오락이라는데, 그런 천사들조차 사람이 지옥에서 더 행복할 거라고는 생각하지 않을 거야."

---

* Sancta simplicitas. 라틴어로 '신성한 단순함'이라는 뜻으로, 여기서는 메이의 발언에 대한 분노의 표현으로 사용되었다.

"외국인과 결혼한 게 문제죠." 메이는 자기 어머니가 웰런드 씨가 변덕을 부릴 때 사용하는 그 차분한 어조로 이렇게 대답했다. 아처는 아내가 자신을 무분별한 남편이라는 부류의 일원으로 조용히 분류했음을 깨달았다.

마차는 벨뷰 애비뉴를 따라 달려가다가 웰런드 별장 입구의 철제 램프가 달린 문기둥 사이를 통과했다. 이미 창문으로 불빛이 새어나오고 있었고, 마차가 멈추는 순간 아까 상상한 대로 장인이 손에 시계를 들고, 고통스러운 표정을 지은 채 응접실 안을 왔다갔다하는 모습이 보였다. 장인은 화를 내는 것보다 이 방법이 훨씬 효과적임을 오래전에 깨달은 터였다.

아내를 따라 현관으로 들어가자 어딘지 모르게 분위기가 달라진 것 같았다. 호사스러우면서도 온갖 규칙과 강압으로 가득한 웰런드 저택의 공기는 마치 마약처럼 아처의 내면으로 스며들곤 했다. 두꺼운 카펫, 주의깊게 행동하는 하인들, 쉼 없이 초침을 째깍거리는 정확하게 맞춰진 시계들, 현관 탁자 위에 끊임없이 쌓이고 쌓이는 명함들과 초대장들, 한 시간에서 다음 시간으로, 가족 내 한 사람에서 다른 사람으로 이어지며 어김없이 되풀이되는 사소한 일들은 조금이라도 덜 체계적이고 덜 부유한 생활을 비현실적이고 위태로운 것으로 여기게 만들었다. 하지만 지금 비현실적이고 부적절하게 여겨지는 것은 웰런드가의 집, 그리고 그 안에서 그가 영위하리라 예상되는 삶이었다. 그리고 아까 바닷가에서 언덕을 내려가다 말고 그 자리에 서서 바라본 짧은 광경이 이제 혈관 속의 피만큼이나 가깝게 느껴졌다.

그날 아처는 크고 화려한 침실에서 메이 옆에 누운 채 카펫 위로 비스듬히 비쳐 드는 달빛을 보면서, 엘런 올렌스카가 보퍼트의 마차를 타고 반짝이는 해변을 지나 집으로 돌아가는 광경을 상상하며 밤새 잠을 이루지 못했다.

22

"블렌커 가족을 위해 파티를 연다고…… 블렌커 가족?"

웰런드 씨는 나이프와 포크를 내려놓더니 초조하고 황당해하는 표정으로 식탁 맞은편에 앉은 아내를 건너다보았다. 부인은 금테 안경을 추켜올리며 아주 재미있다는 어조로 초대장을 읽었다. "에머슨 실러턴 교수 부부는 8월 25일 세시 정각, 블렌커 부인과 그 따님들을 소개하기 위해 열리는 수요일 오후 클럽 모임에 웰런드 부부를 초대합니다.

캐서린가, 레드 게이블스.

답신을 바랍니다."

"세상에, 어찌……" 웰런드 씨는 너무 말도 안 되는 이 내용이 사실인지 확인하기 위해 다시 한번 읽어달라는 표정으로 숨을 몰아쉬었다.

"에이미 실러턴도 안됐어. 그 사람 남편은 너무 예측 불능이라…… 최근에 블렌커가 사람들을 알게 됐나보네요." 웰런드 부인이 한숨을 내쉬었다.

에머슨 실러턴 교수는 뉴포트 사교계의 눈엣가시 같은 존재였다. 하지만 워낙 유서 깊고 명망 있는 집안 출신이라서 뽑아낼 수도 없는 가시였다. 사람들 말마따나 그는 '모든 것'을 다 갖춘 사람이었다. 부친은 실러턴 잭슨 씨의 삼촌이었고, 모친은 보스턴의 페닐로가 출신이었는데, 양쪽 다 재산과 지위를 갖춘데다 서로 잘 맞는 편이었다. 웰런드 부인이 여러 번 말했듯이, 에머슨 실러턴은 고고학자로 살 필요도 없고, 아니 어느 분야의 교수가 될 필요도 없고, 겨울에 뉴포트에 살 필요도 없으며, 그가 해낸 혁명적인 일 중 무엇도 할 필요가 없는 신분이었다. 그렇지만 그가 정말 전통과 인연을 끊고 사회와 정면 대결을 할 심산이었으면, 가여운 에이미 대거넷과 결혼하지 말았어야 했다. 그녀에게는 '뭔가 다른 것'을 기대할 권리가 있었고, 자기 마차를 굴릴 만한 재산도 갖고 있었다.

밍곳 집안사람들은 다들 에이미 실러턴이 왜 남편의 온갖 기행을 그렇게 순순히 받아주는지 이해할 수 없었다. 그는 장발 남자들과 단발 여자들을 집에 초대하고, 부인과 외국에 나갈 때는 파리나 이탈리아 대신 유카탄반도에 가서 고분을 탐사했다. 하지만 두 사람은 나름의 생활방식에 익숙해져서 자기들이 남들과 다르다는 사실을 전혀 모르는 눈치였다. 클리프스 구역 사람들은 해마다 열리는 그 집의 따분한 가든파티에 초대받으면 실러턴-페닐로-대거넷 가의 연줄 때문에 무시하지는 못하고, 제비뽑기를 해 대표로 갈 사람을 정했다.

웰런드 부인이 말했다. "컵 레이스 날로 안 잡아서 다행이지! 이 년 전에 줄리아 밍곳 부인이 무도회 겸 다과회를 연 날, 그 사람들이 어떤 흑인을 위해 가든파티를 연 것 생각나요? 이번에는 다행히 그날 아무 행사도 없더라고요. 우리집에서도 누군가는 가야 하는데."

그러자 웰런드 씨가 초조한 듯 한숨을 쉬었다. "'우리집에서도 누군가라'…… 한 명만 가도 되지 않나? 세시는 정말 어중간한 시간인데.

난 세시 반에 약을 먹어야 해서 집에 있어야 되거든. 벤컴의 새 처방을 따르기로 했으니 꼬박꼬박 지켜야지. 그런데 당신보다 나중에 가면 마차가 없어서 매일 하는 드라이브를 못 하게 될 텐데." 그런 생각을 하자 웰런드 씨는 너무 심란해서 자글자글 주름 잡힌 볼을 붉히며 포크와 나이프를 다시 내려놓았다.

그러자 웰런드 부인은 습관이 된 명랑한 어조로 대답했다. "당신은 갈 필요 없어요. 어차피 벨뷰 저쪽 끝에 있는 몇 집에 명함을 돌려야 하니까 내가 세시 반에 들러서 에이미가 무시당했다고 느끼지 않을 만큼만 있다 오면 돼요." 그러더니 망설이는 듯한 표정으로 딸을 건너다보았다. "뉴런드가 그날 오후에 따로 할일이 정해져 있으면 메이가 자기 마차로 당신을 드라이브 시켜주면 좋은데. 그 참에 새로 산 적갈색 마구가 망아지들에게 잘 맞는지 확인도 해보고요."

웰런드가에서는 누구나 웰런드 부인 말대로 '할일이 정해져' 있어야 했다. 자선가의 머릿속에 실직자들의 망령이 어른거리듯, 누군가가(특히 휘스트나 솔리테르 같은 카드놀이를 좋아하지 않는 사람이) '시간을 죽여야 하는' 상황이 생길까봐 부인은 늘 전전긍긍했다. 부인의 또다른 원칙은, 부모는 결혼한 자녀의 계획에 절대 (적어도 눈에 띄게는) 개입하지 말아야 한다는 것이었다. 그런데 메이의 계획을 존중해주면서 남편의 편의를 봐주는 건 너무도 어려운 일이었기에 그녀는 한순간도 쉴 틈이 없었다.

"그럼요, 제가 드라이브 시켜드릴게요. 뉴런드는 뭔가 할일이 있을 거예요." 메이가 부드럽게 남편의 대답을 촉구하는 어조로 말했다. 웰런드 부인은 사위가 모든 걸 미리미리 계획하지 않는 게 늘 불만이었다. 메이 부부가 처가에서 지낸 이 주 동안 웰런드 부인은 벌써 여러 번 아처에게 오후를 어떻게 보낼지 물었고, 그는 "아, 이번에는 보내지 않고 아껴둘까 하는데요" 하며 반농담조로 대답했다. 한번은 모녀가 오랫동안 미뤄둔 약속들을 지키느라 몇 시간 나갔다 왔는데, 뉴런드는 오후 내내 집 아래 해변에 있는 바위 그늘에 누워 있었다고 했다.

"뉴런드는 앞일을 계획하는 법이 없는 것 같아." 웰런드 부인이 하루는 조심스럽게 불만을 털어놓았고, 메이는 태평한 어조로 대답했다. "맞아요, 하지만 그래도 아무 문제 없어요. 특별히 할 게 없으면 책을 읽거든요."

"아, 그렇구나. 자기 아버지랑 똑같네!" 웰런드 부인이 유전이면 어쩔 수 없다는 듯 말했다. 그리고 그뒤로는 아처가 아무것도 안 하는 걸 문제삼지 않았다.

그런데도 실러턴가의 가든파티 날짜가 가까워지자 메이는 그날 아처가 뭘 할지 으레 마음이 쓰이고, 자기가 잠깐 나가는 게 미안한지 치버스 저택에 가서 테니스 시합을 보든지 줄리어스 보퍼트의 배를 타고 나가면 어떠냐고 물었다. "여섯시까지는 돌아올게요. 아빠는 그전에 꼭 집에 돌아오시니까……" 메이는 아처가 작은 무개마차를 빌려 섬 다른 쪽에 있는 종마장에 가서 그녀의 브루엄 마차에 쓸 두번째 말을 살펴볼 생각이라고 하자 그제야 안심하는 눈치였다. 꽤 오래전부터 두번째 말을 물색하고 있던 터라 메이는 그의 계획이 정말 마음에 들었다. 그래서 '보셨죠? 이이도 누구 못지않게 계획을 잘 세워요' 하는 눈길로 어머니를 흘깃 보았다.

아처는 에머슨 실러턴의 초대장 이야기를 처음 들은 바로 그날부터 종마장과 마차에 맬 말에 대해 생각하고 있었다. 하지만 이 계획에 뭔가 비밀스러운 면이 있고, 괜히 말했다가 허사가 될까봐 일체 내색하지 않았다. 그래도 일단 평지에서 하루에 18마일은 거뜬히 달릴 수 있는 늙은 말 두 마리가 끄는 작은 무개마차를 예약해둔 터였다. 그리고 두시가 되자 서둘러 점심을 먹은 후 가벼운 마차에 올라타고 길을 떠났다.

완벽한 날씨였다. 짙푸른 하늘에 가벼운 북풍이 흰구름을 흩뿌렸고, 그 아래에는 반짝이는 바다가 펼쳐져 있었다. 벨뷰 애비뉴는 그 시간에 텅 비어 있었다. 아처는 밀가 모퉁이에 마부 소년을 내려주고 올드 비치 로드를 지나 이스트먼스 비치를 가로질러 달렸다.

아처는 학창시절 토요일이면 미지의 장소를 향해 출발하며 느끼던 설명할 수 없는 흥분을 다시 느꼈다. 느긋하게 달려도 세시 전에는 파라다이스 록스에서 별로 멀지 않은 종마장에 도착할 수 있었다. 그렇다면 말을 보고도 (마음에 들면 타보기도 한 다음에도) 금쪽같은 시간이 네 시간이나 남았다.

실러턴가의 가든파티 얘기를 듣는 순간 아처는 맨슨 후작부인이 분명히 블렌커가 여자들을 따라 뉴포트에 올 것이고, 그러면 올렌스카 부인 역시 그날 같이 와서 밍곳 할머니와 하루를 보낼 것 같았다. 어찌 됐든 그날 블렌커 저택은 비어 있을 것이고, 그렇다면 사람들 눈에 띄지 않고 그 집을 구경할 수 있을 터였다. 올렌스카 백작부인을 정말 다시 보고 싶은지는 스스로도 확신할 수 없었지만, 지난번 만에서 그녀를 본 뒤로 말할 수 없이 강렬하게 그녀가 사는 곳을 보고 싶었고, 그날 정자 안에 서 있는 그녀를 지켜보았듯이 지금 그녀가 묵고 있는 집에서 이리저리 움직이는 모습을 상상으로나마 그려보고 싶었다. 아픈 사람이 어느 순간 갑자기, 한 번 맛보고는 오랫동안 잊고 있던 음식이나 음료를 먹고 싶어하는 것처럼 이 모호한 갈망은 밤낮으로 그를 괴롭혔다. 그다음에는 어쩌겠다는 건지, 그 집을 보고 나면 어떤 일이 벌어질지, 모든 게 불확실했다. 올렌스카 부인을 만나거나 같이 얘기하고 싶다는 바람은 없었다. 그저 그녀가 걸었던 땅과, 그 땅을 하늘과 바다가 감싸고 있는 모습을 보고 나면 세상이 덜 공허할 듯했다.

종마장에 도착해 말을 구경했는데 별로 마음에 들지 않았다. 그래도 자신이 조급하지 않다는 걸 스스로에게 입증하기 위해 그 말을 몰고 종마장을 한 바퀴 돌았다. 하지만 세시가 되자 고삐를 휘두르며 대여마차를 몰고 포츠머스로 가는 샛길로 들어섰다. 바람이 잦아들고, 수평선에 깔린 엷은 안개를 보니 조수가 바뀌면 안개가 새코넷강을 덮을 듯했다. 하지만 아처가 지나가는 들판과 숲은 온통 금빛 햇살에 물들어 있었다.

아처는 회색 널빤지를 댄 과수원 안의 농가, 건초밭, 참나무숲, 저물어가는 하늘로 높이 치솟은 하얀 첨탑이 서 있는 마을들을 지나, 들판에서 일하는 농부들에게 길을 물어 미역취와 검은딸기로 뒤덮인 높은 제방들 사이에 난 길로 접어들었다. 길 끝에 푸르게 빛나는 강물이 보이고, 왼쪽으로는 참나무와 단풍나무가 몇 그루 서 있는 마당에 미늘판의 흰 페인트가 벗어진 낡은 집이 보였다.

입구 맞은편 길가에 뉴잉글랜드 사람들이 농기구를 보관하고 방문객의 말도 묶어놓는 문 없는 창고가 있었다. 아처는 마차에서 뛰어내린 다음 말 두 마리를 창고 안으로 끌고 가 기둥에 묶었다. 그러고는 돌아서서 집 쪽으로 갔다. 창고 앞 잔디밭은 다시 풀밭으로 변했고 왼쪽에는 달리아와 녹병 걸린 장미나무가 심어진 가든 박스들이 원래 흰색이었으나 지금은 유령이 나올 법한 격자 세공 정자를 둘러싸고 있었다. 정자 꼭대기에는 활과 화살은 간데없이 여전히 활 쏘는 자세를 취하고 있는 목제 큐피드상이 서 있었다.

아처는 잠시 문에 기대서 있었다. 아무도 보이지 않았고, 열린 창문에서는 아무 소리도 들리지 않았다. 문 앞에서 졸고 있는 털 바랜 뉴펀들랜드 개 역시 활을 잃어버린 큐피드상처럼 힘없는 문지기로 보였다. 이 조용하고 낡은 집이 그렇게 떠들썩한 블렌커 가족의 거처라니 이상하긴 했지만, 틀림없이 여기가 그 집이었다.

아처는 주변 풍경을 구경하고 그 나른한 분위기에 빠져 오랫동안 그 자리에 서 있었다. 하지만 어느 순간, 시간이 흘러가고 있다는 걸 깨닫고 정신을 차렸다. 구경이나 실컷 하고 돌아가야 하나? 이러지도 저러지도 못하고 서 있는데 문득 집안에 들어가 올렌스카 부인이 앉아 있던 방을 보고 싶어졌다. 그가 문으로 걸어가 초인종을 누르는 걸 막을 사람은 아무도 없었다. 그녀가 정말 다른 사람들과 파티에 가 있다면 그저 이름을 대고 거실에 들어가 메모만 남기고 와도 그만이었다.

하지만 그렇게 하는 대신 아처는 잔디밭을 가로질러 가든 박스 쪽으로 걸어갔다. 정자 안에 뭔가 밝은 게 보였기 때문이다. 더 가까이 가서 보니 분홍색 양산이었다. 양산은 자석처럼 그를 끌어당겼다. 올렌스카 부인의 양산이 확실했다. 그는 정자 안에 들어가 삐걱거리는 의자에 앉은 다음 실크 양산을 들어 조각이 새겨진 희귀한 향나무 손잡이를 살펴보았다. 그러고는 그 손잡이를 들어 입을 맞추었다.

그때 치맛자락이 가든 박스에 스치는 소리가 들렸다. 아처는 양산 손잡이를 두 손으로 움켜쥐고 거기 몸을 기댄 채 가만히 앉아 있었다. 그러고는 고개를 숙이고 치마 소리가 다가오기를 기다렸다. 언젠가는 이런 일이 일어날 줄 알았다……

"어, 아처 씨!" 젊은 아가씨가 요란하게 부르는 소리를 듣고 고개를 들어보니 블렌커가 딸들 중 제일 몸집이 큰 막내였다. 흐트러진 금발에 흙 묻은 모슬린 옷을 입고 있었는데, 한쪽 뺨에 벌겋게 자국이 난 걸 보니 조금 전까지 베개에 눌린 듯했다. 아직 잠이 덜 깬 소녀는 상냥하지만 당혹스러운 표정으로 그를 바라보았다.

"세상에, 어디서 오신 거예요? 해먹에서 깊이 잠들었나봐요. 다들 뉴포트에 갔는데. 초인종은 누르셨어요?" 소녀는 두서없이 질문을 퍼부었다.

아처는 그녀보다 더 당혹스러웠다. "아, 그게…… 막…… 누르려던 참이었어. 말을 좀 보러 왔다가 혹시 블렌커 부인과 손님들이 계시면 인사드리러 왔지. 그런데 아무도 안 계신 것 같길래 앉아서 기다리고 있었어."

블렌커 양은 졸음을 떨쳐내고 한층 더 흥미롭다는 표정으로 그를 바라보았다. "집에는 정말 아무도 안 계세요. 어머니도, 후작부인도 다 외출하고…… 저만 남았어요." 그러다가 갑자기 약간 원망하는 눈길로 그를 건너다보았다. "실러턴 교수님 부부가 오늘 어머니랑 저희를 위해 가든파티 여는 거 모르셨어요? 거기 못 가서 정말 아쉬웠는데. 제가 목이 부었는데 돌아올 때 추울까봐 어머니가 못 가게 하셨어요. 이보다 실망스러운 일이 또 있을까요? 물론 아처 씨가 오시는 줄 알았으면 덜

아쉬웠을 거예요." 소녀가 명랑한 어조로 덧붙였다.

어색하게 애교 부리는 게 보였지만, 아처는 용케 그녀의 말을 자르고 이렇게 물었다. "그런데 올렌스카 부인도 뉴포트에 가신 건가?"

그러자 블렌커 양이 놀란 얼굴로 물었다. "올렌스카 부인은…… 연락받고 떠난 거 모르셨어요?"

"연락받고?"

"아, 내가 제일 아끼는 양산인데! 리본에 잘 어울리기에 바보 같은 케이티한테 빌려줬더니 거기다 떨어뜨리고 갔네요. 우리 블렌커가 딸들은 다 그래요…… 진짜 보헤미안들이죠!" 소녀는 양산을 휙 뺏어가더니 펼쳐 들어 머리 위로 분홍색 지붕을 드리웠다. "네, 엘런은 어제 연락받고 떠났어요. 저희한테 엘런이라고 부르라고 했죠. 보스턴에서 전보가 왔는데, 이틀 동안 다녀온다고 하더라고요. 저는 그분 머리 모양이 정말 마음에 들어요, 아처 씨도 그렇죠?" 블렌커 양은 계속 재잘댔다.

아처는 소녀가 투명 인간인 듯 저쪽을 보았다. 즐겁게 웃는 소녀의 머리 위에 분홍 그늘을 드리운 싸구려 양산만 눈에 들어왔다.

잠시 후 아처는 용기를 내어 물었다. "올렌스카 부인이 왜 보스턴에 갔는지 혹시 아니? 나쁜 일로 간 건 아니지?"

그러자 블렌커 양은 절대 그럴 리 없다는 듯 밝은 표정으로 대답했다. "아, 아닐 거예요. 전보 내용은 알려주지 않았어요. 후작부인에게 알리고 싶지 않아서 그랬을 거예요. 그분 정말 낭만적이죠, 안 그래요? 꼭 「제럴딘 공주의 사랑」을 읽는 스콧시던스 부인 같지 않아요?* 그분이 낭송하는 거 보신 적 있어요?"

아처는 밀려드는 생각을 정리하느라 허둥댔다. 갑자기 그의 미래 전체가 눈앞에 펼쳐지는 듯했다. 끝없는 공허를 지나가면서 아무 사건도 일어나지 않는 삶을 살며 쇠락해가는 남자의 모습이 보였다. 그는 손질 안 된 정원, 쓰러져가는 집, 참나무 아래 내려앉은 어둠을 둘러보았다. 올렌스카 부인을 만나기에 딱 어울리는 곳인데 지금 그녀는 먼 곳에 가 있고, 분홍 양산마저 그녀의 것이 아니었다⋯⋯

아처는 이마를 찡그린 채 조심스럽게 물었다. "실은 나도 내일 보스턴에 가는데 혹 시간 되면 잠깐 볼까 해서⋯⋯"

블렌커 양은 여전히 미소 짓고 있었지만 그에게 흥미를 잃은 눈치였다. "아, 그럼요. 친절하셔라! 파커 하우스**에 묵는다고 하셨어요. 이 날씨에 보스턴에 있으면 아주 힘들 텐데."

그뒤에는 소녀의 말이 거의 귀에 들어오지 않았다. 그녀가 가족들이 돌아올 때까지 기다렸다가 다과를 들고 가라고 간곡히 권한 것만 기억났다. 그러나 결국 그는 소녀와 함께 지붕에 목제 큐피드상이 서 있는 정자에서 나와 묶어놨던 말을 타고 집으로 돌아왔다. 모퉁이에서 돌아보니 블렌커 양이 문 앞에 서서 분홍 양산을 흔들고 있었다.

---

* 「제럴딘 공주의 사랑」은 1844년에 나온 엘리자베스 배럿 브라우닝의 시로, 그 안에 담긴 로버트 브라우닝의 작품에 대한 찬사를 계기로 두 시인은 만나 결혼하게 된다. 스콧시던스는 영국 배우.
** 1854년에 설립된 보스턴 스쿨가에 위치한 호텔.

23

다음날 아침, 폴 리버 기차에서 내리자 한여름 보스턴의 무더위가 느껴졌다. 역 근처 거리에서는 맥주와 커피, 썩어가는 과일 냄새가 진동했고, 사람들은 셔츠만 입은 채 마치 하숙생이 집안에서 욕실에 가려고 복도를 지나가듯 아주 느긋하게 걷고 있었다.

아처는 마차를 잡아타고 서머싯 클럽*에 가서 아침을 먹었다. 아주 고급스러운 장소들조차 아무리 무더운 날이라도 유럽에서는 볼 수 없는, 가정집에 있는 듯한 해이한 분위기를 풍겼다. 캘리코 천 옷을 입은 관리인들이 부잣집 문 앞에서 빈둥거렸고, 커먼공원** 역시 프리메이슨들이 소풍 나온 유원지처럼 보였다. 엘런 올렌스카가 있을 법하지 않은 곳을 아무리 상상해봐도 더위에 지치고 오가는 사람도 적은 보스턴만큼 그녀에게 어울리지 않는 곳을 떠올리기는 어려울 듯했다.

그는 멜론 한 조각을 시작으로, 아주 맛있고 차분하게 아침을 먹었다. 토스트와 스크램블드에그를 기다리며 조간신문도 읽었다. 어제저녁 메이에게 내일 보스턴에 볼일이 있어 그날 밤 바로 폴 리버 기선을 타고, 그다음날 저녁 뉴욕에 갈 거라고 말한 순간부터 새로운 힘과 활기가 느껴졌다. 다들 그가 주초에 뉴욕으로 돌아가리라 생각하고 있었는데, 포츠머스에서 돌아와보니 운명의 손길인 양 현관 탁자에 법률사무소에서 온 편지가 눈에 잘 띄게 놓여 있었다. 그것으로 갑자기 보스턴에 가는 문제는 간단히 처리되었다. 모든 일이 너무 쉽게 해결되니

---

* 1851년에 설립된 보스턴 최초의 클럽으로, 비컨가와 서머싯 코너에 있다.

** 보스턴 시내에 있는 공원.

오히려 부끄러울 정도였다. 자유를 누리기 위해 노련하게 핑계를 지어내는 로런스 레퍼츠가 생각나 잠깐 꺼림칙한 느낌이 들었다. 하지만 지금은 뭔가를 따질 기분이 아니었기에 이런 걱정도 금세 잊었다.

아침을 먹은 뒤에는 담배를 피우며 〈커머셜 애드버타이저〉를 읽었다. 그사이 아는 사람이 두셋 들어와 의례적인 인사를 건넸다. 시간과 공간의 그물을 빠져나온 듯한 기묘한 느낌에 빠져 있었지만, 역시 같은 세상이었다.

시계를 보니 아홉시 반이었다. 아처는 클럽 서재에 들어가 몇 줄 적은 다음 사람을 불러 마차로 파커 하우스에 전달하고 답신을 받아오라고 일렀다. 그러고는 다른 신문을 읽으며 마차로 파커 하우스까지 가는 데 얼마나 걸릴지 계산해보았다.

"숙녀분이 외출하셨답니다." 갑자기 옆에서 웨이터의 목소리가 들렸다. "외출하셨다고?……" 아처는 다른 나라 말이라도 하듯 어물거렸다.

그는 일어나 로비로 나갔다. 뭔가 실수가 있었겠지. 이 시간에 외출했을 리가 없었다. 그는 자신의 우둔함에 얼굴이 벌게질 정도로 화가 치밀었다. 대체 왜 도착하자마자 편지를 보내지 않았을까?

그는 모자와 단장을 들고 거리로 나섰다. 마치 먼 외국에서 온 여행자처럼, 시내가 갑자기 낯설고 거대하고 공허해 보였다. 잠시 문간에 서서 망설이던 그는 파커 하우스에 가보기로 했다. 그녀가 아직 거기 있는데 심부름꾼이 잘못 안 것일 수도 있었다.

그는 커먼공원을 가로질러 걷기 시작했다. 그런데 나무 아래 첫번째 벤치에 그녀가 회색 실크 양산을 들고 앉아 있는 모습이 보였다. 어떻게 그녀가 분홍 양산을 쓸 거라고 생각했을까? 그쪽으로 걸어가면서 그는 그녀의 맥없는 모습에 충격을 받았다. 그녀는 달리 할일이 아무것도 없는 사람처럼 그곳에 앉아 있었다. 아처는 그녀의 힘없는 옆모습, 어두운 색 모자 아래 낮게 묶은 머리, 양산을 쥔 손에 낀 길고 주름진 장갑을 보면서 한두 발짝 더 다가갔다. 그러자 부인이 얼굴을 돌려 그를 바라보았다.

"오……" 그녀가 말했다. 아처는 난생처음으로 그녀가 놀라는 표정을 보았다. 그러나 그 표정은 이내 놀라움과 기쁨의 미소로 바뀌었다.

"오……" 그녀는 자신을 내려다보고 서 있는 아처를 보며 아까와는 다른 어조로 또 한번 말하더니 앉은 채로 그에게 한쪽 자리를 내주었다.

"여기 볼일이 있어서요. 방금 도착했어요." 아처는 이렇게 설명하다가, 자기도 모르게 갑자기 그녀를 만나서 정말 놀랐다는 표정을 꾸며냈다. "그런데 당신은 이 황막한 곳에서 대체 뭘 하고 있는 거예요?" 그는 자기가 무슨 말을 하는지도 몰랐다. 아득히 먼 곳에 있는 그녀에게 소리치는 느낌이었다. 그녀를 따라잡기 전에 그녀가 또다시 사라져버릴 것 같았다.

"나요? 오, 나도 일이 있어서 왔어요." 그녀는 아처 쪽으로 고개를 돌려 그를 마주보며 대답했다. 하지만 그 내용은 거의 들리지 않고 목소리만 귀에 들어왔는데, 그 울림이 기억 속에 거의 남아 있지 않다는 게 충격적이었다. 그녀의 목소리가 낮고 자음을 발음할 때 약간 거친 소리가 난다는 사실도 기억나지 않았다.

"머리 모양이 달라졌네요" 하고 말하자 마치 돌이킬 수 없는 말을 한 것처럼 가슴이 쿵쿵 뛰었다.

"달라졌다고요? 아, 나스타시아가 없을 때 그나마 혼자 할 수 있는 머리가 이뿐이라서 그래요."

"나스타시아? 같이 온 거 아니었어요?"

"아뇨, 혼자 왔어요. 겨우 이틀인데 데려오기가 그래서."

"파커 하우스에 혼자 있다고요?"

그녀는 예전의 그 짓궂은 눈길로 그를 바라보았다. "위험해 보여요?"

"아뇨, 위험한 게 아니라……"

"관습에 어긋난다고요? 알아요, 그렇겠죠." 그녀는 잠시 생각에 잠겼다. "그런 생각 안 했는데. 방금 그보다 훨씬 더 관습에 어긋나는 일을 해서 그런가봐요." 약간 빈정대는 눈빛이 아직 남아 있었다. "제 돈을…… 다시 돌려받는 걸 거절했거든요."

그는 벌떡 일어나 한두 걸음 뒤로 물러났다. 그녀는 접은 양산으로 하릴없이 자갈길 위에 무늬를 그리고 있었다. 아처는 다시 돌아와 그녀 앞에 섰다.

"누가…… 당신을 만나러 온 거예요?"

"네."

"이런 제안을 하려고요?"

그녀가 고개를 끄덕였다.

"그런데 그쪽이 제시한 조건 때문에 거절했다는 거죠?"

"네, 거절했어요." 그녀가 잠시 후 대답했다.

그는 다시 그녀 옆에 앉았다. "조건이 뭐였는데요?"

"아, 별로 힘든 건 아니었어요. 그저 가끔씩 그 사람 식탁에 앉아달라는 거였어요."

다시 침묵이 흘렀다. 아처는 전처럼 심장이 이상하게 덜컥 내려앉았고, 할말을 찾으려고 헛되이 애를 쓰고 있었다.

"그 사람은 어떤 대가를 치르고라도…… 당신을 되찾으려는 거죠?"

"글쎄요…… 꽤 많은 액수이긴 해요. 어쨌든 나한테는 꽤 큰돈이에요."

아처는 꼭 해야 하는 질문을 찾느라 다시 말을 멈추었다.

"그 사람을 만나러 여기 온 거예요?"

그녀는 놀란 눈으로 아처를 바라보더니 웃음을 터뜨렸다. "제 남편을…… 만난다고요? 여기서요? 그 사람은 이 시기에는 늘 카우스나 바덴에서 지내는걸요."

"그럼 다른 사람을 보낸 건가요?"

"네."

"편지를 전하라고?"

그러자 부인은 고개를 저었다. "아뇨, 그냥 간단한 메시지요. 그이는 절대 편지를 쓰지 않아요. 지금까지 그이한테 받은 편지라곤 딱 한 통뿐이에요." 편지 얘기가 나오자 그녀의 얼굴이 붉어졌고, 아처 역시 얼굴이 빨개졌다.

"왜 편지를 안 쓰는 거죠?"

"쓸 이유가 없잖아요. 그런 건 비서가 하니까요."

아처의 얼굴이 더 붉어졌다. 그녀에게는 비서라는 말이 별 특별한 의미를 갖지 않는 듯했다. 한순간 아처는 이렇게 묻고 싶었다. '그럼 자기 비서를 보낸 거예요?' 하지만 올렌스키 백작이 자기 아내에게 쓴 유일한 편지가 너무 또렷이 기억나 그러지 못했다. 아처는 잠자코 있다가 다시 물었다.

"그럼 그 사람은?"

"그이가 보낸 사람 말인가요? 그 사람은 벌써 떠났을 수도 있어요." 그녀가 여전히 미소 띤 얼굴로 대답했다. "그래도…… 혹시 모르니까…… 저녁까지 기다린다고 하더라고요……"

"그래서 더 생각해보려고 여기 나와 있는 거예요?"

"신선한 공기를 쐬고 싶어서 나온 거예요. 호텔 안이 답답해서요. 이따 오후에 포츠머스로 돌아가려고요."

두 사람은 서로를 보지 않고 길 가는 사람들을 바라보며 말없이 앉아 있었다. 이윽고 그녀가 고개를 돌려 그의 얼굴을 바라보며 말했다. "당신은 그대로네요."

아처는 '변해 있었어요. 당신을 다시 만나기 전까지는'이라고 대답하고 싶었지만, 그냥 벌떡 일어서서 무덥고 어수선한 공원을 둘러보았다.

"정말 덥네요. 잠깐 항구 쪽에 다녀오면 어때요? 바람도 불고 더 시원할 거예요. 기선으로 알리곶까지 가도 되고요." 그녀는 망설이는 표정으로 그를 쳐다보았고, 아처는 말을 이었다. "월요일 아침이니 배에 사람도 별로 없을 거예요. 난 저녁에나 뉴욕행 기차를 탈 거고. 자, 빨리 갑시다." 아처는 그녀를 내려다보며 말하다가 불쑥 외쳤다. "우리는 할 만큼 했잖아요?"

"아……" 그녀가 중얼거렸다. 그녀는 자리에서 일어나 다시 양산을 펴더니 주위를 둘러보며 여기 있으면 안 된다는 사실을 확인하는 것 같았다. 그러더니 다시 그의 얼굴을 바라보았다. "나한테 그런 말 하면 안 돼요." 그녀가 말했다.

"당신이 원하면 무슨 말이든지 할게요. 아니면 아무 말도 안 하든지.

당신이 말하라고 할 때까지 가만히 있을게요. 그런다고 누가 피해보는 것도 아니잖아요. 나는 그냥 당신 목소리가 듣고 싶어요." 그는 더듬거리며 말했다.

그녀는 에나멜 사슬이 달린 작은 금시계를 꺼냈다. "아, 시계 보지 마요." 아처가 소리쳤다. "오늘은 나랑 같이 있어줘요! 그 사람을 못 만나게 하고 싶어요. 그 사람이 몇시에 오죠?"

그녀의 얼굴이 다시 붉어졌다. "열한시요."

"그럼 지금 바로 떠나야 해요."

"걱정하지 마세요. 내가 당신과 안 간다 해도."

"당신도 걱정하지 않아도 돼요. 나와 함께 간다 해도. 난 그냥 당신 이야기를 듣고 싶어요. 그동안 뭐 하고 지냈는지 알고 싶어요. 백년 만에 다시 만난 건데, 앞으로 또 백년 후에나 만날지도 모르잖아요."

그녀는 불안한 눈길로 그를 바라보며 여전히 망설이고 있었다. "내가 할머니 별장에 간 날, 왜 해변으로 날 데리러 오지 않았어요?" 그녀가 물었다.

"당신이 돌아보지 않아서요. 내가 온 걸 모르는 것 같아서 그랬어요. 당신이 안 돌아보면 절대 데리러 가지 않겠다고 마음먹었거든요." 그런데 말해놓고 보니 너무 어린애 같아서 아처는 웃음을 터뜨렸다.

"일부러 안 돌아본 건데."

"일부러?"

"당신이 온 거 알고 있었어요. 마당으로 들어올 때 말들을 알아봤거든요. 그래서 해변으로 내려간 거예요."

"나한테서 가능한 한 멀리 가고 싶어서요?"

그녀는 낮은 소리로 대답했다. "당신한테서 가능한 한 멀리 가고 싶어서요."

아처는 다시 웃음을 터뜨렸다. 이번에는 소년처럼 흡족해하는 웃음이었다. "흠, 그래봤자 소용없다는 거 알잖아요. 오늘 여기 온 이유는 단 하나, 당신을 찾으려고 온 거예요. 아, 그런데 빨리 가야지, 안 그러면 배 놓쳐요." 아처가 덧붙였다.

"배라고요?" 그녀는 당혹스러운 듯 얼굴을 찌푸렸다가 빙긋 웃었다. "아, 그런데 일단 호텔에 가서 편지를 남겨야 해요……"

"몇 통이든 남기고 와요. 여기서 써도 되는데." 아처는 여행용 책상*과 새 휴대용 만년필을 꺼내주었다. "봉투까지 있어요. 정말 모든 게 운명적이죠? 자, 금방 만년필 잉크가 나오게 할 테니까 이 책상을 무릎에 잘 얹어봐요. 이렇게 해야 잉크가 나오거든요." 그는 만년필 쥔 손을 벤치 등받이에 탁탁 쳤다. "온도계의 수은을 내려오게 하는 거랑 비슷해요. 간단하죠. 자, 한번 써봐요……"

그녀는 하하 웃더니, 그가 여행용 책상에 놓아준 종이에 편지를 쓰기 시작했다. 아처는 몇 발짝 물러서서 지나가는 사람들을 보았지만, 기쁨으로 빛나는 그의 눈에는 아무것도 들어오지 않았다. 행인들은 잠시 발을 멈추고 평소 보기 힘든 광경, 즉 상류층 옷차림을 한 숙녀가 커먼 공원 벤치에 앉아 무릎에 놓인 종이에 편지를 쓰는 광경을 바라보았다.

올렌스카 부인은 편지를 봉투에 넣고 이름을 적은 다음 주머니에 집어넣었다. 그러고는 자리에서 일어섰다.

---

* 문구류와 펜 등이 든, 얇은 상자 두 개를 맞붙인 형태의 접고 펼 수 있는 휴대용 책상.

두 사람은 비컨가 쪽으로 걸어나왔다. 아처는 아까 자기 편지를 파커 하우스에 배달했던, 안에 플러시 천을 댄 허덕 마차*가 클럽 근처에 서 있는 것을 보았다. 배달을 마친 마부는 길모퉁이에 있는 급수대에서 이마의 땀을 씻고 있었다.

"모든 게 운명적이라고 했잖아요! 때마침 마차가 와 있네요. 저기 봐요!" 그 시간에, 아직 마차 승차장이 '외국'에서 들어온 신기한 제도라고 여겨지는 도시에서 대중교통을 타게 됐다는 기적에 깜짝 놀라 두 사람은 웃음을 터뜨렸다.

아처가 시계를 보니 기선 선착장에 가기 전 파커 하우스에 들러도 괜찮은 시간이었다. 두 사람은 마차를 타고 뜨거운 거리를 덜컹거리며 지나 호텔 문 앞에 멈춰 섰다.

아처가 편지를 달라고 손을 내밀며 물었다. "내가 안에 갖다놓고 올까요?" 하지만 올렌스카 부인은 고개를 젓더니 펄쩍 뛰어내려 판유리 낀 문 안으로 사라졌다. 이제 겨우 열시 반이었지만, 백작이 보낸 사자가 딱히 할일이 없거나 어서 빨리 부인의 답을 듣고 싶어서, 아까 그녀가 들어갈 때 아처가 흘긋 본 시원한 음료를 옆에 둔 여행객들 사이에 앉아 있다면 어떻게 할 것인가?

아처는 마차 앞을 서성대며 그녀를 기다렸다. 나스타시아와 비슷한 눈매를 한 시칠리아 소년이 구두를 닦아준다며 다가왔고, 아일랜드 여인이 복숭아를 사라고 권하기도 했다. 몇 초마다 한 번씩, 더위 때문에 밀짚모자를 뒤로 젖혀 쓴 손님들이 문을 열고 나와 지나가면서 그를

---

* 좌석이 양옆에 있고 뒤쪽으로 타고 내리는 19세기 후반 미국의 합승 마차.

처다보았다. 그는 문이 그렇게 자주 열린다는 점, 문을 열고 나오는 사람들이 다 너무나 비슷할 뿐 아니라, 그 시각 미국 전역에서 쉴새없이 호텔의 회전문을 열고 나오는 더위에 지친 다른 모든 사람들과도 너무나 비슷해 보인다는 점에 놀랐다.

그러다가 갑자기 주위의 다른 사람들과 전혀 다른 얼굴이 나타났다. 발걸음이 그 누구보다 빨라서 눈길을 끌었는데, 그 남자가 호텔 쪽으로 획 돌아서는 순간 아처는 전형적인 얼굴—여위고 지친 얼굴, 둥글고 놀란 얼굴, 턱이 홀쭉하고 순해 보이는 얼굴—을 지닌 온갖 사람들 틈에서, 그보다 훨씬 더 많은 특징을 동시에 갖고 있으면서 다른 사람들과 너무도 다른 그 얼굴을 얼핏 보았다. 그 남자는 창백한데다 더위 또는 근심 때문에 반쯤 기진한 듯하면서도, 다른 한편으로는 주변 사람들보다 훨씬 더 민첩하고 생기 넘치고 예민해 보였다. 주변 사람들과 달라서 그렇게 보이는 것일 수도 있었다. 아처는 잠시 가느다란 기억의 실에 매달려보았지만, 점점 멀어져가는 얼굴과 함께 실은 딱 끊어지면서 떠내려가고 말았다. 외국에서 온 사업가 같은데 이런 데서 보니 더 이질적으로 보였다. 그가 인파 속으로 사라지자 아처는 다시 마차 앞을 이리저리 거닐기 시작했다.

호텔에서 빤히 보이는 데서 시계를 들고 있기가 뭐해서 그냥 막연히 짐작하다보니, 올렌스카 부인이 여태 안 나오는 건 필시 그 사자를 만나 붙잡혀 있기 때문일 것 같았다. 그 생각을 하자 아처는 걱정스럽다 못해 고통스러웠다.

"금방 안 나오면 들어가서 찾아와야지." 아처는 혼잣말로 중얼거렸다.

그때 문이 획 열리더니 그녀가 다시 옆에 와 섰다. 두 사람은 허덕 마차에 올랐고, 출발하면서 시계를 꺼내 보니 그녀가 호텔에 다녀오는 데 걸린 시간은 겨우 삼 분이었다. 마차의 유리창이 헐거워서 심하게 덜컹거리는 바람에 대화는 못하고 울퉁불퉁한 도로를 달려 부두에 도착했다.

승객이 반쯤 찬 기선 좌석에 나란히 앉으니 별로 할말이 없었다. 아니, 이렇게 도심을 벗어나 단둘이 있으니 달콤한 침묵 속에서 더 많은 이야기를 나누는 듯했다.

배가 출발하고 부두와 선착장이 후텁지근한 안개 뒤로 멀어지자 익숙한 현실 속의 모든 것으로부터 벗어나는 느낌이 들었다. 아처는 올렌스카 부인에게 그녀도 지금 그와 함께 영영 돌아오지 않을 긴 여행을 떠나는 느낌인지 물어보고 싶었다. 하지만 안 그래도 위태로운, 그에 대한 그녀의 신뢰를 흔들 수 있는 어떤 말도 꺼내기가 두려웠다. 그는 그녀의 신뢰를 절대 깨고 싶지 않았다. 그녀와의 입맞춤이 떠올라 입술이 타오르던 날이 하루이틀 아니었다. 실은 그저께 포츠머스로 달려가는 마차 안에서도 그녀에 대한 생각이 불길처럼 그의 온몸을 휩쓸었다. 그런데 그녀가 옆에 있고 미지의 세계로 들어가는 이 순간, 그들은 살짝 손만 닿아도 깨질 것 같은 깊은 친밀함에 도달한 느낌이 들었다.

배가 항구를 벗어나 바다로 향하자 미풍이 일며 만 전체에 길고 매끈한 물고랑이 파이더니 하얀 물보라가 덮인 잔물결로 변했다. 시내는 여전히 무더운 안개로 덮여 있었지만 두 사람 앞에는 파도가 일렁이는 청신한 세상이 펼쳐져 있고, 저멀리 등대가 서 있는 여러 곳들은 햇살에 물들어 있었다. 올렌스카 부인은 기선의 난간에 기댄 채 살짝 입을 벌리고 시원한 공기를 들이마셨다. 긴 베일을 모자에 둘둘 감고 있었지만 얼굴은 가리지 않았고, 아처는 평온하면서도 행복한 그녀의 표정에 놀라움을 금치 못했다. 그녀는 이 모험을 당연한 일로 여기는 듯했고, 혹시 아는 사람들을 만날까 걱정하거나 (그보다 더 나쁜 거지만) 뭔가 새로운 일이 벌어질 거라는 기대에 부풀어 있는 것 같지 않았다.

둘만 있을 수 있기를 바랐던 여관의 아무 장식도 없는 식당에는 순박해 보이는 젊은이들이 왁자지껄 떠들고 있었다. 주인 말로는 휴가 나온 교사들이라고 했는데, 그렇게 시끄러운 데서 얘기해야 한다니 정말 난감했다.

"여기는 안 되겠어요. 따로 방을 달라고 할게요." 그의 말에 올렌스카 부인은 반대하지 않고 아처가 돌아올 때까지 기다렸다. 방문을 열자 긴 목제 베란다가 있고, 창문 너머로 바다가 보였다. 방은 별 장식 없이 서늘했고, 거친 체크무늬 천으로 덮인 탁자에는 피클 병과 덮개 안에 든 블루베리 파이가 놓여 있었다. 밀회중인 연인들을 위한 *밀실*치고는 정말 소박했다. 아처는 맞은편에 앉은 올렌스카 부인의 얼굴에 희미하지만 즐거운 미소가 떠오르는 걸 보고 이제 좀 안심이 됐나보다 싶었다. 남편으로부터—소문에 의하면 다른 남자와 같이—도망친 여인이라면 어떤 상황이든 크게 개의치 않는 법을 터득했을 듯싶었지만, 부인이 워낙 아무렇지도 않게 행동하는 걸 보니 안쓰러웠다. 그처럼 조용하고 전혀 놀라는 기색 없이 차분하게 행동하는 그녀를 보면, 아처는 인습 따위는 아무것도 아닌 것 같고, 서로에게 할말이 너무도 많은 두 친구가 단둘이 있고 싶어하는 건 자연스러운 일이라는 생각이 들었다……

24

두 사람은 조용한 가운데 간간이 열띤 이야기를 나누면서 천천히 점심을 먹었다. 마법이 풀리자 할 이야기가 정말 많았지만, 어떤 때는 말이 침묵의 대화를 받쳐주는 반주처럼 느껴지기도 했다. 아처는 자신의 생활에 대해서는 얘기하지 않았다. 일부러 그런 건 아니지만, 그녀가 살아온 이야기를 한마디도 놓치고 싶지 않았기 때문이다. 부인은 깍지 낀 두 손에 턱을 괸 채 탁자에 몸을 기대고 지난번 만남 이후 일 년 반 동안 있었던 일을 얘기해주었다.

그녀는 이른바 '사교계'에 진력났다. 뉴욕은 친절했고, 부담스러울 만큼 호의적이었다. 자신을 다시 맞아준 은혜를 잊어서는 안 되겠지만, 그 분위기에 어느 정도 익숙해진 후에는—그녀의 말을 그대로 옮기면—그들과 시각이 너무 '달라서' 뉴욕이 중요하게 여기는 것들을 받아들이기 어려웠다. 그래서 더 다양한 사고방식을 지닌 여러 부류의 사람들이 모여든다는 워싱턴으로 옮겨간 건데, 여러 가지로 생각하면 거기 정착해 가여운 메도라 고모와 사는 것도 괜찮을 듯싶다고 했다. 이상한 남자랑 결혼하지 못하게 말려주고 돌봐줄 가족의 도움이 가장 절실한 시기에 다른 친척들은 모두 고모에게 인내심의 한계를 느끼는 상황이었기 때문이다.

"하지만 카버 박사…… 카버 박사는 걱정되지 않아요? 블렌커가에서 같이 묵었다고 들었는데."

부인이 빙긋 웃었다. "아, 그분은 이제 괜찮아요. 카버 박사는 영리한 사람이에요. 그 사람은 자기 계획을 실현시켜줄 돈 많은 여자와 결혼하고 싶어하는데, 메도라 고모는 그저 홍보에 도움이 될 개종자에 불과하거든요."

"개종자라고요?"

"사회를 변화시킬 온갖 이상한 계획을 믿는 개종자요. 하지만 나는 맹목적으로—누군가가 만든—인습에 따르는 우리 뉴욕 사람들보다는 그들이 더 홍미로워요. 일껏 아메리카를 발견해놓고 다른 나라랑 똑같이 만들어버리는 건 바보 같잖아요." 부인이 탁자 저편에서 빙긋 웃었다. "크리스토퍼 콜럼버스가 겨우 셀프리지 메리 가족과 오페라를 보러 가려고 그 고생을 했다고 생각해요?"

아처는 얼굴이 붉어졌다. "보퍼트에게도, 이런 얘기를 보퍼트에게도 했어요?" 아처가 불쑥 물었다.

"그 사람 오랫동안 못 봤어요. 하지만 그런 얘기를 하면 잘 이해했죠."

"아, 내가 전부터 얘기한 대로 당신은 우리를 싫어해요. 그리고 당신이 보퍼트를 좋아하는 건 우리와 전혀 다르기 때문이죠." 아처는 삭막한 방안을 둘러보고, 텅 빈 해변과 해안을 따라 들어선 소박한 흰색 집들을 내다보았다. "우리는 너무 진부해요. 개성도, 색깔도, 다양성도 없죠." 아처가 소리쳤다. "그런데도 당신이 왜 안 돌아가는지 궁금하네요."

부인의 눈이 어두워지는 걸 보고 아처는 그녀가 발끈해서 반박할 줄 알았다. 하지만 그녀는 그 말을 곰곰이 생각하는 듯 말없이 앉아 있었고, 아처는 부인이 자기도 궁금하다고 대답할까봐 두려웠다.

이윽고 부인이 입을 열었다. "당신 때문일 거예요."

그녀는 아주 담담하고, 듣는 사람의 허영심을 전혀 북돋우지 않는 어조로 털어놓았다. 아처는 관자놀이까지 빨개졌지만 아무 말도 할 수 없었고 움직일 수도 없었다. 부인의 말이 마치 조그마한 기척에도 놀라서 날아가지만, 가만히 두면 수많은 나비를 불러들일 희귀한 나비처럼 느껴졌기 때문이다.

부인이 말을 이었다. "적어도, 그런 진부함 뒤에는 제 다른 삶에서 가장 좋아했던 것들을 상대적으로 초라하게 만드는 정말 귀하고, 예민하고, 섬세한 것들이 숨어 있다는 사실을 깨닫게 해준 사람이 당신이었어요. 나도 어떻게 설명해야 할지 모르겠지만." 그녀가 고민하는 듯 이마를 찌푸렸다. "지고한 기쁨을 얻기 위해서는 고통스럽고 초라하고 비천한 것들을 아주 많이 대가로 치러야 한다는 걸 예전에는 미처 몰랐어요."

'지고한 기쁨이라…… 그런 걸 느꼈다면 그 자체만으로도 대단한 거죠!' 아처는 그렇게 반박하고 싶었지만, 호소하는 듯한 그녀의 눈빛에 입을 다물었다.

그녀가 말했다. "당신에게—그리고 나 자신에게—솔직히 털어놓고 싶어요. 당신이 나를 어떻게 도왔는지, 나를 어떤 존재로 만들어주었는지 말할 기회를 오랫동안 기다렸어요."

아처는 미간을 찌푸린 채 그녀를 바라보며 앉아 있었다. 그러다가 웃으며 대답했다. "당신은 나를 어떤 존재로 만들었다고 생각하는데요?"

그러자 부인의 얼굴이 살짝 창백해졌다. "당신을요?"

"네. 왜냐하면 내가 당신을 바꿔놓은 것보다, 당신이 나를 훨씬 더 많이 바꿔놓았으니까요. 나는 한 사람의 말 때문에 어떤 여자와 결혼한 남자예요."

창백했던 그녀의 얼굴이 일순 붉어졌다. "오늘 그런 말은 안 하기로…… 약속한 줄 알았는데."

"아…… 당신도 여자 맞네요! 여자들은 고통스러운 문제를 끝까지 보려 하지 않아요!"

부인이 목소리를 낮추었다. "이 결혼이…… 메이에게 나쁜 일인가요?"

아처는 창가에 선 채 위로 밀어올린 창틀을 톡톡 치며, 그녀가 사촌의 이름을 얼마나 애틋하고 다정하게 발음하는지 온몸으로 느끼고 있었다.

"그게 바로 우리가 늘 생각해야 하는 문제라고…… 당신이 말하지 않았나요?" 부인이 단호한 어조로 물었다.

"내가 말했다고요?" 아처는 여전히 멍한 눈으로 바다를 내다보며 되물었다.

부인은 애써 자신의 생각을 정리하며 말을 이었다. "그렇지 않다면, 그러니까 다른 사람들이 환멸이나 불행에 빠지지 않도록 뭔가를 포기하거나 놓는 일이 중요하지 않다면, 내가 고향으로 돌아온 모든 이유, (거기서는 아무도 그런 일을 신경쓰지 않았기에) 내가 누리던 생활을 상대적으로 너무도 삭막하고 초라하게 만든 모든 것이 전부 거짓이거나 꿈에 지나지 않겠네요."

아처는 그 자리에서 뒤돌아섰다. "그렇다면 당신은 돌아가지 않을 이유가 없겠군요?" 그가 부인을 대신해 결론을 맺었다.

부인이 애절한 눈길로 그를 쳐다보았다. "아, 이유가 없다고요?"

"내 결혼의 성공에 당신의 모든 것을 걸었다면 몰라도. 하지만 내 결혼은 당신을 여기 묶어둘 만큼 대단한 구경거리는 아닐 거예요." 아처가 잔인하게 말했다. 부인이 아무 말 없자 아처가 말을 이었다. "대체 왜 그런 거예요? 당신은 내게 처음으로 진짜 삶이 뭔지 보여주고는 계속 가짜 삶을 살아가라고 말했어요. 사람이라면 도저히 견딜 수 없는 일이죠. 내가 하고 싶은 말은 이게 다예요."

"아, 그렇게 말하지 말아요. 나도 견디고 있잖아요!" 눈물어린 눈으로 그녀가 소리쳤다.

그녀는 탁자에 두 팔을 늘어뜨린 채 절망적인 위험이 닥쳐도 아랑곳하지 않겠다는 듯이 그의 시선에 얼굴을 내맡기고 앉아 있었다. 그 얼굴은 그 뒤에 있는 영혼과 그녀라는 인간 전체를 드러내고 있었다. 아처는 그 얼굴이 갑자기 드러낸 진실에 압도되어 묵묵히 서 있었다.

"당신도, 아, 그렇게 오랫동안 당신 역시?"

부인은 대답 대신 고인 눈물이 넘쳐 천천히 흘러내리도록 내버려두었다.

두 사람은 아직도 방의 절반쯤 거리를 사이에 두고 있었지만, 어느 쪽도 움직이지 않았다. 아처는 자신이 그녀의 육체에 대해서는 이상하리만큼 무관심하다는 것을 깨달았다. 탁자 위에 아무렇게나 늘어뜨린 그녀의 손이 23번가의 작은 집에서 그녀의 얼굴을 안 보려고 한쪽 손을 바라보던 순간을 떠올리게 하지 않았다면, 그녀가 거기 앉아 있다는 사실도 의식하지 못했을 것이다. 이제 그의 상상력은 소용돌이의 가장자리를 돌듯 그녀의 손을 둘러싸고 돌았다. 그렇지만 여전히 가까이 다가가지는 않았다. 아처 역시 애무를 통해 깊어지고 다시금 애무를 불러오는 사랑을 경험한 적이 있었지만, 그 자신의 뼈보다도 더 가까운 이 열정은 육체를 통해 만족시킬 수 있는 사랑이 아니었다. 지금 아처는 그녀가 하는 말의 소리나 느낌을 흐릴 만한 어떤 행동도 하고 싶지 않았고, 앞으로는 결코 외롭지 않을 거라는 생각만 가득했다.

하지만 다음 순간, 너무 많은 것이 허비되고 망가졌다는 생각이 밀려왔다. 둘이 이렇게 가까이, 안전하게, 한방에 같이 있는데도 마치 지구 반대편에 있는 것처럼 각자의 운명에 묶여 꼼짝할 수 없었다.

"당신이 돌아가면…… 이게 다 무슨 소용이에요?" 아처는 '어떻게 하면 당신을 붙잡을 수 있나요?'라는 절망적인 외침을 그렇게 표현했다.

그녀는 눈을 내리깔고 가만히 앉아 있었다. "아…… 아직 돌아가지 않을 거예요!"

"아직? 그럼 언젠가는 가는 거네요? 그게 언제일지 당신은 이미 아는 거예요?"

그러자 부인은 티 없이 맑은 눈을 들어 그를 바라보았다. "약속할게요. 당신이 견디는 한 돌아가지 않겠다고. 우리가 이렇게 똑바로 마주볼 수 있는 한 떠나지 않을 거예요."

아처는 의자에 털썩 주저앉았다. 그녀의 대답은 이런 뜻이었다. '당신이 손가락 하나만 까딱해도 난 돌아가야 해요. 당신이 아는 그 모든 불행과, 당신이 어느 정도 짐작하는 그 모든 유혹이 기다리는 곳으로요.' 부인이 굳이 말하지 않아도 아처는 그 뜻을 명확히 이해했고, 감동과 경건한 복종에 휩싸인 채 탁자 이편에 못박힌 듯 앉아 있었다.

"당신에게 너무 잔인한 삶인데!" 아처가 신음하듯 말했다.

"아…… 내 삶이 당신 삶의 일부인 한은 어쩔 수 없어요."

"그리고 내 삶이 당신 삶의 일부고?"

부인이 고개를 끄덕였다.

"그게 우리가 누릴 수 있는 전부인가요?"

"글쎄요, 그게 전부죠. 아닌가요?"

그러자 아처는 그녀의 아름다운 얼굴 말고는 모든 걸 잊은 채 벌떡 일어섰다. 그녀 역시 자리에서 일어섰다. 그에게 다가가거나 도망치려는 게 아니라, 가장 어려운 일을 해내고 이제 기다릴 일만 남았다는 듯이 조용한 몸짓이었다. 그가 다가오자 부인은 뻗은 팔로 그를 막는 게 아니라 이끌었다. 그녀는 그의 손에 두 손을 맡겼지만, 부드럽게 뻗은 팔로 거리를 유지하며 체념한 듯한 얼굴로 남은 이야기를 했다.

두 사람은 오랫동안 그렇게 서 있었다. 아니, 아주 짧은 시간이었을지도 모른다. 그러나 그녀가 침묵을 통해 모든 걸 다 얘기하고, 그에게 중요한 것은 하나뿐임을 느끼게 하기에는 충분했다. 오늘이 마지막 만남이 되게 할 어떤 행동도 하면 안 된다는 사실이었다. 그는 자기들 두 사람의 미래를 그녀에게 맡기고, 안전하게 지켜주기만 바랄 뿐이었다.

"제발…… 제발 슬퍼하지 말아요." 부인이 손을 빼면서 갈라진 목소리로 말했다. 그러자 아처가 물었다. "돌아가지 않을 거죠…… 돌아가지 않을 거죠?" 그것만은 절대 견딜 수 없다는 듯한 어조였다.

"돌아가지 않을 거예요." 그녀는 이렇게 대답하더니 돌아서서 문을 열고 그를 공용 식당으로 이끌었다.

시끌벅적한 교사들은 부두로 돌아가려고 소지품을 챙기고 있었다. 해변 저쪽 선착장에는 흰 기선이 정박해 있고, 햇살에 반짝이는 바다 너머로 안개 낀 보스턴이 보였다.

25

다른 사람들 틈에 끼여 다시 배에 탄 아처는 마음이 평온해서 놀랍기도 하고 힘이 나기도 했다.

세간의 기준으로 따지자면 어제 일은 정말 말도 안 되는 실패였다. 올렌스카 부인의 손에 입맞추지도 못했고, 다음에 다시 만날 약속을 받아낸 것도 아니었다. 그럼에도 충족되지 못한 사랑으로 애타는 남자, 아무런 기약도 없이 열정의 대상과 헤어진 남자치고는 머쓱할 만큼 마음이 편하고 차분했다. 다른 사람들에 대한 의리와 서로에 대한 솔직함 사이에서 완벽한 균형을 이루어낸 그녀 덕분에 아처는 마음이 설레면서도 정말 편안했다. 부인이 그렇게 눈물을 흘리고 망설인 걸 보면 처음부터 교묘하게 계산된 게 아니라 깊은 진솔함에서 자연스럽게 우러나온 균형이었다. 위험한 상황이 지나가자 아처는 그런 균형을 이루어낸 부인에 대해 애정과 경외감을 느꼈고, 자신의 허영심이나 두 사람을 지켜보는 노련한 사람들 앞에서 연기를 해야 한다는 압박감에 휩싸여 부인을 유혹하지 않게 해준 운명에 감사했다. 폴 리버 역에서 두 손을 맞잡고 작별한 뒤 혼자 돌아선 후에도 그는 어제 만남에서 자기가 희생한 것보다 훨씬 더 많은 것을 지켜냈다는 확신을 마음속에 간직하고 있었다.

클럽으로 돌아간 아처는 텅 빈 서재에 혼자 앉아 올렌스카 부인과 같이 보낸 몇 시간 동안의 일을 하나하나 되짚어보았다. 곰곰이 생각해 볼수록 그녀가 설령 유럽으로—남편에게로—돌아간다 해도, 이전의 생활이나 새로 제시된 조건에 이끌린 탓이 아님을 분명히 알 수 있었다. 그래, 그녀가 돌아간다면 그 이유는 오로지 자신이 아처에게 유혹이 된다고 느낄 때, 둘이서 세운 기준에서 벗어나게 하는 유혹이 된다고 느낄 때뿐이리라. 그가 더 가까이 오라고 하지 않는 한 그녀는 아처 근처에만 머물 테고, 그녀를 그 자리에 안전하면서도 격리된 상태로 두는 것은 아처에게 달려 있었다.

기차에서 아처는 이런 상념에 빠져 있었다. 덕분에 그는 금빛 안개에 휩싸인 느낌이었고, 그 안개 너머에 있는 다른 승객들은 아득하고 흐릿하게 보였다. 이쪽에서 뭐라고 말을 해도 그들은 알아듣지 못할 것 같았다. 다음날 아침, 아처는 여전히 몽롱한 상태로 숨막히는 9월의 뉴욕이라는 현실과 맞닥뜨렸다. 더위에 지친 얼굴들이 긴 열차에서 내려 줄지어 옆을 지나갔고, 아처는 여전히 금빛 안개 너머로 그들을 바라보고 있었다. 그런데 역을 나서는 순간 갑자기 한 얼굴이 무리에서 떨어져나와 아처 쪽으로 다가오더니 그의 기억을 일깨웠다. 아처는 곧 그 얼굴이 어제 파커 하우스를 나오면서 자신에게 전형적인 얼굴이 아니라는 느낌, 미국의 여느 호텔 투숙객들과는 다른 인상을 준 젊은이의 얼굴임을 기억해냈다.

그 얼굴은 오늘도 같은 느낌을 주었고, 전에 어디선가 본 사람 같다는 생각이 들었다. 청년은 미국을 여행하는 이들이 겪는 온갖 어려움을 속수무책으로 겪고 있는 외국인처럼 멍한 표정으로 주변을 둘러보았다. 그러더니 아처에게 다가와 모자를 벗고 영어로 말했다. "실례지만,

런던에서 만난 적이 있지 않나요?"

"아, 맞아요, 런던이었죠!" 아처는 궁금하기도 하고 안쓰럽기도 해서 그의 손을 잡으며 대답했다. "결국 여기로 왔네요?" 그는 호기심어린 눈으로 카프리 부인 댁에서 일하던 프랑스 가정교사의 기민하고 수척한 얼굴을 건너다보았다.

"아, 맞아요. 오긴 했죠." 리비에르 씨가 입을 다문 채 미소 지었다. "하지만 금방 떠나요. 모레 돌아갑니다." 청년은 장갑 낀 손으로 가벼운 여행 가방을 든 채 초조하고 당혹스럽고 거의 호소하는 듯한 눈으로 아처를 바라보았다.

"운좋게 당신을 만났으니 여쭙는 건데, 혹시……"

"저도 막 말하려던 참인데, 시내에서 같이 식사하지 않을래요? 이따가 제 사무실로 오면 그쪽에 있는 아주 괜찮은 데서 점심을 대접하겠습니다."

리비에르 씨는 놀라고 감동한 기색이 역력했다. "정말 고맙습니다. 그런데 제가 여쭈려던 것은, 여기서는 뭘 타야 하냐는 겁니다. 짐꾼도 없고, 사람들한테 물어봐도 별로 응대를 안 해줘서……"

"맞아요. 우리 나라 역들이 좀 그래요. 짐꾼을 구해달라고 하면 껌을 주곤 하죠. 저를 따라오면 해결해드릴게요. 그리고 정말 식사 같이 합시다."

청년은 잠시 망설이더니 별로 신용이 안 가는 어조로 정말 고맙지만 다른 약속이 있다고 했다. 이윽고 마차들이 보이는 큰길에 도착하자 오후에 들러도 되느냐고 물었다.

한여름이라 법률사무소가 한가했기에 아처는 시간을 정한 다음 주소를 적어주었다. 청년은 메모지를 주머니에 넣더니 모자를 흔들어 인사하면서 몇 번이고 고맙다고 말했다. 청년은 마차를 잡아탔고, 아처는 걸어갔다.

그날 오후, 리비에르 씨는 깨끗이 면도하고 말끔해진 모습으로 정확히 약속 시간에 맞춰 아처를 찾아왔다. 하지만 여전히 긴장되고 진지한 표정이었다. 사무실에 혼자 있던 아처는 앉으라고 권했지만, 청년은 선 채로 불쑥 말을 꺼냈다. "어제 보스턴에서 뵌 것 같습니다만."

별로 중요한 말도 아니어서 금세 맞다고 대답하려던 아처는 모호하면서도 뭔가를 시사하는 듯한 청년의 집요한 눈길 때문에 선뜻 대답하지 못했다.

"정말 묘하네요." 리비에르 씨가 말을 이었다. "우리가 이런 상황에서 만나다니."

"어떤 상황 말인가요?" 아처는 청년이 혹 돈을 요구하는가 싶어 기분이 안 좋았다.

리비에르 씨는 여전히 망설이는 표정으로 그를 쳐다보았다. "저는 지난번에 말씀드린 대로 일자리를 구하러 온 것이 아니라 특별한 임무를 띠고 왔습니다……"

"아!" 아처가 소리쳤다. 그의 마음속에서 두 번의 만남이 순식간에 연결되었다. 아처는 갑자기 밝혀진 상황을 파악하기 위해 입을 다물었고, 리비에르 씨 역시 더이상 말 안 해도 충분하다고 생각한 듯 말없이 서 있었다.

"특별한 임무라고요." 잠시 후 아처가 그의 말을 되풀이했다.

젊은 프랑스인은 두 손을 펼쳐 살짝 쳐들었고, 두 사람은 책상 양편에서 서로 마주보고 있었다. 이윽고 아처가 입을 열었다. "앉으시죠."
그러자 청년은 고개 숙여 인사하고 좀 멀리 있는 의자에 앉더니 다시
잠자코 기다렸다.

마침내 아처가 입을 열었다. "그 임무에 대해 저랑 상의하고 싶다는
거죠?"

리비에르 씨가 고개를 숙였다. "저를 위해서는 아닙니다. 제가 할 일
은 충분히 했으니까요. 괜찮으시다면 올렌스카 백작부인에 대해 말씀
드리고 싶습니다."

지난 몇 분 동안 그녀의 이름이 나올 거라고 예상했지만, 막상 그 이
름을 듣자 숲속을 걷다가 튕겨진 나뭇가지에 얻어맞은 듯 관자놀이께
로 피가 쏠렸다.

"그럼 누구를 위해 그러고 싶은 거죠?" 아처가 물었다.

리비에르 씨는 그 질문에 의연하게 대답했다. "외람된 말일지 모르
나, 부인을 위해서 말씀드리는 겁니다. 추상적인 정의를 위해서라고 말
할 수도 있고요."

아처는 빈정대는 표정으로 청년을 마주보았다. "그렇다면 당신은 올
렌스키 백작의 지시로 온 거군요?"

그러자 청년의 파리한 얼굴도 붉어졌다. "백작님이 당신을 만나라고
한 건 아닙니다. 당신을 만나러 온 건 다른 일 때문이에요."

"이 상황에서 다른 어떤 일이 있을 수 있죠?" 아처가 쏘아붙였다. "지
시를 받고 왔으면 지시받은 일을 해야죠."

청년은 잠시 생각하는 듯했다. "제 임무는 끝났습니다. 올렌스카 백
작부인과 관련해서 제 임무는 실패로 돌아갔죠."

"그건 저로서도 어쩔 수 없습니다." 아처는 여전히 빈정대는 어조로 대답했다.

"맞습니다. 하지만 도와주실 수는 있어요……" 리비에르 씨는 말을 멈추더니 여전히 장갑 낀 손으로 조심스레 모자를 돌려 안감을 들여다보다가 다시 아처의 얼굴을 쳐다보았다. "제 생각에 당신은 부인뿐 아니라 그 집안사람들까지 이 제안을 거절하도록 도와주실 수 있습니다."

아처는 의자를 뒤로 빼며 벌떡 일어섰다. "세상에! 내가 도와줄 거라고요!" 아처는 바지 주머니에 양손을 찌른 채 성난 얼굴로 그 자그마한 프랑스인을 노려보았다. 리비에르 씨도 자리에서 일어섰지만 아처의 눈보다 약간 아래 있었다.

리비에르 씨의 얼굴이 다시 평소만큼 창백해졌다. 그보다 더 창백해질 수는 없을 것 같았다.

아처는 발끈해서 소리쳤다. "나와 올렌스카 부인의 관계를 근거로 내게 부탁하는 걸 텐데, 대체 내가 왜 그분 가족들과 반대되는 입장을 취해야 한다고 생각하는 거죠?"

청년은 한동안 아무 말 없었지만, 겁먹은 표정에서 완전히 고뇌하는 얼굴로 바뀌었다. 평소 그처럼 영민한 표정을 지닌 이가 이 정도로 무력하고 당혹해하는 건 드문 일이었을 것이다. "아, 아처 씨……"

아처가 말을 이었다. "백작부인과 훨씬 더 가까운 분들이 많은데 왜 하필 나를 찾아왔는지도 궁금하고, 그쪽에서 부탁받은 내용을 내가 왜 더 잘 이해할 거라고 생각했는지도 궁금하네요."

리비에르 씨는 이 공격에 당혹스러울 정도로 겸허하게 반응했다. "제가 말씀드릴 내용은 그쪽에서 시킨 게 아니라 저 스스로 생각한 겁니다."

"그렇다면 제가 듣고 있을 이유가 더더욱 없죠."

리비에르 씨는 이 마지막 말이 어서 모자를 쓰고 나가라는 뜻인지 고민하듯, 다시 한번 모자 안을 들여다보았다. 그러더니 갑자기 결연하게 말했다. "아처 씨, 한 가지만 말해주시겠습니까? 제가 여기 올 권리가 없다고 생각하시는 겁니까? 아니면 이 일이 이미 마무리됐다고 생각하시는 건가요?"

그처럼 차분하게 묻는 청년을 보자 아처는 무턱대고 화를 낸 게 무렴해졌다. 리비에르 씨의 말을 들어봐야 할 것 같았다. 아처는 살짝 얼굴을 붉히며 다시 의자에 앉은 다음 리비에르 씨에게도 앉으라고 손짓했다.

"죄송하지만, 이 일이 왜 마무리되지 않았다고 생각하는 겁니까?"

리비에르 씨는 고뇌에 찬 얼굴로 아처를 바라보았다. "그럼 당신도 부인의 다른 가족들과 마찬가지로 제가 갖고 온 새로운 조건들을 볼 때 부인이 남편에게 돌아갈 수밖에 없다고 생각하시는 건가요?"

"세상에!" 아처가 탄식했고, 청년은 낮은 목소리로 그의 의문에 답해주었다.

"부인을 만나기 전에, 올렌스키 백작의 요청에 따라 러벌 맨슨 밍곳 씨를 몇 차례 만났습니다. 보스턴으로 가기 전에요. 밍곳 씨는 그 모친의 입장을 대변하는 걸로 알고 있습니다. 그리고 집안 전체가 맨슨 밍곳 부인의 영향 아래 있다고 들었습니다."

아처는 무너지는 절벽에 매달린 심정으로 묵묵히 앉아 있었다. 이런 협상에서 자신이 배제되었고, 협상이 진행되는지도 몰랐다는 게 새롭게 알게 된 놀라운 사실들보다 더 충격적이었다. 밍곳 집안이 이 문제를 이제 자기와 상의하지 않는다는 것은 그가 더이상 자기들 편이 아니라는 걸 본능적으로 간파했기 때문이리라. 아처는 양궁 시합이 있던 날, 맨슨 밍곳 부인 집에서 돌아오는 길에 메이가 "사실 언니는 남편이랑 사는 게 더 행복할 수도 있는데"라고 했었는데, 아처는 이제야 그 말뜻을 깨닫고 경악했다.

새롭게 알게 된 사실들 때문에 머릿속이 엉망인데도 아처는 그 말을 듣고 자신이 불처럼 화를 냈으며, 그뒤로는 아내가 자기에게 올렌스카 부인의 얘기를 일절 하지 않았다는 것이 기억났다. 메이가 아무렇지도 않게 던진 그 말은 실은 바람이 어느 쪽으로 부는지 알아보기 위해 쳐든 지푸라기였다. 아내는 그의 반응을 친정 식구들에게 전했고, 그때부터 밍곳 집안은 그를 빼놓고 이 문제를 논의해왔던 것이다. 아처는 메이로 하여금 그 결정에 따르게 만든 집안의 훈육에 감탄을 금치 못했다. 양심에 거리꼈다면 그렇게 못했을 터였다. 그녀는 올렌스카 부인이 별거생활을 하느니 불행한 아내로 사는 쪽이 더 행복할 테고, 가끔 가장 근본적인 것에 의문을 제기하는 아처의 성격을 고려했을 때 그와 이 문제를 의논해봤자 별 소용 없을 거라는 집안 식구들의 의견에 동조했을 것이다.

아처가 고개를 쳐들자 리비에르 씨는 초조한 눈으로 그를 바라보고 있었다. "밍곳 집안사람들이 올렌스카 부인에게 백작이 마지막으로 제시한 조건을 거절하라고 조언하는 게 맞는지 의심하기 시작했다는 거, 알고 계시지 않나요? 모르실 수 없을 것 같은데."

"당신이 가져온 조건 말인가요?"

"그렇습니다."

아처는 자기가 뭘 알든 모르든 리비에르 씨가 상관할 일이 아니라고 쏘아붙이고 싶었다. 하지만 어딘지 모르게 겸허하면서도 용감하게 끈질긴 청년의 눈빛을 보자 그러면 안 된다는 생각이 들었다. 그래서 대답 대신 다른 질문을 던졌다. "저한테 이런 얘기를 하는 이유가 뭡니까?"

청년은 즉각 대답했다. "올렌스카 부인이 남편에게 돌아가지 않게 해달라고, 제 온 힘을 다해 간청드리고 싶어서요. 아, 제발 돌아가지 않게 해주세요!" 리비에르 씨가 소리쳤다.

아처는 아까보다 더 놀란 눈으로 청년을 바라보았다. 리비에르 씨는 진심으로 괴로워하고 있었지만 아주 확고한 표정이었다. 모든 걸 잃게 되더라도 자신의 태도를 확실히 밝히기로 결심한 듯했다. 아처는 잠시 생각에 잠겼다.

이윽고 아처가 입을 열었다. "올렌스카 백작부인에게도 그렇게 말했나요?"

리비에르 씨는 얼굴을 붉혔지만 눈빛은 흔들리지 않았다. "아뇨, 백작과 같은 생각이었기 때문에 이 일을 맡았던 겁니다. 이유를 다 말씀드릴 필요는 없지만, 저도 부인이 원래 갖고 있던 생활방식과 재산, 남편의 지위에서 오는 사회적 위치를 되찾는 게 좋다고 생각했습니다."

"그랬겠죠. 안 그랬으면 이런 임무를 맡지 않았을 테니까요."

"맡지 말아야 했습니다."

"흠, 그렇다면⋯⋯?" 아처는 다시 입을 다물었고, 두 사람은 한참 동안 탐색하듯 서로 마주보았다.

"아, 부인을 만나 대화를 나눠보니 여기서 사는 쪽이 부인에게 더 낫다는 걸 깨닫게 됐습니다."

"깨닫게 됐다고요?"

"저는 제 임무를 충실히 이행했습니다. 개인적인 의견을 덧붙이지 않고, 백작의 의견과 조건을 정확히 전달했죠. 백작부인은 친절하게도 제 얘기를 차분히 들어주고, 두 번이나 저를 만나주었습니다. 부인은 편견 없이 제 이야기를 모두 들어주셨죠. 그리고 그렇게 대화를 두 번 나누면서 저는 생각이 바뀌었고, 이 문제를 다른 시각에서 보게 되었습니다."

"무엇 때문에 생각이 바뀌었는지 물어봐도 될까요?"

"부인의 변화 때문입니다." 리비에르 씨가 대답했다.

"부인의 변화요? 전에도 부인과 알던 사인가요?"

청년이 다시 얼굴을 붉혔다. "백작 집에서 부인을 뵙곤 했죠. 저는 오래전부터 백작과 알고 지냈습니다. 모르는 사람에게 이런 임무를 맡기지는 않겠죠."

사무실의 텅 빈 벽을 바라보던 아처는 미합중국 대통령의 우락부락한 얼굴이 붙은 달력에 시선을 멈추었다. 그 사람이 다스리는 이 광대한 나라 어딘가에서 이런 대화가 오가고 있다는 게 상상할 수 없을 정도로 이상하게 느껴졌다.

"변화라니…… 어떤 변화를 말하는 거죠?"

"아, 뭐라고 해야 할지 모르겠지만!" 리비에르 씨가 잠시 말을 멈추었다. "*그러니까*, 그전에는 한 번도 생각해본 적 없는데, 이번에 처음으로 부인이 미국인이라는 사실을 깨달았달까요. 그리고 다른 사회에서는 무리 없이 받아들여지는 것들, 적어도 편리한 거래의 일부로 용인되는 것들이 올렌스카 부인 같은—당신 같은—미국인이 볼 때는 생각할 수도 없는 일, 그야말로 상상할 수도 없는 일로 보인다는 사실을 알게 됐습니다. 올렌스카 부인의 친척들이 그 차이를 이해한다면 그분들도 부인 못지않게 부인이 남편에게 돌아가는 걸 무조건 반대할 겁니다. 그런데 그분들은 백작이 가정생활에 대한 깊은 갈망 때문에 부인이 돌아왔으면 하는 거라고 생각하는 듯합니다." 리비에르 씨는 잠시 말을 멈추었다가 덧붙였다. "실제로는 그보다 훨씬 더 복잡한데 말이죠."

아처는 다시 한번 미합중국 대통령의 초상화를 쳐다보고, 이런저런 서류가 널린 책상을 내려다보았다. 일이 초 동안, 그는 감히 입을 열 수가 없었다. 그러는 사이 리비에르 씨가 의자를 뒤로 밀고 자리에서 일어서는 소리가 들렸다. 눈을 들어보니 그 청년 역시 아처 못지않게 벅찬 표정이었다.

"고맙습니다." 아처가 담담하게 말했다.

"제게 고마워하실 필요 없습니다. 아처 씨보다 오히려 제가……" 청년은 말을 잇기 힘든 듯 거기까지 말하고 입을 다물더니, 잠시 후 좀더 결연한 어조로 덧붙였다. "하지만 이 말씀은 꼭 드리고 싶습니다. 제게 올렌스키 백작을 위해 일하고 있냐고 물으셨죠. 지금은 그렇습니다. 몇 달 전, 병든 노부모를 봉양하는 사람이면 언제든 겪을 수 있는 개인적인 어려움 때문에 백작에게 돌아갔습니다. 하지만 아처 씨에게 이런 말씀을 드리려고 마음먹은 순간부터 저는 그 일자리를 떠난 것이나 다름없습니다. 돌아가서 백작께 말씀드리고 이유를 설명해야겠지요. 제가 말씀드리고 싶은 건 이게 전부입니다."

리비에르 씨가 고개를 숙이더니 한 발 뒤로 물러섰다.

"고맙습니다." 아처는 리비에르 씨와 악수하며 다시 감사를 표했다.

26

해마다 10월 15일이면 5번 애비뉴 주민들은 덧문을 열고, 카펫을 깔고, 창문에 세 겹의 커튼을 걸었다.

이 가정 의식은 11월 1일쯤 마무리되었고, 사교계 사람들은 주위를 돌아보며 상황을 파악했다. 그리고 15일이 되면 사교 시즌이 완전히 본궤도에 올랐다. 새로운 오페라와 연극이 상연되고, 파티 약속들이 쌓이고, 무도회 일정이 정해졌다. 바로 이 시기가 되면 아처 부인은 매년 뉴욕이 정말 많이 변했다고 얘기하곤 했다.

일종의 방관자로서 사교계를 내려다보며 실러턴 잭슨 씨와 소피 양이 제공하는 다양한 정보를 활용할 수 있었기에, 아처 부인은 그 표면에 새로 금이 간 곳들과 정연하게 줄지은 사교계의 화초들 사이에 끼어들어온 이상한 잡초들을 금세 찾아낼 수 있었다. 어릴 때 아처는 해마다 어머니가 들려주는 이런 이야기를 기다렸다가 자신의 무심한 눈으로는 포착하지 못했던 미세한 붕괴의 조짐들을 확인하는 것을 즐겼다. 아처 부인이 볼 때 뉴욕 사교계는 해가 갈수록 점점 더 나쁘게 변해 갔고, 소피 잭슨 양 역시 완전히 같은 생각이었다.

실러턴 잭슨 씨는 노련한 신사답게 자기 입장은 밝히지 않은 채 미소 띤 얼굴로 숙녀들의 탄식에 귀를 기울일 뿐이었다. 하지만 그조차 뉴욕이 변했다는 사실은 부인하지 않았다. 결혼 후 두번째 겨울을 맞는 뉴런드 아처 역시 뉴욕 사교계가 여태까지는 변하지 않았다 해도 지금 변하고 있는 건 확실하다고 말했다.

이런 얘기가 오간 것은 언제나 그렇듯 아처 부인의 추수감사절 만찬 때였다. 공식적으로는 그해에 누린 이런저런 은혜에 감사하는 날이었지만, 그날 부인은 한스럽지는 않더라도 쓸쓸한 눈으로 자신의 세계를 평가하고 대체 감사할 게 뭐가 있는지 모르겠다고 하는 게 습관이었다. 어쨌든 지금 사교계에 대해 감사드릴 수는 없었다. 사교계가 아직 안 죽고 살아 있다 해도 현재 상태를 보면 성경에 나오는 온갖 저주를 받아 마땅했고, 애시모어 목사가 추수감사절 예배에서 「예레미야」(2장 25절)*를 논한 데는 깊은 의미가 있음을 모두가 알았다. 세인트매슈교회에 새로 부임한 애시모어 박사는 아주 '진보적'이라는 이유로 선정된 인물로, 설교할 때면 대담한 주제를 새로운 어휘로 논했다. 그는 사교계를 비난할 때마다 늘 '유행'을 거론했고, 아처 부인은 자신이 그처럼 유행을 중시하는 집단의 일원이라는 사실이 두렵기도 하고 매혹적이기도 했다.

"애시모어 박사 말이 맞아요. 분명 '유행'이라는 게 있으니까요." 부인은 유행이 마치 벽에 금간 곳처럼 눈에 보이고, 측정할 수도 있는 것인 양 말했다.

"그래도 추수감사절에 그 얘길 하는 건 좀 이상했어요." 소피 양이 말

---

* "그러다가는 신발이 다 해질라, 목이 다 탈라, 일러주었건만 한다는 소리가, '다 버린 몸 말리지 마세요. 나는 외간 남자들이 좋아요. 외간 남자들을 따라가겠어요.'" 개인의 간음뿐 아니라 외국 풍습에 오염된 이스라엘 부족들의 난잡한 행위를 경계하는 구절.

하자 아처 부인이 빈정대는 말투로 대꾸했다. "망하고 남은 것에 감사하라는 말이었을 거예요."

아처는 해마다 어머니의 이런 우려를 듣고 미소를 지었지만, 올해는 변화한 것들을 하나하나 듣고 보니 '유행'이 눈에 보인다는 말에 동의할 수밖에 없었다.

잭슨 양이 입을 열었다. "옷차림에 너무 사치를 부리고 있어요. 오빠가 오페라 개막식 날 저를 데려갔는데, 제인 메리 말고는 전부 새 옷을 입은 거예요. 그런데 제인 메리의 옷도 앞면을 새로 댔더라고요. 그 옷도 겨우 이 년 전에 워스한테 맞춘 건데. 제가 다니는 양장점 여자가 제인 메리의 옷이 파리에서 오면 꼭 손봐주기 때문에 이건 확실해요."

"아, 제인 메리는 우리 같은 사람이야." 자기 세대처럼 여자들이 파리에서 맞춰 온 옷을 장롱 속에 고이 묵혀놓는 대신 세관을 통과하자마자 밖에 입고 다니는 시대에 살고 있다는 게 한심하다는 듯, 아처 부인이 한숨 섞인 어조로 말했다.

그러자 잭슨 양이 대답했다. "맞아요. 이제 제인 메리 같은 사람은 별로 없어요. 제가 젊었을 때만 해도 최신 유행을 따르는 건 천박한 짓이라고 생각했고, 에이미 실러턴이 늘 말하기로는 보스턴에서는 파리에서 맞춘 옷을 이 년씩 묵혔다 입는다고 했어요. 무슨 일이든 통 크게 하던 백스터 패닐로 부인은 해마다 벨벳으로 두 벌, 새틴으로 두 벌, 실크로 두 벌, 포플린과 최고급 캐시미어로 여섯 벌 해서 총 열두 벌을 맞춰서 묵혀놓곤 했죠. 매년 그렇게 주문하다보니 이 년을 앓다가 세상을 떠났을 때 박엽지에서 꺼내지도 않은 워스의 드레스가 마흔여덟 벌이나 됐잖아요. 그래서 탈상이 끝난 뒤 딸들이 그중 몇 벌을 음악회에 처음으로 입고 나왔는데, 유행을 선도하는 것처럼 보이지는 않았죠."

"아, 물론 보스턴이 뉴욕보다 보수적이긴 하죠. 하지만 저도 파리에서 맞춰 온 옷은 한 철은 묵혔다가 입는 게 안전하다고 생각해요." 아처 부인도 그 점은 인정했다.

"파리에서 부인의 옷이 오자마자 바로 입게 해서 이 새로운 유행을 만든 건 보퍼트예요. 때로는 그럼에도 리자이나가 다르게…… 다르게 보이는 건 다 리자이나가 특별하기 때문이 아닌가 하는……" 잭슨 양이 주변을 둘러보다가 제이니의 휘둥그레진 눈을 보더니 말끝을 흐렸다.

"연적들과 다르게 보인다는 말이군." 실러턴 잭슨 씨가 경구를 읊듯 말했다.

"아……" 여성들이 웅얼거렸고, 아처 부인은 딸이 금지된 주제에 대해 더는 생각하지 않게 하려고 이렇게 덧붙였다. "리자이나도 안됐어! 올해 추수감사절은 심란하게 보냈을 거야. 실러턴 씨, 보퍼트의 투기 건에 대해 들었어요?"

잭슨 씨는 건성으로 고개를 끄덕였다. 다들 들은 얘기라서, 새로울 것도 없는 얘기를 확인시켜주는 게 싫은 눈치였다.

한동안 아무도 말이 없었다. 다들 보퍼트를 좋아하지 않았기에, 개인적인 문제가 터졌으면 어느 정도 고소해했을 텐데, 리자이나의 친정에까지 경제적인 치욕을 안겼다는 사실은 너무 충격적이어서 적들조차 마냥 좋아할 수 없었다. 아처의 뉴욕은 인간관계에서 위선을 떠는 건 참아주었지만, 사업 문제에 대해서는 완전히 솔직하고 투명하게 처신하기를 요구했다. 유명한 은행가가 신용을 잃은 것은 아주 오래전 일이었고, 마지막으로 그런 일이 벌어졌을 때 그 회사 임원들이 사회적으로 완전히 매장된 것을 다들 기억하고 있었다. 보퍼트가 아무리 돈이 많고 부인이 인기 있어도 그런 운명을 피할 길은 없었고, 만약 그의 불법적인 투기에 대한 소문이 사실이라면 댈러스의 처가 쪽 친척들이 아무리 합심해서 돕는다 해도 가여운 리자이나를 구할 수는 없을 터였다.

대화는 좀더 밝은 주제로 옮겨갔다. 하지만 모든 얘기가 사회가 점점 더 빨리 변하고 있다는 아처 부인의 생각을 굳혀주는 듯했다.

"뉴런드, 네가 메이한테 스트러더스가의 일요일 모임에 가도 좋다고 얘기한 건 알지만⋯⋯" 부인이 말문을 열자, 메이가 명랑한 어조로 끼어들었다. "아, 요즘엔 다들 스트러더스가에 가요. 그리고 할머니도 지난 연회에 스트러더스 부인을 초대했고요."

아처는, 뉴욕은 바로 이런 식으로 변화에 대처한다는 생각이 들었다. 어떤 변화가 거의 완결될 때까지 다들 모르는 척하다가, 때가 되면 그 변화는 이미 부모 세대에 일어난 일이라고 진심으로 믿어버리는 것이다. 성채 안에는 늘 배신자가 있기 마련이니, 그자가 (아니면, 대개 그여자가) 열쇠를 넘겨준 다음에 성이 난공불락이라고 우겨본들 무슨 소용이 있겠는가? 한 번이라도 스트러더스 부인 집의 편안한 일요일 모임에 가본 사람이라면, 그 집의 샴페인이 구두약 공장을 해서 번 돈으로 산 거라는 사실을 되새기며 자기 집에만 앉아 있기가 쉽지 않았다.

아처 부인이 한숨을 쉬었다. "나도 알지, 그래, 알아. 사람들이 재미만 좇으니 그런 일이 벌어지는 거야. 하지만 나는 스트러더스 부인을 처음으로 싸고돈 사람이 네 사촌 올렌스카 부인이라는 게 아직도 용납하기 힘들구나."

젊은 아처 부인의 얼굴이 확 붉어졌고, 그 자리에 있던 손님들뿐 아니라 아처도 그걸 보고 깜짝 놀랐다. "오, 엘런……" 메이는 자기 부모처럼 상대를 비난하고 깎아내리는 어조로 "아, 블렌커 집안사람들……" 하고 말했다.

올렌스카 부인이 남편의 제안을 완강히 거부함으로써 집안사람들을 놀라게 하고 불편하게 만든 그날 이후, 그녀 얘기가 나오면 밍곳 집안사람들은 모두 그런 어조로 말했다. 그런데 메이가 그런 식으로 그녀의 이름을 부르자 아처는 여러 생각이 들었고, 그녀가 자기 집안 분위기에 깊이 동조할 때 으레 느껴지는 어떤 이질감에 사로잡혔다.

그런데 평소와 달리 분위기를 제대로 파악하지 못한 아처 부인이 여전히 같은 주장을 되풀이했다. "저는 평소에도 올렌스카 백작부인처럼 귀족 사회에서 살아본 사람들은 우리 사회의 특질을 무시하는 게 아니라 오히려 유지할 수 있도록 도와줘야 한다고 생각해요."

메이의 얼굴은 여전히 빨갰다. 그것은 올렌스카 부인이 잘못된 사회적 신조를 지니고 있다고 인정하는 것 이상의 의미가 담긴 듯했다.

"외국인들 눈에는 우리가 다 똑같아 보이겠죠." 잭슨 양이 신랄한 어조로 말했다.

"엘런 언니는 사교계를 좋아하지 않는 것 같아요. 그런데 언니가 뭘 좋아하는지는 아무도 몰라요." 메이는 뭔가 어물쩍 넘길 말을 찾으려고 애쓴 듯 그렇게 말했다.

"아, 글쎄……" 아처 부인이 다시 한숨을 내쉬었다.

올렌스카 부인이 밍곳 집안의 눈 밖에 났다는 건 다들 알고 있었다. 그녀를 그토록 감싸주던 맨슨 밍곳 노부인조차 손녀가 남편에게 돌아가기를 거부한 데 대해선 그녀의 편을 들어줄 수 없었다. 밍곳가 사람들이 공개적으로 그녀의 결정을 비난한 적은 없었다. 그러기에는 유대감이 너무 강했다. 웰런드 부인의 말마따나 그들은 그저 '가여운 엘런이 스스로 자기한테 맞는 곳을 찾아가도록' 놓아두었을 뿐이다. 그런데 남부끄럽고 이해하기 어려운 사실이지만, 그곳은 바로 블렌커가 사람들이 활개치는 곳이자 '글쟁이들'이 저급한 의식을 거행하는 저 어둑한 바닥이었다. 많은 기회와 특권을 지닌 엘런이 '보헤미안'으로 전락했다는 건 믿기 어렵지만 엄연한 사실이었고, 그것이 바로 올렌스키 백작에게 돌아가지 않은 건 치명적인 실수라는 주장을 뒷받침해주는 증거였다. 어쨌든 젊은 여자는 남편 그늘 밑에서 사는 게 제일이었다. 일부러 밝힐 필요는 없지만…… 그렇게 수상쩍은 상황에서 집을 나온 경우라면 더더욱 그랬다……

"올렌스카 부인은 신사분들에게 정말 인기가 많아요." 소피 양은 자기가 비수를 꽂는다는 걸 알면서도, 겉으로는 유화적인 말을 던지는 듯한 태도로 말했다.

"아, 올렌스카 부인 같은 젊은 여자는 늘 그런 위험에 처해 있죠." 아처 부인이 침울한 어조로 맞장구를 쳤다. 이 말을 마지막으로 숙녀들은 드레스 자락을 모아쥐고 카르셀등이 있는 응접실로 갔고, 아처와 실러턴 잭슨 씨는 고딕풍의 서재로 물러났다.

난로 앞 안락의자에 앉아 완벽한 시가로 빈약했던 저녁식사를 보충하고 나자 잭슨 씨는 엄숙하게 이야기를 시작했다.

"보퍼트가 파산하면 여러 가지 일들이 드러날 거야." 그가 말했다.

아처가 고개를 획 쳐들었다. 그 사람의 이름을 들으면 어김없이 큰 체구에 화려한 모피와 고급 구두로 치장한 채 스카이터클리프에서 눈밭을 걸어오던 모습이 선명히 떠올랐다.

"틀림없이 온갖 추문이 터져나올 거야. 리자이나한테만 돈을 써댄 건 아니거든." 그가 말을 이었다.

"아, 글쎄요. 그거야 물론 그렇지만. 제 생각에는 이번에도 잘 수습할 것 같은데요." 아처는 화제를 바꾸고 싶어 이렇게 말했다.

"그래, 그럴 수도 있지. 오늘 힘있는 사람들을 만난다고 하더라고." 잭슨 씨가 마지못해 아처의 말에 동의했다. "그 사람들이 도와줄 수도 있지. 어쨌든 이번에는 말이야. 나도 가여운 리자이나가 파산자들이 드나드는 외국의 초라한 온천장에서 여생을 마치는 꼴은 보고 싶지 않아."

아처는 아무 말도 하지 않았다. 불법적으로 모은 돈이 그처럼 잔인하게 회수되는 것은 안타깝긴 해도 당연한 일이었다. 그의 마음은 보퍼트 부인의 운명보다 자신과 더 가까운 문제로 옮겨갔다. 올렌스카 백작부인의 이름이 나왔을 때 메이가 왜 얼굴을 붉혔는지, 그 이유가 궁금했다.

올렌스카 부인과 하루를 같이 보낸 6월의 그날로부터 넉 달이 흘렀는데, 그동안 한 번도 그녀를 보지 못했다. 그녀가 워싱턴으로 돌아가 메도라 맨슨과 같이 빌린 작은 집에서 지낸다는 건 알았고, 언제 만날 수 있을지 묻는 짧은 편지를 한 번 보내기도 했다. 하지만 그녀가 보낸 답장은 더 짧았다. '아직은 안 돼요.'

이후 두 사람 사이에는 아무런 연락이 없었다. 아처는 마음속에 일종의 성소를 지었고, 그녀는 그곳에서 비밀스러운 생각과 갈망 가운데 군림하고 있었다. 그곳은 점차 그의 이성적인 활동이 벌어지는 하나밖에 없는 참된 삶의 무대가 되었다. 아처는 자신이 읽은 책들, 그에게 자양분이 되는 생각과 느낌, 자신의 판단과 희망을 그곳에 모아두었다. 그 성소 밖, 즉 그가 실제로 생활하는 곳에서 벌어지는 일들은 점점 더 비현실적이고 초라하게 느껴졌고, 멍하니 걷다가 자기 방의 가구에 부딪히듯 아처는 그동안 갖고 있던 온갖 편견과 전통적인 관점에 부딪히며 살아가고 있었다. 그는 자기 주변 사람들에게 가장 현실적이고 가까운 모든 것으로부터 완전히 떠나 있었기에, 가끔은 그들이 아직도 자기를 곁에 있다고 생각하는 게 놀라웠다.

정신을 차려보니 잭슨 씨가 또다른 비밀을 털어놓으려는 듯 목청을 가다듬고 있었다.

"자네 처갓집 식구들이 올렌스카 부인이 남편이 최근에 제안한 조건들을 거절한 사실에 대해 사람들이 쑥덕거리는 걸 얼마나 알고 있는지 모르지만."

아처가 아무 말 없자 잭슨 씨는 완곡한 어조로 다시 말을 이었다. "부인이 그 제안을 거절한 건 정말 유감이야. 참으로 안타까운 일이야."

"유감이라고요? 대체 왜요?"

잭슨 씨는 시선을 내리깔고 주름 없이 매끈한 양말과 반짝이는 구두를 보았다.

"글쎄, 일단 가장 기본적으로, 이제 앞으로 어찌 먹고살려고?"

"이제라뇨……?"

"만약 보퍼트가……"

아처는 호두나무 책상의 검은 가장자리를 주먹으로 쾅 치며 벌떡 일어섰다. 놋쇠로 된 잉크스탠드의 유리병 두 개가 틀 안에서 잘각거렸다.

"잭슨 씨, 지금 그게 대체 무슨 말씀이세요?"

잭슨 씨는 약간 자세를 고쳐 앉더니 차분한 눈길로 아처의 상기된 얼굴을 바라보았다.

"글쎄…… 꽤 믿을 만한 사람한테 들은 얘긴데, 실은 캐서린 노부인한테 직접 들은 얘기야. 백작부인이 남편의 제안을 확실히 거부하니까 집안에서 부인의 생활비를 꽤 많이 줄였다더라고. 그리고 그 제안을 거부하는 바람에 결혼할 때 부인 소유가 된 돈도 못 받게 됐대. 제안을 받아들이면 줄 생각이었다던데. 그런데 자네, 그게 대체 무슨 말이냐고 되물은 건 또 뭔가?" 잭슨 씨가 너그러운 어조로 물었다.

아처는 벽난로 쪽으로 걸어가 쇠살대 안에 담뱃재를 떨었다.

"저는 올렌스카 부인의 사생활에 대해서는 전혀 모릅니다. 그렇지만 잭슨 씨가 암시하신 바가 사실인지 아닌지 알고 싶지도 않습니다."

"아, 내가 그렇게 생각하는 건 아니야. 레퍼츠 같은 사람들이 하는 말이지."

"레퍼츠요, 백작부인에게 치근댔다가 거절당한 주제에!" 아처가 경멸하는 어조로 쏘아붙였다.

"아, 그게 사실인가?" 잭슨 씨는 바로 그걸 알아내려고 덫을 놓았다는 듯 얼른 말했다. 그는 여전히 난롯가에 비스듬히 앉은 채 마치 용수철로 당겨 맨 듯 냉철하고 늙은 눈으로 아처의 얼굴을 유심히 뜯어보았다.

"거참, 보퍼트가 망하기 전에 남편한테 돌아갔어야 하는 건데, 정말 안됐어." 잭슨 씨가 아까 한 말을 되풀이했다. "부인이 지금 돌아가고, 보퍼트가 파산하면, 사람들 추측을 확인시켜주는 셈인데. 레퍼츠 혼자

서만 그렇게 생각하는 것도 아니고 말이야."

"아, 지금이야말로 절대 안 돌아갈 겁니다!" 그런데 아처는 그 말을 내뱉자마자, 이번에도 그게 바로 잭슨 씨가 기다리던 반응이었다는 생각이 들었다.

노인은 아처를 찬찬히 살펴보았다. "그렇게 생각하나? 글쎄, 자네는 물론 알고 하는 말이겠지. 하지만 메도라 맨슨이 가진 그 얼마 안 되는 돈이 전부 보퍼트의 수중에 있다는 걸 모르는 사람이 없어. 그러니 보퍼트가 망하면 그 두 여자가 어떻게 먹고살지, 생각하면 답답한 노릇이지. 물론 올렌스카 부인이 캐서린 노부인에게 손을 벌릴 수도 있겠지만, 그분이야말로 손녀가 여기 남는 것을 제일 완강하게 반대한 사람이잖아. 노부인이야 손녀에게 얼마든지 줄 수 있겠지. 하지만 다들 알듯이 그 양반은 헛돈 쓰는 걸 제일 싫어하고, 다른 친척들도 다 올렌스카 부인이 돌아가길 바라고 있어."

아처는 화가 치밀었지만 어쩔 수 없었다. 그는 결과를 뻔히 알면서도 뭔가 바보 같은 짓을 저지르는 사람의 심정으로 듣고 있었다.

그는 잭슨 씨가 올렌스카 부인이 할머니와 집안사람들의 뜻에 따르지 않았다는 걸 아처가 몰랐다는 사실에 깜짝 놀랐으며, 이 문제에 대한 집안의 논의에서 아처가 배제된 이유를 통해 나름의 결론을 내렸음을 간파했다. 그렇다면 좀더 조심해야 하는데, 보퍼트와 부인의 관계에 대한 얘기를 듣자 도저히 참을 수가 없었다. 그렇지만 자기가 처한 위험 때문이 아니더라도, 어쨌건 지금 어머니 집에 와 있는 사람이니 집안의 손님이라는 사실을 명심해야 했다. 옛 뉴욕 사교계는 환대의 원칙을 고수했고, 손님과 토론하다가 언쟁을 벌이는 건 절대 있을 수 없는 일이었다.

 "올라가서 어머니와 얘기하실까요?" 잭슨 씨가 시가를 다 피우고 옆에 놓인 놋쇠 재떨이에 담뱃재를 떨자 아처가 짧게 물었다.

 집으로 돌아오는 동안 메이는 평소와 달리 통 말이 없었다. 어둠 속에서도 아처는 아내의 얼굴이 여전히 매섭게 붉다는 걸 알 수 있었다. 그 무서운 홍조가 뜻하는 바를 짐작할 수 없었지만, 어쨌든 올렌스카 부인의 이름이 그런 반응을 초래했으니 조심할 필요는 있었다.

 이층으로 올라간 아처는 서재로 발길을 돌렸다. 보통 때는 따라 들어오던 메이가 오늘은 그러지 않고 자기 침실로 가는 소리가 났다.

 "메이!" 아처가 짜증스러운 어조로 소리쳐 부르자 메이는 그 어조에 약간 놀란 얼굴로 돌아왔다.

 "이 등잔 또 그을음 나잖아. 하인들이 심지를 잘 자르면 이러지 않지." 아처는 신경질적인 어조로 투덜거렸다.

 "미안해요. 다시는 이런 일 없게 할게요." 메이가 어머니에게서 배운 단호하면서도 밝은 어조로 대답했다. 아내가 벌써부터 자기를 친정아버지 달래듯 하자 화가 치밀었다. 메이가 허리를 굽혀 심지를 내리는 동안 등잔 불빛이 그녀의 뽀얀 어깨와 매끈한 얼굴선을 비추었고, 아처는 '메이는 정말 젊구나! 그렇다면 이런 삶이 끝없이 오래 계속될 텐데!' 하는 생각에 잠겼다.

 그와 동시에 아처 자신도 젊음의 활력과 끓는 피를 지닌 청춘이라는 사실이 떠올라 덜컥 겁이 났다. "저기, 곧 워싱턴에 며칠 다녀와야 할 것 같아. 다음주에라도 말야." 아처가 갑자기 말했다.

 메이는 심지 조절기를 쥔 채로 천천히 고개를 들었다. 등잔 불빛 때문에 붉어졌던 얼굴이 고개를 드는 순간 다시 창백해졌다.

"일 때문에요?" 그 밖에 다른 이유는 절대 있을 수 없고, 아처가 꺼낸 질문을 마무리하기 위해 그저 다시 확인한다는 어조로 그녀가 물었다.

"물론 일 때문이지. 대법원에서 특허권 재판이 있어⋯⋯" 아처는 발명가의 이름을 말해주고, 로런스 레퍼츠 같은 유려한 말솜씨로 사건의 내용을 설명했다. 그동안 메이는 주의깊게 귀를 기울이며 가끔 "아, 그렇구나" 했다.

아처의 이야기를 다 들은 뒤 메이는 "가끔 뉴욕을 벗어나는 것도 좋죠" 하더니, 예의 그 티 없는 미소를 머금은 채 그의 눈을 똑바로 보며 마치 성가시지만 꼭 챙겨야 하는 가족의 의무를 다하라는 듯한 어조로, "가는 김에 엘런 언니도 꼭 보고 와야 해요"라고 했다.

둘이 나눈 얘기는 그뿐이었지만, 그들은 둘 다 그 안에 숨겨진 암호를 읽을 수 있게 단련되어 있었다. '당신은 내가 언니에 대한 소문을 들어 다 알고 있고, 우리 가족이 언니를 남편에게 돌아가게 만들려고 한 모든 노력에 진심으로 공감한다는 걸 잘 알 거예요. 저한테는 그 이유를 말해주지 않았지만, 당신은 엘런 언니에게 우리 할머니뿐 아니라 집안 어른들이 모두 찬성한 이 방침을 거부하게끔 조언했죠. 당신의 그 조언 때문에 언니가 온 가족의 조언을 무시했고, 당신도 오늘 저녁 실러턴 잭슨 씨에게서 들었겠지만 그런 잡다한 소문에 휘말리게 됐죠. 당신이 그렇게 짜증난 것도 바로 그 때문이겠지만⋯⋯ 이미 다른 사람들한테 그런 소문을 전해들었을 텐데도 그렇게 꿈쩍 않고 있으니 제가 직접 한마디하죠. 물론 우리같이 교양 있는 사람들이 언짢은 소리를 해야 할 때 취하는 그런 방식으로 말이에요. 저는 당신이 워싱턴에 가면 언니를 만날 거라는 걸, 애초에 그러려고 가는 것일 수도 있다는 걸 알아요. 당신은 틀림없이 언니를 만날 테니까 저 역시 얼마든지 그러라고 말해주고 싶어요. 당신이 권한 대로 행동한 탓에 어떤 일이 벌어질지 이번 기회에 알려주고 오면 좋겠네요.'

이런 무언의 전언이 그에게 마지막 한마디까지 도달했을 때, 메이의 손은 여전히 심지 조절기를 쥐고 있었다. 메이는 심지를 내린 다음 등갓을 열고 침침한 불꽃을 훅 불어 껐다.

"불어서 끄면 냄새가 덜 나거든요." 그녀는 주부다운 밝은 태도로 이렇게 설명하더니 문간에 멈춰 서서 남편의 입맞춤을 기다렸다.

27

다음날, 월가에서는 보퍼트의 상황에 대해 더 낙관적인 전망이 나왔다. 확실한 건 아니지만 희망을 주는 내용이었다. 전부터 급할 때는 높은 사람들한테 연락한다는 말이 있었는데, 이번에도 그 방법이 주효했다는 소문이었다. 그날 저녁 보퍼트 부인이 새로 산 에메랄드 목걸이를 하고 예전과 같은 미소를 머금은 채 오페라 극장에 나타나자 다들 안도의 한숨을 내쉬었다.

뉴욕은 사업상 부정을 저지른 사람은 절대 용서하지 않았다. 금전적인 문제와 관련해서 양심껏 처신해야 한다는 이 불문율을 깨고, 대가를 치르지 않은 이는 지금껏 단 한 명도 없었다. 그리고 보퍼트 부부 역시 이 법칙에 따라 엄격히 처리될 것임을 다들 알고 있었다. 하지만 그들을 단죄하는 건 안쓰럽기도 하지만 불편한 일이었다. 보퍼트 부부가 없어지면 긴밀하게 얽힌 작은 집단에 큰 구멍이 생길 터였다. 무지하거나 무심해서 그들이 저지른 비양심적인 일을 대수롭지 않게 여기는 사람들은 뉴욕 최고의 무도회장이 사라질 일만 애통해했다.

아처는 워싱턴에 가기로 마음을 굳혔다. 재판이 시작되는 날 가려고 메이에게 얘기했던 그 재판이 열리기를 기다렸다. 그런데 그다음주 화요일에 레터블레어 씨가 그 재판이 몇 주 미뤄질 수도 있다고 했다. 하지만 아처는 그렇더라도 다음날 저녁에 떠나기로 마음먹고 사무실을 나섰다. 설사 그 재판이 미뤄지더라도 평소에 그의 일에 관심도 없고 아무것도 모르는 메이가 그 사실을 알 리 없고, 누가 그 소송의 당사자들 이름을 말해도 기억할 리 없었다. 그리고 어찌됐든 올렌스카 부인과의 만남을 더이상 미룰 수는 없었다. 그녀에게 해야 할 말이 너무 많았다.

수요일 아침, 출근하니 레터블레어 씨의 얼굴에 근심이 가득했다. 보퍼트가 결국 위기를 '극복하지' 못했다는 얘기였다. 그는 부도를 막았다는 소문을 내서 채권자들을 안심시켰고, 그래서 전날 저녁까지 많은 돈이 은행으로 흘러들어왔지만, 다시 부도 소식이 퍼지면서 돈이 빠져나가고 있어서 해가 지기 전에 은행은 문을 닫게 될 거라고 했다. 다들 보퍼트의 비겁한 술수에 분개했고, 그의 파산은 월가 역사상 최악의 사건 중 하나로 남을 것이었다.

이 엄청난 사태에 레터블레어 씨는 하얗게 질린 채 허둥댔다. "살면서 별일 다 봤지만 이건 정말 최악이야. 우리가 아는 사람들 모두가 어떤 식으로든 피해를 볼 테니. 보퍼트 부인은 또 어쩌고? 그 부인을 대체 어떻게 하지? 맨슨 밍곳 부인도 정말 걱정이고. 그 양반 나이에 이런 일을 당하면 어찌되실지. 그 양반은 늘 보퍼트를 아끼고, 친구로 받아 주셨잖아! 댈러스가와의 관계도 있지. 가여운 보퍼트 부인이 자네 집 안사람들하고 다 친척이잖아. 이런 상황에서는 보퍼트와 이혼하는 수밖에 없는데…… 그 말을 누가 할 수 있겠나? 이런 때는 남편 옆에 있는 게 도리지. 다행히 부인은 평소에 보퍼트의 사적인 약점들에 대해서는 잘 모르는 눈치더라고."

누군가가 문을 두드리자, 레터블레어 씨는 고개를 획 돌리더니 말했다. "뭐지? 지금은 아무도 못 만나."

직원이 아처 앞으로 온 편지를 놓고 나갔다. 메이의 글씨체를 알아본 아처가 편지를 열었다. "최대한 빨리 할머니 댁으로 오세요. 어젯밤 할머니한테 가벼운 뇌졸중이 왔대요. 어떻게 아셨는지 모르지만, 할머니가 그 누구보다 먼저 이 불미스러운 소식을 들으셨대요. 러벌 외삼촌은 사냥 나가서 안 계시고, 아빠는 이 부끄러운 사건 때문에 신경이 날카로워져서 열도 나고 기동도 못 하세요. 지금 엄마한테는 당신이 꼭 필요해요. 가능한 한 빨리 퇴근해서 곧바로 할머니 댁으로 와줘요."

아처는 레터블레어 씨에게 편지를 보여주었고, 몇 분 후에는 붐비는 북행 철도마차를 타고 천천히 시내 북쪽으로 달리다가 14번가에서 5번 애비뉴를 운행하는 심하게 흔들리는 합승 마차로 갈아탔다. 캐서린 노부인 댁 앞에 내리니 열두시가 넘어 있었다. 보통 때 노부인이 앉아 있던 일층 창가 자리에는 딸인 웰런드 부인이 어색하게 앉아 있었는데, 아처를 보고는 핼쑥한 얼굴로 손만 쳐들었다. 메이가 문간에서 그를 맞아주었다. 정연하던 거실은 갑자기 생긴 병자 때문에 평소와 달라 보였다. 의자에는 외투와 모피가 수북이 쌓여 있고, 탁자에는 의사의 왕진 가방과 외투가 놓여 있었으며, 그 옆에 아직 열어보지 않은 편지와 명함이 여러 개 놓여 있었다.

메이는 창백하기는 해도 웃는 얼굴이었다. 방금 두번째 왕진을 온 벤컴 박사가 할머니의 병세가 호전되었다고 했고, 어떻게든 살아서 건강을 되찾겠다는 환자 본인의 굳은 의지 덕분에 다들 한시름 놓은 상태였다. 아처는 메이를 따라 할머니 방으로 들어갔다. 침실로 통하는 미닫이문이 닫혀 있고 그 위로 두꺼운 노란색 다마스크 칸막이 커튼까지 드리워져 있었다. 웰런드 부인이 오더니 겁에 질린 어조로 그동안 있었던 일을 얘기해주었다. 전날 저녁에 뭔지 모르지만 정말 끔찍한 일이 벌어진 듯했다. 노부인이 저녁식사 후 늘 하는 솔리테르 게임을 막 끝낸 여덟시쯤, 초인종이 울리더니 하인들이 누군지 바로 알아볼 수 없을 정도로 두꺼운 베일을 쓴 여성이 부인을 뵙고 싶다고 했다.

평소 그 목소리를 익히 알고 있던 집사는 응접실 문을 활짝 열고 "줄리어스 보퍼트 부인이십니다!" 하고는 문을 닫았다. 두 사람은 한 시간 가량 대화를 나누었고, 밍곳 부인이 종을 울려 가보니 보퍼트 부인은 아무도 모르게 빠져나간 뒤였다. 거구의 노부인은 허옇게 질린 매서운 얼굴로 큰 안락의자에 혼자 앉아 있다가 침실로 가게 부축해달라고 했다. 그때도 상당히 심란한 얼굴이었지만, 정신적으로나 육체적으로 아무 문제 없어 보였다. 물라토 하녀가 부인을 침대에 누인 뒤 보통 때처럼 차를 갖다주고, 방을 정돈한 다음 물러났다. 그런데 새벽 세시쯤 웬일로 종이 울려 두 하인이 얼른 달려가보니 (평소에는 밤새 아기처럼 푹 자는) 노부인이 쿠션에 기대앉아 있었는데, 입이 이상하게 돌아가 있고 거대한 팔에 달린 작은 손이 축 늘어져 있었다.

두 사람에게 말도 하고 지시도 내린 걸 보면 가벼운 뇌졸중이었던 것 같고, 의사가 다녀간 뒤로는 마비된 안면 근육도 회복되었다. 하지만 가족들은 크게 놀랐고, 노부인이 떠듬떠듬 얘기한 내용을 듣고 보퍼트 부인이 찾아와—어떻게 그렇게 뻔뻔할 수 있는지!—이 위기를 무사히 넘길 수 있게 도와달라고—그녀의 표현에 따르면 '저버리지' 말아달라고—집안 식구들이 보퍼트의 그 끔찍한 사기 행각을 덮고 용서해주도록 설득해달라고 호소했다는 걸 알고는 놀란 것만큼이나 분노했다.

"그래서 내가 말했지. '맨슨 밍곳의 집에서는 신용은 신용이고, 양심은 양심이야. 내가 숨이 붙어 있는 한 그건 변하지 않아'라고." 노부인은 반쯤 마비된 이들이 그러듯 쉰 목소리로 떠듬떠듬 딸의 귀에 대고 이렇게 속삭였다. "'하지만 저는 댈러스 집안의 리자이나잖아요'라고 하길래, 내가 '하지만 그자가 너를 보석으로 뒤덮어줬을 때 너는 보퍼트 집안사람이 된 거야. 치욕으로 뒤덮어준 지금도 너는 보퍼트가의 여자지'라고 말해줬지."

웰런드 부인은 결국 불쾌하고 수치스러운 광경을 직시해야만 하는 뜻밖의 상황에 하얗게 질리고 그야말로 낙담상혼한 상태로 눈물을 훔쳐가며 끔찍하다는 듯 말했다. "자네 장인이 이 이야기를 모르고 넘어가면 좋을 텐데. 그 양반은 늘 '오거스타, 제발 내 마지막 환상을 깨지 말아줘'라고 하시잖아. 그런데 대체 무슨 수로 이 끔찍한 사건을 숨긴담?" 가여운 부인은 하소연했다.

"엄마, 그래도 아빠가 두 눈으로 직접 보시지는 않았잖아요." 메이의 말에 부인이 한숨을 내쉬었다. "그건 그렇지. 안전하게 침대에 누워 있으니 그나마 천만다행이지. 벤컴 박사가 할머니가 다 나으시고 리자이나가 어딘가로 떠날 때까지 그이를 침대에 묶어두겠다고 그랬어."

아처는 창가에 앉아 멍한 눈길로 인적이 드문 대로를 내다보았다. 자기는 구체적으로 무슨 도움을 주기보다는 그냥 집안 여인들의 사기를 진작시켜주도록 동원된 것 같았다. 그들은 이미 러벌 밍곳 씨에게 전보를 띄웠고 뉴욕에 사는 다른 친척들에게도 연락을 취한 상태였기에, 지금은 그냥 보퍼트의 사기 행각과 그 부인의 용납하기 어려운 처신에 대해 수군대는 일 말고는 딱히 할일도 없었다.

다른 방에서 편지를 쓰던 러벌 밍곳 부인이 다시 오더니 대화에 끼어들었다. 나이든 여인들은 자기들이 젊었을 때는 사업상 수치스러운 짓을 한 사람의 부인은 남의 눈에 띄지 않게 처신하고 남편을 따라 어딘가로 사라지는 게 도리였다고 했다. "메이, 네 증조할머니 되시는 가여운 스파이서 할머니의 경우를 봐라. 물론……" 웰런드 부인이 서둘러 덧붙였다. "어머니가 절대 얘기를 안 해주셔서 나도 정확히는 모르지만, 네 증조할아버지의 돈 문제는 개인적인 거였어. 도박에서 돈을 잃거나 보증을 서준 정도의 일이었겠지. 하지만 어머니는 시골에서 자라야 했어. 그게 무슨 일이었든 간에 그 불명예스러운 사건이 일어난 후에 스파이서 할머니는 뉴욕을 떠나야 했으니까. 어머니가 열여섯 살이 될 때까지, 외가는 여름 겨울 가리지 않고 허드슨강 상류 쪽에 살았어. 수백 명의 죄 없는 사람들에게 피해를 주는 이런 사기에 비하면 개인적인 파산은 아무것도 아닌데도, 스파이서 할머니는 한 번도 집안사람들한테 리자이나가 말한 '지원countenance'을 요청하지 않으셨어."

"맞아요. 리자이나는 다른 사람들에게 지원해달라고 떠들고 다니지 말고 자기 '얼굴countenance'이나 보이지 말았으면 좋겠어." 러벌 밍곳 부인이 말했다. "지난주 금요일에 오페라하우스에 하고 온 그 에메랄드 목걸이도 그날 오후에 볼 앤드 블랙스*에서 마음에 들면 사는 조건으로 빌렸다던데, 무사히 돌려줄지 의문이야."

아처는 별 느낌 없이 여인들의 야멸찬 대화에 귀를 기울였다. 그 역시 양심적인 사업 운영이 신사도의 기초라는 생각이 머릿속에 꽉 박혀 있었기에 보퍼트 부부의 처지가 아무리 안쓰러워도 그 원칙은 흔들리지 않았다. 레뮤얼 스트러더스 같은 사기꾼은 온갖 수상쩍은 방식으로 구두약 제조 사업을 키워왔지만, 뉴욕의 유서 깊은 부자들은 철저히 양심적인 태도로 사업에 임하는 것이 노블레스 오블리주라고 생각했다. 아처는 보퍼트 부인의 운명도 그다지 안쓰럽지 않았다. 분개한 친척들보다 그녀의 앞날이 더 걱정되기는 했지만, 부부는 부유할 때는 몰라도 어려울 때는 반드시 같이해야 한다는 게 그의 입장이었다. 레터블레어 씨 말마따나 남편이 어려움에 처했을 때 부인은 당연히 그의 옆을 지켜야 했지만, 사교계는 그렇지 않았다. 그런데 보퍼트 부인이 사교계가 그렇게 해줄 거라고 염치없이 바랐다면, 그녀는 보퍼트의 사기 행각에 일조한 것과 다름없었다. 여자가 친정을 이용해 남편의 사기를 덮으려 한다는 건 있을 수 없는 일이었다. 제대로 된 집안이라면 절대 그럴 수 없었다.

러벌 밍곳 부인이 물라토 하녀의 전갈을 받고 나가더니 잠시 후 찡

---

* 1810년에 설립된 뉴욕의 보석상으로 블랙 스타 앤드 프로스트의 전신.

그런 얼굴로 돌아왔다.

"어머님이 엘런에게 전보를 치라고 하시네요. 물론 엘런이랑 메도라에게 편지를 쓰긴 했는데, 그걸로는 안 되나보죠. 엘런한테 당장 전보를 쳐서 혼자 오라고 하래요."

다들 아무 말이 없었다. 이윽고 웰런드 부인이 체념하듯 한숨을 내쉬었고, 메이는 자리에서 일어나 바닥에 흩어진 신문들을 집어들었다.

"시키신 대로 해야겠지." 누군가 반대해주면 좋겠다는 어조로 러벌밍곳 부인이 말을 이었고, 메이는 돌아서서 방 한가운데로 걸어갔다.

"당연히 그래야죠. 할머니는 당신이 뭘 원하는지 아시고, 우리는 늘 그분 뜻을 받들어야 하니까요. 외숙모, 제가 그 전보 써드릴까요? 지금 보내면 엘런 언니가 내일 아침 기차로 올 수 있을 거예요." 메이는 마치 두 개의 은종을 치듯 유난히 또렷한 발음으로 그녀의 이름을 말했다.

"글쎄, 지금 당장은 못 보내는데. 재스퍼랑 주방 하인이 편지랑 전보 부치러 가서 아직 안 왔거든."

그러자 메이가 미소 띤 얼굴로 아처를 바라보았다. "뉴런드가 있잖아요. 이이가 뭐든 도와줄 거예요. 여보, 점심 먹기 전에 전보 좀 치고 와줄래요?"

아처가 알았다고 중얼거리며 일어서자 그녀는 노부인의 자단목 책상 앞에 앉아 크고 어설픈 필체로 전보를 썼고, 다 쓴 뒤에는 압지로 잉크의 물기를 제거한 다음 아처에게 건네주었다.

"언니랑 당신이 길이 엇갈리게 돼서 안타깝네요!" 메이는 어머니와 외숙모 쪽으로 돌아서며 말했다. "뉴런드는 대법원의 특허권 소송 때문에 워싱턴에 가야 하거든요. 러벌 외삼촌도 내일 밤이면 돌아오시고 할머니 병세도 이렇게 나아지고 있으니 뉴런드에게 회사의 중요한 일을 포기하라고 하면 안 되겠죠?"

그녀가 대답을 기다리듯 잠시 말을 멈추자 웰런드 부인이 얼른 대꾸했다. "아, 당연히 그러면 안 되지. 할머니도 그러길 절대 바라지 않으실 테고." 아처는 전보를 들고 나오다가 장모가 러벌 밍곳 부인에게 이렇게 말하는 소리를 들었다. "그런데 어머니는 대체 왜 엘런 올렌스카에게 전보를 치라고 하신 거지?" 그러자 메이가 맑은 소리로 대답했다. "제발 남편에게 돌아가라고 다시 한번 당부하려고 그러신 거겠죠."

현관문이 닫히자 아처는 서둘러 전신국 쪽으로 걸어갔다.

28

"올, 올, 철자가 어떻게 된다고요?" 웨스턴 유니언 사무소의 놋쇠로 된 카운터에 전보를 밀어넣자 당돌한 아가씨가 물었다.

"올렌스카, 올, 렌, 스카요." 아처는 메이가 흘려 쓴 외국 이름 위에 인쇄체로 다시 철자를 적어주려고 종이를 도로 빼내며 말했다.

"뉴욕 전신국에서는 보기 드문 이름이지. 최소한 이 동네에서는 말이야." 생각지도 못한 목소리가 들려 돌아보니 로런스 레퍼츠가 옆에 서서 전보를 안 보는 척하며 뻣뻣한 콧수염을 잡아당기고 있었다.

"안녕하신가, 뉴런드. 여기 있을 것 같아서 와봤어. 밍곳 노부인의 뇌졸중 소식을 듣고 그 댁으로 가다가 자네가 이 길로 들어서는 걸 보고 얼른 따라왔지. 그 집에서 오는 길이겠지?"

아처는 고개를 끄덕이고 다시 전보를 격자창 밑으로 밀어넣었다.

"병세가 아주 안 좋은가보네?" 레퍼츠가 말을 이었다. "가족들에게 전보를 칠 정도면 말이야. 올렌스카 부인까지 부르는 걸 보면 정말 안 좋은가보군."

아처의 입이 굳어졌다. 옆에 선 레퍼츠의 길고 오만하고 잘생긴 얼굴을 한 대 후려치고 싶은 심정이었다.

"왜 그렇게 생각하나?" 아처가 물었다.

논쟁을 꺼리기로 유명한 레퍼츠는 격자창 뒤에서 지켜보고 있는 아가씨들을 곁눈질로 가리키며 눈썹을 치켜올렸다. 그 눈짓은 아처에게 공공장소에서 화내는 건 정말 '격식'에 어긋나는 짓임을 상기시켰다.

아처는 지금 격식 따위에는 하등 관심이 없었지만, 로런스 레퍼츠를 갈기고 싶다는 충동은 금방 사라졌다. 저쪽에서 뭐라고 화를 돋우든 이런 때에 그자와 엘런 올렌스카 얘기를 하는 건 상상할 수 없는 일이었다. 전보 요금을 치른 뒤 두 사람은 밖으로 나왔다. 아처는 냉정을 되찾고 말했다. "밍곳 부인은 많이 좋아지셨어. 의사 말로는 걱정 안 해도 될 정도라더군." 레퍼츠는 그렇다면 천만다행이라고 말을 쏟아놓더니, 보퍼트에 대해 더 나쁜 소문이 돌고 있는 걸 아느냐고 물었다······

그날 오후 모든 신문이 보퍼트의 파산 기사를 대서특필했다. 맨슨 밍곳 부인의 뇌졸중 소식은 보퍼트 사건에 가려졌다. 그 두 사건 사이에 수상쩍은 연관이 있다는 걸 전해들은 몇 사람을 제외하고는 다들 부인의 나이와 체중 때문에 뇌졸중이 온 거라고 생각했다.

보퍼트의 파산으로 뉴욕 전체에 먹구름이 드리워졌다. 레터블레어 씨 말마따나 근래에 이렇게 심각한 부도 사태는 처음이었고, 나아가서 오래전 그 회사를 처음 세운 선대 레터블레어 씨의 시대에도 이토록 엄청난 일은 없었다. 부도를 피할 수 없게 된 상황에도 은행은 하루종일 입금을 받았고, 고객 중 상당수가 뉴욕 상류층의 몇몇 집안사람들이 었기에 보퍼트의 사기 행각은 더욱 악랄해 보였다. 보퍼트 부인이 사람은 그런 불운(본인이 쓴 표현이었다)을 당했을 때 '누가 진정한 친구인지 알게 된다'는 식의 말만 안 했어도 그녀가 안쓰러워서라도 보퍼트에 대한 화를 좀 누그러뜨렸을지 모른다. 하지만 실상은 그렇지 않았고, 특히 밤에 맨슨 밍곳 부인을 찾아간 일이 알려지자, 보퍼트보다 더 파렴치해 보였다. 게다가 리자이나는 '외국인'이라 그렇다는 평계도— 그녀를 비판하는 이들에게 먹히지도 않았지만—댈 수 없었다. (이 파산으로 당장 피해를 볼 일이 없는 이들은) 보퍼트가 외국인이라는 사실에 어느 정도 위안을 느꼈다. 그렇지만 사실 사우스캐롤라이나의 댈러스 가문 사람이 이 사건을 보퍼트의 관점에서 보고 '그는 곧 재기할' 거라고 장담해봤자 그 주장은 설득력이 없었고, 그저 결혼은 결코 쉽게 깰 수 없다는 사실을 보여주는 무서운 증거로 받아들여졌을 뿐이다. 사교계 역시 결국 보퍼트 부부 없이 살아갈 방도를 찾아야 했고, 그것으로 사건은 일단락되었다. 다만 이 사태로 큰 피해를 입게 된 메도라 맨슨과 래닝 자매, 판단을 잘못한 명문가의 몇몇 여인들이 걱정이었다. 그들이 진즉 헨리 밴 더 라이든 씨의 충고를 들었으면 좋았으련만……

이윽고 아처 부인이 진찰을 마치고 처방을 내리는 의사 같은 어조로 말했다. "보퍼트 부부는 노스캐롤라이나에 있는 리자이나의 작은 집으로 들어가는 수밖에 없어. 보퍼트는 늘 경마용 말을 길렀으니, 이제 승마용 말을 길러보는 것도 괜찮을 거야. 내가 볼 때 그 사람은 말 장사도 잘할 것 같아." 다들 맞는 말이라고 했지만, 보퍼트 부부가 정말로 어떻게 할 셈인지 물어보는 사람은 없었다.

다음날 맨슨 밍곳 부인은 기력을 많이 회복했고, 다시는 자기 면전에서 보퍼트 애기를 하지 말라고 지시를 내릴 정도로 목소리도 돌아왔다. 벤컴 박사가 찾아오자 부인은 자기 식구들이 이 정도 일로 왜 그렇게 법석을 떨었는지 모르겠다고 말했다.

"나 같은 노인네가 저녁에 치킨 샐러드를 먹었으면 이 정도는 각오했어야 하는 거겠지?" 부인이 물었다. 마침 박사가 그전에 부인에게 새로운 식단을 권한 터라, 이번 뇌졸중은 소화불량이었던 것으로 정리되었다. 하지만 단호한 어조와는 다르게 부인은 삶에 대해 전과는 약간 다른 태도를 갖게 되었다. 다른 사람들에 대한 호기심은 여전했지만, 전에도 그다지 강하지 않던 불행을 겪는 이들에 대한 연민의 정은 나이가 들면서 더 무뎌졌다. 그래서인지 부인은 보퍼트의 파산 사건을 별로 어렵지 않게 마음에서 지워버린 눈치였다. 그리고 난생처음으로 자신의 몸 상태에 깊은 관심을 보이기 시작했고, 그동안 무시하고 무신경하게 대한 몇몇 가족에 대해 다감한 관심을 기울였다.

그중에서도 특히 웰런드 씨가 그런 관심의 대상이었다. 지금까지 노부인은 사위 중에서도 그를 가장 철저히 무시해왔고, 웰런드 부인이 우리 그이도 대찬 성격에 (그러기로 '마음만 먹으면') 뛰어난 지적 능력을 발휘할 수 있다고 얘기해도 킥킥 웃으며 빈정대곤 했다. 그런데 지금은 허약하기로 유명한 이 사위에게 엄청난 관심을 쏟게 되었고, 열이 내리는 대로 바로 자기 집에 와서 식단을 비교해보자는 명령을 내렸다.

부인은 이제 열이 있으면 극도로 조심해야 한다고 생각했기 때문이다.

올렌스카 부인에게 전보를 보낸 지 스물네 시간 만에 다음날 저녁에 도착한다는 전보가 왔다. 뉴런드 아처는 그때 웰런드가에서 점심을 먹고 있었는데, 저지시티까지 엘런을 마중나가는 문제가 즉각 제기되었다. 마치 변경 식민지에 살고 있기라도 한 듯 웰런드가가 겪고 있는 여러 가지 구체적인 문제로 인해 논의가 치열해졌다. 웰런드 부인은 그날 오후 남편과 같이 캐서린 노부인 댁에 가야 하기 때문에 저지시티에 갈 수 없었다. 게다가 모친이 뇌졸중을 겪은 후 처음 만나는 거라서 혹시라도 웰런드 씨가 그 '충격'으로 상태가 나빠지면 곧바로 귀가해야 하기 때문에 마차도 내줄 수 없었다. 웰런드가의 아들들은 '시내'에 있을 테고, 사냥을 떠났던 러벌 밍곳 씨도 서둘러 돌아온다고 했으니 밍곳가의 마차는 그를 맞으러 가야 했다. 그렇다고 겨울의 늦은 오후에 아무리 자기 마차를 타고 간다 한들 메이더러 혼자서 연락선에 올라 저지시티까지 다녀오라고 할 수는 없었다. 그렇지만 올렌스카 부인이 오는데 가족 중 아무도 마중을 안 나가는 건 박대하듯 보일 뿐더러 노부인의 뜻에 반하는 셈이 될 터였다. 웰런드 부인의 지친 목소리는 가족들을 그렇게 난감한 처지로 몰아넣다니 정말 엘런답다고 말하는 듯했다. "정말 끝이 없네요." 가여운 부인은 평소와 달리 운명에 반기라도 드는 어조로 한탄했다. "벤컴 박사는 많이 나아지셨다고 하는데, 이렇게 마중나갈 사람이 없는데도 엘런을 꼭 불러오라고 고집부리시는 걸 보면 어머니 상태가 아직은 별로 안 좋은 것 같단 말이지."

짜증이 나면 흔히 그러듯 부인은 신중하지 못한 발언을 했고, 웰런드 씨는 기다렸다는 듯이 말꼬리를 잡았다.

"오거스타." 웰런드 씨가 금세 낯빛이 흐려지더니 포크를 내려놓았다. "그럼 당신은 벤컴 박사가 전만큼 믿음직스럽지 않다고 생각할 근거라도 있단 말이오? 나나 장모님을 돌보는 데 신경을 덜 쓴다는 거요?"

무심히 내뱉은 말이 이렇게 엄청난 결과를 불러올 줄 몰랐던 부인은 얼굴이 하얗게 질렸다. 그렇지만 애써 웃음 짓고는 굴 요리를 한번 더 덜어간 다음 가까스로 평소의 명랑한 분위기로 돌아와 대꾸했다. "여보, 무슨 그런 말씀을 하세요? 하지만 어머니가 이상하시잖아요. 전에는 엘런한테 남편 곁으로 꼭 돌아가라고 하시더니, 다른 손자 손녀도 많은데 이렇게 갑자기 그애만 찾으시니까 이해가 안 가잖아요. 아무리 정정하셔도 연세가 많으시다는 걸 잊으면 안 돼요."

웰런드 씨는 여전히 근심어린 표정이었고, 부인의 마지막 말이 특히 걸리는 눈치였다. "그래, 장모님은 아주 연로하신 분이지. 어쩌면 벤컴 박사는 그렇게까지 연로하신 분들을 돌보는 데는 적합하지 않을 수도 있어. 당신 말대로 정말 끝이 없군. 십 년이나 십오 년 후에는 나도 다른 의사를 찾아야 할 수도 있겠네. 그런 일은 너무 늦기 전에 처리하는 게 좋지." 웰런드 씨는 그렇게 강단 있는 결론을 내리더니 포크를 획 집어들었다.

"어쨌든 내일 저녁에 엘런을 어떻게 데려올지 그게 문제네요. 난 무슨 일이든 적어도 스물네 시간 전에 결정해놓는 게 좋은데." 웰런드 부인이 식탁에서 일어나 자주색 새틴과 공작석으로 꾸민 뒤쪽 응접실로 가면서 말했다.

그러자 여태껏 줄마노가 원형으로 돋을새김된 작은 팔각 흑단 액자에 든, 추기경 두 사람이 주연을 벌이는 그림을 열심히 보고 있던 아처가 이쪽으로 돌아섰다.

"제가 가서 데려올까요?" 그가 제안했다. "메이가 마차를 선착장으로 보내준다면, 그 시간에 맞춰 퇴근하는 건 어렵지 않습니다." 그의 가슴이 쿵쿵 뛰었다.

그러자 웰런드 부인이 고마워서 한숨을 내쉬었고, 창가 쪽으로 걸어갔던 메이 역시 잘했다는 듯 그를 향해 웃어 보였다. "보세요, 엄마, 역시 모든 게 스물네 시간 전에 정해지잖아요." 그러고는 몸을 굽혀 걱정으로 찌푸린 어머니의 이마에 입을 맞추었다.

메이의 마차가 문간에 서 있었다. 아처는 그걸 타고 유니언스퀘어까지 가서, 사무소로 가는 브로드웨이행 철도마차로 갈아탈 예정이었다. 마차에 올라탄 메이가 입을 열었다. "엄마가 또 걱정하실까봐 아무 말 안 했는데, 내일 워싱턴에 간다더니 어떻게 엘런 언니를 마중 가서 뉴욕까지 태우고 온다는 거예요?"

"아, 안 가게 됐어." 아처가 대답했다.

"안 가요? 왜요, 무슨 일 있어요?" 그녀는 은방울 같은 목소리에 애정을 듬뿍 담아 물었다.

"재판이 취소…… 아니, 연기됐거든."

"연기됐다고요? 그럴 수가! 오늘 아침에 레터블레어 씨가 엄마한테 보낸 편지에는 대법원에서 열릴 큰 특허권 재판 때문에 내일 워싱턴에 간다고 쓰여 있던데. 그때 특허권 재판 때문에 간다고 안 했어요?"

"그래. 맞아. 하지만 사무소 사람들이 전부 다 갈 수는 없으니까. 오늘 아침에 레터블레어 씨가 가는 걸로 결정났어."

"그럼 연기된 게 아니네요?" 메이는 평소와 달리 집요하게 질문을 퍼부었고, 그처럼 전통적인 부덕을 깨고 있는 아내를 보자 아처는 얼굴이 붉어지는 느낌이었다.

"그래, 재판이 아니라 내 출장이 연기된 거야." 아처는 처음 워싱턴에 간다는 얘기를 꺼낸 날 쓸데없이 장황한 설명을 늘어놓은 걸 후회하며, 영리한 사기꾼은 설명을 늘어놓지만 정말 영리한 사기꾼은 그러지 않는다는 말을 어디서 읽었는지 기억해보려 했다. 메이에게 거짓말하는 것보다, 그녀가 모르는 척해주는 걸 보는 게 더 고통스러웠다.

"나는 나중에 갈 거야. 당신 친정에는 잘된 일이지." 비열한 짓이지만 아처는 이렇게 빈정대는 걸로 상황을 무마하려 했다. 이렇게 말하는데 아내가 자신을 힐긋 보는 듯해, 아처는 그녀의 눈길을 피하고 있다는 오해를 살까봐 자기도 그녀의 눈을 마주보았다. 한순간 두 사람의 눈길이 마주쳤고, 그들은 본의 아니게 상대방의 심중을 깊이 파고들었다.

"맞아요, 당신이 엘런을 마중나갈 수 있어서 정말 다행이에요." 메이가 밝은 어조로 대답했다. "엄마가 아까 정말 고마워하시는 거 당신도 봤죠?"

"아, 그럴 수 있어서 나도 좋아." 마차가 서고 아처가 뛰어내리자 메이는 그쪽으로 몸을 기울여 아처의 손을 잡았다. "여보, 잘 가요." 그런데 그렇게 말하는 메이의 눈이 너무나 파래서 나중에 아처는 혹시 눈물이 맺혀서 그렇게 보인 건가 하는 생각이 들었다.

아처는 돌아서서 마치 주문을 외우듯 마음속으로, '저지시티에서 밍곳 부인 집까지는 온전히 두 시간이 걸려. 온전히 두 시간…… 아니,

그보다 더 걸릴 수도 있어' 하고 되뇌며 서둘러 유니언스퀘어를 건너 갔다.

29

아처는 선착장에서 (결혼식 때 칠한 니스가 아직 남아 있는) 메이의 진청색 마차에 올라 저지시티의 펜실베이니아역까지 편안하게 달렸다.

눈 내리는 어둑한 오후라서, 잡다한 소리가 울리는 커다란 역에는 가스등이 켜 있었다. 아처는 워싱턴발 급행열차를 기다리며 플랫폼을 거닐다가, 언젠가는 허드슨강 밑으로 터널이 뚫려 펜실베이니아선 기차가 그대로 뉴욕으로 들어가게 될 거라고 주장하는 사람들의 말을 떠올렸다. 그들은 대서양을 닷새 만에 횡단하는 배가 건조되고, 하늘을 나는 기계가 발명되고, 전기로 불을 밝히고, 전선도 없이 장거리 연락을 주고받는 등 『아라비안나이트』에나 나올 법한 경이로운 일들이 일어나리라고 예언했다.

'그런 환상 중 어떤 것이 실현되든 상관없지만, 아직은 그런 터널이 안 생기면 좋겠네.' 아처는 이런 상념에 빠졌다. 철부지 어린애 같은 행복에 들뜬 채 그는 올렌스카 부인이 기차에서 내리는 모습, 자신이 군중 속 의미 없는 얼굴들을 둘러보다가 저만치서 다가오는 그녀를 발견하는 모습, 마차까지 가는 동안 그녀가 자기 팔을 부여잡고 있는 모습, 요란하게 소리치는 마부와 달리는 말들, 짐마차 사이를 천천히 걸어 부두로 향하는 자신들의 모습, 놀랍도록 조용한 여객선 안에서 안락한 마차에 나란히 앉아 눈을 맞으며 세상이 태양 저쪽으로 미끄러지듯 멀어지는 광경을 지켜보는 모습을 그려보았다. 그녀에게 할말이 그렇게 많고, 그 모든 이야기가 이처럼 술술 떠오른다는 게 믿기지 않았다……

떨걱떨걱, 칙칙폭폭 소리가 점점 가까워지더니 사냥감을 물고 제 굴로 돌아오는 맹수처럼 기차가 천천히 역내로 들어왔다. 아처는 팔꿈치로 사람들을 밀치며 앞으로 나아갔다. 올렌스카 부인의 얼굴을 찾아 높은 차창을 차례로 훑어보는데, 갑자기 부인이 창백하고 놀란 얼굴로 옆에 와 섰다. 그러자 또다시 그녀가 어떻게 생겼는지 잊고 있었다는 생각이 들어 참담했다.

두 사람은 서로 내민 손을 맞잡았다. 아처는 그녀의 손을 잡아끌어 팔짱을 끼고 말했다. "이쪽으로…… 마차를 갖고 왔어요."

그다음부터는 모든 게 아처가 생각한 대로 흘러갔다. 일단 부인을 태우고, 짐을 싣고, 할머니의 병세가 호전되었으니 너무 걱정 말라고 안심시킨 다음, 보퍼트의 부도에 대해 간단히 설명해주었다("가여운 리자이나!"라고 말하는 그녀의 상냥한 어조가 정말 인상적이었다). 마차는 역 주변의 혼잡한 도로를 빠져나간 후, 흔들리는 석탄 마차와 당황한 말들, 흐트러진 대형 짐마차들과 빈 영구마차—아, 그 영구마차!—의 위협을 받으며 미끄러운 경사면을 천천히 달려 부두로 내려갔다. 영구마차를 지나갈 때 부인은 눈을 감고 아처의 손을 꽉 잡았다.

"설마 할머니한테 무슨 일이 생긴 건 아니겠죠?"

"아, 아니에요. 이제 많이 나으셨다니까. 정말 좋아졌으니 걱정 말아요. 자, 이제 지나갔어요!" 그 영구마차가 사라졌으니 아무 일 없을 거라는 투로 그가 말했다. 아처는 여전히 부인의 손을 쥐고 있었고, 마차가 덜컥거리며 연락선으로 건너가는 판자를 지나는 동안 몸을 숙여 꼭 끼는 갈색 장갑의 단추를 풀고 마치 성상에 입맞추듯 그녀의 손바닥에 키스했다. 그녀가 가볍게 미소 지으며 손을 빼자 아처가 물었다. "오늘 내가 데리러 올 줄 몰랐죠?"

"네."

"워싱턴으로 당신을 만나러 가려고 모든 준비를 다 했었는데. 하마터면 길이 엇갈릴 뻔했어요."

"아⋯⋯" 하마터면 엇갈릴 뻔한 게 아찔하다는 듯 부인이 탄성을 터뜨렸다.

"당신 얼굴을 거의 잊을 뻔한 거 알아요?"

"내 얼굴을 잊을 뻔했다고요?"

"내 말은⋯⋯ 이걸 어떻게 말해야 할까? 나는—매번 그런데—당신을 만날 때마다 매번 처음 만나는 것 같은 느낌이 들어요."

"아, 맞아요. 뭔지 알아요!"

"당신도, 당신도 그런가요?" 아처가 되물었다.

부인이 창밖을 내다보며 고개를 끄덕였다.

"엘런, 엘런, 엘런!"

부인은 대답이 없었다. 아처는 창밖의 눈 내리는 어두운 풍경을 배경으로 점점 더 흐려지는 부인의 옆모습을 말없이 지켜보았다. 넉 달이라는 긴 시간 동안 부인은 대체 뭘 하고 지냈을까? 우리는 서로에 대해 아는 게 거의 없구나! 소중한 순간순간이 흘러가고 있는데 아처는 그녀에게 하려던 말을 다 잊고, 둘이 이렇게 가까이 앉아 있는데도 얼굴이 잘 안 보이는 이 상황이 마치 둘이 서로 그렇게 가까우면서도 먼 사이라는 신비로운 사실을 보여주는 일종의 비유 같다는 생각에 잠긴 채하릴없이 앉아 있었다.

"마차가 정말 예뻐요! 메이 건가요?" 엘런이 갑자기 창에서 눈을 돌리며 물었다.

"네."

"그럼 메이가 보내서 온 거예요? 정말 고마운 일이네요!"

아처는 잠시 가만히 있다가 폭발하듯 소리쳤다. "우리가 보스턴에서 만난 그다음날 당신 남편의 비서가 나를 보러 왔어요."

그녀에게 보낸 짧은 편지에는 리비에르 씨의 방문을 언급하지 않았고, 그는 그 사건을 가슴속에 영원히 묻어둘 생각이었다. 하지만 둘이 지금 메이의 마차에 타고 있다고 상기시키는 그녀의 말을 들으니 앙갚음하고 싶은 마음이 들었다. 자기가 아내 얘기를 듣기 싫어하는 만큼 부인도 리비에르 씨 얘기를 듣기 싫어하는지 알고 싶었다! 평소 그녀의 침착함을 깨보려고 시도했을 때도 그랬지만 이번에도 역시 그녀는 전혀 놀라는 기색이 없었다. 아처는 '그 사람이 이미 편지를 썼나보군' 하고 생각했다.

"리비에르 씨가 당신을 찾아왔다고요?"

"네, 몰랐어요?"

"몰랐어요." 그녀가 간단히 대답했다.

"그런데도 안 놀라네요?"

그녀는 잠시 망설이다가 이렇게 대답했다. "놀랄 게 뭐 있어요? 보스턴에서 그 사람이 당신을 안다고 말했거든요. 영국에서 만났다고 한 것 같은데.”

“엘런…… 물어볼 게 있어요.”

“네.”

“그 사람을 만난 다음에 바로 물어보고 싶었지만 편지에는 쓸 수 없었어요. 당신이 도망치는 걸—그러니까 남편을 떠나는 걸—도와준 사람이 리비에르 씨였나요?”

가슴이 터질 것 같았다. 이 질문에도 부인은 아까처럼 차분히 대답할 수 있을까?

“맞아요. 정말 신세 많이 졌죠.” 부인은 여전히 차분하고 조용한 목소리로 대답했다.

그녀가 너무도 자연스럽고 거의 무관심한 어조로 답하자 아처도 흥분이 가라앉았다. 그는 자신이 관습을 완전히 무시하고 있다고 생각했지만, 그녀는 이토록 담담하게 대답함으로써 그가 어리석을 정도로 관습에 얽매인 사람임을 다시 한번 느끼게 했다.

“당신같이 솔직한 사람은 처음 봐요!” 아처가 말했다.

“아, 그렇지 않아요. 하지만 제일 차분한 사람인 건 맞을지도 모르겠네요.” 그녀가 웃음 섞인 어조로 대답했다.

“뭐라고 부르든 상관없지만, 당신은 현실을 있는 그대로 봐요.”

“아…… 그럴 수밖에 없었어요. 메두사의 얼굴을 똑바로 봐야 했으니까요.”

“흠…… 그런데도 눈이 멀지 않았고요! 메두사 역시 다른 괴물들처럼 그저 오래된 허상에 지나지 않는다는 걸 깨달은 거겠죠.”

“메두사는 눈을 멀게 하지 않아요. 다만 눈물을 마르게 하죠.”

그 말을 듣자 그녀에게 떼쓰고 싶은 마음이 사라졌다. 아처로서는 알 수 없는 깊은 경험에서 나온 말 같았기 때문이다. 느리게 움직이던 연락선이 멈춰 서면서 배의 이물이 선착장을 치자 마차가 심하게 흔들리는 바람에 아처와 올렌스카 부인의 몸이 부딪혔다. 아처는 몸을 부르르 떨며 부인의 어깨가 자신의 몸을 누르고 있음을 느끼고 팔로 그녀를 감쌌다.

"눈이 멀지 않았다면 이런 상태가 언제까지고 계속될 수 없다는 사실을 직시해야 해요."

"이런 상태라뇨?"

"우리가 이렇게 같이 있으면서도 같이할 수 없는 현실 말이에요."

"아뇨, 당신이 오늘 안 왔어야 하는데." 그녀는 아까와는 다른 어조로 말했다. 그러더니 갑자기 몸을 돌려 두 팔로 그를 껴안고 입을 맞추었다. 그 순간 마차가 다시 움직이기 시작했고, 선착장 입구에 있는 가스등 불빛이 창문을 통해 마차 안을 비추었다. 부인은 몸을 뗐고, 마차가 복잡한 선착장 주변을 힘들게 빠져나가는 내내 두 사람은 아무 말 없이 가만히 앉아 있었다. 마차가 거리에 들어서자 아처가 서둘러 말했다.

"나를 무서워하지 말아요. 구석으로 그렇게 물러나서 움츠리고 있을 필요 없어요. 몰래 키스 한 번 하는 걸 바라는 게 아니에요. 봐요, 나는 당신의 옷소매도 건드리지 않잖아요. 우리 둘 사이의 감정이 흔해빠진 불륜으로 전락하는 걸 바라지 않는 당신의 마음은 나도 이해해요. 어제는 이런 말 못 했을 거예요. 당신과 떨어져 있으면 너무 보고 싶어서 어떤 생각도 다 커다란 불꽃이 되어 타올라요. 그런데 이렇게 실제로 만나면 당신은 내가 기억하는 것보다 훨씬 더 대단한 존재예요. 나는 어쩌다 한 번 한두 시간 만나고, 그다음 만남까지 고통스러운 갈망에 시달리는 관계 말고 그 이상을 원해요. 지금도 그 꿈이 실현되리라고 굳게 믿기 때문에 당신이 옆에 있어도 이렇게 가만히 앉아 있을 수 있는 거예요."

부인은 한동안 묵묵히 있더니 아주 작은 소리로 물었다. "그 꿈이 실현되리라고 믿는다니, 그게 무슨 말이죠?"

"당신도 그렇게 될 거라고 믿고 있잖아요, 맞죠?"

"우리가 같이하게 될 거라는 당신의 꿈 말이에요?" 부인이 갑자기 차가운 웃음을 터뜨렸다. "여기서 할말은 아닌 것 같은데!"

"우리가 지금 내 아내의 마차에 타고 있기 때문에? 그럼 내려서 걸을까요? 눈 좀 맞아도 괜찮죠?"

그러자 부인이 아까보다는 좀더 부드럽게 웃었다. "아뇨, 내려서 걸을 수는 없어요. 가능한 한 빨리 할머니 댁에 가야 하니까. 그리고 당신은 내 옆에 앉아서 꿈이 아니라 현실을 같이 봐야 해요."

"당신이 말하는 현실이라는 게 뭔지 모르겠어요. 나한테는 이것만이 진짜 현실인데."

마차가 어두운 골목을 지나 5번 애비뉴의 강렬한 불빛 속으로 들어가는 동안 부인은 내내 아무런 대답도 하지 않았다.

"그렇다면 당신은 내가 당신의 부인이 될 수 없으니 정부로 살아야 한다고 생각하는 건가요?" 그녀가 물었다.

그 질문이 너무 노골적이어서 아처는 깜짝 놀랐다. 상류층 여성들은 그 문제와 아주 가까운 얘기를 할 때도 그 단어를 쓰지 않았기 때문이다. 올렌스카 부인은 전에도 그 말을 써온 것처럼 발음했고, 아처는 그녀가 도망쳐 나온 끔찍한 삶에서는 아무렇지도 않게 그 말을 쓰는 사람들이 있었는지 궁금했다. 그녀의 질문에 깜짝 놀란 아처는 당혹스럽기 그지없었다.

"나는 어떻게든 당신과 함께 그런 말이―그런 범주 자체가―없는 세상으로 달아나고 싶어요. 우리가 그저 서로 사랑하는 두 사람, 서로가 서로에게 전부가 되고 그 밖에는 아무것도 중요하지 않은 삶을 살 수 있는 곳으로요."

부인은 한숨을 푹 쉬더니 다시 웃음을 터뜨렸다. "아, 당신…… 그런 세상이 어디 있어요? 그런 데 가본 적 있어요?" 아처가 대답 없이 뚱하게 있자 부인은 말을 이었다. "나는 그 길을 택한 사람들을 아주 많이 봤어요. 그런데 실제로는 다들 실수로 노변에 있는 엉뚱한 역에서 내리더군요. 불로뉴, 피사, 몬테카를로 같은 곳에서요. 문제는 그곳도 그들이 떠나온 세상과 별반 다른 게 없을뿐더러 오히려 더 작고 누추하고 난잡했다는 거죠."

부인이 그런 어조로 말하는 걸 들어본 적이 없는 아처는 그녀가 조금 전 한 말을 떠올렸다.

"메두사가 정말 당신의 눈물을 말려버렸군요." 아처가 말했다.

"내 눈을 뜨게도 해줬죠. 메두사가 사람들의 눈을 멀게 한다는 건 사실이 아니에요. 실은 그 반대죠. 메두사는 우리 눈을 뜬 채로 고정시켜서 다시는 어둠의 축복을 누릴 수 없게 만들어요. 중국에 그런 고문이 있지 않나? 틀림없이 있을 거예요. 아, 그런 사람들이 가는 세상은 알고 보면 정말 초라하기 짝이 없는 곳이에요!"

마차가 42번가를 지났다. 메이의 튼튼한 말은 켄터키 경주마처럼 힘차게 북쪽으로 내달렸다. 아처는 이렇게 쓸데없는 말이나 하면서 그녀와의 소중한 시간을 낭비한 것이 너무 아쉬워서 목이 메었다.

"그렇다면 당신은 우리가 어떻게 해야 한다고 생각해요?" 아처가 물었다.

"우리가? 그런 식의 우리는 있을 수 없어요! 우리는 서로 거리를 유지해야만 같이 있을 수 있거든요. 그렇게 해야 우리가 우리 자신으로 있을 수 있어요. 안 그러면 우리는 그저 우리를 믿는 사람들을 속이면서 행복해지려고 하는 엘런 올렌스카의 사촌의 남편인 뉴런드 아처와, 뉴런드 아처의 아내의 사촌인 엘런 올렌스카일 뿐이에요."

"아, 나는 이미 그 단계를 넘어섰어요." 아처가 신음하듯 말했다.

"아뇨, 그렇지 않아요! 당신은 한 번도 그 단계를 넘어선 적이 없어요. 나는 넘어봤고, 거기가 어떤 곳인지 알아요." 부인이 낯선 목소리로 말했다.

아처는 형언할 수 없는 고통에 넋을 잃고 묵묵히 앉아 있었다. 얼마 후 그는 어두운 마차 안에서 더듬더듬 마차꾼에게 신호를 보내는 작은 종을 찾았다. 마차를 세우고 싶을 때 메이가 종을 두 번 울리던 게 기억났다. 그가 종을 울리자 마차가 길가에 멈춰 섰다.

"왜 서는 거죠? 여긴 할머니 댁이 아닌데." 올렌스카 부인이 놀라서 외쳤다.

"맞아요. 나는 여기서 내리려고요." 아처가 문을 열고 보도로 뛰어내리며 말했다. 가로등 불빛 속에서 창백한 얼굴의 부인이 그를 붙잡으려고 자기도 모르게 손을 내미는 게 보였다. 아처는 문을 닫고 잠시 창문 쪽으로 몸을 기울였다.

"당신 말이 맞아요. 오늘 내가 안 왔어야 했어요." 그는 마차꾼이 들을까봐 목소리를 낮춰 말했다. 부인이 무슨 말을 하려는 듯 몸을 내밀었지만 아처는 이미 마차꾼에게 다시 출발하라고 소리친 뒤였고, 그를 길모퉁이에 세워둔 채 마차는 떠났다. 눈이 그치고, 쌀쌀한 바람이 일어나 멍하니 서 있는 아처의 얼굴을 후려쳤다. 문득 속눈썹에 차갑고 딱딱한 게 느껴져 만져보니 흐른 눈물이 찬바람에 얼어붙어 있었다.

아처는 두 손을 주머니에 넣고 빠른 걸음으로 5번 애비뉴를 지나 집으로 갔다.

30

그날 저녁, 아처가 저녁 먹으러 내려와보니 응접실에 아무도 없었다.

맨슨 밍곳 부인의 병환으로 가족 행사가 모두 연기되는 바람에 메이와 단둘이 식사하게 된 것이다. 평소 아처보다 시간을 잘 지키는 아내가 먼저 내려와 있지 않은 게 의외였다. 아까 옷 입을 때 자기 방에서 돌아다니는 소리를 들었으니 집에 있을 텐데 왜 아직 안 내려왔는지 궁금했다.

아처는 요즘 마음을 현실에 잡아두는 수단으로 이런 추측에 몰두하는 버릇이 생겼다. 장인이 왜 그렇게 사소한 일에 집착하는지, 그 이유를 알 것 같기도 했다. 웰런드 씨도 아주 오래전에 현실로부터 벗어나려 했거나 다른 삶을 꿈꿨다가 그런 유혹으로부터 자신을 지키기 위해 온갖 자잘한 가정사에 매달리게 되었는지도 몰랐다.

메이는 피곤해 보이는 얼굴로 나타났다. 그녀는 밍곳 집안 여인들이 편안한 가족 모임에서 늘 입는 앞이 깊이 파이고 끈으로 꽉 조이는 약식 야회복에, 평소처럼 금발을 화려하게 땋아 올리고 있었지만, 얼굴은 수척하고 시들어 보였다. 하지만 언제나처럼 아처에게 다정한 미소를 지어 보였고, 두 눈 역시 전날과 마찬가지로 푸르게 빛났다.

"여보, 어제는 어떻게 된 거예요? 할머니 댁에서 기다리고 있는데 엘런 언니가 혼자 오더니 당신은 급한 일이 있어서 중간에 내렸다고 하더라고요. 무슨 일 있는 거 아니죠?" 메이가 물었다.

"아, 깜박 잊고 안 보낸 편지들이 있어서 저녁 먹기 전에 부치고 왔어."

"아……" 메이는 이렇게 말하더니 잠시 후 "급한 편지 아니었으면 당신도 할머니 댁에 왔으면 좋았을 텐데"라고 했다.

"급한 거였어." 메이의 끈질긴 질문에 놀란 아처가 말했다. "그리고 내가 꼭 할머니 댁에 갈 필요도 없었던 것 같은데. 난 당신이 거기 있는지도 몰랐거든."

그녀는 돌아서서 맨틀피스 위에 걸린 거울 쪽으로 갔다. 거기 서서 긴 팔을 들어 아름답게 틀어올린 머리에서 살짝 빠져나온 머리칼을 매만지는 아내를 보고 있는데, 메이가 어딘지 모르게 지치고 경직되어 보였다. 아처는 자신들의 무섭도록 단조로운 일상이 그녀까지도 짓누르고 있다는 생각이 들었다. 그러고 보니 그날 아침 출근하려고 집을 나설 때 메이가 계단에 서서 이따 할머니 댁에서 만나서 같이 집에 오자고 소리쳤고, 자기도 명랑한 어조로 "그래!"라고 대답했지만 다른 생각에 빠져 그 약속을 잊은 게 기억났다. 아처는 양심의 가책을 느꼈지만, 결혼한 지 이 년이나 된 지금까지도 그토록 사소한 실수마저 마음속에 담아두는 데에 짜증이 났다. 언제까지 이렇게 열정은 없고 의무만 남은 미적지근한 신혼으로 살아야 할지 막막했다. 메이가 서운한 일을 솔직히 얘기해주면 (그런 일이 아주 많은 것 같았다) 차라리 웃어넘기고 말 텐데, 그녀는 그런 마음속 상처들을 애써 미소 뒤에 감추도록 길러진 여자였다.

아처는 짜증난 걸 감추기 위해 노부인의 안부를 물었다. 그러자 메이는 밍곳 부인의 병세는 꾸준히 나아지고 있지만, 보퍼트 부부에 대한 새로운 소식 때문에 꽤나 심란하신 것 같다고 했다.

"무슨 소식인데?"

"뉴욕을 안 떠날 모양이에요. 보험 사업을 한다나, 뭐 그러던데. 작은 집을 구하고 있대요."

너무 황당해서 얘기할 가치도 없는 소식인지라 두 사람은 말없이 식사를 하러 들어갔다. 저녁을 먹는 동안 둘은 보통 때 늘 하던 얘기의 범주를 넘지 않는 선에서 대화를 나누었다. 하지만 아처는 메이가 올렌스카 부인에 대해서나 캐서린 노부인 댁에서 부인이 어떤 대접을 받았는지 단 한마디도 하지 않는 걸 알아챘다. 아처로서는 고마운 일이었지만 어쩐지 불길하게 느껴졌다.

두 사람은 커피를 마시러 서재로 올라갔고, 아처는 시가에 불을 붙인 후 미슐레*의 책을 펼쳐 들었다. 시집을 들고 있으면 메이가 어김없

* 『프랑스사』와 『프랑스혁명사』를 쓴 프랑스 역사가.

이 낭송해달라고 하는 통에 아처는 요즘 저녁마다 역사책을 읽었다. 자기 목소리가 싫어서가 아니라 시를 읽고 났을 때 메이가 뭐라고 평할지 빤히 보였기 때문이다. (지금 생각해보니) 약혼 기간 중에 시를 읽어주면 그녀는 아처가 한 말을 그대로 되풀이할 뿐이었다. 그런데 요즘은 의견을 덧붙이지 않고 읽어주다보니 메이가 자기 나름의 의견을 내놓았고, 그걸 듣고 나면 읽은 시 자체가 시시해졌다.

남편이 역사책을 빼 들자 메이는 바느질 바구니를 가져오더니 녹색 갓이 달린 독서용 램프 쪽으로 의자를 당긴 후 그의 소파에 놓을 쿠션에 수를 놓기 시작했다. 크고 튼튼한 손을 가진 메이는 바느질보다는 승마나 노젓기, 야외 활동에 더 소질이 있었다. 하지만 주부들은 으레 남편의 쿠션에 수를 놓기 때문에 그녀 역시 충실한 아내로서 단 하나의 의무도 소홀히 하고 싶지 않았기에 이 일을 포기하지 않았다.

그녀는 아처가 눈만 들면 수틀 위로 고개를 숙인 모습과 팔꿈치 길이 소매에 달린 러플이 흘러내릴 때마다 드러나는 둥글고 튼튼한 팔, 왼손에 낀 사파이어 약혼반지와 금으로 된 굵은 결혼반지, 그리고 바늘로 느리고 힘겹게 천을 뚫는 오른손이 보이는 곳에 앉아 있었다. 정면으로 불빛을 받고 있는 그녀의 훤한 이마를 보자 아처는 자신이 언제든 그 뒤에 무슨 생각이 깃들어 있는지 알 수 있을 테고, 앞으로 몇 년을 살든 그녀는 단 한 번도 예기치 못한 분위기나 새로운 생각, 어떤 결점이나 잔인함 내지는 의외의 감정으로 자신을 놀라게 할 일이 없을 거라는 생각이 들어 우울했다. 그녀가 평생 즐길 시나 낭만은 얼마 안 되는 약혼 기간 동안 다 소비한 것 같았다. 필요가 없어지니 그럴 일도 없었다. 이제 그녀는 자기 어머니의 복사판으로 변해가고 있었고, 놀랍게도 바로 그 과정을 통해 아처를 또하나의 웰런드 씨로 만들고 있었다. 그가 책을 내려놓고 벌떡 일어서자 메이가 고개를 획 쳐들었다.

"당신 왜 그래요?"

"방안 공기가 너무 답답하네. 환기 좀 해야겠어."

여러 겹으로 된 레이스 커튼을 친 다음 그 위로 금박 입힌 코니스에 못으로 박고 펼칠 수 없도록 묶어놓은 응접실 커튼과 달리, 아처는 서재 커튼은 밤에 닫을 수 있게 커튼봉에 달도록 지시했다. 그는 커튼을 열고 덧창을 밀어올린 뒤 냉랭한 밤공기 속으로 몸을 내밀었다. 탁자 옆에 앉아 책상의 램프 불빛을 받고 있는 메이를 보지 않고, 다른 집과 지붕, 굴뚝을 본다는 것, 자신의 삶 아닌 다른 이들의 삶을 상상하고, 뉴욕 아닌 다른 도시들과 자신의 세계가 아닌 다른 세계를 상상하는 것만으로도 머리가 맑아지고 숨쉬기가 편해졌다.

그렇게 어둠 속을 내다본 지 몇 분쯤 지났을 때 메이의 목소리가 들렸다. "뉴런드! 얼른 창문 닫아요. 감기 걸리면 큰일나요."

아처는 덧창을 내리고 돌아서며 말했다. "큰일난다고!" 마음 같아서는 '이미 큰일났는데 뭐. 나는 이미 죽었어. 아주 오래전에 죽었다고'라고 말하고 싶었다.

그런데 그렇게 말장난을 하다보니 황당한 생각이 머리를 스쳤다. '만약 그녀가 죽는다면 어떨까! 그녀가 죽어서—아주 가까운 시일 내에 죽어서—나를 자유롭게 해준다면!' 그 따스하고 낯익은 방에 서서 아내를 바라보며 그녀가 죽었으면 좋겠다는 생각을 하자 너무도 낯설고 매혹적이고 압도적이어서 그게 얼마나 엄청난 일인지 당장은 와닿지가 않았다. 그저 자신의 병든 영혼이 의지할 새로운 가능성을 발견했다는 느낌만 들었다. 그래, 메이가 죽을 수도 있다. 사람은 원래 죽으니까. 그녀처럼 젊고 건강한 사람들도 죽을 수 있다. 그녀가 죽어 그를 돌연 자유롭게 해줄지도 모른다.

메이가 고개를 들었다. 눈이 휘둥그레지는 걸 보니 아처의 눈빛이 이상한 모양이었다.

"뉴런드! 어디 아파요?"

아처는 고개를 젓고 안락의자 쪽으로 돌아섰다. 메이는 다시 수를 놓기 시작했고, 아처는 그녀 옆을 지나면서 머리에 손을 얹었다. "가여운 메이!" 그가 말했다.

"제가 가엾다고요? 왜요?" 그녀가 어색하게 웃으며 물었다.

"내가 창문 열 때마다 걱정할 거잖아." 아처 역시 웃으며 대답했다.

메이는 잠시 가만히 있더니, 고개를 숙인 채 아주 작은 목소리로 말했다. "당신만 행복하다면 나는 절대 걱정 안 할 거예요."

"아, 여보, 창문을 열 수 없으면 난 절대 행복할 수 없어!"

"이런 날씨에요?" 메이가 반문했고, 아처는 한숨을 쉬며 책에 얼굴을 묻었다.

그후 육칠일이 흘렀다. 올렌스카 부인에게서는 한 번도 연락이 오지 않았고, 아처는 메이의 친정 식구들이 자기 앞에서 일절 그녀 얘기를 꺼내지 않는다는 사실을 깨달았다. 아처는 부인을 만나려고 시도하지도 않았다. 가족들이 수시로 드나드는 캐서린 노부인 집에 있는 그녀를 만나는 건 보통 어려운 일이 아니었다. 이렇게 불확실한 상황에서 아처는 사고의 표면 아래 어딘가를 의식적으로 표류하고 있었다. 그는 서재의 창문을 열고 냉랭한 바깥을 내다볼 때 찾아온 결심을 기억하며 하루하루를 보냈다. 그 굳건한 결심 덕분에 엘런에게서 아무 연락이 없어도 별로 어렵지 않게 기다릴 수 있었다.

그러던 어느 날 메이가 맨슨 밍곳 부인이 그를 보고 싶어한다고 했다. 노부인의 병세가 꾸준히 나아지고 있고, 손자사위들 중에서 아처가 제일 좋다고 늘 공개적으로 말하는 사람이니 그런 요청을 했다 해도 놀랄 일은 아니었다. 그 말을 전하는 메이의 표정이 좋아 보였다. 캐서린 할머니가 자기 남편을 좋아한다니 자랑스러운 모양이었다.

잠깐 침묵이 흐른 뒤 아처는 "알았어. 오늘 오후에 같이 갈까?" 하고 물었다. 그래야만 할 것 같았다.

아내의 얼굴이 밝아졌다. 하지만 그녀는 곧바로 이렇게 덧붙였다. "아, 당신 혼자 가는 게 좋을 것 같아요. 같은 사람을 너무 자주 보면 할머니도 지겨우실걸요."

밍곳 노부인 댁의 초인종을 울리는 순간 아처의 가슴이 쿵쿵 뛰었다. 이 집에 오면 어떻게든 올렌스카 백작부인과 단둘이 얘기할 기회가 있을 것 같아서 꼭 혼자 오고 싶었다. 자연스럽게 기회가 오기를 기다렸는데, 드디어 그런 날이 와서 지금 그 집 문간에 서 있었다. 그녀는 틀림없이 이 문 뒤, 현관 옆에 있는 방의 노란색 다마스크 칸막이 커튼 뒤에서 그를 기다리고 있을 것이다. 그는 잠시 후면 그녀를 볼 테고, 노부인의 병실로 가기 전 잠깐 얘기를 나눌 수 있을 것이다.

그가 묻고 싶은 것은 딱 하나였다. 그러고 나면 그가 가야 할 길이 명확해질 터였다. 그가 하려는 질문은 그녀가 워싱턴으로 언제 돌아가느냐는 것이었다. 그 질문에는 대답하지 않기가 어려우리라.

그런데 노란 응접실에서 그를 기다리는 건 물라토 하녀였다. 하녀는 피아노 건반처럼 하얀 이를 보이며 미닫이문을 열고 캐서린 노부인한 테로 그를 안내했다.

노부인은 침대 옆에 놓인 왕좌처럼 거대한 안락의자에 앉아 있었다. 옆에 있는 마호가니 탁자에는 둥근 막을 씌운 놋쇠 램프가 놓여 있고, 그 위에 초록색 종이 등갓이 얹혀 있었다. 손이 닿는 곳에 책이라든가 신문, 여자들의 활동과 관련된 물건은 일절 없었다. 밍곳 부인의 유일 한 취미는 대화였고, 수예에 대한 경멸을 숨기지도 않았다.

노부인에게서는 뇌졸중의 흔적을 전혀 찾아볼 수 없었다. 전보다 약 간 창백하고, 살이 접힌 부분의 주름들이 더 깊어지긴 했지만, 주름잡 힌 모브캡의 풀 먹인 끈들이 두 턱 사이에 리본 모양으로 묶여 있고, 풍 성한 자주색 실내가운 위에 모슬린 턱받이를 댄 노부인은 먹는 즐거움 을 마음껏 누린 영악하면서도 너그러운 본인의 할머니처럼 보였다.

부인은 거대한 무릎 위 우묵한 곳에 애완동물처럼 놓여 있던 작은 손을 내밀더니 하녀에게 말했다. "아무도 들이지 마. 내 딸이나 며느리 가 오면 잔다고 하고."

하녀가 나가자 노부인은 손녀사위 쪽으로 고개를 돌렸다.

"내 꼴이 너무 흉한가?" 노부인은 한 손을 거대한 가슴팍 위로 뻗어 겨우겨우 모슬린 턱받이의 주름을 당기며 명랑한 어조로 아처에게 물 었다. "딸들은 이 나이에는 어떻게 보여도 상관없다더군. 늙을수록 흉 한 걸 가리는 게 더 힘들어지는데 말이야!"

"그 어느 때보다 멋지신데요, 뭘!" 아처가 똑같이 명랑한 어조로 대 답하자 부인이 고개를 젖히며 웃었다.

"아, 그래도 엘런만큼 멋지진 않을걸!" 노부인이 짓궂은 표정으로 눈을 반짝이며 말했다. 아처가 미처 대답할 새도 없이 그녀가 덧붙였다. "연락선에서 마차로 데려온 날도 그렇게 멋지던가?"

아처가 웃자 부인이 말을 이었다. "엘런한테 그렇게 말하니까 중간에 내리라고 하던가? 우리가 젊을 때는 저쪽에서 그러라고 하면 몰라도 남자가 예쁜 여자를 버려두고 가는 일은 없었다네!" 부인이 다시 껄껄 웃더니 투덜거리듯 말했다. "엘런이 자네랑 결혼했으면 정말 좋았을 텐데. 나는 늘 그애한테 그렇게 말해. 그랬으면 이런 골치 아픈 일들도 없었을 텐데. 하지만 할머니가 걱정할 거 생각하는 손자 손녀가 어디 있겠나?"

아처는 그녀가 병 때문에 약간 이상해졌을 수도 있다는 생각이 들었다. 그런데 부인이 갑자기 이렇게 말했다. "흠, 어쨌든 이제 결정됐어. 나머지 가족들이 뭐라고 하든 그애는 이제 나랑 살 거야! 그애가 온 지 오 분도 안 돼서 내가 무릎 꿇고 빌었지. 지난 이십 년 동안 방바닥이 어디 있는지 볼 수도 없었는데 말이야!"

아처는 묵묵히 들었고, 부인은 이어 말했다. "자네도 잘 알겠지만, 러벌과 레터블레어, 오거스타 웰런드를 비롯해 모두들 나한테 그애가 올렌스키한테 돌아가는 게 아내 된 도리임을 깨달을 때까지 생활비를 끊고 멀리하라고 설득했어. 비서인지 뭔지 하는 작자가 마지막 조건을 들고 왔을 때는 다들 내가 자기들 편이라고 생각했지. 솔직히 내가 봐도 아주 괜찮은 조건이더라고. 사실 결혼은 결혼이고, 돈은 돈이잖아…… 그 둘 다 나름 쓸모도 있고 말이야…… 그래서 나도 뭐라고 대답할지 난감했지……" 부인은 말하는 게 힘겨웠는지 잠깐 숨을 깊이 들이쉬었다. "하지만 그애를 본 순간 이렇게 말했다네. '예쁜 내 새끼! 너를 다시 그 새장에 가둔다고? 말도 안 되지!' 그러고는 내가 살아 있는 동안 여기 살면서 나를 돌보게 하기로 결정한 거야. 별로 즐거운 일은 아니겠지만, 그애도 싫지 않은 눈치야. 물론 레터블레어한테도 그애 생활비를 제대로 챙겨주라고 지시했다네."

부인의 말을 듣고 있으니 혈관이 뜨거워지는 느낌이었다. 하지만 너무 당혹스러워 자신이 그 소식에 기쁜지 괴로운지조차 알 수 없었다. 아처는 자신의 계획을 반드시 실행에 옮길 생각이었기 때문에 새로운 상황에 맞춰 생각을 정리하기가 힘들었다. 하지만 이런저런 문제가 나중으로 미뤄지고 기적처럼 새로운 기회가 생겼다는 달콤한 느낌이 서서히 그의 몸에 스며들었다. 엘런이 할머니 집에서 지내기로 결정했다면 그건 필시 그를 포기할 수 없다는 걸 깨달았기 때문이리라. 이건 지난번 그가 한 요구에 대한 답일 것이다. 그가 제시한 극단적인 방법에 동의하지는 않았지만, 결국 일종의 절충안을 받아들인 셈이다. 아처는 모든 것을 걸겠다고 각오했다가 갑자기 그러지 않아도 된다는 사실을 깨닫고 위험하리만큼 달콤한 안정감에 젖어드는 사람처럼 자기도 모르게 마음이 놓여 생각에 잠겼다.

"엘런이 그리 돌아가는 건 절대 안 될 일이에요!" 아처가 소리쳤다.

"아, 아처, 난 늘 자네가 그애 편인 걸 알고 있었다네. 그래서 오늘 보자고 한 거고, 예쁜 자네 아내가 같이 오겠다고 했을 때, '아니, 그건 안돼. 나는 아처와 단둘이서 이 기쁨을 나누고 싶단다'라고 했지." 부인은 묵직한 턱이 허락하는 한 멀리 고개를 젖히더니 아처의 눈을 똑바로 쳐다보았다. "이제부터 싸움이 시작될 텐데, 우리 둘이 같이 싸워야 하거든. 집안 전체가 엘런이 여기 있는 걸 반대할 테고, 그애가 늙고 병든 나를 구슬렸다고 떠들어댈 거야. 집안사람들하고 일일이 싸우는 건 아직 힘에 부치니까 자네가 대신 싸워주게."

"제가요?" 아처가 더듬거리며 물었다.

"그래, 자네. 안 될 이유가 뭐 있나?" 부인이 펜나이프처럼 날카로운 눈으로 그를 쳐다보며 물었다. 그녀는 의자 팔걸이에 얹고 있던 손을 들더니 새 발톱처럼 작고 투명한 손톱으로 그의 손을 움켜쥐었다. "안 될 이유가 뭐 있나?" 부인이 집요하게 되물었다.

아처는 부인의 날카로운 눈길을 의식하며 정신을 가다듬었다.

"아, 저는 힘이 없어요. 너무 하찮은 존재예요."

"아처, 자네는 레터블레어의 동료잖아, 안 그런가? 레터블레어를 통해서 그들과 맞서야 해. 그래서는 안 될 이유가 따로 있다면 또 모르지만." 부인이 고집했다.

"아, 할머니, 할머니는 제 도움 없이도 온 가족을 상대하실 수 있어요. 하지만 필요하시다면 도울게요." 아처가 부인을 안심시켰다.

"그럼 우린 걱정 없어!" 부인이 한숨을 내쉬고 영악한 미소를 지어 보이더니 쿠션에 머리를 기대며 덧붙였다. "난 늘 자네가 우리를 도와줄 걸 알았어. 남편에게 돌아가는 게 아내 된 사람의 도리라는 말을 할 때 자네가 그런 말을 했다는 이야기는 한 번도 안 나왔거든."

아처는 부인의 놀라운 명민함을 느끼고 움찔했지만 이렇게 묻고 싶었다. '그럼 메이는요? 가족들이 메이가 뭐라고 했는지는 말 안 하던가요?' 하지만 다른 걸 묻는 게 안전할 듯했다.

"올렌스카 부인은요? 만나볼 수 있나요?" 아처가 말했다.

그러자 부인이 쿡쿡 웃으며 눈을 찌푸리더니 약올리는 듯한 표정을 지었다. "오늘은 안 돼. 한 번에 한 사람씩이야. 올렌스카 부인은 외출하고 없어."

아처가 실망으로 얼굴이 붉어지자 부인이 말을 이었다. "아처, 그애는 외출했다네. 내 마차로 리자이나 보퍼트를 보러 갔어."

그러더니 아처가 어떻게 나올지 그의 반응을 기다렸다. "그애가 결국 나를 그렇게 하도록 몰아넣었다네. 여기 온 다음날 제일 좋은 모자를 꺼내 쓰더니, 정말 아무렇지도 않게 리자이나 보퍼트를 보러 가겠다는 거야. 그래서 내가 '그게 누군데? 난 모르는 사람인데' 그랬더니, '할머니 종손녀이고, 지금 아주 불행한 사람이에요' 하는 거야. '악당의 부인이지'라고 했더니 '글쎄, 그건 저도 마찬가지예요. 그런데도 온 가족이 저한테 그 사람에게 돌아가라고 하잖아요'라더군. 그러니까 할말이 없던걸. 그래서 가라고 했지 뭐. 아무튼 며칠 후에 그애가 비가 너무 많이 와서 걸어서 외출하기 힘들겠다면서 내 마차를 내달라더라고. 그래서 '어디 가는데?'라고 물으니까 '사촌 리자이나를 보러 가려고요' 하는 거야. 사촌이라니! 어쨌든 그래서 창밖을 보니까 볕이 쨍쨍해. 하지만 그애 말이 무슨 뜻인지 이해가 가길래 마차를 내주었지…… 어쨌든 리자이나는 용감한 사람이고, 엘런 역시 마찬가지야. 전부터 나는 용기 있는 사람이 제일 좋았어."

아처는 몸을 숙여 그때까지 자신의 손을 쥐고 있던 부인의 작은 손에 입을 맞추었다.

"이런, 이런! 지금 이게 누구 손인 줄 알고 키스하는 거야? 메이의 손인 줄 안 게야?" 부인이 놀리듯 킥킥 웃었다. 아처가 일어서자 그녀가 뒤에서 소리쳤다. "메이한테 안부 전하게. 하지만 오늘 우리가 나눈 얘기에 대해서는 입도 뻥끗하면 안 돼."

31

아처는 캐서린 노부인의 이야기를 듣고 깜짝 놀랐다. 올렌스카 부인이 할머니의 부름을 받고 워싱턴에서 급히 온 것은 자연스러운 일이지만, 밍곳 부인이 건강을 거의 회복한 이 시점에 할머니 집에 살기로 했다는 것은 설명하기 어려운 일이었다.

아처가 볼 때 올렌스카 부인이 이런 결정을 내리는 데 돈 문제가 그렇게 큰 영향을 준 것 같지는 않았다. 그는 엘런이 남편과 별거할 때 받은 얼마 안 되는 돈의 액수를 정확히 알고 있었다. 할머니가 주는 생활비가 없으면 밍곳가 사람들 기준으로 볼 때 최소한의 생활도 어려운 액수였다. 그리고 그녀와 같이 지내는 메도라 맨슨이 파산한 상황에서 그 적은 돈으로는 둘이 밥 먹고 옷 사 입기도 매우 빠듯할 듯했다. 하지만 아처는 올렌스카 부인이 돈 때문에 할머니의 제안을 받아들인 건 아니라고 확신했다.

부인은 막대한 재산을 지닌 이들이 흔히 그렇듯이 지나치게 후하게 인심을 쓰거나 간혹 자제하지 못하고 사치를 부렸고, 돈에 관심도 없었다. 하지만 자기 친척들이 꼭 필요하다고 여기는 많은 것들을 아무렇지도 않게 포기하고 살았다. 그래서 러벌 밍곳 부인이나 웰런드 부인은 가끔 올렌스키 백작 집에서 세계적인 수준의 호사를 누리던 여자가 어쩌면 그렇게 '생활 수준'에 무관심한지 모르겠다고 한탄하곤 했다. 게다가 아처도 알다시피 부인은 벌써 몇 달째 생활비를 못 받고 있었다. 그런데도 그간 할머니의 마음을 돌릴 어떤 노력도 하지 않았다. 그러니 부인이 마음을 바꾼 데는 분명 다른 이유가 있었다.

아처는 그 이유를 멀리서 찾지 않았다. 연락선에서 내려 돌아오는 마차 안에서 부인은 아처와 자신은 떨어져 있어야 한다고 말했다. 그런데 그때 그녀는 아처의 품에 얼굴을 묻은 상태였다. 그건 아처의 마음을 사로잡으려고 부러 한 말은 아니었다. 그녀 역시 아처만큼이나 열심히 자신의 운명과 싸우고 있었고, 자기들을 믿어준 사람들을 배신하지 않으려고 안간힘을 쓰고 있었다. 하지만 뉴욕으로 돌아온 이후 열흘 동안 아처가 계속 침묵을 지키고 자기를 만나려는 어떤 시도도 하지 않는 걸 보면서, 부인은 그가 돌이킬 수 없는 어떤 결정적인 행동을 계획하고 있음을 간파했을 것이다. 그런 생각을 하자 갑자기 자신의 나약함이 두려워졌고, 그래서 차라리 그런 경우에 흔히 그러듯 절충안을 받아들임으로써 저항이 가장 약한 길을 택하자는 결정을 내렸을 것이다.

한 시간 전 밍곳 부인 집의 초인종을 울릴 때만 해도 아처의 마음속에는 확고한 결심이 서 있었다. 일단 올렌스카 부인과 단둘이 얘기를 나눠보고, 그게 안 되면 노부인에게 그녀가 언제 몇시 기차로 워싱턴에 돌아가는지 물어볼 셈이었다. 그런 다음 그 기차를 타고 엘런과 같이 워싱턴까지 가거나, 그녀가 원하는 곳이라면 어디든 더 멀리까지라도 같이 갈 생각이었다. 아처 자신은 일본을 염두에 두고 있었다. 어쨌든 부인은 그녀가 어디를 가든 아처가 같이 갈 것임을 금방 이해할 터였다. 메이에게는 그 계획을 방해할 어떤 행동도 하지 못하도록 편지를 남길 심산이었다.

아처는 자신이 이 계획을 실천에 옮길 용기뿐 아니라 어서 그러고 싶다는 열의로 가득차 있다고 생각했는데, 막상 상황이 달라졌다는 말을 듣자 안도감이 밀려왔다. 그런데 밍곳 부인 댁을 나와 집으로 걸어가면서 생각하니 앞으로 벌어질 일들이 점점 더 혐오스럽게 느껴졌다. 이제부터 그는 너무나 잘 알고 너무나 익숙한 길을 걷게 될 것이다. 하지만 전에 그 길을 걸었을 때는 독신이었기에 무슨 짓을 하든 다른 사람에게 둘러댈 필요가 없었다. 남에게 들킬까봐 미리 조심하고, 둘러대고, 숨기고, 마지못해 나라주던 그 모든 행동이 그때는 그저 하나의 재미있는 장난이었다. 그 모든 조치는 '여성의 명예를 지켜주는' 행동이라고 불렸고, 아처는 오래전부터 많은 소설과 저녁식사 후 윗사람들과 나누는 대화를 통해 그 기술을 상세히 익힌 터였다.

그런데 이제 그런 문제를 새로운 시각에서 보게 되자, 그 안에서 자신이 맡은 역할이 아주 저열해 보였다. 사실 아처는 솔리 러시워스 부인이 다정하면서도 눈치 없는 남편에게 바로 그런 짓을 하는 걸 보며 속으로 비웃곤 했다. 그녀는 남편에게 늘 미소를 짓고, 농담을 하고, 비위를 맞추고, 경계하고, 끊임없이 거짓말을 했다. 낮에도 거짓말, 밤에도 거짓말, 손길마다 눈짓마다 배인 거짓말, 애무할 때도 다툴 때도 거짓말, 모든 말과 모든 침묵 속에 깃든 거짓말.

여자가 남편에게 그러는 쪽이 그나마 더 쉽고 전반적으로 덜 비열했다. 여자들에 대해서는 다들 도덕적으로 덜 엄격했기 때문이다. 여자는 종속적인 위치에 있기 때문에 구속된 삶을 사는 이들의 이런저런 기교를 잘 알았다. 그들은 언제든 기분이 안 좋다든지 신경이 날카롭다는 핑계를 댈 수 있었고, 잘못을 저질러도 남자보다는 너그러운 처분을 받았다. 그래서 아무리 엄격한 사회라도 그런 일이 생기면 남편을 비웃었다.

그런데 아처가 사는 작은 세계에서는 아무도 배신당한 부인을 비웃지 않았고, 결혼 후에도 계속 바람을 피우는 남자들을 어느 정도 경멸하는 분위기였다. 젊은 날 한철은 방탕하게 보낼 수 있다 여겨도 계속 그러면 좋게 보지 않았다.

아처는 평소에 그런 생각에 동의했고, 그래서 내심 레퍼츠를 형편없는 사람으로 치부했다. 하지만 엘런 올렌스카를 사랑한다고 해서 레퍼츠 같은 사람이 되는 것은 아니었다. 아처는 난생처음으로 어떤 것을 일반화해서 생각한다는 게 얼마나 어리석은 일인지 뼈저리게 느꼈다. 엘런 올렌스카는 그 어떤 여성과도 달랐고, 자기 역시 그 어떤 남성과도 달랐다. 그러니 그들의 상황 역시 그 누구의 경우와도 절대 같지 않았다. 그러므로 두 사람은 스스로의 양심에 따라 행동하면 될 뿐 어떤 심판대에도 설 필요가 없었다.

맞는 말이었다. 하지만 십 분 후 그는 자기 집 현관 계단을 올라갈 것이고, 집안에는 메이, 습관과 체면, 그리고 예전부터 자신과 선조들이 믿어온 온갖 규범이 있었다……

거리 모퉁이에서 잠시 멈춰 섰던 아처는 다시 5번 애비뉴를 걸어내려갔다.

어두운 겨울밤, 그의 눈앞에 불 꺼진 커다란 저택이 서 있었다. 그쪽으로 다가가면서 아처는 이 집에 휘황하게 불이 밝혀지고, 카펫 깔린 계단 위에 차일이 쳐지고, 집 앞 보도 연석에 마차들이 두 줄로 서서 기다리던 광경을 얼마나 자주 보았는지 생각했다. 옆길을 따라 길게 덧대 지은 이 집 온실에서 메이에게 처음으로 입을 맞추었다. 훤칠한 그녀가 은빛 드레스를 입고 무도회장의 눈부신 샹들리에 불빛 속에 젊은 디아나 여신처럼 걸어들어온 것도 바로 이 집이었다.

지금 이 저택은 무덤 속처럼 어두웠고, 희미하게 가스등이 켜진 지하실과 블라인드를 내리지 않은 위층의 한 방에서만 불빛이 새어나왔다. 그 길모퉁이에 서서 보니 맨슨 밍곳 부인의 마차가 집 앞에 서 있었다. 혹시라도 실리턴 잭슨 씨가 본다면 이만한 가십거리도 없을 텐데! 아처는 캐서린 노부인에게서 보퍼트 부인에 대한 올렌스카 부인의 태도를 전해듣고 깊은 감동을 받았다. 그에 비하면 보퍼트 부부에 대한 사교계 사람들의 독선적인 입방아는 무심하고 몰인정하게 느껴졌다. 하지만 엘런 올렌스카가 자기 사촌을 찾아간 걸 알면 사교계 남녀들이 뭐라고 할지 가히 짐작이 갔다.

아처는 그 자리에 서서 불 켜진 창문을 올려다보았다. 두 여인은 틀림없이 저 방에 앉아 있을 것이고, 보퍼트는 다른 데서 위안을 얻고 있으리라. 그가 패니 링을 데리고 뉴욕을 떠났다는 소문도 있었다. 하지만 보퍼트 부인의 태도를 보면 그런 것 같지는 않았다.

주변을 둘러보니 지나다니는 사람이 거의 없었다. 다들 집에서 저녁을 먹기 위해 옷을 갈아입을 시간이니 엘런이 그 집에서 나오는 모습을 볼 사람이 없을 듯해 다행스러웠다. 막 그 생각을 하고 있는데 문이 열리더니 그녀가 나왔다. 계단을 무사히 내려가도록 길을 밝혀주듯 부인의 뒤쪽에서 희미한 불빛이 새어나왔다. 그녀는 돌아서서 누군가에게 인사를 했다. 그런 다음 문이 닫히고 그녀가 계단을 내려왔다.

그녀가 보도에 내려서는 순간 아처가 낮은 소리로 "엘런" 하고 불렀다.

부인은 흠칫 놀라며 걸음을 멈추었고, 바로 그때 멋지게 차려입은 두 청년이 다가오는 게 보였다. 코트의 디자인이나 하얀 넥타이 위로 멋진 실크 스카프를 두른 방식이 어딘지 낯익었다. 아처는 그런 청년들이 왜 이렇게 이른 시간에 저녁을 먹으러 가는지 의아했다. 그런데 생각해보니 오늘이 바로 몇 집 아래 사는 레지 치버스가 애들레이드 닐슨*이 연기하는 〈로미오와 줄리엣〉을 보러 가려고 사람들을 모은다는 그날이었다. 두 사람도 거기 가는 듯했다. 그들이 가로등 밑을 지나갈 때 보니 로런스 레퍼츠와 치버스가의 젊은이였다.

부인의 따스한 손을 잡자 그녀가 보퍼트가를 방문한 사실을 숨기고 싶다는 치졸한 욕망이 씻은듯이 사라졌다.

"이제 당신을 만날 수 있어요. 우리 둘이 함께할 수 있어요." 자기가 지금 무슨 말을 하는지도 모른 채 아처가 그녀에게 속삭였다.

"아, 할머니한테서 얘기 들었군요?" 부인이 대답했다.

아처는 자신이 부인을 지켜보는 동안, 레퍼츠와 치버스가의 젊은이가 저만치 가다가 눈치 있게 5번 애비뉴를 건너갔다는 사실을 알아차렸다. 아처도 남자들끼리의 의리 때문에 그런 친절을 베푼 적이 여러 번 있었다. 그런데 지금 이 순간 그는 두 청년의 배려가 역겹게 느껴졌다. 부인은 정말 그와 이렇게 살 수 있다고 생각하는 걸까? 그게 아니

---

* 줄리엣 역으로 유명한 영국 배우로, 1872년 미국에서 순회공연을 했다.

면, 그녀는 둘의 미래에 대해 어떤 생각을 갖고 있을까?

"내일 꼭 만나요. 단둘이 있을 수 있는 곳에서." 자기가 들어도 화난 듯한 목소리로 아처가 말했다.

부인은 잠시 머뭇거리더니 마차 쪽으로 걸어갔다.

"하지만 당분간은…… 할머니 댁에 있을 거예요." 부인은 갑자기 계획을 바꾼 걸 설명해야 할 것 같은지 이렇게 말했다.

"우리 둘만 있을 수 있는 데서 만나요." 아처가 고집을 부렸다.

부인이 작은 소리로 웃었는데, 아처는 그 소리가 귀에 거슬렸다.

"뉴욕에서요? 여긴 성당도 없고…… 기념관도 없는데."

"미술관이 있어요. 센트럴파크에." 아처는 어리둥절해하는 부인에게 설명해주고 "두시 반에 입구에서 기다릴게요……" 했다.

부인은 대답하지 않고 돌아서더니 얼른 마차에 올라탔다. 마차가 출발하는 순간 부인이 몸을 앞으로 내밀었고, 어둠 속이라 잘 안 보였지만 그에게 손을 흔드는 것 같았다. 아처는 상반된 감정에 휩싸인 채 그녀의 모습을 눈으로 뒤좇았다. 자신이 사랑하는 여인이 아니라 다른 여인, 이미 물려버린 쾌락을 제공해주는 여인과 이야기를 나눈 듯한 느낌이었고, 이렇게 진부한 표현에 갇힌 죄수 같은 자신이 너무 싫었다.

"부인은 꼭 올 거야!" 아처는 거의 경멸조로 혼잣말을 뇌까렸다.

두 사람은 특이하게도 주철 장식과 채색 타일로 치장한 거대한 메트로폴리탄미술관의 대형 전시실 중 제일 인기 있는 '울프 컬렉션'을 피해, '세스놀라 고대 유물'이 방문객도 없는 한적한 공간에서 삭고 있는 전시실 쪽으로 걸어갔다.*

찾아오는 사람 없는 이 쓸쓸한 전시실에서 두 사람은 중앙 라디에이터를 둘러싼 둥근 소파에 앉아 말없이 진열장을 바라보았다. 흑단으로 된 받침대 위에 놓인 유리 진열장 안에는 트로이에서 발굴된 파편들이 들어 있었다.

"여길 한 번도 와본 적이 없다는 게 이상해요." 올렌스카 부인이 말했다.

"아, 여긴 언젠가는 훌륭한 미술관이 될 거예요."

"맞아요." 부인이 멍하니 대답했다.

잠시 후 그녀가 일어나 전시실 저쪽으로 걸어갔다. 아처는 자리에 앉은 채 두꺼운 모피를 입고도 소녀처럼 날씬해 보이는 그녀의 가벼운 움직임과 털모자에 꽂은 멋진 백로 깃털, 납작하게 누른 꽃의 덩굴처럼 관자놀이 아래 늘어진 갈색 고수머리를 관찰했다. 그는 처음 만났을 때처럼 항상 그녀를 다른 누구도 아닌 그녀로 만들어주는 세세한 부분 하나하나의 아름다움에 마음이 온통 사로잡혔다. 잠시 후 아처는 자리에서 일어나 그녀가 보고 있는 진열장 앞으로 다가갔다. 그 장의 유리 선반에는 유리, 점토, 변색된 청동, 그리고 너무 오래되어 이제는 그 소재를 알 수 없는 가재도구들과 장식품, 그리고 개인용품들이 깨지고 부서진 상태로 가득 진열되어 있었다.

"지금은 잊힌 어떤 사람들에게 꼭 필요하고 중요한 물건이었지만 이제 확대경으로 보아도 뭔지 알기 힘들고 '용도 미상'이라는 이름표가 붙은 이 물건들처럼, 시간이 지나면 모든 게 무의미해진다는 건 잔인한

---

* 울프 컬렉션은 울프 부인이 소유했던 그림들. 세스놀라 고대 유물은 미국 영사였던 세스놀라가 소유했던 만여 점의 이집트, 아시리아, 페니키아, 그리스 유물.

일이죠." 부인이 말했다.

"맞아요. 하지만 그때까지는……"

"아, 그때까지는……"

긴 물개털 코트, 두 손을 감싼 작고 둥근 머프, 투명한 가면처럼 그녀의 코끝까지 드리워진 베일, 그녀가 숨쉴 때마다 가볍게 흔들리는 그가 선물한 제비꽃 다발을 지켜보며, 아처는 선과 색이 그처럼 완벽한 조화를 이룬 이 여인이 변화라는 부조리한 법칙에 희생된다는 건 있을 수 없는 일이라는 생각이 들었다.

"그때까지는 당신과 관련된 모든 것이 중요해요." 아처가 말했다.

부인은 진지한 표정으로 그를 바라보더니 소파 쪽으로 걸어갔고, 그 역시 그녀 옆에 앉아 기다렸다. 그런데 갑자기 멀찍이 떨어진 빈 전시실에서 발소리가 들려왔고, 아처는 시간이 얼마 없다는 생각에 초조해졌다.

"무슨 얘기를 하고 싶었던 거예요?" 부인 역시 같은 느낌을 받았는지 이렇게 물었다.

"무슨 얘기를 하고 싶었냐고요? 나는 당신이 두려워서 뉴욕에 온 거라고 생각해요." 아처가 말했다.

"두려워서요?"

"내가 워싱턴에 올까봐 두려웠겠죠."

부인은 머프를 내려다보았다. 그 안의 손이 불안하게 움직였다.

"아닌가요?"

"글쎄…… 맞아요." 부인이 말했다.

"정말 두려웠어요? 그럼 알고 있었다는 거예요……?"

"네, 알고 있었어요……"

"그래서요?" 아처가 집요하게 캐물었다.

"그러니까, 이편이 낫잖아요. 안 그래요?" 부인은 되묻는 듯 길게 한숨을 내쉬었다.

"낫다고요……?"

"다른 사람들에게 상처를 덜 주잖아요. 사실 그게 당신이 늘 원한 것 아닌가요?"

"당신이 여기 이렇게 있지만 함께할 수 없는 거? 이런 식으로 몰래 만나는 거? 이건 내가 바라는 것과 정반대예요. 지난번에 내가 뭘 원하는지 말했잖아요."

부인이 망설이다가 입을 열었다. "그럼 당신은 이편이…… 더 나쁘다고 생각해요?"

"천배는 더 나쁘죠!" 아처는 잠시 말을 멈추었다. "당신한테 아니라고 거짓말할 수도 있지만, 난 이건 끔찍하다고 봐요."

"아, 나 역시 마찬가지예요!" 부인이 깊은 안도의 한숨을 내쉬며 소리쳤다.

그러자 아처가 초조한 듯 벌떡 일어섰다. "흠, 그렇다면 이번에는 내가 물어볼게요. 그럼 당신은 대체 어떻게 하는 게 좋다는 거예요?"

부인은 고개를 떨군 채 머프 속에서 손만 쥐었다 놨다 했다. 발소리가 가까워지더니 장식 끈을 두른 모자를 쓴 경비가 공동묘지를 배회하는 유령처럼 힘없이 방안을 가로질러갔다. 두 사람은 동시에 앞에 놓인 진열장을 바라보았다. 이윽고 경비가 미라와 석관이 놓인 통로 쪽으로 사라지자 아처가 입을 열었다.

"당신은 우리가 어떻게 하는 게 좋을 것 같아요?"

부인은 그 말에는 대답하지 않고 이렇게 속삭였다. "내가 할머니한 테 여기 있겠다고 한 이유는 그편이 더 안전해 보여서 그런 거예요."

"나로부터 안전하다는 건가요?"

부인은 아처를 보지 않은 채 살짝 고개를 숙였다.

"나를 사랑하는 것으로부터 안전하다는 건가요?"

부인은 고개를 돌리지 않았지만, 아처는 속눈썹 아래로 넘쳐흐른 눈 물이 베일에 맺힌 것을 보았다.

"다른 사람들에게 돌이킬 수 없는 상처를 주고 싶지 않아요. 우리 는 다른 사람들처럼 살지 말자고요!" 그녀가 부르짖었다.

"다른 사람들이라니? 나는 그 사람들과 다르다고 할 수 없어요. 나도 그들과 똑같은 욕망과 그리움에 시달리고 있으니까."

부인은 겁먹은 듯한 표정으로 그를 힐끗 바라보았는데, 볼에 연한 홍조가 떠올라 있었다.

"그럼 당신한테 한 번 갔다가, 다시 집으로 돌아갈까요?" 부인이 갑 자기 낮지만 또렷한 어조로 물었다.

그의 이마가 붉게 물들었다. "아, 엘런!" 아처는 그대로 앉은 채 소리 쳤다. 조금만 움직여도 물이 흘러넘칠 컵인 듯 자신의 심장을 두 손으 로 받쳐들고 있는 느낌이었다.

하지만 다음 순간 그녀의 마지막 말 때문에 얼굴이 흐려졌다. "집으 로 돌아가다니? 집에 간다는 게 무슨 뜻이에요?"

"남편한테 돌아간다고요."

"그럼 내가 그러라고 할 것 같아요?"

부인이 심란한 눈으로 그를 바라보았다. "그럴 수밖에 없잖아요! 여기 있으면서 그동안 나한테 잘해준 사람들에게 계속 거짓말할 수는 없어요."

"그러니까 내가 같이 떠나자고 하잖아요!"

"그러면 내가 새로운 삶을 살 수 있게 도와준 이들의 삶을 망치게 되는데요?"

아처가 자리에서 벌떡 일어나 형언할 수 없는 절망에 휩싸인 채 부인을 내려다보았다. '그래요, 와요. 한 번'이라고 말하기는 쉬웠다. 그녀가 수락할 경우 그는 엄청난 힘을 갖게 될 것이고, 그렇게 되면 그녀가 남편에게 못 돌아가게 막는 것도 어렵지 않을 터였다.

하지만 뭔가가 그의 입을 막았다. 이토록 엄청나게 정직한 그녀를 그 진부한 덫에 가둔다는 것은 생각할 수도 없는 일이었다. '나한테 오게 한다 해도 돌아가게 놔둘 수밖에 없어.' 그는 생각했다. 하지만 그건 상상할 수조차 없었다.

아처는 눈물 젖은 그녀의 뺨에 드리워진 속눈썹 그림자를 보자 마음이 흔들렸다.

"어쨌든 우리한테는 우리만의 삶이 있어요…… 불가능한 일에 매달려봤자 소용없어요. 당신은 많은 문제에 대해 전혀 편견이 없는 사람이고, 당신 말대로 메두사를 보는 데도 익숙한데, 왜 우리 상황을 있는 그대로 직시하지 않는지 모르겠어요. 그런 희생을 할 만한 가치가 없다고 생각한다면 몰라도." 그가 말했다.

부인도 이마를 찌푸리고 입을 꽉 다물며 일어섰다.

"좋을 대로 생각하세요…… 이제 가야 해요." 부인이 품에서 작은 시계를 꺼내며 말했다.

부인이 돌아서자 아처가 얼른 따라가 그녀의 손목을 붙잡았다. "좋아요, 그렇다면 한 번 나한테 와요." 그녀를 잃는다는 생각에 아처는 갑자기 제정신이 아니었다. 두 사람은 잠깐 동안 거의 원수처럼 서로를 노려보았다.

"언제 올 건데요? 내일?" 아처가 집요하게 물었다.

부인이 머뭇거렸다. "모레."

"아, 엘런……!" 아처가 다시 소리쳤다.

부인은 잡혔던 손목을 뺐지만 잠시 그와 마주보며 서 있었다. 창백해졌던 부인의 얼굴이 마음속 깊은 곳에서 우러나오는 빛으로 환해졌다. 아처는 뭉클한 감동에 휩싸였다. 난생처음으로 사랑의 체현을 목도하는 느낌이었다.

"아, 이러다 늦겠어요…… 잘 가요. 아뇨, 여기서부터는 혼자 갈게요." 부인은 그의 눈에 비친 빛이 두려운 듯, 긴 전시실을 서둘러 걸어가며 소리쳤다. 그러더니 문 앞에서 돌아보며 얼른 손을 흔들었다.

아처는 혼자 집으로 돌아왔다. 집안으로 들어섰을 때는 어둠이 내리고 있었다. 그는 저승에서 돌아보듯 현관에 있는 낯익은 물건들을 둘러보았다.

그의 발소리를 들은 하녀가 뛰어올라가 이층 계단참에 있는 가스등을 켰다.

"마님은 안에 계시나?"

"아뇨. 오찬 후에 마차를 몰고 나가셨는데 아직 안 돌아오셨습니다."

마음이 놓인 아처는 서재로 올라가 안락의자에 푹 주저앉았다. 하녀가 스탠드를 들고 따라 들어오더니 꺼져가는 벽난로에 석탄을 좀더 넣고 뒤적거렸다. 그녀가 나간 후에도 아처는 계속 팔꿈치를 무릎에 대고 맞잡은 손에 턱을 괸 채 가만히 앉아 붉게 달아오른 쇠살대를 응시했다.

시간이 얼마나 흘렀는지, 지금 자기가 무슨 생각을 하는지도 모르는 채, 아처는 삶에 활기를 주기보다 정지시키는 듯한 깊고 강렬한 경외감에 빠져 앉아 있었다. "그렇다면, 애초에 이렇게 될 운명이었구나…… 이렇게 될 수밖에 없었어." 아처는 운명의 손아귀에 사로잡힌 사람처럼 계속 중얼거렸다. 그동안 꿈꾸던 것과 너무 다른 현실에 그는 한없이 행복하면서도 말할 수 없이 오싹한 기분이었다.

문이 열리더니 메이가 들어왔다.

"제가 많이 늦었죠. 혹시 걱정한 거 아니죠?" 메이가 평소답지 않게 한 손으로 그의 어깨를 어루만지며 말했다.

아처가 깜짝 놀라 고개를 들었다. "시간이 그렇게 늦었나?"

"일곱시가 넘었어요. 당신 깜박 잠들었었나봐요!" 메이가 웃더니 머리에서 핀들을 빼고 벨벳 모자를 벗어 소파에 던졌다. 아내는 평소보다 창백해 보였지만 보통 때 보기 드문 활기로 빛났다.

"오늘 할머니 댁에 갔었는데, 막 나오려는 참에 산책 나갔던 엘런 언니가 들어오는 거예요. 그래서 좀더 머물며 언니랑 오랫동안 얘기를 나눴어요. 정말 오래간만에 대화다운 대화를 나눈 거예요……" 메이는 아처의 맞은편에 있는 자기 안락의자에 푹 주저앉더니 손가락으로 흐트러진 머리를 빗어내렸다. 아처의 반응을 기다리는 눈치였다.

"정말 좋았어요." 메이는 부자연스러울 정도로 활기찬 모습으로 미소를 지으며 말을 이었다. "언니는 옛날처럼 아주 다정하게 대해줬어요. 요즘 제가 언니를 좀 오해했던 것 같아요. 나는 언니가 어떤 때는……"

아처는 자리에서 일어나 스탠드 불빛이 미치지 않는 맨틀피스 옆에 기대섰다.

"그래, 언니가……?" 아내가 말을 멈추자 아처가 그녀의 말을 받았다.

"글쎄요, 제가 언니를 좀 안 좋게 봤던 것 같아요. 적어도 겉으로 볼 때는—전과 많이 달라졌거든요. 아주 특이한 사람들을 사귀고 튀게 행동하고 그러잖아요. 분방한 유럽 사교계 생활에 익숙해져서 그러겠죠. 언니 눈에는 여기 사람들이 정말 재미없어 보일 거예요. 그렇다고 언니를 실제보다 안 좋게 보고 싶지는 않아요."

평소 그렇게 길게 말하지 않는 메이는 숨이 찬 나머지 입술을 약간 벌리고 얼굴이 빨갛게 달아오른 채 다시 말을 멈추었다.

그런 아내를 보자 아처는 세인트오거스틴의 스페인 포교소 정원에서 얼굴이 온통 붉게 달아올랐던 그녀의 모습이 떠올랐다. 그때와 마찬가지로 지금 그녀는 평소 자기가 알고 있는 범위를 넘어서는 뭔가를 이해하려고 애쓰고 있었다.

'메이는 엘런을 싫어해. 그런데 지금 그 감정을 극복하려고 애쓰고 있고, 내가 도와주기를 바라고 있어.' 아처는 생각했다.

그렇게 생각하자 아내가 대견했고, 한순간 둘 사이의 침묵을 깨고 아내의 자비에 몸을 던지고 싶은 충동이 들었다.

"그동안 우리 가족들이 왜 가끔 언니의 행동에 화가 났는지 당신도 알죠? 처음에는 우리 모두 언니를 위해 최선을 다했지만, 본인은 그걸 모르는 눈치였어요. 그런데 급기야는 할머니의 마차를 타고 보퍼트 부인을 만나러 갔으니! 밴 더 라이든 부부는 언니한테 완전히 손들었다는 것 같아요……" 메이가 말을 이었다.

"아." 아처는 짜증이 나서 픽 웃었다. 둘 사이에 잠깐 열렸던 마음의 문이 다시 닫혔다.

"옷 입을 시간이네. 저녁 밖에서 먹을 거지?" 아처가 난롯가를 떠나며 말했다.

메이도 일어섰지만 벽난로 옆에서 서성이다가, 아처가 옆을 지나가자 그를 잡으려는 듯 앞으로 획 나왔다. 두 사람의 눈길이 마주쳤다. 메이의 두 눈이 지난번 저지시티로 가기 전 그녀와 헤어졌을 때처럼 눈물에 젖은 듯한 푸른빛을 띠고 있었다.

메이가 아처의 목에 팔을 감고 그의 얼굴에 뺨을 댔다.

"오늘은 여태 키스 안 해줬잖아요." 그녀가 속삭였다. 아처는 메이가 품안에서 떠는 것을 느꼈다.

32

"튈르리궁에서는 그 정도 일은 다들 알면서도 눈감아줬는데." 실러턴 잭슨 씨가 미소 띤 얼굴로 옛날을 돌아보았다.

아처가 메트로폴리탄미술관에서 엘런을 만난 그다음날 저녁, 매디슨 애비뉴에 있는 밴 더 라이든 씨 댁의 검은 호두나무로 된 다이닝룸에서였다. 보퍼트의 부도가 알려지자 황급히 스카이터클리프로 떠났던 밴 더 라이든 부부가 며칠 동안 뉴욕 집에 돌아와 있었다. 이 개탄할 만한 사건으로 인해 사교계가 큰 혼란에 빠져 있으니 이럴 때일수록 두 사람이 뉴욕에 있어줘야 한다는 여론 때문이었다. 아처 부인의 말마따나 지금이야말로 두 사람이 오페라하우스에 모습을 보이고, 여차하면 대문을 활짝 열고 집에 사람들을 초대하기도 하는 '사교계의 의무'를 이행할 시기였다.

"루이자, 레뮤얼 스트러더스 부인 같은 사람들이 리자이나의 자리를 차지하게 놔두면 절대 안 돼요. 바로 이런 때 새로운 사람들이 사교계에 밀고 들어와서 자리를 잡거든요. 스트러더스 부인이 사교계에 들어올 수 있었던 것도 그해 겨울 뉴욕에 수두가 창궐해서 부인들이 아이들 방에만 붙어 있는 바람에 남자들이 슬금슬금 그 집에 모여들었기 때문이잖아요. 그러니까 지금 루이자와 헨리, 두 분은 늘 그러셨듯이 이번에도 굳건히 사교계를 지켜주셔야 해요."

밴 더 라이든 부부는 그런 요청을 무시할 수 없었기에 내키지는 않지만 용감하게 뉴욕으로 돌아와 가구의 덮개를 걷고 정찬 두 번과 저녁 연회를 연다는 초대장을 돌렸다.

오늘 저녁 밴 더 라이든 부부는 실러턴 잭슨 씨와 아처 부인, 뉴런드 부부를 초대해 이번 겨울 처음 열리는 〈파우스트〉 공연에 같이 가기로 했다. 그 집에서는 모든 것이 격식에 따라 행해졌기 때문에 손님은 넷밖에 안 됐지만 다들 전 코스를 여유 있게 즐기고 남자들에게 시가를 피울 시간도 주기 위해 일곱시 정각에 식사를 시작했다.

아처는 어제저녁 이후 처음으로 아내를 보았다. 아침 일찍 출근해서 잡다한 일들을 처리하고, 오후에는 예기치 않게 상사가 불러 시간을 뺏기는 통에 늦게 퇴근해 집에 가보니 메이는 벌써 밴 더 라이든 씨 집에 가고 마차만 돌아와 있었다.

스카이터클리프에서 꺾어 온 카네이션과 커다란 접시 저편에 앉아 있는 메이는 창백하고 기운이 없어 보였다. 그렇지만 눈은 빛났고 여느 때보다 훨씬 더 열띤 태도로 이야기했다.

실러턴 잭슨 씨가 평소 자주 들먹이는 튈르리궁 얘기를 입에 올린 것은 (아처가 보기에는 어떤 의도가 있어서 그랬겠지만) 루이자가 꺼낸 화제 때문이었다. 보퍼트의 파산, 아니 그보다 그후 그들이 취한 태도는 여전히 응접실 도덕주의자들의 입에 수시로 오르내리고 있었다. 그 문제를 철저히 검토하고 입바른 소리들을 다 쏟아낸 다음, 밴 더 라이든 부인이 메이 아처를 신중한 눈으로 바라보았다.

"내가 들은 말이 사실이니? 너희 할머니 밍곳 부인의 마차가 보퍼트 부인 집 앞에 서 있는 걸 봤다는 사람이 있던데?" 부인은 보퍼트 부인을 더이상 리자이나라고 부르지 않았다.

메이의 얼굴이 붉어졌고, 아처 부인이 얼른 대답했다. "그 말이 사실이라면 틀림없이 밍곳 부인이 모르는 상황에서 벌어진 일일 거예요."

"아, 자네는 그렇게 생각하나……?" 밴 더 라이든 부인이 말을 멈추더니 한숨을 내쉬고 남편을 바라보았다.

밴 더 라이든 씨가 말했다. "올렌스카 부인은 안쓰러운 마음에 보퍼트 부인을 방문하는 경솔한 짓을 저지른 거겠지."

그러자 아처 부인이 아무렇지도 않은 눈으로 아들을 보면서 냉담하게 대꾸했다. "그 여자는 원래 별난 사람들을 좋아하잖아요."

"올렌스카 부인이 그렇다면 유감스러운 일이군." 밴 더 라이든 부인이 말하자 아처 부인이 볼멘소리로 덧붙였다. "아, 그러게 말이에요. 두 번씩이나 스카이터클리프에 초대해주셨는데!"

바로 이 지점에서 잭슨 씨는 빗대어 말할 때 즐겨 쓰는 튈르리궁 얘기를 꺼낼 기회를 잡았다.

"튈르리궁 사람들은," 기대에 찬 눈으로 자기를 바라보는 사람들을 보며 그는 이렇게 덧붙였다. "어떤 문제에 대해서는 아주 너그러운 편이었어요. 모르니*가 돈을 어떻게 벌었는지 아시잖아요! 튈르리궁을 드나들던 미인들의 빚을 누가 갚아줬는지도……"

그러자 아처 부인이 물었다. "설마 우리도 그렇게 너그러워져야 한다는 말은 아니겠죠?"

잭슨 씨가 침착하게 대답했다. "절대 아니죠. 하지만 올렌스카 부인은 외국에서 컸으니 우리보다 좀더 너그러울 수도 있죠……"

"아." 아처 부인과 밴 더 라이든 부인이 한숨을 내쉬었다.

"아무리 그래도 파산한 사람 집 앞에 자기 할머니 마차를 세워두다니!" 밴 더 라이든 씨가 투덜거렸다. 아처는 노인이 지금 23번가에 있는 작은 집에 카네이션 바구니를 보냈던 일을 떠올리고 분개하는 거라고 생각했다.

"제가 전부터 말했지만 올렌스카 부인은 정말 우리랑 생각하는 게 전혀 달라요." 아처 부인이 이렇게 결론을 지었다.

---

* 투기와 설탕 제조업으로 큰돈을 번 사업가로, 1848년 루이 나폴레옹을 실각시킨 쿠데타를 재정적, 정치적으로 후원했다.

메이의 이마가 붉어졌다. 그녀는 식탁 맞은편에 앉은 남편을 보며 급히 말했다. "언니는 분명 좋은 뜻에서 그랬을 거예요."

"경솔한 사람들이 대개 그러지." 좋은 뜻으로 그랬다는 게 변명이 될 수는 없다는 듯 아처 부인이 못을 박았고, 밴 더 라이든 부인은 "누구랑 상의 한마디 없이 그랬으니……"라고 조용히 말했다.

"아, 원래 상의 같은 건 절대 안 하는 사람이에요!" 아처 부인이 말했다.

이때 밴 더 라이든 씨가 부인에게 눈길을 보내자, 그녀는 아처 부인에게 살짝 고개를 숙여 보였다. 세 숙녀가 반짝이는 드레스 자락을 끌며 물러나자 신사들은 시가를 피워 물었다. 밴 더 라이든 씨는 오페라가 있는 날은 짧은 시가를 내놓았다. 그런데 워낙 맛이 좋아서 손님들은 그가 가끔 그 규칙을 깨주었으면 했다.

1막이 끝난 후, 아처는 일행을 떠나 클럽 박스석 뒤로 갔다. 거기 있으니 치버스가, 밍곳가와 러시워스가 사람들의 어깨가 보였다. 이 년 전 엘런 올렌스카 부인과 처음 만난 그날과 똑같은 광경이었다. 그녀가 오늘도 밍곳 부인의 박스석에 나타날지 모른다고 생각했지만, 박스석은 비어 있었다. 자리에 앉아 그쪽을 뚫어지게 바라보고 있는데 다음 순간 "마마, 논 마마……"를 부르는 닐손 부인의 청아한 목소리가 들려왔다.

아처는 눈길을 돌렸고, 커다란 장미와 압지로 만든 팬지꽃으로 꾸민 낯익은 무대에서는 체구가 큰 금발의 여주인공이 전과 똑같이 갈색 옷을 입은 땅딸막한 남성의 유혹에 넘어가고 있었다.

아처는 무대로부터 눈을 돌려 메이가 밴 더 라이든 부인과 아처 부인 사이에 앉아 있는 말편자 모양의 박스석을 바라보았다. 이 년 전 그 날 저녁 그녀는 러벌 밍곳 부인과 뉴욕에 돌아온 지 얼마 안 된 '외국' 사촌 사이에 앉아 있었다. 그날 저녁과 마찬가지로 오늘 아내는 온통 흰색으로 치장한 모습이었다. 아까는 몰랐는데 지금 보니 그녀는 결혼 식 때 입은 고풍스러운 레이스가 달린 흰색과 푸른색의 새틴 웨딩드레 스를 입고 있었다.

당시 뉴욕의 사교계 신부들은 결혼 후 한두 해 동안은 그 값비싼 드 레스를 입고 외출하곤 했다. 아처는 어머니가 딸이 언젠가 결혼할 경우 에 대비해 자신이 입었던 웨딩드레스를 박엽지에 싸서 잘 보관하고 있 다는 것을 알고 있었다. 그렇지만 가여운 제이니는 이미 진줏빛이 감도 는 연회색 포플린 웨딩드레스와 신부 들러리 없는 결혼식이 더 '격에 맞는' 나이가 되었다.

그리고 보니 신혼여행에서 돌아온 이후로 아내가 이 새틴 드레스를 입은 적은 거의 없었다. 그래서인지 그 옷을 입은 메이를 보니 이 년 전 자신이 행복한 기대에 가득차 지켜보았던 아가씨와 지금의 그녀를 비 교하게 되었다.

지금 그녀는 여신 같은 체격을 통해 예견할 수 있었듯이 그때보다 약간 더 살이 붙었지만, 운동선수처럼 반듯한 자세와 소녀처럼 투명한 표정은 그대로였다. 전에 비해 약간 나른해진 것만 빼면 메이는 약혼식 날 밤 은방울꽃 다발을 가지고 놀던 그때와 전혀 달라진 게 없었다. 그 생각을 하니 아내가 더 안쓰럽게 느껴졌다. 그런 순수함은 아이가 아무 런 의심 없이 어른의 손을 꼭 붙잡는 것처럼 감동적이었기 때문이다. 아처는 이 무심해 보이는 차분함 아래 뜨거운 관대함이 깃들어 있음을 기억했다. 보퍼트가의 무도회에서 약혼을 발표하자는 그의 말을 들었을 때 그녀가 보여준 이해심 많은 눈빛과, 스페인 포교소 정원에서 "누군가를 부당하게 희생시켜가면서 제 행복을 일구고 싶지는 않거든요"라고 말했을 때의 목소리가 떠오르자 아처는 모든 것을 밝히고 그녀의 자비에 호소하면서 그때 자신이 사양했던 자유를 달라고 부탁하고 싶은 강렬한 충동이 일었다.

뉴런드 아처는 조용하고 자제력이 강한 청년이었다. 작은 사교계의 규율을 준수하는 것은 그에게는 거의 제2의 천성이었다. 따라서 극적이거나 눈에 띄는 행동, 밴 더 라이든 씨가 반대하거나 사교계 사람들이 격식에 어긋난다고 비난하는 일은 그 역시 하고 싶지 않았다. 하지만 지금 그는 갑자기 클럽 박스석, 밴 더 라이든 씨, 아주 오랫동안 그를 아늑하게 감싸고 있던 습관이라는 안식처를 모두 잊어버렸다. 그는 극장 뒤쪽에 있는 반원형의 통로를 걸어가서 마치 미지의 세계로 들어가듯 밴 더 라이든 부인의 박스석 문을 열었다.

"마마!" 마르그리트가 기쁨에 들뜬 채 노래했다. 아처가 들어서자 박스석 안에 있던 사람들이 깜짝 놀라 고개를 들었다. 그는 이미 자기가 사는 세계의 규칙 하나를 깬 터였다. 독창중에는 박스석에 들어가지 않는 게 예의였다.

아처는 밴 더 라이든 씨와 실러턴 잭슨 씨 사이를 비집고 들어가 아내에게로 몸을 굽혔다.

"머리가 너무 아파. 아무에게도 말하지 말고 집에 가자고, 알았지?" 그가 속삭였다.

메이는 알았다는 눈짓을 보내더니 엄마에게 뭐라고 속삭였고, 장모 역시 걱정하는 듯 고개를 끄덕였다. 이윽고 메이가 밴 더 라이든 부인에게 죄송하다고 하더니 마르그리트가 파우스트에게 안기는 순간 자리에서 일어섰다. 아내에게 오페라망토를 입혀주면서 보니 아처 부인과 밴 더 라이든 부인이 의미심장한 미소를 주고받고 있었다.

마차가 달리기 시작하자 메이가 수줍게 그의 손을 잡았다. "그렇게 아파서 어떡해요? 회사에서 너무 과로했나봐요."

"아니…… 그건 아니야. 유리창 좀 열어도 될까?" 아처는 당황스러워 자기 쪽 창문을 내리며 대꾸했다. 그는 거리를 내다보았고, 아내가 말없이 지켜보며 뭔가를 묻는 듯한 느낌이 들어 스쳐지나가는 집들에 시선을 고정했다. 집 앞에 도착했을 때 드레스 자락이 마차 계단에 걸리면서 메이가 아처 쪽으로 넘어졌다.

"다쳤어?" 아처는 팔로 그녀를 붙잡으며 물었다.

"아뇨, 하지만 드레스가…… 찢어졌어요!" 메이가 소리쳤다. 그녀는 흙 묻은 드레스 자락을 모아쥐고 그를 따라 계단을 올라 현관으로 들어섰다. 두 사람이 그렇게 일찍 올지 몰랐기에 하인들은 이층 계단참에만 등을 켜놓았다.

아처는 계단을 올라가 불을 밝히고 서재 벽난로에 불을 붙였다. 커튼이 드리워진 따스하고 아늑한 방안을 보니 마치 몰래 무슨 짓을 하다가 친한 사람과 마주친 느낌이었다.

그런데 메이가 너무 창백해 보였다. 아처는 브랜디 좀 마시겠느냐고 물었다.

"아, 아뇨." 망토를 벗던 메이가 한순간 얼굴을 붉히며 대답했다. "바로 자리에 드는 게 좋지 않겠어요?" 그가 은제 담뱃갑을 열고 한 개비를 꺼내들자 그녀가 물었다.

아처는 담배를 내려놓고 벽난로 옆으로 갔다.

"아니, 그렇게까지 아프지는 않아." 아처는 잠시 말을 멈추었다. "그리고 당신한테 할 얘기도 있고. 중요한 얘기라…… 지금 바로 해야해."

안락의자에 앉았던 메이는 그 말을 듣자 고개를 들었다. "아, 그래요?" 너무도 부드러운 그녀의 대답에 아처는 아내가 그 말에 왜 그렇게 차분히 반응하는지 도리어 궁금했다.

"메이……" 아처는 그녀가 앉은 자리에서 몇 걸음 떨어진 곳에 선채, 둘 사이의 얼마 안 되는 거리가 마치 건널 수 없는 심연인 듯 아내를 건너다보았다. 조용하고 아늑한 방안에서 그의 목소리가 이상하게 울렸다. 아처는 다시 입을 열었다. "당신한테 할 얘기가 있어…… 나에 대해서……"

메이는 속눈썹 하나 떨지 않고, 말 한마디 없이 가만히 앉아 있었다. 여전히 아주 창백했지만 그녀의 얼굴에는 마음속 비밀스러운 원천으로부터 나온 듯한 묘하게 평화로운 표정이 깃들어 있었다.

모든 게 자기 탓이라는 뻔한 말이 입안에 맴돌았지만 아처는 애써 억눌렀다. 쓸데없이 누구를 탓하거나 변명을 늘어놓지 않고 그냥 상황을 솔직히 털어놓을 심산이었다.

"올렌스카 부인이……" 그가 말을 시작했다. 그런데 그 이름이 나오자 아내가 그만 말하라는 듯 손을 들었고, 그 순간 가스등 불빛에 결혼반지가 반짝 빛났다.

"아, 오늘밤 우리가 왜 엘런 언니 얘기를 해야 하죠?" 메이가 짜증난 듯 살짝 뾰로통한 얼굴로 물었다.

"진즉 했어야 할 얘기니까."

메이는 여전히 차분한 표정이었다. "여보, 정말 그럴 만한 가치가 있는 얘기예요? 제가 가끔 언니를 안 좋게 본 건 사실이에요. 아마 우리 모두가 그랬을 테죠. 당신은 분명히 우리보다 언니를 더 잘 이해했고, 늘 친절하게 대해줬어요. 하지만 이제 다 끝났는데 그런 얘기 해봤자 무슨 소용 있어요?"

아처가 멍한 눈길로 아내를 바라보았다. 그를 삼켜버린 이 비현실적인 느낌이 혹시 그녀에게까지 전염된 걸까?

"다 끝났다니…… 그게 무슨 말이야?" 아처는 더듬거리며 물었다.

메이는 여전히 투명한 눈빛으로 그를 바라보았다. "글쎄…… 언니가 곧 유럽으로 떠난다잖아요. 할머니도 언니의 마음을 이해하고 그러라고 하셨고, 남편에게서 독립해서 살 수 있도록 돈도 대주신다고 했다니까……"

메이가 거기까지 말하고 입을 다물었다. 아처는 떨리는 손으로 맨틀피스 한 귀퉁이를 붙잡고 몸을 지탱하며 정신을 차리려 부질없는 노력을 기울였다.

아내의 차분한 목소리가 이어졌다. "나는 당신이 오늘 회사에서 그 건을 정리하고 오느라 늦은 줄 알았어요. 오늘 아침에 결정되었다고 들었거든요." 아처가 공허한 눈길로 지켜보는 가운데 메이는 눈을 내리깔았고, 얼굴에 또 한번 가벼운 홍조가 피었다 사라졌다.

아처는 자기가 황망한 눈빛을 하고 있을 거라는 생각에 얼른 돌아서서 맨틀피스에 팔꿈치를 기대고 얼굴을 묻었다. 귀에서 뭔가 요란하게 둥둥 울리고 쨍강대는 소리가 들렸는데, 자기 피가 뛰는 소린지, 맨틀피스 위의 시계가 째깍거리는 소린지 분간이 되지 않았다.

시계가 천천히 오 분을 흘러가는 동안 메이는 한마디 말 없이 가만히 앉아 있었다. 벽난로의 석탄 덩이 하나가 쇠살대 밖으로 떨어졌고, 그녀가 다시 집어넣으려고 일어서는 소리가 들리자 아처가 마침내 돌아서서 그녀를 바라보았다.

"그럴 리 없어." 아처가 소리쳤다.

"그럴 리 없다니요……?"

"당신이 어떻게 알아? 지금 나한테 얘기한 거 말야."

"어제 엘런 언니를 만났어요. 할머니 댁에서 봤다고 했잖아요."

"그때 엘런이 얘기한 건 아니지?"

"네. 오늘 오후에 편지가 왔어요…… 보여줄까요?"

아처는 말문이 막혔다. 메이가 방을 나가더니 금세 돌아왔다.

"난 당신도 아는 줄 알았죠." 그녀가 간단하게 말했다.

그녀가 탁자에 편지를 내려놓았고, 아처는 손을 뻗어 집어들었다. 짧막한 편지였다.

"안녕, 메이. 내 방문이 그저 일시적인 방문에 지나지 않는다는 걸 드디어 할머니께 납득시켜드렸어. 할머니는 언제나 그러시듯이 자상하고 너그러우셨어. 그분도 이제 내가 유럽에 돌아가면 혼자 살아야 한다는 것, 아니 가여운 메도라 고모랑 살아야 한다는 걸 알고 계셔. 고모는 이번에 나랑 같이 떠날 거야. 난 곧바로 워싱턴으로 돌아가서 짐을 싸고 다음주에 배를 탈 예정이야. 나 없는 동안, 나한테 늘 그랬듯이 할머니께 잘해드려. 엘런.

혹시 내 생각을 바꾸려는 사람이 있으면, 전혀 소용없을 거라고 말해주렴."

아처는 편지를 두어 번 읽고는 바닥에 내던지며 껄껄 웃었다.

그러고는 그 소리에 자기가 소스라치게 놀랐다. 결혼 날짜가 정해졌다는 메이의 전보를 받고 한밤중에 이상하리만치 껄껄 웃는 바람에 제이니가 깜짝 놀란 일이 기억났다.

"엘런이 왜 이런 편지를 썼을까?" 아처가 가까스로 웃음을 참으며 물었다.

메이는 여진히 솔직한 표정으로 이 질문에 대답했다. "어제 우리가 나눈 얘기 때문이겠죠……"

"무슨 얘기를 했는데?"

"제가 언니한테 지금까지 오해했던 거 미안하다고 했어요…… 언니가 여기 와서 친척이라지만 낯선 사람들, 상황을 제대로 알지도 못하면서 비난할 자격이 있는 듯 굴던 사람들 사이에서 지내는 게 얼마나 어려웠을지 이해하지 못한 거 미안하다고 했죠." 메이는 잠시 말을 멈췄다. "당신이 언니가 언제든 기댈 수 있는 유일한 친구였다는 거 알아요. 그래서 내가 언니한테 당신과 나는 언제나 같은 생각을 갖고 있었다고 말해줬어요."

메이는 남편이 할말이 있는지 잠시 기다리다가 다시 천천히 말을 이었다. "언니는 내가 왜 그런 말을 하는지 이해해줬어요. 언니는 정말 모든 걸 이해하는 것 같아요."

그녀는 아처에게 다가가더니 차가운 그의 손을 잡아 얼른 자기 뺨에 갖다댔다.

"저도 머리가 지끈거리네요. 잘 자요, 여보." 그러더니 찢어지고 흙 묻은 웨딩드레스 자락을 질질 끌며 문 쪽으로 걸어갔다.

33

아처 부인이 미소 띤 얼굴로 웰런드 부인에게 말했듯이 젊은 부부가 처음으로 규모가 큰 만찬을 여는 건 보통 큰일이 아니었다.

신접살림을 차린 이후 뉴런드 아처 부부는 약식으로는 손님치레를 많이 한 편이었다. 아처는 서너 명의 친구들을 초대해 저녁 먹는 걸 좋 아했고, 메이는 자기 어머니가 결혼생활에서 그랬듯이 언제든 밝은 얼 굴로 그들을 맞아주었다. 아처 생각에 메이는 남편의 초대가 아니면 절 대 누군가를 집에 초대할 것 같지 않았다. 하지만 그녀의 진짜 모습과, 전통과 가정교육을 통해 빚어진 모습을 구분하려는 노력은 포기한 지 오래였다. 뉴욕의 부유한 신혼부부는 손님치레를 많이 하는 게 관례였 고, 아처 집안 남자랑 결혼한 웰런드가 아가씨는 관례보다 두 배 더 열 심히 손님 접대를 해야 했다.

그렇지만 따로 요리사를 고용하고, 다른 집에서 하인 두 명을 빌려 오고, 로마식 펀치를 내놓고, 헨더슨 꽃집에서 장미를 주문해오고, 금 테 두른 메뉴판을 갖춘 정찬은 그런 가벼운 저녁 초대와는 차원이 달 랐고, 섣불리 덤벼들 일이 아니었다. 아처 부인의 말마따나 로마식 펀 치가 그 차이를 상징했다. 로마식 펀치가 나오는 만찬은 보통 만찬과 달리 아주 많은 것이 따라와야 했기 때문이다. 들오리나 거북 요리, 수

프 두 가지, 따뜻한 디저트와 차가운 디저트, 소매가 짧고 앞이 깊이 파인 드레스, 그리고 손님 또한 그만한 격이 있는 사람들이어야 했다.

젊은 부부가 처음으로 삼인칭으로 쓴 정찬 초대장을 돌리는 건 늘 흥미로운 일이었고, 그런 초대장이 오면 아무리 노회하거나 인기 있는 사람도 쉽게 거절하지 못했다. 그럼에도 밴 더 라이든 부부가 메이의 부탁에 따라 올렌스카 백작부인의 송별 만찬에 참석하기 위해 예정보다 오래 뉴욕에 머물렀다는 사실은 대단한 일이었다.

만찬 당일 오후, 양가의 어머니가 메이의 응접실에 앉아 있었다. 아처 부인은 금테를 두른 티파니*의 두둑한 브리스틀지紙에 메뉴를 적었고, 웰런드 부인은 하인들을 시켜 야자수 화분과 플로어 램프들을 이리저리 옮겼다.

아처가 늦게 퇴근해보니 두 사람은 그때까지도 응접실에 있었다. 아처 부인은 식탁에 놓을 이름표를 정리하고, 웰런드 부인은 커다란 금박 소파를 앞으로 빼서 피아노와 창문 사이에 또다른 '코너'를 만들면 어떨지 고민하는 중이었다.

두 사람 말로는 메이는 지금 다이닝룸에서 긴 식탁에 놓을 자크미노 장미와 공작고사리로 만든 센터피스를 살펴보고, 성긴 은제 바구니에 담긴 마야르 사탕을 두 촛대 사이에 놓으면 어떨지 살펴보고 있었다. 피아노 위에는 밴 더 라이든 씨가 스카이터클리프에서 보낸 커다란 난초 바구니가 놓여 있었다. 한마디로, 그렇게 큰 행사를 앞둔 이 순간, 모든 것이 완벽하게 준비되어 있었다.

---

* 티파니가 1837년에 설립한 문구 및 보석 판매점으로, 1870년대에는 15번 애비뉴 유니언스퀘어 서쪽에 있었다.

아처 부인은 생각에 잠긴 표정으로 손님 한 사람 한 사람의 이름을 날카로운 금펜으로 지워나갔다.

"헨리 밴 더 라이든, 루이자, 러벌 밍곳 부부, 레지 치버스 부부, 로런스 레퍼츠 부부, 거트루드(그래, 이들을 초대하자는 메이 말이 옳았어). 셀프리지 메리 부부와 실러턴 잭슨, 밴 뉴런드와 그 부인. (정말 세월 빠르지! 그애가 네 들러리를 섰던 게 엊그제 같은데). 그리고 올렌스카 백작부인. 그래, 그러면 다 된 거지……"

웰런드 부인이 다정한 얼굴로 사위를 건너다보았다. "뉴런드, 다들 너희 부부가 엘런을 위해 최고의 송별 만찬을 열어주었다고 할 거야."

그러자 아처 부인이 대답했다. "아, 그럼요. 메이는 사촌이 외국인들한테 우리 미국 사람들이 그렇게 야만인은 아니라고 말해주길 바랄 거예요."

"엘런도 고마워할 거예요. 오늘 아침에 도착한다고 하던데. 마지막으로 아주 좋은 기억을 갖고 떠나는 거죠. 원래 배 타기 전날 저녁이 좀 따분하잖아요." 아처 부인이 명랑하게 말을 이었다.

아처가 문 쪽으로 돌아서자 장모가 그를 불렀다. "자네 들어가서 식탁 좀 살펴보게. 메이가 너무 지치지 않게 신경쓰고." 하지만 그는 못 들은 척하고 계단을 뛰어올라가 서재로 들어갔다. 그런데 서재는 점잖게 찡그린 낯선 사람의 얼굴 같은 느낌을 주었다. 그러고 보니 방안의 모든 것이 이리저리 '정돈'되고, 재떨이와 삼나무로 된 담뱃갑 등이 만찬 후 신사들이 담배를 피울 수 있도록 철저히 준비되어 있었다.

"그래, 얼마 안 남았는데 뭐……" 아처는 이런 생각을 하며 드레스룸으로 갔다.

올렌스카 부인이 뉴욕을 떠나고 열흘이 흘렀다. 그 열흘 동안 아처는 그녀로부터 아무런 연락도 받지 못했다. 박엽지로 싸서 그녀가 직접 주소를 적고 밀봉한 봉투에 넣어 사무실로 보낸 열쇠만 돌려받았을 뿐이다. 그의 마지막 호소를 이렇게 거절한 것은 해묵은 사랑 게임에 늘 등장하는 고전적인 행동일 수도 있지만, 아처는 다르게 해석하기로 했다. 부인은 아직도 자신의 운명에 맞서 싸우고 있다고. 부인은 유럽으로 가지만 남편에게 돌아가는 것은 아니었다. 그렇다면 아처가 그녀를 뒤쫓아가도 문제될 게 없었다. 일단 그가 돌이킬 수 없는 행동을 하고, 그녀도 그것이 돌이킬 수 없는 일이라는 걸 알게 되면 그를 돌려보낼 것 같지 않았다.

미래에 대한 이러한 확신이 생기니 현재 그가 맡은 역할을 차분히 수행할 수 있었다. 그 확신 덕분에 그는 엘런에게 편지 쓰고 싶은 걸 참고, 자신의 고통과 억울함을 드러내는 어떤 행동이나 표현도 억누를 수 있었다. 둘 사이의 조용하고 무서운 게임에서 아직은 자신이 우위를 점하고 있다고 생각했기 때문에 그는 기다릴 수 있었다.

하지만 정말 견디기 어려운 순간도 있었다. 예컨대, 올렌스카 부인이 떠난 다음날, 레터블레어 씨가 그를 부르더니 맨슨 밍곳 부인이 그녀를 위해 만든 신탁의 내용을 검토하자고 했다. 그런데 상사와 함께 서류를 검토하는 두어 시간 내내 아처는 자신이 그녀의 친척이기 때문이 아니라 다른 이유가 있어서 이 일을 같이 상의하게 되었으리라는 막연한 의심이 들었고, 일이 끝날 때쯤 그 짐작이 맞았음이 드러날 거라고 생각했다.

"부인도 이 정도면 아주 흡족해하겠지." 레터블레어 씨가 요약된 조건을 중얼거리더니 말했다. "전체적으로 볼 때 아주 괜찮은 대접을 받은 거지."

"전체적으로요?" 아처가 약간 비꼬는 투로 물었다. "부인에게 원래 부인 소유였던 돈을 돌려주겠다는 남편의 제안을 두고 하시는 말씀이신가요?"

그러자 레터블레어 씨가 숱 많은 눈썹을 약간 치켜세웠다. "아처, 법은 법이야. 메이의 사촌이 프랑스 법에 따라 결혼했으면 그게 무슨 뜻인지 알고 있었을 거 아닌가."

"알았다 해도 그뒤에 일어난 일을 보면……" 하지만 아처는 그쯤에서 입을 다물었다. 레터블레어 씨가 펜 손잡이를 크고 주름진 코에 댄 채, 고결한 노신사가 젊은이와 얘기하면서, 무지가 곧 미덕은 아님을 알기 바랄 때 짓는 표정을 하고 있었기 때문이다.

"여보게, 나는 백작의 잘못들을 용서해주고 싶은 생각은 없지만, 다른 한편으로 보면…… 그렇다 해도 나라면 불속에 손을 집어넣는 짓은 안 했을 걸세…… 어쨌든 보복도 안 했잖나…… 그 젊은 비서와……" 레터블레어 씨가 열쇠로 서랍을 열더니 접은 서류를 내밀었다. "조용히 알아보라고 했더니 이런 보고서가 왔다네……" 아처가 서류를 보지도 않고 반박하지도 않자 대표는 좀더 단호한 어조로 말을 이었다. "자네도 보다시피 확실한 것은 아냐. 그런데 뭔가 수상쩍은 면이 있긴 해…… 어쨌든 전반적으로 볼 때 이렇게 품격 있는 합의에 도달했다는 건 관계된 모든 사람에게 아주 흡족한 일이지."

"아, 정말 그렇군요." 아처가 서류를 도로 밀며 대답했다.

하루이틀 후, 맨슨 밍곳 부인의 부름을 받고 간 자리에서 그의 영혼은 더 큰 고통을 겪었다.

노부인은 침울한 표정으로 투덜거렸다.

"그애가 나를 버리고 간 거 알지?" 그녀는 아처가 들어서자마자 이렇게 말하더니 대답할 새도 없이 다음 말을 이었다. "아, 왜 그랬는지는 나도 몰라! 하도 이런저런 이유를 대서 하나도 생각이 안 나. 내 생각에는 여기 생활이 너무 지겨워서 그런 것 같아. 어쨌든 오거스타와 우리 며느리들은 그렇게 생각하더라고. 그애를 탓할 수도 없지 뭐. 올렌스키는 형편없는 악당이지만, 거기서는 이 5번 애비뉴에 살 때랑은 비교도 안 되게 화려하게 살았을 테니까. 그렇다고 우리 가족들이 그렇게 생각한다는 건 아냐. 우리 애들은 5번 애비뉴를 뤼 드 라 페까지 갖춘 천국이라고 생각하니까 말이야. 가여운 엘런은 물론 남편에게 돌아갈 뜻이 없고, 이번에도 그것만은 절대 안 된다고 버티더라고. 그래서 파리로 가서 그 바보 같은 메도라와 살겠다는 건데…… 그래, 파리는 파리지, 거기서는 몇 푼 안 들여도 마차를 굴릴 수 있어. 그애는 늘 새처럼 명랑한 아이였어. 그래서 정말 보고 싶을 것 같아." 노인의 통통한 뺨 위로 메마른 눈물이 두 줄기 흘러내리더니 심연 같은 가슴팍으로 사라졌다.

"나는 그저 애들이 나를 더이상 들볶지 않으면 좋겠어. 먹은 죽을 소화시킬 시간은 줘야지……" 부인은 말을 끝마치더니 아처에게 조금 슬픈 듯한 눈빛을 보냈다.

메이가 엘런의 송별 만찬 얘기를 꺼낸 것은 그날 저녁 아처가 집에 돌아왔을 때였다. 두 사람은 올렌스카 부인이 워싱턴으로 떠난 밤 이후

한 번도 그녀의 이름을 입에 올리지 않았다. 아처는 놀란 눈으로 아내를 건너다보았다.

"송별 만찬이라니…… 왜?" 아처가 물었다.

메이의 얼굴이 붉어졌다. "당신 엘런 언니 좋아하잖아요…… 송별 만찬 열어준다고 하면 당신이 좋아할 줄 알았는데."

"그렇게 말해주니…… 정말 고맙군. 하지만 나는 왜 그래야 하는지 이해가 안 가……."

"뉴런드, 그렇게 하기로 결정했어요." 메이는 조용히 일어나 책상으로 갔다. "초대장도 다 써놨어요. 엄마가 도와줬어요…… 엄마도 우리가 송별 만찬을 열어줘야 한다고 생각하세요." 메이가 쑥스러운 듯 미소 띤 얼굴로 말을 멈췄고, 아처는 돌연 눈앞에 '집안'의 체현을 보는 듯한 느낌이 들었다.

"그래, 알았어." 아처는 메이가 건네준 초대자 명단을 보는 척하며 대답했다.

만찬 전 응접실에 들어가보니 메이가 벽난로 앞에 서서 한 번도 쓰지 않은 깨끗한 타일 난로 안에 든 장작을 뒤적거리고 있었다.

플로어 램프가 다 켜져 있고, 밴 더 라이든 씨가 보낸 난초는 현대식 도자기 꽃병과 울퉁불퉁한 고전풍 은병에 담긴 채 여기저기 눈에 잘 띄는 곳에 놓여 있었다. 뉴런드 아처 부인의 응접실은 아주 잘 꾸몄다는 평을 받았다. 며칠에 한 번씩 꼬박꼬박 앵초와 시네라리아 꽃을 갈아놓는 금박 입힌 대나무 모양 화분대가 퇴창 앞에 놓여 있었다(구세대 주부라면 거기에 청동으로 된 밀로의 비너스상을 놓았을 것이다).

은제 장식품과 도자기 인형, 꽃무늬 액자가 그득 놓인, 플러시천으로 덮인 작은 탁자들을 중심으로 연한색 실크로 싼 소파와 안락의자가 보기 좋게 배치되어 있고, 장밋빛 갓이 달린 긴 플로어 램프들이 야자수 사이로 피어난 열대 꽃처럼 솟아 있었다.

"엘런 언니가 우리 응접실에 불 켜진 모습은 못 봤을걸요." 메이가 장작을 뒤적거리느라 상기된 얼굴로 일어서더니 충분히 가질 만한 자부심이 깃든 표정으로 말했다. 하지만 그녀가 벽난로에 기대놓은 구리 석탄집게가 탁 넘어지는 소리에 아처의 대답이 묻혀버렸다. 그리고 아처가 집게를 집어놓으려는 찰나 밴 더 라이든 부부가 노착했다는 소식이 들렸다.

곧이어 다른 손님들도 도착했다. 밴 더 라이든 부부가 제시간에 식사하는 걸 좋아한다는 사실을 다들 알고 있었기 때문이다. 방안이 거의 가득찼다. 아처는 셀프리지 메리 부인에게 웰런드 씨가 크리스마스에 메이에게 선물한 페어베크호번*의 〈양 습작〉이라는, 두껍게 니스를 바른 작은 그림을 보여주고 있었다. 그런데 어느 순간 보니 바로 옆에 올렌스카 부인이 와 있었다.

백지장 같은 얼굴 때문에 짙은 색 모발이 그 어느 때보다 짙고 무거워 보였다. 그 때문인지 아니면 겹겹이 두른 호박 구슬 목걸이 때문인지, 아처는 갑자기 어린 엘런 밍곳이 메도라 맨슨을 따라 처음 뉴욕에 왔을 때 아이들 파티에서 춤추던 모습이 떠올랐다.

호박 구슬 목걸이가 얼굴색에 안 맞았는지, 아니면 드레스가 안 어

---

* 네덜란드 화가.

울렸는지 모르지만, 오늘 그녀는 얼굴이 칙칙하다 못해 못나 보일 정도였다. 하지만 아처는 그 순간 그 어느 때보다 그녀의 얼굴을 사랑했다. 두 사람의 손이 맞닿았다. 그녀가 누군가에게 "네, 저희는 내일 '러시아호'로 떠나요"라고 말하는 것 같았다. 다음 순간 문이 열리는 무의미한 소리가 들리더니 잠시 후 메이가 소리쳤다. "뉴런드! 저녁식사 시간이에요. 엘런 언니 데리고 빨리 오세요."

올렌스카 부인이 그의 팔에 손을 얹었다. 그는 부인이 장갑을 끼지 않은 것을 알아차렸고, 어느 날 저녁 23번가의 작은 응접실에서 그 손을 골똘히 지켜보았던 일을 떠올렸다. 그녀의 얼굴에서 빠져나간 모든 아름다움이 지금 그의 팔에 얹힌 그 길고 하얀 손가락과 살짝 팬 손마디에 모여 있는 듯했다. 아처는 생각했다. '이 손을 보기 위해서라도 그녀를 따라가야 해……'

밴 더 라이든 부인은 '외국 손님'을 위한 만찬 때만 주최자의 왼쪽에 앉는 수모를 감수했다. 이 송별 만찬보다 올렌스카 부인이 '외국인'이라는 사실을 더 교묘하게 부각할 수는 없었을 것이다. 밴 더 라이든 부인은 선선히 아처 왼쪽 자리에 앉음으로써 자신도 그에 찬성한다는 걸 확실히 보여주었다. 살다보면 해야만 하는 일이 있고, 이왕 할 거면 멋지고 철저하게 할 필요가 있었다. 옛 뉴욕의 그런 관례 중 하나가 바로 친척 중 한 여성을 집안에서 내쫓을 때 전원이 힘을 합해 동참한다는 것이었다. 올렌스카 백작부인의 유럽행 배편이 예약되어 있는 지금, 웰런드가와 밍곳가 사람들은 그녀에 대한 변함없는 애정을 보여줄 수 있다면 그 어떤 일이든 할 수 있었다. 주빈석에 앉은 아처는 다들 은연중에 끊임없이 그녀의 인기를 되살리고, 그녀에 대한 불만을 해소시키고,

그녀의 과거를 너그러이 용서하고, 현재의 그녀를 이해와 사랑으로 감싸주는 광경을 지켜보며 놀라움을 금치 못했다. 밴 더 라이든 부인은 나름 온정에 가까운 감정을 보여주는 엷은 선의의 눈길로 올렌스카 부인을 지켜보았고, 메이의 오른쪽에 앉은 밴 더 라이든 씨는 엘런은 스카이터클리프에서 보낸 그 모든 카네이션을 받을 만한 사람이라는 표정으로 좌중을 바라보았다.

아처는 샹들리에와 천장 사이에 붕 떠 있는 듯한 기묘한 무중력 상태에서 이 모든 일의 들러리 역할을 했고, 자신이 그 안에서 맡은 역할에 아연실색했다. 그는 부유하고 고상한 얼굴들을 돌러보았다. 메이가 내놓은 들오리 요리를 먹는 이 선량해 보이는 사람들이 실은 한 무리의 음모꾼이고, 자신과 자기 오른쪽에 앉은 창백한 여인이 그 음모의 중심이라는 걸 알아차렸다. 그러고 나니 수많은 단편적인 기억으로 이루어진 거대한 번개 같은 깨달음이 뇌리를 스쳤다. 다시 말해, 여기 모인 이 모든 사람의 눈에 자신과 올렌스카 부인은 연인이고, 그것도 '외국'에서 말하는 그런 극단적인 의미의 연인이라는 사실이었다. 아처는 지난 몇 달 동안 수많은 이들이 자기를 소리 없이 지켜보고 끈질기게 엿듣고 있었으며, 누군가가 자기도 미처 모르는 수단을 이용해 자신과 공범을 헤어지게 만들었고, 이제 온 가족이 이 일에 대해 다들 아무것도 모르고 뭔가를 상상한 적도 없고 오늘의 만찬은 그저 자신의 친구이자 사촌인 엘런을 따뜻하게 보내주고 싶다는 메이 아처의 자연스러운 바람으로 마련된 자리라는 암묵적인 전제 아래 메이를 중심으로 모인 것이라는 사실을 깨달았다.

옛 뉴욕은 '유혈 사태' 없이 이런 식으로 삶의 문제를 해결했다. 그들은 추문을 전염병보다 무서워했고, 용기보다 격식을 중시했으며, 구경거리가 될 만한 일에 원인을 제공하는 행동을 제외하면 '구경거리'가 되는 것이 가장 막된 행동이라고 여겼기 때문이다.

이런 생각이 뇌리를 스쳐가는 동안, 아처는 자신이 무장한 군대 한가운데 있는 포로처럼 느껴졌다. 그는 식탁을 둘러보면서, 손님들이 플로리다산 아스파라거스를 먹으며 보퍼트와 그의 아내에 대해 하는 얘기를 듣고 그들의 냉혹함을 짐작했다. '저들은 지금 나한테 어떤 일이 벌어질지 보여주고 있는 거야……' 그는 생각했다. 직접적인 행동보다 암시나 비유가, 성급한 말보다 침묵이 얼마나 더 무서운지 생생히 느끼자 가족묘지의 문들이 탁탁 닫히는 것처럼 궁지에 몰린 느낌이 들었다.

아처가 껄껄 웃자 밴 더 라이든 부인이 놀란 눈으로 바라보았다.

"자네는 그게 우습다고 생각하나?" 부인이 어색하게 미소 지으며 물었다. "물론 가여운 리자이나가 뉴욕을 떠나지 않고 버티는 데는 웃기는 구석도 있지." 그러자 아처가 중얼거렸다. "물론이죠."

그때 아처는 올렌스카 부인 옆에 앉은 손님이 한참 전부터 자기 오른쪽 사람과 얘기를 나누고 있다는 것을 알아차렸다. 그리고 그 순간 밴 더 라이든 씨와 셀프리지 메리 씨 사이에 조용히 앉은 메이가 좌중을 휙 훑어보는 모습이 눈에 들어왔다. 집주인과 그 오른쪽에 앉은 손님이 식사 내내 침묵을 지킬 수는 없었다. 아처가 올렌스카 부인 쪽으로 몸을 돌리자 그녀가 창백한 얼굴로 미소 지었다. '아, 잘 견뎌내야 해요' 하고 말하는 듯했다.

"뉴욕 오느라 피곤했죠?" 아처는 자신의 자연스러운 어조에 깜짝 놀랐다. 부인은 이번에는 오히려 아주 편하게 왔다고 대답했다.

"기차 안이 너무 덥긴 했어요." 부인이 덧붙였다. 아처는 이번에 가는 프랑스에서는 더워서 고생할 일은 없을 거라고 말했다.

"전에 4월에 칼레에서 기차로 파리에 간 적이 있는데, 평생 그렇게 추위에 떨어본 적이 없어요." 아처가 힘주어 말했다.

부인은 그랬을 것 같다고 하더니, 그래도 담요를 한 장 더 갖고 다니면 괜찮다면서, 어떤 식으로 여행을 해도 집 떠나면 다 고생이라고 덧붙였다. 아처는 그 모든 고생도 어딘가로 떠난다는 기쁨에 비하면 아무것도 아니라고 대꾸했다. 부인의 얼굴이 살짝 붉어졌다. 아처는 갑자기 소리를 높여 말했다. "저도 곧 긴 여행을 떠날 생각입니다." 부인의 얼굴이 바르르 떨렸다. 아처는 레지 치버스 쪽으로 몸을 기울이며, "어떤가, 레지, 나랑 같이 세계 일주 여행 한번 가볼 텐가? 보자, 다음달 정도면 어때? 자네만 좋다면 나는 언제든 괜찮은데……" 그러자 레지 부인이 맹인 단체를 후원하기 위해 준비중인 마사 워싱턴 무도회가 열리는 부활절 전에는 절대 안 된다고 주장했다. 레지도 차분한 어조로 그때쯤이면 자기는 국제 폴로 시합 준비로 바쁠 거라고 했다.

이때 셀프리지 메리 씨가 '세계 일주 여행'이라는 말을 듣고는 증기 요트로 세계를 일주했던 경험을 얘기하면서, 지중해 연안의 항구들이 수심이 정말 낮다는 걸 보여주는 몇 가지 예를 들어주었다. 그러더니 아테네, 스미르나, 콘스탄티노플 같은 최고의 항구들을 볼 수 있다면 그런 건 문제가 안 된다고 덧붙였다. 그러자 메리 부인이 남편한테서 열병에 걸릴 위험이 있는 나폴리에 앞으로 절대 안 가겠다는 약속을 받아내준 벤컴 박사가 말할 수 없이 고맙다고 말했다.

"하지만 인도를 제대로 구경하려면 삼 주는 투자해야 해." 그녀의 남편이 자기는 얼치기 여행자가 아님을 보여주기 위해 이렇게 말했다.

잠시 후 숙녀들이 응접실로 물러났다.

서재에서는 더 지체 높은 사람들이 있는데도 로런스 레퍼츠가 대화를 주도했다.

그날 대화도 역시 보퍼트 부부 얘기로 흘러갔는데, 그들을 위해 암묵적으로 비워둔 영예로운 안락의자에 앉은 밴 더 라이든 씨와 셀프리지 메리 씨조차 젊은이의 열변에 귀를 기울였다.

레퍼츠는 그 어느 때보다 열렬히 기독교인의 도리와 가정의 신성함을 강조했다. 그런 가치를 짓밟은 이들에 대한 분노로 그는 오늘 평소보다 더 날카로운 달변을 구사했다. 모든 사람이 레퍼츠처럼 행동하고 그가 말한 대로 처신했으면 보퍼트같이 갑자기 등장한 외국인을 받아들일 정도로 사교계가 약해지지 않았을 터였다. 그렇다. 그자가 설사 댈러스가 아니라 밴 더 라이든가나 래닝가 아가씨와 결혼했더라도 마찬가지였을 것이다. 레퍼츠는 정말 분개한 어조로, 만약 몇몇 명문가가 그런 자를 받아주지 않았다면 댈러스가 같은 좋은 집안 아가씨와 결혼하는 것은 꿈도 못 꾸었을 테고, 보퍼트가 그러는 걸 보고 레뮤얼 스트러더스 부인 같은 사람들도 좋은 가문과 친교를 맺을 수 있었던 거 아니냐고 물었다. 사교계가 천박한 여자들을 받아들이면 얻는 것은 별로 없지만 크게 해를 입지도 않았다. 그런데 출신이 모호한데다 수상한 방법으로 돈을 번 남자들을 받아주면 얼마 못 가서 사교계 자체가 완전히 무너질 수 있었다.

레퍼츠는 풀* 양복점의 정장으로 말쑥하게 차려입고, 돌팔매질을 당하기 전의 젊은 예언자 같은 모습으로 소리쳤다. "상황이 이런 식으로 돌아가면 얼마 안 가서 우리 애들이 사기꾼의 집에 초대받으려고 경쟁하고, 보퍼트의 사생들과 결혼하게 될 겁니다."

"아, 아무리 그래도 그건 너무 심하네요!" 레지 치버스와 젊은 뉴런드가 항의했다. 셀프리지 메리 씨는 정말 걱정스러운 기색이었고, 밴 더 라이든 씨의 예민한 얼굴에도 고통과 혐오의 표정이 떠올라 있었다.

"보퍼트한테 사생아가 있나?" 귀가 쫑긋해진 실러턴 잭슨 씨가 큰 소리로 물었다. 레퍼츠는 웃어넘기려 했지만, 노신사는 아처 귀에 대고 속삭였다. "수상해. 늘 뭔가를 바로잡으려는 사람들 말이야. 최악의 요리사를 둔 사람들이 외식하면 꼭 식중독에 걸렸다고 떠들어대는 법이거든. 하지만 레퍼츠가 저렇게 난리 치는 데는 절박한 이유가 있다더군. 이번에는 타이피스트 아가씨라나봐……"

어떻게 멈출지 몰라 끝없이 흘러가는 강물처럼 사람들은 계속 대화를 이어갔다. 아처는 옆에 있는 손님들의 얼굴을 둘러보았다. 다들 재미있어하고 흥미로워하며 아주 즐거운 눈치였다. 청년들이 웃는 소리, 밴 더 라이든 씨와 메리 씨가 아처의 마데이라 와인을 음미하며 칭찬하는 소리가 들려왔다. 그 모습을 지켜보며 아처는 사람들이 다들 자기를 다정하게 대해준다는 느낌을 희미하게 받았다. 자기를 가둔 감옥의 간수가 태도를 조금 누그러뜨린 것 같은 기분이었다. 그런 느낌이 들자 하루빨리 여기서 벗어나고 싶은 강렬한 충동이 들었다.

잠시 후 다 같이 여자들이 있는 응접실로 들어가보니 메이는 오늘

---

* 헨리 풀은 프랑스 나폴레옹 3세와 영국 빅토리아여왕 시대 왕족 및 귀족이 즐겨 찾은 양복점 주인으로, 턱시도를 처음 고안했다.

송별 만찬이 '대성공'이라고 생각하는 듯 의기양양한 눈으로 그를 바라보았다. 올렌스카 부인 옆에 앉아 있던 메이가 자리를 뜨자마자, 금박 소파에 군림하듯 앉아 있는 밴 더 라이든 부인이 엘런에게 자기 옆으로 오라고 손짓했다. 그러자 셀프리지 메리 부인 역시 방을 가로질러 그쪽으로 걸어갔다. 응접실에서도 명예회복과 망각의 음모가 진행되고 있었다. 아처의 작은 세계를 수호하는 말없는 조직은 단 한순간도 올렌스카 부인의 처신이 부적절했다든지, 아처의 부부애가 금이 갔다든지 하는 의문을 품어본 적이 없다는 걸 보여주기 위해 최선을 다하고 있었다. 이 상냥하면서도 비정한 사람들 모두가 그와 반대되는 얘기는 들어본 적도, 의심한 적도, 심지어는 가능하다고 생각해본 적도 없다는 사실을 서로에게 주지시키기 위해 그야말로 최선을 다하고 있었다. 모든 사람이 그토록 치밀하게 서로 연기하는 모습을 보고 아처는 뉴욕 사교계가 자기를 올렌스카 부인의 연인으로 보고 있다는 사실을 더욱 확실히 알 수 있었다. 그는 만찬의 성공에 취해 의기양양하게 눈을 반짝이는 아내를 보면서 처음으로 그녀 역시 그렇게 생각하고 있다는 것을 깨달았다. 그는 지금 레지 치버스 부인 및 젊은 뉴런드 부인과 마사 워싱턴 무도회에 대해 얘기하고 있었지만, 아내가 그런 생각을 하고 있다는 걸 깨닫자 마음속에서 악마들이 왁자지껄 웃는 느낌이 들었다. 그날 저녁은 그렇게, 어떻게 멈춰야 할지 몰라서 끝없이 흐르는 강물처럼 흘러갔다.

마침내 아처는 올렌스카 부인이 일어서서 작별인사를 하는 모습을 보았다. 아처는 곧 그녀가 떠난다는 생각에 오늘 저녁식사 자리에서 무슨 얘기를 주고받았는지 떠올려보려 했지만, 둘이 나눈 이야기가 하나도 생각나지 않았다.

그녀가 메이에게 다가갔고, 사람들이 그녀 주위를 에워쌌다. 두 여인은 손을 맞잡았고, 메이가 몸을 기울여 사촌의 뺨에 입을 맞추었다.

"둘 중에 메이가 확실히 더 예뻐." 레지 치버스가 젊은 뉴런드 부인에게 속삭이는 소리가 들렸다. 아처는 메이가 그렇게 예쁜데도 전혀 매력이 없다고 빈정대던 보퍼트의 말이 떠올랐다.

잠시 후, 그는 현관에서 올렌스카 부인의 어깨에 망토를 걸쳐주었다.

경황없는 상태에서도 아처는 그녀를 놀라게 하거나 괴롭게 할 말은 하지 않기로 결심했다. 무슨 일이 있어도 지기가 결심한 비를 실행에 옮기기로 작정하고 나니 웬만한 일은 흘러가는 대로 놔둘 힘이 생겼다. 그런데 올렌스카 부인을 따라 현관으로 나가자 그녀가 마차에 타기 전에 꼭 단둘이 얘기하고 싶다는 급작스러운 갈망이 샘솟았다.

"마차 여기 있어요?" 아처가 물은 순간 하녀의 시중을 받으며 멋진 검은담비 코트를 입고 있던 밴 더 라이든 부인이 상냥하게 말했다. "엘런은 우리가 태워다줄 거야."

아처의 가슴이 덜컥 내려앉았다. 올렌스카 부인은 한 손으로 망토와 부채를 모아쥐고 다른 손을 내밀며 "잘 있어요"라고 말했다.

"잘 가요…… 하지만 곧 파리에서 봐요." 아처가 큰 소리로 대답했다. 너무 크게 소리친 것 같기도 했다.

"오, 당신과 메이가 올 수 있다면……!" 그녀가 중얼거렸다.

밴 더 라이든 씨가 와서 그녀에게 팔을 내밀었고, 아처는 밴 더 라이든 부인 쪽으로 돌아섰다. 커다란 사륜마차 안의 짙은 어둠 속에서 부인의 갸름한 얼굴과 차분하게 빛나는 두 눈이 희미하게 보였다……

이윽고 마차가 출발했다.

계단을 올라가는데 로런스 레퍼츠가 부인과 같이 나오고 있었다. 레퍼츠는 거트루드가 지나가도록 한쪽으로 비켜서면서 아처의 팔을 잡았다.

"내일 클럽에서 같이 저녁 먹을까? 오늘 정말 고마웠네. 잘 자게."

"정말 멋진 만찬이었죠, 안 그래요?" 서재 문간에서 메이가 물었다.

아처는 깜짝 놀라 정신을 가다듬었다. 마지막 마차가 떠난 후, 그는 서재로 올라와 혼자 앉아 있었다. 아직 아래층에 있는 아내가 그냥 자기 방으로 올라갔으면 싶었다. 그런데 지금 그녀가 창백하고 긴장된 얼굴이지만 기진맥진했을 때 나오는 부자연스러운 생기를 내뿜으며 서 있었다.

"들어가서 만찬 얘기 좀 해도 돼요?" 메이가 물었다.

"물론이지. 당신이 그러고 싶다면. 그런데 지금 아주 졸릴 텐데……"

"아뇨, 졸리지 않아요. 당신이랑 잠깐 같이 있고 싶어요."

"좋아." 아처가 말하며 그녀의 의자를 벽난로 쪽으로 밀어주었다.

메이가 앉자 아처도 자기 자리로 돌아갔다. 하지만 둘 다 한동안 아무 말도 하지 않았다. 마침내 아처가 먼저 입을 열었다. "당신이 안 피곤하고 얘기하고 싶다니까 할 말이 있어. 지난번에도 얘기하려고 했는데……"

그러자 메이가 고개를 획 쳐들었다. "네. 당신에 대한 얘긴가요?"

"그래, 내 얘기야. 당신은 안 피곤하다고 했지. 난 피곤해. 완전 기진맥진이야……"

그러자 메이는 금세 정말 걱정스러운 표정을 지었다. "아, 뉴런드, 그럴 줄 알았어요! 그동안 너무 무리했잖아요……"

"그래서 그럴 수도 있지. 어쨌든 좀 쉬어야겠어……"

"쉰다고요? 변호사 일을 그만둔다는 거예요?"

"어쨌든…… 바로…… 떠날 생각이야. 모든 것에서 벗어나서……
오랫동안, 아주 멀리……"

변화를 갈구하지만 너무 지친 나머지 그걸 기쁘게 받아들이지 못하는 사람처럼 무관심한 어조로 얘기하려 했지만 실패한 듯해 아처는 입을 다물었다. 네가 원하는 걸 하자는 생각에 목소리에 열의가 실렸다. "모든 것에서 벗어나서……" 아처가 다시 말했다.

"아주 멀리라니요? 예컨대 어디요?" 메이가 물었다.

"아, 나도 모르겠어. 인도나…… 일본."

그녀가 일어섰다. 아처가 고개를 숙인 채 두 손에 턱을 받치고 앉아 있는데, 그녀의 따스하고 향기로운 체취가 느껴졌다.

"그렇게 멀리요? 그런데 아마 가기 힘들걸요……" 메이가 떨리는 목소리로 말했다. "저를 데리고 간다면 몰라도." 그러더니 아처가 잠자코 있자 또렷하고 차분한 어조로 말을 이었는데, 한마디 한마디가 작은 망치처럼 그의 뇌리를 때렸다. "그러니까 의사들이 저에게 가도 된다고 허락해주면 몰라도…… 하지만 아마 못 가게 할걸요. 오늘 아침에 제가 그동안 그토록 원하고 바라던 일이 이루어졌다는 확신이 들었거든요……"

아처가 넋 나간 눈으로 아내를 쳐다보자 그녀는 홍조 띤 얼굴에 눈물을 반짝이더니 그의 무릎에 얼굴을 묻었다.

"아, 여보." 아처가 아내를 껴안고 차가운 손으로 머리를 쓰다듬으며 말했다.

두 사람 다 오랫동안 말이 없었고, 그사이 아처의 마음속에서 악마들이 요란하게 웃어댔다. 이윽고 메이가 그의 품에서 빠져나가더니 일어섰다.

"짐작도 못했어요……?"

"아니. 못했어. 물론 그렇게 되길 바라긴 했지……"

둘은 한순간 마주보았지만 다시 입을 다물었다. 아처가 그녀로부터 눈길을 돌리며 갑자기 물었다. "나 말고 다른 사람한테도 말했어?"

"엄마와 어머님께만 말씀드렸어요." 그러고는 잠시 입을 다물더니 이마를 붉히며 얼른 덧붙였다. "그리고…… 엘런 언니한테도 말했어요. 얼마 전 오후에 언니랑 오랫동안 얘기했는데, 언니가 저한테 아주 다정하게 대해줬다고 했잖아요."

"아……" 아처는 숨이 멎는 것 같았다.

아내가 그를 유심히 지켜보는 느낌이 들었다. "여보, 언니한테 먼저 말해서 속상해요?"

"속상하다니? 내가 왜?" 아처는 애써 마음을 가다듬었다. "그런데 그건 이 주 전이잖아, 아니야? 아까 오늘 아침에야 확신이 들었다고 한 것 같은데."

메이의 얼굴이 더 빨개졌지만 눈은 여전히 그를 보고 있었다. "맞아요, 그때는 확실하지 않았지만…… 언니한테는 확실하다고 말했어요. 그런데 지금 보니까 제 짐작이 맞았어요!" 그녀가 승리감에 젖은 푸른 눈으로 그를 보며 소리쳤다.

34

뉴런드 아처는 이스트 39번가에 있는 자기 집 서재 책상에 앉아 있었다.

메트로폴리탄미술관의 새 전시실 개관을 축하하는 대규모 리셉션에 참석하고 막 돌아온 참이었다. 멋지게 차려입은 사람들이 체계적으로 분류된 옛 유물로 가득찬 넓은 전시실 안을 돌아다니는 모습을 보니 갑자기 수십 년 전 그날의 녹슨 기억이 되살아났다.

"아, 여기가 바로 세스놀라 유물이 있던 빙인데." 누군가 이렇게 얘기하는 소리가 들렸다. 그 순간 주변의 모든 것이 사라지고, 그는 라디에이터 앞에 놓인 딱딱한 가죽 소파에 앉아 있고, 긴 물개털 코트를 입은 날씬한 여인이 예전 미술관의 휑한 복도를 따라 걸어가고 있었다.

그날을 생각하니 다른 기억들도 몰려왔다. 아처는 지난 삼십 년 동안 이 서재에 혼자 앉아서 했던 많은 생각, 가족과 나눈 이야기들을 새로운 눈으로 되돌아보았다.

그의 삶에서 중요한 사건은 대부분 이 서재에서 일어났다. 거의 이십육 년 전, 신세대 여성이라면 우스워할 만큼 수줍게 얼굴을 붉히며 아주 완곡한 표현으로 메이가 임신 사실을 털어놓은 곳도 이 방이었다. 오래전부터 집안끼리 가깝게 지냈고, 아주 오랜 세월 교구민들의 자랑이자 꽃이었으며, 그야말로 유일무이한 존재였던 그 당당한 체구의 뉴욕 대주교가 너무 연약해서 한겨울에 교회에 데리고 갈 수 없었던 장남 댈러스에게 세례를 준 곳도 여기였다. 메이와 유모가 문 뒤에서 웃으며 지켜보는 가운데 댈러스가 "아빠!"를 외치며 첫 걸음마를 뗀 곳도

382

바로 여기였다. 여기서 (엄마를 빼닮은) 둘째 메리가 레지 치버스의 여러 아들 중 가장 둔하지만 믿음직한 아이와 약혼을 발표했다. 그리고 결혼식이 열릴 그레이스교회로 가기 전 여기서 아처는 딸의 베일을 들추고 입을 맞추었다. 뉴욕 사교계의 모든 것이 흔들리는 와중에도 다들 '그레이스교회 결혼식'을 고수했다.

아처와 메이는 언제나 이 서재에서 세 자녀의 미래를 의논했다. 그들은 댈러스와 둘째 아들 빌의 학업, 메리의 '교양' 교육에 대한 한결같은 무관심과 스포츠와 자선활동에 대한 열정, 잠시도 가만히 있지 못하고 호기심 넘치는 댈러스를 마침내 뉴욕에서 주목받는 신진 건축가의 사무실에 들어가게 만든 '예술'에 대한 막연한 흥미 등을 놓고 이야기를 나누었다.

요즘 젊은이들은 법조계나 사업 말고도 온갖 직종에 진출했다. 자기가 사는 주의 정치나 지자체의 개혁에 뛰어들지 않고, 중미中美의 고고학이나 건축학, 조경학을 전공하고 독립전쟁 이전 미국 건축에 깊은 흥미를 갖고 연구하기도 하고, 조지왕조양식을 연구하거나 건축에 적용하기도 하고, '콜로니얼식'이라는 말의 남용에 항의하기도 했다. 요즘은 교외에 사는 돈 많은 식료품점 주인들 말고는 아무도 '콜로니얼식' 저택을 짓지 않았다.

그런데 그중에서도—아처는 이따금 이 일을 그중에서도 제일 중요한 사건이라 여겼는데—올버니에 사는 뉴욕 주지사가 어느 날 저녁 아처의 집에서 저녁을 먹고 하룻밤 묵고 가면서 이 서재에서 입에 안경을 물고 주먹으로 책상을 내려치더니, "직업 정치인들은 다 엉망이야! 아처, 지금 우리 나라에는 바로 자네 같은 사람이 필요하다네. 정치판을 뒤집어엎으려면 자네 같은 사람들이 나서줘야 해"라고 했던 일이 기억났다.

'자네 같은 사람⋯⋯' 그 말이 아처에게 얼마나 와닿았던지! 그리고 그 부름에 아처는 얼마나 열렬히 응답했던가! 그것은 이를테면 소매를 걷어붙이고 부패를 척결해야 한다는 오래전 네드 윈셋의 주장과 같은 내용이었지만, 이번에는 그런 주장을 직접 실천한 이의 부름이라 응하지 않을 수 없었다.

지금 돌아보니 자기 같은 사람이 적어도 시어도어 루스벨트*가 말한 그런 현실 정치에 정말 필요한 인재였는지 확실치 않았다. 사실 그렇지 않았다고 생각할 만한 이유도 있었다. 주의회에서 일 년간 활동한 뒤 다시 출마했을 때 당선되지 않았기 때문이다. 이후 아처는 별로 눈에 띄지는 않지만 꼭 필요한 시정市政의 여러 업무에 기여하다가, 미국의 양심을 깨우려는 목적으로 창간된 개혁 성향의 주간지에 가끔 글을 기고하는 것으로 만족했다. 돌아보면 크게 이룬 건 없었지만 자기 세대의 청년들이 생각했던 미래를─즉 돈벌이, 스포츠, 사교계 생활에 한정된 삶─떠올려보면, 튼튼한 담을 쌓을 때 벽돌 하나하나가 중요한 것처럼 자신이 사회 변화에 끼친 조그마한 영향도 의미있게 생각되었다. 그는 공적으로는 크게 성공하지 못했지만, 천성적으로 사색가에다 딜레탕트였다. 그는 고상한 것들을 궁리하고, 뛰어난 걸작들을 완상하고, 한 위대한 인물과 나눈 우정을 통해 힘과 긍지를 얻었다.

한마디로 그는 요즘 사람들 말마따나 이른바 '선량한 시민'의 삶을

---

* 1899~1900년 뉴욕주 주지사를 역임했고, 1901년 부통령으로 취임해 그해 9월부터 1909년까지 제26대 미국 대통령을 지냈다.

살아왔다. 상당히 긴 세월 동안 뉴욕 사람들은 자선활동이나 시정, 예술 분야의 새로운 움직임이 있을 때마다 아처의 의견을 묻고 그의 이름을 빌리고 싶어했다. 최초의 특수학교 설립, 메트로폴리탄미술관 재정비, 그롤리에 클럽* 설립, 뉴욕 공립도서관 개관, 새 현악사중주단 창단 등 새로운 사업이 시작될 때 사람들은 늘 "일단 아처 씨 생각을 들어보자"라고 말했다. 그는 바쁜 나날을 보냈고, 삶은 보람 있는 일들로 가득했다. 아처는 그 정도면 충분하다는 생각이 들었다.

아처는 자기가 무엇을 놓쳤는지 알고 있었다. 바로 인생의 꽃이었다. 하지만 이제 너무도 까마득하고 비현실적으로 느껴져서, 그 때문에 불평한다면 마치 복권에서 일등을 놓쳤다고 아쉬워하는 것과 비슷할 듯했다. 그가 산 복권은 일억 장이 발행되었고 당첨자는 딱 한 명이었다. 그러니 그의 복권이 당첨될 확률은 아주 적었다. 엘런 올렌스카를 생각할 때면 책이나 그림에 나오는 상상 속의 연인을 그려볼 때처럼 추상적이고 차분한 느낌이었다. 그녀는 그가 놓친 모든 것을 모아놓은 환영이었다. 그 환영은 희미하고 흐릿했지만, 아처는 그 덕분에 다른 여성을 생각할 겨를이 없었다. 그는 이른바 충실한 남편이었고, 메이가 폐렴에 걸린 막내를 돌보다가 감염되는 바람에 세상을 떠났을 때 진심으로 슬퍼했다. 그녀와 오랜 세월 같이 살면서 아처는 결혼이 단조로운 의무이긴 해도, 의무의 존엄성을 유지할 수만 있다면 큰 문제가 아니라고 생각했다. 하지만 그 의무를 저버리면 결혼은 단지 추악한 욕망의 전쟁으로 전락할 터였다. 아처는 주변을 돌아보면서 자신의 지난날에

---

* 1884년에 프랑스의 애서가 장 그롤리에 드 세비에의 이름을 따 세운 클럽.

궁지를 느꼈지만, 한편으로는 아쉬움도 없지 않았다. 어쨌든 전통적인 생활방식에도 좋은 점은 있었다.

아처는 댈러스가 메조틴트 벽지, 치펀데일 책장, 흰색과 푸른색이 멋지게 어우러진 갓을 씌운 전등들로 다시 꾸며준 서재를 둘러보다가, 결혼할 때 사서 지금껏 지켜온 이스트레이크 책상으로 돌아와 여전히 잉크스탠드 옆에 있는 메이가 처음 주었던 사진을 보았다.

그날 스페인 포교소 정원의 오렌지나무 아래서 본 그대로, 가슴이 풍만하고 늘씬한 그녀는 풀 먹인 모슬린 드레스와 챙 넓은 레그혼해트 차림이었다. 그러고는 평생 그 모습 그대로 남아 있었다. 키는 좀 줄었지만 많이 작아지지 않았고, 너그럽고 충실하고 늘 부지런했지만, 메이는 상상력도, 변화할 능력도 없었기에 자기가 젊었을 때 살던 세상이 완전히 무너지고 다시 세워졌는데도 그 사실을 까맣게 모른 채 평생을 살았다. 그처럼 견고하고 순수한 맹목성 때문에 그녀가 보는 세상은 늘 한결같았다. 엄마가 변화를 알아채지 못한다는 걸 알기에 자녀들도 아처가 그랬듯이 그녀에게 자신의 견해를 얘기하지 않았다. 그러다보니 처음부터 일종의 거짓된 동질성, 가족 전체가 공모하는 가식적인 순수함이 있었고, 아처와 자녀들은 자기도 모르게 그에 동참했다. 그 결과 아내는 평생 이 세상이 자기 집처럼 사랑과 우애가 넘치는 가정들로 가득한 참 좋은 곳이라고 생각했고, 무슨 일이 일어나든 아처가 댈러스에게 그들 부부의 삶을 이끌어준 원칙과 편견을 심어줄 것이고, (남편이 세상을 떠난 후에는) 댈러스 역시 막내 빌에게 그 소중한 믿음을 전해주리라고 생각하며 마음 편히 죽을 수 있었다. 메이는 딸 메리 역시 자기와 똑같은 태도를 갖게 될 거라고 믿었다. 그래서 병으로 앓아누운 어린 빌을 살리려다 자신의 목숨을 내놓게 되었음에도, 메이는 편안한 마음으로 세상을 떠나 세인트마크교회*에 있는 아처가의 납골실로 들어갈 수 있었다. 아처의 어머니 역시 며느리는 의식하지도 못한 무서운 '풍조'로부터 안전한 그곳에 이미 오래전에 가 있었다.

메이의 사진 맞은편에는 딸의 사진이 놓여 있었다. 메리 치버스도 엄마를 닮아 키가 크고 피부가 하얬지만, 새로운 유행에 맞게 허리가 더 굵고 가슴이 납작하고 약간 구부정했다. 푸른 띠를 가볍게 두른 메이의 20인치 허리로는 메리처럼 놀라운 운동능력을 발휘할 수 없었다. 이 차이는 적잖이 상징적이어서, 메이는 그녀의 허리처럼 어떤 범위에 한정된 삶을 살다 갔다. 딸 역시 어머니 못지않게 인습적이고 더 똑똑하지도 않았지만 메이보다는 폭넓은 삶을 영위했고, 더 포용적인 견해를 갖고 있었다. 새로운 생활방식에도 좋은 점이 있었던 것이다.

전화가 딸각거렸다. 사진을 보던 아처는 옆에 있는 수화기를 집어들었다. 급히 연락할 일이 있으면 제복 차림의 전령 소년을 보내는 수밖에 없었던 그때와 얼마나 다른 세상인가!

"시카고에서 전화 왔습니다."

아…… 댈러스가 장거리전화를 신청한 모양이었다. 아들은 레이크사이드**에 대저택을 짓는다는 머리 좋은 젊은 백만장자를 만나러 시카고에 출장 가 있었다. 회사는 그런 일에 꼭 댈러스를 파견했다.

"여보세요, 아빠—네, 댈러스예요—수요일에 떠나시면 어때요? '모

---

* 1795년에 설립된, 맨해튼에서 두번째로 오래된 교회. 10번가와 세컨드 애비뉴 모퉁이에 있다.
** 크고 멋진 저택들이 들어선 미시간호 서안의 레이크쇼어 드라이브.

레타니아'호로요. 네, 다음주 수요일요. 건축주가 설계를 확정하기 전에 저더러 이탈리아 정원들을 좀 보고 오라면서, 제일 빠른 배편으로 가라고 했거든요. 저는 6월 1일에 돌아와야 해요." 그러더니 갑자기 밝게 웃고는 이렇게 덧붙였다. "그러니까 서둘러야 해요. 아빠, 같이 가서 저 좀 도와주세요."

댈러스가 바로 옆에서 얘기하는 것 같았다. 그 아이가 좋아하는 벽난로 앞 안락의자에 앉아 얘기하듯, 아들의 목소리가 가깝고 자연스럽게 들렸다. 대서양을 닷새 만에 횡단하는 기선이나 전등처럼 장거리전화도 익숙한 일상이 되었기에 아들의 목소리가 깨끗이 들리는 건 놀랄일이 아니었다. 하지만 그 웃음소리는 정말 충격적이었다. 댈러스의 웃음 띤 목소리가 멀고 먼 거리—숲, 강, 산, 대초원, 시끌벅적한 도시, 바쁘고 무관심한 수백만 명의 사람들—를 가로질러 "어떤 일이 있어도 저는 6월 1일에 돌아와야 해요. 5일에 패니 보퍼트와 결혼식을 올려야 하니까요"라고 말하고 있다는 게 참으로 놀라웠다.

다시 아들의 목소리가 들렸다. "생각해보신다고요? 안 돼요. 그럴 시간이 없어요. 지금 대답해주셔야 해요. 못 가실 이유가 뭔데요? 한 가지만 대보세요. 아니, 저도 알아요. 그러니까 같이 가시는 거죠, 네? 내일 아침 일찍 커나드 선박회사에 전화하시고요, 마르세유에서 돌아오는 배편도 예약하세요. 우리가 이런 식으로 같이 여행하는 건 이번이 마지막이잖아요. 아, 좋아요! 아빠가 같이 가주실 줄 알았어요."

시카고 쪽에서 전화를 끊었고, 아처는 자리에서 일어나 방안을 이리저리 거닐었다.

이런 식으로 아들과 같이 여행하는 건 이번이 마지막이 될 터였다.

댈러스 말이 맞았다. 부자가 죽이 척척 맞으니 아들이 결혼하고 나서도 같이 시간을 보낼 기회는 많을 것이다. 그리고 남들이 어떻게 생각하든 패니 보퍼트는 부자의 일에 간섭할 사람은 아니었다. 지금까지 본 바로는 오히려 자연스럽게 같이 어울릴 성격이었다. 하지만 부자간의 관계가 변하고, 전과 달라지는 것은 피할 수 없었다. 아처는 며느릿감이 마음에 들긴 했지만, 아들과 단둘이 있을 이런 마지막 기회를 놓치고 싶지 않았다.

여행하는 습관이 없어졌다는 것 말고는 이 기회를 포기할 이유가 없었다. 메이는 아이들을 산이나 해변에 데리고 간다는 합당한 이유가 있을 때가 아니면 절대로 돌아다니려 하지 않았다. 그녀에게 그것 말고는 39번가에 있는 집이나 뉴포트에 있는 안락한 웰런드 별장을 떠날 이유가 없었다. 댈러스가 대학을 졸업했을 때는 마지못해 육 개월 동안 옛날 방식으로 영국, 스위스, 이탈리아를 돌고 왔다. (다들 그 이유는 몰랐지만) 시간이 부족했기 때문에 프랑스는 들르지 않았다. 랭스나 샤르트르 대신 몽블랑을 보라고 하니까 댈러스가 발끈했던 게 기억났다. 하지만 메리와 빌은 등산을 하고 싶어했고, 댈러스를 따라서 영국의 성당들을 돌아볼 때는 연신 하품을 해댔다. 아이들을 늘 공평하게 대한 메이는 운동과 예술 감상을 반반씩 해야 한다고 강조했다. 실제로 메이는 아처에게 이 주 동안 프랑스를 돌고 오라고, 그런 다음 스위스를 '끝낸' 자기들과 이탈리아 호수 지방에서 만나면 어떠냐는 제안도 했다. 하지만 아처는 "다 같이 다녀야지" 하며 거절했다. 메이는 남편이 댈러스에게 그렇게 좋은 모범을 보여주는 게 흐뭇해서 얼굴이 밝아졌다.

이 년 전 메이가 세상을 떠났으니 전처럼 살 필요도 없었다. 아이들은 여행 좀 다니라고 권유했고, 메리 치버스는 외국에 나가서 '미술관을 구경 다니면' 아버지한테 참 좋을 거라고 생각했다. 이러한 치료법이 불가사의했기에 메리는 그 효과를 더 확신했다. 하지만 아처는 습관과 과거의 많은 기억들을 쉽게 떨치지 못했고, 새로운 것과 마주칠 때면 언제나 놀라 움츠러들었다.

지금 와서 과거를 돌아보니 심각할 만큼 습관의 노예가 되어 있었다. 자신에게 주어진 의무를 다했을 때 가장 나쁜 점은 그 외의 다른 일을 하기 어렵게 된다는 것이다. 적어도 아처 세대의 남자들은 그렇게 생각했다. 옳고 그름, 정직함과 위선, 점잖음과 방탕함의 간극이 너무 커서 예기치 않은 일이 생길 여지가 별로 없었다. 우리의 상상력은 늘 현실에 매여 있지만 어느 순간 갑자기 일상의 구속에서 벗어나 붕 떠서 긴 세월 동안 펼쳐진 운명의 행로를 굽어볼 때가 있다. 아처는 지금 높이 뜬 채 생각에 잠겨 있었다……

자신이 어린 시절 경험한 작은 세계, 자신을 비틀고 가두었던 그 세계의 기준들은 이제 거의 사라지지 않았는가? 아처는 오래전 바로 이 서재에서 가여운 로런스 레퍼츠가 경멸조로 한 예언을 기억했다. "상황이 이런 식으로 돌아가면 우리 애들이 보퍼트의 사생들과 결혼하게 될 겁니다."

지금 아처의 자랑거리인 장남 댈러스가 바로 그러려는 참이었다. 하지만 아무도 이상하게 생각하거나 비난하지 않았다. 중년 때 모습 그대로인 고모 제이니조차 분홍색 솜에 싸여 있는 어머니의 에메랄드와 진주알들을 꺼내 떨리는 손으로 댈러스의 약혼녀에게 전해주었고, 패니 보퍼트는 파리의 보석상에서 맞춘 '세트'를 못 받아서 실망하기는커녕 오히려 이 보석들의 고전적인 아름다움이 정말 좋다면서, 이런 패물을 걸면 이자베의 세밀화에 나오는 여인 같은 기분이 들 거라고 했다.

패니 보퍼트는 부모가 세상을 떠나자 열여덟 살에 뉴욕으로 돌아왔는데, 삼십 년 전 올렌스카 부인이 그랬듯 금세 엄청난 인기를 끌었다. 게다가 이번에는 다들 그녀를 의심하고 두려워하는 게 아니라 기쁜 마음으로 흔쾌히 받아주었다. 예쁘고, 재미있고, 교양 있으면 됐지, 그 밖에 무엇을 더 바라겠는가? 이제는 거의 잊힌 그 아버지의 과거나 패니 본인의 출생을 들춰낼 만큼 편협한 사람은 없었다. 나이든 사람들만이 보퍼트의 파산이나 아내가 세상을 떠난 후 그가 소리소문 없이 그 유명한 패니 링과 결혼한 일, 그리고 그후 새 아내와 그녀의 미모를 물려받은 어린 딸아이를 데리고 외국으로 떠난 일 같은, 뉴욕 재계에서 이미 희미해진 사건들을 기억했다. 보퍼트는 그후 콘스탄티노플과 러시아 등지에 살다가, 십여 년 뒤에는 부에노스아이레스에서 큰 보험회사를 운영하며 미국 여행자들을 초호화판으로 대접했다는 소문이 있었다. 보퍼트 부부는 거기서 떵떵거리며 살다가 세상을 떠났고, 어느 날 고아가 된 딸이 메이 아처의 올케인 잭 웰런드 부인의 후견하에 뉴욕에 나타났다. 부인의 남편이 후견인으로 지정되었기 때문이다. 패니는 뉴런드 아처의 자녀들과 사촌 비슷한 관계가 되었고, 댈러스와의 약혼이 발표되었을 때 다들 그러려니 했다.

그 일을 보면 세상이 얼마나 많이 변했는지 알 수 있었다. 요즘 사람들은—이런저런 개혁, '운동', 유행, 쇼핑, 각자의 취향 추구에 너무 바빠서—남의 일에 관심 가질 여유가 없었다. 모든 사람이 같은 차원에서 살아가는 이 거대한 만화경 속에서 어느 한 사람의 과거가 뭐 그리

중요하랴?

뉴런드 아처는 호텔 창가에서 장려한 파리 시가를 내다보며 젊은 시절처럼 혼란과 열망으로 심장이 뛰는 것을 느꼈다.

점점 나잇살이 붙는 몸 안에서 심장이 그토록 격렬하게 뛴 것도 오랜만이었고, 다음 순간 마음이 허해지고 얼굴이 달아올랐다. 아처는 댈러스의 심장도 패니 보퍼트 옆에 있을 때 이렇게 뛸지 궁금했지만, 그러지는 않을 것 같았다. '그애 심장도 분명 이렇게 뛰겠지만 박자가 다를 거야.' 가족들이 당연히 찬성할 거라고 생각하면서 아주 차분하게 그녀와의 약혼을 발표하던 아들의 모습을 떠올리며 아처는 생각했다.

'차이점은 요즘 애들은 자기가 원하는 건 뭐든 가질 수 있다고 생각하지만, 우리 때는 대개 그러지 못할 거라고 생각했다는 거야. 그런데 뭔가를 가질 수 있다는 걸 미리 알아도 이렇게 가슴이 뛸까?'

파리에 온 지 이틀째 되는 날, 아처는 열린 창가에서 봄볕을 쬐며 은빛으로 물든 널찍한 방돔광장을 내다보고 있었다. 그가 아들에게 내건 한 가지 조건이—거의 유일한 조건이었지만—바로 파리에 갔을 때 새로 생긴 '대형 호텔'에 묵지 않겠다는 것이었다.

"아, 좋아요. 물론이죠." 댈러스가 선선히 대답했다. "브리스틀처럼 아주 고색창연한 곳으로 모시고 갈게요." 오랫동안 왕과 황제 들이 살았던 곳을 예스러운 불편함과 아직 남아 있는 지역색을 즐기기 위해 찾는 고풍스러운 여관 정도로 취급하는 말을 듣고 아처는 말문이 막혔다.

올렌스카 부인이 떠나고 처음 몇 년 동안은 초조한 마음으로 파리로 돌아가는 자신의 모습을 자주 상상해보았지만, 그럴 가능성이 사라지자, 파리는 그저 그녀가 살고 있는 도시로 생각하게 되었다. 식구들이 잠든 한밤중, 아처는 혼자 서재에 앉아 화창한 봄빛에 물든 마로니에 가로숫길, 온갖 꽃과 조각품으로 아름답게 꾸며진 공원들, 꽃집에서 풍겨오는 라일락 향기, 멋진 다리 아래 도도히 흘러가는 강물, 예술과 지식, 쾌락으로 활기 넘치는 거리들을 상상하곤 했다. 이제 그 도시가 눈앞에 아름답게 펼쳐져 있었지만, 아처는 자신이 왠지 소심하고 구석에다 모자란 사람으로 느껴졌다. 젊은 시절에는 정말 멋지고 당당한 사람이 되고 싶었는데, 지금은 그저 하찮은 늙은이에 지나지 않았다……

댈러스가 쾌활하게 아처의 어깨를 안았다. "아빠, 여기 정말 멋지지 않아요?" 둘은 한동안 말없이 창밖을 내다보았다. 이윽고 아들이 입을 열었다. "참, 아빠한테 전해드릴 소식이 있는데, 올렌스카 백작부인이 다섯시 반에 오라고 하셨어요."

댈러스는 다음날 저녁 피렌체행 기차의 출발시간 같은 평범한 정보인 양 지나가는 말처럼 가볍게 말했다. 아처는 아들을 건너다보며 청년의 명랑한 눈에 증조할머니인 밍곳 부인의 장난기가 깃들어 있다는 느낌이 들었다.

"아, 아빠한테 아직 말씀 안 드렸나?" 댈러스가 말을 이었다. "패니가 저한테 파리에서 꼭 수행해야 할 세 가지 임무를 줬거든요. 최근에 나온 드뷔시 곡의 악보를 구해올 것, 그랑기뇰극장에서 공연을 볼 것, 그리고 올렌스카 부인을 만날 것. 보퍼트 씨가 패니를 파리의 수녀원 학교에 보냈을 때 부인이 아주 잘해주셨거든요. 파리에 아는 사람이 아무도 없었는데, 부인이 친절히 대해주시고 휴일이면 파리 구경을 시켜주시곤 했대요. 보퍼트 씨의 첫 부인하고 아주 가까운 사이였다고 들었어요. 물론 저희 친척이기도 하고. 그래서 오늘 아침 나가기 전에 전화를 걸어서 아빠랑 이틀 동안 파리에 와 있는데 한번 찾아뵙고 싶다고 했죠."

아처는 말없이 아들을 건너다보았다. "내가 여기 왔다고 했단 말이야?"

"당연하죠. 그러면 안 되는 이유라도 있나요?" 댈러스가 눈썹을 희한하게 치켜떴다. 그러고는 아처가 아무 말 없자 아버지에게 팔짱을 끼고 쓱 끌어당기며 물었다.

"그런데 아빠, 부인은 어떤 분이셨어요?"

댈러스의 대담한 눈길에 아처의 얼굴이 붉어졌다. "에이, 솔직히 말씀해주세요. 두 분이 아주 친한 사이셨죠? 부인이 그렇게 예쁘셨어요?"

"예뻤냐고? 글쎄, 예쁘다기보다 좀 다른 사람이었지."

"아, 바로 그거예요! 항상 그렇잖아요, 맞죠? 내 여자는 뭔가 다른데…… 뭐가 다른지는 모르겠다는 생각. 저도 패니를 볼 때 딱 그런 느낌이거든요."

아처가 팔을 빼며 한 발짝 물러섰다. "패니를 볼 때? 그렇다면 정말 다행이고! 하지만 난 잘 모르겠네……"

"에이, 아빠, 옛날 사람처럼 그렇게 빼지 마시고요. 그분이―한때― 아빠의 패니 아니셨어요?"

댈러스는 몸과 마음이 다 신세대였다. 뉴런드와 메이의 큰아들인데도 점잔 빼는 구석이 전혀 없었다. "숨겨서 좋을 게 뭐 있어요? 그러면 사람들이 더 캐려고 든다고요." 조심하라고 하면 댈러스는 늘 이렇게 반박했다. 그런데 아들의 눈을 보니 농담에 깃든 아버지에 대한 사랑이 느껴졌다.

"내 패니라니……?"

"흠, 그분을 위해 모든 걸 버리려고 하셨잖아요. 물론 그러시진 않았지만." 댈러스가 계속해서 그를 놀라게 했다.

"그러지 않았지." 아처가 진지하게 대답했다.

"아빠가 옛날 사람이라 그런 거죠. 하지만 엄마 말이……"

"네 엄마?"

"네, 돌아가시기 전날 엄마가 저만 부르신 거 기억나세요? 그날 엄마가 그러셨어요. 전에 엄마가 인생에서 가장 원하는 걸 포기해달라고 했을 때, 그렇게 해주셨다고요. 그래서 아빠는 지금도 그렇고 앞으로도 영원히 우리 편이라고."

아처는 사람들로 붐비는 햇살 가득한 광장을 멍하니 내다보며 묵묵히 이 이상한 이야기를 들었다. 그러다가 마침내 나직한 목소리로 대답했다. "네 엄마는 그런 부탁한 적 없는데."

"맞아요, 제가 깜박했어요. 두 분은 평생 서로에게 무슨 부탁 같은 거한 적 없으시잖아요, 그렇죠? 그냥 가만히 앉아서 서로를 지켜보며 속으로 무슨 생각을 하는지 짐작만 하셨죠. 완전히 농아원 분위기였지. 그래도 우리 세대는 자기 마음도 살필 여유가 없는데 아빠 세대는 서로의 마음속에 있는 생각도 속속들이 아셨던 것 같아요." 그러더니 갑자기 말을 돌렸다. "아빠, 제 얘기 때문에 설마 마음 상하신 거 아니죠? 혹시 그랬다면 얼른 푸시고 앙리 레스토랑에 가서 점심 먹어요. 그러고 나서 바로 베르사유에 가야 하거든요."

아처는 아들과 같이 베르사유에 가지 않았다. 오후 내내 혼자서 파리를 돌아다니고 싶었다. 살면서 아쉬웠던 많은 일과 평생 속으로만 삭인 기억들을 한꺼번에 감당해야 했다.

차분히 생각해보니 댈러스의 솔직함이 오히려 마음을 달래주었다. 이 세상 누군가는 자기 마음을 짐작하고 안쓰러워했다는 걸 알게 되자 심장을 동여맨 쇠사슬이 떨어져나가는 느낌이었다…… 그리고 그게 바로 아내였다는 사실이 말할 수 없이 뭉클했다. 댈러스는 사랑으로 아버지의 삶을 이해해주었지만 이런 건 짐작도 못했을 터였다. 아들들이 볼 때 올렌스카 부인과의 사랑은 어쩔 수 없는 좌절이나 헛된 노력을 보여주는 애처로운 사건에 불과했으리라. 하지만 정말 그뿐이었던가? 꽤 오랜 시간 아처는 샹젤리제 거리의 벤치에 앉아 눈앞을 스쳐가는 다양한 삶의 모습들을 지켜보며 생각에 잠겨 있었다……

몇 시간 후, 몇 구역만 걸어가면 엘런 올렌스카를 볼 수 있었다. 그녀는 남편에게 돌아가지 않았고, 몇 년 전 그가 세상을 떠난 후에도 전과 똑같이 생활했다. 이제 그녀와 아처의 결합을 막을 장애물은 아무것도 없었고, 바로 오늘 오후 그는 엘런을 만날 참이었다.

아처는 일어서서 콩코르드광장과 튈르리공원을 거쳐 루브르로 걸어 갔다. 언젠가 그녀가 루브르에 자주 간다는 말을 했었는데, 기다리는 동안 그녀가 다녀간 지 얼마 안 된 곳에서 시간을 보내는 것도 좋을 듯했다. 아처는 오후의 땡볕이 비쳐드는 박물관을 한 시간가량 둘러보았다. 젊은 시절에 본 휘황한 명화들이 한 점 한 점 눈앞에 펼쳐졌고, 그때 느낀 감동이 마음속에 되살아났다. 생각해보니 정말 무미건조한 삶이었다……

　어느 순간, 티치아노의 눈부신 걸작 앞에서 아처는 자기도 모르게 중얼거렸다. "하지만 이제 겨우 쉰일곱인데……" 그러다가 이내 뒤돌아섰다. 그런 여름날의 꿈을 꾸기엔 너무 늦은 나이였다. 그렇더라도 그녀 가까이에서 잔잔한 행복을 느끼며 편안한 우정이나 동지애를 누릴 수는 있으리라.

　아처는 아까 약속한 대로 다시 호텔로 돌아가서 아들과 같이 콩코르드광장을 지나고 하원 건물로 가는 다리를 건넜다.

　아버지가 무슨 생각을 하고 있는지 전혀 모르는 댈러스는 흥분한 어조로 베르사유에 대해 계속 떠들어댔다. 댈러스는 전에 딱 한 번 베르사유를 본 적이 있었다. 그때 그는 가족 여행 때 스위스에 가느라 보지 못했던 온갖 명소를 짧은 휴가중에 모두 훑고 싶은 마음에 베르사유는 대충 구경했던 터였다. 그래서 지금 댈러스는 열띤 어조로 자신 있게 온갖 의견을 쏟아냈다.

　아들의 말을 들으면서 아처는 점점 자신이 초라하고 답답한 사람처럼 느껴졌다. 아들이 무감각하지 않다는 건 알고 있었지만, 요즘 젊은 이들은 다들 자기가 운명의 지배를 받는 존재가 아니라 그와 동등하다고 생각했기 때문에 쾌활하고 자신감이 넘쳤다. '그래, 바로 그거야. 요즘 애들은 뭐든지 할 수 있다고 생각해. 그럴 능력도 있고.' 아처는 전형적인 신세대 청년인 아들을 보면서 생각했다. 이들은 옛 이정표를 전부 없앴고, 그러면서 안내판이나 위험 신호까지 제거해버렸다.

　댈러스가 갑자기 멈춰 서더니 아버지의 팔을 붙잡으며 소리쳤다. "아빠, 저것 보세요!"

두 사람은 앵발리드 앞, 가로수 우거진 멋진 광장에 서 있었다. 망사르식 궁형 지붕이 파릇파릇한 나무와 기다란 회색 건물 전면 위로 높게 솟아 있었다. 오후의 햇살이 한데 모인 듯 찬란하게 빛나는 그 지붕은 인류가 일군 이 세상 아름다움의 현현처럼 거기 떠 있었다.

아처는 올렌스카 부인이 앵발리드에서 뻗어나간 어느 거리에 인접한 광장에 산다는 걸 알고 있었지만, 그 구역 한가운데 있는 앵발리드의 찬란한 궁형 지붕은 까맣게 잊은 채 이 동네를 한적하다 못해 초라한 곳으로 상상하곤 했다. 그런데 그런 연상 때문인지 지금 이 순간 그 금빛 궁형 지붕은 그녀의 삶의 터전을 감싸고 있는 빛의 상징처럼 느껴졌다. 부인은 거의 삼십 년 동안 지금 아처가 감당하기에는 너무 풍요롭고도 자극적인—그리고 이상하리만큼 아처가 잘 모르는—환경에서 생활해왔다. 아처는 그녀가 갔을 극장, 그녀가 보았을 그림, 그녀가 드나들었을 고색창연한 저택, 그녀가 만나 이야기를 나누었을 사람들, 정중한 분위기 속에서 아주 사교적인 사람들이 쏟아냈을 온갖 생각과 호기심, 이미지와 연상을 상상해보았다. 그러다가 갑자기 "아, 좋은 대화, 그보다 좋은 건 없죠, 안 그래요?"라고 묻던 프랑스 젊은이가 기억났다.

삼십 년 가까이 아처는 리비에르 씨를 본 적도 없고, 소식도 듣지 못했다. 그 생각을 하니 자기가 올렌스카 부인의 삶에 대해 아는 게 별로 없다는 사실이 실감났다. 만나지 못한 지난 반생 동안 그녀는 아처가 전혀 모르는 사람들과 교류하고, 그로서는 어렴풋이 짐작이나 할 뿐인 사교계와, 그가 결코 다 알 수 없을 환경에서 살아왔다. 그 세월 동안 아처는 오래전에 본 젊은 시절의 엘런을 마음속에 품고 살았지만, 그녀는 분명히 여기 사는 다른 사람들과 교류했을 것이다. 어쩌면 그녀도 아처에 대해 특별한 기억을 간직하고 있으리라. 하지만 그렇다 해도 그것은 작고 어둑한 교회에 모신 성유물 같은 존재일 테고, 매일 거기 가서 기도할 시간도 없었으리라……

두 사람은 광장을 건너 그 건물 옆을 지나는 큰길을 걷고 있었다. 호화롭고 유서 깊은 동네인데도 아주 한적했다. 이렇게 멋진데 행인도 별로 없고, 그나마 지나다니는 이들도 무심한 표정인 걸 보면 파리가 얼마나 다채롭고 매력적인 곳인지 알 수 있었다.

날이 저물면서 햇살을 품은 뿌연 대기 속에 노란 가로등이 여기저기 빛났다. 두 사람이 들어선 작은 광장은 지나가는 사람이 별로 없었다. 댈러스가 다시 걸음을 멈추더니 저 위를 쳐다보았다.

"여기 같은데." 아처는 아들이 쓱 팔짱을 끼며 이렇게 말해도 가만히 있었다. 둘은 거기 서서 부인이 사는 집을 쳐다보았다.

별다른 특징이 없는 현대식 건물이지만, 창이 많고 크림색의 넓은 전면에 멋진 발코니들이 달려 있었다. 광장에 늘어선 둥근 마로니에나무 꼭대기보다 훨씬 더 위쪽에 있는 높은 층의 한 발코니에는 얼마 전까지 햇빛이 들었는지 아직도 차양이 드리워져 있었다.

"몇 층이지?" 댈러스가 혼잣말을 하더니 정문으로 향했다. 그는 수위실에 머리를 들이밀더니 다시 돌아와 말했다. "오층이래요. 차양을 드리운 저 집 같아요."

아처는 가만히 선 채, 여기까지 온 목적을 달성했다는 듯 위층 창문들만 쳐다보고 있었다.

"여섯시가 다 됐어요." 이윽고 댈러스가 말했다.

아처는 나무 아래 있는 빈 벤치로 눈길을 돌렸다.

"나는 저기 좀 앉아야겠구나." 아처가 말했다.

"왜요? 어디 불편하세요?" 아들이 소리쳤다.

"아냐, 괜찮아. 하지만 너 혼자 다녀오는 게 좋겠어."

댈러스는 어리둥절한 표정으로 물었다. "그렇지만 아빠, 아예 안 올라가시겠다는 거예요?"

"모르겠다." 아처가 천천히 대답했다.

"그러면 부인이 이상하게 생각하실 텐데."

"어서 가. 생각이 바뀌면 나도 올라갈 테니까."

어스름 속에서 아들이 한참 동안 아처를 건너다보았다.

"부인께 뭐라고 해요?"

"댈러스, 넌 언제나 뭐라고 할지 알지 않니?" 아처가 빙긋 웃으며 대답했다.

"알았어요. 옛날 사람이라 엘리베이터가 싫어서 오층까지 계단으로 올라오신다고 할게요."

아처가 다시 빙긋 웃었다. "그냥 옛날 사람이라고만 해. 그 정도면 충분해."

댈러스가 다시 아버지를 바라보더니 믿을 수 없다는 몸짓을 해 보이고는 둥근 지붕이 달린 건물 입구로 휙 사라졌다.

아처는 벤치에 앉아 차양이 드리워진 발코니를 계속 쳐다보았다. 아들이 엘리베이터를 타고 오층에 도착해 초인종을 누르고, 현관으로 들어가서, 하녀를 따라 응접실로 들어가는 데 걸리는 시간을 계산해보았다. 댈러스가 평소처럼 빠르고 자신 있는 걸음걸이로 그 응접실에 들어가 유쾌한 미소를 짓는 모습을 상상하자, 그애가 '아버지를 닮았다'는 사람들의 말이 사실인지 궁금해졌다.

그러고는 그 방에 와 있는 사람들의 모습을 상상해보았다. 사교 시간이니 부인 혼자 있을 것 같지는 않았다. 그 사람들 중 갈색 머리 여인, 창백한 피부의 갈색 머리 여인이 고개를 휙 쳐들고 반쯤 일어서서 세 개의 반지를 낀 가늘고 긴 손을 내밀 것이다…… 뒤에 있는 탁자에 진달래가 탐스럽게 꽂혀 있고, 부인은 벽난로 옆 소파에 앉아 있으리라.

"올라가는 것보다 여기 있는 편이 더 생생해." 아처는 자기도 모르게 혼잣말을 했다. 일 분 일 분 시간이 흐르는 동안 아처는 현실의 마지막 그림자가 스러질까 두려워 그 벤치에 그대로 앉아 있었다.

짙어지는 어둠 속에서 아처는 아주 오랫동안 그렇게 앉아 오층 발코니를 지켜보았다. 이윽고 실내에 불이 켜지더니 곧바로 하인이 나와 발코니의 차양을 걷고 덧문을 닫았다.

그 순간, 아까부터 그 신호를 기다렸다는 듯, 아처는 천천히 일어나 혼자 호텔로 돌아갔다.

『순수의 시대』, 현대의 고전 비극

『순수의 시대』는 이디스 워턴이 57세에 집필한, 그녀의 삶에서 하나의 돌파구가 된 작품이다. 이 작품을 쓴 1919~20년을 기점으로 워턴은 미국과 유럽에서 보낸 화려하지만 힘들었던 어린 시절과 당연히 결혼할 줄 알았던 월터 베리(Walter Berry, 1859~1927)와의 갑작스러운 결별로 상처받은 이십대 그리고 경제적·사회적·심리적으로 자신을 짓누른 남편 테디(Teddy Wharton, 1850~1928)와의 이혼, 문학적 동지이자 라이벌이던 헨리 제임스(Henry James, 1843~1916)의 죽음, 난생처음으로 사랑의 황홀함과 절망을 체험하게 해준 모턴 풀러턴(William Morton Fullerton, 1865~1952)과의 관계 등 그동안 자신을 옥죄고 소모시켜온 올가미들을 단호하게 정리하고, 1910년부터 거주해온 프랑스에 저택 두 채를 매입한다. 『순수의 시대』가 발표되고 1921년 워턴은 여성 작가 최초로 퓰리처상을 수상했고, 1937년 세상을 떠날 때까지 거의 매해 한 편씩 새로운 작품을 써나갔다.

워턴은 생전에 『실내장식』을 비롯해 기행문, 소설 이론서, 시집, 소설 등 많은 저작을 펴냈고, 그중 상당수가 영화와 연극, TV 프로그램으로 각색되어 대중적 인기와 함께 당대 작가 중 최고의 인세 수입을 얻었다. 그녀의 작품들 중 『이선 프롬』『암초』『순수의 시대』는 시공간적 배경은 조금씩 다르지만, 아름답고 열정적인 젊은 여성과 기성 질서를 대변하는 또다른 여성 사이에서 고민하는 젊은 남자 주인공을 다루고, 그가 후자를 선택함으로써 빚어지는 비극적인 결과를 그린다는 점에서 하나의 세트, 더 구체적으로 표현한다면 '삼각관계 3부작'으로 볼 수 있다. 특히나 『이선 프롬』(1911)과 『암초』(1912)는 거의 동시에 쓰었고, 『암초』와 『순수의 시대』는 모두 여주인공 없이 후반부가 진행되는데, 작가가 그런 구조를 사용한 이유가 동일하다는 점이 흥미롭다. 워턴은 많은 소설을 썼고 그중 사랑을 다룬 작품도 여럿이나 이 세 소설처럼 집필 시기뿐 아니라 플롯, 결말, 주제가 유사한 작품은 없다.

작가는 이 3부작을 통해 자신의 삶에서 가장 중요한 인간관계, 즉 월터 베리, 헨리 제임스, 남편 테디, 그리고 그녀에게 가장 큰 행복과 고통을 안겨준 모턴 풀러턴과의 관계를 다각적으로 변주하고, 자신과 이들의 모습을 여러 작중 인물로 형상화해 동일한 플롯으로 작품화함으로써 일종의 거대한 씻김굿을 행한 셈이다. 워턴의 삶에서 거대한 분수령이 된 이 3부작은, 표면적으로는 많이 다르지만, 크게 보면 비슷한 시간적 배경 속에서 매티 실버, 소피 바이너, 엘런 올렌스카라는 여주인공을 도구로 삼아 남자 주인공의 정서-윤리-인식론적 자질을 시험하고, 그들이 내린 선택의 치명적인 결과를 예리하게 분석함으로써, 궁극적으로는 그 시대가 지닌 근본적인 문제점을 진단하고 새로운 사회와 인간상에 대한 소망을 제시한다. 까닭에 이 3부작은 워턴이 자신의 문제를 변용시켜 정교하고 풍요로운 비극으로 승화시킨 작품이라 정의해볼 수 있다. 더욱이 『순수의 시대』는 집필 당시 워턴의 나이와 아들을 따라 파리까지 온 아처가 엘런을 보지 않고 혼자 호텔로 돌아가는 시점의 나이가 57세로 동일하다는 디테일을 포함, 많은 면에서 작품의 자전적인 성격과 개인사적 의미를 추정하게 한다.

평온하게 격렬한 이야기

『순수의 시대』는 이 '삼각관계 3부작' 중 가장 나중에 쓰였고, 가장 길며, 7개월이라는 짧은 집필 기간에도 불구하고 가장 완성도 높은 걸작이다. 그리고 이 작품의 플롯과 기교, 도덕적 함의를 분석해보면 나머지 두 작품을 좀더 쉽게 이해할 수 있다. 앞에서 말했듯이 이 세 작품의 플롯, 결말, 주제가 거의 동일하기 때문이다.

『순수의 시대』는 겉으로 보기에는 멋진 상류층 청년과 매력적인 이혼녀의 평범한 불륜 드라마다. 두 주인공이 데이트 한 번 제대로 못하니 불륜 드라마라기도 그렇지만, 이 작품에는 비극에 흔히 쓰이는 사고나 죽음, 파산이나 고난은커녕 하다못해 무례하거나 폭력적인 언사 한 번 서술되지 않는다. 모든 등장인물이 우아하게 치장하고, 완벽하게 예의범절을 지키고, 시원하게 눈물 한 번 흘리지 않는 사교계 드라마로,

퓰리처상을 수상한 이유도 "미국 사회의 건전한 분위기를 잘 그려내고, 최고의 습속習俗과 남성상을 잘 묘사한 작품이라야 한다"는 당시 선정 기준에 부합했기 때문이었다. 이 작품의 기저에 깔린 워턴의 통렬한 사회 비판과 주인공 아처에 대한 자비로우면서도 냉혹한 시선을 읽어내지 못한다면 말이다.

작품의 줄거리를 간단히 살펴보자. 1870년대의 어느 1월, 뉴욕 사교계의 일원인 뉴런드 아처는 오페라 공연에 갔다가 자신과 약혼을 앞둔 메이 웰런드의 사촌 올렌스카 백작부인을 만난다. 폴란드 귀족과 결혼했다가 남편 비서의 도움으로 이탈리아로 도피했던 엘런은 뉴욕에 돌아오자마자 강력한 친정 가문의 비호 아래 오페라극장에 모습을 드러냈고, 사교계 인사들은 너무도 특이하고 당당한 그녀의 옷차림과 행동에 경악을 금치 못한다. 아처는 메이 집안의 위신도 살리고, 어쩌면 엘런에게 첫눈에 반한 자신의 마음을 제어하기 위해, 서둘러 약혼하기로 결심하고, 눈빛만으로도 그의 의도를 간파한 메이는 그날 밤 열린 무도회에서 약혼을 발표한다.

차갑고 적대적인 사교계의 반응을 전혀 감지하지 못한 엘런은 자신의 취향과 판단에 따라 다양한 계층의 사람들을 만나고 오랜만에 돌아온 고향에서의 생활을 즐긴다. 그러나 유부녀의 이혼이나 가출을 금기시하고, 유럽 문화에 매혹을 느끼면서도 깊은 경계심을 가진 뉴욕 상류층은 그녀의 분방하고 자유로운 처신에 반감을 느끼고, 남편에게 돌아가도록 끊임없이 압력을 가한다. 어린 시절의 상당 기간을 유럽에서 보낸 엘런은 미국에 머문 몇 년 동안 아처를 비롯한 뉴욕 상류층 자녀들과 어울린 적이 있고, 어른이 되어 다시 만났을 때 처음부터 그에게 호감을 느끼고 의지한다. 그런데 두 사람이 서로에 대해 느끼는 강렬한 감정은 곧바로 메이의 주의를 끌고, 그녀는 친정과 외가, 아처 집안의 구성원들과 함께 엘런을 뉴욕에서 쫓아내기 위해 정보와 수단, 인맥을 총동원한다.

메이의 가문과 뉴욕 사교계는 겉으로는 엘런을 지지하고 보호하기 위해 백방으로 노력하는 듯 행동하지만, 그들의 목표는 그녀를 유럽의 남편에게 돌려보내고, 뉴욕 사교계의 꽃이랄 수 있는 아처와 메이의 결혼을 성사시키는 것이다. 점차 상황의 심각성을 깨달은 엘런은 아처를 열렬히 사랑하면서도, 메이 부부의 행복을 위해 워싱턴, 보스턴 등 다른 도시로 거처를 옮기고, 몇 달 동안 일체의 연락을 끊고 지내기도 한다.

그러나 엘런과 메이 집안의 수장인 밍곳 노부인이 그녀가 미국에서 살 수 있도록 돈을 대주기로 하고 엘런도 그 제안을 수락하자, 메이는 그녀에게 임신했다고 거짓말을 하고, 그 말을 들은 엘런은 바로 유럽으로 돌아가기로 결심한다. 전부터 아내를 버리고 엘런과 함께 외국으로 떠날 생각을 해온 아처는 메이가 성대한 송별연을 열어준 날에도, 엘런의 출국 후 자신도 곧 따라가겠다고 작정하지만, 파티가 끝난 후 아내에게 그 말을 하려는 순간 메이가 임신 사실을 털어놓자 말없이 자신의 계획을 단념한다. 그후 아처는 메이와 세 자녀를 낳고 자상한 가장으로 살아간다. 또한 사교계의 중추적인 인물로서 뉴욕의 문화 발전에 기여하며 충실한 시민의 삶을 이어간다. 그러나 자녀들이 다 성장해서 제 갈 길을 가고, 자신의 모친, 옛 사교계의 친지들, 그리고 아내 메이마저 세상을 떠나고 난 후, 그는 "생각해보니 정말 무미건조한 삶이었다"는 쓸쓸한 상념에 젖는다.

엘런과 헤어진 지 이십육 년 후, 57세의 아처는 아들 댈러스를 따라 파리에 가게 되고 그녀의 집 앞까지 찾아가지만, 마지막 순간에 만남을 포기한다. 그날 댈러스는 메이가 병으로 세상을 떠나기 전 자신을 불러 아처가 인생에서 원한 단 하나가 엘런과의 삶이었지만 가족을 위해 단념해주었다고 말한 사실을 털어놓는다.

이렇게 줄거리로 보면 이 소설은 아처와 엘런의 관계가 시작되고, 난관에 부딪치고, 결국 좌절되는 과정을 그린다. 하나 작품의 많은 부분이 아처의 생각과 느낌을 집중적으로 다루고 있고, 종결부에 이르면 엘런은 아예 등장하지도 않는다. 서사학적으로도 뉴런드 아처는 단독 주인공이다. 문학작품에서 사건을 보는 시각을 가진 인물을 '시선 담지자focalizer', 그 시선을 받는 인물과 사건을 '관찰 대상focalized'이라 하는데, 작품 속 대부분의 사건과 그에 따른 정서적 반응은 거의 전적으로 아처의 시각과 입장에서 그려진다. 그리고 3인칭 전지적 작가 시점인 이 작품 속의 사건들은 실제로는 거의 다 아처의 행동과 생각에 초점을 맞추고 있다.

표면적으로는 전형적인 연애소설로 두 주인공의 관계를 그리는 소설 같지만, 서사학적으로 보면 엘런은 부수적인 요소에 불과하다. 그녀의 존재가 아처에게는 절대적으로 중요하지만, 좀더 자세히 읽어보면 독자는 그토록 애틋한 사랑의 대상인 엘런의 동선은 물론 그녀가 겪는 사건들, 보스턴이나 워싱턴, 유럽에서의 행적, 여러 사건에 대한 그녀의 반응에 대해 단편적인 정보 외에는 알 수 없다. 즉 그녀는 '시선 담지자'도, '관찰 대상'도 아니다. 게다가 소설의 중간쯤에서 파리로 떠나 작품이 끝날 때까지 나타나지 않는다. 『암초』의 소피 바이너 역시 작품에서 일찌감치 사라지는데, 이 역시 워턴의 집필 의도와 긴밀한 연관이 있다. 이야기의 중심이 두 사람의 사랑이 아니라, 그것이 남자 주인공에게 미치는 영향이기 때문이다.

고전 비극과 『순수의 시대』

워턴 자신이 의도했는지 우연의 일치인지는 알 수 없지만, 『순수의 시대』는 그리스 고전 비극의 전형적인 형태를 지닌다. 그리고 그 구조와 결말 역시 어느 고전 작품 못지않게 강력한 카타르시스를 선사한다. 우리가 작품의 결말에서 뉴런드 아처의 삶에 대해 느끼는 연민과 두려움은 오이디푸스의 운명에 대한 감정과 크게 다르지 않은 것이다.

아리스토텔레스는 기원전 335년경에 집필한 『시학』에서 소포클레스의 「오이디푸스왕」을 전범典範으로 삼아 성공적인 비극의 몇 가지 특징을 제시한다. 첫째, 비극의 주인공은 여러 면에서 보통 사람보다 낫고, 사악하거나 부정한 행위가 아니라 잘못된 판단으로 인해 삶의 전환점을 맞으며(peripeteia), 불운을 겪으면서 어떤 깨달음이나 자각에 이른다(anagnorisis). 그리고 비극을 감상하는 청중은 범죄나 악덕이 아니라 단지 정보의 부족이나 무지로 인한 오판誤判 때문에 주인공이 너무도 가혹한 결말을 맞는 것을 보면서 (불행한 주인공에 대한) '연민'과, (자기 자신도 의도치 않은 오판 때문에 그런 운명에 처할까 염려하는) '두려움'을 느끼고, 그것을 통해 '정신적 정화(catharsis)'를 체험한다.

그런데, 아리스토텔레스의 비극론에서 가장 핵심적이고 논란의 여지가 많은 용어가 바로 '하마르티아(hamartia)'다. 그리스 원어 하마르티아에 대응하는 번역어부터 그 예술적 의미까지, 수 세기 동안 다양한 논의가 이어졌는데, 줄 브로디는 이를 죄악이나 범죄 같은 도덕적 영역과는 상당히 다른, 일종의 인식론적 영역의 문제라고 설명한다.

비극적 결함(tragic flaw)이라는 개념이 아리스토텔레스의 하마르티아(hamartia)론에서 기원했다는 사실은 정말 아이러니컬하다. '하마르티아'가 어떤 뜻이든 간에, 단점이나 사악함, 죄악, 도덕적 결함 같은 개념과는 아무런 관계가 없다.

하마르티아는 '하마르타노(hamartano)', 즉 '표적을 맞히지 못하다', '목표에 미치지 못하다'라는 뜻의 동사에서 유래한 말로, 도덕적으로 중성적이고 비규범적인 개념이다. 그렇다면 하마르티아는 원래 뜻한 바와 다른 목표에 다다른 것을 의미한다. 도덕적으로 잘못된 행동을 하는 게 아니라, 어떤 대상을 다른 대상으로 착각하거나 그와 전혀 반대되는 것으로 착각하는 등 단순히 실수를 범한다는 뜻이다. 곧 하마르티아는 뭔가를 모르거나 핵심적인 정보를 놓쳐서 잘못된 판단을 내리는 경우를 뜻한다. 그리고 어떤 이유에서든 그 행동이 성공이 아니라 실패로 귀결되는 경우를 가리킨다.*

어느 시대든 '비극'이란 대개 슬프거나 참담한 장면이 많이 나오거

---

* Jules Brody, "Fate, Philology, Freud," *Philosophy and Literature* 38.1 [April 2014]: 23.

나, 주인공이 불행해지거나, 많은 사람이 고통스러운 일을 겪거나, 자주 눈물을 자아내는 작품들을 연상하기 쉬운데, 아리스토텔레스는 그런 외적인 특징들은 극히 부수적이고 표면적인 요소일 뿐이며, 좋은 비극은 반드시 위에 나온 요소들과 효과를 가져야만 한다고 주장한다. 슬프거나 처참하다고 해서 비극이 아니라, 필수 3요소를 갖추고 청중이 진정한 카타르시스를 체험해야 성공적인 비극이라는 것이다.

걸으로 볼 때 평생을 충실한 가장, 모범적인 시민, 문화계의 세련되고 든든한 후원자로 살아온 아처의 삶은 별로 비극적으로 보이지 않는다. 그의 삶에는 평범한 사람들의 인생을 막막하고 고통스럽게 만드는 가난, 질병, 유전적 결함, 가정불화, 전쟁, 사회적 격변 같은 문제들이 전혀 존재하지 않는다. 자신이 부유하고 매력적인 만큼 집안과 재력, 미모에서 뉴욕 사교계 최고의 신붓감으로 꼽히던 메이 웰런드와 결혼했고, 남편과 아버지로서 잔잔하고 평온한 즐거움으로 점철된 결혼생활을 영위한데다, 늘 문학과 예술을 향유하고, 높은 사회적 명망을 누린 한평생이었기 때문이다. 하지만 아처는 바로 그 삶을 "정말 무미건조했다"고 느끼고, 모든 걸 포기해서라도 갖고 싶었던 "인생의 꽃"을 놓친 한 많은 삶이었다고 회상한다. 그리고 마침내 그토록 그리던 엘런을 다시 만날 기회가 찾아오자, "**현실의** 마지막 그림자가 스러질까 두려워 그 벤치에 그대로 앉아" 있다가 말없이 그 자리를 떠난다. (볼드체 역자 강조)

아처가 그녀를 알고 지낸 약 이 년의 시간 동안 두 사람은 총 열두 번 만났고, 그중 의례적인 인사나 대화를 제외하고 짧게라도 개인적인 이야기를 나눈 것은 다섯 번에 불과하다. 그 다섯 번도 늘 가까운 곳에 마차꾼이나 하녀, 가족, 지인, 다른 고객이나 행인이 있는 상황이었기 때문에 오롯이 둘만의 시간을 가질 기회는 거의 없었다. 엘런이 뉴욕을 떠난 후, 이십사 년이라는 짧지 않은 세월을 메이와 부부로 지내고, 가족과 친지 사이에서 일견 다복하고 풍요로운 삶을 살아온 것처럼 보였지만, 정작 아처에게는 그 모두가 하나의 일장춘몽일 뿐, 그에게 "현실"은 올렌스카 백작부인과의 사랑과, 그 사랑에 대한 기억뿐이었던 것이다.

그런데, 막상 그 "현실"을 진짜 현실로 만들 수 있고, 이십여 년간 꿈꾸어온 행복을 실제로 누릴 수 있는 기회가 오자 아처는 비로소 그것이 또하나의 꿈일 뿐, 현실에서는 절대 이루어질 수 없다는 사실을 깨닫고 발길을 돌린다. 고대 그리스와 중세의 철학자들이 종교적 "실체"와 현실적 "실체"를 대립항으로 놓고, 둘 중 어느 쪽이 진정한 실체 Reality인지 끝없는 논쟁을 벌인 것처럼, 아처는 자신이 살아온 현실과 꿈꾼 현실, 자신이 상상한 엘런과 실제의 엘런 사이에서 헤매다가 결국 그 어느 쪽에도 안주하지 못하고 또다시 어둑한 중간 지점으로 회귀해버린다.

아처의 삶에 결정적인 영향력을 행사하는 두 주체가 엘런과 뉴욕 사교계이지만, 문학적으로 보면 작품 속에서 그들은 아처의 사람됨과 행로를 구현하기 위한 작가의 도구에 불과하다. 아리스토텔레스도 『시학』에서, 아무리 인상적인 인물이라도 작품 속 등장인물들은 플롯의 논리를 구현하기 위한 수단에 지나지 않는다고 주장한다. 그에 따르면, "인물 없이도 비극을 쓸 수 있지만, 플롯 없이는 비극을 쓸 수 없다."

아이러니의 쇠사슬

『순수의 시대』는 물론 애절한 사랑 이야기이고, 아처가 그토록 그리던 연인을 만나지 못하고 물러나는 마지막 장면은 백 년 넘게 많은 독자의 심금을 울렸다. 그러나 이 애달픈 결말은 소설의 도입부에서 이미 배태된 것이고, 아처는 그리스 비극의 주인공과 똑같은 방식으로 작품 전체에 걸쳐 여러 번 잘못된 판단을 내리고, 그로 인해 도저히 벗어날 수 없는 비극적 주인공의 행로를 걷게 된다.

앞에서 보았듯이, 고전 비극의 본질은 어떤 대상이나 현실에 대해 주인공이 갖고 있는 정보의 오류나 부족, 그리고 거기서 비롯된 오판의 필연적인 결과이다. 여러 층위의 아이러니가 비극의 대표적인 수사학적 장치로 등장하는 것도 그 때문이다. '삼각관계 3부작'의『이선 프롬』과『암초』에도 아이러니가 자주 등장하지만,『순수의 시대』는 그야말로 수많은 아이러니*를 동원해 아처의 운명을 그리고 있다.

그의 삶을 비극으로 이끄는 왜곡된 인식이나 오판을 논하기에 앞서, 먼저 인물들의 이름을 통해 워턴이 아이러니를 이 소설에서 얼마나 핵심적인 수단으로 활용하고 있는지 살펴보자. 소설의 단독 주인공인 뉴런드의 이름에서, '뉴런드(Newland)'는 물론 유럽과 대비되는 새 나라 미국, 그중에서도 건국 당시의 전통을 가장 충실히 보전하고 있(다고

---

* 수사학에서 아이러니는 보통 세 종류로 대별된다. a) 어떤 말과 그 뒤에 숨은 뜻이 반대될 때는 언어적(verbal) 아이러니, b) 등장인물이 생각하는 것과 독자가 아는 것이 다를 때는 극적(dramatic) 아이러니, 그리고 c) 등장인물이나 독자가 생각하는 것과 반대되는 결과가 나올 때는 상황의 아이러니(irony of situation)라고 부른다.

스스로 믿)는 옛 뉴욕의 사교계를 나타낸다. 작품의 도입부부터 아처는 다른 도시나 지역, 계층과 다르고, 그들만의 지혜와 감성을 지닌 뉴욕 사교계에 대한 깊은 신뢰와 자부심을 반복적으로 표현한다. 메이와의 결합이 만족스러운 이유 중 하나도 바로 그것이다. 두 사람은 굳이 말로 하지 않아도 뱃속에서부터 이어받고 훈련받은 대로 현실을 보고 느끼고 해석하고 그에 맞춰서 처신하는 법을 공유하기 때문이다.

하지만 워턴은 그들 스스로 유럽보다 새롭고 진보한 나라라고 느끼고 자랑스럽게 여기는 이 사회가 얼마나 고루하고 시대에 뒤떨어지고 비현실적인 일종의 사상누각인지를 여러 방식으로 보여준다. 뉴욕 사교계가 유럽 귀족계층의 상징으로 숭앙하는 세인트오스트리 공작이 실제로는 그들이 상상하고 기대하는 것과 전혀 다르게 행동하고, 자기들이 이단아로 낙인찍고 추방하려는 엘런 올렌스카와 가장 친밀하고 자연스럽게 어울리며, 미천한 출신으로 결혼을 통해 벼락부자가 된 레뮤얼 스트러더스 부인 집의 파티에 아무렇지도 않게 참석하게 만들어놓는 것이다. 엘런 역시, "일껏 아메리카를 발견해놓고 다른 나라랑 똑같이 만들어버리는 건 바보 같잖아요. 크리스토퍼 콜럼버스가 겨우 셀프리지 메리 가족과 오페라를 보러 가려고 그 고생을 했다고 생각해요?"라고 뼈아픈 질문을 던짐으로써 옛 뉴욕 사교계의 사대주의적이고 시대착오적인 행태를 비꼰다. 그렇게 보면 '뉴런드'라는 이름은 언어적 아이러니의 전형적인 예라고 하겠다.

그의 성인 '아처(Archer)'의 경우는 더욱 심각하다. 영어의 'archer'는 '활 쏘는 사람' '궁수弓手'나 '사수射手'를 가리키는 바, 작품 속에서 활을 제일 잘 쏘는 사람, 실제로 활쏘기 대회에서 우승하고 상으로 화살 모양의 브로치를 받는 사람은 메이뿐이다. 아처는 자신이 지적·예술적·감성적으로 메이보다 훨씬 더 우월하고 복잡하고 예리하다고 본다. 하지만 메이는 그가 불과 얼마 전까지 유부녀인 솔리 러시워스 부인과 얼마나 열정적인 연애를 했었는지 소상히 알고 있으면서도 결혼 직전에야 그 사실을 언급하며, 원하면 그녀에게 돌아가라고 제안하는 장면에서 알 수 있듯이, 아처 같은 사람이 상상할 수 없을 만큼 영악하고 자신의 목표물을 정확하게 맞히는 명궁이다. 엘런과 자신의 가문을 보호하기 위해 약혼 발표를 앞당기고 싶어하는 아처의 의향을 눈치채자마자 곧바로 약혼을 발표함으로써 그와 엘런의 결합을 불가능하게 가로막은 쪽도 물론 메이였다. 그녀의 목표는 엘런을 유럽으로 돌려보내고, 아처를 자신의 남편, 아이들의 아버지, 친정 부모의 좋은 사위로 만드는 것이다. 그리고 그 목표를 완벽하게 달성한 메이는 죽는 날까지 자신이 원한 삶을 살다 간다.

　아처는 작품 초반에 자신이 운 좋게 메이를 획득했고 자기 취향대로 개조할 수 있다고 믿지만, 사실 그는 그녀의 사냥감일 뿐이다. 그녀는 아처가 엘런을 얼마나 사랑하는지 정확히 알면서도("인생에서 가장 원하는 것") 절대로 그녀에게 가지 못하도록 임신을 가장하고, 사교계를 움직여 두 사람의 일거수일투족을 감시하게 하고, 엘런의 출국 직전에도 혹시라도 자신의 계획이 어그러질까봐, 마치 명사수가 확인 사살을 하듯이, 성대한 송별연을 열어 확실히 떠날 수밖에 없게 만든다. 이렇게 보면 아처는 아무런 표적도 맞히지 못하고, 오히려 메이의 화살에 맞아 치명적인 상처를 입는 주인공이다. 작가는 이런 아이러니를 통해 그의 무지와 근거 없는 자부심, 치명적인 우월감을 호되게 비판하고 있다.

메이 웰런드의 이름 역시 철저히 아이러니컬하다. '메이(May)'라는 이름은 겉으로 보이는 그녀의 미모와 청순함, 순결함과 경험 부족, 무지를 시사한다. 이것이 바로 아처가 보는 아내의 모습이고, 옛 뉴욕의 사교계가 미혼의 처녀들에게 기대하고 강요하는 여성상이다. 그가 아침마다 메이에게 은방울꽃을 보내는 것도 우연이 아니다. 아처에게 그녀는 "당신이 있어서 행복해요"라는 은방울꽃의 꽃말에서 짐작할 수 있듯이, 자신이 주는 아내로서의 특권과 사회적 지위, 자신이 가르쳐줄 지식과 관점이 없으면 그저 '타블라 라사'에 불과한 일종의 어린아이 또는 살아 있는 인형일 뿐이다("그사이에 그녀의 머릿속에는 아무런 생각도 지나가지 않았고, 심장에는 아무런 감정도 스쳐가지 않은 듯했다. 아처는 그녀가 생각도 있고 감정도 지닌 사람임을 알고 있음에도 어떤 경험도 그녀에게 스며들지 못한다는 사실에 다시금 놀라움을 금치 못했다."). 그는 자기가 생각하는 메이의 그런 순수함을 당연하고 바람직한 것으로 기대하고 요구하면서도, 다른 한편으로는 바로 그 순수함 때문에 그녀를 철저히 무시하고 얕잡아 본다. 무지하고 생각 없는 그녀를 잘 교육하고 인도하여 눈을 뜨게 만들어도, 그녀는 아무것도 볼 수 없을 거라는 생각 때문에 자신과는 완전히 급이 다른 존재, 메두사처럼 눈을 감지 않고 현실을 직시하는 엘런과 대비되는 열등한 존재로 치부한다. 아내가 아처 자신을 마음대로 조종하고, 본인의 계획과 욕망에 따라 철저히 통제하고, 급기야는 말 한마디 못하고 그토록 사랑하는 엘런을 영원히 떠나보낼 수밖에 없도록 만든 무서운 존재라는 사실을 아처는 뒤늦게야 깨닫는다.

메이의 성 '웰런드(Welland)'는 그런 역학 관계를 노골적으로 부각시키는 이름이다. 영어에서 'land'는 대개 명사로 쓰이는데, 드물게 동사로 쓰이기도 한다. 만약 이것이 그런 경우라고 상정하고 그녀의 성을 좀더 들여다보면 'land… well'의 형태로 풀어볼 수 있다. 이때 'land'는 뭔가를 '얻다, 획득하다, 차지하다'는 뜻이고, 메이가 『순수의 시대』에서 하는 일이 바로 그것이다. 옛 뉴욕 사교계의 최고 신랑감인 뉴런드 아처를 온갖 책략을 써서 확실하게 사로잡고, 죽을 때까지 그의 아내로 살았던 것이다.

주제와 직결된 이런 이름들뿐 아니라, 『순수의 시대』에는 더 근본적인 아이러니와 고전 비극의 요소들이 다양하게 등장하는 바, 그런 시각에서 이 작품의 비극성을 좀더 살펴보자.

오판과 깨달음

앞에서 살펴본 바와 같이, 아내 메이에 대한 아처의 무관심과 몰이해야말로 엘런에 대한 그의 사랑을 파멸로 이끄는 가장 중요한 원인이다. 그에 못지않게 중요한 또다른 원인이 바로 엘런에 대한 오해와 잘못된 판단이다. 올렌스카 부인에 대한 아처의 열정과 욕망은 의심할 여지가 없지만, 다른 한편으로 그는 연인의 참모습을 전혀 모르고 그녀를 이해하려는 시도도 하지 않는다. 그녀를 사랑하는 자신의 마음과 쾌락이 중요하지, 그녀의 진정한 매력과 사회적인 입장은 그의 관심사가 아니다. 엘런은 아처를 포함한 뉴욕 사교계의 어떤 남녀보다 예술적으로 세련되고, 결혼생활의 현실과 다양한 인간관계의 명암을 누구 못지않게 잘 알고, 세인트오스트리 공작부터 빈민 여성, 보퍼트의 사생아 딸까지 많은 사람을 특유의 유머 감각과 부드럽고 넉넉한 마음으로 감쌀 수 있는 품성을 지녔다. 눈에 보이는 형식과 관습의 멍에 속에 살아가는 그 어떤 인물보다 치열하고 순수한 열정과 도덕성의 소유자이기도 하다. 하지만 아처는 엘런의 진면목을 알려고 하지 않고, 작품이 끝날 때까지 자신만의 편견과 관점을 토대로 그녀를 평가하고 사랑한다.

엘런은 그와의 관계뿐 아니라 사교계에서 체험한 여러 사건을 통해 아처가 한 번도 벗어난 적 없는 옛 뉴욕 사교계의 고루함과 잔인함을 충분히 인식하게 되고, 그가 아내를 버리고 외국으로 떠나자고 했을 때도 주변에서 사랑의 도피행을 감행한 커플들이 어떻게 되었는지 그 씁쓸한 결말을 익히 알기 때문에 사촌의 약혼자와 외국으로 떠난다는 것이 얼마나 비현실적이고 위험한 행동인지 잘 알고 있다("나는 그 길을 택한 사람들을 아주 많이 봤어요. 그런데 실제로는 다들 실수로 노변에 있는 엉뚱한 역에서 내리더군요. 불로뉴, 피사, 몬테카를로 같은 곳에서요. 문제는 그곳도 그들이 떠나온 세상과 별반 다른 게 없을뿐더러 오히려 더 작고 누추하고 난잡했다는 거죠.").

하지만 아처는 그녀가 자신을 얼마나 사랑하는지, 사촌과 결혼을 앞둔 연인을 사랑하는 것이 얼마나 고통스러운 일인지 생각해본 적도 없을 뿐 아니라, 일단 미국을 벗어나면 아무 방해도 받지 않고 자유롭게 사랑할 수 있을 거라는 참으로 유치하고 비현실적인 논리를 펴기까지 한다("나는 어떻게든 당신과 함께 ['정부情婦' 같은] 그런 말이—그런 범주 자체가—없는 세상으로 달아나고 싶어요. 우리가 그저 서로 사랑하는 두 사람, 서로가 서로에게 전부가 되고 그 밖에는 아무것도 중요하지 않은 삶을 살 수 있는 곳으로요.").

상황의 본질을 철저히 검토하고 엘런의 입장을 현실적으로 배려하는 대신, 자기만 즐겁고 행복할 수 있다면 상대는 어찌되어도 좋다는 발상인데, 아처가 그렇게 말하는 것은 그녀와 메이를 전혀 다른 존재로 보기 때문이다. 겉으로 보기에 젊고 순결하고 아처를 무조건 좋아하고 우러러보는 메이와 달리, 엘런은 모든 면에서 자신만의 시각과 판단이 있을 뿐 아니라, (아처의 무서운 오해지만) 남편으로부터 도망쳐 이탈리아에서 일 년이나 남편의 비서와 동거까지 해본 사람이니, 자신과 불륜 관계를 맺고 외국으로 도망을 쳐도 별문제 없다는 시각이 깔려 있는 것이다. 그리고 그녀가 둘만 있을 수 있는 곳에서 만나자는 요구를 수락하자, 아처는 곧바로 그녀를 경멸하고 싫증을 느끼는 놀라운 심경 변화를 보이기도 한다("아처는 상반된 감정에 휩싸인 채 그녀의 모습을 눈으로 뒤좇았다. 자신이 사랑하는 여인이 아니라 다른 여인, 이미 물려버린 쾌락을 제공해주는 여인과 이야기를 나눈 듯한 느낌이었고, 이렇게 진부한 표현에 갇힌 죄수 같은 자신이 너무 싫었다. '부인은 꼭 올 거야!' 아처는 거의 경멸조로 이렇게 뇌까렸다."). 모든 여성을 상류층과 하류층, 처녀와 처녀가 아닌 여성, 존중하고 조심해서 대해야 할 아내와 경멸하고 무시해도 무방한 불륜 상대 등 이분법적으로 구분하고, 상대방의 감정이나 처지와 상관없이 자신의 욕망과 필요를 중심으로 말하고 행동하는 당시 사교계 남성들의 태도를 아처는 가감 없이 보여준다.

이런 무지와 오해가 두 사람을 더욱더 큰 곤경에 빠뜨리게 되고, 마침내 엘런이 쫓기다시피 유럽으로 떠나게 되자 곧 뒤따라간다고 호언하던 아처는 메이의 임신 통고에 즉시 마음을 바꾼다. 뉴포트의 밍곳 노부인 저택에서 그녀를 찾으러 간 아처가 해변에 서 있는 엘런을 보며 어느 순간까지 돌아보지 않으면 그냥 집안으로 돌아간다고 마음먹었다가 정말 혼자 돌아간 사건처럼, 그녀에 대한 사랑은 평등하고 상호적인 관계가 아니라, 아처 자신의 편의나 욕구에 따라 언제든 변하는 일방적인 사랑 유희에 불과하다. 엘런은 물론 메이와 아처의 행복을 바라고, 자신의 사랑을 희생해 그 평화를 지켜주고 싶었겠지만, 그녀가 뉴욕을 떠난 데에는 그처럼 용기 없고, 이기적이고, 자신의 안위와 뉴욕 사교계의 인습으로부터 한 발짝도 벗어나지 못하는 연인을 위해 자신의 삶을 희생할 수 없다는 현실 인식이 더 큰 역할을 했을 듯하다.

아내가 세상을 떠나고 아들딸도 모두 독립한 후, 아처는 엘런을 잃고 살아온 이십육 년이 정말 무미건조하고, 자신은 '인생의 꽃'을 놓친 불운한 사람이라는 쓸쓸한 상념에 사로잡힌다. 누가 보아도 다복한 가정, 남편과 아이들을 사랑하는 우아한 아내, 본인이 이룬 사회적 명망과 예술적인 일상을 다 부질없고 비현실적인 것으로 치부하면서, 아처는 수십 년 동안 마음속에 간직해온 엘런의 환상만이 진정한 현실이라고 생각한다. 그녀가 필생의 사랑을 포기하면서 그에게 주고 싶었던 메이와의 행복, 좋은 가정생활을 다 누려놓고도 그는 특별히 감사하거나 행복해하지 않는다. 마찬가지로, 솔리 러시워스 부인과의 불륜, 엘런에 대한 열렬한 사랑을 훤히 알면서도 그와 결혼을 하고, 아이들을 기르고, 막둥이 빌을 간호하다가 같은 병에 전염되어 늙기도 전에 세상을 떠난 메이의 헌신과 사랑도 아처에게는 별 의미를 갖지 못한다. 애초부터 그는 메이가 지성이나 직관력을 지녔다고 생각하지 않았고, 그녀가 세상을 떠난 후 젊은 시절의 사진을 보면서도, 아내의 얼굴도 머릿속도 수십 년 전 그것과 별로 달라지지 않았다고 생각한다. 하지만 그의 안락하고 품위 있는 삶은 엘런의 희생과 메이의 한결같은 사랑 덕분에 가능했다. 결국 소설의 결말 부분에서도 주인공 아처는 자신과 두 여성의 현실과 진실을 제대로 인식하지 못한다.

아들을 따라 파리에 간 아처에게 깊은 인상을 남기는 티치아노의 그림과 앵발리드의 궁형 지붕 역시 그에게 새로운 깨달음을 주지 못한다. 엘런이 갔을 법한 장소를 여기저기 다니다가 미술관에 걸린 티치아노의 걸작을 보았을 때, 아처는 그 휘황한 그림이 대표하는 예술의 세계와 그 속에서 살아온 엘런의 삶을 그려보면서, 상대적으로 자신의 인생이 더욱 초라하고 무미건조하다고 느껴져 깊은 회한에 젖는다. 젊은 시절 문학과 인류학 신간을 읽고, 해외에 나갈 때마다 전시회장을 찾고, 최신 미술 평론을 읽으며 자신의 예술적 안목과 심미안에 자부심을 느낀 아처였지만, 뉴욕 사교계와 메이의 성향대로 현실적이고 상식적인 삶을 수십 년간 이어온 결과 본인도 그들과 비슷해졌다고 생각하는 것이다. 앵발리드 역시 그에게 "오후의 햇살이 한데 모인 듯 찬란하게 빛나는 그 지붕은 인류가 일군 이 세상 아름다움의 현현" 같다고 느낄 정도로 깊은 감동을 주었지만, 그 건축물 역시 자신이 알지 못하는 예술적인 환경과 자유롭고 흥미진진한 인간관계를 상징하는 듯해 엘런이 더 멀게 느껴지고 스스로 위축되게 만드는 역할을 한다. 티치아노의 그림과 눈부신 궁형 지붕은 한때 모든 것을 잃더라도 함께하고 싶었던 엘런이 이제 아처로서는 상상하기도 힘든 세계의 일원이라는 사실을 실감하게 만들 뿐, 실제로 그녀가 어떤 삶을 살았고, 아처가 앞으로 그녀의 삶에서 어떤 존재가 될 수 있을지 생각해보는 계기가 되지는 않는다.

엘런의 이름을 보면 그처럼 안타깝게 끝나는 결말 역시 작품의 처음부터 예고된 것임을 알 수 있다. 영어 이름 '엘런(Ellen)'의 어원은 그리스어 '헬레네(helene)'로, '아름다운, 밝은, 빛나는' 등의 뜻을 갖고 있다. 57세의 아처는 자신의 삶에서 가장 중요한 사람이었고, 헤어진 뒤에도 이십육 년 동안 가장 애틋한 존재로 간직해온 엘런을 보러 파리에 왔지만, 정작 그녀를 볼 용기를 내지 못하고 하릴없이 되돌아선다. 그런데, 그날 오후 앵발리드의 궁형 지붕과 티치아노의 그림이 그에게 둘 다 찬란한 '빛'의 형태로 다가온다. 아처 자신은 의식하지 못했을 수 있지만, 작가는 엘런('빛') 자신은 아니지만 아처로 하여금 또다른 빛을 그날 오후 두 번이나 마주하게 해주고 그 아름다움에 감복하게 만든다. 파리에 간 아처가 사랑하는 여인이 아니라, 그림과 건축이라는 예술작품을 통해 '빛'을 만나는 것은, 그녀의 참모습이나 현실을 거의 알지 못한 채 참으로 이기적이고 제한된 형태로 그녀를 사랑한 아처에게 주어지는 지극히 논리적인 결말이라 할 수 있다.*

* '빛'을 뜻하는 이름을 지닌 엘런은 아처에게 "인생의 꽃"이었을 뿐 아니라, 스스로 "무미건조한 삶"이라고 느낀 그의 생애에 하나의 빛으로 존재했다. 그런데, 작품 속에서 그보다 자주 등장하는 그녀의 또다른 호칭 '올렌스카 부인'의 뜻을 생각하면 작가가 그녀에게 부여한 이중적인 역할이 더 명백해진다. 작중에서 폴란드 귀족 올렌스키 백작과 결혼한 엘런은 올렌스카 백작부인 또는 올렌스카 부인으로 불리는데, 번역 창에서 '올렌스키(Olenski)'를 검색하면 불가리아어로 변환되면서 "사슴"이라는 뜻을 보여준다. 작가가 그 의미를 알고 명명했는지는 알 수 없지만, 작품 속에서 엘런은 겉으로는 화려하지만 단조롭고 지리멸렬한 아처의 삶에 하나의 빛으로 작용할 뿐 아니라, 극도로 보

카타르시스

영화나 소설에서 사랑하는 두 사람이 어쩔 수 없이 헤어지거나, 안타깝게 이별했다가 영영 다시 만나지 못하고 생을 마치는 결말은 많지만, 재회를 코앞에 두고 어떤 연유로 또다시 헤어지는 장면은 더욱 가슴 저리다. 그리스신화에 나오는 오르페우스와 에우리디케의 이야기가 그토록 긴 여운을 남기고 여러 장르의 예술작품으로 재현되는 것도 그 때문일 것이다. 평생 그리던 엘런의 집 앞까지 왔지만 끝내 만나지 않고 돌아서는 아처의 모습은 안타깝고 비극적이다. 하나 그 고통의 상당 부분은 아처 자신의 거듭된 오판과 변화하는 세계에 대한 거리감, 자신의 안위와 사회적 입지를 지키기 위해 가장 사랑하는 사람을 포기하고, 거의 삼십 년 동안 한 번도 찾아보거나 돕지 않은 채 마음속으로만 그리워했다는 사실에 기인한다. 메이와 옛 뉴욕 사교계 사람들이 "불편한" 일들을 애써 무시하고, 보퍼트 가족이나 엘런처럼 아무리 절친하거나 중요한 사람이라도 자신들의 기준이나 이익에 맞지 않으면 칼로 베듯 버리는 모습을 비판적으로 바라보던 아처 자신이 바로 그런 과오를 범한 것이다. 가족 전체의 생계가 자기 손에 달린 리비에르 씨

수적이고 전통에 갇혀 어떤 변화도 완강히 거부하는 옛 뉴욕 사교계에 하나의 거대한 위협으로 다가온다. 결국 그들은 그 집단의 상징인 아처-메이 부부의 결혼에 장애가 될 수 있는 올렌스카 부인을 지속적으로 감시하고 따돌리다가 (대표적인 희생 제물인) '사슴'으로 삼아 송별연이라는 의식을 거행함으로써 말끔히 제거하는 데 성공한다. 하지만 그렇게 해서 지키고자 한 옛 뉴욕 사교계는 물론 아처-메이의 아들인 댈러스와 (그들이 그토록 경계하고 혐오한 벼락부자 보퍼트의 사생아이면서 외국에서 자란) 패니의 결혼으로 상징되는 새로운 시대의 도래로 불가역적으로 변화하고 와해된다.

조차 유일한 수입원인 올렌스키 백작의 비서직을 포기해가면서 엘런이 미국에 남아 그녀답게 살 수 있도록 노력했는데, 그보다 비교할 수 없이 많은 재산과 영향력, 인맥을 가진 아처는 그녀의 행복을 위해 그야말로 손가락 하나 까딱하지 않고 마음속으로만 화석화된 사랑을 간직했던 것이다.

여러 차원의 아이러니로 주인공 아처의 비극적 운명을 촘촘한 그물처럼 엮어낸 이 소설에서 가장 강렬한 이미지, 주인공의 인식과 현실의 극단적인 대비를 보여주는 순간은 바로 세월이 흘렀어도 변함없이 아름다운 밴 더 라이든 부인을 보는 아처의 복잡한 심경을 그린 부분이다. 미국이라는 신세계에서도 강인한 생명력을 자랑하며 몇 세대 동안 크게 번성했던 밴 더 라이든 가문은 옛 뉴욕의 다른 명문가들과 마찬가지로 이제 거의 모든 구성원이 세상을 떠나고, 약하고 노쇠한 부부만 생존해 있다. 어머니의 친척인 노부부를 찾아간 아처는 젊은 시절의 미모와 몸매를 거의 그대로 간직하고 있는 노부인을 바라보며 공포를 느낀다("뉴런드의 눈에 부인은 빙하에 갇혀 오래도록 혈색을 잃지 않는 시체들처럼, 숨막히게 모범적인 생활 속에서 섬뜩할 정도로 완벽하게 미모를 유지하고 있는 사람으로 보였다.").

『순수의 시대』는 물론 그 가문의 쇠락과 변화에 대한 옛 뉴욕의 거부감을 이 섬찟한 비유로 표현하고 있지만, 실은 아처 자신도 엘런이 떠난 후 삼십 년 가까운 세월을 살면서 마음속에 이 빙하 속 시체들과 비슷한 환영을 만들어 간직한다. 젊은 시절, 같은 미국에 있지만 오랫동안 만나지 못한 그녀를 열렬히 그리워하며 마음속에 일종의 성소聖所를 짓고 외로움을 달래던 아처는, 오랜 세월이 흐른 후에도 그녀를 하나의 "성유물”“그가 놓친 모든 것을 모아놓은 환영”으로 간직해왔다. 그리고 소설의 결말 부분에서 바로 그 환영이 연기처럼 사라지는 것이 두려워서 그는 현실의 연인, 현재의 엘런을 만나지 못하고 물러나는 것이다.

결국 워턴은 작품 속에서 아처가 가장 큰 혐오와 공포를 느낀 이미지, 즉 시간의 흐름에 따라 변하거나 성장하지 않고 빙하 속 시체나 화석처럼 굳어서 ‘삶 속의 죽음’처럼 살다 간 밴 더 라이든 부인이나 메이 웰런드의 모습과, 삼십 년 가까이 엘런의 환영을 마음속에 간직한 채 자신과 가족의 현실을 ‘비현실’로 간주한 그의 인식론적 오류를 본질적으로 동일하게 본다. 아처로 하여금 그가 가장 경멸하고 두려워하던 삶을 평생 살게 만든 것, 소설의 마지막 순간에도 거기서 벗어나지 못하고 다시 그 ‘무시간적인’ 삶으로 되돌아가게 만든 것, 이것이 주인공 아처를 향해 작가가 쏘아 올린 가장 강력한 아이러니의 화살이다. 누구보다 멋지고 열정적인 청년이 죽은 시간의 덫에 자신을 가두는 바람에 필생의 연인을 지척에 두고도 돌아서야 하는 허깨비 같은 존재로 변해버린 걸 보면서 독자는 시간과 사랑, 관계의 미스터리에 대해 다시금 깊이 숙고하고, 아처에 대한 연민과 자신의 미래에 대한 두려움에 전율하게 될 것이다.

음악과 좋은 글을 사랑하는 딸 황지혜에게 이 번역을 바칩니다.

손영미

덧붙이는 말: 작중에서 주인공 뉴런드 아처는 부인 메이에게 존댓말이 아니라 '했어'체를 쓴다. 역자에 따라 존댓말을 쓰게 하는 경우도 있는데, 본 번역에서는 두 사람의 나이 차와 관계를 고려해 '했어'체를 썼다. 1) 두 사람이 결혼할 당시 아처는 31세, 메이는 사교계에 데뷔한 지얼마 안 된 어린 아가씨로 그려진다. 그가 유부녀인 러시워스 부인과 이 년 넘게 사귀는 동안, 그와 다른 세대인 메이는 비슷한 연령대의 소녀들과 두 사람의 관계에 대해 어른들 몰래 추측성 대화를 주고받는 걸로 나온다. 2) "뉴욕400인New York 400"이라는 표현에서 알 수 있듯이, 당시 옛 뉴욕의 사교계는 극도로 배타적이고, 연애나 결혼 역시 거의 그 안에서만 이루어지며, 특히 피라미드의 상층인 아처가와 웰런드가 사람들은 사교계의 큰어른인 맨슨 밍곳 노부인과 수시로 만나는 사이였기 때문에 아마도 두 사람은 아주 오래전부터 알고 지냈을 것이다. 열 살 이상의 나이 차이가 있고, 메이가 꼬마였을 때부터 그녀를 알았던 아처가 어느 날부터 갑자기 그녀에게 존댓말을 썼을 가능성은 희박하다. 아처가 어릴 때 엘런과 어울려 놀았다는 사실을 감안하면, 그녀의 손아래 사촌인 메이를 유년 시절부터 알고 지냈음은 어렵지 않게 짐작할 수 있다.

1862년	1월 24일 뉴욕의 유서 깊은 상류층 가정에서 조지 프레더릭 존스와 루크레티아 라인랜더스 존스의 셋째 자녀로 출생. 이때 큰오빠 프레더릭은 16세, 둘째 오빠 해리는 12세였음. 본명은 이디스 뉴볼드 존스(Edith Newbold Jones).
1866년	가족이 미국을 떠나 6년간 프랑스, 독일, 이탈리아 등지에서 생활함.
1872~1873년	미국으로 돌아와 뉴욕과 로드아일랜드주의 뉴포트를 오가며 생활함. 가정교사인 애나 캐서린 발면의 의견으로 아버지의 서재를 드나들게 되면서 문학적 재능이 성장함.
1877년	중편소설 「희롱 *Fast and Loose*」을 비밀리에 완성.
1878년	시집을 자비 출판함. 평론가 윌리엄 딘 하우얼스가 『애틀랜틱 먼슬리』에 워턴의 시 다섯 편을 게재.
1879년	뉴욕 사교계의 관행보다 한 해 일찍 사교계에 데뷔.
1882년	3월 아버지가 프랑스에서 사망해 유산 2만 달러를 상속받음. 8월 헨리 레이든 스티븐스와 약혼하지만 스티븐스 부인의 반대로 10월에 파혼함. 이후 어머니는 파리로 돌아가 1901년 사망할 때까지 거주함.
1883년	메인주에서 여름을 보내며 월터 베리를 만남. 그와의 결혼을 기대하나 성사되지 않음.
1884년	캐서린 그로스를 개인 비서로 고용해 49년간 함께함.
1885년	4월 29일, 열두 살 연상인 에드워드 (테디) 워턴과 뉴욕에서 결혼. 남편과는 여행과 저택 그리고 개를 애호하는 성향을

공유함.

1888년	남편과 석 달간 크루즈를 타고 에게해를 항해.
1889년	뉴욕 4번 애비뉴와 78번가(후일 파크 애비뉴 884번지)에 저택을 구입.
1890년	원인 불명의 간헐적 구토와 만성피로에 시달리기 시작함. 문예지를 통해 발표된 첫 작품인 단편소설 「맨스티 부인의 눈에 비친 세상*Mrs. Manstey's View*」이 『스크리브너스』에 게재됨.
1892년	중편소설 「버너 자매*Bunner Sisters*」를 집필하나 1916년 작품집 『징구*Xingu*』에 수록하기 전까지 출간하지 않음.
1897년	건축가 오그던 코드먼과의 공저 『실내장식*The Decoration of Houses*』 출간.
1898년	사일러스 위어 미첼 박사에게 울병 치료를 받음.
1899년	첫 단편집 『더 큰 성향*The Greater Inclination*』 출간.
1900년	단편소설 『시금석*The Touchstone*』을 출간함. 남편과 함께 영국과 파리를 여행하며 어머니를 방문함. 이탈리아 북부를 여행하며 2년 후 출간된 첫 장편소설 『심판의 골짜기*The Valley of Decision*』 집필에 필요한 사료를 취재함.
1901년	두번째 단편소설집 『중요한 순간들*Crucial Instances*』 출간. 뉴포트를 떠나 레녹스에 '마운트'라는 저택을 직접 설계해 지음. 이 저택에서 집필활동에 집중해 『환락의 집*House of Mirth*』과 『이선 프롬*Ethan Frome*』 등을 쓰지만 1912년 매각함.
1902년	『심판의 골짜기』 출간. 병증이 계속되고, 헨리 제임스를 만남.
1903년	뉴포트의 집을 매각하고 로마, 토스카나, 롬바르디아 등지를 여행함. 이탈리아의 빌라와 정원에 대한 기록인 『이탈리아의 저택과 정원*Italian Villas and Their Gardens*』을 이듬해 출

간함. 테디 워턴의 정신질환이 발병함.

1904년   테디가 자동차를 구입해 유럽과 영국을 여행함.

1905년   장편소설 『환락의 집』 출간. 백악관을 방문함.

1906~1907년   거처를 뉴욕에서 파리로 옮기고, 장편소설 『이선 프롬』의 초고를 프랑스어로 쓰기 시작함.

1907년   파리에서 〈더 타임스〉의 기자 모턴 풀러턴을 만남. 장편소설 『마담 드 트레므*Madame de Treymes*』 『나무의 과일*The Fruit of the Tree*』 출간.

1908년   런던에서 헨리 제임스를 방문했고, 풀러턴과 연애를 시작함. 여행기 『프랑스 자동차 여행*A Motor-Flight Through France*』 출간.

1909년   시집 『아르테미스가 악타이온에게*Artemis to Actaeon and Other Verses*』 출간.

1910년   뉴욕의 저택은 매각하고 파리의 바렌가 53번지로 이사해 11년간 거주함. 풀러턴과 결별했고, 병중인 헨리 제임스를 만나기 위해 런던을 방문함. 남편 테디는 보스턴에서 생활하며 이디스 워턴의 자산에서 5만 달러를 몰래 빼내 애인의 거처를 마련해주고, 이후 우울증 치료를 위해 스위스 병원에 입원함.

1911년   『이선 프롬』을 『스크리브너스』 8~10월호에 연재하며 9월 출간. 남편과 별거에 들어감.

1912년   『암초*The Reef*』 출간.

1913년   4월 16일, 테디와 이혼. 월터 베리, 버나드 베런슨 등과 유럽 여행. 『시골의 풍습*The Custom of the Country*』 출간.

1914년   퍼시 러벅, G. T. 랩슬리, 월터 베리 등과 유럽 및 아프리카 여행. 영국에서 헨리 제임스를 방문하고, 파리에 돌아와 전쟁 구호 활동을 시작함.

1916년   프랑스 정부로부터 레지옹 도뇌르 훈장을 수여받음. 헨리 제임스 사망.

1917년   『이선 프롬』과 짝을 이루는 중편소설 『여름*Summer*』 출간. 월터 베리와 한 달간 모로코 여행.

1918년   파리 근교에 '파빌리옹 콜롱베'라는 저택을 구입.

1919년   9월부터 이듬해 3월까지 『순수의 시대*The Age of Innocence*』를 집필해 1920년 10월 출간.

1921년   『순수의 시대』로 여성 작가 최초로 퓰리처상 수상.

1922~1923년   『달의 모습*The Glimpses of the Moon*』을 7월 출간해 당해 십만 부 이상 판매되는 기록을 세움. 예일대학교로부터 여성 최초 명예박사 학위를 받기 위해 일시 귀국. 전쟁소설 『전장의 아들*A Son at the Front*』 발표.

1924년   노벨라 선집 『올드 뉴욕*Old New York*』 출간. 국립예술원 금메달 수훈.

1925년   소설 『어머니의 보상*The Mother's Recompense*』 및 이론서 『소설작법*The Writing of Fiction*』 출간.

1926년   국립예술원 회원으로 선출됨.

1927년   월터 베리 사망. 이디스 워턴은 일기에 "오늘 내가 평생 사랑한 사람이 세상을 떠났다. 나도 같이 죽었다"라고 기록함.

1928년   2월 테디 워턴이 뉴욕에서 사망. 이디스 워턴은 건강이 악화됨.

1932년   장편소설 『신들의 도래*The Gods Arrive*』 출간.

1934년   회고록 『회고*A Backward Glance*』 출간. 영국과 스코틀랜드 여행.

1937년   8월 11일, 뇌일혈로 사망. 프랑스 베르사유에 위치한 미국인 묘지의 월터 베리 묘 옆에 묻힘. 모든 자료를 예일대학교에 기증했고, 1969년 일반에 공개됨.

1938년   미발표 유작 『모험가들*The Buccaneers*』이 G. T. 랩슬리의 편집으로 출간됨.

문학동네 세계문학전집 발간에 부쳐

세계문학은 국민문학 혹은 지역문학을 떠나 존재하는 문학이 아니지만 그것들의 총합도 아니다. 세계문학이라는 용어에는 그 나름의 언어와 전통을 갖고 있는 국민문학이나 지역문학의 존재를 인정하면서 그것을 넘어서는 문학의 보편적 질서에 대한 관념이 새겨져 있다. 그 용어를 처음 고안한 19세기 유럽인들은 유럽문학을 중심으로 그 질서를 구축했지만 풍부한 국민문학의 전통을 가지고 있는 현대의 문학 강국들은 나름의 방식으로 세계문학을 이해하면서 정전(正典)의 목록을 작성하고 또 수정한다.

한국에서도 세계문학 관념은 우리 사회와 문화의 변화 속에서 거듭 수정돼왔다. 어느 시기에는 제국 일본의 교양주의를 반영한 세계문학 관념이, 어느 시기에는 제3세계 민족주의에 동조한 세계문학 관념이 출현했고, 그러한 관념을 실천한 전집물이 출판됐다. 21세기 한국에 새로운 세계문학전집이 필요하다는 것은 명백하다. 우리의 지성과 감성의 기준에 부합하는 세계문학을 다시 구상할 때가 되었다.

문학동네 세계문학전집은 범세계적으로 통용되는 고전에 대한 상식을 존중하면서도 지난 반세기 동안 해외 주요 언어권에서 창작과 연구의 진전에 따라 일어난 정전의 변동을 고려하여 편성되었다. 그래서 불멸의 명작은 물론 동시대 세계의 중요한 정치·문화적 실천에 영감을 준 새로운 작품들을 두루 포함시켰다.

창립 이후 지금까지 한국문학 및 번역문학 출판에서 가장 전문적이고 생산적인 그룹을 대표해온 문학동네가 그간 축적한 문학 출판 경험을 바탕으로 새로운 세계문학전집을 펴낸다. 인류가 무지와 몽매의 어둠 속을 방황하면서도 끝내 길을 잃지 않은 것은 세계문학사의 하늘에 떠 있는 빛나는 별들이 길잡이가 되어주었기 때문이다. 우리가 자부심과 사명감 속에서 그리게 될 이 새로운 별자리가 독자들의 관심과 애정에 힘입어 우리 모두의 뿌듯한 자산이 되기를 소망한다.

문학동네 세계문학전집 편집위원
민은경, 박유하, 변현태, 송병선, 이재룡, 홍길표, 남진우, 황종연

세계문학전집 208

순수의 시대

1판 1쇄 2022년 1월 28일
1판 2쇄 2024년 5월 30일

지은이 이디스 워턴 | 옮긴이 손영미

책임편집 김경은 | 편집 김수현 이미영
디자인 김마리 이주영 | 저작권 박지영 이영은 김하림
마케팅 정민호 서지화 한민아 이민경 안남영 왕지경 정경주 김수인 김혜원 김하연 김예진
브랜딩 함유지 함근아 고보미 박민재 김희숙 박다솔 조다현 정승민 배진성
제작 강신은 김동욱 이순호 | 제작처 영신사

펴낸곳 (주)문학동네 | 펴낸이 김소영
출판등록 1993년 10월 22일 제406-2003-000045호
주소 10881 경기도 파주시 회동길 210
전자우편 editor@munhak.com | 대표전화 031) 955-8888 | 팩스 031) 955-8855
문의전화 031) 955-1927(마케팅), 031) 955-3560(편집)
문학동네카페 http://cafe.naver.com/mhdn
문학동네트위터 http://twitter.com/munhakdongne
북클럽문학동네 http://bookclubmunhak.com

ISBN 978-89-546-8505-4 04840
      978-89-546-0901-2 (세트)

www.munhak.com

문학동네 세계문학전집

● 문학동네 세계문학전집은 계속 출간됩니다